KB141108

고전번역학총서 이론편 3

한국 고전번역학의 구성과 모색 2

고전번역학총서 이론편 3

한국 고전번역학의 구성과 모색 2

부산대학교 점필재연구소 고전번역학센터 편

점필재

이 책은 2007년 정부(교육과학기술부)의 재원으로
한국연구재단의 지원을 받아 수행된 연구임(NRF-2007-361-AM0059)

현재 고전에 대한 연구는 문사철로 통칭되는 인문학의 공통 지반으로, 번역에 대한 연구는 번역학이라는 새로운 분과학문으로 정립될 정도로 한국학계에서 각광을 받고 있는 분야이다. 우리 점필재연구소에서 이런 두 가지 학문의 융합을 시도한 지도 벌써 7년이란 시간이 지났다. 그 기간 동안 우리는 고전과 번역의 연구대상 확장은 물론 '고전번역학'이라는 새로운 학문방법론을 구성하고자 노력했다. 지난 2년 전 출간한 『한국 고전번역학의 구성과 모색』, 『동아시아, 근대를 번역하다』, 『고전번역 담론의 체계』는 그런 작업의 중간보고서에 해당된다.

이제 출간하는 『한국 고전번역학의 구성과 모색 2』는 제목에 명시한 것처럼, 지난 번 연구의 후속 작업이라 할 수 있다. 지난 성과가 국내 연구자뿐 아니라 중국과 일본의 유수한 학자들이 함께 참여하여 고전번역학의 가능성을 모색하는 데 집중했다면, 이번에 출간하는 성과는 그런 경험을 학적 자산으로 삼아 연구소 내부 인력이 한국에서 고전번역학의 유용성을 본격적으로 짚어보려는 목표의식이 선명하다. 이를 위해 우리는 〈한국 고전번역운동, 문명의 경계를 넘다〉라는 주제의 국내학술대회를 기획하여 발표하기도 했고, 중국 상해사범대에서 개최한 〈고전의 재구성: 종교적 관점에서 문학 번역 연구〉라는 주제의 국제학술대회에 적극 참여하여 여러 나라 학자들과 유익한 학적 교류를 갖기도 했다. 이번

성과는 그런 과정에서 얻어진 작은 결실들이다.

고전은 흔히 불변 또는 영원이라는 개념과 연결 지어 이해되곤 하지만, 실상 역동적인 도전과 응전 속에서 형성되고 단련되는 것이다. 그리고 우리는 그 역동성을 재현하는 기틀이 바로 번역이라 믿고 있다. 따라서 제1부에서는 한국 번역사 구성의 문제, 고전번역학의 분과학문적 가능성, 고전 번역의 번역학적 방법론을 탐구하는 논의를 집중 배치했다. 그리고 제2부에서는 고려시대의 향가 번역을 통해 한문과 범어(梵語)의 불전(佛典) 및 자국어의 동이(同異)를 인식하기 시작했던 고전번역의 시원(始原)을 논하는 한편, 조선시대 고전번역의 국가기관인 간경도감(刊經都監)을 총체적으로 살펴보기도 했다. 이를 이어 불경 번역이 조선 초기의 왕권 강화라는 정치 질서와 맺고 있는 관계를 도전적으로 분석하는가 하면, 16세기 사림파 문인들이 유교문명의 향촌사회 보급을 위해 다양한 문학 갈래를 활용하는 한편 중국 백화소설을 번안·언해하는 작업까지 펼치고 있었음을 확인할 수 있었다. 끝으로 제3부에서는 근대의 고전이며 번역의 시원이기도 한『서유견문(西遊見聞)』의 국한문체를 일본 근대 혼용문 및 전통적 경서 언해와 비교·분석하고, 구국(救國) 담론과 연동되어 나온 1900년대 전기(傳記)의 번역을 당대 소설 장(場)의 한국적 맥락 속에서 총체적으로 진단하기도 했다. 또한 외국인의 한국 고전 연구에 대한 논의들은 이들에 의한 근대 초기 한국학 연구·번역 작업이 한국고전학의 형성과 밀접한 길항 관계를 맺고 있는 점을 밝혀주고 있는바, 향후 학계에 크게 기여할 수 있으리라 기대한다.

우리는 이상의 논의를 통해 한국 고전번역의 통사를 거칠게나마 그려보려 노력했다. 아직 많이 서툰 우리의 작업 취지에 십분 공감하여 기꺼이 함께 해주신 김정우·임동석·김무봉 선생님께 깊이 감사드린다. 이번 성과의 발간은 작업의 끝이 아니라 본격적인 시작에 불과하다. 이를 계기로 한국 고전번역학이 감당해야 할 문제의식을 보다 예각적으로 다듬었을 뿐만 아니라 장기 과제를 구체적으로 기획할 수 있는 힘을 얻었기 때문이다. 분발을 다짐해본다.

2015년 2월
점필재연구소 고전번역학센터

‖ 차례 ‖

제1부 고전번역 통론

한국 번역사와 관련된 몇 문제 | 김정우

고전번역학의 학적대상 시론 | 김용철

한국 고전 번역의 번역학적 실제 | 임동석

제3부 근대의 고전과 번역

『서유견문』의 국한문체와 『서양사정』의 혼용문 비교연구 | 임상석

전기와 번역의 '종횡' | 손성준

게일의 한국고소설 번역과 그 통국가적 맥락 │이상현

게일의 『청파극담』 영역과 그 의미 │신상필·이상현

제1부 고전번역 통론

한국 번역사와 관련된 몇 문제

김정우

1. 머리말

번역학은 번역이라는 작업의 특성상 인문학에 속한 여러 분야와 밀접한 관련을 맺는 학제적 성격을 갖는다. 그리고 비교적 최근에 제도권에 들어온 신생 학문 분야라는 점에서, 번역학은 학문 자체의 발달 과정 초기에 필연적으로 기존 인문학 분야와 연구 성과를 수용하는 양상을 보이게 된다. 번역학과 긴밀한 관계를 맺게 될 것으로 예상되는 인접 학문 분야로는 언어학으로 대표되는 다수의 외국어학과 문학으로 대표되는 다수의 외국어문학이 대표적이다. 물론 부분적으로 인류학과 심리학, 전산언어학 등의 학문도 번역의 연구와 적잖은 관련성을 갖는다. 예컨대 한국 번역사의 논의에는 인문학 안에서 논의되는 국어사와 국문학사 및 고전문학의 연구 업적이 당연히 언급될 수밖에 없다.

이 글은 번역학과 인접 학문 분야의 이 같은 상호 교류의 첫 단계에서 번역학의 기본적 개념에 대한 이해와 적용이 중요하다는 명제를 확인해 보고자 하는 노력의 일환이다. 번역학의 기본적 개념을 제대로 수용하여 해당 연구 자료에 바르게 적용하는 것이야말로 번역학이 인문학으로 뿌리를 내리고 나아가서 국학의 한 분야로도 당당히 자리 잡을 수 있는 전제 조건이기 때문이다. 여기서 다루게 되는 주제는 세 가지인데, 그 내용을 구체적으로 살펴보면 한국 번역사의 기점(起點) 문제, 차자표기와 번역의 관계 및 언해 번역의 성격 등이다.

2. 국어사와 번역

국어사에서 '번역'이라는 용어가 처음으로 명시적으로 문면에 등장하는 것은 이두와 관련된 내용을 언급하는 다음의 (1)과 같은 대목이다.

> (1a) 한편 訓民正音 창제 이전에 이두는 한문의 번역에 사용되기도 하였다. 大明律直解와 養蠶經驗撮要(1415)가 그 대표적인 예다.[1]
>
> (1b) 必于 七出乙 犯爲去乃 三不去有去乙 (원문: 雖犯七出 有三不去)[2]

대명률직해(大明律直解)의 원간 연대가 태조 4년인 1395년으로 추정되므로 위와 같은 기술대로라면 한국 번역사의 상한은 14세기 말엽 이전으로 소급할 수 없다. 그렇지만 이러한 추정은 우리의 상식과 부합하지 않는다. 우리는 고대 삼국에서 매우 이른 시기부터 한문이 널리 사용되었다는 사실을 알고 있다.[3] 고대 삼국에서 한문이 정착되었다는 것은 그보다 앞선 시기에 한국어와 중국어(문어) 사이에 언어 접촉이 일어났다는 의미이고, 언어 접촉이 일어났다면 양 언어 사이에서 번역 현상이 발생했을 것으로 믿어지기 때문이다.

---

1 이기문, 『신정 국어사개설』, 태학사, 1998, 61쪽.

2 이기문, 위의 책, 55쪽.

3 고구려의 新集 편찬 600년, 백제의 書記 편찬 375년, 신라의 國史 편찬 545년. 이기문, 『신정 국어사개설』, 태학사, 1998, 55쪽.

일반적인 경우라면 두 언어 사이의 접촉에서 다음과 같은 세 가지 유형의 번역 현상이 발생한다.[4]

    (2a) 원어차용(zero translation) : (예) sports
    (2b) 음성번역(phonetic translation) : (예) 스포츠
    (2c) 의미번역(semantic translation) : (예) 운동, 체육

그런데 고대 삼국은 문자가 없었기 때문에 위 (2b, 2c)와 같은 번역이 원천적으로 불가능했다. 그보다는 (2a)처럼 외국어(한자)를 통째로 가져다 사용하거나,[5] 아니면 외국어의 표현 수단(한자)을 빌려서 자국어를 표기하고자 하는 욕구가 더욱 강하게 분출되었다. 그 결과로 삼국 시대부터 소선 시대 말기에 이르기까지 한문(한자)이 상층부의 기록문자로 사용되는 한편으로, 훈민정음이 창제될 때까지 한자를 빌려 우리말을 표기하는 차자표기법(借字表記法)이 발달했음은 주지의 사실이다. 고대 삼국의 차자표기법은 지명과 인명 등의 고유명사 단어의 표기에서 시작되어, 한국어식 문장 표기인 서기체(誓記體) 표기와 이두, 구결을 거쳐 향찰 표기에서 정점에 이르게 된다.

우리는 차자표기법의 발달에서 번역과 관련하여 서기체 표기와 구결에 주목한다. 한국어식 한문인 서기체 표기가 가능했다는 것은 한문에 대한 구조 분석을 전제로 하며, 한문에 대한 구조 분석은 다시 한문 텍스트에 대한 독해가 이루어졌다는 의미이기 때문이다.[6] 서기체 표기와 번

---

4 이해를 돕기 위해 단어 차원의 사례를 든 것이다. 실제 번역은 문장 혹은 텍스트를 기준으로 이루어질 것이다. 유명우, 「한국의 번역과 번역학」, 『번역학연구』 1(1), 2000, 237~238쪽.

5 문어라면 외국어의 문자를 그대로 사용하는 양상으로 나타날 것이고, 구어라면 외국어의 발음을 그대로 모사하는 양상으로 나타날 것이다.

6 임신서기석의 연대는 대략 556년이나 612년으로 추정된다.

역의 관련성이 다소 추상적인 논리에 입각한 것이라면, 구결과 번역의
관련성은 보다 구체적인 자료에 입각한 실증적인 양상을 띤다.

주지하다시피 구결은 한문 텍스트를 읽을 때 원활한 독해가 가능하도
록 필요한 곳에 삽입하는 문법적 기능 표시 요소를 가리킨다.

(3) 天地之間 萬物之中厓 唯人伊 最貴爲尼 所貴呼人者隱 以其有五倫也羅

위 (3)에서 밑줄 친 글자가 구결자로, 현대국어로 읽으면 차례대로 처
격의 '-에', 주격의 '-이', '-하니', 주제의 '-는', 종결어미 '-라' 등이
된다. 이것과 이두의 차이점은, 이두가 백지에 표현하고자 하는 내용을
쓴 것임에 비해, 구결은 이미 존재하는 한문 원전의 필요한 곳에 주로
허사 형태를 기입해 넣었다는 데 있다. 그래서 대부분의 구결은 인쇄 상
태의 한문 전적에 붓으로 기입해 넣은 형태로 발견된다.[7] 한마디로 독해
를 위한 보조적 도구였던 셈이다. 그런데 구결 자료에는 시기적으로 이
보다 앞서고 형태도 다른 유형의 구결 자료가 존재하는데, 이른바 석독
구결이 그것이다.[8]

훈독구결 혹은 새김구결로도 불리는 석독구결이 포함된 석독구결문은
독특한 성격을 갖는다. 잘 알려져 있듯이 일반 구결문은 '한문 독해 방법
의 하나'[9]로 한문 원문에 토가 달린 구조로 되어 있다. 그런데 다음의
자료 (4a)에서 보듯이 석독구결문(舊譯仁王經)은 여기에 한국어의 어순을
지정하는 역독점의 용법이 덧붙어 있다.

---

7 예컨대 전남 장흥 보림사 사천왕상 복장물에서 나온 〈계초심학인문〉은 구결이 간행
   될 때 본문과 함께 인쇄된 상태로 나타난다. (2014년 6월 25일 필자 확인)
8 석독구결과 구분하기 위해, (3)과 같은 구결을 음독구결 또는 순독구결이라고 한다.
9 남풍현, 『국어사를 위한 구결 연구』, 태학사, 1998, 14쪽.

(4a) 丷乛 七 ノ亠.
復 有 他方 不 可 量 衆.
七𠂇㢱 矢刂ᄐ七 七丷乛.

(4b) 復丷乛 他方七 量ノ亠 可七丷乛 不矢刂ᄐ七 衆 有七𠂇㢱 (略體字)
復爲隱 他方叱 量乎音 可叱爲隱 不知是飛叱 衆 有叱在弥 (正體字)

(4c) 또한 他方의 헤아림이 可치 아니한(헤아릴 수 없는) 衆生이 있었으며 (현대국어)

위 (4a)의 석독구결문을 정해진 독법에 따라 읽으면 (4b)와 같은 문장이 되고 이를 현대국어로 읽으면 (4c)가 된다. 이와 같은 일련의 과정에서 보듯이 석독구결문은 그 자체로 완전한 한국어 문장이 되기에 거의 손색이 없다. 그러므로 구결을 다는 과정은 통상적인 번역 과정과 큰 차이가 없다.[10] 이러한 논의를 받아들인다면 석독구결의 두 가지 형태인 점토구결이 10~12세기, 자토구결이 12~13세기[11]로 추정되므로 한국 번역사는 10세기로 소급될 수 있다.[12] 뿐만 아니라 훈독(석독)구결문을 읽

10 졸고, 「한국 번역사의 시대 구분」, 『번역학연구』 9(1), 2008, 36~37쪽에서 의사번역(pseudo-translation)으로 불렀던 기존의 견해를 여기서 수정하고자 한다. 이러한 수정은 직접적으로 장경준, 「석독구결의 번역사적 의의에 대한 시론」, 『번역학연구』 12(4), 2011에 기인하지만, 위 (1)과 같은 자료를 번역으로 보는 이상 구결문을 번역의 범주에서 제외하는 것은 논리적으로 타당하다고 보기 어렵기 때문이기도 하다. 다만 이러한 번역은 애초부터 의역이 될 수 없다는 점만은 지적해두고자 한다.

11 장경준, 앞의 논문, 160~161쪽.

12 이 문제와 관련하여 안병희의 다음 두 가지 언급은 주목할 만하다. "언해서의 언해는, (중략) 모두 한문의 훈독인 것이다. (중략) 지금까지 우리는 한문의 훈독이란 곧 번역이란 설명을 하였다. 그러므로 훈독의 역사는 곧 번역의 역사라고 할 수 있다."(안병희, 「口訣과 漢文 訓讀에 대하여」, 『진단학보』 41, 1976, 154쪽), "구역인왕경을 읽으면 결과에 있어서 이두나 한글의 번역문을 읽은 것과 꼭 같다. 그러나 읽는 대상은 전혀 다르다. 구역인왕경은 비록 묵서의 도움을 받지만 원전의 한문을 읽은 것이고, 후자는

는 것을 번역의 범주에 포함시킨다면, 우리는 사서(史書)에서 이와 유사한 사례를 한 가지 더 만날 수 있다.[13]

> (5a) <u>以方言讀九經</u> 訓導後生 至今學者宗之 (三國史記 卷 46)
> (5b) 방언으로서 9경을 읽어 후생을 가르쳤으므로 지금[고려]까지 학자들이 그를 높이 받든다. (정구복 외, 『역주 삼국사기2』, 번역편, 한국학중앙연구원, 2012, 785쪽)

> (6a) 聰生而睿敏 博通經史 新羅十賢中一也 <u>以方音通會華・夷方俗物名 訓解六經文學</u> 至今海東業明經者 傳受不絕 (三國遺事 元曉不羈)
> (6b) 설총은 태어나면서부터 지혜롭고 영민하여 경서와 역사책에 널리 통달했으니, 신라의 10현 중 한 사람이다. 방음으로 중국과 신라의 풍속과 물건 이름에도 통달하여 육경과 문학에 토를 달고 풀이했으니, 지금도 신라에서 경을 공부하는 사람들이 전수하여 끊이지 않고 있다. (김원중 역, 『삼국유사』, 민음사, 2008, 467쪽)[14]

위 (5b)에서 '우리말로 9경을 읽었다'고 하는 것이나 (6b)에서 '우리말 음으로 (중략) 육경과 문학에 토를 달고 풀이했다'고 하는 것은 모두 '훈

번역문을 읽은 것이다."(앞의 논문, 156쪽) 한편 김성주, 「신라 점토 석독구결 시탐」, 『배달말』 53, 2013에서 논의한 신라 시대의 점토 석독구결의 존재가 확정된다면 이 시기는 더욱 이전으로 소급될 수 있다.

13 이기문, 『신정 국어사개설』, 태학사, 1998, 63쪽. "삼국사기 권 46에 설총에 관하여 "以方言讀九經 訓導後生 至今學者宗之"라 하였는데, 위에서 말한 석독구결 자료들의 출현으로 비로소 '방언', 즉 국어로 9경을 읽었다고 한 말의 참뜻을 이해할 수 있게 되었다."

14 북한 사회과학원에서 간행된 리상호 역본(1959)에서는 이 대목을 "그는 <u>우리나라 방언으로</u> 중국과 우리나라 지방 풍속, 물건 등을 거침없이 통하여 <u>6경 문학의 뜻을 새김으로 풀었으니</u> 지금까지 우리나라에서 경학을 전문하는 학자들이 끊이지 않고 전습하고 있다."로 옮기고 있다. 이 번역을 따른다면 설총은 2개 언어 사용자(bilingualism)였을 것이며, "새김으로 풀었다"는 말도 훈독(석독)구결과 유사한 방식으로 중국의 원전을 읽었다는 의미로 이해된다.

독'의 범주에 들어가며, 따라서 번역의 범주에 포함시킬 수 있다. 그렇다면 한국 번역사는 설총의 활동 시기인 7세기 중엽으로 소급될 수 있다.[15] 여기서 한국 번역사의 상한선으로 잡은 7세기 중엽은 고대 삼국에서 한문이 정착된 시기 및 서기체 표기의 하한선과 대략적으로 일치한다. 이러한 추정은 우리말과 한문의 접촉에서 한자를 빌려 우리말을 표기하는 방식과 한문 원전을 독해하는 방식이 거의 동시에 발달했다는 의미이며, 서기체 표기를 포함한 이두문이 한문의 번역을 전제로 발달했을 것이라는 우리의 상식과도 일치하는 결과이다.

사실, 그동안 국어사와 국어학사의 기술에서는 사실상 '번역'이라는 용어의 사용에 지나치게 조심스러운 태도를 보였다. 일례로 국어학사와 국어학 개론서의 다음 기술을 보자.

> (7a) 유창균, 『신고국어학사』, 형설출판사, 1979, 22~36쪽.
> 제1편 제3장 2절 '한자·한문의 수입과 음훈차 표기' – [1] 수입의 경과, [2] 한자 한문의 습득, [3] 고유어와 차용어, [4] 한자의 義訓을 이용한 문장의 표현(서기체), [5] 서기체 문체의 보완(이두), [6] 訓吐의 표기(구결), [7] 음성언어의 완전한 표현(향찰)

> (7b) 이익섭 외, 『한국의 언어』, 신구문화사, 1997, 64~71쪽.
> 제2장 '문자' – 2.6. 한자의 이용, 2.6.1. 차자표기법 – 2.6.1.1. 향찰, 2.6.1.2. 구결, 2.6.1.3. 이두

위의 보기 (7a), (7b)를 보면 구결을 차자표기법의 발달과 관련한 내용으로 기술하고 있음을 알 수 있다. 이는 서기체 표기, 이두, 향찰, 구결이

---

15 다만 직접적인 증언만 있지 실물 자료가 없다는 것은 향후의 발굴과 연구에서 보완되어야 한다.

모두 한자를 이용한 차자표기라는 외형상의 공통점에 근거한 서술로 생각된다. 그렇지만 앞서 보았듯이 그 쓰임새 혹은 기능으로 볼 때 석독구결은 다른 차자표기들과 달리 번역(독해)의 범주에 속하므로, 향후의 국어사 기술에서는 차자표기법의 발달을 최소한 표기와 번역(독해)으로 분리하여 서술하는 것이 보다 합리적이고 균형 잡힌 관점이 될 것으로 생각한다.[16]

3. 차자표기법과 번역

앞서 우리는 차자표기법 중에서 석독구결을 번역의 범주에 포함시켰다. 그렇다면 이두와 향찰은 어떠한가를 살펴볼 차례이다. 이들 자료는 외형상 한자를 이용하고 있으므로 번역으로 볼 여지가 있기 때문이다. 실제로 이두와 향찰을 번역의 사례로 보는 다음과 같은 견해가 발표된 바 있다.

> (8a) "이두로 총칭되는 이 차자표기법은 고대와 중세에 있었던 한국 특유의 번역 현상이라고 할 수 있다." (유명우, 「한국 번역사에서 본 조선조 언해 번역」, 『번역학연구』 5(2), 2004, 74쪽)[17]
>
> (8b) "특히 아직 우리 문자가 없던 신라 시대 한자의 음과 뜻을 빌린 향찰로 표기한 향가는 언어 내 번역의 더할 나위 없이 좋은 예이다. 향가의 번역과 해석을 두고 학자들 사이에 의견이 서로 크게 엇갈리는 것은 바로 그 때문이다." (김욱동, 『번역과 한국의 근대』, 소명출판, 2010, 265쪽)

---

16 이러한 서술 방식은 문어(written language)의 두 가지 의사소통 능력, 곧 쓰기(표기)와 읽기(독해, 번역)와도 일치한다.

17 여기서 말하는 이두는 앞서 (1)에서 본, 번역에 활용된 이두와는 성격이 전혀 다르다.

일찍이 야콥슨(1959)은 모든 번역 현상을 다음의 세 가지 유형, 즉 '언어 내 번역'(intra-lingual translation)과 '언어 간 번역'(inter-lingual translation) 및 '기호 간 번역'(inter-semiotic translation)으로 구분한 바 있다. 여기서 '언어 내 번역'은 동일한 언어 안에서 일어나는 번역 현상이고, '언어 간 번역'은 상이한 언어들 사이에서 일어나는 번역 현상이며, '기호 간 번역'은 상이한 기호 체계들 사이에서 일어나는 번역 현상을 말한다. 물론 통상적으로는 '언어 간 번역'을 번역이라고 부른다.

(8a)에서 말하는 번역이 일반적인 번역, 즉 서로 다른 두 언어를 넘나드는 언어 간 번역을 의미하는지 아니면 동일한 언어 안에서 일어나는 언어 내 번역을 의미하는지는 분명하지 않다. 반면 (8b)에서는 향찰이 언어 내 번역이라는 주장이 명시적으로 드러나 있다. 그러므로 (8a)에 대해서는 언어 간 번역과 언어 내 번역일 가능성 모두를 염두에 두고 살펴보아야 하고, (8b)에 대해서는 언어 내 번역일 가능성만 염두에 두고 살펴보면 된다.

논의의 편의상 이두와 향찰 자료를 각각 하나씩 제시해 둔다.

(9a) 辛亥年二月二十六日 南山新城作節 如法<u>以作</u> 後三年崩破者 (하략)
(9b) 東京明期月良/ 夜入伊遊行如可/ 入良沙寢矣見昆/ 脚烏伊四是良羅 (하략)

언어 간 번역의 가능성부터 살펴보자. 상이한 두 언어 사이에서 일어나는 언어 간 번역을 번역으로 본다면, 우리는 일단 번역을 "한 언어(SL)의 텍스트에 담긴 의미를 그와 등가를 이루는 다른 언어(TL)의 텍스트로 옮겨서 재현하는 과정이나 혹은 그러한 과정의 결과" 정도로 정의할 수 있다. 위와 같은 번역의 정의에서 어떤 자료가 번역이 되기 위해서 충족시켜야 할 다음과 같은 몇 가지 기준을 귀납할 수 있다.

> (가) 원천언어(SL)와 목표언어(TL)가 존재하되, 두 언어는 달라야 한다.
> (나) 원전 혹은 SL 텍스트의 존재이다.
> (나) 번역을 거친 TL 텍스트는 그 자체로 완전한 글이 되어야 하므로, TL의 완전한 구조를 담고 있어야 한다.
> (라) SL 텍스트의 생산자는 번역문, 곧 TL 텍스트의 소비자(=독자)와 다르다.[18]

　(9a)에서 보는 바와 같은 이두문이 위의 네 가지 조건을 만족시킬 수 있는가? 이에 대한 우리의 답변은 부정적이다. 우선 첫째 조건부터 점검해 보자. 앞에서 검토한 (9a)와 같은 이두문에서 원천언어와 목표언어를 꼽으라면, 각각 한국어 구어와 중국어 문어(한문)를 떠올릴 수 있는데 양자가 서로 다른 언어이므로, 이두문은 일단 표면적으로 번역의 첫째 조건을 충족시키고 있다. 다음으로 원전의 존재를 생각해 보자.[19] 위의 (9a)와 같은 이두문의 원전은 무엇인가? 그것은 같은 내용을 담은 한국어 구어로 상정해볼 수 있다. 이는 비록 문어 텍스트가 아니라서 일반적인 번역의 양상과 다소 다르지만, 아직까지 번역의 조건을 어기고 있지는 않다. 이어서 구조를 검토해 보자. 위 (9a)와 같은 이두문은 목표언어, 곧 중국어의 구조를 담고 있는가? 이에 대한 답변은 부정적인데, 그것은 이것이 한국어의 어순과 구조를 반영하고 있기 때문이다. 그렇다면 결국 앞서 확인한 목표언어(중국어 문어, 한문)의 존재는 피상적인 관찰의 결과일 뿐, 실제 내용적으로는 원천언어(한국어)의 특이한 표현 형태[20]라

---

18 이는 언어 간 번역이 일어나는 근본적인 목적이 목표언어 사용자의 이해라는 사정을 고려한 것이다.
19 이때 원전, 곧 원천언어 텍스트는 물론 구어 텍스트도 가능하고 문어 텍스트도 가능하다.
20 여기서 '특이한 표현 형태'란 문자의 부재로 인한 차자표기를 말한다.

고 말할 수밖에 없다. 마지막으로 번역의 소비자를 검토해 보자. 위와 같은 이두문은 생산자가 한국어 사용자이고, 소비자도 당대의 한국어 사용자이다. 만일 이두문이 정상적인 번역문이라면, 그 소비자도 당연히 목표언어인 중국어 사용자가 되어야 할 것이다. 이상의 네 가지 기준을 차례로 적용해본 결과, 제3과 제4 조건을 위배했기 때문에 이두문은 번역이 될 수 없다는 결론에 이르게 된다.

그렇다면 언어 내 번역의 가능성은 어떠한가? 언어 내 번역은 동일한 언어 안에서 일어나는 번역 현상이므로 위의 네 가지 조건 중에서 (가)를 '목표언어와 원천언어가 존재하며 둘은 동일한 언어이다.'로 수정해야 한다.

첫째 조건부터 검토해 보자. 앞에서 검토한 (9a)와 같은 이두문에서 원천언어와 목표언어를 꼽으라면, 각각 한국어 구어와 한자를 빌려 표기된 한국어 문어를 떠올릴 수 있으므로 언어 내 번역의 첫째 조건을 충족시키고 있다. 다음으로 원전의 존재를 생각해 보자. 위의 (9a)와 같은 이두문의 원전은 바로 앞에서 본 바와 같이 한국어 구어로 상정해볼 수 있으므로 둘째 조건을 충족시킨다. 이어서 구조를 검토해 보자. 위 (9a)와 같은 이두문은 목표언어, 곧 한국어의 구조를 담고 있는가? 이것은 한국어의 어순과 구조를 반영하고 있으므로 그렇다고 말할 수 있다. 마지막으로 번역의 소비자를 검토해 보자. 위와 같은 이두문은 생산자가 신라 당대의 한국어 사용자이고, 소비자도 신라 당대의 한국어 사용자이다. 만일 이두문이 정상적인 언어 내 번역문이라면, 그 소비자와 생산자 사이에 번역을 요구할 만큼의 시간적이거나 공간적인 간극이 있어야 한다.[21] 이상의 네 가지 기준을 차례로 적용해본 결과, 제4 조건을 위배했

---

[21] 이는 다음 장에서 상세하게 논의되겠지만, 언어 내 번역의 일반적 유형에 속하는 고어의 번역, 방언의 번역에 담긴 시공간적 간극을 말한다. 언어 내 번역에 관한 논의는

기 때문에 이두문은 언어 내 번역도 될 수 없다는 결론에 이르게 된다. 결과적으로 이두문은 구어의 문어화, 즉 표기일 뿐이다.

우리는 마찬가지 논리로 (9b) 역시 넷째 조건 때문에 언어 내 번역이 될 수 없다고 결론지을 수밖에 없다. 향가의 생산자와 소비자 사이에는 이러한 시간이나 공간적 간극이 존재하지 않는다. 텍스트의 생산자와 소비자가 모두 신라 당대 사람들이기 때문이다. 다만 이 향가를 현대국어로 옮기는 것은 고문을 현대어로 옮기는 '언어 내 번역'의 사례가 된다. 결과적으로 향가 자체는 '언어 내 번역'의 사례가 될 수 없고, 향가를 현대국어로 옮기는 것만이 '언어 내 번역'이 될 수 있다.

4. 언해류의 번역학적 의의

조선 시대 중기부터 간행된 언해류는 번역 자료의 보고라고 말할 수 있다. 언해서 각각에 대한 번역학적 의의에 대해서는 어느 정도 소상하게 밝혀졌지만, 언해류 전체의 성격에 대해서는 약간의 이견이 있다. 그것은 언해류를 '언어 내 번역'으로 보는가, '언어 간 번역'으로 보는가의 문제이다. '언어 간 번역'은 통상적인 의미의 번역이므로 그 내용에 대해 부연할 필요가 없지만, '언어 내 번역'은 약간의 설명이 필요할 듯하다.

'언어 내 번역'이란 원천언어(SL)와 목표언어(TL)가 동일한 경우에 일어나는 번역 현상을 말한다. 일반적으로 언급되는 '언어 내 번역'의 사례로는 방언으로 작성된 문헌에 대한 표준어 번역과 고어(古語)로 된 문헌에 대한 현대어 번역 등이 있다. 우선 방언 자료에 대한 표준어 번역 문제를 알아보기 위해 다음의 예문을 살펴보자.

다음 장에서 다루게 된다.

(10) 이상화 〈가장 비통한 기욕〉

아, 가도다 가도다 쫓아 가도다.

잊음 속에 있는 간도(間島)와 요동(遼東)벌로

주린 목숨 움켜쥐고 쫓아 가도다.

자갈을 밥으로 햇채물을 마셔도

마구나 가졌더라면 단잠은 얽맬 것을

(11) 이육사 〈청포도〉

내 고장 칠월은

청포도가 익어가는 시절

이 마을 전설이 주저리 주저리 열리고

먼 데 하늘이 꿈꾸려 알알아 들어와 박혀

위의 예문은 모두 작가 특유의 방언형이 사용된 시이다. 때문에 시인과 같은 방언권에 속하지 않은 독자가 문면 그대로 시상의 전개를 따라가면서 시인이 말하고자 하는 바를 간취해내기란 쉽지 않은 일이다. 여기서 이 시를 표준어로 정확하게 번역할 필요성이 제기된다. 이러한 과정[22]에서 방언형에 대한 인식이 부족하면 결정적인 오독과 오류를 범할수 있기 때문이다. 이상규에 따르면 상당수의 시집에서 (10)의 밑줄 친어휘를 '海菜물'로 교열하여 '햇채'를 '바다의 채소', 곧 미역으로 보고 있지만,[23] 이것은 대구 방언으로 '더러운 하수구의 물'을 뜻한다고 한다. 교열자가 방언형에 대해 정확한 인식을 갖지 못했던 관계로 '시궁창물'이 '해조류로 만든 국물'이 되고 말았다. 이러한 오독[24]은 결과적으로 시의

---

22 일반적으로는 편집자에 의한 교열 혹은 교감 과정이라고 불리지만, 우리의 주제와 관련시켜 본다면 이것이 바로 '언어 내 번역' 과정이다.

23 이상규, 「시 속에 배어 있는 방언의 향기」, 『언어로 보는 지역의 역사와 문화』(경남대 인문과학연구소 가을학술대회 발표, 미간행), 2012, 30쪽.

24 우리의 입장에서는 '언어 내 번역'에서 일어난 오역이 된다.

이미지 전개에 일대 혼란을 초래하게 된다. 마찬가지로 (11)의 밑줄 친 어휘에 대해서도 '주절이주절이'로 교열하고 '포도송이가 여럿 매달린 모습을 묘사한 표현'으로 해석했지만, 육사의 고향인 안동방언에서 '주저리'는 수량을 표시하는 의존명사로 '송이'의 뜻이며 따라서 '송이송이'가 된다고 한다. 이와 같은 경우에 방언형이 사용된 원시와 표준어로 옮긴 시는 모두 동일한 언어(공통어) 사이에서 일어난 의미의 해석 과정이며, 따라서 '언어 내 번역'의 사례가 된다. 위에서 보듯이 방언을 표준어로 옮기는 '언어 내 번역'은 원천언어와 목표언어가 모두 동일한 언어이므로 대개 구조의 전면적 변개가 일어나기보다는 어휘 몇 개의 변개가 일어나는 일이 보통이다. 물론 제주 방언처럼 여타 방언권의 방언과 현저히 다른 모습을 보이는 경우라면 구조와 어휘 양 측면에서 상당한 변환이 이루어질 것이다. 여기서는 지리적 방언형의 표준어 번역만 다루었지만, 원천언어가 사회적 방언형이더라도 동일한 맥락의 '언어 내 번역'이 된다.[25] 다음으로 고어 자료에 대한 현대어 번역을 알아보기 위해 아래의 예문을 살펴보자.

(12a) 월인천강지곡 三
阿僧祇前世劫에님금位ㄹㅂ리샤精舍애안잿더시니
五百前世怨讐ㅣ나랏쳔일버싀精舍롤디나아가니

위의 예문은 1459년에 『월인천강지곡』과 『석보상절』을 합편해서 간행한 『월인석보』의 일부이다. 한자로 된 어휘를 전부 우리말로 바꾼다고

---

25 이것은 방언형을 표준어로 번역한 사례이지만, 거꾸로 표준어를 방언으로 번역한 경우도 있다. 정춘근 시인은 표준어로 시를 쓴 다음에 평북 정주 토박이인 어머니의 도움을 받아 평북 지역어로 10여 년에 걸쳐 번역해서 『황해』라는 시집을 출간했다고 한다. 이상규(앞의 논문)에 대한 정일근의 토론문(미간행 유인물) 참고.

해도 표기의 문제(띄어쓰기와 소실문자의 존재, 문장부호 등)와 문법적 문제(선어말어미의 위치 변동, 소멸된 주격조사의 대체 등)로 인해 현대의 독자는 그 의미를 파악하기가 쉽지 않다. 여기서 이 텍스트를 현대어로 번역할 필요성이 제기된다.

  (12b) 월인천강지곡 3
      아주 먼 옛날에 왕위를 버리시고 정사에 앉아 계시더니.
      전생의 원수 오백 명이 나라의 재물을 훔쳐서 정사(곁)을 지나가니.

  위의 (12a)를 (12b)로 번역하는 과정을 보면, 폐어가 된 말(쳔→재물, 일벗다→훔치다)을 다른 어휘로 바꾼 모습도 보이고, 시제와 관련된 선어말어미('-더시-'→'-시더-')의 위치가 뒤바뀐 모습도 보이며, 후대에 일어난 음운변화가 반영된 모습('디나아-'→'지나-')도 보이고, (12a)에 없던 띄어쓰기와 문장부호의 등장도 보인다. 이와 같은 경우에 15세기 중엽에 나온 (12a)와 이를 현대어로 옮긴 (12b)는 모두 동일한 언어(한국어) 사이에서 일어난 의미의 해석 과정이며, 따라서 '언어 내 번역'의 사례가 된다. 이 밖에도 우리가 '언어 내 번역'의 사례로 상정할 수 있는 중요한 변환 과정이 있는데, 그것은 바로 북한에서 생산된 언어 자료를 우리의 표준어로 옮기는 작업이다. 아래의 예문을 살펴보자.[26]

  (13a) 대수기하강좌에 들리니 교원들이 책상마다에 참고서들을 무둑히 쌓아놓고 열렬한 토론을 벌리고 있었다.
  (13b) 앞으로 여기서는 공업적방법으로 무비루스화된 잔알감자를 생산하게 될 것이다.
  (13c) 우리는 뜻깊은 올해를 옹군애민사상 만세소리가 높이 울려퍼지는 군민대

---

26 전수태, 『북한 신문용어 연구』, 국립국어연구원, 2002.

행진의 해로 되게 하여야 한다.

위에 제시한 예문을 우리가 이해하기에는 약간의 어려움이 따른다. 일단 띄어쓰기 자체가 상이한데다가, 중간에 '무둑히' 등의 난해한 단어가 출현하여 문맥의 전개를 가로막고, '옹군애민사상' 등 이념적으로 생소한 단어도 눈에 뜨이기 때문이다. 여기서 남한 표준어로의 번역 필요성이 요구된다고 할 수 있다.

> (14a) 대수기하 강좌에 들르니 교원들이 책상마다 참고서를 무둑하게 쌓아놓고 열렬한 토론을 벌이고 있었다.
> (14b) 앞으로 여기서는 공업적 방법으로 바이러스가 없는 알이 잔 감자를 생산하게 될 것이다.
> (14c) 우리는 뜻 깊은 올해를 군을 옹호하고 인민을 사랑하는 사상의 만세소리가 높이 울려 퍼지는 군민대행진의 해로 되게 하여야 한다.

북한의 언어 자료 (13a)를 남한의 표준어로 옮긴 (14a)의 밑줄 그은 어구를 중심으로 하나씩 살펴보자. (14a)에서는 어형이 조금 바뀐 단어 "들리니→들르니, 벌리고→벌리고"가 보이고, 복수표지 '-들'이 사라졌으며 "참고서들→참고서", 남한에서 사용되지 않는 단어 "무둑하다"[27]가 보인다. (14b)에서는 띄어쓰기가 새로 되어 있고(공업적방법으로→공업적 방법으로)[28], 외래어의 표기(비루스→바이러스)가 달라졌다. (14c)에서는 우리에게 생소한 이념을 표현하는 신조어(옹군애민사상)가 이해 가능한 말로 풀이가 되어 있다. 이와 같은 경우에 북한의 문화어로 표기된 (13)과 이를 남한의 표준어로 옮긴 (14)는 모두 동일한 언어(남북한 공통

---

27 남한에서는 이 단어를 '무지근하다'를 뜻하는 '무직하다'의 오용된 형태로 처리한다.
28 북한의 어문규범에서는 '-적' 다음에 오는 단어를 모두 붙여서 표기한다.

어) 사이에서 일어난 의미의 해석 과정이며, 따라서 '언어 내 번역'의 사례가 된다. 남한과 북한이 분단되기 이전에는 남북 양쪽에서 모두 한국어를 사용했으며, 따라서 문화어와 표준어의 뿌리는 사실상 동일하기 때문이다.

그렇다면 '언어 내 번역'은 왜 일어날까? 우리는 위의 세 가지 '언어 내 번역'의 사례에서 원천언어(ST)와 목표언어(TT) 사이에 의사소통을 어렵게 하는 간극이 존재함을 찾아낼 수 있다. 위 (10)과 (11)의 ST 생산자는 경북 방언의 사용자이므로 공간적(지리적) 간극을 사이에 둔 표준어 사용자는 ST의 온전한 의미를 읽어낼 수 없고, 따라서 일부 방언 어휘에 대한 표준어 번역이 필요했던 것이다. 마찬가지로 (12a)의 ST 생산자는 15세기 중엽의 중세국어 사용자이므로 500년이라는 시간적 간극을 사이에 둔 현대국어 사용자는 ST의 온전한 의미를 읽어낼 수 없고, 따라서 (12b)와 같은 현대국어로의 번역이 필요했던 것이다. (13)과 같은 북한 문화어 텍스트를 (14)와 같은 남한 표준어로 번역하는 데는 지리적 간극 이외에 정치사회적 간극이 의사소통을 어렵게 하는 요인으로 작용했다.

다음으로 언해류를 '언어 내 번역'으로 보는 김욱동의 관련 대목을 살펴보자.[29]

(15a) "언어내 번역이란 기점 언어와 목표 언어가 동일한 경우에 일어나는 번역을 말한다. 언어간 번역이란 서로 다른 두 언어 사이에서 일어난다. (중략) 기호간 번역을 접어두고라도 번역은 동일한 언어 안에서 일어나는 번역과 서로 다른 언어 사이에서 일어나는 번역의 두 가지로 크게 나누는 것이 보통이다." (262~263쪽)

---

29 여기 제시하는 예문의 띄어쓰기와 표기는 모두 원저자의 것(김욱동, 『번역과 한국의 근대』, 소명출판, 2010)을 그대로 옮겼다.

(15b) "조선시대 숙종[30]은 백성들이 언문(한글)으로 써서 올린 상소문을 읽지 못하여 한문으로 번역시킨 뒤에야 읽었다고 한다. 그로부터 50년 뒤 연산군 때에는 병조 정랑 조계형에게 명하여 언문으로 역서(曆書)를 번역하도록 하게 하였다. 그로부터 다시 50여 년이 지난 선조 무렵에는 언문으로 교지를 쓰고 비석문을 만드는 단계에 이르렀다. 이렇게 진서를 언문으로 번역하여 베끼거나, 이와는 반대로 언문을 진서로 번역하여 베끼는 것을 진언번등(眞諺翻謄)이라고 부른다. 그리고 이러한 행위는 바로 언어내 번역의 좋은 예가 된다." (273~274쪽)

(15c) "『훈민정음 언해』는 진언번등이나 언어내 번역의 또 다른 예로 꼽을 만하다." (264쪽)

(15d) "언어내 번역은 이러한 진언번등 말고도 지역에 따른 방언이나 사회 계층에 따른 방언, 그리고 오랜 시간이 지나면서 그 뜻이 달라진 표현이나 문장을 현대 독자들에게 뜻이 통하도록 새롭게 옮겨야 할 때도 나타난다. 예를 들어 경상북도 산골지방 아낙네들의 '나이가 천지개락이라 고마 항정도 없재?'(냉이가 천지에 지천으로 있어 그만 한정도 없지?)라는 말은 다른 지방 사람들한테는 외국어와 다름없다. 그렇기 때문에 누군가가 이 문장을 '번역'을 해 주지 않으면 제대로 그 뜻을 이해하기가 무척 힘들거나 아예 불가능하다." (264~265쪽)

(15e) "근대 계몽기에 이루어진 번역은 상당 부분 로만 야콥슨이 말하는 언어내 번역과 크게 다름없었다. 이 무렵 번역은 세계 번역사에서 좀처럼 그 유례를 찾아보기 어려울 만큼 몇 가지 점에서 아주 독특하다. 19세기 말엽과 20세기 초엽 목표 언어로서 한국어는 흥미롭게도 하나가 아니라 그 이상이었다. 이 무렵 기점 언어를 한국어로 번역할 때 번역자들은 ① 한문, ② 국한문혼용, ③ 순국문(한글)의 세 유형 가운데 어느 하나를 선택하였다. (중략) 세계 번역사에서 이렇게 목표 언어가 세 가지 종류나 있는 경우란 여간 드물지 않다." (265쪽)

---

30 50년 뒤의 연산군 때 일을 언급한 것을 보면 '숙종'은 '성종'의 잘못으로 보인다. 숙종 (재위 1674~1720)은 17세기 중엽부터 18세기 초를 살았던 왕이기 때문이다.

(15f) "이 세 유형의 목표 언어 중에서 한문이란 두말할 나위 없이 유학자들과 지식인들이 사용하던 언어를 말한다. 사대모화주의자들은 이 한문을 '언문'에 빗대어 진짜 글이라고 하여 '진서'라고 부르며 떠받들었다." (265~266쪽)

(15g) "그런데 남의 나라 문헌을 중국의 문자와 언어인 한문으로 번역한다는 것이 언뜻 이상하게 보일지도 모른다. 그러나 엄밀히 말하자면 한자를 단순히 중국의 문자나 언어라고만 볼 수도 없다. 그 동안 한국에서 사용하여 온 한자는 중국에서 사용하는 것과는 조금 다르다. 한국에서 사용하는 한자를 흔히 '한국어의 한자' 또는 '한문한자'라 일컫고, 중화권에서는 '조선한자'로 부르는 까닭이 여기에 있다. 오랫동안 한자를 빌려 한국 사람의 사상과 정서를 표현해 왔다는 특수한 사정을 고려한다면 한자로 표기된 어휘라고 하더라도 모두 한자어로 보는 데에는 무리가 따른다. (중략) 어찌 되었든 근대 계몽기와 그 직후 한자는 서양 문헌을 옮기는 데 중요한 목표 언어 가운데 하나였다." (266~267쪽)

이제 우리의 주제에 대한 김욱동의 언급을 하나씩 분석해 보자. 우선 (15a)는 '언어 내 번역'과 '언어 간 번역'에 대해 말하고 있는데, 전자가 동일한 언어 사이에서 일어나는 번역이고 후자가 서로 다른 언어 사이에서 일어나는 번역임을 확인하고 있다. 우리의 일반적 이해와 다르지 않다.

(15b)와 (15c)에서는 '언어 내 번역'의 사례에 대한 언급인데, 언문을 진서(한문)로 옮기거나 진서를 언문으로 옮기는 이른바 '진언번등' 및 훈민정음 언해를 '언어 내 번역'의 대표적인 사례로 들고 있다. 앞에서 보듯이 한문 텍스트를 언문으로 옮기는 것을 '언어 내 번역'으로 보는 저자의 입장에서는 한문본 『훈민정음(訓民正音)』을 언문으로 옮긴 『훈민정음 언해』도 '언어 내 번역'으로 보는 것이 당연한 논리적 귀결이다.

(15d)에서는 '언어 내 번역'의 사례가 계속 소개되는데, 지역 방언이나 사회 방언 및 고문에 대한 번역을 '언어 내 번역'의 사례로 들고 있다. 이는 우리가 앞서 예문 (10)~(14)에서 확인한 '언어 내 번역'의 내용과

동일한 맥락이다.

(15e)는 근대 계몽기의 번역에 대해 말하면서 저자가 생각하는 '언어 내 번역'의 개념이 무엇인지를 알 수 있는 중요한 단서를 제공해준다. 이 무렵의 목표언어로서의 한국어가 한문과 국한문혼용 및 순국문(한글)의 셋이라고 언급한다.

(15f)에서는 (15b)에서 언급한 진서(한문)를 언어로 보면서 유학자들과 지식인들을 그 향유층으로 규정하고 있다. 그리고 (15g)에서는 앞서의 논의를 연장하여 근대 계몽기와 그 직후 한자가 서양 문헌을 옮기는 중요한 목표언어의 하나라고 했다.

이제 언해류를 '언어 내 번역'이라고 한 김욱동[31]의 전후 문맥을 비교적 상세하게 파악한 만큼 이 주장의 타당성 여부에 대한 논의를 시작할 준비가 된 셈이다.

언해는 원천언어(SL)가 한문이고 목표언어(TL)가 한글이다. 아울러 '언어 내 번역'이란 원천언어와 목표언어가 동일한 경우에 일어나는 번역 현상이며, 이는 (15a)에서 보듯이 김욱동도 동의하고 있는 내용이다. 이러한 맥락에서 언해가 (원천언어와 목표언어가 동일한) '언어 내 번역'이 되려면, 한문과 언문(한글)이 동일한 언어가 되어야 한다. 한문과 언문(한글)이 동일한 언어라는 것은 우리의 상식과 어긋나는 진술이다.

그렇다면 김욱동은 어떤 근거로 한문과 언문이 동일한 언어라는 범상치 않은 주장을 하게 된 것인가? 그에 대한 답변은 (15e)에 있다. 여기서 김욱동은 당시의 목표언어를 한문과 국한혼용문 및 순국문의 셋이라고 했다. 문제는 표면적으로 드러나는 문체의 문제(한문체, 국한문혼용체, 국문체)를 언어의 유형 문제로 오해했다는 데서 비롯된다. 한문체와 국한문혼용체 및 순국문체가 근대 한국에 존재한 문체의 유형이라는 점은 인정

---

31 김욱동, 앞의 책, 261~270쪽.

하지만, 당시에 공존한 문체라고 해서 이들이 동일한 언어라는 주장은 논리의 비약이다.[32] 한문체는 당시 조선의 근대에 존재했던 문체의 하나이고 한문은 중국어를 표기한 언어의 일종이다.

김욱동의 이러한 논리는 (15g)에 이르러 글자와 글의 개념 구분에서도 혼란을 노정하고 있다. "근대 계몽기와 그 직후 한자는 서양 문헌을 옮기는 데 중요한 목표언어 가운데 하나였다"라고 하여 한자(글자)를 언어(문어)와 동일한 위상에 두고 논의를 진행하고 있다. 우리는 언해를 '언어 내 번역'이라고 한 김욱동의 주장이 언어(한문, 중국어 문어)와 문체(한문체), 글자(한자)와 언어(한문)의 차이를 개념적으로 혼동한 데서 비롯된 것으로 파악한다.

한문은 기본적으로 한국어와 다른 중국어의 구조를 반영한 중국어를 문자화한 외국어(문어)이고, 한문체와 국한문혼용체, 순국문체는 국어의 문체 유형이라는 것이 필자의 입장이다.[33] 언어의 구조라는 관점에서 볼 때 언해의 원전은 대부분 중국어, 곧 외국어이다. 언해 과정에서 어순 등이 변개되는 등 구조의 변화가 발생한다는 것이 이에 대한 가장 직접적인 증거이다. 구조 변화의 개념만이 한문의 언해가 동일한 언어 사이에서 일어나는 번역이 아니라는 유일한 증거는 아니다. 텍스트의 생산자

---

[32] 따라서 당시 사람들은 세 가지 언어로 글을 쓴 것이 아니라, 세 가지 문체로 글을 썼다는 것이 올바른 진술이다.

[33] 최근에 서강선도 문체의 습합이라는 개념 하에 이와 유사한 주장을 폈다. 그는 "(조선시대) 구어의 제1언어(또는 제1 모국어)는 조선어이지만, 문어의 제1언어는 한문이었던 것이다."(서강선, 「번역과 문체의 습합 및 변용」, 『우리말글』 56, 2012, 401쪽)라고 말하고 있다. 그렇지만 중국에서 간행된 언해의 원전은 모두 중국어의 구조를 반영하고 있으며, 따라서 중국어이지 한국어가 아니다. 한편 황호덕과 이상현, 「게일J. S. Gale, 한영사전(1897~1931) –'한국어'의 새로운 형상을 만들다」, 부산대학교 점필재연구소 고전번역학센터, 『동아시아, 근대를 번역하다 –문명의 전환과 고전의 발견』, 점필재, 2013, 248쪽에서도 한문과 국문을 서로 다른 언어로 인식하지 않았으며, 따라서 계급 방언의 성격이 짙은 한문과 국문 사이의 번역도 언어 내 번역으로 보았다.

와 소비자 개념도 간접적으로 논리적 증거가 될 수 있다. 우리는 앞서 '언어 내 번역'의 발생 이유를 시간적(고문의 현대역)이거나 공간적인(지역/사회 방언의 표준어역) 간극에 의한 원천언어 생산자와 목표언어 소비자의 의사소통 장애로 본 바 있다. 다시 말해 한국어의 경우에 '언어 내 번역'에서는 텍스트의 생산자와 소비자가 서로 다른 시간, 다른 공간에서 언어생활을 영위하는 한국인이다. 그렇지만 중국에서 간행된 문헌을 언해한 경우는 텍스트의 생산자가 중국인이고 소비자가 조선인(한국인)이어서 '언어 내 번역'이 될 수 없다. 혹자는 『훈민정음 언해』는 텍스트의 생산자와 소비자가 동일한 조선인이라고 주장할지 모르지만, 이는 사실과 다르다. 이때 원전 텍스트의 생산자는 한문을 자유자재로 구사하는 지식층이고 언해 텍스트의 소비자는 세종 자신이 언급했듯이 한문을 모르는 '어리석은 백성'(愚民)이기 때문이다.[34] 중국어의 구조를 반영한 한문을 자유자재로 구사한다는 점에 주목한다면, 텍스트의 생산자는 중국어 문어의 사용자로 보아야 한다. 그런 측면에서 본다면 조선 시대 한문에 대한 구사능력을 갖춘 사대부 지식층은 중국어 문어와 한국어 구어를 모두 사용할 줄 아는 일종의 2개 언어 사용자로 보아야 할 것이다.

사실 세계의 번역사를 일별해보면, 조선 시대의 언어 상황과 유사한 사례를 만날 수 있다. 중세 페르시아의 지식층에서는 8세기부터 200여 년 동안 이란 지역으로 밀려든 이슬람 문화와 아랍어의 도래에 따라, 페르시아어로 작성된 예전 문헌의 대부분을 아랍어로 번역해서 이전 문화를 보존했는데, 10세기부터는 다른 여러 언어들로 작성된 문헌들과 함께 아랍어로 번역된 문헌의 상당수를 다시 페르시아어로 옮겼다고 한다.[35]

---

34 그렇다고 양자를 사회 방언의 관점에서 구분하기도 어렵다. 한문과 언문은 상이한 언어 구조를 가지고 있기 때문이다.

35 이에 대해서는 한국번역학회 편, 『라우트리지 번역학 백과사전』, 한신문화사, 2009, 738~740쪽을 참고할 수 있다.

이러한 경우에 발생한 번역 현상은 상이한 두 언어의 접촉으로 보아야지 동일한 언어로 보아서는 안 된다. 한문을 조선어(한국어)의 하나라고 말하는 것은 마치 아랍어를 페르시아어의 하나라고 말하는 것과 흡사한 논리적 모순이다. 한문은 여전히 중국어 문어로서 외국어이며, 이는 라틴어가 구어로는 사라졌지만 문어로 여전히 유럽의 지식층 사이에서 사용되고 있는 것과 유사하다. 실제로 근대 유럽에서 그랬던 것처럼 예컨대 프랑스의 지식인이 프랑스어로 된 문헌을 라틴어로, 혹은 라틴어로 된 문헌을 프랑스어로 옮겼다면 이것은 두 언어 사이의 번역, 곧 '언어 간 번역'이지 '언어 내 번역'이 될 수 없다.[36]

만일 김욱동의 주장대로 한문과 국문이 동일한 언어이며 따라서 모든 언해가 '언어 내 번역'이라고 한다면, 중국인이 쓴 원전 『소학(小學)』이나 『맹자(孟子)』를 언문으로 번역한 『소학언해』나 『맹자언해』 등도 모두 '언어 내 번역'이라고 해야 된다. 이런 논리의 연장선상에서 김욱동의 주장을 보다 직설적으로 말한다면 『소학』과 『맹자』의 저자가 한국어를 사용했다고 말해야 하지만, 그것은 상식적으로나 논리적으로 타당하지 않다. 결론적으로 언해는 '언어 내 번역'이라는 명제는 성립하지 않으며, 언해는 '언어 간 번역'으로 보아야 할 것이다.[37] 결론적으로 언해는 기본적인 관점에서 '언어 간 번역'인데, 다만 여타의 '언어 간 번역'과 달리 원천언어와 목표언어가 모두 동일한 시대와 국가 혹은 문화권 안에서 사용되었

---

36 영어와 프랑스어가 공용어로 사용되고 있는 캐나다에서 영어 텍스트를 프랑스어로 옮기거나 프랑스어 텍스트를 영어로 옮기는 것을 언어 내 번역이라고 부를 수 없는 것도 마찬가지이다.

37 송태효, 「초기 언해본의 번역인문학적 탐구」, 『통번역학연구』 16-2, 2012, 151~152쪽에서는 "언문은 문자로서 백성을 계몽하기 위한 의사소통까지 배려한다는 점에서 나이다가 의미한 민족 사이에서 벌어지는 언어간 번역으로서의 의사소통에 머무르지 않는 언어내 번역으로서의 의사소통까지 배려한 복합적 산물이다."라고 하여 표현수단으로서의 한글에 이중적 지위를 부여하고 있다.

다는 점이다.

5. 맺음말

　지금까지 우리는 번역학의 기본 개념을 한국어의 번역 자료에 적용하는 문제에 대해 논의했다. 구체적으로 말하면 고대에 일어났을 것으로 믿어지는 한국어와 중국어 문어의 접촉을 번역의 관점에서 다루면서 한국 번역사의 상한선을 추정해 보았고, 차자표기 자료에 대한 해석을 번역의 정의와 관련시켜 표기와 번역의 구분을 다루었으며, '언어 간 번역'과 '언어 내 번역'을 다룬 번역의 유형 이론을 적용하여 조선 시대의 언해 자료를 '언어 내 번역'의 특이한 형태로 다루었다. 어떤 학문 분야든 외래 이론의 기본 개념이 우리의 자료에 바르게 적용되어야 그 분야 학문의 토착화와 발달을 기대할 수 있을 것이다. 이러한 일반론은 번역학에서도 물론 마찬가지이다.

고전번역학의 학적대상 시론

1. 논의의 목적

이 글은 고전번역학의 학문적 성립 가능성을 점검하기 위한 첫 번째 시도이다. 고전번역학은 기존에 성립되어 있는 분과학문이 아니라 본 고전번역+비교문화학 연구단에서 분과학문으로 시도하고 있는 학문이다. 고전번역학이 학문으로 성립하기 위해서는 많은 시험을 통과해야 한다. 그것은 무엇인가 무엇에 필요한 것인가 굳이 필요한가 등등의 의문이 그것일 것이다. 이글은 이러한 의문에 답하는 첫걸음으로 고전번역학이라는 분과학문이 학문의 대상으로 삼는 다시 말해 연구대상으로 삼는 것은 무엇이 있는가 또는 있을 수 있는가를 시험적으로 점검해 보려는 것이다.

하나의 분과학문이 성립하려면 여러 가지가 필요하다. 이영훈은 Armin KRISHANAN(『What are Academic Disciplines?』, 2009)을 인용하여 그것을 여섯 가지로 요약한 바 있다. 1) 독자적 연구대상 2) 관련 전문지식 3) 고유한 이론과 개념 4) 전문용어 5) 고유한 연구방법 6) 고유한 제도-학과목, 학과, 학회, 전공교수직 등이 그것이다.[1]

---

[1] 이영훈, 「한국번역학사 기술을 위한 전제와 시론」, 『번역학연구』 14-2, 2013, 189~190쪽 참조.

이글은 위의 여섯가지 조건 중 첫 번째에 해당하는 고전번역학의 독자적 연구대상은 가능한가, 가능하면 무엇이 있을 수 있는가를 점검하는 자리이다. 이것은 우선 고전번역학이라는 분과학문이 전체 분과학문 내지 지적 활동의 지형에서 어떤 위치를 차지하고 있는가 자체가 불분명하기 때문에 고전번역학이 분과학문으로 성립하려면 반드시 가장 먼저 결정해야 한다. 이에 대해서는 앞으로 충분한 연구를 거쳐 좀더 많은 대답의 가능성들을 만들어 내야 할 것이다.

여기에서는 먼저 현재 한국에서 쓰이고 있는 고전번역에 대한 두 가지 예를 들면서 시작하기로 한다. 첫째, 현재 고전번역이라는 말을 사용하고 있는 단체에 대한 것이다. 한국고전번역원과 한국고전번역학회가 그것인바 여기에서는 한반도에서 생산된 한문고전의 번역과 그에 대한 논문만을 취급한다. 이때 고전이란 한국한문고전이며 번역은 한문번역인 셈이다.

둘째, 고전번역학을 고전학과 번역학이라는 두 가지 학문의 접점에 위치해 있는 어떤 학문으로 보는 것이다. 이것은 필자가 이글에서 취하고 있는 기본입장이다. 이때 문제는 고전학의 여러 구성부문 중 번역과 관련된 부문, 번역학의 여러 구성 요소 중 고전번역만 따로 떼어내어 인위적으로 짜맞춘 것 같은 느낌이 든다는 것이다.

어쨌든 이 둘 다 고전번역학이라고 이름하기에 충분하며 연구대상도 풍부한 것이 사실이다. 특히 두 가지를 부딪쳐보고 섞어보면서 가능성들을 점검해보면 의외에도 풍성한 결과가 나올 수 있을 것이다. 이에 대한 구체적인 분석은 다음을 기약하기로 한다. 이 자리에서는 고전번역학에 해당하는 것처럼 보이는 자료들을 쭉 점검해 보면서 고전번역학의 학적 대상의 범위를 찾아보기로 한다.

이렇게 고전번역학에 해당하는 자료들 곧 학적 대상을 쭉 열거하는 방식은 고전번역학이라는 이름 아래 기존에 국어학, 번역학, 국문학, 한문학, 역사학 등에서 다루어왔던 자료들을 가지고 새로운 계열을 만드는 것을 의미한다. 새로운 계열은 새로운 관계들을 만들고 새로운 관계들은 새로운 지적 맥락들을 만들고 새로운 지적 맥락들은 새로운 지적 세계를 만들어낼 것인바 이글은 이를 위한 첫출발로 자료들의 새로운 계열을 만들어 보는 것을 목적으로 한다.

따라서 이글은 자료들을 위한 울타리를 치는 것과 같다. 기존에 다른 학문의 울타리에 있던 자료들을 고전번역학이라는 문제의식 아래 새로운 울타리 안으로 넣는 것이다. 그러면 자료들은 그 안에서 자신에게 알맞은 위치를 찾아내어 자리 잡으면서 서로간의 관계들을 설정하게 된다. 그 과정에서 새로운 관계를 통한 새로운 의미들을 창출하게 되고 나아가 울타리는 하나의 새로운 지식 세계가 될 것이다.

물론 그 과정에서 새로운 자료들이 계속 울타리 안으로 들어올 것이다. 이 새로운 자료들은 고전번역학의 연구가 성숙하고 이론이 정비됨에 따라 그렇지 않아 보이던 자료들에서 고전번역학적 의미를 발견하면서 이루어질 것이다. 이글은 이러한 일련의 과정들을 위한 첫단계 즉 시험 삼아 고전번역학이라는 울타리를 치고 고전번역학에 해당하는 것처럼 보이는 자료들을 울타리 안으로 집어넣고 그것들의 위치를 적당히 잡아 보는 시론으로 쓰여진 것이다.[2]

---

2 물론 이전에 이러한 시도가 전혀 없었던 것은 아니다. 전통시대 고전을 번역한 책들은 한국에서 근대학문이 출발하면서부터 국어학, 국문학, 역사학 등 이른바 국학 분야의 주요 영역이었으며 많은 업적이 쌓여있다. 최근에는 번역학 연구가 활발해지면서 새로운 시도들이 거듭 나타나고 있다. 특히 김정우, 유명우, 장경준 등의 연구가 눈에 띈다. 아마 이에 대한 연구사만 해도 하나의 논문이 될 수 있을 것이다. 하지만 이글은 고전번역학의 학적대상이 될만한 자료들을 나열해 보는 것이 일차 목표이므로 기존연구에 대해서는 몇몇 눈에 띄는 최근 연구성과들만 들기로 하고 이에 대한 구체적인 언급은 자제하기로 한다. 이점 널리 양해를 구한다.

2. 공시적 대상

본격적인 자료 점검을 시작하기 전에 먼저 예비적인 검토를 해보기로
한다. 무엇보다도 (한국)고전번역학이라는 학문의 이름은 그 자체로 대
상을 이끌어내는 것이기에 이 학문의 이름을 구성하는 네 가지 "한국",
"고전", "번역", "학"에 대한 최소한의 범위를 규정할 필요가 있다. 이 과
정에서 다른 분과학문과 고전번역학 사이의 최소한의 분리가 가능할 것
이다.[3]

첫째, 고전번역학으로 할 것인가 한국고전번역학으로 할 것인가를 결
정해야 한다. 어느 쪽으로 할 것인가에 따라 학적대상으로서의 자료의
한계가 끝없이 넓어질 수 있다. 이에 대해서는 현재의 역량상 한국고전
번역학만을 대상으로 하기로 한다. 차후 역량이 보강되면 세계고전번역
학도 생각해볼 수 있다. 단 한국고전번역학을 하되 세계고전번역학을 끊
임없이 사고하며 한국의 고전번역를 연구하는 것이 세계의 고전번역 연
구에도 통용될 수 있는 모범례가 될 수 있도록 노력한다는 여운 정도는
남겨두도록 한다.

둘째, "고전"을 어떤 것으로 할 것인가를 결정해야 한다. 현재 통용되
고 있는 고전에 대한 일반적 용례로 보면 고전은 가치적 개념이다. 즉
고전으로서의 가치를 인정받은 책들이다. 따라서 고전번역학의 학적대
상으로의 고전번역은 일차적으로 고전으로서의 가치를 인정받은 책이
되어야 한다. 이 가치가 무엇인가 하는 것은 보편적 가치 내지 특정시기
를 대표하는 지적 성과라고 범범하게 정리할 수 있다. 최근 들어 이것은
정전(canon)의 성립이라는 측면에서 활발하게 논의되고 있다.[4]

---

3 이에 대해서는 부산대학교 인문한국 고전번역/비교문화학 연구단, 『고전·고전번역·
문화번역』(미다스북스, 2010)에 실려있는 여러 연구자들의 새로운 시도들이 있다.

　가치적 개념으로 고전을 학적대상으로 볼 때 문제는 시대이다. 근대 이후에는 이 개념을 사용하여 번역에서 고전번역과 고전번역이 아닌 것 사이를 구분하는 것이 충분히 가능하다. 하지만 근대 이전에는 자료 자체가 거의 없는데 가치적 개념을 사용하여 자료들을 구분하는 것이 굳이 필요한가라는 의문이 든다. 하지만 다행히도 근대 이전에는 문명시스템의 핵심을 이루는 정도의 가치가 있는 책이 아니면 아예 번역 대상에 포함되지도 않았다. 따라서 현재 근대 이전의 번역서는 가치있는 책들만 남아있어 우리들의 고민을 덜어주고 있다.[5] 즉 전통시대 번역서는 모두 고전번역이었다.

　셋째, "번역"을 무엇으로 할 것인가도 결정해야 한다. 현재 쓰고 있는 번역은 말로 하는 번역인 통역과 글로 하는 번역을 통칭해서 쓰고 있다. 대상도 그것이 무엇이든 번역자가 원천언어를 목적언어로 바꾸는 행위 전체이다. 고전번역학에서도 고전을 대상으로 한 것이면 말로 하는 번역과 글로 하는 번역 모두를 대상으로 하기로 한다. 또한 번역서만을 대상으로 할 것인가 아니면 번역에 관련된 담론들을 포함할 것인가의 문제도 있는데 당연히 후자를 채택하기로 한다.

　이상으로 (한국)고전번역학이라는 학문 이름에 들어있는 고전번역학의 학적 대상에 대해 잠깐 살펴보았다. 이어서 번역의 개념과 관련된 좀더

4　부산대학교 인문한국 고전번역/비교문화학 연구단, 『고전·고전번역·문화번역』(미다스북스, 2010)의 기본 연구시각은 고전을 고전으로 성립시킨 사회적 여러 조건과 힘들을 강조하는 것이다. 하지만 필자는 고전에 있어서는 고전적 가치가 어떤 방식으로 구현되며 동시에 인간 사회를 진전시키는 힘으로 작동했는가 하는 점이 더 일차적 대상이 되어야 한다고 생각한다.

5　기존에 다른 분과학문의 경험을 살펴보는 것도 유용하다. "고전"에 대한 기존 분과학문으로는 국어국문학 중 고전문학이 있다. 기존에 고전문학에서는 시대별 기준을 적용하였다. 즉 근대이전의 국문학 작품을 모두 고전문학이라는 이름 아래 연구대상으로 올렸다.

구체적인 몇 가지를 살펴보기로 한다.

첫째, 번역을 "책"과 글의 형태로만 한정짓는다면 고전번역학의 대상은 고전번역"서"가 된다. 이에 따르면 고전번역학의 학적 대상은 유사이래 한반도에서 나온 고전번역서의 세계이자 역사가 될 것이다. 이에따라 연구도 주로 번역서 자체와 번역서와 관련된 사회적 역사적 조건들이 될 것이다.

이에 비해 번역을 "행위"로 본다면 유사 이래 한반도에서 등장한 모든고전번역 행위가 될 것이다. 이에 따르면 번역서라는 책을 벗어나 인용, 현토, 비평 등 다양한 형태의 번역행위를 학적 대상으로 삼을 수 있다.[6] 또한 이 경우 책이나 글은 당대 번역 행위의 구체적인 결과물일 뿐만 아니라 특정한 시대 전체 번역행위의 모습을 알려주는 흔적 내지 징후로볼 수 있다. 이글에서는 후자를 따르기로 한다.

둘째, 번역을 "원천언어에서 목적언어로의 변형"으로 보면 직역과 의역이 주요 대상이 될 것이다. 이에 비해 최근 번역학에서 하듯이 번역을"다시쓰기"로 보면[7] 직역, 의역 뿐만 아니라 번안 심지어 지적 교환 행위모두를 고전번역학의 학적대상으로 삼을 수 있다. 이글에서는 후자를 채택하되 적정한 선을 두어 고전의 번안 정도까지를 다시쓰기로 설정하고아주 특수한 경우에만 범위를 확장하기로 한다.

셋째, 고전번역을 번역만을 대상으로 할 것인가 아니면 이미 번역된

---

6 최근 연구자들은 1990년대 번역학이 이른바 문화로의 선회를 이룬 이후 이러한 연구시각을 따르고 있다. 약간 유보적이긴 하지만 김정우가 「한국 번역사의 시대구분」, 『번역학연구』 9-1, 2008 등 현재 활발하게 집필하고 있는 여러 연구에서 견지하고 있는 시각도 이에 해당한다고 할 수 있다. 최근 서민정, 「조선 시대의 번역 표기에 대한 번역학적고찰」, 『한국 고전번역학의 구성과 모색』(점필재, 2013)에서는 아예 이두를 정식 번역으로 인정하고 있다.

7 이에 대해서는 이영훈, 「한국번역학사 기술을 위한 전제와 시론」, 『번역학연구』 14-2, 2013 참조.

것들을 이용하는 행위까지를 포함할 것인가의 문제이다. 당연히 후자로 해야 할 것이다. 여기에는 번역물이 사회에 미치는 효과가 포함될 것이다. 또한 기번역 작품의 재번역 행위도 포함될 것이다. 이것은 중역의 한 형태라고도 볼 수 있다. 또한 번역물을 가공하여 다른 지적 형태로 만들어내는 행위도 포함하게 될 것이다.[8] 이것은 요즘 흔히 문화콘텐츠라고 불리는 것이다.

넷째, 사회 전체에서 일어나는 고전번역행위를 어떤 형상으로 볼 것인가의 문제이다. 여기에서는 성경에 나오는 바벨탑 우화를 통해 잠깐 이를 살펴보기로 한다. 그것은 Babel과 반대말 Ababel 사이를 구분하는 것이다. 성경의 바벨탑 신화는 바벨탑 붕괴 이전의 단일 언어 시기, 붕괴 이후의 다수 언어 시기로 나눌 수 있다. 붕괴이전을 바벨 곧 소통으로, 붕괴 이후를 반대말 아바벨 곧 불통으로 일단 상정하기로 한다.[9]

성경에서 바벨의 세계는 공통언어와 그를 통한 소통의 세계인 바벨에서 언어의 분화와 그를 통한 불통의 세계인 아바벨로의 이전을 상정한다. 현재 아바벨 즉 불통의 단계에 있는 우리들은 바벨 즉 소통의 단계를 위해 번역을 하며 이것은 큰 바벨 즉 전체적인 소통으로의 회복의 의지를 반영한다. 이것은 신의 이름 아래 소통의 단계에 있던 인간들이 자신의 의지에 따라 서로 불통의 단계로 갔다가 다시 신의 이름 아래 소통을 회복하려는 성경의 신화를 반영하고 있다.

이에 비해 아바벨의 세계를 중심에 놓고 보면 사태는 달라진다. 아바

---

8 최근 한국고전번역원에서 기번역된 책을 재번역하거나 대중용 책으로 다시쓰기 하는 사업을 활발하게 추진하고 있다. 이 부분의 내용은 한국고전번역원의 이 사업을 모델로 하여 쓴 것이다.

9 바벨탑 신화를 번역과 관련지어 설명하는 것은 역사가 아주 오래되었다. 최근에 김욱동, 『번역의 미로』(글항아리, 2011) 제1장 '바벨탑의 붕괴와 번역의 탄생'에서는 이 문제를 여러 측면에서 거론하고 있다. 그는 특히 스타이너의 『바벨탑 이후』를 인용하면서 바벨탑을 번역의 상징으로 보고 있다.

벨의 세계는 바벨의 세계 즉 성경의 세계를 뒤집는다. 아바벨의 세계는 아바벨 즉 분화된 언어의 불통의 단계에서 바벨 즉 공통언어의 소통의 단계로의 지향을 반영하는 것처럼 보인다. 이때 문제는 큰 바벨 즉 공통언어와 그에 따른 전체적 소통의 단계는 아바벨의 세계에는 존재하지 않는다는 것이다. 왜냐하면 경험한 적이 없기 때문이다.

대신에 아바벨의 세계는 작은 바벨 즉 끊임없이 크고 작은 소통들을 만들어내는 들끓는 의지들을 반영한다. 또한 전체적 소통을 경험해보지 않았으므로 이 행위들은 회복에의 의지가 아니라 서로 소통하고 경험을 나누며 그를 통해 서로 돕는 세상을 향한 작은 실천들 작은 바벨들이 끊임없이 일어났다 사라지는 세계를 상정한다.

아바벨의 세계는 신의 이름이 없는 인간의 언어사를 반영한다. 인간은 자신의 창조성을 극대화하여 다양한 형태의 언어를 만들었다. 하지만 이것은 주로 강력한 정치경제적 결사체의 등장하면서 폭력적으로 억압받게 된다. 이에 따라 언어의 다양성은 점점 소멸한다. 하지만 이에 대한 저항도 만만찮다. 소멸되지 않고 공존하는 작은 언어들이 그 증거이다. 또한 주류 언어 내에서 하위언어들의 끊임없는 탄생 또한 아바벨의 세계의 들끓는 창조성을 반영하고 있다.

아바벨을 고전번역으로 환치함으로써 우리는 간단히 고전번역의 사회적 역사적 형상을 얻을 수 있다. 외부와 소통하려는 끊임없는 의지와 창조성, 강력한 정치사회적 결사체의 억압과 이에 대한 저항 등이 그것이다. 이글에서는 아바벨의 세계를 따르기로 한다.

다섯째, 번역의 단계 구분이다. 이글에서는 잘 알려진 역경(譯經)-의해(義解)의 단계 구분을 따르기로 한다. 중국에서 생산된 고승전의 체제를 보고 일본학자가 설정한 이 단계론은 여러모로 유용하다. 이것은 접촉-이해-융합이라는 문명교섭의 단계로도 활용할 수 있다.[10]

더 중요한 것은 이것이 번역을 인간의 역사 전체에 대한 개념 규정으로 활용할 수 있게 만들어준다는 것이다. 따지고 보면 인간이 가진 모든 문명의 요소들은 번역을 통해 형성된 것이다. 원시시대 인간은 오늘날의 시각으로 보면 거의 아무 것도 가지지 못했다. 따라서 오늘날 우리들이 가진 모든 것은 밖에서 들어온 것들을 끊임없이 이해하여 "내부"로 만들면서 이루어진 것이다. 그 "내부"에 다시 외부의 번역이 더해져 더 큰 "내부"가 만들어온 과정이 인간의 역사이다.

이렇게 보면 오늘날 우리들 문명은 번역의 퇴적물 내지 집적물들로 이루어진 것이다. 그 안에는 이해와 융합의 정도에 따라 다양한 번역물들만이 존재할 뿐이다. 동시에 이해하려는 노력과 이해되기를 거부하는 길항 작용의 결과 일어나는 다양한 충돌과 화해의 행위들도 존재한다. 그 외에도 이 개념규정을 통하면 매우 새로운 사회의 모습들을 상정해볼 가능성을 볼 수 있다.

이렇게 보면 아마 이 번역으로 이루어진 사회는 보편자 즉 유기체론으로 설명할 수 없을 것으로 보인다. 번역물의 퇴적 상태의 다양한 정도와 규모에 따라 수도 없이 많은 행위 내지 사건들이 일어날 것인바 이것은 사회전체 유기체라는 통합적 시각보다는 끊임없는 무정부적 운동으로 바라보는 것이 훨씬 유용할 것으로 보인다.

잘 알려져 있다시피 고전은 문명의 핵심 요소들을 담고 있으며 상당히 긴 시간 동안 지속되는 것이다. 그럼 무정향적인 번역행위들 속에서 고전을 번역하여 자신의 문명 내부로 들여보내는 행위를 상상해보자. 또한 사회 내부의 무정형적인 번역 퇴적물들 속에서 고전번역물의 형태를

---

10 이것은 중국불교의 발전단계를 구분한 것이다. 초기 대면단계에서 역경(譯經)은 다음 단계에서 의해(義解)로 발전하였으며 결국 문명의 가장 밑바닥에 놓이게 된다. 불경의 번역에서 의해로, 중국식 불교의 발전으로, 마지막엔 선불적(仙佛的) 세계관의 단계로 발전하는 모습이 그것이다.

상정해보자. 이렇게 하는 것만으로도 고전번역학의 학적대상에 대한 다양한 상상을 할 수 있을 것이다.

위의 고찰들을 최종점으로 다시 점점하면서 고전번역학의 구체적인 분류기준들을 제시하고 고전번역학의 학적대상의 범위를 좁혀보기로 한다. 첫째, 세계고전번역학인가 한국고전번역학인가의 문제이다. 후자를 따르기로 이미 결정했지만 문제는 간단치 않다. 이를테면 불경번역은 세계적 번역이다. 유경(儒經)의 번역은 중국에서 해석의 긴 역사가 존재하고 역시 세계적 번역을 배후로 가지고 있다. 근대초기 서양문명의 번역이나 세계문학전집의 일어중역본의 문제 또한 그러하다. 이에 대한 찬찬한 점검이 필요하다.

둘째, 고전번역만 다루는가 아니면 고전번역에 대한 담론까지 다루는가이다. 역시 후자로 하기로 결정했다. 특히 여기에서는 자료뿐만 아니라 고전번역에 대한 비평, 이론 탐구, 연구 등까지를 포함한다.

셋째, 글로 된 번역만을 다루는가 아니면 말로된 번역까지 다루는가이다. 이것 역시 후자로 결정했다. 특히 말로 된 고전번역은 전통시대 학습에서 굉장히 중요한 부분을 차지하고 있다.

넷째, 밖에서 안으로 들어오는 번역만 다룰 것인가 안에서 밖으로 나가는 번역도 다룰 것인가이다. 당연히 후자로 결정해야 한다. 문제는 안에서 밖으로 나가는 번역이 실제로 양이 매우 적고 번역의 질 또한 그렇게 우수하지 않으며 한국을 소개하는 데 중점을 둔 것이라는 점이다.[11] 더 큰 문제는 특히 현대에 안에서 밖으로 나가는 번역은 모두 한국의 고전을 번역한 것이라서 고전번역의 영역에 포함된다는 점이다. 이점 충분

---

11 최근에는 90년대 후반 이래 한국문학번역원 등의 노력에 의해 사정이 많이 나아졌다. 하지만 아직까지도 외국인들에게 자신있게 소개할만한 한국고전의 번역서는 그렇게 많지 않은 것이 사실이다.

히 유념할 필요가 있다.

다섯째, 번역만을 다룰 것인가 아니면 번역예비단계, 반번역, 번안까지 다룰 것인가이다. 이점 역시 후자까지 포함하기로 했다. 특히 전통시대에는 번역을 위한 메모, 노트, 구결, 현토, 두주, 협주, 석의, 인용 등 번역예비단계 및 반번역의 단계가 번역을 생각할 때 매우 중요하므로 충분한 논의가 필요하다. 번안은 광범위하게 일어나는 현상이며 번역을 다시쓰기로 설정하면 매우 중요한 고전번역의 영역이 될 수 있다.

여섯째, 번역만을 다룰 것인가 이미 번역된 것의 활용까지 다룰 것인가이다. 이에 대해서는 후자로 하기로 이미 결정했다.

이상으로 간략하게 고전번역학의 학적대상을 설정할 수 있는 기준들을 점검해 보았다. 문제는 이 결정이 고전번역학 내부의 구분들을 전제로 하고 있다는 것이다. 이 구분들을 다른 학문들이 그러하듯이 표의 수준까지 제시할 수 있을 정도로 정형화시켜내는 것이 고전번역학의 최종목표 중 하나가 될 것이다.

3. 통시적 대상

3.1. 시대구분

여기에서는 고전번역학의 통시적 대상을 다루기로 한다. 통시적이란 시간에 따라 문명 내부에서 고전을 번역하는 모습들이 어떻게 달라져 왔는가를 따지는 것이다. 이것은 달리 말하면 각 시대마다 자신의 시대에 맞는 고전을 번역하는 새로운 방법들을 어떤 방식으로 찾아내었는가를 따지는 작업이기도 하다. 이것을 현대 학문에서 가장 중요시하는 세 가지 요소 곧 시대구분(역사), 번역가(주체), 번역서(생산물)를 중심으로 생각해 보기로 한다.

첫째, 시대구분이다. 이 부분은 이미 국어학 분야에서 정형화된 틀이 나와 있으므로 그에 따르기로 한다. 번역이란 기본적으로 말로 이루어지는 행위이므로 고전번역의 시대구분도 말의 발전 단계에 부합한다. 먼저 글자 특히 한자가 전래되기 이전의 번역은 말로 된 번역만이 존재했을 것이다. 한자전래에서 훈민정음 창제까지는 말로된 번역과 향찰·이두·구결 등 번역예비단계의 몇 가지가 가능했다. 훈민정음 창제 후 비로소 글로된 번역의 모든 부문이 가능해졌다.

근대이전과 이후의 시대구분도 가능하다. 그것은 기본 원천언어가 한문에서 서양언어로 옮겨갔기 때문이다. 현재 기계번역의 등장은 또다른 번역의 시대를 예비하고 있어 앞으로 또 하나의 시대구분이 필요하게 될 것이다. 기계번역은 광범위한 용례와 관련지식의 집적과 그것의 기계적 처리 및 이를 뒷받침할 기계적 기술의 발전의 단계를 필요로 하기 때문이다. 그럼 아래 그림이 필요할 것이다.

> 1시기 한자 전래 이전
> 2시기 한자 전래에서 훈민정음 창제까지
> 3시기 훈민정음 창제부터 근대시작까지
> 4시기 근대시작부터 기계번역 이전까지
> 5시기 기계번역시작

둘째, 번역가이다. 번역행위의 주체이자 유일한 생산자로서의 번역가의 존재 또한 역사적으로 달라져 왔다. 한자전래 이전의 번역자는 말로된 번역을 했으므로 집단 내부에서 지식을 전담하는 샤먼이나 다른 지역을 다녀온 여행자 등 다른 지역의 지식에 접근할 수 있는 존재였을 것이다. 특히 샤먼이 관장하는 신의 언어는 특별한 번역의 형태였을 것이다.

한자 전래부터 훈민정음 창제까지는 한문을 장악한 지식계급이 주를 이루었다. 특히 문인관료지식인과 승려가 대표적이다. 훈민정음 창제부터 근대시작까지는 언해에 관여하는 왕실, 문인관료, 승려, 의사 등이 대표적이다.

근대이후에는 서양언어와 일본어나 중국어에 능통한 지식계급이 주요 번역담당자였다. 중요한 것은 이시기 번역가의 사회적 위상이 가장 낮았다는 것이다. 기계번역 시기에는 기계번역 프로그램을 구동가능한 모든 사람이 될 것인바 특히 기계번역 프로그래머가 중요한 역할을 할 것으로 보인다.

셋째, 번역서이다. 번역서는 현재 훈민정음 창제 이전 시기 향찰, 이두, 구결 등 번역예비단계의 것부터 남아 있다. 훈민정음 창제 이후에는 언해서들이 남아있다. 이 언해서들은 당시 문명에서 가장 중요한 전적들만 번역한 것이다. 근대 이후에는 서양을 소개하기 위해 번역의 중요성이 굉장히 높아졌고 따라서 번역서가 범람을 했다. 이중 고전번역서는 서양의 사상전집, 문학전집 등의 형태가 주를 이루었다. 기계번역의 시기에는 컴퓨터의 출력 형태(모니터 내지 프린터)가 주요 번역물의 형태가 될 것이다. 하지만 기계번역 시기가 시작되어도 상당히 오랫동안 번역서는 존재할 것이다.[12]

이상으로 간단하게 고전번역학의 학적대상이 될 수 있는 영역들을 점검해 보았다. 그 기준은 기존의 분과학문에서 자신의 학문 내부를 구획할 때 설정한 방법들을 본뜬 것이다. 특히 필자의 전공인 국문학의 구획 기준을 많이 참고하였다. 주목할 것은 이 구획들은 단순한 나누기가 아

---

12 간단히 말해 기계번역은 현재 걸음마 수준도 되지 않는다. 하지만 결국 번역사의 기본 방향은 기계번역으로 가고 있는 것이 분명하므로 이 분야에 대해 현재 기술 수준에서 가능한 것이라도 점검을 하는 것이 필요하다고 본다.

니라 장차 고전번역학 내부의 세부전공들이 될 것이라는 점이다. 따라서 심사숙고해서 결정할 필요가 있다.[13]

또한 이 구획들은 다른 학문들 특히 국어학과 국문학의 연구성과들을 참조하여 만든 것으로 고전번역학의 이론이 발전하고 그에 따라 고전번역학의 개념규정이 달라지면 얼마든지 달라질 수 있다는 것도 첨가해둔다. 다시 말해 고전번역학 자체의 이론 개발에 힘써야 한다는 것이다.

3.2. 근대 이전

이어서 역사적으로 한반도에 나타났던 고전번역들을 시대에 따라 차근차근 점검해보기로 한다. 이것은 고전번역의 구체적인 모습들을 확인하는 것인바 비록 남아있는 자료가 매우 적기는 하지만 이를 통해 한반도의 선인들이 고전번역의 영역에서 어떤 행위의 흔적을 남겼는가를 일별할 수 있을 것이다.

시작하기 위해서는 먼저 개념부터 다시 살펴보아야 한다. 고전번역은 고전을 "다시쓰는" 행위이며 동시에 서로 지적인 무엇인가를 건네주는 행위이다. 그럼 세대를 넘어 무엇인가를 건네주는 것도 번역의 한 모습일 것이다. 또한 한 인간이 같은 지적 행위를 반복하는 것을 재생산(re-production)이자 재현(representation)이라 부를 수 있다면 이것 또한 번역의 한 형태일 것이다. 이러한 것은 다른 것도 많이 찾아볼 수 있다. 하지만 너무 범위가 넓어지므로 이런 것은 아주 특수한 경우에만 고려해보기로 한다.

---

13 필자 개인적으로 고전번역학의 시대구분과 관련하여 가장 관심을 가지고 있는 분야는 매체학(Mediologie)이다. 프랑스의 드브아가 정립한 매체학은 사상은 그 내용보다 전수과정이나 전달방식에 따라 규정된다는 내용을 담고 있다. 고전번역학의 사적 전개는 번역 자체가 언어를 전달하는 기술의 발전에 많이 의존하고 있으므로 매체학적 시각을 수용하는 것이 중요하다고 생각한다.

첫째, 역시 한반도에서 고전번역은 말로된 번역부터 시작되었을 것이다. 하지만 이것은 문자가 만들어진 뒤에도 광범위하게 존재했다. 말로된 번역은 흔히 통역을 가리키나 고전번역에서는 통역을 거의 고려하지 않는다. 말로된 번역에서 역사적으로 특기할만한 것은 한문을 읽고 배울 때 일어났던 특수한 독서법, 흔히 "새긴다"고 하는 행위이다. 즉 원문을 의미단락에 따라 한두줄 내지 두세줄 정도를 율조에 맞추어 소리내어 읽고 다시 앞으로 돌아가 우리말 해석을 역시 소리내어 읽는 형식이다.

이것을 글로 적으면 바로 글로된 번역이 될만큼 새김은 분명히 완전한 번역형태이다. 새김은 광범위하게 일상생활에서 일어나는 행위였으며 이중 극히 일부만이 언해로 정착되었다. 이것은 전통시대 뿐만 아니라 현대에서 한문을 배우고 가르치는 때 기본행위였으나 지금은 빠르게 사라져가고 있다.[14]

둘째, 번역예비단계 내지 반번역 단계의 것이 있다. 우선 구결이나 평비처럼 부호를 사용하는 것이다.[15] 다음으로 현토와 같이 우리말 구문을 한문구문과 엮어 넣은 것이다.[16] 이들은 한문원문에 직접 손을 가해 이해하기 쉽도록 가공하여 우리말화한 것이다.

다음으로 전고가 있다. 고전소설이나 고전시가, 언찰 등에는 다양한

---

14 이것은 한문을 읽고 익히는 방법으로 한반도에서만 만들어낸 것이다. 독서와 교육에서의 효과가 있을 뿐만 아니라 심신수련 등 그 효과가 다른 여러 가지 영역에도 걸쳐 있는 방법이다. 하지만 아직까지 연구의 손길이 전혀 닿지 않고 있으며 매우 빠르게 소멸해가고 있는 바 이에 대한 전면적인 조사와 연구가 시급히 필요하다.

15 최근에 구결학회 등을 중심으로 이에 대한 연구가 활발하게 진행되고 있다. 고정의, 「구결 연구의 현황과 과제」, 『구결연구』 12, 2004; 장경준, 「석독구결의 번역사적 의의에 대한 시론」, 『번역학연구』 12-4, 2011 참조.

16 필자가 보기에 한문을 읽고 해석하는 가장 완벽한 방법은 중국의 표점이나 일본의 카키쿠다시가 아니라 조선의 현토이다. 하지만 이에 대해서는 거의 연구가 되어 있지 않다. 최근 들어서야 고전번역원 내부에서 문제제기가 일어나고 있는 중이다. 이에 대해서는 이상하, 「한문의 토와 표점의 상관관계」, 『고전번역연구』 39, 2012 참조.

형태로 고전을 인용한 전고가 사용되고 있다. 전고는 고전원문을 그대로 번역하거나 원문에 현토한 형식을 취하기도 한다. 보통 번안의 형태가 많다.

다음으로 두주(頭註)나 협주(夾註), 석의(釋疑) 등 이해나 번역을 위한 메모나 노트 형식이 있다. 전고와 두주, 협주 등은 현재 얼만큼 남아있는지 파악조차 되고 있지 않다. 고전번역학의 입장에서 새롭게 자료정리가 필요한 부문이다.[17]

셋째, 본격적인 국문번역이다. 여기에는 먼저 언해서가 있다. 15세기 훈민정음 창제 이래 본격화된 언해는 당대 아주 중요하게 생각한 책만 언해를 하였으므로 모두 고전번역학에서 다루어도 무방하다. 언해된 책들로는 불경류, 경서류, 한시류, 의학 등 실용서류, 특정한 정치적 목적을 가진 반포서류, 수신서류 등이 주종을 이룬다.

본격적인 국문번역의 또 다른 것으로는 조선시대 중국소설의 번역이 있다. 이것은 고전소설 쪽의 연구를 통해 상당히 많이 밝혀져 있는 상태이다. 한시를 시조로 번역한 작품들도 있다. 역시 고전번역학의 시각에서 다시 볼 필요가 있다.

넷째, 국문을 한문으로 번역한 것이다. 주로 국문시가를 번역한 악부, 소악부, 죽지사, 한역(漢譯)시조 등이 여기에 해당한다. 이중에는 번안의 형태도 많다.[18]

다섯째, 번안이다. 번안에도 다양한 형태가 있고 숫자도 아주 많다. 전고를 아예 번안의 영역에서 볼 수도 있다.

---

17 필자는 졸고, 「경서언해 한토막과 고전번역학적 성찰」, 『한국고전번역학의 구성과 모색』(점필재, 2013)에서 언해의 기본단위인 '언해한토막'이라는 개념을 도입하여 언해 속에 이들 번역예비단계 내지 반번역에 속하는 여러 단위들이 들어와 언해의 한 구성 요소로 자리잡고 있는 모습을 살펴보았다.

18 이에 대해서는 국문학 특히 고전시가 분야에서 상당히 자세한 연구가 진행되었다.

이상으로 전통시대 고전번역의 모습을 잠깐 살펴보았다. 지금까지 전통시대 번역하면 언해 이외에는 대상으로 치지 않았다. 하지만 다시 한번 자세히 살펴보면 의외에도 다양한 영역에서 고전번역이라 할 수 있는 행위들이 광범위하게 일어나고 있었다. 아마 필자가 잘 알지 못해 위의 것만을 들었을 뿐이지 이것보다 훨씬 더 많은 자료들이 있을 것이다. 그것들은 다른 학문에서 다루지 않는 것들일 터, 고전번역학 연구자의 손길을 기다리고 있다.

이 자료들은 또한 고전번역학의 확장도 가능하게 할 수 있다. 예를 하나 들어보기로 한다. 유교에서 인(仁)은 매우 중요한 개념이며 사서에 자주 나온다. 언해서나 전고에서 인(仁)에 해당할 수 있는 번역들을 모두 모으면 조선시대 사람들이 인에 대해 우리말로 사고한 구체적인 모습들을 찾아낼 수 있다. 고전번역학의 대상이 단순하게 현재 남아있는 자료만으로 국한되지 않을 수 있다는 하나의 예로 부기해 둔다. 자료를 가공하여 새로운 문맥을 가진 자료를 만들 수 있는 것이다.

3.3. 근대 이후

이어서 근대 이후 고전번역의 모습을 잠깐 살펴보기로 한다. 근대는 무엇보다도 출판이 발달하고 기본언어가 한글이 되었으며 기본 원천언어가 한문에서 서양어로 바뀌는 진통을 겪었다. 이에 따라 번역의 모습도 매우 달라졌다. 이를 동양과 서양 번역 두 가지로 나누어 살펴보기로 한다.

먼저 동양고전의 번역이다. 근대 이후 동양고전의 번역은 한때 위축되는 때도 있었지만 매우 활발하게 전개되었다. 첫째, 근대로 접어들면서 구문물 정리의 일환으로 진행된 언해서의 간행이다. 구문물 정리는 1900

년대 이래 고전문학 쪽에서도 활발하게 진행되었지만 언해서도 폭증했다.[19] 여기에는 기존에 비해 출판이 쉬워졌다는 것도 한몫했다. 이것은 오늘날에도 동양고전번역시리즈라는 이름으로 계승되고 있다. 고전번역학에서 심각하게 고려해야 할 대상이다.

둘째, 역시 민족문화추진회와 그 뒤를 이은 한국고전번역원의 번역사업을 들어야 한다. 1965년 생겨난 이래 한국한문고전의 번역과 고급한문번역자 육성이라는 두 가지 책무를 떠맡은 민족문화추진회의 중요성은 아무리 강조해도 모자라지 않다.[20] 이것은 특히 해방 후 한문해석능력이 있는 사람들이 급속히 감소하고 학교교육에서 한문을 버린 상태에서 나온 것이라서 더욱 소중하다. 간단히 말해 한국의 전통시대는 민추의 번역을 통해 자신의 근대화를 이루어낼 수 있었다.

특히 흔히 "민추식 번역"이라고 비하하곤 하는 번역어의 현대한국어적 특성들을 분석해내야 한다.[21] 또한 번역조직, 번역의 범위, 운영, 국가의

---

19 여기에는 근대 들어 기술의 발전으로 출판비가 싸졌다는 것이 무엇보다 큰 몫을 했다. 이에 따라 구문물에 해당하는 책들을 대량으로 찍어내는 신구서림, 한묵서림, 통문관 등 유명한 출판사들이 나타났다.

20 민추의 그간 활동에 대해서는 두 번에 걸쳐서 자세하게 정리되어 있어 참고가 된다. 간행위원회 편, 『민족문화추진회 30년사』(민족문화추진회, 1995); 간행위원회 편, 『민족문화추진회 42년사』 1965~2007(한국고전번역원, 2009) 참조. 최근에는 2010년부터 『고전번역연감』을 내고 있어 자세한 활동 상황을 알 수 있다.

21 이 "민추식 번역"은 그간 학계에서 비판의 주요 대상이었다. 보통 쓰는 일상어와도 다르고 그렇다고 다른 매체의 언어와도 다르면서 시대에 뒤떨어진 듯한 민추만의 독특한 문체였기 때문이다. 하지만 이제는 한문고전을 번역하면서 한문고전번역의 최고의 전문가들이 선택한 이 문체에 대해 그 장점을 세밀하게 따져주는 것이 무엇보다 필요하다. 특히 그 "이질성" 면이 더욱 그러하다.
덧붙이자면 최근 민추에서 고전번역원으로 바뀌면서 고전번역의 방향도 이른바 '학술번역'으로 바뀌었다. 장유승, 「학술번역이란 무엇인가」, 『고전번역연구』 3, 2012 참조. 민추식 번역에서 학술번역으로 넘어가면서 바뀌게 되는 지점들을 점검하는 것도 민추식 번역의 특징을 잡아낼 수 있는 하나의 방법이 될 수 있을 것이다.

개입 정도와 그 의미 등도 연구대상으로 올릴 수 있다.[22] 이 역시 고전번역학에서 감당해야 할 일이다.

셋째, 동국역경원의 한글대장경 사업이다. "역경이 불교를 살릴 것"이라는 운허의 발원과 뒤를 이은 월운의 노력에 의해 탄생한 한글대장경은 결국 한국 불교의 현대화를 이루어냈다.[23] 특히 조선건국 이래 문명의 상층부에서 제거된 불교는 바로 이 역경을 통해 다시 문명의 상층부로 진입할 수 있었다. 고전번역을 통해 한반도의 전통시대가 근대화라는 불의 강을 건너 자신을 오늘날 한국사회 속에 세울 수 있었다는 주제는 고전번역학이 감당해야 할 또 하나의 학문적 몫이다.

넷째, 개인 내지 학계나 출판사에 의해 번역한 고전들이다. 이것은 단행본이나 출판사 기획의 전집류 등의 형태로 나타났다. 이것은 목록 작업부터 다시 해야 하며 20세기 한반도의 문명의 발달과정과 비교해가면서 번역의 발전정도 등을 세심하게 따져줘야 한다.[24] 물론 그 반대도 가능하다. 어느 시기 어떤 번역이 어느 정도 수준으로 나와 이땅의 근대문명 속에 자신을 진입시켰는가는 해당 시기 한국사회의 지식 발전의 한 지표가 될 수도 있다. 역시 고전번역학에서 심각하게 고려해야 할 문제이다.

---

22 특히 서정문, 「고전번역사업의 종합적 목표 설정을 위한 시론」, 『고전번역연구』 2, 2010에서 밝힌 구상이 참고가 된다.

23 동국역경원의 거대한 위상에도 불구하고 자신들의 역사를 정리하는 노력은 아직 부족하다. 현재 동국대 전자불전문화콘텐츠연구소에서 간행하는 『전자불전』에 실린 몇몇 논문들에 소략하나마 정리되어 있어 참고가 된다. 하지만 동국역경원의 기간의 활동도 민족문화추진회처럼 상세한 자료의 제공이 무엇보다 필요하다. 그에 기반하여 20세기 한국의 고전번역의 핵심적인 영역들 특히 기관운영, 번역조직, 번역가 관리 등이 어떻게 이루어져 왔는가에 대한 탐색이 가능해지기 때문이다.

24 이 분야에서는 개인별 출판사별 번역이 서로 얽혀 매우 혼란한 양상이 나타나고 있다. 출판사간 경쟁도 이에 한몫하고 있다. 특히 중역, 복역(復譯) 등이 매우 빈번하다. 이에 대한 자료 조사와 함께 장점과 단점의 정리도 수행해야 한다.

다음으로 서양고전의 번역이다. 근대초기 서양문명의 압도적인 우위 아래 국가 존망의 위기를 경험하면서 한국문명은 한글을 기본언어로 바꾸고 기본원천언어도 한문에서 서양어 내지 일어, 중국어로 다변화하는 변화를 겪었다. 또한 출판의 양상도 바뀌면서 고전번역의 방향과 양과 질의 면에서 대대적인 변화가 일어났다.[25]

첫째, 서양고전의 계몽적 번역이다. 나라의 존망지추를 당해 근대 초기 지식인은 서양을 번역하여 그들을 일단 알아야 하고 이렇게 아는 사람을 늘려 나라를 구해야 한다고 생각하고 번역에 몰두했다. 지금 보면 생경하고 조악한 번역들이지만 번역 과정의 열정만큼은 어느 번역자에 못지않았다. 이에 대해서는 최근 근대 연구가 진행되면서 그 하위 영역으로 상당히 연구가 진척되었다.[26]

둘째, 서양고전의 번역으로 특기할 것은 전집류가 많았다는 것이다. 주로 세계사상전집, 세계문학전집이라는 이름을 달고 나왔으며 지금도 새로 나오고 있다. 특기할 점은 중역(重譯)이 많고 번안도 많다. 이 역시 고전번역학에서 감당해야 하는 바 목록 작업부터 해야 한다. 특히 대중교육의 영역에서 이 전집류가 수행한 역할을 집중 조명할 필요가 있다.

서양고전의 번역전집이란 결국 서양의 고전이 한국내부로 통째로 들어와 끊임없이 교육되었다는 것을 의미할 것이다. 이 전집류의 의미를 크게 잡을 수도 있고 작게 잡을 수도 있지만 어쨌든 현대 한국이 성립하는데 상당한 기여를 한 것은 분명해 보인다.[27]

---

25 서양고전의 번역에 대해서는 다행히도 김병철의 선구적인 업적이 있어 연구의 출발점을 제공해주고 있다. 김병철 편저,『세계문학 번역서지 목록, 1895~1987(증보개정판)』(국학자료원, 2002); 김병철,『한국 근대 번역문학사 연구』(을유문화사, 1975(1988 중판)); 김병철,『한국 근대 서양문학 이입사 연구(전2권)』(을유문화사, 1980~1982). 최근 한국의 근대성과 관련하여 이 분야에 대한 활발한 연구가 진행되고 있다.

26 최근 들어 특히 문학 부분에서 이에 대한 연구가 활발하게 진행되었다. 최근 나온 박진영,『번역과 번안의 시대』(소명출판, 2012)은 이에 대한 종합판이라 할 수 있다.

셋째, 번안이다. 특히 소년소녀세계문학전집이 여기에 해당한다.[28] 고전번역학이 교육학과 만나야 하는 지점이 바로 여기이다. 또한 이것은 어린 시절의 문학교육이라는 측면에서 한국인의 심성 형성이라는 매우 큰 주제와 만나는 지점이기도 하다.

넷째, 개별 단위의 번역은 이루 다 파악할 수 없다.

이상으로 근대이후 동양고전과 서양고전의 번역에 대해 잠깐 살펴보았다. 물론 이외에도 고전의 번역은 수도 없이 다양하게 일어났다. 특히 번역서만 따지지 않고 번역행위까지 따진다면 더욱 그러할 것이다. 요동치는 20세기에 번역은 번역서는 과연 한국인에게 무엇을 주었을까를 따지는 것은 어떤 측면에서는 어떻게 해서 어떤 모습으로 한국인은 근대인이 되었는가를 따지는 작업이기도 하다.

다음으로 우리 고전을 외국어로 번역한 것이 있다. 역시 근대초기 한국을 자기들 나라에 알리려는 사람들에 의해 주도된 번역서들이 있다. 게일 등 선교사나 다카하시 도루 등 재조일본인 등의 노력이 특히 주목된다. 해방 후에는 외국 체험을 한 지식인들이 개인적으로 한국을 알리려고 번역을 한 경우도 있었고[29] 국가 사업으로 번역을 한 경우도 있었다. 오늘날은 국가주도의 기관들을 중심으로 더 활발하게 진행되고 있다. 이 부문은 비교적 목록 정리 등이 잘 되어있다.[30] 연구자의 손길을

---

27 이에 대해서는 을유문화, 정음사, 삼성출판사 등 이른바 할부 전문 출판사들의 노력을 들 수 있을 것이다. 이들 출판사가 각 시기마다 제공했던 양질의 전집들이 한국사회에 미쳤던 영향에 대해서 심도있는 연구가 필요하다.

28 이 역시 출판사의 노력이 한몫했다. 필자는 개인적으로 1970년대 국민학교 때 읽었던 계림사 판 소년소녀세계문학전집이 한국사회에 미친 영향을 매우 크게 생각하고 있다.

29 이미륵이 대표적인 예이다.

30 김흥규 편, 『한국문학번역서지목록』(고려대 민족문화연구원, 1998초판)이 대표적이다. 한편 1995년에 출범한 한국문학번역원에서는 한국문학을 해외로 알리기 위한 정력적으로 번역사업을 전개하고 있다.

기다린다는 뜻이다.

마지막으로 이미 번역된 고전을 재가공하는 것이다. 이것 또한 여러 형태로 나타났지만 최근에는 문화콘텐츠라는 이름 아래 의식적으로 진행되고 있다. 문화콘텐츠는 상당히 넓은 이론적 함의를 가지고 있지만 결국 문화산업이라는 핵심 주제에 상당히 이끌리는 측면이 있다. 이를 고전번역학의 입장에서 재정립할 필요가 있다고 본다.[31]

4. 담론과 연구자

마지막으로 한반도에서 나타난 고전번역담론에 대해 이야기해 보기로 한다. 먼저 역사적으로 나타난 고전번역담론에 대한 자료를 모두 모아 자료집의 형태로 만드는 일이 시급하다. 한반도에서 고전번역에 대한 담론 자료는 의외에도 상당히 많이 남아있는 편이다. 전통시대의 것으로는 실록 등 역사서나 개인 문집 등에 상당히 많은 언급들이 남아있다. 근대 이후에는 번역서의 서문이나 잡지 등에 수록된 고전번역담론들이 헤아릴 수조차 없이 많다. 하지만 이런 자료들을 한군데 모은 자료집은 전무하다.

고전번역학을 하려면 먼저 선인들이 고전번역이란 무엇인가에 대해 생각한 경로를 따라가는 것이 순서일 터, 이것은 고전번역담론 자료집을

---

31 이에 대해서는 졸고, 「한국한문고전 번역의 문화콘텐츠적 다시쓰기 ―기본커리큘럼서 [여한십가문초]의 소설화 방안」(제33차 부산대학교 HK 고전번역학/비교문화학 연구단 학술발표회 발표문, 2013.7.31.) 참조. 이것은 또한 로만 야콥슨이 번역을 나눈 세 가지 즉 언어내 번역, 언어간 번역, 기호간 번역 중 기호간 번역에 해당하는 것이다. 이에 대해서는 김욱동, 『번역의 미로』(글항아리, 2011)에서 문화콘텐츠와 관련하여 자세하게 설명하고 있다.

만들고 그에 따라 고전번역담론사를 만드는 작업을 해야 한다는 것을 의미할 것이다. 고전번역담론 자료집은 한반도에서 고전번역서가 자신의 역사적 지평 안에서 존재했던 방식 등을 드러내주는 흔적 내지 징후들을 모아놓은 것이다.

또한 이를 통해 한국고전번역학의 비평 내지 이론 개발이 가능하다. 현재 한국에는 고전번역은 매우 활발하나 고전번역에 대한 비평은 거의 없는 형편이다. 고전번역학에서 담당해야 할 부분이다. 또한 고전번역학 이론은 따로 없으며 번역학 쪽의 이론을 적절하게 끌어다 쓰는 수준이다. 먼저 자료를 모으고 서양이론을 적절하게 수용하여 그것을 이론적으로 설명하고 다시 그 단계를 넘어 한국의 자료에서 이론을 개발하는 단계로 나아가야 한다. 특히 개념어의 개발에 힘써야 하는 바 이것은 관련 자료들의 집적이 없이는 불가능한 일이다.[32]

고전번역담론의 자료를 모으고 그것을 이론으로 만드는 행위는 연구자의 고전번역학 내 위치를 정해주는 행위이기도 하다. 연구자는 학적대상으로만 학문을 대할 수 없다. 이 말은 해당 학문 내부에 자신이 어떤 모습으로 참여하고 있는가 하는 자신의 위치와 자리를 상정해야 한다는 말이다. 연구자가 연구대상과 관계를 맺을 때 양자 모두를 포함하는 지적 장이 이루어지는 것이다. 따라서 연구자는 고전번역학이라는 지적 장 내부에서 자신의 위치가 어디쯤인지 고민해야 한다.

이때 고전번역을 연구하는 자신의 모습을 어디쯤에 위치지을 것인가는 기존에 한반도에서 고전번역에 대한 담론을 생성해낸 사람이 고전번

---

[32] 전통시대 고전번역담론을 현대적으로 이론화하는 모습에 대해서는 특히 최근 중국에서의 노력이 눈에 띤다. 우쯔지에 저, 김용철 · 이정선 · 김승룡 역, 『고전번역담론의 체계』(점필재, 2013)에서는 의(意), 성(誠), 신(信), 신(神) 등 중국 고전미학의 개념들을 끌어와 서양 이론과 결합시켜 고전번역담론의 새로운 개념으로 만들어내고 있다. 본받을만한 대목이라 생각한다.

역 내부에서 자신의 위치를 어디쯤에 정하고 있는가를 잘 살펴보아 그를 모형으로 하여 만들어내는 것이 좋다. 쉽게 말해 선배들 중에서 연구자 자신이 본받을만한 사람을 찾아내는 것이다.

이것은 고고학적 방법으로 연구자 자신의 모습을 특정시대 고전번역 가 내지 고전번역담론가 한 사람에게 연결하는 과정을 통해 이루어진다. 이를테면 불경번역을 주도한 세조라든지 경서언해를 주도한 유희춘이나 이이 등이 그 예가 될 수 있을 것이다. 이들 고전번역가 내지 고전번역담 론가가 고전번역과 맺고 있는 구체적인 모습들을 해명하면서 이를 연구 자 자신이 고전번역과 맺고 있는 모습으로 환치할 수 있을 때 연구자는 비로소 자신의 학문 내부에 자신의 자리를 정해줄 수 있다. 이 자리는 바로 연구의 자리이자 담론의 자리이기도 하다.

보통 이를 명시하지는 않아도 이런 일은 다른 학문 분야에서도 매우 흔하게 일어난다. 자신이 연구하는 이론가에 대한 연구자의 감정적 투사 가 특히 그러하다. 칸트전공자가 칸트에게 피츠제럴드 전공자가 피츠제 럴드에게 갖는 전범으로서의 감정적 투사가 그것이다. 동일 문명 내부에 서 그것은 연구자가 지적 운동가로서의 연구대상을 닮으려는 노력이 되 기도 한다. 이규보 전공자가 이규보에게 다산 전공자가 다산에게 갖는 특별한 투사가 그것이다.[33]

고전번역학에서도 이러한 일은 일어나게 마련인바 두시언해 언해자나 교정청본 경서언해자에 대해 느끼는 특별한 감정이 그것이다. 이것은 연 구대상이자 동시에 지식인으로서의 모범으로 삼으려는 노력인 바 이를 통해 연구자와 연구대상 사이의 간격이 붕괴된다. 연구자가 연구과정에 서 연구대상 내부로 들어가 연구대상과 자신을 동시에 바라보면서 연구

---

33 필자가 전공한 한국문학 분야에서는 특히 선배 연구자로 김태준과 임화에 대해 연구 자로서 지식인으로서 닮으려는 노력을 하는 연구자들이 많았다.

하게 되는 것이다.

5. 마무리

이상으로 고전번역학의 학적대상에 대해 간단하게 열거해 보았다. 이 부문은 다른 학문에서 몇 가지 부분적인 언급은 있었지만 고전번역학의 측면에서 전체적인 소묘는 처음 시도하는 것이라서 여러 가지로 미비한 점이 많다. 하지만 이것은 필자 혼자 감당할 문제가 아니라 차후 고전번역학의 영역에 해당하는 지식 영역을 탐구하는 연구자 모두의 과제라 할 것이다.

어떤 학문이든 그 학문에 특정한 학적대상의 역사는 그렇게 오래되지 않았다. 물론 중국의 경사자집(經史子集)이나 대장경처럼 각 문명마다 잘 구획된 학문체계가 존재했다. 하지만 현재 우리가 쓰고 있는 도서관 체계는 근대 서양에서 마련한 것으로 역사가 200년도 안된 것이다.[34] 그리고 각 학문간의 영역구획도 각 학문이 표방하는 바처럼 꼭 맞아 떨어지는 것은 아니다. 현재 고전번역학이 고전학, 국어학, 번역학, 역사학 등 여러 인접 학문과 맺고 있는 포함관계가 그렇게 특별한 것이 아니라는 것이다.

설령 어떤 지적 영역이 특정 학문의 영역에 독점적으로 포함되었다 하더라도 해당 학문 내부에서도 다양한 편차가 존재한다. 특히 현재 한창 연구가 진행되는 영역이 있는가 하면 한때 반짝 연구가 진행되다가 이제

---

34 근대 도서관체계의 완성판이라 할 수 있는 듀이십진분류법(Dewey Decimal Classification)는 미국의 듀이(Melvil Dewey : 1851~1931)가 1873년에 고안한 분류법이며, 1879년에 처음으로 발행되었다.

는 마치 연구가 다 끝난 것처럼 치부되는 불활성 영역이 다수 존재한다. 이런 영역은 새로운 연구시각이 나타나면 활성영역으로 되어서 해당 학문의 연구를 선도하는 영역이 되곤 한다. 고전번역학의 여러 부문들도 이런 과정을 거쳐 연구가 심화되면서 분과학문으로 자리를 잡아나갈 수 있을 것이다.

고전번역학은 새로 시도되는 학문이다. 현재 모습은 마치 고전학과 번역학 어쩌면 역사학의 영역들을 서로 뒤섞어서 급조한 것처럼 보인다. 하지만 고전번역학은 고전번역이라는 자신만의 고유영역을 분명한 학적대상으로 가지고 있다. 또한 현재 세계화가 급격히 진행되고 있는 상황에서 다른 문명과의 소통을 어떻게 이루어낼 것인가에 대한 대답을 제시할 수 있는 가장 유력한 영역이라는 점에서 학문적 시의성까지 가지고 있다.

고전번역학의 학적대상에 대한 고찰이 지금 필요한 이유가 여기에 있다. 고전번역학은 한반도에서 역사적으로 어떻게 고전번역을 통해 타문명의 것을 흡수하고 교류하고 소통했는가의 문제에 대한 일정한 답을 보여줄 수 있다. 또한 사회의 어떤 영역들에서 고전번역행위가 특별히 관계하는가에 밝혀준다. 이에 따라 해당 영역에서 고전번역과 관련하여 어떤 일들이 일어나는가에 대한 집중적인 탐구가 가능하게 한다. 이를 통해 앞으로 고전번역학이 한반도 문명에 많은 기여를 할 수 있을 것이다.

현재 한국사회는 갈등이 심하다. 사회 전체가 양쪽으로 갈라져 화해의 기미가 보이지 않는다. 이때 고전번역학은 타자를 자신의 내부로 맞아들이는 평화적 방법이었던 고전번역의 예를 실천적으로 보여줌으로써 사회적 소통의 실천에 대한 구체적 예를 한반도에 제시할 수 있을 것이다. 이것은 좀더 가치있는 소통이 이루어지는 사회로의 진전에 기여하는 것이 될 것이다.

한국 고전 번역의 번역학적 실제
-실제 역주 작업에서의 유의사항과 문자학의 활용-

임동석

1. 서언(緒言)

중국어는 현재까지 '飜譯'이라는 어휘 속에 '通譯'과 '飜譯'이 함께 포함되는 의미로 쓰이지만 우리는 '통역'과 '번역'은 확연히 구분되고 있다.[1]

즉 언어소통은 통역, 문자소통은 번역이다. 한국은 역사적으로 이 두 가지가 서로 달리 수행되어 왔다. 즉 그 언어소통은 국가에서 관리하며 역관(譯官)이라는 직책이 담당한다. 대상은 당시의 백화어(白話語)이다. 통역(언어소통)을 위한 교재는 당연히 백화어 위주였으며 이들 사학(四學; 漢, 蒙, 倭, 女眞→淸)을 묶어 국가적 차원에서 제작, 번역되기도 하였다.[2] 그러나 문자소통은 따로 국역원 관련 기구를 세워 수행되는 공식적인 작업 못지않게 개인 학자들이 개별적 작업으로도 얼마든지 이루어질 수 있으며 주로 문언문(文言文)이다.

이에 본고에서는 그 동안 많은 이들이 작업해온 중국 고전 역주에서의

---

1 실제 중국어에는 飜譯과 通譯이 구분되어 있지 않으며 飜譯이 通譯과 飜譯의 의미를 함께 하고 있음.

2 林東錫, 『朝鮮譯學考』, 아세아문화사. 1985, 12쪽.

여러 문제들과 역주 작업에서 현실적으로 해결해야 할 몇몇 과제들, 그리고 문자학 활용의 필요성을 간단히 점검함으로써 앞으로 우리의 중국 고전 역주 작업의 바람직한 미래를 상정해보고자 한다.

2. 한국에서의 통역과 번역

우리나라에 공식적인 통번역 기구가 설립된 것은 신라말 마진(摩震; 궁예의 泰封)에서 세웠던 '史臺'라는 명칭이 처음이다.[3] 그 뒤 고려 후기에 이르러 통문관(通文館), 이학도감(吏學都監), 한문도감(漢文都監), 사역원(司譯院) 등이 보이며 조선은 건국과 동시에 삼대국시(三大國是)[4]를 내세워 그 중 사대교린의 구체적인 시행을 위해 사학(四學)을 세웠으며 과거 시험에서는 이를 잡과(雜科)에 소속시키고 역과(譯科)라 칭하였다.[5] 물론 역관을 양성하는 기구였으며 학술적 고전이나 문장을 역해하는 임무를 띤 것은 아니었다. 그 외 외교문서인 이문제술(吏文製述)을 위해 이학도감(吏學都監; 承文院)을 설치하는 등 국가 외교 업무의 일환으로 주된 목적을 삼았다.[6]

---

3 金富軾『三國史記』(50) 弓裔傳. "孝恭王八年, 天祐元年甲子, 立國號爲摩震. 年號爲武泰. 始置廣平省, …… 又置史臺(掌習諸譯語)."라 함.

4 朝鮮 건국 후 思想面에서는 抑佛崇儒, 經濟정책은 以農爲本, 國防外交면에서는 事大交隣을 三大國是로 삼았으며 그 중 事大交隣을 위해서는 소통을 중시하여 譯學關聯 사업을 중시함.

5 四學, 즉 漢學, 蒙學, 女眞學, 倭學을 세우고 이들을 雜科에 소속시켜 과거를 통해 歷官을 선발함. 아울러 이들 歷官은 中人 이하 신분이었음.

6 承文院, 司譯院, 吏學都監, 漢文都監 등은 高麗 말부터 설립하였으며 조선은 건국 후 이를 그대로 승계하여 타민족, 국가와의 소통을 중시함.『高麗史』(21)에 "神宗五年三月丁巳, 冢宰崔詵, 承宣于承慶, 坐禮賓省, 取試譯語"라 하였고, 77에는 "吏學都監, 忠惠王元年置之, 忠穆王四年置判事七人, 副使三人, 錄事四人"이라 하였으며, 같은

이윽고 '훈민정음'이라는 과학적 문자가 창제되자 국가 차원에서 불경, 경서, 두시(杜詩), 의약서, 농서(農書), 음운서, 불경관련 서적 등을 역주, 제술(製述)하기에 이르렀고, 나아가 우리 스스로 언문(諺文) 서적을 출간하기도 하였다. 통역에 관련된 교재의 언해도 한글이라는 편리한 국자에 의해 그 임무를 수행하게 되었다. 『홍무정운역훈(洪武正韻譯訓)』, 『사성통고(四聲通考)』 등을 거쳐 통역을 위한 백화어의 안정된 연구 단계에 이르렀을 대 바로 최세진(崔世珍)[7]이 그 대표적 업적을 남기기 시작한 것이다.

한편 번역은 뒤 언문청(諺文廳), 정음청(正音廳), 교정청(校正廳) 등을 두어 교화와 유학(儒學) 선양(宣揚)의 목적으로 『소학(小學)』, 사서(四書), 칠서(七書), 몽학서(蒙學書), 문학서 등의 번역(언해)을 서둘렀다.[8] 그리고 조선 중후기에는 궁중에서 중국 소설류를 읽기 위한 언해가 발달하였다.

이러한 통역(역관의 백화어)에 관련된 연구와 활용은 구한말까지 이어졌으나, 그에 양날개를 이루던 일반 번역(문자)은 구한말 서구 문물의 유입으로 새롭게 눈을 뜨던 중국의 쇠퇴로 연속성을 갖지 못한 채 일본에 의해 전적으로 일방통행을 강요당하는 운명을 맞게 되었다. 즉 일제 강점기에는 비로소 현대적 번역의 태동기를 맞았으나 피지배의 고통 속에 독자적 통번역은 뚜렷한 성과를 나타내지 못하고 일본에 의존하는 종속적 시기를 감내할 수밖에 없었다.

곳에 "恭讓王三年, 改漢語都監爲漢文都監, 置敎授官"이라 하였고, 百官志에는 "通文館, 後置司譯院, 以掌譯語. …… 恭讓王元年置十學敎授官, 分隸學于成均館, 樂學于典儀寺, 兵學于軍候所, 律學于典法寺, 字學于典校寺, 醫學于典醫寺, 風水陰陽學于書雲館, 吏學于司譯院"이라 함.

7 崔世珍은 韓國漢字音을 위해서는 『訓蒙字會』를, 중국어(당시 백화어)를 위해서는 『四聲通解』를, 그리고 백화어 학습교재 『老乞大』, 『朴通事』에 대해서는 諺解작업을 하는 등 한자음과 백화어에 대한 연구와 작업에 탁월한 업적을 남김.

8 林東錫 譯註, 『四書集注 論語』, 東西文化社, 2001, 「四書諺解」 해제 부분 참조.

해방과 함께 독자적 학문 활동, 나아가 학문 수입을 위해서는 통번역
이 필수적이었으나 6.25동란으로 싹을 틔우지 못하였고, 다시 미국의 영
향으로 서양 신문명을 접할 기회를 얻기는 하였으나 난후의 피폐는 새로
운 전기를 마련하기에는 역부족이었다.

그러면서 과거 일제시대의 영향으로 동서양 고전이나 문물, 학술, 문
학 등 많은 분야는 여전히 반일의 기치 밑에서 도리어 일본의 성과를 활
용할 수밖에 없는 모순과 부조리의 시기를 한 때 겪기도 하였다. 적어도
50년대~70년대 초까지는 이러한 시대였음은 부인할 수 없을 것이다.

특히 중국 고전이나 학문에 대해서도 비록 번역한다 해도 일부 한학자
(漢學者), 고문학자(古文學者)의 몫이었고, 그 밖에 더러는 일본을 통한 우
회, 중역(重譯), 재역(再譯)의 경로를 겪기도 하였다. 아울러 60년대 이후
에는 몇몇 대학의 중문학과 출신, 혹은 당해 학문 종사자, 학자, 교수들
의 노고와 학문적 필요에 의해 직수입, 직통의 중국학술 번역시대가 시
작되기는 하였으나 그 성과는 이상적이지 못하였고, 역시 일본의존도의
그림자를 벗어날 수 없었다.

그러다가 70년대 말 80년대 초 대학 팽창과 함께 설립된 수많은 대학
의 중문과로 인해 위상이 높아지는 계기를 맞았고, 92년 정식 한중 수교
로 인해 아무런 제한없이, 나아가 장려와 기대, 시장의 확장 등으로 인해
양과 질에 있어서 미증유의 중국편향시대(?)에 까지 이르게 되었다. 그런
가 하면 양국 교역과 경제 규모의 팽창, 인적, 물적 교류의 확대로 인해
통번역자의 수요증가로 인해 많은 대학에는 통번역대학원이 설립되어
지금은 그 어떤 통번역의 과제도 수행해낼 수 있는 시대가 된 것이다.

3. 역주(譯註)의 범위 설정과 작업의 수행 과정

'譯'은 『예기』에 처음 실린 용어로 언어소통의 의미가 강했다.[9] 이에 『설문해자(說文解字)』나 『방언(方言)』, 『광아(廣雅)』 등을 보면 역시 "펼쳐서 전달하며 소통하는 것"이라는 풀이가 이어졌으며 이는 지금까지 번역이라는 하나의 어휘로 이어오고 있다.[10]

그러나 문자가 일반화되면서 문자화된 내용을 문자로 '번역'해야 할 필요가 생겼으며 이는 '언어로 소통할 수 있는 기능적 이해'로는 한계가 있어, 당연히 학문적, 학술적 뒷받침이 있어야 한다. 이 때문에 주로 학자들이 담당하기 시작하였고, 나아가 '언어소통 기능이 없더라도 가능한 분야'로 자리를 잡게 되었다. 즉 문장해독을 학습하고 습득하여 그 내용을 번역할 수 있는 사람이라면 이 작업에 임할 수 있는 것이다. 더구나 한자가 가지고 있는 특수 본령(즉 표의문자) 때문에, 이를 수용하여 문화 기층을 이룬 우리의 경우 역사성 속에서는 학자의 몫은 도리어 언어 소통보다는 의미 이해와 해석이 앞서는 논리가 이어왔다. 나아가 역관이 중인 이하의 신분이며 그들의 역할은 기능이지 고차원적인 학문이 아니었기에, 학자가 가지고 있는 사회적 지위와 역할, 텍스트에 해당하는 고전의 내용 등은 당연히 학자의 몫이었다. 이 때문에 조선시대에는 대상과 범위를 유가(儒家) 일변도에 초점을 맞추어 역주(譯註)나 언해(諺解)를 수행하는 주류가 형성되었으며 이는 도리어 다양한 중국 학술의 많은 분야를 제한하는 역기능을 초래하기도 하였다.

---

9 『禮記』(王制篇)에 "五方之民, 言語不通, 嗜欲不同. 達其志, 通其欲: 東方曰寄, 南方曰象, 西方曰狄鞮, 北方曰譯"라 하였고, 孔穎達 疏에 "譯, 陳也. 謂陳說內外之言. 言寄, 象, 狄鞮, 譯, 皆是四夷與中國, 皆俗間之名也"라 함. 한편 『周禮』秋官 象胥 賈公彦 疏에는 "北方曰譯者, 譯卽易, 謂換言語, 使相解也"라 함.

10 『廣雅』: 「譯, 陳達而疏也.」

　따라서 현재의 중국 관련 번역은 현실적인 현대 학술, 경제, 사회, 문학 등 각 분야가 고르게 전개되고 있으며 이 역시 중국을 이해하는 데에는 당연한 현상이라 여길 수 있다. 중국 고전 역주도 역시 과거 유가(儒家)중심에서 문사철(文史哲), 경사자집(經史子集), 제자백가(諸子百家) 등 고른 분야로 확대되고 있으며 그 양과 질에 있어서 어느 정도 성과와 수준을 이루어가고 있다고 볼 수 있다. 우리가 중국을 이해하고 알기 위한 모든 자료는 필요하다면 당연히 폭넓게 역주, 번역을 작업을 거쳐 자료로 제공하고, 이에 따라 분석하고 활용하며 다음 단계인 학술적 사유의 외연 확대에 도움을 주어야 한다. 이것이 바로 번역과 역주의 목적이며 공헌이다. 과거 중국학에 대하여 '盲人摸象'의 단편적 인식이나 편린에 치우쳐 '望文生意'하던 오류, 나아가 중국 언어의 특성은 배제하고 문자적 천착에만 매달렸던 번역 방법은 이제 더 이상 용납될 수 없으며 동양 사회에서 굳건한 위상을 가지기에는 중국 저변의 사고체계를 이해해야 하므로 그 자료와 기초로써 고전 번역과 역주는 필수적인 단계이다. 거기에 더하여 지금은 언어와 문자를 함께 소통시킬 수 있는 인력 자원이 풍부함으로 해서 번역의 방법도 달라져야 할 것이다. 즉 "단순한 문자소통만으로는 이상적인 번역을 이루어낼 수 없음"에 유의해야 한다. 한어의 언어 특성을 충분히 반영하지 않은 번역은 자칫 완정성(完整性)을 잃은 채 본의를 명확히 짚어내지 못하는 오류를 범할 수 있기 때문이다.
　그러면 구체적으로 고전 역주의 진행은 어떤 과정과 방법으로 이루어져야 하는가?

3.1. 우선 번역의 여러 유형을 파악하여 선택해야 한다.

　즉, "通譯, 飜譯, 意譯, 直譯, 對譯, 重譯, 抄譯, 選譯, 節譯, 編譯, 逐

譯, 試譯, 譯註, 註譯, 註釋, 譯解, 諺解, 飜案, 飜解, 考釋, 校譯, 校釋, 通解, 訓譯, 譯訓, ……"등 이루 헤아릴 수 없이 많다. 이들 중 어떠한 유형의 역(譯)인가를 정확히 구분해야 한다.

이는 활용자 혹 독자를 상정하는 것으로써 기준이 된다. 작업하고 있는 전적을 활용하거나 읽을 독자를 상정하는 것은 가장 기본이다. 그에 따라 작업 방법, 내용, 서술 형식, 심층 정도, 각주처리 등 일체의 것들이 결정되기 때문이다. 특히 전문적인 학자의 연구 활용과 일반인, 더 나아가 어린이용까지의 폭을 생각한다면 그 차이는 너무나 현격하기 때문에 제 일차로 고려되어야 할 사안이기도 하다.

3.2. 정확한 판본(텍스트)의 선정과 기존 연구서의 활용

중국 고전은 가끔 여러 갈래로 전수되어 온 것들이 상당히 많다. 일부는 판본의 판본마다 일부 글자의 차이가 있고 심지어 많은 부분이 다른 경우도 있다. 따라서 정확하고 믿을 만한 판본을 선택하여 고석(考釋)과 대조를 거쳐 역주 작업에 임해야 한다. 그리고 그 텍스트를 정하게 된 이유를 밝혀야 한다. 전문서로 역주할 경우 중국 역대 주석과 연구 및 고증학, 국내 실학자의 주석, 언해 등을 철저히 검증해야 한다. 특히 청대 〈제자집성본(諸子集成本)〉이나 〈황청경해(皇淸經解)〉는 물론 개별 장서가(藏書家)들의 장서본(藏書本), 유서류(類書類), 심지어 현대에 이르기까지 주석(註釋), 고석(考釋), 주해(註解), 교전(校箋), 교정(校正) 등이 있는 각종 참고본이 다량이며 나아가 원문 표점본 등은 그간의 연구 성과를 집대성한 것들이 많아 자료로서의 활용은 물론 근거 텍스트로 삼을 수 있는 것이 허다하다. 실제 수 천 년 누적되어 온 학문적 성과를 도외시하고 곧바로 원전만을 대상으로 역주나 번역을 시도하는 것은 오류를 발생시킬 위험성이 대단히 크다.

따라서 단순히 몇 권 혹 몇 종 판본이나 도서를 가지고 역주를 시작하는 것은 상당히 위험하다. 따라서 관련 자료는 있는 대로, 어느 정도 원만히 확보된 뒤에 작업에 임해야 한다. 아울러 해제 작성을 위한 기존의 논문, 연구 업적, 중국 학술 맥락에서의 위치, 역대 연구자와 연구물은 물론, 이를 뒷받침하기 위한 서(序), 발(跋), 기(記) 등도 충분히 확보하여야 하며 특히 해당 전적(典籍)의 필자(筆者; 撰者, 著者, 編者)의 전기(傳記)가 정사(正史)에 실려 있거나 언급되었을 때 이를 확인하고 점검하여야 한다. 중국은 한대(漢代) 훈고학(訓詁學)으로부터 위진남북조 시대 연구물, 당대(唐代) 주소(注疏), 송명(宋明)시대 이학(理學)과 유서류의 간행, 청대(淸代) 목록학(目錄學), 집일학(輯佚學), 고증학(考證學) 등의 단계를 거쳐 대다수의 전적(典籍)은 기존 연구성과를 누적시켜 왔다. 따라서 많은 관련 자료를 충분히 수집, 활용하지 않고 작업에 임하는 것은 학문의 연결고리를 잃는 결과를 초래하게 된다.

3.3. 관련 자료의 활용과 검증

지금은 각 분야별 많은 전문사전이 있어 이러한 공구서를 활용하기에 아주 편리한 토대가 마련되어 있다. 따라서 개인적 지식이나 상식만을 활용하는 것은 역시 적확성을 결여시킬 위험이 따르게 된다.

아울러 백화어 역주본의 활용이다. 만약 백화어 역주본이 있다면 이역시 철저히 섭렵하고 활용해야 한다. 혹자는 우리로서의 중국 고전 역주(번역)를 순수 한문해독 능력(실력)으로 해내야 하는 것처럼 오해하는 경우를 본 적이 있다. 고전 역주는 한문 실력을 과시하기 위한 것이 아니며 고전이 가지고 있는 원의를 정확하게 풀어내어 우리말로 옮겨, 이를 바탕으로 다음 단계의 학문적 발전을 이루도록 하는 기반을 마련하는 작업이다. 그런데 최초의 역주를 시작한다고 해서 완벽을 기할 수 있는 것도 아니며 도리어 이미 밝혀지거나 논의된 문제들, 심지어 밝혀진 사안을 아직도 정보를 얻지 못한 채 오류를 범한다면 이는 매우 심각한 결과를 초래할 뿐만 아니라 학문적 평가에 부정적 영향을 초래할 수 있다. 따라서 본토에서 최근까지 이루어진 학문적 업적을 참고하는 것은 기본이며 학문적 태도에도 맞다. 물론 백화어로 된 일부 평역의 경우 만족할 만한 자료로 제공될 수 없는 것도 있다. 그러나 그 역시 점검 대상이며 활용가치는 있다. 그러나 수 천 년 연구 성과를 도외시하고 백화어에만 의존하는 것은 실로 위험하다. 더구나 판본에 따라, 또는 근거한 교주본에 따라 의미가 다를 수 있고, 나아가 백화어로 번역한 자의 기호나 성향에 따라 인용된 주석이 다르고 해석도 다를 수가 있기 때문이다. 이러한 오류는 한국학자로 백화어는 익숙지 않은 채 고문에만 치중하여 실력을 갖춘 이들은 상당히 우려하고 있으며 그러한 평가가 충돌을 일으키기도 한다.

아울러 같은 전적이 이미 해외에 이미 연구된 성과가 있다면 이 역시 적극 활용해야 한다. 특히 일본의 근대는 치학(治學)방법에 있어서 서양식 분석법을 적용하여 철저하게 규명한 내용들이 상당수 이르며, 이를 참고하는 것은 학문적 오류를 최소화할 수 있을뿐더러 나아가 그들의 오류를 지금에서 우리가 바로잡을 수도 있기 때문이다. 아울러 기타 서양어 역주본도 최대한 활용해야 하며 이 경우 서양에서의 해당 고전에 대한 인식과 시각을 살펴보는 데에도 상당한 도움을 받을 수 있다.

국내 선행 연구물 활용은 필수적이다. 국내 이미 기존 번역(역주)서나 관련 연구물이 있을 경우 이를 역시 철저히 검색, 활용해야 한다. 이들 연구물은 선행 연구자의 노고를 인정해야 하며 한편으로는 문체나 역주

방법, 당시로서의 역주의 필요성 등 시대 상황까지도 반영하고 있으므로 새로운 발전의 기틀로 삼을 수 있다.

3.4. 역주자(譯註者) 나름대로의 주소(注疏) 작업이 다시 이루어져야 한다.

"册(卷), 篇, 章, 節"과 문단의 구분, 표점과 현대적 문장 부호의 활용 등에 대해 원만하고 안정된 원칙과 기준을 세워 원문부터 정리해야 하며 이에 따라 각주(주석)의 형식과 범위, 주석문의 통일 등이 감안되어야 한다. 특히 청대 이전의 판본은 이에 대한 표시가 전혀 없어 현대적 재작업이 이루어지지 않으면 작업에 많은 난관을 만나게 된다.

중국고전은 다양한 시대 상황과 문화, 역사적 배경, 인물의 성향 등 복잡한 내용이 압축되어 있는 경우가 허다하다. 기본적으로 복선이 깔려 있는 경우 경사자집의 연계성을 이해하지 못하고 문자에만 매달린다면 엉뚱한 풀이가 될 수 있다. 이를테면 『논어』의 "唯酒無量, 不及亂"[11]이 그 비근한 예이다.

다음으로 자료의 검증(檢證), 대조(對照), 교감(校勘) 작업을 먼저 해결한 다음 작업에 임해야 한다. 즉 자료 수집이 어느 정도 된 다음에는 반드시 자료 사이 상호 교차 검증, 대조, 교감의 단계를 거쳐야 한다. 원본, 활자본, 주석본 등을 점검해보면 많은 전적은 서로 사이에 문자의 이동(異同), 표점의 상이(相異), 심지어 누락, 주석이나 해석의 정밀과 소략 등 많은 차이가 있기 때문이다. 이러한 단계를 거쳐 가장 완정한 판본을 기준으로 작업에 임해야 한다.

---

11 이 구절은 "오직 술은 무한정이라, 양에 차지 않으면 난리를 부렸다"는 식으로 해석이 가능하다. 그래서 『論語』 鄕黨篇 注에 "酒以爲人合懽, 故不爲量, 但以醉爲節而不及亂耳"라 의미를 규정하였다.

3.5. 활용자, 혹 독자의 가독성을 세심하게 배려하여야 한다.

나름대로 빠짐없이, 그리고 철저하게 해석하고 풀이하였으나 고문(古文):현대문(現代文), 외국문(外國文):한국문(韓國文)의 여러 상황으로 인해 읽어낼 수가 없이 작업을 한다면 이는 실패한 역주라 할 수 있다. 그 경우 설령 내용 전달에는 누락이 없다 해도 시대에 맞지 않을 뿐 아니라 활용도는 현저히 낮아지게 될 것이다. 이는 물로 편집상의 문제일수도 있으나 역주자로 사전에 대비하면서 작업에 임해야 할 사항이기도 하다. 많은 번역 역주물 심사에 임해보면 우선 시각적으로 가독성을 갖추지 못한 결과물을 만날 때가 있다. 이 경우 아무리 정확한 번역과 역주에 심혈을 기울였다 해도 그 가치가 반감되고 만다. 더 나아가 완정성에도 전혀 신경을 쓰지 않은 결과물을 대할 때면 그 다음의 단계의 신의나 내용 대조는 전혀 진전을 기대할 수가 없다.

그리고 서술 문체의 문제이다. 학술적인 번역 역주의 경우 서술 문제는 만연체보다는 건조체로써, 간결하며 의미가 정확히 전달될 수 있는 평서문(平敍文)이어야 할 것으로 판단된다. 문학 작품의 경우, 번역이나 번안 등은 비교적 폭넓게 의역이나 평역이 가능하나 학술서, 고전일 경우 실제 운신의 폭이 상당히 좁다. 그럼에도 원전에 지나치게 충실하고자 문장이 우회(迂廻), 영우(縈紆), 회곡(回曲)의 상태라면 자칫 전달하고자 하는 내용이 제대로 드러나지 못하게 된다. 이처럼 역문(譯文)의 간결성에 대해서도 주의를 기울여야 한다.

다음으로 한국어가 먼저이다. 역주나 번역에서 가장 문제가 되는 것은 한국어 문장이다. 따라서 한국어 표현 능력에 대하여 관심을 기울여야 한다. 우선 쉬운 표현으로 간결하면서 순통해야 한다. 아무리 원문, 원의가 복잡하다해도 이를 번역하는 한 의미가 통해야 하며 나아가 그 문장은 한국식 문장이어야 함은 더 말할 나위가 없다. 그런데 가끔 전혀 생소한 문장으로 의미를 알 수 없으며, 더구나 앞뒤 호응조차도 맞지 않은 경우가 있다. 물론 원문 직역상 어쩔 수 없이 비문(非文)을 사용한다 해도 이는 어떤 방법으로든 해결되어야 한다. 특히 두 언어를 모두 이해하는 자가 일일이 대조하여 분석해보면 누락됨이 없이 되어 있으나 전체 한국어 문장을 읽어보면 어색하거나 심지어 저급하다고 여기게 되는 경우도 있다. 한국어 해석은 정문이어야 하며 불가능할 경우 각주에서 처리하여 그 의미를 다시 적확하게 전달할 수 있어야 한다. 번역이나 역주는 그야말로 제2의 창작으로써 단순히 뜻을 안다고 해서 곧바로 문장으로 연결될 수 있는 것은 아니기 때문이다. 아울러 역자 특유의 상투어 "~는데" 등, 맞춤법 오류 "할려고" 등, 표현의 지나친 통속성, 문장 호응이 이루어지지 않는 비문, 어휘사용의 중복, 인용문의 이중 해설 "○○가 말하기를, "……"라고 말하였다" 같은 경우, 직접화법과 간접화법의 불분(不分) 등 주의를 기울여야 할 요건이 상당히 이른다.

3.6. 각주(脚注; 註釋) 처리

문학 작품의 경우 주석이 없이 재창조하여 해석할 수 있으나 학술서의 경우에는 해석문에서 내용을 충분히 표현해낼 수 없는 경우가 허다하다. 이 때 주석의 범위를 정해야 하며 기준이 명확해야 한다. 일부 주석이 없이 통과하여 내용을 알 수 없거나, 또는 불필요한 주석을 나열하여 이해에 방해가 되는 경우를 볼 수 있다. 따라서 인명, 지명, 역사적 배경, 용어, 주요어휘, 한자어, 구절, 압축된 성어, 특수 표현, 구문(構文) 등 범위를 정해야 하며, 이로써 정문(正文) 해석에 방해를 받지 않을 수 있는 편리한 체재로써의 도움으로 삼아야 한다. 한편 각주의 문체 역시 개방형, 혹은 폐쇄형의 두 가지 중 택해야 한다. 이를테면 각주의 문체가 장문의 서술형으로 지나치게 산만할 경우, 간결한 맛을 잃게 되며 시각적 피로감을 더할 수도 있으며 가독성에도 방해를 줄 수 있다. 따라서 "사전적 폐쇄형"으로 정리하는 편이 나은 경우를 자주 보게 된다.

3.7. 원문의 분장(分章), 분절(分節)

원본이 이미 분책, 분장, 분절로 이루어진 것은 이를 반드시 지켜야 하며 그렇지 않은 경우에도 가능하면 세분화하기를 권장한다. 의미상 주제가 같다 해도 지나치게 긴 문장은 정확한 분석과 의미 전달에 방해가 되며, 일부 원문, 해석문, 각주(주석)가 공간적, 시각적으로 너무 멀어 연구나 활용에 매우 불편함을 초래할 수도 있다. 현실적으로 역주본은 가능한 한 분장을 하여 활용도를 높이는 것이 효율적이다.

이 경우 일련번호를 부여하는 것도 하나의 방법이다. 이에 따라 발표자 본인의 역주본은 모두가 각 책마다 일련번호가 있으며 부여 기준은 "册-篇-章-節"로 되어 있다. 이는 작업의 편의는 물론, 전산화 작업에 매우 유용하였다. 특히 디지털 시대에 맞게 수시로 찾을 수 있으며 재활용, 인용, 작업중 연계 메모, 정리, 교차 검증, 수정, 교정, 색인, 검색, 확인 등 다방면에 걸쳐 아주 유용한 방법이다. 작업자로서의 부담을 덜어줄 뿐 아니라 활용자(독자)에게도 어느 정도 시각적 안정감과 신뢰를 주고 있다고 확인된다.

3.8. 분책(分册)의 표시

역주본 중에 단권으로 제본이 가능한 것도 있지만 양이 많아 2~10권 등으로 분책이 불가피한 경우도 있다. 이를 상하, 상중하, 혹은 숫자로 표시할 경우 불합리한 점이 발견된다. 이를테면 하권만 있을 경우 중권의 여부를 알 수 없으며, 숫자의 경우 전체 책 수를 알 수 없다. 특히 판기(板記; 刊記)가 첫 책 앞, 혹은 말미, 또는 마지막 책에 있을 경우 이를 찾을 때마다 수고로움이 있다. 우리의 선인들은 지혜롭게 "單, 乾坤, 天地人, 元亨利貞, 仁義禮智信, 禮樂射御書數, 十干, 十二支, 二十四節氣, 六十甲子, 千字文" 등의 순으로 정했었다. 이는 책의 순서와 전체권수를 동시에 알 수 있는 특이한 발상이지만 오늘날 시대에는 통용되지 못하고 있다. 이에 반드시 $\frac{1}{2}$, $\frac{3}{4}$ 등 분수로 겉표지에 표기하는 것도 하나의 방법이며 합리적이다.

3.9. 원문 표점

한문 원문에는 반드시 표점부호를 사용하는 것이 유용하다. 대체로 지금 중국에서 쓰이는 표점부호는 나름대로 상당한 편리성을 갖추고 있다. 우리와 대동소이하나 다만 " "는「 」로, ' '는『 』로, 서명은『 』, 편, 혹 논문의 경우 〈 〉, 대구(對句)나 대구의 나열은 ;, 인용문 앞에는 :로 하는 등 몇 가지만 원용(援用)하면 작업은 물론 활용자에게도 아주 유용하게 도움이 될 수 있다. 특히 표점만 확실하면 사실 그 문장은 8할 이상은 이미 의미가 전달된다고 볼 수 있다. 혹 전혀 띄어쓰기가 되어 있지 않은 원본 그대로를 그대로 고집하거나 대충 띄어쓰기와 마침표 정도로 하거나 아니면 각주에서는 아예 세심한 배려를 하지 않은 경우를 보게 된다. 그러나 이 경우 반드시 일정한 기준에 의해 표점을 부가하고 문장부호를 사용하여 그 의미의 정확성을 높이며, 나아가 자신이 그렇게 읽고 해석한 이유와 책임을 져야 한다고 생각한다. 주어가 어느 것인지, 인용문이 어디까지인지 등에 아무런 표시가 없다면 어찌 현대 학문에 접근한 것이라 할 수 있겠는가?

3.10. 성분(成分) 위치(位置) 조정(調整)

중국어와 한국어는 배치와 순서, 의미 전달을 위한 수사법이 다르다. 이를 축자(逐字), 축구식(逐句式)으로만 고집하다가 엉뚱한 말이 되곤 한다. 이를 테면 "잘못된 역사 바로세우기"처럼 한정과 수식의 대상이 되는 어휘의 위치를 찾아낼 수 없거나 의미를 전도시키는 오류를 유도하게 된다. 따라서 중국어의 한정어(限定語; 副詞語)나 수식어(修飾語; 冠形語)는 흔히 그 위치가 앞으로 배치된 경우가 있으나 우리 문장에는 부사어는 서술어 바로 앞으로, 수식어는 체언 앞으로 위치를 조정하는 것이 확연한 문장이 됨에 유의하여야 한다. 특히 이중(二重) 수식, 이중 한정의 문장은 해석문의 위치 조정이 필수적이다. 즉 우리말의 경우 한정어(부사어)는 술어 직전이 명확하며, 수식어(관형어)는 체언 앞에 두는 것이 의미 전달에 있어서 훨씬 명확한 경우가 많다.

3.11. 복문(複文; 重文)의 해체와 조정

원문이 복문, 혹 중문으로 되어 있을 경우, 원의에 충실하기 위해 한국어 해석 문장을 맞추다 보면 속된 표현의 '꼬인 문장'이 되기 쉽다. 이 경우 과감하게 분리하여 접속어로 이끌어가거나 아니면 문장부호를 사용하여 복합구(複合句), 복합절, 복합문의 형태로 성분을 형성하고 있음을 표시해 주어야 한다. 우리말로 이를 번역할 경우, 해체, 재조합의 과정을 거쳐 재구성해 주어야 함에도 원전에 멀어질까 하는 두려움에 이를 시행하지 못한 채 그대로 끌어가다가는 "원문이 더욱 명확하고 알기 쉬운", 거꾸로 된 작업을 하는 경우가 있다. 이러한 번역은 도리어 활용자의 피로감을 가중시킬 뿐이다.

3.12. 존고궐의(存古闕疑)

전혀 해석이 되지 않는 문장이나 부분은 궐여(闕如), 궐의(闕疑)의 원칙을 지켜야 한다. 고대 전적이라고 해서 완전무결한 것은 아니며 신성시할 수 있는 것은 아니다. 고대 간책의 기록문화는 압축이 심하고, 나아가 오랜 기간을 거치면서 오류, 착간, 개사 등이 있을 수 있다. 이를 임의로 고치거나 상상을 넘는 아전인수의 두찬(杜撰)은 있을 수 없다. 그렇다고 억지 해석이나 주장을 펴는 것은 하나의 견해로는 볼 수 있으나 마구 남발할 수는 없다. 이를 테면 『논어』의 "色斯擧矣 翔而後集"[12]이 비근한 예이다.

3.13. 동일 내용의 수합(蒐合)

중국 고대 기록은 엄청난 중복, 전재, 인용, 전용, 복제, 채록, 심지어 도용(盜用)하는 현상을 보이고 있다. 즉 유형별 저술의도만 있으면 새롭게 책을 편찬할 수 있는 분위기가 상당기간 지속되었다는 것이다. 즉 여인들의 이야기를 주제로 한 권의 편저를 구상했다면 그간 있었던 기록물 중에 여인들에 관한 것만 수집, 선정하여 주제별 재분류, 전체 구도에 맞게 재정리, 첨삭 등의 단계를 거치기만 하면 어느 정도 완정한 하나의 고전,

---

12 『論語』鄕黨篇. "馬融은 「見顔色不善則去之也」"라 하였으나 何晏의 『論語集解』에는 "言山梁雌雉得其時, 而人不得其時, 故歎之. 子路以其時物故共具之; 非其本意·不苟食, 故三嗅而作. 作, 起也"라 하였으며, 皇侃의 疏에는 "「梁者, 以木架水上·可渡水之處也. 孔子從山梁聞見有此雌雉也. 時哉者, 言雉遙遙得時也. 言人遭亂世·翔集不得其所, 而不如梁間之雉·十步一啄·百步一飮·是得其時, 故歎之也. 獨云『雌』者, 因所見而言矣. 子路不達孔子『時哉時哉』之嘆, 而謂嘆雌雉是時月之味, 故馳逐驅拍遂得雌雉·煮熟而進以供養孔子, 乖孔子本心. 孔子若直爾不食者, 則恐子路生怨, 故先三歎氣而後乃起."라 하였음. 그러나 주희는 "言鳥見人之顔色不善, 則飛去, 回翔審視而後下止, 人之見幾而作, 審擇所處, 亦當如此. 然此上下, 必有闕文矣."라 하여 뜻을 알 수 없다고 하였음.

즉 『열녀전(列女傳)』이 되는 것이 그 예이다. 가히 "我抄你, 你抄我[내가 너를 뽑아내고 네가 나를 뽑아내다]"의 상황이었던 것이다. 이러한 풍조는 위진 시대까지 지속되었다. 이를테면 『설원(說苑)』, 『신서(新序)』, 『한시외전(韓詩外傳)』, 『안자춘추(晏子春秋)』, 『전국책(戰國策)』, 『수신기(搜神記)』, 『열선전(列仙傳)』, 『고사집(高士傳)』, 『몽구(蒙求)』 등 이루 헤아릴 수 없다. 이들은 다시 송대(宋代) 유서류(類書類)인 『태평어람(太平御覽)』, 『태평광기(太平廣記)』, 『북당서초(北堂書鈔)』나 기타 공구서인 『예문유취(藝文類聚)』, 『초학기(初學記)』, 『사류부주(事類賦注)』에서도 물론이고 정사(正史)에도 재분류되어 수록하고 있다. 그러나 전사자(轉寫者)의 실수나 판각의 오류 등으로 전혀 다른 글자가 되기도 하고, 또는 그러한 작업을 하는 자가 "문자의 오류"라고 스스로 판단하고 임의로 고쳐 넣은 것도 있다. 그 때문에 뒤에 옮겨 적은 것이 도리어 "순통한 문장", "명확한 의미전달"인 경우도 가끔 보게 된다.

이러한 현상은 역주자에게 도리어 편리한 자료를 제공하고 있다. 즉 한 곳의 A라는 내용은 다른 곳에 있을 경우, 시기의 선후, 완정도의 심층 등을 통해 대조하면 서로 사이 오류나 부정확함을 교수(校讎)할 수 있어 순통한 역주작업을 진행할 수 있다. 이들을 모두 찾아 나열, 대조하여 적극적인 자료로 활용하는 것이 바람직하다. 본인의 경우 이를 모두 찾아 〈참고 및 관련 자료〉난을 설정, 번거롭지만 모두 전재하여 실었다. 예로 『수신기(搜神記)』 동명왕설화(東明王說話)의 경우 무려 18곳의 동일 자료를 찾아 실을 수 있었다.[13] 이렇게 함으로써 각주의 복잡한 '교감 상

---

13 林東錫 譯註, 『搜神記』(14) 夫餘王 "橐離國王侍婢有娠, 王欲殺之. 婢曰:『有氣如雞子, 從天來下, 故我有娠.』後生子, 捐之豬圈中, 豬以喙噓之; 徙至馬櫪中, 馬復以其噓之; 故得不死. 王疑以爲天子也, 乃令其母收畜之, 名曰「東明」. 常令牧馬. 東明善射, 王恐其奪己國也, 欲殺之. 東明走, 南至施掩水, 以弓擊水, 魚鼈浮爲橋, 東明得渡. 魚鼈解散, 追兵不得渡. 因都王夫餘"의 신화.

황 설명', '文字異同' 등을 줄일 수 있고 다른 연구자들에게 필요한 자료
와 정보를 충분히 제공하여 고전 고유의 또 다른 면모를 보여줄 수 있게
된 것이다.

4. 한어(漢語) 언어학 및 문자학(文字學)의 활용

4.1. 언어와 문자, 그리고 한어의 특징을 이해해야

문자 기록은 언어가 먼저이다. 이러한 대전제가 바탕이 되어야 바른
번역(역주)이 이루어질 수 있다. 중국 고전 기록문도 당연히 그 당시의
언어에서 출발하였다. 언어가 먼저 있고 그 언어를 바탕으로 이루어진
것이 기록물이다. 따라서 한어 고유의 특성이나 표현기능을 이해하지
못한 채 문자에만 치중하여 의미를 고정시키려 한다면 원의에서 멀어진
억지 번역으로 치닫게 된다. 이에 대해 소학(小學), 즉 문자학, 성운학(聲
韻學), 훈고학을 섭렵하여 언어를 바탕으로 한 기록으로서의 '고전문장'
임을 저변에 인지하고 있어야 한다. 예로 세계 언어가 대부분 'n' 성모가
부정사임에 반해 중국어는 순음 성모의 많은 글자들이 부정사로 되어
있다. 예를 들어 "無, 毋, 亡, 罔, 未, 靡, 微, 勿, 末, 晚, 莫, 非, 匪,
不, 弗, 否 …… 등. 이들은 미세한 차이도 있지만 원칙적으로 부정을
의미하며 대구의 동일자 회피, 수사상 환치 등으로 인해 바꾸어 쓴 경우
가 아주 흔하다. 이에 따라 『논어』 등에는 '亡'이 '망'이 아닌 '無'이며[14],
"大器晚成"의 "晚"은 마왕퇴(馬王堆) 백서(帛書) 『노자(老子)』에는 '免'으
로, 죽간본(竹簡本)에는 '曼'으로 되어 있어 결국 "큰 그릇은 이루어짐이

---

[14] 『論語』雍也篇 "不幸短命死矣, 今也則亡, 未聞好學者也"의 朱熹 주에 "亡, 與無同"
  라 함.

없다"라는 원의를 밝혀낼 수 있는 것이다.[15] 이를 두고 원 글자의 의미를 고집하면 문장이 어색해지거나 엉뚱한 다른 의미로 변할 수도 있다. 따라서 간혹 한자 낱자의 의미에 치우치거나 음훈(音訓), 의훈(義訓)은 제대로 파악하지 아니한 채 형훈(形訓)에만 치중하는 폐단은 소학을 통해 고쳐져야 한다. 한자는 이미 고대 일찍부터 '形訓을 벗어난 문자'임을 알아야 한다.

4.2. 쌍성(雙聲) 첩운(疊韻) 호훈(互訓)의 활용

중국어는 고대부터 쌍성, 첩운의 언어특징이 널리 활용되었다. 조수초목의 물명(物名)은 물론, 의성어, 의태어, 심지어 인명, 민족명서도 거의 그 특징을 바탕에 깔고 있다. 『논어』에 나오는 인명의 자(字)와 명(名) 사이에도 이러한 예는 얼마든지 찾아볼 수 있다.[16] 언인(言偃; 子游), 염구(冉求; 子有), 재여(宰予; 子我)도 그렇고 그 외의 숱한 이윤(伊尹), 고요(皐陶), 부소(扶蘇), 호해(胡亥), 이루(離婁), 연년(延年), 왕망(王莽) 등 이루 헤아릴 수 없다. 이는 문장 해석에도 절대적인 활용 자료가 된다. "此=茲=斯=是"며, "亡=喪=失=死=佚=逸=遺"가 그러한 예일 것이다. 이러한 언어적 관련을 잘 살펴보면 환치, 대치, 호환을 거쳐 호훈(互訓)의 유용한 결과를 얻을 수 있으며 이로써 정확한 의미의 증거를 제시할 수 있다.

따라서 역주에서의 이러한 어휘는 각주 처리하여 불필요한 오해를 제

---

15 『老子』(41)에 "大方無隅, 大器晩成, 大音希聲, 大象無形, 道隱無名"은 문형으로 보아도 '晩'은 副詞일 수가 없음. '晩'은 竹簡本에는 '曼', 帛書本에는 '免'으로 되어있어 모두 '無'와 雙聲(聲母가 같은 M(ㅁ)으로 시작됨) 互訓 관계를 이루고 있어 '무(없다)'와 같은 뜻이다. 노자는 영원을 두고 완성될 수 없는 것을 큰 그릇이라 여긴 것이며 앞뒤 對句를 이룬 말에 호응이 됨.

16 錢大昕, 『十駕齋養新錄』(5), 臺灣商務印書館, 1978, 「雙聲疊韻」에 "古人名多取雙聲疊韻, 如『左傳』宋公與夷, 邾黎來, 袁濤塗, 續鞫居, 提彌明, 士彌牟, 王孫彌牟"라 함.

거해야 할 것이다. 같은 예로 고전 훈고에 광범위하게 사용된 성훈론(聲訓論; 音訓論)[17]도 원용되어야 한다. 즉 "A, B也"의 기본 공식에 A와 B는 쌍성, 혹은 첩운으로 되어 있는 경우가 허다하다. 즉 "日, 實也", "月, 闕也", "離, 罹也" 등이다. 이러한 풀이 방법은 한대(漢代)에는 아주 넓게 성행하였다.(『說文解字』, 『白虎通』, 『釋名』 등) 이를 활용하면 정확도를 넓힐 수 있고 과학적 근거로 제시할 수 있을 것이다.

4.3. 음주(音注)의 활용

청대 이전의 전적 중에 중국인 스스로의 주석본에는 음주를 함께 싣고 있는 것이 많다. 이의 활용은 매우 유용하다. 이를테면 『사서집주(四書集注)』의 경우 전반적으로 주희(朱熹)의 음주가 폭넓게 실려 있다. 음주는 대체로 '직음법(直音法)', '반절법(反切法)', '성조법(聲調法; 聲調辨別法)' 3가지가 쓰이고 있다.[18]

(1) 직음법은 「'樂' ①音洛 ②音岳」, 「佛, 音弼」, 「食, 音嗣」 등이다. 『사서집주』에 470 조항 202자나 나타난다. 당연히 '락'과 '악'의 차이임을 밝혀주고 있는 것이다.

(2) 반절법은 '樂' '五敎反'으로 '요'로 읽도록 한 것이다. 그 외에 "造, 七到反", "慍, 紆問反" 등 많은 양을 차지하고 있다.

(3) 성조법은 "弟, 去聲", "傳, 平聲", "惡, 去聲"[19] 등이다. 聲調가 다름으로서 본래의 뜻, '아우, 책, 선악의 악'의 의미가 아님을 밝혀 준 것이다.

---

17 林東錫, 「漢語 聲訓論 硏究」, 『인문과학논총』 30, 1998 참조.

18 林東錫, 「四書集注 音註 硏究: 朱熹의 直音式 표음과 諺解音을 중심으로」, 『중국어문학논집』 19, 2002 참조.

19 『論語』 里仁篇 "君子去仁, 惡乎成名?"의 주에 "惡, 去聲"이라 하여 이미 入聲이 아닌 것으로 疑問詞임을 알 수 있음.

이러한 자료는 아주 널리 있으며 이의 활용은 정확한 의미도출에 큰 도움이 된다. 이는 본인의 「사서집주 음주연구」(『중국어문학논집』 19, 2002) 등을 참고하기 바란다.

4.4. 연면어(連綿語)의 특징

"중국어는 고립어(孤立語)이며 한 음절이 하나의 한자로 표기되고, 單음절어(音節語)이다"라는 대원칙은 변함이 없다. 그러나 고대 한어(漢語) 때에 이미 일찍이 복음화(複音化; 二音節化, 雙音節化, 連綿語) 과정을 거쳐 오늘에 이르면서 일음절일의어(一音節一義語)라는 대원칙이 엄청나게 희석되었다. 언어를 중심으로 한 노래 가사를 모은 『시경(詩經)』에 이미 대량의 쌍성, 첩운 연면어가 일반화되고 있음을 통해 3천년 이전 한어는 이미 쌍음절화(雙音節化)한 것임을 알 수 있다. 그럼에도 우리 한국학자들은 '단음절어'라는 고정 관념에서 벗어나지 못한 채 매 글자마다 주석과 풀이를 하지 않으면 격화소양의 미진감(未盡感)에 불안해한다. 이는 과감히 탈피되어야 한다. 이러한 연면어를 "이음절일의어"(two syllables one mean)나 연면어(連綿語; 聯緜語)라 하며 이 중에 많은 수는 쌍성연면어와 첩운연면어로 되어 있다. 언어가 문자보다 앞선 것이므로 이러한 말이 먼저 있고 이를 문자로 적는 과정에서 최대한 관련 글자를 사용하는 것이 원칙이지만 그렇지 못한 경우에는 음만 우선 적었다가 사회적으로 굳어진 음운 결합이 엄연히 존재한다.[20] 그 예로 "唐突, 鄭重, 造次, 支離, 苗條, 流利, 糊塗, 龍鍾, 布穀, 舒服, 郭索, 蘿卜(蘿蔔), 委蛇, 腦殺, 參差, 塗炭, 淘汰, 饕餮, 蒹葭, 邂逅, 珷玞(碔砆)" 등 수없이 많으며 이러한 어휘는 원의가 상당히 이탈되어 있음을 금방 감지하게 될 것이다. 이에 새롭게 조자(造字)

---

20 林東錫, 「表音機能 漢字에 대한 研究」, 『中國學報』, 35(1), 1995 참조.

하기도 하고, 예로 "忐忑, 尴尬" 등, 이미 있는 글자에 편방을 더하여 새롭게 조자 하거나, "예로 解后 → 邂逅, 耶俞 → 揶揄, 殷勤 → 慇懃, 方弗 → 彷彿, 髣髴, 丁寧 → 叮嚀" 등, 유감(類感; associative effect)을 위해 특징의 일부를 살려 쓰기도 하는데 그 예는 "龌龊, 靺鞨" 등으로 여러 방법이 있다. 이러한 현상은 문자학, 음훈학(音訓學), 훈고학, 어휘학, 주석학, 한국어에서의 수용 양상 등 다방면에 걸쳐 연구할 수 있으나 무엇보다 우선 고전 역주에 있어서는 이를 낱글자로 풀이하고자 해서는 안 된다는 점이다. 이를테면 '輾轉'을 "輾者, 轉之半; 轉者, 輾之周"이라거나[21], '猶豫'를 "개가 앞서가다가 주인이 오기를 머뭇거리며 되돌아옴"[22]라 번역하면 안 된다. 두 글자(음)는 결합되어 전혀 다른 제3의 의미를 표현하는 것이지 원의에 구애받으라는 뜻이 아니다. 이를 분리했을 경우 그 의미도 따라서 해체됨을 인식해야 한다. 이 때문에 '글자 의미에 관계없으며 음도 다름'을 일러주기 위해 '造次'의 음주(音注)에 "造, 七到反"의 반절(反切)을 달아 '초차'로 읽도록 하였으며 『좌전(左傳)』 노(魯) 은공(隱公) 4년 경문(經文) "夏, 公及宋公遇于淸"의 두예(杜預) 주(注)에는 "遇者, 草次之期, 二國各簡其禮, 若道路相逢遇也"라 하여 아예 "草次"로 되어 있다.[23]

　이러한 연면어는 처음에는 소리나는 대로 이미 있는 한자를 활용하는

---

21 『詩傳』朱熹 注에 "輾者, 轉之半; 轉者, 輾之周. 反者, 輾之過; 側者, 轉之留, 皆臥不安席之意"라 함.

22 顔之推, 『顔氏家訓』(書證篇)에 "『禮』云: 「定猶豫, 決嫌疑.」『離騷』曰: 「心猶豫而狐疑.」先儒未有釋者. 案: 『尸子』曰: 「五尺犬爲猶.」『說文』云: 「隴西謂犬子爲猶.」吾以爲人將犬行, 犬好豫在人前, 待人不得, 又來迎候, 如此返往, 至於終日, 斯乃豫之所以爲未定也, 故稱猶豫. 或以『爾雅』曰: 「猶如麂, 善登木.」猶, 獸名也, 旣聞人聲, 乃猶緣木, 如此上下, 故稱猶豫. 狐之爲獸, 又多猜疑, 故聽河冰無流水聲, 然後敢渡, 今俗云: 「狐疑, 虎卜.」則其義也."라 함.

23 『論語』"君子無終食之間違仁, 造次必於是, 顚沛必於是." 『左傳』隱公 4년 杜預 注를 볼 것.

가차의 방법으로 시작되었지만, 예로 "解后, 丁寧" 등, 뒤에는 이의 시각적 의미 배제를 위해 새로 조자하는 "邂逅, 叮嚀" 등의 방법이 채택되었으나 일부는 그대로 굳어진 채 쓰이기도 한다. 그 예로 "唐突, 鄭重, 舒服, 流利" 등이 있다.

그런가 하면 처음 기록될 때부터 문자의 고정성이 없이 기록자마다 그 표기가 달리 쓰인 예는 얼마든지 찾아볼 수 있다. 즉 전대흔(錢大昕)의 『십가재양신록(十駕齋養新錄)』(5)에서 밝힌 〈고무설경음설(古無脣輕音說)〉[24]에 의하면 "匍匐"의 경우 "匍匐, 扶服, 扶伏, 蒲伏, 蒲服" 등 얼마든지 소리나는 대로만 표기하면 될 정도였다. "蘿蔔"도 "蘿卜, 蘿茯, 蘿菖"로 표기되어 마찬가지의 경우이다.

그 뒤 다시 조자를 통한 의미의 연면성(連綿性; 不可分離原則)을 시각적으로 표시하였다. "觳觫, 髣髴, 龌龊, 靰鞻, 忐忑, 鶺鴒" 등 많은 양을 차지하고 있으며 이 경우 부수(部首)나 편방(偏旁)을 같도록 하여 시각적으로 동일한 의미임을 나타낸다. 즉 "橄欖, 襤褸, 蒹葭, 琵琶, 枇杷, 躊躇, 踊躍, 桔梗, 頡頏, 蜘蛛, 蜴蜥, 誹謗, 燦爛, 愍勤, 玲瓏, 朦朧" 등 이루 헤아릴 수 없이 많다. 이는 문자의 수적 증가에 엄청난 영향을 미치기도 하였으며 대개가 일회성, 단용성(單用性), 한용성(罕用性), 희귀성(稀貴性) 문자들을 양산하여 중국문자의 사난(四難; 難讀, 難記, 難忍, 難寫)의 불편함을 가중시키기도 한다.

그 외에도 한자를 선정할 때 유감(類感)을 최대한 살려 "猶豫, 揶揄,

---

24 錢大昕, 『十駕齋養新錄』(5)에 "凡輕脣之音, 古讀皆爲重脣, 『詩』「凡民有喪, 匍匐救之」, 〈檀弓〉引詩作'扶服', 『家語』引作'扶伏', 又「誕實匍匐」, 〈釋文〉: 「本亦作扶服」. 『左傳』昭十二年: 「奉壺飮冰以蒲伏焉」, 〈釋文〉: 「本又作匍匐, 本亦作扶伏」. 昭二十一年: 「扶伏而擊之」. 〈釋文〉: 「本或作匍匐」. 『史記』蘇秦錢: 「嫂委蛇蒲服」; 〈范雎傳〉: 「膝行蒲服」, 〈淮陰侯傳〉: 「俛出袴下蒲伏」. 『漢書』霍光傳: 「中孺扶伏叩頭」. 皆匍匐之異文也"라 함.

星散, 從容, 糊塗, 苗條"등으로 표기하기도 하며, "欄干, 郭索[25], 籠絡[26], 縠觫"등에서는 혹 이중적 의미가 나타나기도 한다.

그런데 한국어에서는 이러한 한어 고유 특징의 음운결합 연면어는 도리어 그 음적 특징을 거부하여 수용하고 있다. 이를테면 이화현상(異化現象)이 나타나는 경우, "艱難 → 가난, 從容 → 조용, 支離 → 지루, 喇叭 → 나팔"등의 사례, 두음법칙에 의한 변화인 "襤褸, 籠落"등의 사례, 구개음화 등에 의한 변화로 "饕餮, 滌蕩"등의 사례, 단모음화에 의한 변화로 "窈窕"등의 사례, 전혀 달리 한국어화한 경우로 "蒺藜 → 찔레. 躑躅 → 철쭉. 蘿葍 → 나박[27], 弗聿 → 붓"등이 있다. 그리고 새롭게 만들어지고 있는 연면어로 "流利, 苗條, 垃圾, 舒服"등은 수용하지 못하고 있기도 하다.

4.5. 연면어 처리의 실제

이상을 간추려 아주 비근(卑近)한 우리 고전 산문 몇 편을 들어보자.

◎ 溫達, 高句麗平岡王時人也. 容貌龍鍾可笑, …… 老母對曰:「吾子貧且陋, 非貴人之所可近, 今聞子之臭, 芬馥異常.」(〈溫達傳〉)[28]

◎ 忽有一佳人, 朱顔玉齒. 鮮粧靚服, 伶俜而來, 綽約而前, …… 又有一丈

---

25 漢 揚雄 『太玄經』에 "蟹之郭索, 心不一也"라 하였고, 宋 張端義의 『貴耳集』(上)에는 "廬山偃蹇坐吾前, 螃蟹郭索來酒邊"이라 하였으며, 元 呂起猷의 〈又用疊字韻〉에는 "竹委長身寒郭索, 松埋短髮老瞿曇"이라 하였고, 淸 趙翼의 〈醉蟹〉에는 "霜天稻熟郭索行, 雙蟹拗折香珠秔"이라 하여 疊韻連綿語 '郭索'의 의미는 모두 다름.

26 籠絡은 원래 '멍에'를 뜻하는 物名.

27 '蘿葍'은 무를 뜻하는 한어 쌍성연면어이지만 우리에게는 '나박김치'에만 그 흔적이 남아 있음.

28 『三國史記』(45) 溫達傳

夫, 布衣韋帶, 戴白持杖, 龍鍾而步, 傴僂而來, 曰:「僕在京城之外, 居大
道之旁, 下臨蒼茫之野景, 上倚嵯峨之山色, 其名曰白頭翁. 竊謂左右供
給雖足, 膏粱以充腸, 茶酒以淸神, 巾衍儲藏, 須有良藥以補氣, 故曰雖有
絲麻, 無其菅蒯.」(〈花王戒〉)[29]

◎ 見兩班, 則跼蹐屛營, 匍匐拜庭, 曳鼻膝行, …… 兩班, 益恐懼, 頓首俯伏.
…….(〈兩班傳〉)[30]

이상의 짧은 몇 구절 문장에 쌍성어(雙聲語), 첩운어(疊韻語)가 무려 18
개나 된다. 즉, "龍鍾, 芬馥, 伶俜, 綽約, 傴僂[31], 蒼茫, 嵯峨, 供給, 巾
衍, 儲藏, 絲麻, 菅蒯, 跼蹐, 屛營, 匍匐, 恐懼, 俯伏"등이다. 이러한
어휘들은 실제 아직 사전에도 올라있지 않은 것조차 있으며 달리 표기해
도 무방한 단어들이다. 이는 쌍성, 첩운 연면어는 끝없이 생성되고 있으
며 누구나 조어할 수 있음을 의미한다. 아울러 이러한 현상은 한어(漢語)
만의 특징임을 보여주는 좋은 예이기도 하다. 따라서 연면어는 묶어서
처리함이 마땅하며 낱자의 의미 분석에 매달린다면 이는 한어 고유의 원
리에도 어긋나는 것이다.

결국 이 연면어, 특히 쌍성, 첩운의 경우 어떻게 표기하든 이는 언어이
지 문자가 아니다. 따라서 이는 번역, 역주의 경우 그 상황에 맞추어 설
명하면 될 뿐 그 문자를 천착하는 것은 합리적이지 못하다. 즉 "문자에
관계없는 쌍성(첩운)연면어이며 어떠한 상황이나 행동, 물명, 경우를 이
르는 말" 정도면 된다. 이를 '鴛鴦'에서 "鴛은 원앙 중의 수컷, 鴦은 암컷"
이라고 풀이한다면 이는 어불성설이며 심각한 오류이다. 한어 중의 이러

---

29 『三國史記』(46) 薛聰傳
30 朴趾源 〈兩班傳〉
31 '傴僂'는 '佝僂'와 같으며 등이 굽은 상태의 꼽추.

한 연면어는 그렇게 결합된 어휘가 아니기 때문이다.

5. 결언

이상 고전 역주의 작업 순서, 수행과정 및 유의사항 등을 두서없이 살펴보았다. 앞에 등 13가지 조목과 5가지 언어, 문자학적인 문제 외에 얼마든지 현실적 개선을 위한 제언이 있을 수 있겠으나 주제와 지면 관계상 편린적인 몇 가지만 들어보았다.

물론 일부 사항은 역주자의 책임이라기보다 편집, 출판의 업무를 담당한 자의 몫일 수도 있다. 그러나 어차피 역주자는 모든 작업의 시작이며 진행 과정 전체를 상정해야 한다. 아울러 한어와 한국어는 같은 어족도 아니고 같은 언어계통도 아니다. 그러나 수 천 년 이웃하여 살면서 '漢語使用圈'이 아닌 '漢字使用圈'에 소속되어 있으면서 일상 어휘도 엄청난 양을 차지하고 있을 뿐 그 언어를 그대로 받아들인 것은 이님에 유의해야 한다. 이는 문자어로서의 역할이 위주이며 문법이나 음운면에서는 별개의 길을 걸어왔다. 따라서 중국어학, 특히 기본적이 소학(小學; 文字學)이 고전 역주의 훈련과정에서 반드시 수용되고 도입되어야 한다. 이렇게 함으로써 지나치게 신성시하여 "逐字逐句式", '낱자별 의미해석' 등으로 겪은 고통도 해결되며, '언어로서의 기록물'이라는 대원칙에도 맞게 될 것이다.

특히 한어의 특징을 바탕으로 한 역주는 고통을 덜어줄뿐더러 정확성에 대한 증명도 가능하다. 따라서 이들 표기 기록에 대해 (1)문자학적인 측면: 즉 순수가차(純粹假借; 예 唐突, 鄭重), 유감(類感), 조자, 비고정성(非固定性), 의미의 이중성(二重性; 예 郭索, 欄干[32]) (2)음운학적인 측면: 즉 생성의 계속성. 신조어(新造語; 예 沙發, 可樂), 고음(古音)과의 상이점(相異點; 예 布穀[33], 舒服) (3)어휘학(語彙學)적인 측면: 즉 연성복사(衍聲複詞), 인명, 지명, 민족명, 외래어(예 肅愼, 突厥, 琉球, 句茶, 夜叉[34]) (4)훈고학적인 측면: 호훈(互訓; 예 母, 牧也. 八, 別也. 木, 冒也), 환치(換置; 예 大器晚成) 등 한어 언어문자학을 최대한 원용하여야 할 것이다.[35]

"역주는 번역의 전단계이며 학문의 기초이며 재창조의 기반이다." 따라서 역주가 잘 이루어져야 다음 단계로 넘어가는데 문제가 없게 된다. 출발이 잘못되면 그 다음의 각도는 자동적으로 엉뚱해지기 때문이다. 이에 이 분야의 학술적 논리(원리)를 활용함으로써 보다 정확한 역주, 원만한 해석, 완성도 높은 성과를 기대할 수 있을 것이다.

---

32 欄干은 건물의 '난간'(物名)과 '눈물이 줄줄'(副詞)의 두 의미를 함께 가지고 있음.
33 布穀은 '뻐꾹'을 音寫한 말이며 혹 '撥穀'으로도 표기함.
34 夜叉는 불교 용어로 악마. 〈金色夜叉〉(이수일과 심순애)의 제목.
35 林東錫 「表音機能 漢字에 대한 硏究」, 『中國學報』 35, 1995, 참조.

제2부 중세 문명과 고전번역

균여(均如)와 최행귀(崔行歸)의 「보현행원품(普賢行願品)」 번역*
– 문화 간 소통으로서 중세 번역의 이해를 위한 시론 –

김남이

1. 서론

동아시아에서의 번역은, 서구·현대적 의미에서의 번역과 동일하게 적용될 수 있는 개념인가? 다시 말해, 서로 다른 문명들 사이의 언어 간 전환 –대개는 일방의 수용– 을 전제로 하는 서구적 번역 개념으로 잘, 충분하게 설명될 수 있는가? 거칠지만, 그에 대한 가설적 결론을 먼저 말하자면, 중세와 근대를 막론하고 동아시아에서의 '번역'은 동아시아의 맥락에서 그 자체가 새롭게 설정될 필요성이 있다. 실제로, 서구-현대적 번역 관점에서 동아시아-한국 중세와 근대의 번역은 '불완전하고' '우스꽝스러우며' '불철저한 것'으로 대개는 취급되어 왔다. 중세의 번역은 그 개념에 대한 이해나 접근이 잘 이루어지지 않았고, 근대의 번역은 이른

---

* 아래에 인용하는 「보현십원가(普賢十願歌)」, 최행귀의 「한역시」는, 원문은 『高麗大藏經』補遺 『釋華嚴敎分記圓通鈔』를, 번역문은 赫連挺 著, 崔喆·安大會 번역, 「解題」, 『均如傳』(새문사, 1986)에서 가져왔고, 필요한 경우 필자가 윤문을 약간 하였다. 이하 인용하는 『균여전(均如傳)』은 최철·안대회 번역본의 페이지만을 밝히도록 하겠다.

바 '중역'과 '발췌역'의 형식을 취하고 있음으로 하여 불완전한 번역으로
취급되어 왔다. 최근 이와 같은 '흐릿한' 번역들이 가진 다양성과 역동성
을 문화 간 소통의 차원에서 고찰한 연구들이 나오기 시작했다.[1] 이 글
또한 근대 중심의 번역 개념을 중심에 놓고 동아시아의 번역의 역사를
계속 주변화 시키는 데 머무르기보다는 왜 그렇게 번역했는가? 실제로
어떻게 번역했는가? 이런 문제들을 다시 따져볼 필요가 있으며, 그것이
번역을 통해 이루어진 중세와 근대의 문명 전환의 동기, 과정을 이해하
는 데 중요한 의미가 있다는 문제의식에서 출발한 것이다.

이런 문제제기는 최근 중국과 일본의 동아시아 번역 연구에서 서구 중
심의 번역 개념이 포괄할 수 없는 '새로운 현상들과 낯선 전통들이 동아
시아 번역에 다수 존재한다'는 주장[2]이 제기되고 있는 상황에서 촉발된
것이기도 하다. 이와 같은 문제의식을 갖고 동아시아 번역의 새로운 현
상과 전통들을 학술적 논제로 다루기 위해서는 우리의 중세에 존재했던
번역(飜譯) 현상들을 가능한 다양하게 살펴보는 것이 필요하다.

이 글은 그와 같은 견지에서 고려시대 혁련정(赫連挺)이 1075년(문종29)
에 쓴, 화엄종의 승려 균여(923:고려 태조6~973:광종24)의 전기 『균여전』에
실린 번역시들에 주목한다. 『균여전』에는 화엄종사(華嚴宗師) 균여의 일
생 행적 중 하나로, 그가 화엄종의 사상을 향찰로 지은 「보현십원가(普賢

---

1 『동아시아, 근대를 번역하다』·『한국 고전번역학의 구성과 모색』(2013, 점필재)과 같
 은 성과들이 그것이다.

2 이 논의들에 대해서는 이영훈(2001), 132쪽에 밝혀져 있다. 이영훈 교수가 밝힌 그에
 관한 일본과 중국의 동향을 보여주는 성과는 다음과 같다. Tymoczco, Enlarging
 translation, Empowering translators(Manchester: St. Jerome, 2007); Wakabayashi, J.
 Translation in the East Asian Cultural Sphere: Shared roots, Divergent Paths? Hung E.,
 & Wakabayashi, J.(Eds) Asian Translation Traditions(Manchester: St. Jerome). 이영훈,
 「한국에서의 번역 개념의 역사 - 조선왕조실록에서 본 '飜譯'」, 『통번역학연구』 15,
 2011, 132.

十願歌)」(이하 「십원가」)가 실려 있다. 「십원가」는 『화엄경』 제40권 「보현행원품(普賢行願品)」에 나오는 「보현십종원왕가(普賢十種願王歌)」(이하 「행원품」) 11장에 의거하여 만들어진 노래이다. 이 노래가 완성되자 967년(광종18), 균여와 같은 시대를 살던 최행귀(?~?)가 이를 한문의 칠언율시(이하 「한역시」) 11수로 번역하고 번역서문을 부쳤다.

균여가 「십원가」를 지은 시기에 대해서는 몇 가지 견해가 있는데, 그 시기는 최행귀가 쓴 「한역시」 서문을 통해 추정할 수 있다. 최행귀가 한역시 서문을 쓴 것은 967년인데, 그 서문에 "이 향가가 완성되자 이를 시로써 번역하였다.[及此歌成, 以詩譯之]"[3]로 되어 있는 것이 하나의 근거이다. 이 시기는 균여가 귀법사에 머물던 시절로 정치적으로는 광종과의 관계가 가장 긴밀하였고, 종교적으로는 그의 사상적 발전이 절정에 이르던 시기이다. 대략 963년(광종14)을 전후로 시기로 추정되고 있으며, 최대 10년까지의 상거(相距)를 상정하기도 하지만, 「십원가」의 완성과 한역이 균여 생전에, 인접하여 이루어진 것은 분명하다.[4]

최행귀의 한역서문은 균여의 「보현십원가」와 함께 연구자들의 많은 관심을 받았다. 한역서문에 나온 '향찰', '사뇌가'라는 용어, 향가의 형식을 삼구육명(三句六名)이라고 정의한 것은 국문학사에서 큰 관심과 논의를 불러 일으켰으며, 「행원품」, 「한역시」, 「십원가」의 번역 양상을 비교하는 연구들도 진행되었다.[5] 특히 '향가를 중국의 한시와 대등한 것으로 평가하려는 주체적 의식'이 의미 있게 받아들여졌으며, 이는 '향가(향찰)

---

3 赫連挺, 『均如傳』, 56쪽.

4 이상 「십원가」의 창작 시기에 대해서는 서철원, 『향가의 역사와 문화사』, 지식과교양, 2011, 324쪽을 참조.

5 주요 연구사의 정리는 김혜은, 「普賢十願歌의 譯詩 과정과 번역 의도」, 연세대 국문과 석사학위 논문, 2009, 2~7쪽; 김성주, 「보현행원품과 균여 향가」, 구결학회 전국학술대회 발표논문집, 2011를 참조.

의 제한성에 대한 지적 및 폄훼와 사대적 한문주의의 징표'로, 또는 그와 반대로 '현실적 한문주의와 대내적 이중 문자 의식'으로 평해졌다.[6]

한편, 『균여전』 제9에 「역가현덕분(譯歌現德分)」이라 되어 있는 표제에 주목하여 번역으로서 「한역시」와 한역서문에 대한 관심도 일찍부터 있어 왔다. 특히 김선기(1997)는 최행귀의 한역서문을 '한국 번역문학사의 관점에서 매우 선각적인 업적'으로 평가했다. 즉 최행귀가 향가와 한시를 '독자적이고 동등한' 것으로 인식하여 중국의 문학과 대등한 수준에서 평가하여 했다고 보고, '자국 문학을 중국에까지 확대한 선각성'을 매우 강조하였다.[7] 번역물이라는 점에서 최행귀의 한역시를 "「보현십원가」에 종속되지 않은 것"으로 보고, 번역의 성격은 "화엄경과 균여의 「보현십원가」를 절충한 의역"이라 한 평가도 있다.[8] 그러나 한역시를 독자적 텍스트로 다룬다고 하여도, 근본적으로 이 한역의 출발점이 균여의 「십원가」라는 점에서, 「십원가」의 문면을 배제한 '한역' 논의는 완전하다고 보기 어렵다. 그리고 최근에는 번역물로서 '행원품–향가–게송'의 구체적인 번역 양상을 비교한 연구도 제출되었다. 그런데, 행원품–향가로의 전환을 '번역'이라고 어떻게 상정할 수 있는지, 그 논리가 제시되어 있지 않다. 일종의 '풀이' 또는 극도의 '발췌'라고도 할 수 있는 이 과정을 어떤 구도와 맥락 속에서 '번역'으로 명명할지, 그에 대한 고민이 필요한 것이다. 또한 번역물로서의 「한역시」 「십원가」 각 텍스트를 중시하는 관점은 서로 긴밀하게 연결된 세 가지의 텍스트들을 분리하여 취급하는 연구 경향을 불러왔다.

---

6 이와 관련된 김민수, 이상혁, 정상균의 논의는 이상혁, 「문자 통용과 관련된 문자 의식의 통시적 변천 양상-崔行歸, 鄭麟趾, 崔萬理, 李圭象의 문자 인식을 중심으로」, 『한국어학』 10, 1999, 235~242쪽을 참조.

7 김선기, 「崔行歸의 鄕歌論」, 『韓國言語文學』 38, 1997, 149쪽.

8 이진, 「崔行歸 譯詩 考察」, 『동경어문논집』 1, 1984, 161쪽; 175쪽.

한편, 최행귀의 한역을 중국과의 문명 교류 차원으로 지평을 넓힌 것은
정출헌의 연구이다. 이 연구는 최행귀가 향가를 한시로 번역한 것은 '한
문을 중세보편어로 받아들여야 한다'는 새로운 인식의 발현으로 '민족어
에 대한 인식의 전환'이라고 지적하였다.[9] 특히 한문을 보편문어로 받아
들이고 익혀야 할 필요성이 중국문화의 일방적 수입이 아니라 「십원가」
와 같은 뛰어난 작품을 고려에서 중국으로 전파하는 방향까지 염두에 둔
것임[10]을 지적한 것은 주목할 관점이다. 이는 번역의 관점에서 중세 문화
의 교류와 수용의 방향성을 논의하고자 하는 본고의 문제의식이 촉발된
지점이기도 하다. 한편, 최근 서철원은 번역물로서 최행귀의 「한역시」는
균여의 「십원가」를 직역했다기보다는, 「행원품」의 주지를 「십원가」보다
더 강화·진전된 형태로, 또 정확하게 반영하여 번역했음을 지적했다.
특히 최행귀의 한역을 '번안'이라 표현하며, 사상적 완결성을 더 강화하
고자 표현과 구조를 변경했음을 지적하였다.[11] 그리고 「행원품」의 주지에
대한 중시, 곧 '원전으로의 회귀'라고도 평해질 만한, 이런 현상이 일어난
이유를, 균여와 최행귀가 상정한 독서 대상의 차이에서 비롯된 것이라
설명하고 있다. 즉 최행귀의 한역이 '한·중의 지식인층의 독서'를 전제
로 하고 있으며, 이로 인하여 '균여가 「십원가」에서 이룩한 문학적 성과
를 상당부분 희생하고 원전으로 회귀'하면서 '사상적 지향을 심화시켰다'
는 것이다.[12] 여기에서, 그렇다면 왜, 종교적 입장을 철저하게 견지했을
화엄종사 균여보다 최행귀가 원전 「행원품」의 내용에 충실한 사상적 직
역을 한 것인가. 그리고, 이른바 '원전으로의 회귀'가 번역적 차원에서

---

9 정출헌, 「향가의 민족문학적 성격과 그 문학사적 의의」, 『어문논집』 34, 1995, 38~41쪽.

10 정출헌, 앞의 논문, 42쪽.

11 서철원, 『향가의 역사와 문화사』, 335~336쪽.

12 서철원, 앞의 책, 337쪽.

갖는 의미가 무엇인가 하는 점이 질문으로 제기될 수 있다.

이 글은 이와 같은 질문에서 출발하고 있다. 물론, 필자가 선행연구 성과에 전적인 반론을 제기하거나 완전히 새로운 주장을 갖고 있는 것은 아니다. 이 글의 문제의식은 근대 민족문학사의 구성이라는 차원에서 선 언적으로 다루어져 왔던 균여와 최행귀의 창작과 번역을, 고려전기의 중 세의 문명적 국면에서 다시 읽어보자는 것이다. 그렇게 함으로써 '민족 의 노래로서의 향가' '자국 문학의 수준을 중국과 대등한 것으로 주장했 던 고려인의 자주성'을 중세의 맥락에서 제대로 의미화할 수 있을 것이 다. 이와 같은 의미화의 과정에서 중요하게 작동한 것이 번역적 국면이 었다. 그리고 이런 과정 속에서 위에서 제기했던 질문들에 대한 답 또한 실마리가 찾아질 것이라 기대한다.

2. 고려전기의 두 '번역' : 「십원가」와 「한역시」

2.1. 「행원품」에서 「십원가」로 : '방편'으로서의 언어와 세속의 격의(格義)

이 절에서는 『화엄경』 「행원품」[13]에서 향가 「십원가」로의 전환 문제를 먼저 살피고자 한다. 『균여전』 제8 「가행화세분자(歌行化世分者)」의 첫 문장에 의거하면 균여는 "보현보살의 열 가지 서원을 바탕으로 노래 11 장을 지었다.[依普賢十種願王著歌一十一章]." 균여가 「십원가」를 지은 동 기와 의미를 파악할 수 있는 『균여전』의 자료는 두 가지이다. 하나는 제8 「가행화세분자」에 실린 균여의 「십원가」 한문서문이고, 하나는 제9 「역

---

13 『화엄경』의 일부분이라는 의미에서 「행원품」이라고 약칭하였으나, 이것은 40권본 『화 엄경』으로 전체 이름은 『大方廣佛華嚴經入不思議解脫境界普賢行願品』, 별칭이 『보 현행원품』이다.

가현덕분자」에 실린 최행귀의 「한역시」 한문서문 중에 인용된 균여의 발언 일단락이다.

먼저 제8 「가행화세분자」에 실린 균여의 「십원가」 한문서문을 보자. 핵심은 보살 수행의 지침이 되는 「행원품」의 심오한 종지를 보통의 사람들이 흔히 즐기고 노는 가장 쉽고 편안한 자국의 노래 양식에 담으려 했다는 것이다. 균여는 아래의 밑줄 친 ①에서 '세속의 이치를 따르지 않고서는 저열한 바탕을 인도할 길이 없고', '비루한 말에 의지하지 않고서는 큰 인연을 드러낼 길이 없다'고 하였다. 일견 향가와 그것이 담고 있는 세계를 저열한 것으로 스스로 낮추어 평하는 것처럼 보이는 말이다. 그런데 '세속의 이치'와 '비속한 언어'는 균여 화엄사상의 핵심에서 보자면, '거룩한–문자'와 별개의 것이 아니다. 낮추는 말 같지만, ①의 진술은 화엄의 진리를 실천하게 하는 '방편'으로서 어떤 언어도 차별적일 수 없다는 강력한 논리이다.

「십원가」 서(序): 대사는 불교 외의 배움으로 특히 사뇌〈지은이의 생각이 가사에 정교히 표현되었으므로 뇌(腦)라고 하였다〉에 익숙하시었던 바, 보현보살의 열 가지 서원을 바탕으로 노래 11장을 지으셨다. 그 서문은 이와 같다.

대저 사뇌(詞腦)라는 것은 세상 사람들이 놀고 즐기는 데 쓰는 도구요, 원왕(願王)이라 하는 것은 보살이 수행하는 데 근본이 되는 것이다. 그리하여 얕은 데를 지나서야 깊은 곳으로 갈 수 있고, 가까운 데부터 시작해야 먼 곳에 다다를 수가 있는 것이니, ①세속의 이치에 기대지 않고는 저열한 바탕을 인도할 길이 없고, 비루한 말에 의지하지 않고서는 큰 인연을 드러낼 길이 없다.

이제 쉽게 알 수 있는 비근한 일에 기탁하여 생각키 어려운 심원한 종지(宗旨)를 깨우치게 하고자 열 가지 큰 서원의 글에 의지하여 열 한 마리의 거친 노래를 짓노니 ②뭇사람의 눈에 보이기는 몹시 부끄러운 일이지만 모든 부처님의 마음에는 부합될 것을 바라노라. 비록 지은이의 생각을 놓치고 말이 어그러져 성현의 오묘한 뜻에 알맞지 않는데도 서문을 쓰고 구(句)를 짓는 것은 범속한 사람들의 선한 바탕을 일깨우고자 함이니 ③비웃으려고 염송하는 자라도 염송하는 바 소원의 인연을 맺을 것이며, 훼방하려고 염송하는 자라도 염송하는 바 소원의 이익을 얻을 것이니라. 엎드려 바라노니 훗날의 군자들이며, 비방도 찬양도 말아주시기를!**14**

    그런데 「행원품」을 「십원기」로 변환하는 과정은 ②에서 적시되어 있 듯 "원래 의도를 놓치고 말이 어그러져 성현의 오묘한 뜻에 부합하지 않 게 될" 위험을 안고 있는 것이었다. 균여가 한문으로 된 경문(經文)을 구 송(口誦)하기 쉬운 노래말로 전환─번역하는 과정에서 일어날 수 있는 '원 전'의 훼손과 오독을 의식하고 있는 것이다. 이것은 원 텍스트의 의도를 의식하고, 그것과 자기 텍스트 사이의 거리를 의식하는 '번역'적 국면이 다. 그럼에도 균여는 「행원품」을 축자역하는 대신, 화엄사상의 종지와 법리를 간결하고 쉽게 전달하는 것에 핵심을 두었다. 그에 따라서 '노래 로 부르는 구송'에 보다 적합한 통사구조를 의식하며 향찰 표기를 선택 했고, 실제로 번역 양상을 살핀 기존의 연구들은 「십원가」 11수 중 7수가 「행원품」에 대한 의역을 수행했음을 지적하고 있다. 그리고 이것은 강조 된 ③에서 직설적으로 표현되고 있는 사태, 곧 어떤 사람들의 비웃음과 훼방을 감수하며 이루어진 일이었다. 그 비웃음과 훼방이란, 화엄의 심 오한 교의를 저속한 '거리의 노래'로 만들어서 중생과 소통하겠다는 의식 에 대한 견제, 그와 같은 과정에서 교의(教義)의 왜곡과 위엄의 상실이 빚어질 것을 우려하는 엄숙주의를 의미하는 것일 터이다.

    이것은 단지 우려가 아니라 실제로 균여가 처했던 당대의 비난을 반영

---

14 赫連挺, 『均如傳』, 45쪽. "師之外學, 尤閑於詞腦〈意精於詞故云腦也〉, 依普賢十種願 王著歌一十一章. 其序云, 夫詞腦者, 世人戲樂之具; 願王者, 莽(菩薩)修行之樞. 故得 涉淺歸深, 從近至遠, 不憑世道, 無引劣根之由; 非依陋言, 莫現普因之路. 今托易知之 近事, 還會難思之遠宗, 依二五大願之文, 課十一荒歌之句, 慫極於衆人之眼, 冀符於 諸佛之心. 雖意失言乖, 不合聖賢之妙趣, 而傳文作句, 願生凡俗之善根, 欲笑誦者, 則 結誦願之因, 欲毀念者, 則獲念願之益."

한 것이다. 기존 연구에서 몇 차례 거론되었던 것처럼, 광종 치세 말년[15],
승려 정수(正秀)가 균여를 "다른 마음을 품고 수행을 하고 있다[異情修行]"
며 광종에게 참소한 일이 있었다.[16] 정수는 광종이 창건한 귀법사에 균여
와 함께 머무르고 있던 화엄종의 승려였다. '정수방(正秀房)'이라는 명칭
이 사용된 것으로 보아 하나의 사문(師門)을 형성할 정도로 권위를 가졌
다고도 일컬어진다. 더욱이 신라 애장왕(재위 800~809)의 국사(國師)로 책
봉되기까지 그의 신이한 행적이 『삼국유사』에 실려 전하기도 하니, 정수
는 화엄종의 기존 권위를 상징하는 노승이다.[17] 그런 정수가 '법왕(法王)
균여를 무고(誣告)한 인물'로 그려진 것은 『균여전』 기록자의 편향을 고
려해서 보아야 하지만, 균여가 보여준 정치적・종교적 행적이 같은 종단
의 승려에게도 '이정행수(異情行修)'로 몰아갈 만한 갈등의 지점이 있었음
을 드러낸다. 이에 대해 초기의 역사연구에서는 균여가 화엄종의 승려이
지만 회통(會通)의 입장을 보이고, 향가를 지어 '성과 속, 승려와 보통 사
람의 무애함[聖俗無碍僧俗無碍]'를 주장한 것이 정수의 '순수교리 중심'의
화엄사상과 이견을 빚었을 것이라 분석하였다.[18]

다음의 자료는 균여가 이론 중심의 강주(講主)에서 화엄종의 혁신 방편
으로서 실천성을 강화할 새로운 화엄 텍스트에 주목하게 되는 정황을 보
여준다. 아래에 보이는 자료는 제9 「역가현덕분자」에 실린 최행귀의 「한

---

15 『균여전』에는 開寶 연간이라고 되어 있는데 이는 968년(광종 19)에서 975년(광종25)
　사이이며, 균여의 나이 47세 때부터 몇 년 간이다.

16 赫連挺, 「感應降魔分者」, 『均如傳』, 75쪽.

17 정수는 신라 애장왕대의 승려이자 國師이다. 『삼국유사』에 황룡사에 머물던 정수가
　한 겨울 얼어죽게 된 여자를 위해 옷을 벗어주고 벌거벗은 채로 돌아와 거적으로 몸을
　감싸고 밤을 새우는데, 한밤중 궁정 뜰에 "정수를 왕의 스승으로 봉하라"는 하늘의 외
　침이 있어, 왕이 위의를 갖추고 그를 맞아들여 국사로 봉했다는 기록이 전한다. 一然,
　『三國遺事』 권5, 「感通」, '正秀師救氷女.'

18 김두진, 「均如의 生涯와 著述」, 『歷史學報』 75・76 합집, 1977, 77쪽.

역시」서문인데, 균여의 발언이 인용되어 있다. 먼저, 아래 ①이하의 내용을 통해 균여가 "3천 문도를 거느린, 『화엄경』의 강주로서, 화엄종단의 최고 지위를 가진, 대종(大鐘)이나 보경(寶鏡)과 같은 존재"로서 위상을 갖고 있었음이 드러난다. 최행귀는 균여를 '80화엄경의 강주'로 지목하고 있다. '80화엄경'은 695년(唐 證聖元年) 천축국의 승려 실차난타(實叉難陀)가 한역한 80권본 『화엄경』을 가리킨다.

「한역시」 서[3] 엎드려 생각건대 ①우리 수좌께서는 명성이 현완(玄玩)과 짝하시어 3천 문도에게 계율을 주는 스승이 되시며, 행적은 묘광(妙光)보살에 버금가서 80권 『화엄경』[19]을 지도하시는 강주(講主)가 되시는지라. 지위는 화엄종단의 으뜸을 차지하시매 뭇 배우는 자들이 귀의할 곳을 얻었으며, 은혜는 큰 보리수의 줄기와 뿌리를 적시어 뭇 생령들이 이익을 얻었다. 이것은 북틀에 걸린 큰 종이 치기를 기다리고 있다가 묻기만 하면 모두 응답하고, 경대에 걸린 보석 거울이 지침이 없이 아무리 어두운 곳이라도 모두 비추는 곳에 비유되니 무릇 배움에 뜻을 둔 자로서 그 누가 대사의 제자가 되지 않겠는가? 대사께선 이에 그들을 권유하여 저 부처님을 우러르고 귀의하게 하시되 사악한 마군(魔軍)을 물리치게 하고자 지혜의 칼을 차게 하고, 벗들이 올바른 방향으로 가도록 인도하기 위하여 자애로운 가르침의 교실을 열 것을 허락하셨다. 그리고 말씀하시기를,

"②『정원본(貞元本) 화엄경』의 「보현행원품(普賢行願品)」 마지막 한편은 보현보살의 묘한 세계로 들어가는 현묘한 문이요, 선재동자(善財童子)의 향성(香城)에 노닐 수 있는 깨끗한 길이다. 그래서 청량대사(淸涼大師)께서 『행원품소(行願品疏)』 한 권을 써서 선양하였다. 이것은 인도의 수행자가 평생의 과업으로 삼던 것인데 처음에 중국에 오게 된 것은 오다국(烏茶國) 임금이 손

---

19 80권본 한역 『화엄경』으로, 695년(당 증성원년) 천축국의 승려 實叉難陀가 한역한 것이다. 당본(唐本)이라고 일컬어진다. 진본(晉本) 60권본 『화엄경』은 '구화엄(舊華嚴)', 당본 80권본 『화엄경』은 '신화엄(新華嚴), 당 정원본 40권 『화엄경』은 '보현행원품'이라고 불린다.

수 쓴 글로부터였고, 그 뒤에 신라에 이르게 된 것은 현도군(玄菟郡)의 고승들이 피로 쓴 글 덕분이었다. ③네 구의 게가 한 번 귀를 스치기만 하면 문득 죄의 뿌리가 사라지고, 열 가지 글을 마음에 다시 되새기면 능히 깨달음의 결과를 낳으니 그 좋은 인연은 얼마나 두텁고, 그 커다란 복은 얼마나 깊은가! ④이 원왕의 노래를 불러 시객을 대신하여 읊어서, 남녀 누구나 함께 듣고 영원토록 특별한 인연을 맺어, 나와 남이 서로 제도(濟度)하여 공덕을 이루고 마침내 묘과(妙果)에 귀의하도록 하지 않을 수 있겠는가?"라 하셨다.[20]

②는 균여의 말을 최행귀가 인용한 것이다. 여기서 균여는 자신이 '강주'로 일컬어지던 '80화엄경'이 아니라, '정원본 화엄경'을 언급하고 있다. '정원본 화엄경'은 798년(唐 貞元14) 북인도 카슈미르 출신의 반야(般若)가 한역하고 징관(澄觀)과 원조(圓照), 감허(鑒虛) 등이 상정(詳定)한 40권본 『화엄경』을 가리킨다. 60권본과 80권본은 내용과 구성이 서로 비슷하며, 범본(梵本)에 대한 완역본이다. 반면, 40권본은 보현보살이 선재동자에게 설법한 열 가지 큰 서원만으로 구성된 것으로, 부분역이며, 완역이 아니다.

위에서 언급했듯이, 균여는 자신이 강주가 되어 강설하던 80권본 『화엄경』이 아니라 정원본, 곧 40권본 『화엄경』을 거론하고 있다. 「십원가」를 지을 당시의 균여가 왜 자신이 늘 강설하던 완역본이 아니라 부분역이자 특정 부분만을 다룬 40권본에 재삼 주목했는지, 그 이유는 ③에서 말

---

20 赫連挺, 『均如傳』, 61쪽. "伏惟我首座, 名齊玄玩, 作三千受戒之師, 迹亞妙光, 爲八十開經之主, 占位於雜華元首, 衆敎知歸, 沾恩於大樹本根, 群生獲利. 是挂虞之洪鍾待叩, 有問皆酬, 懸臺之寶鑑忘疲, 無幽不照. 凡云志學, 孰怠觀光. 師乃勸誘伊人, 瞻依彼佛, 要以邪魔之北, 令佩惠刀, 指其益友之南, 許開慈室謂曰: 「貞元別本行願終篇, 入長男妙界之玄門, 遊童子香城之淨路. 故得淸涼疏主, 修一軸以宣揚, 申毒行人, 限百齡而持課. 初來震旦, 自烏邦聖帝手書, 后至尸羅, 因兔郡高德血字. ②四句偈, 一經於耳, 頓滅罪根, 十種文再記于心, 能生覺果, 良緣大厚, 勝福何深! 得不詠此願往, 代其詩客, 使男女共聞而發願, 永結殊因, 自他兼濟以成功, 終歸妙果者乎?」"

해진다. "경문에 실린 4구의 게송은 죄의 뿌리를 사라지게 하고, 열 개의 서원이 담긴 글은 깨달음의 결과를 낳는"다는 것이다. 『보현행원품』이라 별칭되는 이『화엄경』은 죄를 짓지 않게 되고, 깨달음을 얻어 부처의 공덕을 성취하는 간결하고 긴요한 실천 핵심 방편이다. 다시 말하자면, 80권본『화엄경』은 화엄 교리의 **강설과 연찬의 방편**으로, 40권본『화엄경』은 공덕 성취를 위해 중생에게 필요한 **실천의 방편**으로 활용되고 있는 것이다. 게송과 십종원왕의 수행을 실은 경문이 갖는 현실적·대중적 공력은 광종대 화엄종사로서 균여가 느끼던 화엄종의 위기를 넘어설 수 있는 새로운 방향타로 인식되었던 것이다.

  다만, 그 게송과 경문은 '한문'으로 쓰인, 읽기 어려운 것이었다. 균여는 중국에서 40권본『화엄경』이 한역될 때 징관(청량대사)이 불경을 번역하고 상정했던 것처럼, 고려에서는 자신이 그 일을 대신할 것이라는, 자임(自任)의 의지를 드러내고 있다. 이런 점에서 ④의 문장은 해석에서 문제가 되는 지점이 있다. ④의 문장을 "시인들로 하여금 대신 읊게 해서 남녀가 함께 듣고"라고 한 기존의 번역이 문제가 된다.[21] 이 말이 균여가 향가「십원가」를 지으며 나온 발언이라는 맥락을 생각해 볼 때 그러하다. 즉 기존의 번역을 따라 해석하다 보면, 향찰로 된 노래를 '대신' 부르는 주체를 굳이 상정하게 되는 것이나, 또 그 대신하는 주체를 '시객(詩客)'이라 한 것이 사리(事理) 상 어색하기 때문이다. 게다가 시객이 부르는 노래를 '남녀−중생'들은 듣기만 한다는 것도「십원가」의 취지를 생각하면 논리적으로 맞지 않는다. 남녀 누구나 부르며 공덕을 성취하도록 하자는 '자타겸제(自他兼濟)'의 뜻에서「행원품」의 내용을 향가로 만든 것이 아닌가.

  그렇다면, 위의 인용문에서 말하는바 '시객'이란 한역 불경 경문의 말

21 赫連挺, 『均如傳』, 63.

미에 붙는 게송을 지은 작자들을 가리키는 것으로 보아야 한다. 인도 불경에 실린 게[偈, 가타]가 중국에서 번역될 때, 한시의 양식인 송(頌)과 결합되었고 그 결과 게송은 시로 인식되었기 때문이다. 즉, 균여는 중국에 게송을 지은 시객들이 있다면, 자신은 고려에서 그들을 대신하여 향가를 짓겠다고 말하고 있는 것이다. '남녀−누구나 들을 수 있는'이라는 말의 모호함도 여기에서 풀린다. 한문으로 쓰인 게송은 누구나 듣고 읊을 수 없지만, 향가는 그렇지 않기 때문이다. 이렇게 균여가 한문으로 게송을 쓴 '시인'들을 대신하는 자기의 역할을 정위(定位)하며 구도화한 것은, 나중에 최행귀가 한시와 향가를 대비하고, 한문으로 쓰인 것과 향찰로 쓰인 것 사이의 불균등한 소통 구조를 문제 삼는 「한역시」 서문의 기본 구도에 그대로 반영되고 있다.

이제 구체적인 '번역' 양상을 「행원품」 11개의 장 중 '광수공양(廣修供養)'과 '수희공덕(隨喜功德)' 주제를 중심으로 살피겠다. 「십원가」 자체의 어석(語釋)과 구조, 의미는 선행연구에서 잘 규명해 놓았으므로, 여기에서는 그 성과들을 활용하면서 번역의 관점에서 필자의 견해를 덧붙여 가도록 하겠다. 위 두 개의 주제를 선택한 것은 「십원가」 전체의 의미 구조에서 갖는 이 두 개 주제가 갖는 대표성 때문이다. 「십원가」는 전체 구조에서, 두 개의 큰 의미 영역, 즉 화엄교리의 기술과 현실적 실천의 문제로 구성되어 있다고 평해진다. 「행원품」의 '광수공양분', '수희공덕분'[22]

---

22 「보현십원가」의 표기와 원문은 서철원의 『향가의 역사와 문화사』, 지식과교양, 2011, 303~331쪽에서, 『보현행원품』의 번역문은 광덕 번역의 『화엄경 보현행원품』, 도피안사, 2008, 120~121쪽에서 가져왔다. 『大方廣佛華嚴經』 권40 罽賓國三藏般若奉詔譯 「入不思義解脫境界普賢行願品」. "復次, 善男子! 言廣修供養者. 所有盡法界·虛空界, 十方三世一切佛刹極微塵中, 一一各有一切世界極微塵數佛, 一一佛所, 種種菩薩海會圍繞. 我以普賢行願力故, 起深信解, 現前知見. 悉以上妙諸供養具而爲供養：所謂華雲·鬘雲·天音樂雲·天傘蓋雲·天衣服雲, 天種種香·塗香·燒香·末香, 如是等雲, 一一量如須彌山王. 然種種燈：酥燈·油燈, 諸香油燈, 一一燈炷如須彌山,

과「십원가」의 '광수공양가''수희공덕가'[23]는 그 중 현실적 실천의 문제를 주제로 하며, 특히 '분별의 초월'이라는「십원가」의 주제의식을 대표하는 것이다.[24]

먼저,「행원품」의 '광수공양분'은 갖가지 공양의 도구들을 사용하는 일반 공양보다 법공양이 높은 가치를 갖는다는 주제를 강력하게 제시하고 있다. 이 법공양은 "부처님 말씀대로 수행하는 공양이며, 중생들을 이롭게 하는 공양이며, 중생을 섭수하는 공양이며, 중생의 고통을 대신 받는 공양이며, 선근을 부지런히 닦는 공양이며, 보살업을 버리지 않는 공양이며, 보리심을 여의지 않는 공양[修行供養·利益衆生供養·攝受衆生供養·代衆生苦供養·勤修善根供養·不捨菩薩業供養·不離菩提心供養]"으로 길게 나열되어 있다. 이렇게 법공양을 절대 우위에 놓음으로써, 중생을 계도하는 상층부 지식인의 입장을 더 강하게 드러내고 있다. 이것은 중국에서 화엄종이 갖는 교조적인 성격을 분명하게 드러내는 지점이다.

一一燈油如大海水. 以如是等諸供養具, 常爲供養. 善男子 ! 諸供養中, 法供養最 ! 所謂如說修行供養·利益衆生供養·攝受衆生供養·代衆生苦供養·勤修善根供養·不捨菩薩業供養·不離菩提心供養. 善男子 ! 如前供養無量功德, 比法供養一念功德, 百分不及一, 千分不及一, 百千俱胝那由他分·迦羅分·算分·數分·喩分·優波尼沙陀分, 亦不及一. 何以故 ? 以諸如來尊重法故, 以如說行出生諸佛故, 若諸菩薩行法供養, 則得成就供養如來, 如是修行是眞供養故. 此廣大最勝供養, 虛空界盡, 衆生界盡, 衆生業盡, 衆生煩惱盡, 我供乃盡, 而虛空界乃至煩惱不可盡故, 我此供養亦無有盡. 念念相續無有間斷, 身語意業, 無有疲厭."

23 赫連挺,『均如傳』, 47쪽. "火條執音馬 佛前燈乙直體良焉多衣. 燈炷隱須彌也, 燈油隱大海逸留去耶! 手焉法界毛叱色只爲彌, 手良 每如法叱供乙留 法界滿賜仁佛體 佛佛周物叱供爲白制. 阿耶法供沙叱 多奈, 伊於衣波最勝供也."

24 서철원은「십원가」를 ①신격의 개념 및 역할, 신도의 자세 등 '교리'와 관련한 서술을 내용으로 하는 작품군(예경제불가, 칭찬여래가, 청불주세가, 상수불학가) ②수신재신도의 근기를 고려하여 현실에서 부딪칠 수 있는 문제를 서술한 작품군으로 분류하였다. ②의 작품군은 다시 인과적 계기성의 나열 작품군(청전법륜가, 참회업장가)과 분별의 초월을 서술한 작품군(광수공양가, 수희공덕가, 보개회향가, 항순중생가, 총결무진가)으로 나누었다. 서철원, 앞의 책, 301~302쪽.

　반면, 「십원가」의 '광수공양가'는 그 모든 공양에 대한 예시와 강조를 소거(消去)하고, 불전에 등(燈)을 올리는, 어찌 보면 불교도들에게 가장 친숙한 행위를 그려내는 데에 집중하고 있다. 앞에서 살핀 「행원품」 '광수공양분'의 핵심적 언명인 '법공양의 지고무비(至高無比)한 가치'는 「십원가」에서는 마지막에서 '모든 공양 중에 법공양이 가장 좋다'는 정도의 언급으로 수렴되고 있을 뿐이다. 대신, 「십원가」의 '광수공양가'를 듣거나 읊조리는 사람이라면 향유와 등을 바치는, 이를테면 자기에게 익숙한 불교 의식인 연등기원(燃燈祈願)의 정경과 정서에 더 집중하게 될 것이다. 이것은 가장 익숙한 공양의 방식을 집중적으로 그리면서, 공양 그 자체를 부단히 실천하게 하고, 이로써 점점 법공양의 높은 수준에 이르도록 하려는, 「십원가」의 전략이다.

　이 전략의 실천이 더욱 두드러지는 것은 '수희공덕'의 주제이다. 「행원품」 '수희공덕분'은 온갖 지혜와 무지, 생과 사의 상태를 예시하며, 그와 같은 경지에 이르거나 벗어난 남의 공덕을 기뻐하는 공덕을 언술하고 있다. 그 절정의 기쁨은 '무상정등보리(無上正等菩提)'의 경지에 이른 남의 공덕을 기뻐하는 것이다. 이와 같은 발원을 쉼 없이 이어가겠다는 것이 「행원품」 '수희공덕분'의 결론이다. 반면, 「십원가」의 '수희공덕가'는 무수한 지혜와 무지, 생사의 상태를 '미오동체(迷悟同體)의 연기(緣起)의 리(理)를 찾아보는 행위'로 포섭하고, '모두가 나 아닌 것이 없다'라는 동체의 원리를 노래의 중심에서 말한다. 그리고 그것을 실천하는 상태를 '질투가 이르지 않는 마음'이라고, 짧지만 매우 쉽고, 분명하게 표현했다. '시기', '질투'라는, 일견 천박하다 평해질, 그러나 일상에서 가장 쉽게 느낄 수 있을, 보편적인 인간의 심리 상태를 시의 표층에서 언명함으로써, 다른 사람의 공덕을 기뻐한다는 것이 무엇인지, 그 현실적 감각을 분명하게 제시한 것이다.

위에서 살핀 두 사례는 균여가 「십원가」 서문에서 말했던 "쉽게 알 수 있는 비근한 일에 기탁하여 생각키 어려운 심원한 종지(宗旨)를 깨우치게 하고자[今托易知之近事, 還會難思之遠宗]"하는 전략의 실천이다. 이와 같은 전략의 구사가 가능했던 것은 불교-화엄종의 언어와 진리에 대한 인식 때문이다. 우선, 근본적으로 불교는 '모든 언어를 부처의 말'로, '개개의 문자는 그 상은 다르지만 이치를 전한다는 점에서는 동일한 것'[25]으로 인식했다. 그리고 『석화엄교분기원통초(釋華嚴敎分記圓通鈔)』를 비롯한 균여의 저술에서 보이는 두드러지는 특징은 남북 화엄사상의 통합, 법상종의 사상을 융합한 '성상융회(性相融會)' 관념의 발현이다.[26] 무애(無碍)와 융회(融會)를 강조한 균여의 화엄교학에서 성(聖)과 속(俗), 진(眞)과 범(凡)의 경계는 궁극적으로 분별되는 것이 아니다. 「십원가」를 한역한 최행귀 또한 이 점을 한역시 「수희공덕송」에서 매우 강조하였다. 균여의 화엄사상은 화엄의 진리에 도달하기 위한 과정에서 '방편'들을 배타적으로 차별하거나 구획하려 하지 않는다. 균여의 강의록인 『교분기원통초(敎分記圓通鈔)』[27]의 서두 등에서 확인되는바 그 핵심은 "『화엄경』의 종지를 전달하는 방편"으로 일부(一部)가 전부(全部)를, 하나가 일체(一體)를 표달(表達)할 수 있다는 인식이다.

이와 같은 인식은 언어의 문제에서도 동일하게 발휘되었다. 균여의 화엄 저술은 한문에 방언(方言)을 섞어 쓰고, 향찰 표기를 활용하는 언어적

---

25 이동철, 「고전번역학 정립을 위한 이론적 모색-고전번역학과 번역사 정립을 위한 몇 가지 시론적 모색-」, 『한국고전번역학회 제1회 학술대회 발표집』, 2009. 11, 14쪽.

26 그리하여 균여의 화엄교학은 종교적으로는 법상종이나 천태종과의 융회를, 정치적으로는 光宗의 專制的 통일政治의 이념에 협조하는 역할을 했다. 이것은 당나라에서 法藏의 화엄교학이 측천무후의 전제정치에 협조했던 것과도 상통한다고 평해진다. 김두진, 앞의 논문, 90쪽.

27 均如, 『敎分記圓通鈔』 卷1; 서철원, 앞의 책, 330쪽에서 재인용.

실천이 관철되어 있다. '저속한 노래의 말들' 또한 저열한 바탕을 인도하고 큰 인연을 드러내는 '방편'으로서 동등한 가치를 갖는 것이다. 그러므로 「십원가」가 '세속의 도와 누추한 말'을 내세우고 있다고 해서, 「십원가」 자체가 저열하고 우스운 것이 되지 않는다. 즉 '세도'와 '비속한 언사'에 기대었다고 해서 「십원가」가 도달한 사상과 통찰의 수준이 열등하게 여겨질 만한 것은 아니라는 것이다.[28] 이와 같은 균여의 논리에서 보면, '중생의 선근을 일깨우는 데' 경문의 모든 글자를 옮기는 번역—이를테면 요즘의 직역과 같은 방식은 오히려 긴요치 못하다. 좀 거창하게 말하자면 중세 불교 지성으로서 균여에게 「행원품」의 '번역'은, 그 진리를 전달할 수 있는 것이라면, 속세의 언어, 일부의 문장으로도 이루어질 수 있는 것이었다. 여기에서 우리는 고려시대 화엄사상의 수용에서 언어와 진리에 대한 인식이 번역에 작동하는 지점을 상정할 수 있다.

2.2. 「십원가」에서 「한역시」로: '방편'으로서의 번역과 '보편'언어의 세계

이 절에서는 최행귀의 「한역시」 서문을 중심으로 「십원가」에서 「한역시」로의 번역이 갖는 의미를 살피고자 한다. 최행귀의 「한역시」 서문은 두 개 범주를 대비하는 구도를 갖고 있다. 즉 중국과 고려, 한시와 향가, 한자와 향찰, 불교와 문학의 영역을 대비적으로 구획하여 서술하고 있는 것이다. 이와 같은 대비 구도로 인하여, 최행귀의 한역서문은 고려 문학의 주체성, 독자성을 표명한 것으로 인식되면서 연구자들의 깊은 관심을 받았다. 그런데, 최행귀의 이 언술들은 과연 고려의 주체성과 우수성을 배타적 변별성을 가진 자질로 주장하려는 의도에서 나온 것인가?

---

28 서철원, 앞의 책, 331쪽.

「한역시」序[1] ①게송은 불타의 공덕을 찬송한 것으로 경문에 나타나 있고, 가시 (歌詩)는 보살의 수행을 찬양한 것으로 논장(論藏)에 갈무리되어 있다. 그리하여 서쪽의 여덟 강으로부터 동쪽의 세 神山에 이르는 사이의 땅에서 때때로 고승 이 튀어나와 오묘한 이치를 소리 높여 읊었으며, 가끔씩 철인이 우뚝 솟아나 와 (불교의) 참된 가르침을 낭랑하게 불렀다. 저 중국 땅에서는 부대사(傅大士) 가 가도씨(賈島氏)·탕혜휴(湯惠休)와 함께 양자강 이남의 선구가 되었고, 현 수(賢首; 法藏)는 징관(澄觀)·종밀(宗密)과 더불어 관중(關中) 땅에서 책을 쓰고, 또 교연(皎然)·무가(無可)의 무리는 고운 문체를 다투어 꾸미고, 제기 (齊己)·관휴(貫休)의 무리는 아름다운 시를 다투어 아로새겼다. 우리 인자(仁 者)의 나라에서는 마사(摩詞)가 문측(文則)·체원(體元)과 함께 전아한 곡을 짓기 시작했고, 원효는 박범(薄凡)·영상(靈爽)과 더불어 현묘한 노래의 발판 을 만들었으며, 또 정유(定猷)·신량(神亮)과 같은 현자들은 구슬 같은 시운 (詩韻)을 잘 읊었고, 순의(純義)·대거(大居) 같은 준걸들은 보석 같은 시편을 몹시 잘 지었다. 모두 벽운(碧雲)으로 글을 꾸미지 않음이 없는지라 그 맑은 노랫말은 감상할 만하고, 백설곡(白雪曲)과 같은 음악을 전하지 않음이 없는 지라, 그 묘한 음향은 들을 만하였다.[29]

[1]의 서두는 경문에 실린 게송과 논장에 실린 시가가 수행하는 각각의 역할에 관한 진술이다. 게송과 시가는 모두 불교의 종교성과 문학성이 결합된 것으로, 인도의 불교가 중국에 유입되어 번역되면서 나타난 결과 물들이다. 이어서는 중국과 한국의 승려 시인이 거론된다. [1]의 마지막 구절에 나오는 '벽운(碧雲)'은 대개 뛰어난 시편을 가리킨다. 위에서 중국 강남 시승의 선구로 일컬어진 남조시대 송나라의 탕혜휴(湯惠休)의 시에

---

29 赫連挺, 『均如傳』, 57쪽. "偈頌讚佛陁之功果著在經文, 歌詩揚卅卅之行因, 收歸論 藏. 所以西從八水, 東至三山, 時時而開士間生, 高吟妙理, 往往而哲人傑出, 朗詠眞 風. 彼漢地, 則有傅公將賈氏湯師, 濫觴江表, 賢首及澄觀·宗密修葩關中, 或皎然無 可之流, 爭雕麗藻, 齊已·貫休之輩, 競鏤芳詞. 我仁邦, 則有摩詞兼文則體元, 鑿空雅 曲元, 曉與薄凡靈爽, 張本玄音. 或定猷神亮之賢, 閑飄玉韻, 純義大居之俊, 雅著瓊 篇, 莫不綴以碧雲淸篇可玩, 傳其白雪妙響堪聽."

"해가 지면 푸른 구름도 서로 만나는데, 가인은 왜 이렇게 오지 않는지.
[日暮碧雲合, 佳人殊未來]"라는 벽운구가 유명하다. 그 뒤의 '백설(白雪)'은
뛰어난 시편을, '백설곡'이라 할 때에는 매우 고상한 가곡을 가리킨다.
그런데, 이 부분은 딱히 한국의 향가 작가, 중국의 한시 작가라는 구획
속에서 대비를 의도한 것이 아니다. 이 문장들의 주지는 고려와 중국 모
두 역대로 고승(高僧)과 철인(哲人)이 태어나 뛰어난 시편과 노래들을 지
어온, 시승(詩僧)의 역사가 있어왔다는 것이다.[30]

　즉, [1]의 언술은 노래와 시, 중국의 한시와 한국의 향가를 구획된 양
식으로 다루자는 것이 아니다. 즉 불교의 가르침을 '찬미'의 형식으로 문
학적으로 아름답게 구사했다는 점에서 중국과 고려의 동일한 역사를 강
조하는 것이다. 아래의 [2]와 [3]에서 살피겠지만, 노래와 시는 '동일하
게 의해(義海)로 귀결되는 것'이며, '하나의 근원을 가진 두 갈래의 물줄
기'라는 논리가 최행귀의 한역서문에서 누차 강조되고 있다. 최행귀가
고려의 향가와 중국의 한시를 대등하게 놓으려는 태도를 보인 것은 분명
하다. 그러나 그러한 태도는 향가와 고려의 독창성과 우수함을 배타적으
로 강조하려는 것이 아니다. 지금까지 우리가 향가의 우수함에 대한 인
정, 자국에 대한 자의식을 현대의 감각에서 지나치게 배타적 구도로 강
조해 온 것이지, 실제 이 글의 문맥은 불교의 진리와 교의를 발현하는
'방편'으로서 제반 언어와 양식이 갖는 평등성을 강조하는 것이다.

---

30 이렇게 거론된 고려와 중국의 승려들은, 전부는 아니지만, 대략 이름난 詩僧이자 화엄
　종의 祖師들이다. 고려 역대의 승려들로서는 원효와 『삼대목』의 大矩和尙, 朗惠和尙
　의 제자(신량, 순의), 智證大師의 문인(영상)이 거론되었다. 金善祺, 「崔行歸의 鄕歌論
　考察」, 『韓國言語文學』 38, 1997, 152쪽. 김선기의 연구는 위 [1]에서 거론되는 승려들
　의 면면을, 중국의 한시 작가와 한국의 향가 작가로 명확하게 대별되는 것으로 보았다.
　그러나 우리나라의 승려들을 거론하면서 노래를 뜻하는 曲 이외에도 시나 노래에 모두
　적용될 수 있는 玉韻, 瓊篇과 같은 표현을 고루 쓰고 있어, 온전히 우리나라의 향가
　작가만을, 중국은 한시 작가만을 거론한 것이라 보는 것은 무리가 있다고 생각된다.

아래 인용하는 [2]는 지금까지의 많은 연구들이 주목해 왔던 부분이
다. 한시와 향가의 차이, 향가의 독립적 위상, 고려와 중국의 소통에서
상호성의 강조와 같은, 문학사의 중요한 논제들이 빼곡하게 들어있는
문장이기 때문이다. 초창기의 연구에서 처음 주목한 것은 향가의 형식
과 관련된 표현인 '삼구육명'의 실체를 규명하는 문제였다. 다음으로,
최행귀가 향가를 중국의 한시와 대등한 수준으로 인식하고 중국에 알리
고자 했다는 점에서 주체적이고 민족적인 의미가 있는 발언으로 평가받
아 왔다. 민족 고유의 양식인 향가 형식이나 향가에 대한 주체적인 인식
은 연구자들에게 국문학사의 구성과 전개에서 매우 중요한 의제였기 때
문이다. 그렇다면 이제는 중세 고려시대에 '주체'와 '민족'적 가치란 무
엇인가, '중국의 한시와 대등한 수준으로 향가의 위상을 설정'하면서,
향가를 '다시 한문으로 번역'한 것은 왜인가, 이런 점들이 설명되어야 할
것이다.

> 「한역시」 서[2] 그러나 ①한시(漢詩)는 중국글자로 엮어서 다섯 자, 일곱 자
> 로 다듬고, 향가는 우리말로 배열해서 삼구육명(三句六名)으로 다듬는다. 그 소리
> 를 가지고 논한다면 삼성(參星)과 상성(商星)이 동서로 나뉘어 쉽게 식별할 수
> 있는 것처럼 현격한 차이가 나지만 문리(文理)를 가지고 말한다면 창과 방패가
> 어느 것이 강하고 약한지 단정하기 어려운 것처럼 서로 맞서는 정도이다. 그
> 러니 ②비록 서로가 시의 수준을 놓고 자랑한다고 하나 함께 의해(義海)로 돌아
> 가기는 마찬가지임은 인정할 만한 것으로, 각각 제나름의 구실을 하고 있으니 어찌
> 잘된 일이 아니라고 하겠는가? 허나 한스러운 것은 ③우리나라의 공부하고 벼
> 슬하는 선비들은 한시를 이해하여 읊조리는데, 저 중국의 박학하고 덕망 있는 선
> 비들은 우리나라의 노래를 이해하지 못한다는 것이다. ④게다가 한문(漢文)은
> 인드라의 구슬망이 얼기설기 이어진 것과 같아서 우리나라에서도 쉽게 읽을
> 수 있으나, 향찰(鄕札)은 범서(梵書)가 죽 펼쳐진 것 같아서 중국에서 알기가
> 어려움에랴! ⑤가령 양(梁)·송(宋)의 뛰어난 글이 동쪽으로 오는 배편에 자주

전해오고, 신라의 훌륭한 글이 서쪽으로 가는 사신의 편에 전해지길 바란다 해
도 그 의사소통에 있어서는 또한 답답하고 한탄스러움을 어쩔 수 없다. 이 어찌
공자께서 이 땅에 살고자 하셨어도 끝내 동방에 이르지 못하게 된 이유가 아
닐 것이며, ⑥설한림(薛翰林; 薛聰)께서 한문을 애써 바꾸려 하여 결국 쥐꼬리를
만들어서 불러들인 장벽이 아니겠는가?[31]

위의 ①은 한시와 향가의 개별적 특성을 말하는 부분이다. 한시와 향
가는, 형식과 소리[聲]는 현격하게 각각의 특성을 따라 현격하게 차이가
나되, 그것이 담는 이(理)를 가지고 말한다면 강약을 분별하기 어렵다고
했다. 이렇게 각각 소리의 차이가 크고, 강약의 분별도 어려운 한시와
향가의 속성을 언급하는 핵심은 이것이다. 곧 ②에서 단언하고 있는바,
모두가 '의해'로 귀결된다는 점에서 동일하다는 것이다. 말하자면 보편-
진리를 구현한다는 점에서는 언어, 영토, 양식의 차별성은 큰 의미가 없
고, 저마다의 가치가 있다는 것이다.

그렇기 때문에 다음 단계의 '불균형'에 대한 지적이 가능해진다. 곧 ③
에서 한시는 고려의 선비들이 쉽게 읽는데, 우리나라의 노래는 중국 사
람들이 읽고 해독하지 못한다는 지적이 나오는 것이다. 실제로 고려 사
람이 중국과 고려인의 한시를 읽고 아는 데 비하여, 중국 사람이 고려의
노래를 알지 못하는 상황은 보다 빈번하게 일어났을 것이다. 최행귀는
그 이유를 한자와 향찰의 원천적인 차이에서 찾고 있다. ④의 언술이 그
것이다. 한문은 한 글자 한 글자가 뜻을 가진 표의문자의 기능에, 정련된

---

31 赫連挺,『均如傳』, 59~60쪽. "然而詩構唐辭, 磨琢於五言七字; 歌排鄕語, 切磋於三句
六名. 論聲則隔若參商, 東西易辨, 據理則敵如矛楯, 强弱難分. 雖云對街詞鋒, 足認
同歸義海, 各得其所, 于何不臧? 而所恨者, 我邦之才子名公, 解吟唐什, 彼土之鴻
儒・碩德, 莫解鄕謠. 矧復唐文如帝網交羅; 我邦易讀, 鄕扎似梵書連布, 彼土難諳! 使
梁宋珠璣, 數托東流之水, 秦韓錦繡, 希隨西傳之星, 其在局通, 亦堪嗟痛. 庸詎非魯文
宣欲居於此地, 未至鼇頭, 薛翰林强變於斯文, 煩成鼠尾之所致者歟!"

5, 7언을 근간으로 정교하게 짜여 있어 쉽게 읽을 수 있다. 반면, 향찰은 범어(梵語)가 연이어 펼쳐져 있는 것처럼 늘어서 있는데 글자 하나로는 의미 전달이 되지 않는다. 우리말의 통사구조를 따르면서도 그 표기 자체는 한자를 활용하는 방식이기 때문이다.

아래의 [4]와 [5]는 최행귀가 앞서 말한 불균형의 문제를, 균여의 한문 서문과 「십원가」로 초점을 좁혀 논의하는 부분이다. ①은 간략하지만, 최행귀가 균여의 산문과 노래를 비평한 것이다. 즉, 한문으로 작성된 「십원가」 서문은 '의광문풍(義廣文豐)'하며, 향찰로 쓴 노래는 '사청구려(詞淸句麗)'하다 하고, 「십원가」를 당나라 정관 때의 시와 진나라 혜제·명제 때의 유려한 부(賦)의 수준에 견준 것이다. 최행귀가 균여의 「십원가」와 그 서문을 문학의 장으로 확대해가고 있음을 알 수 있는 부분이다. 다음 이어지는 ②와 ③은 중생들이 심오한 깨달음의 세계로 점차 나아가기를 바라는 염원이 담긴 균여의 역작이, 일부분은 한문으로 일부분은 향찰로 쓰이면서 고려와 중국에서 모두 완전하게 이해되지 못하는 상황을 문제 삼고 있다.

> 「한역시」 서[4] 대저 이와 같으니 ①8·9행의 한문으로 쓴 서문은 뜻이 넓고 문체가 풍성하며 열 한 마리의 향찰로 쓴 노래는 시구가 맑고 곱다. 그 지어진 것을 사뇌(詞腦)라고 부르나니 가히 정관(貞觀) 때의 시를 압도할 만하고, 정치함은 부(賦) 중 가장 뛰어난 것과 같아서 혜제(惠帝)·명제(明帝) 때의 부에 비길 만하다. 그러나 ②중국사람이 보려할 때에는 서문 외에는 알기가 어렵고, 우리나라 선비들이 들을 때는 노래에 빠져서 쉽게 외우고는 그만이다. 그리하여 모두 반쪽의 이로움만 얻을 뿐 각각 온전한 공을 놓치고 있다. 이로 말미암아 ③요서(遼西)와 패수(浿水) 사이에서 대략이라도 읊어질 경우 불법을 아끼는 사람이라면 번역을 하겠지만, 오(吳)와 진(秦) 사이에서 점차 읊는 사람이 줄어들 경우 누가 같은 글이라 여기겠는가? 하물며 대사의 마음은 본래 부처의 경계와 같은지라. 비록 세속을 가까이 해서 비근한 일에서 출발하여 심원한 경지로 들어갈 것을 기약했

다 하더라도 어찌 먼곳의 사람들이라고 해서 그릇됨을 버리고 바름으로 귀의
하는 것을 막으려 했겠는가?[32]

「한역시」 서[5] 얼마전 스님 친구분을 만나 우연히 현묘한 글을 보았는데
무단히 오묘한 노래를 따라 보르다보니 은연중 그분이 내심 (향가를 한시로
번역해 주었으면 하는) 무엇인가 바라는 것이 있는 듯 느껴졌다. ④이에 따라
드디어 근원은 하나로되 물줄기가 둘로 나뉘듯, 시와 노래가 본질은 같되 이름만
다르다는 것에 의거하여 한 마리 한 마리 각각 번역해서 종이에 연이어 썼다. 바라는
바는 동서에 두루 장애가 없이 해서(楷書), 초서(草書)로 함께 퍼져서 교계(敎界)나
속세가 이와 인연을 맺어 보고 들음이 끊어지지 않는 것이다.[33]

[5]의 내용 또한 마찬가지이다. 최행귀는 표기 문자와 양식을 달리하
는 『화엄경』의 '번역판'들이 언어의 차이를 초월하여 두루 통행되는, 세
계를 꿈꾼 듯하다. 그런데 여기에서 최행귀가 꿈꾸는 '동문(同文)'은 우리
가 일반적으로 알고 있는 '한문' 중심의 공동문어의 세계가 아니다. 그것
은 한문으로 쓰인 것이든 향찰로 쓰인 것이든, 중국과 고려에서 모두 통
용되어 '궁극의 진리'를 구현하는 세계를 가리킨다.

한문을 사용하는 세계-중국-에서 보면, 향찰로 쓰여진 고려의 노래

---

32 赫連挺, 『均如傳』, 63쪽. "夫如是則八九行之唐序, 義廣文豐; 十一首之鄕歌, 詞淸句
麗. 其爲作也, 號稱詞腦, 可欺貞觀之詞, 精若賦頭, 堪比惠明之賦. 而唐人見處於序
外以難詳, 鄕士聞時, 就歌中而易誦, 皆沾半利, 各漏全功. 由是約吟於遼浿之間, 飜如
惜法, 減詠於吳秦之際, 孰謂同文? 況屬師心本齊佛境, 雖要期近俗, 沿淺入深, 而寧
阻遠人捨邪歸正? 昔金氏譯碎珠全瓦, 播美天朝; 崔公飜朗月淸風, 騰芳海域. 俗猶若
是, 眞固宜然. 伏念行歸, 志愧何充; 筆慚靈運, 杳想閣官之冥祐, 莫效前修, 追思相國
之密傳, 徒欽行烈."
33 赫連挺, 『均如傳』, 65쪽. "一昨, 因逢道友, 幸覽玄言, 縱隨妙唱以無端, 潛恐高情之有
待, 憑托之一源兩派, 詩歌之同體異名, 逐首各翻, 間廁連寫, 所冀遍東西而無导, 眞草
竝行, 向僧俗以有緣, 見聞不絶, 心心續念, 先瞻象駕於普賢, 口口連吟, 後値龍華於慈
氏. 今則聊將鄙序, 輒冠休譚, 希蒙點鐵以成金, 不避挽搏 而引玉. 儻逢博識, 須整庸
音. 宋曆八年周正月日謹序"

들은 독해가 불가능한, 매우 괴이한 텍스트로 인지되었을 것이다. 위의 「한역시」 서[2]의 ⑥에서 최행귀가 설총의 이두를 '쥐꼬리' 운운하며 비판한 것은 바로 그와 같은 '어그러짐'을 두고 한 것이다. 그리하여 고려의 수준 높은 문학적·종교적 성과물이 그 가치를 인정받지 못하는 상황에 직면했다고 판단한 것이다. 이것이 한역의 동인이 되었다. 고려시대가 했던 번역적 국면이자 번역의 현장이다. 이 문제와 관련하여 고려시대 가요 「한송정곡(寒松亭曲)」과 관련된 일련의 기록은 흥미롭다.

「한송정곡」은 '중국까지 알려진 고려 노래'로 조선시대 문인들도 많은 관심을 가졌다.[34] 그런데 「한송정곡」의 중국 전래와 관련된 흥미로운 일화가 『고려사』 「악지(樂志)」에 전한다. 내용은 이러하다. 이 노래가 중국 강남에까지 흘러들어가게 됐는데, 중국 사람들은 이 노래의 의미를 알지 못했다. 그런데 광종 때 중국에 사신으로 갔던 한 문사(文士)[35]가 '오언절

---

34 서거정은 「江陵府雲錦樓記」에서 강릉부의 빼어난 산수와 풍류를 거론하면서 「한송정곡」이 중국에까지 알려졌다고 했다. 徐居正, 「江陵府雲錦樓記」, 임정기 역, 『四佳集』文集 권1, 한국고전번역원, 2009. "寒松琴曲, 傳之中原."

35 이 문사는 고려 현종대의 고관 張延祐로 알려져 있다. 『고려사』 「樂志」의 「한송정곡」 관련 기록에는 "國人張晉公"이라고 되어 있고, 이덕무의 『청장관전서』에는 '장진산'이라고 하고, 진산은 '張延祐의 또 다른 이름'이라 명시되어 있다. 『증보문헌비고』에도 역시 '장진산'으로 표기가 되어 있다. 이 글의 핵심적 논제가 아니기는 하지만, 장연우와 장진산, 장진공을 동일 인물로 보기에는 의심스러운 점이 있다. 「한송정곡」을 한시로 번역한 일은 광종대의 일로 『고려사』에 전하고, 그 기록에서는 '장진산'이라고만 되어 있다. 반면, 장연우는 현종대에 주로 활동하였고, 그의 몰년은 『고려사』에 1015년(고려 현종6)이라 명시되어 있으며 출생 연도는 미상으로 처리되거나 광종대로 추정된다. 또 登科한 시기는 성종대로 추정되고 있는데 그가 '3대의 왕을 섬겼다'고 일컬어지는 것으로 보아, 등과한 이후부터 헤아려 말한다면 성종, 목종대부터 그가 가장 활발하게 활동했던 현종대까지 3대의 왕이 맞아떨어진다. 그러나 광종대는, 장연우가 등과하기도 전이고, 심지어는 출생 시기로 거론되고 있는 때이다. 현재의 시점에서 확실한 것은 지금까지의 기록들을 모아 보면, 장연우가 광종대에 중국에 사신으로 갔다는 기록은 상식적으로 납득이 안 된다는 것이다. 반면, 개연성이 높은 인물은 장연우의 아버지 張儒이다. 실제로 장유는 중국어에 능통하였고, 광종대에는 禮賓省에 있으면서 중

구로 된 한시'를 지어 그 뜻을 해석해 주었던 것이다.[36] '중국 사람들이 노래의 의미를 알지 못했다'는 기록에 근거하여 「한송정곡」이 "향찰로 표기되었을" 가능성은 이미 제기된바 있다.[37] 주목되는 점은 고려의 '노래'를 중국인들이 잘 알지 못하자, 그들이 이해할 수 있는 형식인 '한시로 번역하여' 주었다는 것이다. 그것이 바로 지금 『동문선』 등에 장연우의 작품으로 두루 전하는 「한송정곡」이다.[38] 이 작품은 "향가가 이 시대에 이르면 개인의 서정을 수준 높은 차원에서 노래할 수 있는 경지에 이르렀음"을 보여주는 중요한 작품으로 일컬어진다.[39]

이 「한송정곡」의 번역적 국면은 최행귀가 「십원가」를 한역했던 것과 문제의식을 공유한다. 중국인들이 낯선 외국의 노래를 내버려 두지 않고 사신으로 온 고려인에게 물었던 것은, 상식적으로 생각해 보면, 낯선 문자가 아니라 한자로 쓰인 것이었기 때문일 것이다. 즉 한자로 쓰여 있지만 한문의 구조로 읽으려 하면 이해되지 않는 텍스트에 중국인들의 의문과 호기심이 촉발되었으리라는 것이다. 역사적으로 보아도 광종대 중국과의 교류는 그 어느 때보다 긴밀하였다. 중국으로의 사신행만 말하는

국 사신을 접대하는 일을 전담하고 있었기 때문이다. 따라서 「한송정곡」의 번역자는 장연우의 아버지 장유이고, 그의 행적을 출세한 관인인 아들 장연우의 행적과 혼동한 채로 전했을 가능성도 있어 보인다. 물론 이덕무가 『청장관전서』에서 장연우로 확정을 해 놓았고, 장유와 '張晉' 또는 '張晉山' 사이의 연결점을 아직 확실히 찾지 못하였으니, 확언하기는 아직은 어렵다.

36 동아대 석당학술원 역주, 『高麗史』 권71 志25 樂2. "世傳, 此歌, 書於瑟底, 流至江南, 江南人, 未解其詞, 光宗朝, 國人張晉公, 奉使江南, 江南人問之, 晉公作詩解之曰, 月白寒松夜, 波安鏡浦秋, 哀鳴來又去, 有信一沙."

37 김기영, 「『증보문헌비고』 「악고」의 고려가요 인식과 그 의미」, 『語文硏究』 66, 2010, 81쪽.

38 『東文選』 권19, 신호열 역(한국고전번역원, 1968). "月白寒松夜, 波安鏡浦秋. 哀鳴來又去, 有信一沙 鷗."

39 정출헌, 앞의 논문, 36쪽.

것이 아니다. 잘 알려져 있듯이 광종이 쌍기를 받아들여 중용한 이래 고
려에 투화(投化)하는 중국인이 엄청나게 증가했다. 특히 광종 치세 958년
에서 975년 사이에는 최행귀가 유학했던 오월국(吳越國) 사람을 포함 오
대십국의 한인들의 투화가 극성을 이루었다.[40] 그리고 같은 시기, 신라
의 육두품 계급 가문 출신이자 중국 유학생으로서 귀국한 문사들 또한
광종의 뜻에 따라 적극 기용되었다. 이들은 모국만을 교육과 출사(出仕)
의 무대로 삼지 않는, 요즘말로 하자면, '국제적인' 지성들이었다.

이와 같은 국제적인 지성 최행귀에게 향찰이라는, 한자를 차용하여 표
기된 고려의 노래가 외국, 특히 보편문어 한문의 세계 속에서 어떻게 비
쳤을 것인가?, 물론, 이것은 최행귀 혼자만의 인식은 아니었을 것이다.
최행귀의 아버지인 최언위(崔彦撝)나 최치원처럼 당나라에서의 오랜 유
학과 관직 생활을 거치며 국제적 감각을 지녔던 유학파의 지성들에게 생
생하게 체험되고 전달되어온 감각이었을 것이다. 이와 같은 감각에서 최
행귀가 선택한 방식은, 자국어의 새로운 체계를 수립하는 것이라기보다
는, 중세 보편언어인 한문의 세계 속에서 소통될 수 있는 방식으로 자국
의 텍스트를 변환시키는 것이었다.

3. 맺는말 : 고려전기 번역의 맥락과 중세 번역 이해의 방향

균여의 「십원가」 서문 첫 문장에 나왔던 "하나의 텍스트에 의거하여[依],
새로운 텍스트를 짓는[著]" 이 과정은 광의의 번역이라 할 수 있다. 근거[기
점텍스트]가 되는 텍스트가 존재하고, 그것의 구성과 주지를 유지하면서,
자기의 맥락을 반영하고, 그 거리를 인식하고 있기 때문이다. 이 광의의

---

40 이진한, 『高麗時代 宋商往來 研究』, 경인문화사, 2011, 141~142쪽.

번역 개념은 중세 동아시아에서의 불교의 수입과 불경 번역에서 더욱 유의미하다. 그 중 하나로 위에서 우리가 다룬 세 가지 텍스트는 시간의 순차로 보면 「행원품(A)」(한문) → 「십원가(B)」(향찰) → 「한역시(C)」(한문)의 순으로 저술되었다. 그리고 번역물로서 기점과 목표텍스트라는 층위에서 보면, 「행원품」은 기점텍스트이고, 「십원가」는 기점이자 목표텍스트, 「한역시」는 목표텍스트이다. 더 근원적으로 따진다면 「행원품」 또한 산스크리트어 경전을 한문으로 번역한 것이니, 이들 번역은 중역(重譯)이라고 할 수 있다.

이제, 번역의 개념과 관련지어 다시 보자. 「십원가(B)」에서 「한역시(C)」의 전환은 향가에서 한시로, 향찰에서 한자로 표기체계가 바뀌는 것이다. 이 번역은 1980년대 초기의 연구 이래 '의역'으로 대개 평해지고 있으며[41] 경우에 따라서는 '번안'이라 칭해지기도 했다.[42] 이 번역은 ①한문(중국) → ②향찰(고려) → ③한문(고려)라는 경로의 마지막에 있다. 이처럼 최행귀가 향가를 다시 한시로 되번역한 이유는 두 가지가 있었다. 첫째는 향찰과 한문이라는 표기방식의 차이를 넘어 ②와 ③을 하나로 보는[同文] 의식에서 발현된 것이고, 둘째는 균여의 향가와 한문서문을 종교적 수행의 차원을 넘어 뛰어난 문학의 경지에서 ①의 세계에서 소통시키려는 의식이었다. 이와 같은 고려전기의 번역이 보여주는 양상은 중국을 문명의 중심에 두고 사유하는 '화하문명(華夏文明)'의 동아시아 질서가 확립되기 이전의 활발한 문명의식을 보여주는 것이다. 실제로 '동아시아 내에서 중국과 한국불교는 쌍방의 영향을 주고받은 실증이 입증되고도 있다.[43] 또한 고

---

41 이진이 최행귀의 한역시가 균여의 「보현십원가」를 '판에 박은 듯 번역한 것이 아니라 화엄경의 원의와 보현십원가를 절충한 의역'이라 지적한 이래, 이와 같은 평은 대체로 견지되고 있다. 이진, 앞의 논문, 158쪽.

42 서철원(2011)은 최행귀의 한역을 '번안'이라 하였다.

43 조성택, 「번역과 독창적 사유」, 『佛教研究』 31, 2009, 105쪽.

려전기의 문명관이, 유일한 '중국', 유일한 문명을 중심에 놓고 사유하지 않았다는 역사학계의 성과 또한 앞으로 더욱 깊이 고려되어야 한다.

한편, 「행원품(A)」에서 「십원가(B)」 또는 「한역시(C)」로의 전환은 '번역'으로 다루어질 수 있는가? 구성상으로는 소제가 달린 11개 장(章) 형태의 구성 및 순서, 표제가 유지되었다. 그러나 기점텍스트와 목표텍스트의 양식이 경문에서 향가나 한시로 달라졌다. 경문에서 향가로의 전환이 발생시킨 괴리는, 현대 번역 일반의 관점에서는, 상당히 크다. 서구─현대적 의미에서의 '번역'에서 이것은 원전의 의도를 상당부분 훼손시키거나 역자의 의도대로 '원전'을 왜곡한, 오역(誤譯)이 될 것이다.

그런데 이 문제는 그들이 가졌을, 중세 불교시대의 세계관 속에서 다루어야 할 지점이 분명하게 있다. 최행귀는 한역시 「수희공덕송」에서 "성(聖)이니 범(凡)이니 진(眞)이니 망(妄)이니 나누지 말라. 그 실체는 같아서 본래 큰 진리의 안에 포섭되느니"[44]라고 했다. '세상에 존재하는 모든 언어를 부처의 말이며' '개개 문자는 형상은 다르지만 이치를 전한다는 점에서는 똑같은 것'[45]이다. 화엄종은 그와 같은 사유를 극도로 밀고 나가 원융무애(圓融無碍)의 경지를 추구했다. 자타(自他)와 이타(利他)가 통합되는, 자기와 남의 영역이 분별을 넘어 대승적으로 통합되는 화엄의 논리에서, 개개의 실체는, 궁극의 진리를 향해 가는 한, "『화엄경』의 종지를 전달하는 방편"이다. 그래서 일부는 전부를, 하나가 전체를 표달할

---

44 赫連挺,『均如傳』, 69쪽. "聖凡眞妄莫相分, 同體元來普法門, 生外本無餘佛義, 我邊寧有別人論. 三明積集多功德, 六趣修成少善根, 他造盡皆爲自造, 摠堪隨喜摠堪尊."

45『大般涅槃經』卷八,「文字品」第十三. "佛復告迦葉. 所有種種異論咒術言語文字, 皆是佛說非外道說,.";僧祐 撰『出三藏記集』卷第一,「胡漢譯經音義同異記」第四. "昔造書之主凡有三人, 長名曰梵, 其書右行, 次曰佉樓, 其書左行, 少者蒼頡, 其書下行, 梵及佉樓居于天竺, 黃史蒼頡在於中夏 梵佉取法於淨天, 蒼頡因華於鳥跡, 文畫誠異, 傳理則同矣." 이상 불경 번역을 가능하게 했던 가능했던 불교의 문자와 언어에 대한 인식은 이동철, 앞의 논문, 14쪽의 내용을 참조하고, 원전을 재인용한 것이다.

수 있는 것이다. 더 넓게는 신라 이래 고려 초기까지 불교의 '도(道)'에 대한 이해, 즉 '도는 사람을 멀리 하지 않고, 사람은 나라마다 다름이 있지 않다'[46]는 보편 지향의 불교적 논리 또한 작동하고 있었다 할 것이다.

또 한편, 중세 동아시아의 불경 번역에서 구술성과 문자성 사이의 오감은 근본적인 운명이었다고 할 수 있다. 불경의 번역 자체가 인도의 승려나 번역 조력자들이 구술로 암송하는 내용을 듣고 이를 한문으로 옮겨 쓰는 방식이었기 때문이다.[47] 가창과 구송을 의식의 기본으로 포함하고 있는 불교에서 구술성과 문자성 사이의 교감과 갈등은 필연적인 국면이었다. 중국이 처음에 인도의 불경을 번역하는 과정에서도 마찬가지의 문제가 존재했다. 이를테면 산스크리트어로 된 경전을 한자로 번역하는 것은 가능했지만, 인도의 소리[梵音]를 전수하는 데 문제가 있었던 것이다.

불교가 중국에 전래된 이후 번역문은 많지만 소리를 전한 것은 거의 없다. 이는 범음은 중복되고 한어는 단조롭기 때문이다. 범음을 사용하여 한어를 읊으면 그 소리는 번잡하고 게송은 촉박하다. 한곡(漢曲)을 사용하여 범문(梵文)을 읊조리면 운율은 짧고 말은 길어진다. 이런 까닭에 불경은 번역된 것이 있지만 범향(梵響; 인도의 곡조)는 전수된 것이 없었다. 비로소 위나라 진사왕 조식이 성률을 매우 사랑하여 경음(經音; 불경의 소리)에 뜻을 두었다. 이미 반차(般遮)의 상서로운 음향에 통달하였고, 또 어산(魚山)의 신령스러운 창제에 감응하였다. 이에 『서응경(瑞應經)』 본기(本紀)를 줄이고 다듬어 배우는 자들의 조종이 되니, (인도의) 소리를 전한 것이 삼천여 가지나 되고, 계는 42곡이 있다.[48]

---

46 최치원, 「眞監和尙碑銘 並序」, 『孤雲集』 권2, 이상현 역, 민족문화추진회, 2009. "夫道不遠人, 人無異國."

47 조성택은 이와 같은 번역 과정에서 일어날 수 있는 질적 변화에 대한 연구가 필요하다고 지적하였다. 조성택, 앞의 논문, 77쪽.

48 慧皎 撰, 『高僧傳』 권13, 北京: 廣文書局, 中華民國 65년, 「經師篇」, 740~741쪽. "自大教東流, 乃譯文者衆, 而傳聲蓋寡, 良由梵音重複, 漢語單奇. 若用梵音以詠漢語, 則

한국과 일본이 자국의 노래를 한자로 표기하면서 어려움을 느꼈던 것처럼 중국은 불교의 수입과 함께 인도의 노래[범음]을 한자로 표기하면서 일어나는 문제에 직면했다. 기본적으로 '구술문화의 산물'인 불교는 경전 자체가 구술텍스트였으므로, 이것을 체계적으로 번역한다는 것은 매우 어려웠던 일이다. 따라서 불교에 대한 동아시아의 수용과 번역은 '이해라기보다는 오해에서 비롯된 것'이라는 역설의 논리도 제기되기도 했다.[49] 표기 문자 그 자체의 문제도 있다. 즉, 향찰로 경문의 방대한 내용을 그대로 직역하여 놓았을 경우, 훈독과 음차로 복잡하게 구성된 향찰 불경을 읽고 이해하며, 이에서 진보하여 수행 실천의 단계로까지 '중생'들이 스스로 나아가는 것은 요원하고 어렵다. 즉, 화엄사상의 포교 전략으로서도, 문자의 효율성으로도 좋은 번역이 될 수 없는 방식인 것이다. 의역, 또는 번안이라 일컬어질 번역 전략이 채택된 것은 이 때문이었다. 따라서, 서구-근대의 논리에서 현대적으로 정교하게 구성된 '번역'의 개념을 가지고 중세의 번역을 평가하는 것은 근대적 관념의 또 다른 통제이다.

또한, 앞서 살핀 고려전기의 번역 국면과 실천은, 같은 '중세'로 명명되고 있지만, 훈민정음이 발명된 조선전기 이후의 상황과도 대비를 이룬다. 예컨대 훈민정음이 만들어진 이후에는 '언해' 번역으로 경문에서 경문으로의 번역-직역이 가능해졌기 때문이다. 이것은 한문을 공동문어로 하는 '중세'의 자장 속에서도, 한문과 완전하게 구별되는, 독자적인 서기

聲繁而偈迫; 若用漢曲以詠梵文, 則韻短而辭長. 是故金言有譯, 梵響無授. 始有魏陳思王曹植, 深愛聲律, 屬意經音, 旣通般遮之瑞響, 又感魚山之神製. 於是刪治瑞應本起, 以爲學者之宗. 傳聲則三千有餘, 在契則四十有二." 이연숙, 「고대 동아시아 문학 속의 향가 -향가와 『만엽집(萬葉集)』의 표기법과 가론(歌論)비교를 중심으로」, 『韓國詩歌硏究』 31, 2011, 133쪽에서 재인용. 번역은 약간 수정하였다.

49 조성택, 앞의 논문, 101쪽.

체계를 갖기 이전과 그 이후의 번역은 다르게 파악되어야 한다는 점을 보여준다. 서구와 동아시아의 차이뿐만 아니라, 동아시아-중세 내부에서의 차이 또한 고려되어야 함을 제기하고 있는 것이다.

간경도감과 조선 전기 불경 번역

김무봉

1. 서론

1.1.

번역은 소재언어(素材言語; 源泉言語)를 목표언어(目標言語)로 바꾸는 일이다. 우리나라에서는 신라시대 이래 중국에서 수입된 한문 경전을 국어로 바꾸기 위한 노력을 끊임없이 계속해 왔다. 문자가 없던 시대에는 한자 차용표기(借用表記) 체계인 구결(口訣)을 이용했고, 국문자 창제 직후에는 문자의 보급을 언해 불경에 의탁한 것이 아닐까 하는 생각이 들 정도로, 한문 경전의 국어역(國語譯)에 적극적이었다. 번역에 관계하는 이들의 공통된 바람은 원전(原典)의 문맥을 훼손하지 않으면서, 소재언어를 목표언어로 자연스럽게 옮기는 방법을 찾는 일일 것이다.

좋은 번역을 위한 노력에는 시대와 사람의 차이가 없었던 듯, 훈민정음 창제 이후에 이루어진 번역 문헌들을 보면 당시에도 번역의 방법을 놓고 적지 않게 고뇌했던 흔적이 있다.[1] 곧 동일한 원전을 두 차례 이상

---

* 논의 내용 중 도표나 객관적 사실 관계를 정리한 부분은 필자의 다른 논문에서 가져왔음을 밝힌다. 다만 그 논의에서 미처 챙기지 못한 내용이나 잘못 정리된 부분은 보완하거나 바로 잡았다.

번역했을 경우, 그 각각의 번역 방법이 서로 달랐다는 사실이다. 보다 나은 번역을 위한 이러한 노력은 지금은 물론이거니와 앞으로도 계속될 것이다. 그것은 어떠하든 국문자인 훈민정음이 창제된 직후 왕실을 중심으로 많은 불교 경전들이 한글로 번역되었다. 우리는 이들 경전, 곧 훈민정음 창제 직후 한문을 소재언어로 하고 있는 불교 경전의 국어역을 '불경언해(佛經諺解)'라고 불러 왔다. 이때 간행된 언해 경전들은 국문자 창제 초기 우리말의 모습을 보여 주는 매우 소중한 문헌들이다.

1.2.

그러면 당시에 '번역(飜譯)'이라는 용어는 어떤 뜻으로 썼을까? 우리는 이에 대한 해답을 「석보상절서」에서 찾을 수 있다. 『월인석보』 1권의 권두에 실려 있는 「석보상절서」 중 "~又以正音 就加譯解~"에서 '역(譯)'이라는 글자에 대한 협주를 통해서이다.

> 譯은 飜譯이니 ᄂᆞᄆᆡ 나랏 그를 제 나랏 글로 고텨 쓸 씨라 〈「석보상절서」, 6ㄱ〉[2]

위의 협주로 미루어 번역을 '외국어로 된 문장을 자국어 문장으로 바꿔 쓰는 일'로 이해하고 있었음을 알 수 있다. 이 때 '자국어 문장으로 바꿔 쓰는 일'이 바로 '번역'이요, 단순히 그 말만을 옮기는 '통역(通譯)'과는 다른 의미임을 분명히 하고 있다.

훈민정음 창제 직후인 세종~세조대에는 적지 않은 양의 불서들이 정

---

1 이는 『법화경』에 대한 번역이 세 차례에 걸쳐 이루어진 예 등에서 볼 수 있다. 곧 『법화경』의 내용이 『석보상절』(1447년 간행), 『월인석보』(1459년 간행), 『법화경언해』(1463년 간행) 등 15세기에만 모두 세 차례나 번역된 사실로 알 수 있다.

2 〈 〉의 앞쪽에는 서명을 쓴다. 'ㄱ'은 장의 앞면을 가리킨다.

음으로 간행되었다. 이 중 한문을 원전으로 하는 문헌의 국어역에 대해서만 '언해'라는 이름을 붙였으므로 불경언해는 모두 한문불경을 저본(底本)으로 한 한글 번역본인 것이다. 세조는 즉위 후 간경도감(刊經都監)이라는 불전간행을 위한 국가기관을 만들어 놓고 많은 불서들을 제작·보급했다. 어떤 불전에는 직접 구결을 달거나 번역을 하기도 했다.

1.3.

한문으로 된 불교 경전을 우리말로 읽고, 이를 문자[3]로 옮기기 위한 노력은 현대에 이르러서도 계속되고 있다. 최근까지 이어지고 있는 역경(譯經)의 여러 결과물들이 이를 잘 보여주고 있다. 그렇다면 역경의 시원(始原)을 어디까지 소급(遡及)할 수 있을까? 통일신라 때인 7~8세기경이라고 할 수 있을 듯하다. 이는 그 무렵에 이르러 한자(漢字)의 음(音)과 훈(訓)이 비로소 우리말로 확정되었다는 사실에 근거한다. 불교 관련 문헌의 경우, 유교경전보다 한 세대 남짓 앞서 구결을 현토해서 읽었던 것으로 짐작되는 기록이 있다. 7세기 중엽경 의상대사(義湘大師: 625~702)가 『화엄경』을 강의한 것을 그의 제자 지통(智通)이 집록(集錄)했다고 전하는 「요의문답(要義問答)」과 또 다른 제자 도신(道身)이 집록했다고 전하는 「일승문답(一乘問答)」이 그것이다. 이에 대해서는 고려의 대각국사(大覺國師) 의천(義天)이 평(評)한 글에서 그 사실을 확인할 수 있다.[4] 그런가 하면 유교

---

3 여기서의 문자는 구결자 등의 차자(借字) 표기와 고유의 문자를 모두 아우른다. 형태가 어떠하든 전달 기호(記號)로서의 체계를 갖추었다는 점에 비중을 두어 그렇게 부르기로 한다.

4 '당시의 집록자가 문체가 좋지 않아서 문장이 촌스럽고 방언이 섞이었다. …… 앞으로 군자가 마땅히 윤색을 가해야 할 것이다.(但以當時集者 未善文體 遂致章句鄙野 雜以方言 或是大教濫觴 務在隨機宜 將來君子 宜加潤色)' 義天 新編諸宗教藏總錄 卷一 〈韓國佛教全書 4권 (682쪽, 동국대학교)

경전을 구결로 읽었다는 이른 시기의 근거로는 『삼국사기(三國史記)』와 『삼국유사(三國遺事)』에 실려 전하는 설총(薛聰) 관련 기사가 있다.[5]

그러나 고려시대 이래 「요의문답」과 「일승문답」은 전하지 않는다. 다만 균여(均如)가 남긴 몇몇 저술이나 일연의 『삼국유사(三國遺事)』, 의천(義天)의 『신편제종교장총록(新編諸宗教藏總錄)』 등 고려시대의 자료에 두 책이 있었다는 사실만 기록으로 전할 뿐이다. 따라서 두 문헌에 있었다고 하는 구결의 실체는 알 길이 없다. 지통의 「요의문답」이 실려 있는 「추동기(錐洞記)」가 지금은 전하지 않는 일서(逸書)이고, 도신의 「일승문답」 역시 원문만 균여의 기석(記釋)에 인용되어 있을 뿐이다.

하지만 그 이후에 조성된 부호(符號)나 자토(字吐)에 의한 구결불경들 중 일부가 오늘날까지 남아 있어서 당시 번역의 일단(一端)을 엿볼 수 있다. 이러한 역경 관련 노력은 갑오경장(甲午更張) 때까지 이어져서 부호(符號, 點吐口訣 포함)나 한자 차자구결(借字口訣)이 현토(懸吐, 略體字 포함)된 경전인, 이른바 구결불경(口訣佛經)이 현재 다수 전한다. 한글 창제 이후에는 한문으로 된 원문(原文)에 정음(正音)으로 토를 달고 이를 우리말로 옮긴, 이른바 언해불경(諺解佛經)[6]의 간행이 활발해서 당시에 간행되

---

5 설총이 이두를 제작하였다는 설의 근거인 다음의 기사를 이른다.
　'우리말로 9경을 해독하여 후생을 훈도하였으므로 지금까지 학자들이 종주로 삼고 있다.(以方言讀九經 訓導後生 至今學者宗之)'〈三國史記 46권〉
　'우리말로 중국과 신라의 풍속과 물건 이름에도 통달하여 6경과 문학에 토를 달고 풀이하였으니,(以方音通會華夷方俗物名 訓解六經文學)'〈三國遺事 4권〉
　이는 설총이 처음으로 이두(吏讀)를 만들어 기입한 것이 아니라, 그 이전부터 있었던 표기 방식을 이용해 차자(借字) 표기법(表記法)을 완성하고 경서(經書)에 구결(口訣)을 단 것으로 이해한다.
6 여기서 한자 구결(口訣)이 현토(懸吐)된 불교 경전과 15세기 이후에 정음(正音)으로 번역(飜譯)된 불교 경전을 각각 '구결불경', '언해불경'이라 부르고 있으나, 이는 학술적 합의에 의한 명칭은 아니다. 번역의 표기수단이 다른 두 유형의 경전을 구분하기 위해 필자가 임의로 사용한 용어이다.

었던 많은 수의 언해불경들이 오늘에 전한다. 물론 정음 창제 이후에도 갑오경장 때까지는 구결불경의 조성도 계속되었다.

전자, 곧 한자 구결이 달린 구결불경들은 신라시대부터 조성되었다.[7] 고려시대에도 각필(角筆)에 의한 점토 석독구결과 붓으로 쓴 자토 석독구결이 사용되었는데, 자토 석독구결의 경우 당시에는 우리 고유의 문자가 없었기 때문에 이 구결이 기입된 경전들은 경(經) 한문 본문의 구두(句讀) 좌우에 구결을 단 독특한 모습을 띠고 있다. 이 경전들을 통하여 각각 당대(當代) 우리나라 역경의 모습과 국어의 역사적 연구가 상당 부분 가능케 되었고, 적지 않은 연구 성과를 거두고 있다.

후자, 불경언해류는 국문자가 창제된 15세기 중엽 이후에 집중적으로 간행된 국역(國譯) 경전류, 이른바 언해불경류를 이른다.[8] 이 경전들로 해서 우리는 한글 창제 직후에 활발하게 전개되었던 한글 경전 간행 사업과 조선시대 불교문화의 특성 등을 비교적 소상히 알게 되었다. 뿐만 아니라 중세 시기의 한국어 연구에도 큰 도움을 얻고 있다.

1.4.

이 논의는 언해불경의 성격과 언해불경을 주로 간행했던 간경도감의 특성을 구명하는 데 목적이 있다. 이를 통해 조선 전기 번역 문화의 특성을 밝힐 수 있을 것이다. 제2장에서는 훈민정음 창제 이전에 간행된 구

---

7 최근 조사가 진행되고 있는 일본 나라(奈良) 동대사(東大寺) 소장의『화엄경』(節略本) 권 제12~제20에는 각필에 의한 문자구결이 기입되어 있다고 소개된 바 있다. 남풍현, 「동대사 소장 신라화엄경사경과 그 석독구결에 대하여」,『구결연구』30, 2013.

8 언해불경이 조성된 시기는 훈민정음 창제 직후부터 조선시대 전반(全般)에 걸친다. 그러나 간행 사업이 활발하게 이루어진 시기는 15세기이다. 16세기 이후에는 간행의 양(量)이나 건수(件數)가 현저히 줄어들었다. 특히 17세기 이후에는 전시대(前時代)에 간행되었던 경전을 중간(重刊) 또는 복각(覆刻)하거나 번역의 양식만을 바꾸어서(대체로 簡便化) 간행한 것들이 주류를 이룬다.

결불경과 이후에 간행된 언해불경의 관계를 살피고, 언해의 개념을 정리
할 것이다. 제3장에서는 15세기에 간행된 불경언해본의 현황과 언해 체
제의 특성을 살필 것이다. 제4장에서는 세조조에 불전 번역을 전담했던
간경도감의 체제와 운영, 그리고 불전의 언해 과정 등 간경도감 및 언해
불전의 간행과 관련된 몇 가지 사실을 살필 것이다. 제5장에서는 간경도
감에서 간행된 언해불전들의 서지사항과 언해본들의 특징을 밝힐 것이
다. 제6장에서는 당시에 행해진 불경 번역의 실례(實例) 분석을 통해 조
선 전기 불경 번역의 특성을 정리해 보고자 한다. 이러한 과정을 거쳐
구결불경 및 언해불경의 특성, 그리고 간경도감 및 간경도감 간행의 불
경언해와 관련된 모든 사항, 그리고 훈민정음 창제 직후의 역경사업 전
반을 다루게 될 것이다. 궁극적으로는 언해의 의의, 간경도감 이전과 이
후의 번역 양상, 아울러 간경도감이 우리나라 번역에 미친 영향 등을 밝
히는 데 목적을 둔다.

2. 구결불경과 언해불경

2.1.

1973년 12월경 충남 서산군 운산면에 있는 문수사의 '금동아미타여래
좌상' 복장품(腹臟品) 중 하나로 『구역인왕경(舊譯仁王經)』(12세기 중엽 완
성) 상권(2, 3, 11, 14, 15장)이 발굴되었다.9 비록 남아 전하는 것이 다섯
장에 불과한 낙장본(落張本)이지만, 이 경전의 출현으로 고려시대 구결불

---

9 앞에서 언급한 대로 신라시대의 구결이 기입된 자료가 일본의 나라(奈良) 동대사에
　전해지고 있으나, 아직 연구 진행 중에 있기 때문에 이 글에서는 이러한 사실만을 밝혀
　둔다.

경의 실상을 아는 데는 많은 도움이 되었다. 아울러 종래 전기 중세국어 시기의 국어사 연구가 음운 및 어휘의 연구에 한정될 수밖에 없었던 상황에 결정적인 변화의 계기를 가져다주기도 했다. 이 이후 발굴된『능엄경』등 다른 구결불경들과 함께 그 당시 역경의 실상을 그대로 보여 준 것은 물론, 국어사 연구자들에게는 문자론적인 연구와 함께 문법론적인 연구(형태·통사 영역)에까지 연구의 폭을 확대할 수 있게 해 준 것이다.

구결자료는 석독구결(釋讀口訣) 자료와 순독구결(順讀口訣) 자료로 나뉜다.[10] 석독구결은 한문 문장에 부호(符號)나 토(吐)를 달아 그 문장을 우리말로 새겨서 읽는 방법이고, 음독구결(音讀口訣)이라 부르기도 하는 순독구결은 한문의 원문을 순서대로 음독하면서 구두(句讀)에 해당되는 곳에 한자로 토(略體字 포함)를 달아 읽는 독법(讀法)이다. 석독구결이 한문 원문의 순서를 우리말 어순으로 바꾸어 읽는 것이라면, 순독구결은 한문 원문의 순서 그대로 읽는 구결을 이른다.

최근의 구결 연구는 고려시대에 간행된 석독구결은 물론, 신라시대의 석독구결로 구결 연구의 지평을 확대하고 있다. 이는 종래 13세기 무렵의 순독구결 연구에 국한했던 한계를 뛰어넘어, 그 이전 시기에까지 자료의 범주를 확대한 것으로 역경(譯經)의 역사를 살피는 입장에서는 말할 것도 없고, 국어의 역사적 연구에도 많은 도움을 준다. 이러한 일련의 연구로 고려시대 역경의 모습을 일부나마 살필 수 있게 된 것은 여간 다행스러운 일이 아니다.

『구역인왕경』의 발견 이후 1990년대에는 자토(字吐)의 석독구결 자료

10 석독구결과 순독구결의 구분과 그 개념의 정리는 남풍현, 「석독구결의 기원에 대하여」, 『국어국문학』 100, 1988, 233~234쪽 참조. 근자에 소개된 이른바 부호구결에 대해서는 이승재, 「주본 화엄경 권 제22의 각필부호구결에 대하여」, 『구결연구』 7, 2001, 1~30쪽; 정재영, 「성암 고서박물관 소장 진본화엄경 권 20에 대하여」, 『구결연구』 7, 2001, 33~54쪽 등 참조.

가 속속 소개되었고, 2000년대 이후에는 점토(點吐)의 석독구결 자료가 잇달아 발굴·소개되어 구결불경과 언해불경과의 관련성 연구로 이어져 훈민정음 창제 이전 역경의 실상까지도 짐작할 수 있게 되었다.

앞에서 말한 대로 고려시대의 구결불경들에 대한 연구는 부호(符號)나 점토(點吐), 그리고 구결자(口訣字) 해독에서 상당한 성과를 거두고, 이제는 훈민정음 창제 이후 간행된 언해불경들과의 연관성 규명에까지 연구의 지평을 넓히고 있다. 구결 현토의 전통 계승에 대한 몇몇 단편적인 보고도 나왔다.[11]

석독구결과 순독구결의 영향 관계에 대해서는 아직까지 구체적으로 밝혀진 것이 없으나, 순독구결에 대해서는 대체로 간경도감 언해본의 순독구결 이전과 이후로 나눌 수 있다. 구결불경의 조성은 국문자 창제 이후에도 계속되어 한자 약체자가 기입된 구결불경은 물론, 한글로 토를 단 구결『원각경』(1465년 간행) 등도 오늘에 전한다.

구결불경은 우리 조상들의 언어생활의 일부가 반영된 중요한 국어사 자료로서 훈민정음 창제 이후까지도 계속 조성되었다. 당연히 훈민정음 창제 이후 간행된 한글 불경, 곧 불전언해본들은 앞 시대에 조성된 구결불경에 기대어 간행될 수밖에 없었다. 훈민정음 창제 이후 간행된 언해 불전들은 어떤 형태이건 이전 시대의 전통을 계승하였을 것이고, 실제로 그와 같은 양상(樣相)이 15세기 불경언해서에 나타난다.

2.2.

훈민정음 창제 직후인 15세기 중엽부터 15세기 말까지 많은 수의 문헌

---

11 김영배, 「조선초기의 역경」, 『대각사상』 5, 2002에서는 구결『능엄경』과 『능엄경언해』를 대상으로 구결 현토 전통의 계승 여부에 대해 논의한 바 있다. 실제로 구결『능엄경』 중 박동섭씨 소장본의 구결이 언해본에 적지 않게 계승된 사실을 확인할 수 있었다.

들이 정음으로 간행되었다. 이때 간행된 문헌 중에는 불교 관련 문헌이 상당부분을 차지한다. 이 중 현전하는 문헌들도 적지 않다. 이에 비해 양적으로 열세이기는 하지만 16세기에도 불교 관련 정음문헌의 간행이 이어졌다. 이러한 불교 관련 문헌 중 대부분은 불경을 정음으로 옮긴 언해불경이다.

훈민정음 창제 직후인 세종~세조대에는 특히 많은 불서들이 정음으로 인간(印刊)되었다. 이 중 한문을 원전으로 하는 문헌의 국어역에 대해서만 '언해'라는 이름을 붙였으므로 불경언해는 모두 한문불경을 원전(原典)으로 한 한글 번역본인 것이다. 이러한 '언해불경' 간행의 중심에는 수양대군(首陽大君)이 있었다. 그는 왕이 된 후에도 한문불경에 직접 구결을 다는 등 경전의 번역 작업에 적극적이었다. 나중에는 한시적으로 간경도감(刊經都監)이라는 불전간행을 위한 국가기관을 만들어 놓고 많은 불서들을 제작·보급했다. 간경도감은 우리 역사에서 한글 경전간행을 전담한 최초이자 유일한 국가기관이었다.

2.3.

세조는 대군 시절에는 물론이었거니와 왕위에 오른 후에도 불서[12]의 간행과 보급에 남다른 정성을 쏟았다. 아직 대군(大君)의 신분이었던 1447년(세종 29)에 우리나라 최초의 한글 불서인 『석보상절』을 지어 부왕 세종에게 찬진(撰進)한 것을 시작으로, 왕위에 오른 후에는 재위(在位) 기간 내내 불서의 간행과 국역(國譯) 사업을 주도했다. 그는 즉위 후 정국이

---

12 15세기에 간행된 정음문헌 중 상당수는 불교 관련 문헌이다. 총 40여 건 중 29건이나 된다. 그런데 29건 중에는 경전이 아닌 문헌도 있어서 그 모두를 '언해불경(언해불전)' 또는 '국역불경'이라고 할 수는 없다. 따라서 언해불경과 여타 불교 관련 문헌을 함께 이를 때에는 그냥 '불서(佛書)'라 부르기로 한다.

안정을 찾자 본격적으로 국역 불서의 간행 사업에 착수했다. 즉위 5년에는 부왕 세종이 지은 『월인천강지곡』에 자신의 『석보상절』을 합편하여 『월인석보』(1459년 간행)를 편찬함으로써 본격적으로 한글 경전 간행의 시대를 열었다. 즉위 7년(1461) 6월에는 경전 간행 등을 위해 한시적인 국가기관인 간경도감을 두어 간경사업을 전담케 했다.[13] 간경도감은 1471년(성종 2) 폐지[14]될 때까지 11년 동안 존속하면서 한문경전 간행 약 30건[15], 국역경전 간행 9건 등의 성과를 냈다. 특히 존속 기간 중 전반기에 해당하는 5년 동안 그야말로 괄목할 만한 성과를 거두었다. 유교를 국가 운영의 기틀로 삼았던 당시의 시대 상황과 열악한 출판 환경, 그리고 아직 정착 단계에 이르지 못한 국문자 '훈민정음'으로 그토록 방대한 양의 정음문헌을 간행해 냈다는 사실은 실로 이적(異蹟)에 가깝다. 이로써 우리는 훈민정음 창제 직후 한국 불교의 역경사업과 우리말 전반을 살필 수 있는 귀중한 문화유산 상당수를 보유할 수 있게 되었다.

이러한 일련의 경전간행 사업은 국왕의 절대적인 의지와 지원에 의해서 상당 부분 가능했을 것이다. 하지만 그러한 사업이 최고 통치자의 의지만으로 이루어질 수 있는 일은 아니다. 고려시대 이래 면면(綿綿)이 이어져 온, 한문경전을 우리말로 읽기 위한 노력, 그리고 구결불경의 간행 등 앞 세대의 국역경전 간행에 대한 노력과 역량이 결집되었기에 가능했을 것이다. 간경도감의 운영도 고려조에 있었던 팔만대장경의 간행 등

---

13 '처음으로 간경도감을 설치하고,(初設刊經都監)', 〈세조실록 24권 25장, 세조 7년 (1461) 6월 16일 乙酉條).

14 '명하여 간경도감을 파하였다.(命罷刊經都監)', 〈성종실록 13권 18장, 성종 2년(1471) 12월 5일 壬申條).

15 문헌의 수를 건수(件數)로 표시하는 것은 당시의 관례를 따른 것이다. 한 문헌에 해당하는 책권의 수가 여럿인 경우가 많아서 계수(計數)의 편의를 위해 그렇게 한 것으로 본다. 간경도감 간행 불경언해에 붙은 김수온(金守溫)의 발문(1472), 학조(學祖)의 발문(1495) 참조.

간경(刊經)에 대한 역량 축적의 결과였다고 본다. 실제 간경도감(刊經都監)은 고려조의 대장도감(大藏都監)이나 교장도감(敎藏都監)의 체제를 부분적으로 본떴다.

간경도감에서는 불서 인행(印行) 외에 왕실과 관계되는 사찰의 불사와 법회, 불교의례 등을 주관하기도 하고, 중국으로부터 서적을 수입하는 일에도 관여했다는 기록이 있으나, 본고의 논지와는 거리가 있어서 논외로 한다. 또한 성종조(成宗朝)에는 불교계를 지휘 통솔하는 기구로서의 기능도 하고, 대납(貸納)과 관련하여 물의(物議)를 빚기도 했다는 기록이 전한다.

2.4.

훈민정음 창제 직후 간행된 정음문헌들은 우리 문자로 기록된 초기의 전적(典籍)이라는 사실만으로 중요한 가치를 가지지만, 우리의 관심을 끄는 것은 그 문헌들에 실려 전하는 언어사실이다. 이런 까닭에 이들 문헌(文獻)들을 다룰 때는 몇 가지 주의가 필요하다. 창제 직후 간행된 정음문헌들은 세조(世祖)를 비롯한 왕실(王室)과 간경도감(刊經都監) 등의 중앙관서가 간행에 주도적으로 참여했기 때문에 그 언어가 중앙의 상층부 언어일 가능성이 크다는 점을 간과(看過)해서는 안 된다. 또 이 문헌들이 주로 번역서의 성격을 띤 불전언해였다는 점도 소홀히 다룰 수 없는 부분이다. 이때에 간행된 정음문헌 중 상당수는 불전언해이고, 이 문헌들에 실려 전하는 언어들은 앞 시대의 구결(口訣)이 현토(懸吐)된 불경, 이른바 구결불경들의 전통을 상당 부분 계승하고 있다. 언해불경들은 앞 시대의 구결불경에 견인된 결과 당연하게도 축자역(逐字譯, word-for-word translation) 위주의 번역투 문장으로 되어 있어서 당시 실제로 사용되었던 생생한 구어(口語)

의 반영과는 다소 거리가 있다. 물론 창제 직후 간행된『석보상절』등의 문헌은 번역서라고 하더라도 의역(意譯, literary translation)의 비중이 커서 당시의 일상 언어를 아는 데 상대적으로 소용되는 바 크다. 그러나 '훈민정음 언해본' 이후 잇따라 간행된 대부분의 불전언해본들, 그 중에도 간경도감 간행의 불전들은 앞 시대 구결불경의 영향을 받아서 직역 위주 문어투 문장의 범주를 벗어나지 않고 있다. 대부분이 관판(官版)인 데에다 구결의 의고성(擬古性)에 기댈 수밖에 없는 한계는 이 이후에도 한동안 계속되었다. 이는 전시대에 활발하게 이루어졌던 한문구결 현토 경전 간행의 전통을 계승한 것으로, 자유로운 번역(free translation)과는 어느 정도 거리가 있었다.

어떻든 이러한 노력의 결과 훈민정음 창제 직후인 15세기 중엽 이후 많은 양의 불교 경전들이 정음으로 옮겨졌고, 우리는 이를 언해불경이라고 불러왔다. 15세기 말까지 겨우 50여 년간 간행된 언해불경의 수는 놀라울 정도다. 현재 전하는 것만도 상당수에 이른다. 16세기 에 들어서는 더 이상 중앙이나 국가기관에서의 간행은 이루어지지 않았다. 대부분 지방의 사찰에서 간경불사의 하나로 행해지던 이른바 사각본(私刻本) 불경 언해의 시대로 바뀐 것이다. 간경의 경비 부담은 주로 시주자(施主者)들의 몫이었기에 15세기와 같은 대규모의 간경은 더 이상 가능하지 않았다.

2.5.

국어학계에서는 갑오경장(甲午更張) 이전에 간행된 한문문헌의 번역본을 가리켜 통상 '언해'라 부르고 있다. 뿐만 아니라 근자에는 한문문헌을 우리말로 번역했던 그 방법까지를 포괄해서 '언해'라 부르기도 한다. 그러나 이는 우리가 세종시대의 언해 사업을 정리하기 위해 설정한 기간인

15세기에는 적용되지 않는 말이다. 적어도 기록상으로는 그렇다. 세종 재위시는 물론이고 15세기에 간행된 정음문헌을 통틀어도 '언해'란 말이 직접 문헌에 나타난 예는 없다.[16] 실록에서도 그러하거니와 세종 이후 15세기말까지 약 50년간 번역에 의해 출판된 책들의 제명(題名)이나 진전문(進箋文), 서발(序跋) 등 어디에도 '언해'라는 용어는 보이지 않는다. 그럼에도 불구하고 학계에서는 아무런 주저함 없이 15세기 번역문헌에까지 언해라는 용어를 쓰고 있다. 거기에는 상당한 이유가 있어야 할 것인데 이제 우리는 이에 대해 해명할 때가 되었다. 흔히 '언해서'라고 하는 책들의 제명은 대체로 한문본의 제명과 동일한 경우가 많다. 동일한 제명을 가진 문헌이 두 가지 문자로 표기되어 전할 때 이를 구분할 마땅한 방법이 달리 없었을 것이고, 이 점이 바로 '언해'라는 용어를 만들어 낸 직접적인 계기가 된 것으로 본다. 같은 내용, 같은 제명의 두 책 중 하나는 한자로 표기된 원전이요, 다른 하나는 국문자로 표기된 번역본이라면, 결국 번역본에는 그에 상응하는 이름을 붙일 수밖에 없었을 것이다. 그리고 이 번역본에 자연스레 '언문으로 번역했다'는 의미를 가진 '언해'라는 이름이 붙은 것이다. 이를 요즈음에도 외국어로 된 책을 번역해서 출판할 때 서명 뒤에 '번역'이나 '국역'이라고 명기하지 않더라도 '번역본'으로 부르는 것과 같은 맥락이다. 그렇다면 번역이라는 일반적이고도 보편적인 용어대신 갑오경장 이전에 간행된 한문문헌의 번역본에 대해서만 군이 '언해'라 하여 용어에서 차이를 두는 이유는 무엇일까. 그리고 '언해'라는 용어의 뜻은 어떻게 해석해야 할까. 또 그 사용의 시작은 언제부터일까. 이런 점에 대한 이해의 토대가 이루어져야 오늘날 우리가

16 15세기에 간행된 문헌의 제첨(題簽)에 언해가 보이기도 하나(을해자본 능엄경언해 권5), 이는 뒷날 개장 시에 그렇게 했을 가능성이 있다. 나머지 9권의 책 중 어디에도 같은 제첨이 없기 때문이다.

사용하는 '언해'란 용어의 합당한 위상을 찾을 수 있을 것 같다.

　언해라고 불리는 책의 상당수는 15세기에 간행된 문헌들인데 앞에서 말한 대로 15세기 정음문헌 중 '언해'라는 용어가 직접 거명된 책은 없다. 실록에서도 마찬가지다. 실록에 '언해'란 말이 처음 등장한 것은 16세기 초반인 중종 때이고, 기록에서도 1510년대의 문헌에 처음 나타날 뿐이다. 게다가 서명에 '언해'가 처음 쓰인 것은 그보다 훨씬 뒤인 16세기말 교정청(校正廳)에서 간행된 유교 경서 언해부터이다.

　세종~연산군대의 실록이나 훈민정음 창제 이후 15세기말까지 언해된 책들의 여러 기록에는 아직 언해란 말이 없고, 그 자리에 '역해(譯解), 역(譯), 번역(飜譯), 번서(飜書), 반역(反譯), 언석(諺釋), 언역(諺譯)' 등의 용어가 쓰였다. 이 용어들은 모두 '외국어 원전에 대한 자국어로의 옮김', 또는 '한문 원전에 대한 우리말로의 옮김'을 뜻하는 말들이지만 특히 '언석'과 '언역'은 한문 문헌에 대한 우리말 번역을 가리키는 말인 '언해'와 매우 흡사하다.

　'언해'란 용어가 실록에 처음 등장한 것은 16세기초인 중종 9년(1514) 4월 정미조(丁未條)의 '以諺解醫書一張下政院日~'〈중종실록 권20, 23장〉이라는 기사 중 '諺解醫書'부터이다. 기록상으로는 「老朴集覽凡例」(1510년대 초반)의 '兩書諺解簡帙重大故朴通事分爲上中下'〈2장 앞면〉와 「二倫行實圖序」(1518년 간행)의 '日諺解正俗 諺解呂氏鄕約 正鄕俗也 日諺解農書~'〈2장 뒷면〉 등에 나오는 '諺解'가 그 첫 번째 예인 것이다. 서명으로는 내제 및 판심제에 '小學諺解'라고 한 선조조 교정청(校正廳) 간행의 『소학언해』(1588년 간행)가 처음이다. 이후 선조조에 교정청에서 간행한 『논어언해』, 『중용언해』(1590년 간행) 등 대부분의 유교 경서 언해본에는 책명에 '언해'가 명기되어 있다.

　17세기 이후에는 교정청에서 간행한 유교 경서 언해가 일반에 널리 보

급되면서 '언해'란 용어가 두루 쓰이게 된 것으로 본다.[17] 그리고 이것이
15세기 번역 문헌에까지 소급되어 한문문헌 원전에 대한 국어역 전체를
일러 '언해'라고 부르게 되었다.

'언해'는 '언자역해(諺字譯解)' 또는 '언문역해(諺文譯解)'의 줄임말인데,
바로 우리말의 별칭 중 하나인 '언문'으로 '번역'했다는 뜻이다. 굳이 '언
문'이라는 용어를 사용한 것은 이 말이 중국어에 대한 상대어로서 우리
말을 지칭하는 의미를 가지기 때문에 한문 원전에 대한 번역 대상언어의
명칭으로 선택되었을 가능성이 높다. 대상언어를 구체화하지 않은 용어
인 '번역'이나 '역' 등의 표현을 쓰기보다는 우리 고유어를 지칭하는 용어
인 '언문'으로 번역한 것이어서 '언해'라는 용어를 사용했다고 보는 편이
보다 합리적이기 때문이다.

다만 이 용어를 쓴 시기가 기록상으로 16세기 초엽이 되는 것은 당시
의 언어 정책과 관련된 이유 때문일 것이다. 15세기는 훈민정음이 창
제·반포된 시기이다. 새로 제정된 문자의 올바른 사용을 위해 정책상의
여러 배려가 있었고, 이는 그 명칭에 있어서도 예외가 아니었다. '언문'
이라는 이름보다는 '훈민정음' 또는 '정음'으로 부르는 것이 당시의 언어
정책에 부합하는 공식 호칭이었다. 이는 훈민정음 해례본의 '정인지 서'
나 '실록' 등의 기록으로 확인할 수 있다.[18] 따라서 15세기에는 '국어번

---

17 안병희, 「언해의 사적 고찰」, 『민족문화』 11, 1985 참조.

18 '이달에 임금이 친히 언문 28자를 지었다. 그 글자의 모양은 옛 전자를 본떴으되, 초
성·중성·종성으로 나누어지고, 합친 연후에야 글자를 이룰 수 있다. 무릇 한자와 우
리나라의 말에 이르기까지 모두 적을 수 있다. 글자는 비록 간요하다고 하더라도 전환
이 무궁하니, 이를 훈민정음이라고 이른다.(是月上親制諺文二十八字 其字倣古篆 分
爲初中終聲 合之然後乃成字 凡于文字及本國俚語皆可得而書 字雖簡要 轉換無窮 是
謂訓民正音)' 〈세종실록 102권 42장, 세종 25년(1443) 12월 30일 庚戌條〉
 '이달에 훈민정음을 이루었다.(是月訓民正音成)' 〈세종실록 113권 36장, 세종 28년
(1446) 9월 29일 甲午條〉
 '계해년 겨울에 우리 전하께서 정음 28자를 창제하시어 간략하게 예와 뜻을 들어 보이

역', '국어역' 등의 용어가 '언문역' 또는 '언자역'보다 많이 쓰인 것이다.

물론 15세기에 '언문'이라는 명칭이 전혀 쓰이지 않은 것은 아니다. 최만리(崔萬理)의 상소문이나 세종의 답변에도 '언문'이라 되어 있고, 실록에서도 '언문'이란 말을 일상적으로 쓰고 있다. 이는 비록 당시 우리 글자의 공식 명칭은 '훈민정음'이라고 하더라도 '언문'이라고 불렸던 오랜 관행을 일조일석에 바꿀 수 없었기 때문일 것이다. 다만 15세기 번역문헌들은 대부분 관판본이어서 서명 등에 '언해'란 말을 쓰지 않은 것이다. 그러니까 15세기에도 한문문헌에 대한 우리말 번역은 '언해'였다.[19]

그래서 15세기 실록의 번역에 관련된 기사나 관판본이 대부분인 번역문헌의 서발(序跋)에는 '以國語飜譯', '譯以國語' 등의 어구와 '譯以諺文' 또는 '以諺字譯' 등의 어구가 함께 쓰인 것이다. 여기서 우리가 주목해야 할 것은 15세기에도 한문 문헌에 대한 우리말 번역의 형식은 '언해'였다는 점이다. 다만 그때까지는 한문 문헌에 대한 국어 번역의 공식 명칭으로 아직 '언해'란 이름이 만들어지지 않았을 뿐이다.

연산군대 이후 여건의 변화로 정책상의 제약이 다소 느슨해지면서 우리말의 오래된 별칭인 '언문'이라는 용어의 사용이 더욱 활발해지고 그 결과 '언해'란 용어가 보편화된 것으로 본다. '언해'는 일반에는 다소 생소한 말이지만 국어학계에서는 훈민정음 창제 이후 우리말로 번역 인출된 정음문헌을 가리켜 그렇게 부르고 있다. 그러므로 '언해'는 훈민정음

시고 이름을 훈민정음이라고 하셨다.(癸亥冬 我殿下創制正音二十八字 略揭例義示之 名曰訓民正音)' 〈解例 鄭麟趾 序文〉

19 언문과 훈민정음의 관계에 대해서는 이동림, 「훈민정음과 동국정운」, 『문화비평』 4-1, 1972; 「언문자모 속소위 반절 27자 책정근거」, 『양주동박사 고희기념논문집』, 탐구당, 1973; 「訓民正音 創製 經緯에 對하여: 俗所謂 反切 二十七字와 상관해서」, 『국어국문학』 64, 1974; 「언문과 훈민정음의 관계」, 『연암 현평효박사 회갑기념 논총』(형설출판사, 1980); 「국문자모의 두 가지 서열에 대한 해명」, 『춘허 성원경박사 회갑기념 한중음운학논총』 I (서광학술자료사, 1993) 참조.

창제 후 한문 문장을 우리말로 읽고 적기 위한 강렬한 욕구에서 창안된 독특한 번역 양식이요, 인출 양식인 것이다.

3. 불경언해본 현황

3.1.

훈민정음이 창제·반포된 세종 28년(1446)부터 연산군 6년(1500)에 이르는 15세기 말까지의 50년 남짓 동안 간행된 정음 문헌은 모두 40여 건에 달한다. 이들 문헌 중 대부분은 어떤 형태가 되었든 오늘에 전해지고 있다.[20] 하지만 일부는 그 이름만 남긴 채 실책이 전하지 않아서 언어 사실은 물론 형태서지 등 자세한 내용을 알 길이 없다. 실록 등 몇몇 기록에 의해 간행 사실만을 확인할 수 있을 뿐이다.

여기서는 당시에 간행되었던 정음 문헌 중 현전하는 언해 문헌들을 가려내어 몇몇 기준에 따라 분류하고, 각 문헌의 형태서지적 특성을 밝히려고 한다. 먼저 내용별로 분류하고, 내용별 분류가 끝나면, 문체, 언해 체제 등 몇몇 사항에 대해 살필 것이다. 언해 문헌은 번역의 과정을 거친 모든 간행물은 물론, 필사된 문건까지를 아울러 이른다. 따라서 구결문만으로 된 책인 『원각경구결(圓覺經口訣)』(1465년 간행), 『주역전의구결(周易傳義口訣)』(1466년 간행), 『주역전의대전구결(周易傳義大全口訣)』(1466년 이후 간행) 등은 제외한다. 또한 정음 음역만 있는 책인 한글판 『오대진언(五大眞言)』(1476년? 간행) 및 『오대진언(五大眞言)』(1485년 간행)[21] 등도 제

---

20 15세기 정음 문헌 중 상당수는 원간 초쇄본(初刷本)이나 후쇄본(後刷本), 또는 복각본(覆刻本) 등 중간본(重刊本)의 형태로 오늘날 전해지고 있으나, 일부 문헌은 원간본(原刊本)과 중간본을 통틀어도 영본(零本)으로 남아 있다. 최근에도 적지 않은 문헌들이 발굴·공개되고 있어서 이 방면의 연구에 많은 도움을 준다.

외한다. 다만, 원전 없이 언해문만 있는 책인『석보상절(釋譜詳節)』(1447
년 간행)과 『월인석보(月印釋譜)』(1459년 간행)는 언해의 과정을 거쳤으므
로 포함한다.[22]

먼저 전체 언해 문헌을 일별하면 다음과 같다.[23]

1. 석보상절(釋譜詳節, 1447년)
2. 훈민정음언해(訓民正音諺解, ?1447년)[24]

---

[21] 『오대진언(五大眞言)』(1485년 간행)의 98장 앞면부터 106장 뒷면까지는 「영험약초」
한문본이 편철되어 있고, 그 뒤에 한문본 후기(後記) 및 학조(學祖)의 발문(跋文)을
둔 후 언해본 「영험약초」가 있다. 이 부분은 언해에 해당되므로 논의의 대상으로 삼
는다.

[22] 언해본이 아닌 15세기 정음 문헌의 목록을 문헌의 내용 및 형태를 중심으로 나누어
보면 다음과 같다.
1) 시가관련 문헌
   1. 용비어천가(1447년) 2. 월인천강지곡(1447년)
2) 한문 원문에 정음으로 구결만 단 문헌
   1. 원각경구결(1465년) 2. 주역전의구결(1466년) 3. 주역전의대전구결(1466년 이후)
3) 범자(梵字)나 한자에 정음 음역(音譯)만 행한 문헌
   1. 한글판 오대진언(?1476년) 2. 오대진언(1485년)
4) 구전 시가 등을 옮겨 놓은 문헌
   1. 악학궤범(1493년)
5) 인명·곡물명 등의 어휘를 적어 놓은 문헌
   1. 사리영응기(1449년) 2. 금양잡록(1492년)
6) 외국어나 외국 문자에 정음으로 독음을 단 문헌
   1. 해동제국기(1471년) 2. 이로파(1492년)
7) 어학관련 문헌
   1. 훈민정음 해례본(1446년) 2. 동국정운(1447년) 3. 홍무정운역훈(1455년)

[23] 서명(書名)은 형태서지학에 의한 이름을 써야 하겠지만 이해의 편의를 위해 그간 해
왔던 관행대로 약칭한다.

[24] ?표는 간행 연도가 확실치 않은 문헌의 추정 연대를 가리킨다.『오대산 상원사 어첩
및 중창 권선문』은 비록 세조의 '어첩'과 신미의 '권선문'으로 나뉘어 있기는 하지만
두 건의 권선문을 합해야 십여 면에 불과한 짧은 문헌인 데에다 두 권선문이 하나의
첩장(帖裝)에 편철(編綴)되어 있어서 단일 문헌으로 다룬다.

3. 월인석보(月印釋譜, 1459년)

4. 몽산법어언해(蒙山法語諺解, ?1459년)

5. 활자본 아미타경언해(活字本 阿彌陀經諺解, ?1461년)

6. 활자본 능엄경언해(活字本 楞嚴經諺解, 1461년)

7. 목판본 능엄경언해(木版本 楞嚴經諺解, 1462년)

8. 법화경언해(法華經諺解, 1463년)

9. 선종영가집언해(禪宗永嘉集諺解, 1464년)

10. 목판본 아미타경언해(木版本 阿彌陀經諺解, 1464년)

11. 금강경언해(金剛經諺解, 1464년)

12. 반야심경언해(般若心經諺解, 1464년)

13. 상원사 어첩 및 중창 권선문(上院寺 御牒 및 重創勸善文, 1464년)

14. 원각경언해(圓覺經諺解, 1465년)

15. 구급방언해(救急方諺解, 1466년)

16. 목우자수심결언해(牧牛子修心訣諺解, 1467년)

17. 사법어언해(四法語諺解, 1467년)

18. 내훈언해(內訓諺解, 1475년)

19. 수구영험(隨求靈驗, ?1476년)

20. 두시언해(杜詩諺解, 1481년),

21. 삼강행실도언해(三綱行實圖諺解, 1481년)

22. 금강경삼가해언해(金剛經三家解諺解, 1482년)

23. 남명집언해(南明集諺解, 1482년)

24. 불정심경언해(佛頂心經諺解, 1485년)

25. 영험약초언해(靈驗略抄諺解, 1485년)

26. 구급간이방언해(救急簡易方諺解, 1489년)

27. 육조법보단경언해(六祖法寶壇經諺解, 1496년)

28. 진언권공언해(眞言勸供諺解, 1496년)

29. 삼단시식문언해(三壇施食文諺解, 1496년)

30. 신선태을자금단언해(神仙太乙紫金丹諺解, 1497년)

31. 개간 법화경언해(改刊 法華經諺解, 1500년)

각 문헌의 간행 연대는 간기(刊記)나 서발(序跋), 내사기(內賜記) 등에 충실했으나, 어디에서도 정확한 연대를 알 수 없을 때는 언해 체제나 언어 사실, 그리고 그 밖의 관련 자료 연구를 통해 추정된 결과를 종합해서 결정했다.[25]

이 외에 실록 등 몇몇 문헌에 간행 사실만 알려져 있을 뿐 실책이 전하지 않는 15세기 언해 문헌에는 『명황계감언해(明皇誡鑑諺解)』(세조 8, 1462년 간행), 『연주시격언해(聯珠詩格諺解)』(성종 14, 1483년 간행), 『황산곡시집언해(黃山谷詩集諺解)』(성종 14, 1483년 간행), 『구급이해방언해(救急易解方諺解)』(연산군 5, 1499년 간행) 등이 있다.[26] 이 외에도 '『초학자회(初學字會)』(1459년 간행)'의 언해를 시도했다는 기사가 있으나, 실제 언해가 이루어졌는지는 알 길이 없다.[27] 또 오구라 신페이(小倉進平)는 『지장경언해』(세조

25 『몽산법어언해』의 간행 연대는 김무봉, 「몽산화상법어약록언해의 국어사적 고찰」, 『동악어문론집』 28, 1993에서 추정한 연도를 따랐고, 『활자본 아미타경언해』와 『훈민정음언해』는 각각 안병희, 「아미타경언해 활자본에 대하여」, 『난정남광우박사 회갑기념논총』(일조각, 1980); 「훈민정음언해의 두어 문제」, 『벽사 이우성선생 정년퇴임기념 국어국문학논총』(여강출판사, 1990)에 의해 추정된 연도를 따랐다. 『수구영험』(1476년 간행)은 근자에 발굴·공개된 한글판 『오대진언』의 뒤편 진언(眞言)이 끝난 부분에 편철(18ㄱ~26ㄱ)되어 있는 언해 문헌이다. 「수구즉득다라니(隨求卽得陀羅尼)」의 신령스러운 효험, 곧 영험담을 정음으로 옮긴 것이다. 『오대진언』(1485년 간행)의 뒤에 편철되어 있는 『영험약초』 언해 해당 부분과의 비교를 통해 국어의 변천을 살피는 자료로서 이용 가치가 큰 문헌이다. 한글판 『오대진언』과 『수구영험』에 대한 자세한 논의는 안병희, 「균여의 방언본 저술에 대하여」, 『국어학』 16, 1987 참조.
26 『명황계감언해』는 세종이 박팽년 등 집현전 학사들에게 명하여 당명황(唐明皇, 玄宗)의 고사(故事)를 그림으로 그리게 하고 대문에 따라 사실을 적게 한 후, 세종이 직접 고금의 시를 붙여 만든 책이다. 종전에는 세조 때부터 언해를 시작하여 성종조에 완성된 것으로 알려져 있었으나, 小倉進平, 『增訂 朝鮮語學史』(日本 東京, 刀江書院, 1940); 김일근, 「명황계감과 그 언해본의 정체」, 『도남 조윤제박사 고희기념논문집』(형설출판사, 1976) 등에 의해 후사본이 소개되면서 세조 8년(1462년)에 간행된 문헌임이 밝혀졌다.
27 부전 언해 문헌 등에 대한 자세한 내용은 김영배·김무봉, 「세종시대의 언해」, 『세종문화사대계』 1(세종대왕기념사업회, 1998) 321쪽 참조.

조 간행)라는 서명을 소개했으나[28] 문헌이 전해지지 않아서 확인이 가능하지 않다.

3.2. 내용에 따른 분류

위에 적시한 31건의 언해 문헌들을 내용에 따라 분류하면 다음과 같다. 서명(書名)은 이해의 편의를 위해 학계의 관행에 따른 명칭을 쓴다. 이하 같다.

1) 시가(詩歌) 관련 문헌
   1. 두시언해(杜詩諺解, 1481년)

2) 불교(佛敎) 관련 문헌
   1. 석보상절(釋譜詳節, 1447년)
   2. 월인석보(月印釋譜, 1459년)
   3. 몽산법어언해(蒙山法語諺解, ?1459년)
   4. 활자본 아미타경언해(活字本 阿彌陀經諺解, ?1461년)
   5. 활자본 능엄경언해(活字本 楞嚴經諺解, 1461년)
   6. 목판본 능엄경언해(木版本 楞嚴經諺解, 1462년)
   7. 법화경언해(法華經諺解, 1463년)
   8. 선종영가집언해(禪宗永嘉集諺解, 1464년)
   9. 목판본 아미타경언해(木版本 阿彌陀經諺解, 1464년)
   10. 금강경언해(金剛經諺解, 1464년)
   11. 반야심경언해(般若心經諺解, 1464년)
   12. 상원사 어첩 및 중창 권선문(上院寺 御牒 및 重創勸善文, 1464년)
   13. 원각경언해(圓覺經諺解, 1465년)
   14. 목우자수심결언해(牧牛子修心訣諺解, 1467년)

---

28 小倉進平, 앞의 책, 263~264쪽.

15. 사법어언해(四法語諺解, ?1467년)

16. 수구영험(隨求靈驗, ?1476년)

17. 금강경삼가해언해(金剛經三家解諺解, 1482년)

18. 남명집언해(南明集諺解, 1482년)

19. 불정심경언해(佛頂心經諺解, 1485년)

20. 영험약초언해(靈驗略抄諺解, 1485년)

21. 육조법보단경언해(六祖法寶壇經諺解, 1496년)

22. 진언권공언해(眞言勸供諺解, 1496년)

23. 삼단시식문언해(三壇施食文諺解, 1496년)

24. 개간 법화경언해(改刊 法華經諺解, 1500년)

3) 교화(敎化) 관련 문헌

1. 내훈언해(內訓諺解, 1475년)

2. 삼강행실도언해(三綱行實圖諺解, 1481년)

4) 의약(醫藥) 관련 문헌

1. 구급방언해(救急方諺解, 1466년)

2. 구급간이방언해(救急簡易方諺解, 1489년)

3. 신선태을자금단언해(神仙太乙紫金丹諺解, 1497년)

5) 어학(語學) 관련 문헌

1. 훈민정음언해(訓民正音諺解, ?1447년)

3.3. 문체에 의한 분류

당시에 간행된 정음 문헌들 중 온전히 정음만으로 표기된 문헌은 없다. 국한 혼용형식이다. 그런데 언해문의 한자에는 대부분 정음으로 주음을 했다. 이는 독자들의 독서 편의를 위한 배려에서 온 것으로 본다. 그런데 비록 적은 숫자이기는 하지만 그렇지 않은 경우도 있다. 『두시언해』 같은 한시(漢詩) 언해의 경우가 그러하고, 모연문(募緣文) 성격의 글인『오대산 상원사 어첩 및 중창 권선문』이 그렇다. 그런가 하면 한자음을 주음할 때 한자를 큰 글자로 썼느냐, 정음을 큰 글자로 썼느냐 하는 차이가 문헌에 따라 다르게 나타나기도 한다.[29] 한자와 정음을 같은 크기로 쓴 문헌도 있다. 김완진은 언해문의 이러한 형식적 특성을 문체의 문제로 보고, 그 차이는 독자를 고려한 문화 정책상의 배려라고 하였다.[30] 여기서는 글자의 크기는 고려하지 않고 방식의 차이에 따라 나눈다.

1) 한자에 한자음을 달지 않은 문헌
  1. 오대산 상원사 어첩 및 중창 권선문
  2. 두시언해

2) 한자를 큰 글자[大字]로 하고 주음을 정음 작은 글자[小字]로 표기한 문헌
  1. 석보상절
  2. 월인석보
  3. 간경도감본 등 대부분의 불전언해서

3.4. 판본에 따른 분류

출판 분야의 한결 같은 과제는 독자들의 책읽기를 수월하게 하고 독서 능률을 향상시키는 방향으로 편집 체제를 바꾸는 일이다. 최근에는 기계화 공정으로 전문성을 확보하는 동시에 가독성(可讀性)을 높이는 쪽으로 변화의 방향을 잡아가고 있다. 변화의 속도는 놀라워서 책의 내용은 물론, 체제 및 장정(裝幀)도 날로 새로워지고 있다.

---

29 두루 알고 있는 사실이지만『월인천강지곡(月印千江之曲)』(1447년) 같은 책은 정음을 큰 글자로 하여 앞에 두고 그 뒤에 한자를 작은 글자로 적었다.
30 김완진,「한국어 문체의 발달」,『한국어문의 제문제』, 일지사, 1983.

이런 노력은 국문자 창제 초기에도 마찬가지였다. 새로 제정된 국문자로 처음 행하는 출판이어서 거기에 어울리는 자형(字型) 및 판식(板式)을 개발하여 한글 출판의 시대를 열었다. 시간의 진행에 따라 판형(版型) 및 활자(活字)의 종류가 다양해지고, 자형(字型)이나 자체(字體) 개발의 폭도 넓어져서 지금의 기준으로 보아도 손색이 없을 정도의 인쇄·출판문화를 창출했다. 동활자본, 목판본, 목활자본, 필사본 등으로 판본을 다양화하고, 자양(字樣) 개발에도 힘을 써서 판형에 부합하면서도 미려(美麗)하기 그지없는 자체(字體)를 만들어 냈다. 15세기 언해 문헌들을 판본별로 분류하면 다음과 같다.

1) 활자본(금속)
석보상절[한글:고딕체의 초주갑인자 병용 한글 동활자. 한자:큰 글자(大字, 갑인자), 작은 글자(小字, 경자자)], 활자본 능엄경언해(을해자), 활자본 아미타경언해(을해자), 내훈언해(봉좌문고본, 을해자), 두시언해(을해자), 금강경삼가해언해(을해자), 남명집언해(을해자), 불정심경언해 및 영험약초언해(원문:목판본, 언해문:을해자)

2) 목활자본
육조법보단경언해(인경목활자), 진언권공언해(인경목활자), 삼단시식문언해(인경목활자)

3) 목판본
훈민정음 언해본, 월인석보, 간경도감본 전부, 구급방언해, 불정심경언해 및 영험약초언해(원문:목판본, 언해문:을해자), 구급간이방언해, 신선태을자금단언해

4) 필사본
오대산 상원사 어첩 및 중창 권선문

3.5. 언해 체제에 따른 분류

훈민정음 창제 직후 간행되었던 언해문헌들의 언해 방식은 앞에서 이미 살펴본 바 있다. 우선 원문의 내용을 중심으로 적당한 곳을 끊어 대문(大文)을 만들고, 대문이 만들어지면 띄어 읽기를 해야 할 곳에 구결을 달아 구결문을 만든 후 번역하는 방법을 취했다. 구결을 달거나 한자에 독음을 다는 일은 책의 성격이나 독자층을 염두에 두고 결정했던 듯하다. 또 언해의 목적에 따라 달라진 경우도 있었던 것 같다. 이러한 언해 과정을 거친 문장은 불가피하게 원문이나 구결문에 영향을 받게 되어 당시에 간행된 언해문의 대부분은 직역(直譯)위주다.[31] 구결문에 기댄 번역은 원문의 자구(字句)에 얽매일 수밖에 없어 축자역(逐字譯)의 테두리를 벗어나기 어렵기 때문이다. 끊임없이 계속되던 독자층에 대한 고려는 언해 체제의 변개를 가져왔고, 그러한 변화가 각 언해 문헌들에 반영되어 하나의 정형화(定型化)된 언해 양식으로 정착될 수 있었던 것으로 본다. 이런 이유로 같은 15세기 언해 문헌이라고 하더라도 훈민정음 창제 직후, 간경도감 설치 전후의 시기, 그리고 간경도감 폐지 이후에 간행된 문헌들에서 어느 정도의 차이는 불가피하게 나타난다. 당시의 언해 문헌들을 언해 체제에 따라 나누면 다음과 같다.

1) 원문이나 구결문 없이 언해문만 있는 문헌
   석보상절, 월인석보

2) 구결문 없이 원문과 언해문만 있는 문헌
   구급방언해, 수구영험, 두시언해(주해가 있는 경우는 정음 구결 현토), 구급간이방언해, 신선태을자금단언해

---

[31] 물론 구결문이 같은 책에 실려 있지 않은 『석보상절』이나 『월인석보』 같은 책은 언해 문헌이지만 의역(意譯, literary translation)에 가깝다.

3) 구결문 없이 원문과 언해문을 두되, 원문과 언해문이 별도로 있는 문헌
   오대산 상원사 어첩 및 중창 권선문, 영험약초언해, 불정심다라니경언해

4) 구결문 없이 원문 및 그 한자음역과 언해문이 있는 문헌
   진언권공언해, 삼단시식문언해

5) 원문구결문·원문언해문·주해구결문·주해언해문이 모두 있는 문헌
   능엄경언해, 법화경언해, 선종영가집언해, 금강경언해, 반야심경언해, 원
   각경언해 등 간경도감본의 일부

6) 원문구결문·주해구결문·주해언해문이 있는 문헌
   금강경삼가해언해

7) 원문구결문과 언해문만 있는 문헌
   아미타경언해, 목우자수심결언해, 사법어언해, 내훈언해, 남명집언해, 육
   조법보단경언해

　훈민정음 창제 초기에 간행된 언해본들은 정음 구결이 한 줄인지, 두
줄인지에 따라 간행 연대에 차이가 나기도 하고, 정음 구결의 방점 현토
여부에 따라 연대가 나눠지기도 한다. 모두 독자들의 독서 편의를 위한
배려, 곧 가독성을 높이고자 한 데에서 나온 방안들인데 오늘날에는 문
헌의 간행 연대를 파악하는 중요한 단서가 된다.
　언해 체제의 차이를 중심으로 분류하면 간행 연대의 선후를 알 수 있
다. 그 내용은 다음과 같다.

1) 정음으로 된 구결에 방점이 찍혀 있는지 여부와 방점이 표시된 정음 구결이
   한 줄인지 두 줄인지의 차이에 의한 구분
   (1) 구결에 방점이 찍힌 문헌

　훈민정음언해, 석보상절서[32], 월인석보서, 몽산화상법어약록언해, 활
　자본 아미타경언해
(1-1) 방점이 찍힌 구결이 단행인 문헌
　훈민정음언해, 석보상절서
(1-2) 방점이 찍힌 구결이 쌍행인 문헌
　월인석보서, 몽산화상법어약록언해, 활자본 아미타경언해
(2) 구결에 방점이 찍히지 않은 문헌
　활자본 능엄경언해, 간경도감본 전부(간경도감본은 방점이 없는 구결
　이 모두 쌍행이다.)

위에서 살핀 대로 구결에 방점이 찍혀 있는 문헌은 비교적 이른 시기
에 간행된 언해본들이다. 구결에 방점이 없는 문헌은 대체로 활자본『능
엄경언해』(1461년 간행) 이후에 간행된 책들인 간경도감본 등이 이에 해당
된다. 방점이 찍힌 구결이 단행인 문헌은 훈민정음 창제 직후인 세종대
에 간행된 문헌이고, 방점이 찍힌 구결이 쌍행인 문헌은 세조대 초기에
간행된 문헌들이다.

　2) 언해문의 글자가 중간 글자[中字]인지 작은 글자[小字]인지 여부
　　(1) 언해문에 한글 중간 글자를 사용한 문헌
　　　훈민정음언해, 석보상절서, 월인석보서, 몽산화상법어약록언해, 활자
　　　본 아미타경언해
　　(2) 언해문에 한글 작은 글자를 사용한 문헌
　　　활자본 능엄경언해, 간경도감본 전부

언해문에 사용된 한글 글자의 크기에 따른 분류이다. 훈민정음 창제

32『석보상절』과『월인석보』는 원문에 구결을 단 구결문이 함께 실려 있지 않기 때문에
　논의에서 제외한다. 비록 단행본은 아니지만『월인석보』1권 권두에 실려 있는「석보상
　절서」와「월인석보서」는 구결이 현토된 원문과 언해문이 모두 있어서 대상으로 한다.

직후 등 이른 시기에 간행된 문헌일수록 중간 크기의 글자를 사용했고, 활자본 『능엄경언해』(1461년 간행) 이후에 간행된 책들은 작은 글자를 사용했다.

   3) 한자어의 주음이 본문[33]과 언해문 모두에 있는지 여부
     (1) 본문과 언해문 모두에 주음된 문헌
       훈민정음언해, 석보상절서, 월인석보서, 몽산화상법어약록언해
     (2) 언해문에만 주음된 문헌
       활자본 아미타경언해, 활자본 능엄경언해, 간경도감본 전부

한자어 주음이 본문과 언해문에 모두 있는 경우와 언해문에만 있는 경우를 나눈 것이다. 한자의 주음이 본문과 언해문에 모두 있는 문헌은 비교적 이른 시기에 간행된 문헌이고, 주음이 언해문에만 있는 문헌은 조금 늦은 시기인 활자본 『아미타경언해』(1461년? 간행) 이후에 간행된 문헌이다.

   4) 협주의 앞뒤에 흑어미가 있는지 여부
     (1) 협주에 흑어미 표시가 없는 문헌
       훈민정음언해, 석보상절, 월인석보, 몽산화상법어약록언해, 활자본 아미타경언해, 목판본 아미타경언해, 육조법보단경언해[34], 진언권공언해
     (2) 협주의 시작과 끝에 흑어미 표시가 있는 문헌
       활자본 능엄경언해, 간경도감본 일부(아미타경언해, 목우자수심결언

---

33 여기서 본문은 원문에 구결을 현토해서 만든 구결문의 한자로 쓰여 있는 문장 부분을 이른다.

34 『육조법보단경언해』나 『진언권공언해』는 간행시기가 15세기 중 후대에 속하지만 협주에 흑어미 표시가 없다. 이는 후기로 오면서 언해 체제의 간편화가 반영된 것으로 본다. 따라서 훈민정음 창제 직후의 문헌들에서 흑어미를 두지 않은 것과는 다른 차원에서 다루어야 할 것이다.

해, 사법어언해 제외), 불정심다라니경언해, 영험약초언해
(3) 협주의 시작에만 흑어미가 있는 문헌
　　금강경삼가해언해, 남명집언해

　두루 아는 대로 언해 문헌에는 독특한 번역 양식이 있어서 시선을 끌기도 한다. 그 중 하나가 협주문(夾註文)을 두는 것이다. 어려운 한자 어휘나 불교 용어, 또는 설명이 필요한 곳에 쌍행(雙行)의 작은 글자로 풀이를 두었는데,[35] 이것이 바로 협주문이다. 그런데 협주를 일반 문장과 구분하기 위해 따로 표시를 하는 방법이 있다. 위 4)-(1)의 경우처럼 훈민정음 초기 문헌에서는 쌍행의 작은 글자만으로 대신하다가 나중에는 일반 언해문과 구분하기 위해 위의 4)-(2)의 경우처럼 협주가 시작되는 처음과 끝 부분에 【흑어미】 표시를 두는 방법으로 바뀌었다. 조선조 중기 이후에는 흑어미의 안에 꽃 문양을 두어 화문어미(花紋魚尾)를 만들기도 했다. 어떻든 흑어미의 유무나 흑어미를 두는 방법, 또는 흑어미의 문양(紋樣)에 따라 간행 시기를 구분하기도 했다. 협주의 상하 모두에 흑어미를 두는 문헌에서도 언해문이 끝나는 부분에 협주를 두게 되면, 아래쪽 흑어미 표시를 생략하기도 했다.

　5) 본문과 언해문을 구분하는 방법
　　(1) 행을 달리한 문헌
　　　훈민정음언해, 석보상절서, 월인석보서, 몽산화상법어록언해, 활자본 아미타경언해
　　(2) ○표시를 둔 문헌
　　　활자본 능엄경언해, 간경도감본 전부, 금강경삼가해언해, 남명집언해

---

35 드물기는 하지만 협주를 단행(單行)으로 둔 문헌도 있다.

앞에서 밝힌 대로 당시에 간행된 언해 문헌들은 본문에 구결을 달아 구결문을 만든 후, 그 뒤에 바로 언해문을 두는 형식을 취했다. 따라서 본문과 언해문이 글자의 크기로 구분되는 경우에는 별문제가 없겠으나, 약소(略疏) 등을 언해한 부분에서는 구분이 쉽지 않은 경우가 있다. 이럴 경우 초기 문헌에서는 행을 달리하여 구분했고, 활자본 『능엄경언해』 (1461년 간행) 이후에는 ○표시를 두어 구분했다.

위의 분류를 통해 알 수 있는 바와 같이 세조 7년(1461)에 있었던 '간경도감'의 설치를 전후하여 그 이전에 간행되었던 언해본들과 이후에 간행된 언해본들은 언해의 형식이나 간행 체제 등에 적지 않은 변화가 있었다.[36] 간경도감 이전에는 왕실을 중심으로 하여 개별적이고 단편적으로 진행되던 언해사업이 간경도감이라는 중심 기관이 생기면서 보다 체계적이고 계획적으로 진행한 결과로 본다. 이런 이유로 언해 양식의 변화가 생기고, 이러한 변화가 결국에는 출판문화의 새로운 시대를 여는 견인차 역할을 했던 것이다.

4. 간경도감의 체제와 운영

4.1.

간경도감에서는 경전 간행 이외에 다른 역할도 수행했음은 앞에서 말한 바 있다. 경전 간행과 관련해서는 고려시대의 대장도감(大藏都監)이나

---

36 대체로 1461년경에 간행된 것으로 짐작되는 활자본 『아미타경언해』, 또는 활자본 『능엄경언해』부터 변화된 모습이 나타난다. 대부분 활자본 『능엄경언해』부터 그러하지만, 어떤 경우에는 활자본 『아미타경언해』에서 나타나기도 한다.

교장도감(敎藏都監)에서 영향을 받은 듯하다. 간경도감에서 간행한 30건에 이르는 한문불서 중 상당수는 고려의 대각국사(大覺國師) 의천(義天)이 간행한 교장(敎藏)[37]을 중수(重修)한 것들이다. 간경도감에서 간행한 한문불서 중 '교장'을 재조(再雕)한 것은 간기에 '중수(重修)'라고 하고, 초간(初刊)한 불서에 대해서는 '조조(雕造)'라 하여 서로를 구분하였다.

간경도감은 국가기관에 걸맞게 그 규모가 상당했던 것으로 기록에 전한다. 규모와 운영 등 모든 면에서 고려시대의 대장도감이나 교장도감을 방불케 한다. 관직 구성과 지방에 분사(分司)를 둔 점도 비슷하다. 관직구성은 의정부(議政府)의 우의정(右議政)급을 도제조로 하고, 판서 등이 제조가 되는 등 조정의 중신들이 겸직한 경우가 대부분이다. 한 직책에 복수로 임명되기도 했다. 그만큼 간경사업을 중시했다는 뜻으로 판단한다. 설치 당시에는 도제조, 제조, 사, 부사, 판관 등의 직책을 둔 것으로 실록에 전하나[38] 각 책의 권두에 보이는 조조관(雕造官)의 열함(列銜)에 의하면 간경도감 최초의 언해불서인『능엄경언해』부터 제조 밑에 부제조라는 직책이 더해졌다. 처음에 계획했던 것보다 훨씬 큰 규모로 사업이 시행되었음을 시사한다. 현전 언해불서 중 초간에 해당하면서 조조관의 열함이 온전히 전하는 문헌을 중심으로 참여인사의 수를 보이면 다음의 [표1]과 같다. 도제조 이외의 인물에 대해서는 명수만 적는다. 대체로 한 문건(文件)당 20명 내외의 인사가 관여했음을 알 수 있다. 보직을 가진 인물 외에 판각과 교감 등 기타의 간역(刊役)에 동원된 장인(匠人), 역

---

37 '교장(敎藏)'은 경(經).율(律).론(論)으로 구성된 경전 연구서를 가리키는 말이다. 고려의 대각국사 의천이 11세기말-12세기초 흥왕사(興王寺)에 교장도감을 설치하고, 송(宋)·요(遼) 등지에서 구해온 4천여 편의 '교장'을 다시 발행한 것을 말한다.

38 간경도감 설치 당시의 직책은 세조실록의 다음 기사로 알 수 있다. '처음으로 간경도감을 설치하고 도제조, 제조, 사, 부사, 판관 등을 두었다.(初設刊經都監 置都提調提調使副使判官)', 〈세조실록 24권 25장, 세조 7년(1461) 6월 16일 乙酉條〉.

부(役夫)의 수도 170여 명[39]에 달하는 등 그 규모가 상당했음을 짐작케 한다. 다만 『아미타경언해』, 『목우자수심결언해』, 『사법어언해』 등의 책에는 조조관 열함이 없어서 알 길이 없다. 각각 그 나름의 이유가 있었을 것으로 판단한다.

[표1] 간경도감 간행 언해불서 참여 인원

서명 \ 직책	도제조	제조	부제조	사	부사	판관	계
능엄경언해 (1462년간)	3 (계양군, 윤사로, 황수신)	7	5	4	2	3	24
법화경언해 (1463년간)	2 (윤사로, 황수신)	8	2	5	2	0	19
영가집언해 (1464년간)	1 (황수신)	8	2	3	4	2	20
금강경언해 (1464년간)	1 (황수신)	8	2	3	4	2	20
반야심경언해 (1464년간)	1 (황수신)	8	2	3	4	2	20
원각경언해 (1465년간)	1 (황수신)	9	1	5	3	1	20

위 표에서 보는 바와 같이 간경도감의 불서 간행에는 계양군 증, 윤사로, 황수신 등이 도제조(都提調)로 활동했다. 특히 황수신의 역할이 두드러진다. 그 외에 제조(提調) 등으로 한계희, 노사신, 박원형, 조석문, 강희맹, 윤자운, 성임, 김수온 등이 참여했다. 종친으로는 효령대군, 승려로는 당대의 고승인 신미, 수미, 학열, 해초, 학조 등 나옹계 승려들이 동참했다.

---

39 '모든 쓸데없는 비용과 긴급하지 않는 사무를 일체 정지하여 파하게 하셨으나 오로지 간경의 일만을 파하지 않으셨습니다. 대체로 장인 1백 70여 인이 소비하는 식량이 하루에 5, 6석(碩) 이하가 아닐 것이니, 한 달의 비용을 계산하면 2백 석(碩) 가까이 됩니다. (凡無用之費 不急之務 一切停罷 而獨不罷刊經役 夫匠百有七十餘人餼廩 日不下五六碩 計一月之費, 近二百碩)', 〈성종실록 9권 12장, 성종 2년(1471) 1월 21일 甲午條〉.

간경도감은 서울에 본사(本司)를 두고 지방에 분사(分司)를 두었던 것으로 알려져 있다. 경상도의 상주목, 안동부, 진주부, 전라도의 남원부, 전주부, 황해도의 개성부 등에 분사를 두었다. 본사의 위치[40]에 대해서는 기록상으로 전하는 것이 없다. 따라서 정확하지는 않지만 몇몇 실록의 기사로 미루어 궁내는 아니고[41] 경복궁 근처에 있었던 것으로 짐작한다. 화재를 염려하여 간경도감 부근의 민가 23호를 철거시켰다는 기록[42]과 경복궁내 사옹원(司饔院)에 화재가 발생하여 간경도감의 일부가 소실되었다는 기록[43]이 그것이다.

간경도감은 설립 초기와 세조 재위(在位)시에는 의욕적으로 사업을 펼쳤으나 세조 사후 예종대를 거치면서 점차 역할이 줄어들었다. 세조 이래 계속되던 유신(儒臣)들의 반대가 예조·성종대에는 더욱 극심해졌다. 성종 즉위 초 사간원(司諫院) 대사간(大司諫)인 김수녕(金壽寧) 등이 극렬하게 혁파를 상소하였고[44], 급기야 성종 2년(1471) 12월에 폐지되기에 이

---

40 간경도감 본사의 위치에 대해서는 강신항, 「이조초 불경언해경위에 대하여」, 『국어연구』 1, 1957, 『훈민정음 연구』(성균관대학교 출판부, 1987)에 재수록; 박정숙, 「세조대 간경도감의 설치와 불전」, 『부대 사학』 20, 1996 참조.

41 '임금이 간경 도감(刊經都監)에 거둥하였다.(上幸刊經都監』, 〈예종실록 7권 14장, 예종 1년(1469) 9월 1일 辛巳條).

42 "간경도감에서 아뢰기를, '화재가 날까 두려우니, 청컨대 부근의 인가를 철거시키십시오.'라고 하니, 명하여 또한 2월까지 철거하게 하였다. 모두 23호였는데, 복호(復戶)해 주고 쌀을 내려 주기를 모두 궁성 부근에 거주하는 사람의 예와 같게 하였다.(刊經都監啓 火災可畏 請撤去傍近人家 命亦及二月撤去 凡二十三戶 給復賜米 悉如宮城傍近居人例)". 〈세조실록 27권 13장, 세조 8년(1462) 1월 30일 乙丑條).

43 '밤에 사옹원 동랑의 탄고에서 실화하여 본원과 간경도감의 동철·포백·미면 여러 창고와 등촉방 등 무릇 수십 간을 연소하여 불꽃이 크게 타오르니,(夜 司饔院東廊炭庫 失火 延燒本院與刊經都監 銅鐵布帛米麪 諸庫及燈燭房凡數十間 火焰大熾)', 〈세조실록 44권 49장, 세조 13년(1467) 12월 14일 丙午條).

44 '지금 간경도감은 본래 임시로 설치한 아문이어서 일이 끝나면 곧 파하는 것입니다. (今刊經都監 本是權置衙門 事已便罷者也)', 〈성종실록 4권 22장, 성종 1년(1470) 4월 14일 壬戌條).

르렀다.

4.2.

간경도감에서 간행된 한문불서들은 경전에 대한 논소(論疏)들과 선서 (禪書)들이 대부분을 차지한다. 간기가 있는 끝 부분이 낙장인 책이 많아 서 확인이 쉽지 않지만 대략 30건 정도가 현전한다. 이를 연대순으로 보 이면 다음과 같다.[45]

[표2] 간경도감 간행 한문불서 일람표

순서	서 명	권수	저자	간행연도	간행지 및 기타
1	금강반야경소개현초	6	공철	1461	본사(중수)
2	대반열반경의기원지초	14	공공	1461	본사(중수)
3	대승아비달마잡집논소	16	현범	1461-2	낙실본(중수)
4	정명경집해관중소	4	도액	1461-2	낙질본(중수)
5	관세음보살보문품삼현원찬과문	1	사효	?	낙질본
6	대반열반경소	20	법보	1461-2	낙질본(중수)
7	개사분율종기의경초	20	행만	?	낙질본
8	수능엄경의소주경	20	자선	?	낙질본
9	화엄경론	100	영변	?	낙질본
10	사분율상집기	14	등연	1461-3	상주·안동분사 (조조)
11	능엄경계환해산보기	10	계환	1461	본사(중수)
12	대승기신론필초기	6	자선	1462	전주분사(조조)
13	대방광불화엄경합론	120	이통현	1462	전주분사(조조)
14	대비로자나성불신변 가지경의석연밀초	10	각원	1462	본사(중수)
15	유가론소	40	지주	1462	안동분사(조조)
16	능엄경해의	30	함휘	1462	본사(조조)

---

45 목록의 작성에는 김두종, 『한국고인쇄기술사』(탐구당, 1974); 강신항(앞의 논문); 『한국 민족문화대백과사전』(한국정신문화연구원, 1990); 박정숙(앞의 논문) 등을 참고하였다.

17	오삼연약신학비용	3	응지	1462	본사(중수)
18	진실주집	3	묘행	1462	본사(조조)
19	지장보살본원경	1	실차난타	1462	본사(중수)
20	묘법연화경찬술	2	혜정	1463	낙질본(중수)
21	구사론송소초	8	상진	1463	진주·상주분사(조조)
22	노산집	10	혜원	1463	본사(중수)
23	보리달마4행론	2	달마	1464	남원분사(중수)
24	대방광원각수다라요의경	3	종밀주해	1464	본사(중수)
25	선문삼가염송집	6	혜심	1464	본사(중수)
26	자애화상광록	2	?	1466	본사(중수)
27	무주묘법연화경	7	구마라집	1467	본사
28	원종문류집해	22	의천	1468	개성분사(중수)
29	석문홍각법임간록	2	각범	1468	상주분사(중수)
30	금광명경문구소	3	지의	?	낙질본

간경도감에서 간행된 한문불서로는 위에 든 것 외에 다른 판본이 더 있을 것으로 짐작되나 현재 발굴·소개된 것은 이 정도이다. 1986년 경주시 기림사의 복장유물 조사 때에 발굴된 경전 중 간경도감본이 있었던 것으로 알려져 있으나, 직접 실사할 기회가 없어서 소개하지 못한다.

4.3.

세조는 왕위에 오른 후 대군 시절에 모후(母后)의 추천(追薦) 불사(佛事)로 부왕에게 찬진(撰進)했던 『석보상절』(1447년 간행)과 세종 찬(撰)의 『월인천강지곡』을 합편하여 『월인석보』(1459년 간행)를 편찬했다. 그리고는 왕 7년(1461)에 금속활자인 을해자(乙亥字)로 『능엄경언해』10권, 『아미타경언해』1권을 인간(印刊)한 바 있다. 이때 간행된 책들은 그 전부가 오늘에 전한다. 이 활자본들은 간경도감 설치 후에 목판본으로 재간(再刊)되었다. 짧은 기간 동안 각각 활자본과 목판본으로 잇달아 간행되었던 것이다. 이미 알려진 대로 간경도감 간행 언해불서들은 모두 9건이다. 그 목록은 다음과 같다. 간행기간은 1462년부터 1467년까지 겨우 5년간이고, 간행지는 모두 서울 본사였다. 이들 언해불서들에 대한 형태 서지는 다음 장(章)에서 따로 논의할 것이다.

[표3] 간경도감 간행 언해불서 일람표

순서	서명	권수	저자, 주해자, 구결작성자, 역자	간행연도	간행지
1	대불정수능엄경언해	10	반랄밀제역, 계환해, 세조구결, 한계희 김수온 등 번역	1462	본사
2	묘법연화경언해	7	구마라집역, 계환해, 일여집주, 세조구결, 윤사로 등 번역	1463	본사
3	선종영가집언해	2	현각찬, 행정주, 정원과문수정, 세조구결. 신미 등 번역	1464	본사
4	불설아미타경언해	1	구마라집역, 지의주석, 세조구결, 번역	1464	본사
5	금강반야바라밀경언해	2	구마라집역, 혜능주해, 세조구결, 한계희 등 번역	1464	본사
6	반야바라밀다심경언해	1	현장역, 현수약소, 중희술, 세조구결, 한계희 등 번역	1464	본사
7	대방광원각수다라요의경언해	10	불타다라역, 종밀소초, 세조구결, 신미 등 번역	1465	본사
8	목우자수심결언해	1	지눌찬, 비현합역, 신미역	1467	본사
9	사법어언해	1	신미구결, 번역	1467	본사

간경도감 간행의 언해불경인 위 책들의 일별에서 보는 바와 같이 설치 초기에는 매우 의욕적으로 사업을 펼쳤으나 뒤로 가면서 점차 쇠퇴의 길로 접어들었음을 짐작할 수 있다. 이런 이유로 책의 형태서지도 『목우자수심결언해』, 『사법어언해』(1467년 간행) 등에 이르러서는 앞서 간행되었던 책들과 조금씩 다르게 되어 있다.

위 9건의 책 외에 『몽산화상법어약록언해』를 한동안 간경도감본으로 다루기도 했으나, 표기법, 언해체제, 불교 용어의 한자음 주음위치 등을 종합해 보면 간경도감 이전에 간행된 책으로 본다. 아마도 교서관에서

간행했을 것으로 판단한다.[46] 이에 대해서는 필자가 몇몇 판본의 비교·
고찰을 통해 '?1459년'에 간행된 것으로 비정(比定)한 바 있다. 간경도감
본으로 잘못 인식한 것은 중간본『몽산화상법어약록언해』가 간경도감본
『사법어언해』와 합철되어 있어서 그렇게 추정한 것으로 생각한다. 간경
도감 간행의 불전언해들은 대체로 대승불교 경전류이거나 선서류들이
다. 한국불교 사상 형성의 주류를 이루어 온 경전, 또는 불교 전문 강원
의 사교과(四敎科) 과목 논서(論書)이거나 선수행(禪修行) 지침서 역할을
해온 경전들이다. 소의경전 역할을 해온 불서들도 있다. 모두 언해라는
독특한 번영 양식에 의해 조성된 경전들이다. 간경도감본 국역불서들은
이후 간행된 여러 언해서들의 지침이 되어 '언해'라는 독특한 문체를 형
성하였고, 새로 창제된 국문자로 한문 문장을 옮기는 번역 양식을 만들
었다.

4.4.

간경도감에 간행된 책들의 번역 방식은 대체로 경(經)이나 경소(經疏)
에 정음으로 구결을 단 후 번역하는 이른바 대역(對譯)의 방법을 취했다.
번역문의 한자에는 동국정운(東國正韻) 한자음을 주음(注音)하였는데 당
시 언어 정책의 일면을 짐작할 수 있는 단서가 된다. 구결문의 정음 구결
에는 방점을 찍지 않아서 간경도감 설치 이전에 간행했던 불서들과 구분
하기도 하였다. 언해의 과정은 물론 교정도 매우 엄격하게 이루어졌던
듯하다. 이를 알 수 있는 기록들이 전한다. 언해의 과정에 대해서는『능
엄경언해』권10의 어제발(御製跋) 4장 앞뒷면에 나와 있는 내용[47] 이 참

---

46 『몽산화상법어약록언해』의 간행 연도와 원간본의 비정은 김무봉(앞의 논문) 참조.
47 이 내용은 현전하는『능엄경언해』권 10 중 일부의 책에만 실려 있다. 국보 212호로
　지정되어 있는 동국대 중앙도서관 소장의 책(귀213.19-능63.2)에는 이 내용을 포함해

고가 된다. 그 글을 통해 언해의 과정을 비교적 소상하게 알 수 있다.
『능엄경언해』에 관한 것이지만 당시 불전언해가 얼마나 엄격한 과정을
거쳐서 이루어졌는지 짐작할 수 있게 해 준다.

> 上이 입겨출 ᄃᆞᄅᆞ샤 慧覺尊者끠 마기와시ᄂᆞᆯ 貞嬪韓氏等이 唱準ᄒᆞ야ᄂᆞᆯ 工
> 曹參判臣韓繼禧 前尙州牧使臣金守溫ᄋᆞᆫ 飜譯ᄒᆞ고 議政府檢詳臣朴楗 護軍
> 臣尹弼商 世子文學臣盧思愼 吏曹佐郎臣鄭孝常ᄋᆞᆫ 相考ᄒᆞ고 永順君臣溥ᄂᆞᆫ
> 例一定ᄒᆞ고 司贍寺尹臣曺變安 監察臣趙祉ᄂᆞᆫ 國韻 쓰고 慧覺尊者信眉 入
> 選思智 學悅 學祖ᄂᆞᆫ 飜譯 正ᄒᆡ온 後에 御覽ᄒᆞ샤 一定커시ᄂᆞᆯ 典言曹氏 豆大
> ᄂᆞᆫ 御前에 飜譯 닑ᄉᆞ오니라(『능엄경언해』 10권 어제발4)**48**

위의 내용으로 미루어 언해본의 조성이 매우 엄격하면서도 철저한 관
리 속에 진행되었음을 알 수 있다. 번역 작업이 끝난 후에도 출판에 이르
기까지는 여러 어려운 과정을 거쳐야 했던 것으로 보인다. 그 결과 간경

서 어제발(御製跋)이 편철되어 있지 않다. 활자본(活字本) 책의 경우에는 3장 뒷면 2
행에서 시작하여 4장 앞면 2행에 걸쳐 있다. 세종대왕기념사업회에서 간행한 역주『능
엄경언해』권 9·10 합본(1998년 간행)의 영인(影印)에는 실려 있다. 다만 영인의 저본
을 어떤 책으로 했는지는 밝히지 않았다.
48 이를 과정별로 정리하면 다음과 같다.

1. 한문에 구결을 단다.	세조
2. 구결이 현토된 문장을 확인한다.	혜각존자 신미
3. 구결이 현토된 문장을 소리를 내어 읽으면서 교정한다.	정빈 한씨 등
4. 정음으로 번역한다.	한계희, 김수온
5. 번역된 문장을 여럿이 서로 비교·고찰 한다.	박건, 윤필상, 노사신, 정효상
6. 예(例)를 정한다.	영순군 부
7. 동국정운음으로 한자음을 단다.	조변안, 조지
8. 잘못된 번역을 고친다.	신미, 사지, 학열, 학조
9. 번역을 확정한다.	세조
10. 소리를 내어 읽는다.	두대

도감본 언해불전들은 당시에 간행된 한글 문헌의 전범이 되었다. 그런데 이렇게 방대한 양의 불서들을 짜임새 있게 간행하기 위해서는 구결 작성과 번역 등의 작업에 적지 않은 어려움이 있었을 것이다. 그러면서도 책마다 약간씩 변개를 거듭했다. 모두 독자들의 읽기의 편의를 위해 가독성(可讀性)을 높이는 방향으로 개선을 했기 때문일 것이다. 그러면 간경도감 설치 후 겨우 6년이라는 짧은 기간 동안 그토록 방대한 양의 불전 인간(印刊)이 가능했던 것은 무엇 때문이었을까? 이는 왕이나 왕실의 비호를 받은 국가적 주요 사업이었다는 사실 외에, 전시대 구결불경의 전통이 그대로 이어졌기에 어느 정도 가능했다고 본다. 앞에서 지적한 대로 여말 선초에 간행되었던 구결불경과 간경도감에서 간행된 언해본들을 비교하면 한자로 현토된 구결과 정음 구결의 맥이 닿아 있다. 이는 신라 이래 유지되어 왔던 전통, 곧 한문경전을 우리말로 읽으려는 노력이 정음 창제 후 결실을 본 것으로 판단한다. 이로 미루어 간경도감 간행의 국역 불서들은 불교 전래 이래 경전을 우리말로 읽으려는 노력이 국문자 창제로 비로소 결실을 보게 된 것이고, 거기에 간경도감이라는 국가기관이 있어서 대규모 사업으로까지 확대될 수 있었던 것으로 본다.

5. 간경도감 간행의 언해 불경

간경도감에서 간행된 언해불서들은 언해 체제에서 몇 가지 공통된 특징을 보인다. 경 본문은 경의 적당한 곳을 끊어 단락을 나눈 후, 큰 글자[大字]인 경 본문의 구두에 구결을 달아 구결문을 만들었다. 한글로 적힌 쌍행의 구결에는 방점을 찍지 않았다. 간경도감 이전에 간행된 언해 문헌들과 구분되는 점이다. 구결문 다음에는 ○표시를 하고 언해문을 배치했다. 본문과 요해 등의 언해는 작은 글자[小字] 쌍행으로 했다. 요해 등이 있을 경우에는 중간 글자[中字]로 본문보다 한 줄 낮추어서 구결문을 만든 후 역시 언해문을 두었다. 구결문과 언해문 사이에는 ○표시를 하여 구분하였다. 협주가 있는 경우에는 양쪽에 흑어미 표시를 하였다. 모두 독자들의 읽기의 편의를 도모한 번역 양식으로 보인다. 이를 간단히 요약하면 다음과 같다.

1) 간경도감(刊經都監) 간행의 언해불서들은 모두 목판본(木版本)이다.
2) 한자에는 독음(讀音)으로 동국정운(東國正韻) 한자음이 주음(注音)되어 있는데, 한자는 큰 글자, 주음은 작은 글자로 표기하였다.
3) 구결문의 한글로 적힌 구결에는 방점을 찍지 않았다. 이 점이 간경도감 이전에 간행된 언해 문헌들과 구분되는 점이다. 구결은 모두 쌍행으로 되어 있다.
4) 언해문은 한글 작은 글자로 하였다.
5) 한자어 주음은 구결문에는 없고 언해문에만 하였다.
6) 협주(夾註)의 시작과 끝에는 흑어미를 두었다. 다만 『아미타경언해』, 『목우자수심결언해』, 『사법어언해』에는 하지 않았다.
7) 본문과 언해문 사이에 ○표시를 하여 구분했다.

이상의 내용으로 보면 간경도감 간행의 언해본들은 그 이전에 간행되었던 언해본들과는 번역 체제 등에서 뚜렷한 차이를 보인다. 이는 단편적이고 일회성으로 시행했던 전 시대 간경사업에 비해 전문성이 크게 신장되었기 때문일 것이다.

5.1. 능엄경언해(楞嚴經諺解)

『능엄경언해』는 송나라 온릉(溫陵) 계환(戒環)이 주해(注解)를 한 「수능엄경요해(首楞嚴經要解)」(1127)에 세조가 정음으로 구결을 단 후, 한계희

(韓繼禧), 김수온(金守溫), 신미(信眉) 등이 번역을 한 책이다. 계환이 주해한 주해본(注解本)「수능엄경요해」의 저본(底本)은 중인도의 승려 반랄밀제(般剌蜜諦)가 한역(漢譯, 705)한『대불정여래밀인수증요의제보살만행수능엄경49(大佛頂如來密因修證了義諸菩薩萬行首楞嚴經)』이다. 활자본『능엄경언해』는 세조 7년(1461)에 교서관(校書館)에서, 목판본은 세조 8년(1462)에 간경도감에서 각각 10권 10책으로 간행되었다.

『능엄경』은 고려 중엽 무렵 보환(普幻)에 의해「능엄경계환해산보기(楞嚴經戒環解刪補記)」라는 주석서가 만들어지기도 하고, 조선조에는 강원의 필수과목으로 채택되는 등 불가(佛家)에서 널리 유통되었던 선종(禪宗)의 중요한 경전 중 하나이다.

이 책의 번역과 관련해서 전하는 일화가 하나 있다. 이 책은 일찍이 세종의 명에 의해 번역이 시도된 바 있었으나 미처 이루지 못했다. 그러다가 세조 7년 5월경 양주 회암사(檜岩寺)의 불사(佛事) 도중에 석가모니 분신 사리(分身舍利)의 신이(神異)가 나타났다. 세조가 이에 종교적 감동을 받아서 미루어 오던 번역을 적극 추진하게 되었다는 것이다.50 그리하여 같은 해 6월에 시작하여 8월에 탈고하고, 10월에 활자본으로 간행했으나, 너무 서둘렀기 때문에 잘못된 곳이 더러 있었다. 이를 교정해서 다음 해에 목판으로 재간행하여 활자본과 목판본 두 가지 판본이 있게 된 것이다.

목판본을 중심으로 편찬 양식을 살피면 다음과 같다.

경(經)의 본문은 한자(漢字)의 경우 큰 글자[大字], 구결은 정음(正音)

---

49 이 경은 갖은 이름이 길어서, 흔히 '대불정수능엄경, 수능엄경, 능엄경' 등으로 줄여서 부른다.

50 이러한 내용은 세종대왕기념사업회 소장의 활자본 권10 뒷부분에 있는 세조의 어제발(御製跋)을 비롯하여 낙장 상태로 전해지는 신미, 김수온, 한계희 등의 발문을 통해 알 수 있다.

작은 글자로 했다. 구결문의 끝에 ○표시를 한 후 언해문을 쌍행(雙行)의 작은 글자[小字]로 두었다. 중간에 협주가 나오면 '【'표시로 시작하여 '】'표시로 끝마쳤으나, 협주의 끝부분이 글의 분절 마지막인 경우에는 뒤의 흑어미 표시를 생략했다.

다음에는 줄을 바꾸어 한 글자 내려서 계환의 '요해'가 중간 글자[中字]로 씌었는데, 구결문과 언해는 본문과 같은 형식인데, 이렇게 한 단락이 끝나면 다시 경전 본문이 이어진다.

언해문의 한자에는 동국정운식 한자음을 주음(注音)하였으나, 본문이나 '요해'의 한자에는 주음하지 않았으며, 구결에 방점을 찍지 않았다. 이러한 번역 양식을 정음 창제 초기에 만들어진 『석보상절』이나 『월인석보』의 그것과 비교해 보면, 가독성(可讀性)을 높이기 위한 배려에서 온 변화라고 판단한다.

완질인 목판본 권1의 편차(編次)와 각 권의 장수는 다음과 같다.

내용	장수	
진수능엄경전(進首楞嚴經箋) 계양군(桂陽君)	4장	
조조관(雕造官) 열함(列銜)	2장	
수능엄경요해서(首楞嚴經要解序) 급남(及南)	5장	
능엄경 권 제1	111장(계122장)	
능엄경 권 제2	126장	
능엄경 권 제3	119장	
능엄경 권 제4	134장	
능엄경 권 제5	90장	
능엄경 권 제6	115장	
능엄경 권 제7	95장	
능엄경 권 제8	142장	
능엄경 권 제9	123장	
능엄경 권 제10	97장	
어제발(御製跋)	7장	총 1170장

원간본인 동국대 도서관 소장 목판본의 형태서지는 다음과 같다.

책크기 : 35.7cm×23cm
내 제 : 大佛頂如來密因修證了義諸菩薩萬行首楞嚴經(卷第一)
판심제 : 楞嚴經(卷一)
반 곽 : 21.6cm×17.7cm
판 식 : 4주 쌍변
판 심 : 흑구 상하내향흑어미
행 관 : 유계(有界) 9행, '본문'은 큰 글자 17자, '요해'는 중간 글자 16자,
        '언해문'은 작은 글자 쌍행 17자[본문], 16자[요해]
권말제 : 大佛頂如來密因修證了義諸菩薩萬行首楞嚴經(卷第一)

이 『능엄경언해』는 간경도감에서 간행된 최초의 불경 언해서로 이후
에 나온 언해본의 전범이 되었다는 점에서 중요한 문헌이며, 특히 활자
본은 서지학적으로도 귀중한 가치를 가진다. 10권 10책으로 어휘나 문법
자료 등이 풍부하여 국어사 연구에서는 기본적인 문헌의 하나로 평가받
고 있다.

5.2. 법화경언해(法華經諺解)

『법화경언해』는 요진(姚秦)의 구마라집(鳩摩羅什)이 한역(406)한 『묘법
연화경(妙法蓮華經)』에 송나라 계환(戒環)이 요해(要解)를 하고, 명나라 일
여(一如)가 집주(集註)한 것을 저본(底本)으로 했다. 경의 본문과 '요해'에
세조가 직접 정음으로 구결을 달고, 간경도감에서 번역하여 세조 9년(天
順7, 1463)에 목판본 7권 7책으로 간행한 것이다.[51]

---

51 이는 윤사로(尹師路)가 쓴 '진묘법연화경전(進妙法蓮華經箋)'이나 『세조실록』 권31
   (1463년 9월 2일조)의 '간경도감진신간법화경(刊經都監進新刊法華經)'이라는 기록으로

『묘법연화경』(이하 줄여서 '법화경') 7권 28품은 대승경전 중 대표적인 경전으로, 전반 14품인 적문(迹門)에서는 응신불(應身佛)로서의 부처의 가르침을, 후반 14품 본문(本門)에서는 응신불의 본체인 구원(久遠)의 근본불을 설했다. 일승(一乘)의 가르침은 가장 뛰어난 교법(教法)으로서 직접 말로 표현할 수 없으므로 이를 세간에 있는 가장 아름답고 빼어난 꽃인 연꽃에 비유하여 『묘법연화경』이라고 했다고 한다.

『법화경언해』는 간경도감본 이전에 이미 번역되어 『석보상절』에 편입되어 있었다. 중복되는 게송(偈頌)을 제외하고 장항(長行)인 산문의 본문은 거의 번역되어 『석보상절』 제13에서 제21까지에 실려 있다.[52]

편찬 양식은 『능엄경언해』와는 달리 경전 본문 앞에 계환의 과문(科文)을 한 글자 내려서 구결과 함께 싣고, 언해를 한 다음에 본문 구결문과 언해문을 두었다.

큰 글자[大字]의 본문에는 구결을 달았다. 단락 끝에 ○표시를 한 후 일여의 '집주'를 작은 글자[小字] 쌍행으로 쓰고, 끝나면 다시 ○표시를 둔 다음 본문의 언해를 적었는데, 이 또한 작은 글자[小字] 쌍행이다. 이어 한 글자 내려서 계환의 '요해'에 구결을 달고, 중간 글자[中字]로 하였으며, 그 끝에는 ○표시를 하고 언해하였는데, 이 역시 작은 글자[小字] 쌍행으로 하였다. 언해의 한자에는 동국정운식 한자음을 주음하고, 간혹 중간에 협주가 있으면 처음과 끝에 각각 흑어미(黑魚尾) 표시를 했다.

알 수 있다.

[52] 『석보상절』 권14~18의 5권은 현전본이 없는 듯하나, 현전하는 『석보상절』 제13에 『법화경』 권1의 서품 제1, 방편품 제2가, 『석보상절』 권19에 『법화경』 권6의 제18~21품이, 『석보상절』 권20에는 『법화경』 권6의 제22 · 23품과 권7의 제24품이, 『석보상절』 권21에 『법화경』 권7의 제25~28품이 실려 있으므로, 미발굴의 『석보상절』 권14~18의 5권에는 『법화경』 제3~17품이 수록되어 있음을 추정할 수 있다.

이 책 권1의 편차와 각 권의 장수는 다음과 같다[동국대 영인본(1960) 기준]

권차	내용	장수	
권1	진묘법연화경전(進妙法蓮華經箋)	5장	
	조조관(雕造官) 열함(列銜))	2장	
	신주법화경시(新註法華經序)	2(1~2)장	
	묘법연화경 일여집주서(妙法蓮華經一如集註序)	3(3~5)장	
	묘법연화경 홍전서(弘傳序)(道宣 述)	13(6~18)장	
	묘법연화경 요해서(要解序)(及南撰)	5(19~23)장	
	묘법연화경 권제1 (과문)	16(1~16)장	
	묘법연화경 서품제일(序品第一)	114(17~130)장	
	방편품제이(方便品第二)	119(131~249)장	
		계 279장	
권2	비유품 제3 신해품 제4	계 266장	
권3	약초유품 제5 수기품 제6 화성유품 제7	계 202장	
권4	오백제자수기품 제8 수학무학인기품 제9 법사품 제10 견보탑품 제11 제바달다품 제12 지품 제13	계 201장	
권5	안락행품 제14 종지용출품 제15 여래수량품 제16 분별공덕품 제17	계 213장	
권6	수희공덕품 제18 법사공덕품 제19 상불경보살품 제20 여래신력품 제21 촉루품 제22 약왕보살본사품 제23	계 187장	
권7	묘음보살품 제24 관세음보살보문품 제25 다라니품 제26 묘장엄왕본사품 제27 보현보살권발품 제28	계 194장	총 1542장

이 책의 형태서지를 동국대 도서관 소장의 권1을 중심으로 요약하면
다음과 같다.

> 책크기 : 31.5cm×22.5cm
> 내　제 : 妙法蓮華經
> 판심제 : 法華經(卷一)
> 반　곽 : 21.8cm×17.8cm
> 판　식 : 4주 쌍변
> 판　심 : 중흑구 상하내향흑어미
> 행　관 : 유계 9행, '본문'은 큰 글자 17자, '언해'는 쌍행 작은 글자 17자,
> 　　　　'요해'는 중간 글자 16자, '언해'는 쌍행 작은 글자 16자
> 권말제 : 妙法蓮華經(卷第一)

『법화경언해』와 비슷한 책으로 개간 『법화경언해』가 있다.

이 책은 간경도감판 『묘법연화경언해』와 내제, 판심제가 같으면서도
그 체제는 전혀 다르다. 본문만 구결을 달고 언해했으며, 계환의 요해와
그에 대한 언해는 생략했다. 판식이나 표기법 등이 원간본과는 다른 전
혀 별개의 문헌이다. 이용에 주의를 요한다.

> 간기 : 弘治 十二年 庚申 九月日刊 同事林厚

5.3. 선종영가집언해(禪宗永嘉集諺解)

『선종영가집언해』는 당(唐)나라 영가(永嘉) 현각(玄覺, 665~713)스님의
『선종영가집』에 송(宋)나라 행정(行靖)이 주(註)를 달고, 정원(淨源)이 과
문(科文)을 수정한 것에 세조가 정음으로 구결을 단 후, 혜각존자(慧覺尊
者) 신미(信眉)와 효령대군(孝寧大君) 보(補) 등이 번역을 하여 세조 10년

(天順8, 1464) 1월에 간경도감에서 간행한 목판본의 불서언해이다. 상하 2권 2책으로 되어 있다.

이 책은 선정(禪定)에 들 때 주의해야 할 일과 수행 방법을 10단으로 나누어 설명한 선종(禪宗)의 중요한 문헌 중 하나이다.

편찬 양식은 같은 해에 간경도감에서 간행한 『아미타경언해』·『금강 경언해』·『반야심경언해』 등과 대체로 일치한다. 정음으로 구결을 단 본문을 먼저 보이고, 단락을 나눈 첫머리에 ○표시를 한 다음, 이어서 언해문은 작은 글자 쌍행으로 적었다. 이것이 끝나면 행(行)을 바꾸어서 한 글자 내려 과주(科注)를 두었는데, 여기에도 정음 구결이 있다. 단락 끝에 ○표시를 하고 그 뒤에 언해문이 이어지는 형식으로 구성되어 있다.

본문의 한자(漢字)는 큰 글자, 과주의 한자는 중간 글자이고, 정음 구결과 언해문은 같은 크기의 글자를 썼다. 이 책의 편차(編次)는 다음과 같다.

권상(上)

내용	장수	
진전문(進箋文) 황수신(黃守身) 등	3장	
서문 위정(魏靖)	17장	
조조관(雕造官) 열함(列銜)	2장	
본문		
제1문 모도지의(慕道志儀)		
제2문 계교사의(戒憍奢意)		
제3문 정수삼업(淨修三業)	120장	
제4문 사마타송(奢摩他頌)		
제5문 비바사나송(毗婆舍那頌)		계 142장

권하(下)

제6문 우필차송(優畢叉頌)		
제7문 삼승점차(三乘漸次)	149장	
제8문 사리불이(事理不二)		
제9문 권우인서(勸友人書)		
제10문 발원문(發願文)		
함허당찬송병서(涵虛堂讚頌幷序)	3(1~3)장	
함허당설의(涵虛堂說義)	7(4~10)장	계 159장

동국대 도서관 소장본(卷上)을 대상으로 그 형태서지를 밝히면 다음과 같다.

책크기 : 33cm×21cm
내 제 : 禪宗永嘉集(卷上)
판심제 : 永嘉集(卷上)
반 곽 : 21.7cm×16cm
판 식 : 4주 쌍변
판 심 : 대흑구 상하내향흑어미
행 관 : 유계(有界) 8행 19~20자, '과주(科注)'와 그 '언해'는 18~19자
권말제 : 禪宗永嘉集(卷上)

5.4. 불설아미타경언해(佛說阿彌陀經諺解)

『불설아미타경언해』는 요진(姚秦)의 구마라집(鳩摩羅什)이 한역(漢譯)한 『불설아미타경』(弘始4, 402)에 세조가 정음으로 구결을 달고 번역한 책이다. 을해자본(乙亥字本)은 세조 7년(1461), 또는 그 이전 시기에 교서관(校書館)에서, 목판본은 세조 10년(1464) 간경도감에서 간행한 것으로 본다.

부처가 기원정사(祇園精舍)에서 사리불(舍利弗) 등을 위하여 서방(西方)

의 아미타불과 그 국토인 극락세계의 공덕·장엄을 이르고, 아미타불의 명호(名號)를 한마음으로 부르면 극락세계에 태어나며, 육방(六方, 동·서·남·북·상·하)의 많은 부처가 석가모니 부처의 말씀이 진실한 것임을 증명하고, 염불하는 중생을 부처가 호념(護念)할 것임을 설한 내용이다.

활자본의 경우를 보면, 경(經)의 본문은 큰 글자, 구결은 정음 작은 글자를 적고, 언해는 줄을 바꾸어 한 글자 내려서 정음 중간 글자로 적었다. 주(注)는 쌍행(雙行)으로 정음 작은 글자를 썼다. 구결에도 방점이 찍혔다. 이는 간경도감본들과 구분되는 점이다. 정음 중간 글자는 그 시기로 보아 최초의 중활자(中活字)로 본다.

활자본에는 서(序)나 발문(跋文)이 없어서 정확한 간행 연대를 알 수 없으나, 불교용어 '해탈(解脫)'의 '해'자 주음이 아래와 같이 시대에 따라 다른 점을 간행 연대 추정의 근거로 삼기도 한다.[53]

1447년 『석보상절』		행	
1459년 『월인석보』		갱	
1461년 『능엄경언해』	활자본	갱	
1462년 『능엄경언해』	목판본	갱	
1463년 『법화경언해』		행	
? 『아미타경언해』	활자본	갱(13ㄱ)	

위와 같은 불교용어의 한자음 표기에 견주어 보면, 간행 연대의 상한은 을해자(乙亥字)를 주조한 세조 1년(1455)이고, 하한은 1462년이다. 그런데 『월인석보』 제7에 이 『아미타경』이 번역·편입되어 있고, 본문의 정음 구결에 방점이 찍힌 점을 고려하면 상한선은 1459년이 된다. 따라

---

53 안병희, 「아미타경언해 활자본에 대하여」, 『난정 남광우박사 회갑기념논총』, 일조각, 1980.

서 이 활자본은 1459년에서 1461년의 활자본 『능엄경언해』 이전에 간행 되었을 것으로 추정한다. 대체로 활자본 『능엄경언해』가 간행된 해인 1461년경에 간행된 것으로 본다.

활자본 25장 1책의 형태서지는 다음과 같다.

> 책크기 : 36.7cm×23.3cm
> 내　제 : 불설아미타경(佛說阿彌陀經)
> 판심제 : 아미타경(阿彌陀經)
> 반　곽 : 27cm×19.4cm
> 판　식 : 4주 단변(單辺)
> 판　심 : 백구(白口) 상하내향흑어미
> 행　관 : '대문(大字)'은 1행 큰 글자 16자, '언해'는 중간 글자 20자, '쌍행'의
> 　　　　주는 작은 글자 20자
> 권말제 : 불설아미타경(佛說阿彌陀經)

활자본은 1970년에 처음 발굴·소개된 유일본으로 성암고서박물관에 소장되어 있다. 목판본인 간경도감판(1464)의 원간 초쇄본은 현재 전하 는 것이 없고, 후쇄본은 최영란님을 거쳐 지금은 단양의 구인사 소장으 로 전한다. 후쇄본과 복각본 등에 보이는 간기 '天順八年(1464)甲申歲 朝 鮮國刊經都監奉/敎雕造/忠毅校尉行忠佐衛中部副司正臣安惠書'에 의해 원간 초쇄본의 간행연대를 확인할 수 있다.

간경도감 간행 목판본의 서지 사항은 다음과 같다.

> 권두서명 : 佛說阿彌陀經, 판심서명 : 阿彌陀經
> 책의 규모 : 분권(分卷)을 하지 않은 29장 1책의 목판본.

세로 30.4cm×가로 18.7cm.

판식 : 사주쌍변(四周雙邊). 반엽(半葉)은 매면(每面) 유계(有界) 8행, 본
문 구결문은 큰 글자로 19자, 구결문의 정음 구결은 쌍행인데, 방점
이 찍혀 있지 않다. 언해문은 한 글자 내려서 중간 글자로 18자. 흑어
미 표시가 없는 협주(夾註) 역시 18자이나, 작은 글자로 쌍행이다.

판심 : 상하 대흑구 내향흑어미.

간기 : 天順八年 甲申歲(1464) 朝鮮國 刊經都監 奉教雕造/ 忠毅校尉行
忠佐衛中部副司正 臣 安惠書

5.5. 금강경언해(金剛經諺解)

『금강경언해』는 구마라집(鳩摩羅什)이 한역(漢譯)한『금강경』본문과 육
조(六祖)대사 혜능(惠能)의 해의(解義)에 세조가 정음으로 구결을 달고 한
계희가 번역을 한 후, 효령(孝寧)대군과 판교종사(判教宗事) 해초(海超) 등
이 교정을 보아서 세조 10년(天順8, 1464)에 간경도감에서 간행했다.『금
강경』은『금강반야바라밀경(金剛般若波羅蜜經)』의 줄임이다.

『금강경』은 석가모니가 사위국(舍衛國) 기수급고독원(祇樹給孤獨園)에
서 수보리(須菩提) 등 제자를 위하여 경계(境界)의 공(空)함과 혜(慧)의 공
(空)함과 보살공(菩薩空)을 밝힌 것으로서, 공·혜(空慧)로 체(體)를 삼고
일체법(一切法) 무아(無我)의 이치를 설(說)한 것이 주요한 내용이다.

간행 사실과 그 동기는, 황수신의 '진금강경심경전(進金剛經心經箋)'과
해초 등의 발문, 그리고 권말의 '번역광전사실(飜譯廣轉事實)' 등을 통해
알 수 있다.

곧, 임오(壬午)년(1462) 9월 9일, 세조의 꿈에 선대왕 세종이 보이고,
또 요절한 의경(懿敬)세자 도원군(桃源君)도 만났으며, 중궁(中宮)도 꿈에
세종이 이룩한 불상을 보았다는 것이다. 이에 세조는 지극히 감격하여
돌아간 세자의 명복을 빌고, 한편으로는 애통한 마음을 달래기 위해『금

강경』을 번역하게 되었다고 한다.

편찬 양식은, 경의 본문은 큰 글자로 행(行)의 첫머리부터 시작하고, 육조의 해의(解義)는 한 글자 내려서 중간 글자로 썼으며, 언해는 단락이 끝나면 ○표시를 한 후 쌍행(雙行)의 작은 글자로 이어 썼다. 앞부분의 '육조해서(六祖解序)'나 뒤의 후서(後序)·발문 등은 중간 글자이고, 정음 구결은 언해와 같이 작은 글자로 썼다. 언해의 한자에는 동국정운식 한 자음으로 주음했으며, 어려운 한자어나 불교용어에는 협주를 달았는데 처음과 끝부분에 각각 어미 표시를 하였다. 다만, 협주가 언해의 단락 끝에 놓일 경우에는 끝 표시를 생략했다. 방점은 한문의 정음 구결에는 두지 않고 언해문에만 찍었다.

이 책의 간경도감 간행 원간본으로는 최근에 발굴·소개된 영광 불갑 사(佛甲寺) 소장본이 있다.[54] 비록 일부가 낙장이어서 온전한 상태는 아 니지만 간행과 관련된 기명행(記名行) 등이 그대로 있는 점 등으로 보아 원간 초쇄본임이 틀림없다. 아울러 현재 원간본 계통의 후쇄본, 복각본 등 몇몇이 전해지고 있다.

원간본인 불갑사 소장본의 형태서지는 다음과 같다.

> 책크기 : 33.3cm×20.2cm
> 내　　제 : 金剛般若波羅蜜經
> 판심제 : 金剛經
> 반　　곽 : 22cm×15.3cm
> 판　　식 : 4주 쌍변
> 판　　심 : 대흑구 상하내향흑어미
> 행　　관 : 유계(有界) 8행 '본문'이나 '언해' 모두 19~20자

---

54 불갑사본 『금강경언해』의 형태서지 등 자세한 사항은 김성주 외, 『금강경언해』(신구 문화사, 2006) 참조.

권말제 : 金剛般若波羅蜜經

5.6. 반야심경언해(般若心經諺解)

『반야바라밀다심경언해(般若波羅蜜多心經諺解)』(줄여서 '반야심경' 또는 '심경')는 당나라 현장(玄奘)법사의 한역(漢譯)(649)이다. 여기에 현수(賢首)대사가 약소(略疏)를 붙여 『반야바라밀다심경약소』(702)를 짓고, 송나라 중희(仲希)가 주해를 더하여 『반야심경소현정기(般若心經疏顯正記)』(1044)가 이루어진 것으로, 중희의 주해에 세조가 정음으로 구결을 달고, 효령대군과 한계희 등이 번역하여 세조 10년(1464)에 목판본 1책으로 간행되었다.

이런 사실은, 이 책과 『금강경언해』 첫머리에 있는 간경도감 도제조(都提調) 황수신의 '진금강경심경전(進金剛經心經箋)'과 한계희의 발문으로 알 수 있다.

'반야심경'은 대승불교의 대표적인 경전 중 하나로, 전문 260자의 짧은 형식이나, 대반야경(大般若經) 600권의 정수(精髓)를 잘 요약한 것이며, '색즉시공(色卽是空) 공즉시색(空則是色)'과 같은 구절은 일반인들에게도 널리 알려져 있다.

간행 동기는 한계희의 발문에 "이 경은 승려들이 평소에 늘 익히는 것이기에 주상께서 특별히 번역하게 하셨으니, 대저 아침 저녁으로 (승려들이) 외우면서도 외워야 하는 까닭을 모름을 민망히 여기심이니, 이는 곧 석가여래께서 이 중생들이 종일토록 '상(相)'에 노닐면서도 그 '상'의 뜻이 무엇인지 알지 못함을 애석히 여기심이다."고 밝혀 놓았다.

편찬 약식은, 본문은 큰 글자, 소(疏)는 중간 글자, 중희의 주해는 본문이나 소(疏)에 이어서 쌍행의 작은 글자로 썼다. 본문은 행(行)의 첫머리부터 쓰고, 소는 한 글자 내려 썼는데, 언해는 각각 ○표시를 한 후 쌍행 작은 글자로 써 내려 갔다.

이 책의 편차는 다음과 같다.

내용	장수	
진금강경심경전	3장	
조조관(雕造官) 열함(列銜)	2장	
반야심경현정기 병서	14(1~14)장	
반야바라밀다심경	53(15~67)장	
심경발(心經跋)	2장	총 74장

원간본인 자재암본(自在庵本)의 형태서지는 다음과 같다.

책크기 : 32.5cm×19cm
내　　제 : 반야심경소현정기(般若心經疏顯正記)
판심제 : 심경(心經)
반　곽 : 21.8cm×15.8cm
판　식 : 4주 쌍변
판　심 : 흑구 상하내향흑어미
행　관 : 유계, '본문' 8행 19자, '소'는 18자, '주해'는 작은 글자 쌍행 18자,
　　　　 '언해' 작은 글자 쌍행 18·19자

5.7. 원각경언해(圓覺經諺解)

『원각경언해』는 북인도(北印度) 계빈국(罽賓國)의 불타다라(佛陀多羅, 覺救) 번역인 『대방광원각수다라요의경(大方廣圓覺修多羅了義經)』[55]에 역시 당나라의 종밀(宗密, 780~841)이 『원각경대소초(圓覺經大疏鈔)』를 지은바, 이를 저본으로 하여 세조가 구결을 달고 신미, 효령대군, 한계희 등이 정음으로 번역하여 세조 11년(1465)에 간경도감에서 간행한 10권 10책의

---

[55] 이를 줄여서 '대방광원각경, 원각수다라 요의경, 원각요의경, 원각경' 등으로 부른다.

목판본이다.

이러한 사실은 권두의 내제 다음에 '御定口訣/慧覺尊者臣僧信眉孝寧大君臣補仁順府尹臣韓繼禧等譯'이란 기록과 황수신의 '진원각경전(進圓覺經箋)' 및 간행에 참여한 조조관(雕造官)[황수신을 비롯한 박원형(朴元亨) 김수온(金守溫) 등]의 열함(列銜)을 통해 알 수 있다. 연대기는 성화(成化) 원년(세조11, 1465)으로 되어 있다.

이 책의 내용은 석가여래 부처님과 12보살—문수·보현·보안·금강장·미륵·청정혜·위덕자재·변음·정제업장·보각·원각·현선수 보살—과의 문답을 통해 대원각(大圓覺)의 묘리(妙理)와 그 관행(觀行)을 설한 것이다.

이 책의 편찬 양식은 정음 구결이 달린 원각경 본문의 단락이 끝난 곳에 ○표시를 하고 언해를 하였으며, 이어서 줄을 바꾸어 한자 내려서 종밀의 주해(註解)를 두었다. 이 주해 속의 협주는 작은 글자 쌍행으로 했으며, 주해의 언해 역시 ○표시를 하고 작은 글자 쌍행으로 써 나갔다. 번역문 속의 협주는 시작과 끝에 각각 내향흑어미를 두었다.

이 책의 편차와 각권의 장수를 완질인 서울대 규장각본(중간본의 복각본)에 따라 적으면 다음과 같다.[56]

---

[56] 권10에 편철되어 있는 '進圓覺經箋'과 '雕造官' 등은 원간 초쇄본 책이라면 권1에 있어야 할 내용이다.

	내용	장수	
권1	원각경약초서(圓覺經略鈔序)	1장	
	원각경약소서(圓覺經略疏序)	13(2~14)장	
	원각경서(圓覺經序)	70(15~84)장	
권2	圓覺經 上一之一	1~118장	
권3	圓覺經 上一之二	1~97장	
권4	圓覺經 上一之二	95(98~192)장	
권5	圓覺經 上二之一	1~53장	
	圓覺經 上二之二	1~86장	
권6	圓覺經 上二之二	87(87~173)장	
	圓覺經 上二之三	1~47장	
권7	圓覺經 下一之一	1~68장	
	圓覺經 下一之二	1~57장	
권8	圓覺經 下二之一	1~65장	
	圓覺經 下二之二	1~47장	
권9	圓覺經 下二之一	1~135장	
권10	圓覺經 下三之二	1~103장	
	진원각경전(進圓覺經箋)	3(1~3)장	
	조조관(雕造官)	2(1~2)장	총 1147장

서울대 가람본에 따른 형태서지는 다음과 같다.

책크기 : 32.4cm×23.8cm
내　제 : 大方廣圓覺修多羅了義經
판심제 : 圓覺
반　곽 : 21.8cm×18.5cm
판　식 : 4주 쌍변
판　심 : 대흑구 상하내향흑어미
행　관 : 유계 9행, '본문' 큰 글자 17자, '주해'와 '번역문'은 쌍행 작은 글자 17자
권말제 : 大方廣圓覺修多羅了義經

현전하는 원간본은 완질이 아니다. 거기에다 낙장본(落張本)이다. 복각본이나 중간본의 관계도 간단치 않다.

5.8. 목우자수심결언해(牧牛子修心訣諺解)

『목우자수심결언해』는 고려 승려 보조국사(普照國師) 지눌(智訥, 호 : 牧牛子, 1158~1210)이 지은 『수심결』을 신미가 정음으로 번역하여 세조 13년(1467)에 간경도감에서 간행한 46장 1책의 목판본이다. 내제 다음에 '비현합결(丕顯閤訣)/ 혜각존자역(慧覺尊者譯)'으로 돼 있어서 비현합[동궁의 편당]에서 구결을 달고, 신미가 번역한 사실을 알 수 있다. 간기가 붙어 있어서 간행 연대도 알 수 있다.

이 책은 선종(禪宗)뿐만 아니라 교종(敎宗)에서도 마음을 밝혀주는 중요한 저술로 전수되어 온 선(禪) 이론서이다. 마음을 닦는 요체(要諦)를 돈오문(頓悟門)과 점수문(漸修門)으로 나누고 정혜쌍수(定慧双修)를 점수문의 요체라고 설명하고 있다.

편찬 양식 중 본문에 정음 구결을 단 것은 다른 불경언해서와 같다. 하지만 본문을 구절이나 대문 단위로 끊고 번역문은 한 글자 내려서 써나간 다른 언해서와 달리 이 책에는 아무런 제목 없이 본문이 시작되는데, 그 길이가 상당히 길다. 짧은 것은 8행이 한 번(6면ㄴ7행~7면ㄱ5행), 그 밖에는 모두 2면 이상이다. 긴 것은 8면(38ㄴ~42ㄱ)이나 계속된 것도 있다. 본문에 이어 바로 ○표시를 하고 작은 글자 쌍행의 번역문을 두는 식이다.

본문은 1장부터 46장 앞쪽 1행에서 끝나고, 2~6행을 비운 후 7행에 권말제를 두었다. 뒤쪽(46ㄴ)에 간기를 적고, 한 행 비운 다음 판하(板下)의 필사자를 다음과 같이 적어 놓았다. 이 중 '안혜'는 『불설아미타경언해』목판본의 필사자이기도 하다.

保功將軍行忠佐衛右部副司猛臣安惠書
敦勇校尉行世子翊衛司右衛率臣柳晥書
迪順副尉行龍驤衛前部副司猛臣朴耕書

서울대 규장각 일사문고본에 따른 형태서지는 다음과 같다.

책크기 : 23.1㎝×16.8㎝(일사문고본), 27.5㎝×16.7㎝(김경숙 소장본)
내 제 : 牧牛子修心訣
판심제 : 修心訣
반 곽 : 18.8㎝×12.8㎝
판 식 : 4주 쌍변
판 심 : 흑구 상하내향흑어미
행 관 : 유계 9행 17자, '번역문' 작은 글자 쌍행 17자
권말제 : 牧牛子修心訣

5.9. 사법어언해(四法語諺解)

『사법어언해』는 '완산정응선사시몽산법어(琓山正凝禪師示蒙山法語), 동산숭장주송자행각법어(東山崇藏主送子行脚法語), 몽산화상시중(蒙山和尚示衆), 고담화상법어(古潭和尚法語)'등 법어(法語) 4편에 혜각존자 신미가 정음으로 구결을 달고 번역한 책이다.

이 『사법어』는 모두 9장 18면의 적은 분량이어서 이 책만 따로 간행된 것은 없고, 『목우자수심결언해』나 『몽산화상법어약록언해』에 합철되어 있다. 번역양식이나 표기는 『목우자수심결언해』와 거의 같고, 그 간행 연대도 같은 해인 세조 13년(1467)으로 추정하고 있다.

편찬 양식은『목우자수심결언해』와 같은데, 다만 각 법어의 제목을 먼저 적은 후 행을 바꾸어 정음 구결을 단 본문을 두고, 본문이 끝나면 ○ 표시를 한 후 바로 이어서 번역문을 쌍행의 작은 글자로 적었다.

서울대 규장각 일사문고본에 따른 형태서지는 다음과 같다.

책크기 : 23.1cm×16.8cm
내　제 : 法語
판심제 : 法語
반　곽 : 18.8cm×12.8cm
판　식 : 4주 쌍변
판　심 : 흑구 상하내향흑어미
행　관 : 유계 9행 17자, '번역문' 작은 글자 쌍행 17자
권말제 : 法語
서문·간기 없음.

6. 조선 전기 불경 번역의 특성

위에서 불전언해의 성격 및 인출(印出) 과정, 그리고 인간(印刊)을 주관한 기관인 간경도감, 간경도감 간행의 한글 경전 등에 대해 살펴보았다. 이번에는 고려시대의 구결불경과 언해불전의 연관성, 그리고『석보상절』등의 의역 위주 문헌과 간경도감본 등 직역 위주 문헌의 실제 예를 비교·검토함으로써 각 문헌별 번역의 특성을 살펴보고자 한다.

6.1.

예문 [1]은 순독구결이 현토되어 있는 구결『능엄경』(13세기 후반)과 같은 내용이 실려 있는『능엄경언해』(1462년 간행)를 대비한 것이다. 구결이 현토(懸吐)된 박동섭(朴東燮) 소장의 고려시대『능엄경』1권의 앞부분과 훈민정음 창제 후 같은 내용을 정음으로 번역해서 실어 놓은『능엄경언해』1권을 비교·고찰한 것으로 김영배(2002)를 참고하였다. 박동섭 소장의 구결『능엄경』은 급남(及南)이 찬(撰)한『수능엄경요해서』를 가진 것으로 중국의 판본이다. 남풍현(1995)은 구결 현토의 시기가 늦어도 13세기 후반일 것으로 추정하였다. 예문 (1)은『능엄경』의 경 본문에 한자 약체자로 순독구결이 현토된 구결문과 간경도감본『능엄경언해』의 경 본문 정음 구결문 및 언해문을 대비한 것이다. (2)는 계환(戒環) 요해(要解)에 순독구결이 현토된 구결문과 간경도감본『능엄경언해』의 요해 정음 구결문 및 그 언해문의 차례로 대비한 것이다.

『능엄경언해』의 정음 구결문과 언해문이 구결『능엄경』의 전통을 그대로 계승하고 있음을 확인할 수 있다. 경 본문과 요해문 모두 마찬가지다. 이는 훈민정음 창제 이후에 간행된 불경언해서들이 앞 시대 구결불경들의 전통을 잇고 있음을 보여주는 것이다.

[1]
(1)　　　　　호라　　　이　　　　　　　　　ㅎ샤
　ㄱ) 如是我聞╱소　一時佛╲ 在室羅筏城祇桓精舍╰全〈박동섭본『능엄경』
　　　1:3ㄴ, 본문 구결문〉
　ㄴ) 如是롤 我聞ㅎᄉᆞ오니 一時예 佛이 在室羅筏城祇桓精舍ㅎ샤〈『능엄
　　　경언해』1:22 ㄴ, 경 본문 정음 구결문〉
　ㄷ) 이 ᄀᆞᆮ호ᄆᆞᆯ 내 듣ᄌᆞ오니 흔쁴 부톄 室羅筏城 祇桓精舍애 겨샤〈능엄경
　　　언해』1:22ㄴ~23ㄱ, 경 본문 언해문〉

(2) 을 여 혼니 는 이 호니니
ㄱ) 如是之法乚 我從佛聞亠丿ㄱ匕 此ㄱ 集者丶 依佛立言丿匕匕
이 언뎡 이니라
證法丶 有所授而已言丁 不必他說丶匕亽
도 이니 에 로
一時之語刀 亦因佛立丶匕 諸經阝 通用故ㅆ
ᄒᆞ시니라 은 라 ᄒᆞ노니
不定指也ソ二匕亽 室羅茷ㄱ 亦曰舍衛亽 ソ又匕
ᄋᆞᆫ ㅣ니라
祇桓ㄱ 猶云祇樹也丶匕亽 〈박동섭본 『능엄경』 1:3ㄴ, 요해 구결문〉

ㄴ) 如是之法을 我從佛聞ᄒᆞᅀᆞ오라 ᄒᆞ니 此ᄂᆞᆫ 集者ㅣ 依佛立言ᄒᆞ니
證法이 有所授而已라 不必他說이니라
一時之語도 亦因佛立이니 諸經에 通用故로
不定指也ᄒᆞ니라 室羅茷ᄋᆞᆫ 亦曰舍衛라
祇桓ᄋᆞᆫ 猶云祇樹也ㅣ라 〈『능엄경언해』 1:23ㄱ, 요해 정음 구결문〉

ㄷ) 이 ᄀᆞᆮᄒᆞᆫ 法을 내 부텨를 조ᄍᆞ와 듣ᄌᆞ오라 ᄒᆞ니 이ᄂᆞᆫ 모ᄃᆞᆫ 사ᄅᆞ미 부텨를 븓ᄌᆞ와 마ᄅᆞᆯ 셰니 法이 심기샨 ᄃᆡ 이쇼ᄆᆞᆯ 證ᄒᆞᆯ ᄯᆞᄅᆞ미라 구틔여 다ᄅᆞᆫ 말 ᄒᆞᇙ디 아니니라 ᄒᆞᆫ ᄢᅴ라 ᄒᆞᆫ 말도 부텨를 븓ᄌᆞ와 셰니 諸經에 通히 ᄡᅳᄂᆞᆫ 젼ᄎᆞ로一定ᄒᆞ야 ᄀᆞᄅᆞ치 디 아니ᄒᆞ니라 室羅茷은 ᄯᅩ 닐오ᄃᆡ 舍衛라 祇桓은 祇樹ㅣ라 닐옴 ᄀᆞᆮᄒᆞ니라 〈『능엄경언해』 1:23ㄱ~23ㄴ, 요해 언해문〉

6.2.

예문 [2]는 『석보상절』(1447년 간행), 『월인석보』(1459년 간행), 『법화경언해』(1463년 간행)의 번역 양상을 비교·검토한 것이다. 『법화경』 권1의 「방편품(方便品)」에 나오는 이른바 열 종류의 여시(如是)에 대한 부분이다.[57]

57 십여시(十如是)의 요해 부분에 대한 비교 연구는 김영배, 「조선초기의 역경」, 『대각사상』 5, 2002에 소상하다.

[2]

ㄱ) 所謂諸法의 如是相과 如是性과 如是體와 如是力과 如是作과 如是因과 如是緣과 如是果와 如是報와 如是本末究竟等이라 〈『법화경언해』 1:145 ㄴ~146ㄱ, 경 본문 정음 구결문〉

ㄴ) 諸法이라 혼 거슨 이런 相과 이런 性과 이런 體와 이런 力과 이런 作과 이런 因과 이런 緣과 이런 果와 이런 報와 이런 本末究竟들히라 〈『석보상절』 13:40 ㄴ~41ㄱ〉

ㄷ) 諸法의 如是相과 如是性과 如是體와 如是力과 如是作과 如是因과 如是緣과 如是 果와 如是報와 如是本末究竟들히라 〈『월인석보』 11:100ㄱ~100ㄴ〉

ㄹ) 닐온 諸法의 이 곧혼 相과 이 곧혼 性과 이 곧혼 體와 이 곧혼 力과 이 곧혼 作과 이 곧혼 因과 이 곧혼 緣과 이 곧혼 果와 이 곧혼 報와 이 곧혼 本末究竟等이라 〈『법화경언해』 1:146ㄴ, 본문 언해문〉

『석보상절』은 오늘날의 번역에 견주어도 전혀 손색이 없을 정도의 자유역(自由譯)이다. 이 글의 다음에 이어지는 십여시(十如是)에 대한 요해 부분과 더불어 번역의 태도 및 번역어가 여타의 언해본과는 선을 그을 수 있을 정도로 확연히 다르다. 『월인석보』는 정음구결이 현토된 원문이 실리지 않았음에도 불구하고 『법화경언해』 정음구결문의 내용과 흡사히 옮겨져 있다. 이런 현상은 『석보상절』, 『월인석보』 등 여타 '불전 언해본'들에서 두루 확인된다.

6.3.

예문 [3]은 『아미타경』의 경 본문에 대한 번역을 『월인석보』(1459년 간

행), 활자본 『아미타경언해』(1461년? 간행), 목판본 『아미타경언해』(1464
년 간행) 등의 차례로 살펴본 것이다.

  [3]
  (1) ㄱ) 七重行樹왜 皆是四寶ㅣ니 周币圍繞홀씬 〈목판본 『아미타경언해』 7
       ㄱ, 경 본문 정음 구결문〉
     ㄴ) 七重行樹왜 다 네 가짓 보비니 두루 둘어 범그러 이실씬 〈『월인석보』
       7:63 ㄴ~64ㄱ〉
     ㄷ) 七重行樹왜 다 네 가짓 보비니 두루 둘어 범그러 이실씬 〈활자본 『아미
       타경언해』 6ㄱ, 경 본문 언해문〉
     ㄹ) 七重行樹왜 다 네 가짓 보비니 두루 둘어실씬 〈목판본 『아미타경언해』
       7ㄱ, 경본문 언해문〉

  (2) ㄱ) 非是算數之所能知며 諸菩薩衆도 亦復如是ᄒ니 〈목판본 『아미타경언
       해』 14ㄱ, 경본문 정음 구결문〉
     ㄴ) 算ᄋ로 몯내 혜여 알리며 菩薩衆도 또 이ᄀ티 ᄒ니 〈『월인석보』 7:69ㄱ〉
     ㄷ) 算數이 능히 아롫디 아니며 諸菩薩衆도 ᄯ 이 ᄀᆮᄒ니 〈활자본 『아미타
       경언해』 12ㄴ, 경 본문 언해문〉
     ㄹ) 算數이 능히 아롫디 아니며 諸菩薩衆도 ᄯ 이 ᄀᆮᄒ니 〈목판본 『아미타
       경언해』 14ㄱ~14ㄴ, 경 본문 언해문〉

  앞의 『법화경』 번역에서와 같이 3책의 번역에 큰 차이가 없다. 『월인
석보』의 경우 정음 구결문이 없음에도 두 언해본과 비슷한 양상을 보이
는데, 이는 대역(對譯)의 한쪽인 구결 『아미타경』이 함께 실리지 않았을
뿐 전 시대부터 행해지던 전통이 이어진 번역, 곧 구결 현토가 반영된
축자(逐字) 위주의 번역임을 짐작케 하는 부분이다.

6.4.

예문 [4]는 『석보상절』 권 20에 있는 내용이다. 『법화경』 권 6의 제23, 「약왕보살본사품(藥王菩薩本事品)」의 본문을 정음으로 옮긴 것이다. 언해본의 경 본문 속에는 쌍행으로 배열된 협주가 나온다. 두루 아는 대로 협주는 번역자나 번안자가 독자의 이해를 돕기 위해 설명을 가한 주석(註釋)에 해당된다. 당연히 고유의 말을 많이 사용할 수밖에 없고, 이런 이유로 국어사 연구자들에게는 소중한 자료가 되고 있다. 『석보상절』이나 『월인석보』에 나오는 협주의 대부분은 『법화경』을 요해(要解)한 송나라 계환의 요해 부분을 정음으로 옮긴 것이다. 물론 순수하게 협주 고유의 기능을 가진 것도 있다.

협주(夾註)의 내용 중 상당 부분이 『법화경』 계환(戒環)의 요해(要解) 부분과 일치한다는 사실은 아래의 비교를 통해서 확인이 된다. 『석보상절』에서는 요해 중 일부를 협주로 하였고, 『월인석보』에서는 요해 전체를 협주로 하고 있다.[58]

[4]

ㄱ) 그 모미 블 브투믈 一千二百 히 디난 後에사 그 모미 다 브트니라 〈『석보상절』 20:13ㄱ〉

ㄴ) 그 모미 千二百歲롤 브튼 後에사 다ᄋ니라【六根 六塵이 一切 ᄉ뭇게 홀씨 千二百歲예사 모미 다ᄋ니라】 〈『월인석보』 18:33ㄱ~33ㄴ〉

ㄷ) 其身이 火然호미 千二百歲러니 過是以後에사 其身이 乃盡ᄒ니라 〈『법화경언해』 6:145ㄴ~146ㄱ, 경 본문 정음 구결문〉

ㄹ) 그 모미 블 브투미 千二百歲러니 이 디난 後에사 그 모미 다ᄋ니라 〈『법화경언해』 6:146ㄱ, 경 본문 언해문〉

---

58 『석보상절』 권20과 『월인석보』 및 『법화경언해』의 대응 관계는 김무봉, 『역주 석보상절 제20』(세종대왕기념사업회, 2012) 참조.

ㅁ) 直使六根六塵이 一切洞徹케ᄒᆞ실ᄊᆡ 故로 千二百歲예ᅀᅡ 其身이 乃盡ᄒᆞ시
   니라 〈『법화경언해』 6:146ㄱ, 계환 요해 정음 구결문〉
ㅂ) 바ᄅᆞ 六根 六塵이 一切 ᄉᆞᄆᆺ게 ᄒᆞ실ᄊᆡ 千二百歲예ᅀᅡ 그 모미 다ᄋᆞ시니라
   〈『법화경언해』 6:146ㄱ, 계환 요해 언해문〉

간경도감본은 가능한 한 원문에 충실한 번역, 이른바 '등량(等量)의 이
식(移植)'에 역점을 둔 직역 위주의 번역을 했다. 『석보상절』의 번역에
비하면 『법화경언해』 등 간경도감에서 간행된 책들은 대부분 축자역 위
주로 번역했음을 알 수 있다. 경 본문의 어휘들 중에는 번역의 과정을
거치지 않고 그대로 옮겨진 예가 상당수 보이고, 문장은 전체적으로 정
음 구결이 현토되어 있는 구결문의 바탕 위에서 번역이 행해진 것임을
확인할 수 있다.

6.5.

이상의 비교·고찰에서 본 대로 훈민정음 창제 이후에 조성된 번역 불
전 중 경(經) 원문을 함께 두지 않은 『석보상절』은 비교적 자유로운 번역
이 행해졌음을 알 수 있다. 한자어로 되어 있는 경(經) 본문의 어휘들을
대부분 쉬운 우리말로 옮겨 적었다. 한자에 익숙하지 않은 이들도 쉽게
읽을 수 있게 하였다. 그러나 이후 간행된 『월인석보』는 원문을 함께 두
지 않았음에도 간경도감본 책들과 큰 차이가 없다. 직역(直譯)에 가깝다.
이는 『석보상절』의 번역 양식인 자유역에서 점차 직역 위주의 번역으로
전환하고 있음을 의미한다. 원문 구결문을 앞에 두고 번역을 행한 이른
바 '언해'라는 번역 형식으로 넘어가는 과도기적 형태인 것이다.
　『월인석보』 이후에 간행된 간경도감본 등의 언해본에서는 더 이상 자
유역의 모습은 볼 수 없다. 이러한 현상은 당시 번역 작업이 왕실을 중심

으로 이루어져 대부분 관판본인 데에다, 번역 및 출판환경의 특수성으로 인해 다른 유형의 번역이 가능하지 않았기 때문으로 보인다. 불교 관련 문헌의 출판이 비록 왕실을 중심으로 행해진 일이기는 하지만, 유신(儒臣)들의 반대가 만만치 않았던 당시 상황에서는 어떤 형태이건 제약이 불가피했다. 따라서 시간과 노력이 많이 드는 의역보다는 이미 널리 유통되고 있던 구결 현토 경전에 기대어 비교적 손쉽게 행할 수 있는 번역, 곧 직역 위주 번역이 선택될 수밖에 없었을 것이다. 이 점이 간경도감 간행의 불전언해가 직역 위주로 진행된 가장 큰 이유였고, 이런 현상은 꽤 오랫동안 지속되었다. 당시로서는 피하기 어려웠던 이러한 선택이 불전 번역의 큰 흐름으로 자리 잡게 된 것이다.

7. 결론

지금까지 조선 전기의 번역 불서들을 대상으로 당시의 번역에서 보이는 전통 계승의 문제, 번역의 양상, 그리고 불경 간행 전문 국가기관인 간경도감의 운영 체제 등에 대해서 살펴보았다. 아울러 언해의 개념을 정리하고, 간경도감에서 간행된 9건의 언해불서들을 대상으로 번역 체제 및 번역의 특성 등을 고찰하였다. 또한 훈민정음 창제 직후 간행된 『석보상절』 등의 책과 이후 간경도감에서 간행된 책들을 대상으로 번역 양식의 변화 문제 등을 비교·고찰하였다. 논의한 내용을 요약·정리하면 다음과 같다.

[1] 불교 전래 이래 역경 사업은 끊임없이 계속되었고, 그 초기의 모습은 구결이 현토된 구결불경의 모습으로 나타났다. 이 구결현토가 가능했

다는 것은 7세기경에 이르러 한자의 음(音)과 훈(訓)이 비로소 우리말로 확정되었음을 시사(示唆)하는 것이기도 하다. 이에 의지해서 이후 적지 않은 구결불경들이 조성되었다. 이러한 구결불경은 초기의 부호구결(또는 점토구결)에서 점차 자토구결로 확대되었다. 13세기부터는 한자 약체자가 현토된 순독구결의 양상을 보이기도 한다. 이러한 역경의 결과가 훈민정음 창제 이후 자연스레 언해불경으로 이어졌다. 언해불경은 구결불경의 전통을 계승한 국문자 초기의 한글 경전이었다.

[2] 훈민정음 창제 이후 왕실을 중심으로 불서에 대한 국어역이 활발하게 전개되었다. 훈민정음 창제 직후에 간행된 『석보상절』은 비교적 자유로운 번역 형태인 의역에 가깝지만 이후에 간행된 책들은 시간이 지날수록 직역 위주로 바뀐다. 간경도감 설치 이후에 간행된 경전들은 간행의 형태에 주목할 만한 변화가 생겼다. 이때 만들어진 경전들 중 직역 위주의 경전을 흔히 언해불경이라 부른다. 언해불경은 문자 창제 초기의 우리말의 모습을 알 수 있는 중요한 문헌 자료로 널리 이용되고 있다. 국어사 연구자들은 우리말의 중세시기에 대한 연구를 대부분 불경언해에 의존할 정도로 언해불경은 국어사 자료로서 이용 가치가 크다. 불교 경전에 실려 전하는 언어가 당시의 국어 자료로 널리 이용되고 있는 것이다.

따라서 불경언해로 인해 형성된 '언해'라는 번역 양식은 훈민정음 창제후 한문불경을 우리말로 옮기기 위한 강렬한 욕구에서 창안된 독특한 번역 양식이요, 인출 양식인 셈이다. 다만 경계해야 할 점은 당시에 간행된 불교관련 문헌 중 대역의 형식을 띠지 않은 책인 『석보상절』 등 한두 문헌을 제외하면, 대부분 직역 위주의 번역이어서 생생한 일상어 반영과는 다소 거리가 있다는 사실이다. 언해가 우리 나름의 독특한 번역 양식으로 자리 잡기는 했지만, 경(經) 원문의 한자어를 그대로 옮긴 예가 많고 번역어투라는 한계를 가지고 있다. 비록 새로 창제된 정음이 한자와 병기(倂記)되어 있다고 하더라도 당시 일반민중이나 불교신도들이 어떻게 이용하였을까 하는 점은 여전히 의문으로 남는다. 그럼에도 불구하고 이런 양상이 문자 창제 초기의 불가피한 선택이었을 것이라는 점을 감안하다면, 언해불경은 우리 문자로 조성된 최초의 한글경전이라는 점에서, 그리고 국어사 연구의 소중한 자료로서 그 가치가 크다.

[3] 간경도감은 세조대에 설치된 후, 예종대를 거쳐 성종대에 이르러 폐지될 때까지 겨우 11년간 존속했던 국가기관이었다. 조선 왕조 500년의 역사에 비한다면 매우 짧은 기간이다. 하지만 그 기간 동안 이루어낸 업적으로 본다면 국어사 연구 및 번역 문화 연구에서 차지하는 비중은 크다. 유교를 치국의 주요 이념으로 내세웠던 왕조의 초기에 유신들의 반대를 무릅쓰고 양적으로 방대하고 질적으로 우수한 불교 문헌을 국가기관을 통해 그토록 체계적으로 만들어 냈다는 사실은 관련 학계뿐만 아니라 일반의 관심을 끌기에 충분하다.

간경도감은 왕실의 지원과 비호 속에서 역경 사업을 진행했으나 다른 한편으로는 '경전간행'이라는 본래의 궤도를 일탈한 점과 세조에 지나치게 의존한 점 때문에 세조 사후 성종조에 폐지되었다. 하지만 오늘날 전해지는 불서, 특히 언해불전을 통해 우리는 당시에 진행된 일련의 사업이 우리나라 불교문화는 물론 번역 및 출판문화의 진전에 큰 획을 그은 중대한 업적이었음을 확인할 수 있다. 간경도감 이후에는 자성대비를 비롯한 왕비들과 학조 등의 승려에 의해 부분적으로 역경 사업이 진행되었고, 16세기 이후에는 간경도감 간행 불전언해들의 중간(重刊)과 복각(覆刻), 그리고 개판(開板)이 이어졌다. 다만 더 이상 중앙의 지원을 받을 수가 없어서 개인이나 지방 사찰로 간행 주체가 바뀌었다.

　이렇듯 간경도감은 훈민정음 창제 초기의 의역 위주 번역에서 직역 위주 번역이라는 새로운 번역 양식을 만드는 데 기여했고, 이러한 번역 형식은 15세기는 물론이거니와 16세기 이후 근대에 이르기까지 우리나라 번역 문화의 주된 흐름을 형성했다. 새로운 문자를 이용한 번역 사업이 불교 경전의 한글화 사업으로 정착되면서 국문자인 훈민정음 사용의 확산 및 번역 문화의 창안과 보급에 기여하게 된 것이다.

15세기 후반 조선의
불경번역운동과 "왕의 형상"

김용철

1. 15세기 불경번역운동

1461년 신생왕조 조선은 그 다음해에 개국 70년을 앞두고 있었다. 1392년 고려를 대신해 개국한 조선은 신유학의 일파인 주자성리학을 국가이데올로기로 삼은 왕조이다. 한데 이해 돌연 조선에서는 왕과 왕실의 주도하에 국가 차원에서 벌이는 불경번역의 열풍이 일어난다. 이 열풍은 이후 40년 이상 지속된다. 특히 1460년대에는 온 국가의 힘을 기울였다 할 정도로 대단한 것이었다.

이것은 말 그대로 불경번역운동이라 할 만큼 큰 번역 사업이었다. 15세기 내내 새 왕조 조선은 여러 가지 국가적 문물정리 사업을 일으켜 대단위 서적을 출판하였다.[1] 하지만 단일 사업으로 이 불경번역 사업만큼 큰 것은 없었다. 15세기 후반 유교 국가 조선은 이상하게도 왕과 왕실을 중심으로 불경 번역에 온 국가의 힘을 쏟았던 것이다.

15세기 불경번역운동은 1461년 간경도감이라는 국가기관을 설치한

---

1 이에 대해서는 국사편찬위원회 편, 『한국사』 26·27 -조선 초기의 문화 1·2, 탐구당, 2003.에 잘 정리되어 있다.

이래 근 40년 이상 지속되었다. 세조, 자성대비, 인수대비, 김수온, 신미, 학조 등의 주도하에 20여종 이상의 불경 번역을 이루어낸다.[2] 이것을 불경번역운동이라고 이름 짓는 것은 새 문자 훈민정음 창제 이후 15세기에는 불경번역, 16세기에는 주자성리학 번역, 18세기에는 실용서 번역, 19세기에는 중국소설 번역, 20세기에는 서양서 번역 등 마치 밀물이 밀려왔다 쓸려내려가듯 번갈아가며 주요 번역이 이루어진 것을 표현한 것이다.[3]

어쨌든 15세기 훈민정음 창제 이후 번역의 핵심영역은 바로 불경이었다. 이것은 무엇보다도 오랜 불교의 융성의 결과 불경이 이미 번역을 통한 한글텍스트 확정의 단계까지 이해되고 있었던 데서 기인할 것이다. 실제로 15세기 3대왕 태종부터 7대왕 세조까지 유교의 기본텍스트인 사서삼경의 번역을 시도하였으나 결국 실패하고 만다. 주자성리학에 대한 이해가 그만큼 이루어지지 못하고 있었던 것이다.[4]

---

2 15세기 후반 불경번역사업에 대해서는 근대 들어 한국학을 이루는 여러 학문들인 국어학, 국문학, 국사학, 한국사상사, 한국불교철학 등이 성립하면서부터 연구가 시작되어 현재 대단위 연구가 쌓여있다. 이에 따라 여러 차례 종합성 연구물이 나오기도 했다. 최근에 나온 것으로는 김영배, 『국어사자료연구 - 불전언해 중심』, 월인, 2000. ; 최종남 외, 『역경학 개론 -불전의 성립과 전승』, 운주사, 2010. ; 김무봉, 「조선 전기 언해 사업의 현황과 사회 문화적 의의」, 『한국어문학연구』 58, 2012. 등을 들 수 있다.

3 불경번역운동이라는 이 용어는 디미트리 구타스 지음, 정영목 옮김, 『그리스 사상과 아랍 문명 - 번역운동과 이슬람의 지적 혁신』, 글항아리, 2013.에서 쓴 "번역운동"이라는 용어에서 따온 것이다. William S. Smalley, 『Translation as mission -bible translation in the modern missionary movement』, Mercer university press, 1991.에서는 근대 선교 운동 과정에서 일어난 성경번역을 다루었는바 역시 성경번역운동이라 이름붙일 수 있을 것이다. 부산대학교 점필재연구소에서는 이 용어를 사용하여 한국의 고전번역 전반을 살펴본 학술대회 "한국고전번역 운동, 문명의 경계를 넘다"를 2014년 5월 17일에 연 바 있다.

4 15세기에도 경서를 언해하기 위한 노력이 있었고 실제로 세조의 주도하에 구결을 정하기도 했다. 하지만 결국 사서와 삼경의 언해가 나오기까지는 선조조 교정청본 경서 언해가 나오기를 기다려야 했다. 경서언해에 대한 대략적인 경위는 선구적인 업적으

15세기 후반 불경번역운동은 크게 두 가지 과정을 거친다. 1461년부터 1471년까지 국가사업으로 불경을 번역하는 기관인 간경도감을 통해 불경번역이 이루어지는 시기와 1471년 간경도감 폐지 이후 자성대비, 인수대비 등 대비전을 중심으로 불경번역이 이루어지는 시기이다. 16세기에는 왕실보다는 민간과 지방사찰에서 불경의 번역이 이루어졌으며 17세기 이후에는 불경을 번역하는 일이 거의 사라진다.[5]

불경번역운동의 열풍은 일차적으로 새로 만들어진 문자, 훈민정음 덕분에 일어났다. 그때까지 한반도에 거주하던 사람들은 자신의 말을 기록하고 표현할 문자를 가지지 못한 상태였다. 한반도의 문자는 조선의 4대 왕 세종의 주도하에 만들어졌다. 세종은 1418년 새 왕조 개국 26년이 되던 해 즉위하였고, 즉위한 지 25년째인 1443년 한글을 만들고, 그뒤 3년 만인 1446년에 정식으로 나라 안에 반포하였다. 불경번역운동은 새 문자 창제 후 15년 뒤인 1461년 세종의 아들인 7대 왕 세조에 의해 시작된 것이었다.

새 문자의 창제는 특별한 의미가 있다. 당시까지 한반도의 언어는 한글과는 구문이 다른 한문을 빌려 표현하거나 아예 구어의 단계에 머물러 있었다. 이제 새 문자의 도움을 받아 한반도에서는 한문이 아니라 자신의 언어에서 문어 표현을 갈고닦을 수 있는 길이 열렸다. 그것은 구어 표현과 관계되어 있으면서도 완전히 다른 성격의 것이었다. 15세기에 그것의 가장 큰 봉우리가 바로 불경번역운동이었다.

본연구의 목적은 이 역사적 사건을 번역학의 입장에서 다루는 것이다. 사실 이 분야는 그동안 국어학과 국사학, 불교학 분야에서 굉장히 많은

로 이충구, 『經書諺解 研究』, 成均館大學校, 1990. ; 유영옥, 『校正廳本 四書諺解의 經學的 研究』, 부산대학교 박사학위논문, 2010가 특별히 참고가 된다.

5 주2)의 연구들에 나오는 내용을 간략하게 정리한 것이다.

연구가 되어 있는 분야이다. 그것을 번역학의 입장에서 다시 다루려고
하는 것은 보는 시각과 위치를 달리하여 살펴봄으로써 얻어지는 성과를
기대하는 것이다.

그것은 1461년부터 시작되는 불경번역운동의 주요 추진 동기와 관련
된 것이다. 이 불경번역운동을 주도한 사람들은 왕인 7대왕 세조와 그의
왕비 자성대비, 그의 며느리 인수대비 등 왕실이었다. 따라서 이제까지
연구에서는 이 불경번역운동을 이끈 열정의 주요 의도를 왕실의 복을 비
는 왕과 왕비들의 개인적 신앙심 쪽에서 찾는 편이었다. 또는 죽은 사람
들이 저 세상에서의 행복을 누리도록 빌어주는 불교적 신앙 행위였다는
주장도 있었다.[6] 세조가 자신의 쿠데타 과정에서 죽인 사람들에 대한 참
회 행위였다는 주장도 있다. 사실 불경번역이 종교적 행위인 만큼 이 모
든 개인적 신앙과 구복과 참회 의도 또한 한몫했을 것이다.

하지만 왕과 왕실이 국가적 사업으로 무려 40여년에 걸쳐 수행한 사업
을 개인적 신앙 행위로 모두 치부할 수는 없다. 왕과 왕실의 행위는 어쨌
든 정치적 차원에서 이루어지는 것이다. 이에 따라 불교의 신앙심이 아
니라 당대 불교와 관련하여 추진 동기를 살피는 연구도 있었다. 당대 성
리학에 기반한 새 왕조 창건에 맞춰 불교를 재편하는 과정에서 나온 것
이라는 주장과 왕권의 강화하려는 왕실의 의도와 관련이 있다는 연구도
있다.[7]

이에 본연구에서는 이 불경번역운동을 왕실의 종교적 열정에 의해 뒷

---

6 1464년에 간행된 『금강경언해』의 언해 동기로 전해지는 세조의 꿈 이야기가 그것이
  다. 세조는 1462년 9월 꿈에 세종이 나타나 『금강경』에 대한 물음을 받았고, 요절한
  懿敬世子도 만났다고 한다. 또 세조비 정희왕후도 꿈에 세종이 이룩한 불상을 보았다
  고 한다. 이에 따라 불경언해의 동기는 왕과 자성대비, 인수대비 등 왕실의 개인적인
  신앙심에서 찾는 것이 일반적이었다.
7 이와 관련해서는 한우근, 「세종조에 있어서의 대불교시책」, 『유교정치와 불교』, 일조
  각, 1993. ; 김돈, 『조선전기 군신권력관계 연구』, 서울대학교 출판부, 1997. 등 참조.

받침된 불교적 국가이데올로기 창출 행위로 보고 그 특징을 살펴보려 한
다. 즉 15세기 후반 불경번역운동은 유교적 국가이데올로기와 병립하면
서 보조하는 불교적 국가이데올로기의 창출과 관련이 있다는 것이다.

이를 위해 본연구에서는 이 사건에서 두드러지게 발견되는 "왕의 형
상"을 중심으로 이 사건을 살펴보려고 한다. "왕의 형상"은 쉽게 말해 왕
의 모습이다. 그것은 왕이 세계 내에서 또는 국가 내에서 어떤 자리에서
어떤 모습으로 나타나는가의 문제이다. 따라서 그것은 현실 속에 왕이
실제로 자리 잡고 통치할 때의 실제 형상과 함께 왕에게 덧씌워진 여러
가지 이데올로기적 형상들까지 포함한다. "왕의 형상"은 현실적이자 동
시에 이데올로기적이다.

15세기 후반 불경번역운동에서 실제 존재하던 현실적 "왕의 형상"은
우선 그 자신이 번역을 주도하는 "번역가 왕"으로 나타난다. 또 그는 불
경번역운동을 행정적 이데올로기적으로 추진하는 국정 운영의 정치가이
자 국가 문화 사업의 책임자라는 현실적 형상을 갖고 있다. 그는 또 불경
번역운동과 관계되는 『석보상절』, 『월인석보』 등 문학작품을 창작한 문
학가이기도 하다. 그리고 무엇보다도 그는 신심 깊은 종교가이다.

불경번역운동에서 이데올로기적 "왕의 형상"은 무엇보다 "문학적 형
상"을 갖는다.[8] 문제는 이러한 "왕의 형상"은 15세기 후반 당시 유교적
형상이 더 우세했다는 것이다. 즉 유교 국가였던 15세기 조선에서 가장
중심에서 작동하고 모든 "왕의 형상"을 지배하는 "왕의 형상"은 옛날 동
아시아 유교국가에서 왕의 형상 중 최고로 꼽은 "올바른 방향으로 가르

---

8 인간은 논리와 개념을 사용하여 세상을 해석하고 이해하고 통어한다. 동시에 형상이
라고 하는 때로는 훨씬 더 강력한 무기를 사용하여 세상을 이해하고 통어한다. 예전에
는 형상을 문학에서만 사용하는 것으로 이해한 적도 있었으나 이제는 인문과학과 자
연과학 모두 사용하는 것이 확인되었다. 하지만 형상은 역시 문학 쪽에서 가장 잘 사
용하는 것만은 틀림이 없다.

쳐 선으로 변화시키는" 즉 교화를 행하는 성왕의 그것이었다.[9] 따라서 불경번역운동에서 "왕의 문학적 형상"을 찾으려면 그것은 유교적 형상과 관련하여 불교적 형상을 찾는 작업이 되어야 한다.

이에 본 연구에서는 먼저 불경번역과정에서 나타난 왕의 이데올로기적 문학적 형상을 찾아보고 다음으로 현실에서 실재하는 왕의 형상을 찾아보기로 한다. 이를 위해 먼저 15세기 후반 조선왕조에서 수행된 불교번역운동에 관련된 여러 가지 문학적 형상, 특히 번역된 불경 속에 존재하는 문학적 형상을 살펴보면서 불경번역운동이 유교적 성왕과 불교적 부처의 형상을 매개하고 통합시키려는 의도 아래 이루어졌다는 것을 살펴보는 것을 목적으로 한다. 다음으로 왕의 현실적 형상 즉 번역가로서의 왕의 형상을 살펴보고 이것이 불경 속의 문학적 형상과 마찬가지로 유교적이자 불교적 왕의 형상과 관련이 있다는 점을 추적하기로 한다.

본연구는 학문영역으로 보면 번역학 중 문학번역학에 속한다.[10] 불교라는 종교적 입장에서 번역된 불경을 살펴보면서 그 불경 속에 들어있는 문학적 형상을 탐색하는 것이 일차적이다. 이를 통해 번역물인 불경 속의 부처의 형상과 번역과정의 번역가 왕의 형상을 통해 궁극적으로 15세기 후반 불경번역운동이 추구한 왕의 형상을 살펴보는 데로 나아가기로 한다.

또한 본연구는 고전번역학의 영역에 속한다. 불경을 번역한다는 행위

---

9 이것을 요즘 식으로 말하자면 대중교육가와 문화운동가가 대통령이 되어 펼치는 정치라 할 수 있을 것이다.

10 최근 한참 문제가 되고 있는 학문인 번역학 중에서 문학번역은 가장 수준이 높고 번역 횟수도 많다는 점 때문에 특별히 문제가 된다. 문학번역은 또한 실용번역 등 번역학의 다른 부문과는 여러 면에서 다른 규칙들을 갖고 있기도 하다. 문학번역에 대한 전반적인 이해를 위해서는 한국문학번역원 저, 『문학번역의 이해』, 북스토리, 2007. 등 참조. 중국에서는 아예 "문학번역학"이라는 이름을 사용하여 문학번역을 연구하는 학자도 있다. 鄭海凌, 『文學飜譯學』, 文心出版社, 2000. 참조.

는 문명 전체를 떠받치는 시대적 가치를 가진 고전을 번역하는 행위이
다.[11] 그러기에 불경번역운동은 국가 전체를 아우르는 국가 이데올로기
를 제공하는 행위였던 것이다. 말 그대로 고전번역이었던 것이다.

2. 정치적 형상과 문학적 형상

그럼 먼저 왕의 형상이 불경 속의 문학적 형상에서 어떻게 나타나는가
하는 점에 대해서 살펴보기로 한다. 그 과정에서 15세기 후반 조선왕조
에서 일어났던 불경번역운동이 왕과 왕실의 개인적 신앙의 산물이 아니
라는 사실이 드러날 것이다. 사실 종교 하면 개인적 신앙의 대상인 것처
럼 여기기 쉽다. 하지만 불교 국가가 엄연히 존재했던 만큼 불교 자체가
국가이데올로기를 가지고 있고 불교왕이라는 정치적 형상을 가지고 있
는 것은 너무도 당연한 일이다.

2.1. 유교 성왕과 불교 부처의 결합

사실 15세기 조선왕조에서 불교가 가지고 있는 왕의 정치적 형상을
곧바로 찾아내는 일은 생각보다 어렵다. 불경 속에는 부처의 형상만 등
장하고 부처의 형상과 왕의 형상이 가지고 있는 직접적 대응관계를 알
려주는 문헌을 찾기 힘들기 때문이다.[12] 이에 따라 기존의 논의에서는

---

11 이에 대해서는 이 책에 실린 졸고 「고전번역학의 학적 대상 시론」에서 간략하게 고찰
   한 바 있다.
12 기독교나 이슬람교에서는 지배자가 신의 대리인의 성격을 갖기 때문에 이런 문제는
   나타나지 않는다. 하지만 불교에서는 궁예와 같은 극단적인 형태가 아닌 한은 지배자
   와 부처의 관계는 암시 정도에 그친다. 물론 실질적으로 불교국가에서도 왕은 마치
   부처의 대리인처럼 행동하고 그렇게 믿어진다.

불경번역운동에서 이 양자 사이의 일대일 대응에 대해서는 거의 고려하지 않았다.

한데 의외에도 당대 가장 유명한 문헌들에서 이 양자 간의 관계에 대한 당대인의 시각을 명확하게 드러내 보여주고 있어서 흥미롭다. 1443년 새 문자를 만들고 나서 시험 삼아 세종과 그의 신하들은 몇 개의 글을 새로 만든 문자로 창작한다. 그중에는 『용비어천가』와 『월인천강지곡』이라는 두 개의 서사시가 있다. 이 두 서사시 사이의 관계가 바로 불교와 유교의 왕의 자리, 왕의 형상의 관계를 알려주고 있다.

『용비어천가』는 조선이라는 새 왕조를 개창한 태조와 그의 아들 태종, 그리고 태조의 4대에 걸친 선조들인 목조, 익조, 도조, 환조의 일을 기술한 서사시이다. 『용비어천가』는 "하늘을 나는 용을 위한 노래"라는 뜻이다. 곧 용이 하늘에서 구름과 바람과 비를 조종하여 조화를 부리는 모습에 표현한 노래라는 뜻이다. 이때의 용은 왕을 가리킨다. 따라서 이 서사시는 고려 말과 조선 초에 태조와 태종, 그리고 그의 선조들의 활동을 용에 비유하여 표현한 것이다.

동아시아에서 용은 바람과 구름과 비를 타고 하늘을 나는 상상의 동물이다. 주로 비의 신으로 여겨진다. 또한 사회가 혼란해져서 사방에서 난리가 나는 모습을 바람과 구름이 인다고 표현하고 이때 등장하여 혼란을 끝내는 영웅을 용에 비유하곤 한다. 따라서 『용비어천가』는 용이 바람과 구름과 비를 자유자재로 부리듯 여말선초의 혼란기에 조선의 태조를 중심으로 한 여섯 명의 왕이 역사를 새롭게 만들어간 모습을 표현한 것이다.

이 서사시에는 여섯 명의 왕들에 얽힌 신이한 일들을 주로 수록하고 있다. 하지만 이것은 몇 백 년에 걸쳐 자손들에게 왕국을 전유할 수 있도록 만든 왕조의 개창자의 업적에 대한 숭앙심과 신비감의 발로이다. 보통 유교적인 사관을 가지고 쓴 역사서에서도 왕조의 개창자에 대해서는 신이한 일에 대한 기술이 많다.[13] 따라서 『용비어천가』는 기본적으로 조선왕조를 개국한 왕들의 유교적 형상이라 할 수 있다.

『월인천강지곡』은 부처인 석가모니의 일대기를 서사시로 표현한 것이다. 『월인천강지곡』은 "하늘에 떠있는 하나의 달이 지상의 천 개의 강에 자신의 모습을 동시에 비춘다"는 뜻이다. 부처의 지혜의 빛 속에서 온 세상의 생명이 모두 각각 밝음을 얻는 모습을 형상화한 것이다. 우주 전체에 대한 장대한 상상력과 그 속 전체를 환하게 비추는 부처의 지혜의 모습이 장엄하기만 하다. 이 『월인천강지곡』에 이어서 석가모니의 일대기를 읊은 서사시는 『석보상절』, 『월인석보』가 더 창작되고 있다. 조선왕조 초기에 석가모니의 일대기는 아주 중요한 무언가를 가지고 있음에 틀림이 없다.

만약 유교 국가를 표방했던 조선을 생각하면 『용비어천가』만으로 충분했을 것이다. 한데 왜 불교적 형상을 다루는 『월인천강지곡』이 필요했을까? 이 두 서사시는 세종과 그의 신하들이 새 문자를 만든 후 그 유용성을 시험하기 위해 최초로 만든 작품이었다. 당연히 이 작품들은 이들이 가장 중요하게 생각했던 두 가지였을 것이다. 새 왕조에서 새 문자에 걸맞는 중요한 것 두 가지를 고른 것이다.

이 질문은 『월인천강지곡』의 부처를 『용비어천가』의 왕으로 치환하여 부처의 형상은 간단하게 유교적 왕의 형상으로 바꾸는 것으로 해결할 수 있다. 곧 부처가 자신의 지혜로 온 세상을 밝게 비추듯 왕의 교화의 힘 안에서 국가 안의 모든 신민들이 보호받고 감화 받아 태평의 시대를 누린다는 것이다. 이것이 바로 이 두 서사시를 새로 만든 문자로 동시에 지은 이유이다.

---

13 대표적인 예가 『삼국유사』 「紀異卷第一」의 서문이다.

불교에서 부처는 지혜의 빛으로 세상을 두루 감싸는 존재이다. 유교에서 이상적인 성왕(聖王)은 백성을 교화 즉 "가르쳐 선하게 변화시키는" 존재이다.[14] 이 두 가지는 서로 비슷한 형상을 가진 존재이다. 잘만하면 이 두 가지 형상은 서로를 보완하고 강화해줄 수도 있다. 15세기 새 왕조 조선의 왕들은 이점을 알아보았음에 틀림없다. 바로 왕인 자신들의 형상을 유교적 왕의 형상이자 불교적 왕의 형상으로 자리매김하려 한 것이다. 이 정치적-이데올로기적 왕의 형상인 "가르쳐 변화시키는" 유교적 성왕의 형상과 불교적-문학적 부처의 형상이 결합하고 있는 것이다. 이것이 『용비어천가』와 『월인천강지곡』이 함께 지어진 사정이다. 그리고 그것의 연장선상에 1461년 이후 국가사업으로 불경번역운동이 일어난 것이다.

하지만 조선은 기본적으로 유교 국가이다. 따라서 왕과 왕실이 불경번역운동을 통해 유교적 "왕의 형상"과 불교적 "왕의 형상"을 접합시키려 했다고 해서 그것이 국가 정체성마저 유교와 불교가 통합된 것을 추구했다는 말은 아니다. 아마 왕은 부처의 형상을 빌려 자신의 뒤에 유교적 성왕의 아우라를 강화하려 했던 정도일 것으로 보인다. 거기에 개인적 종교적 신심까지 한몫했을 것이다.

2.2. 번역불경 속 문학적 형상

이어서 15세기 후반에 번역된 불경 속에서 혹시 이와 같은 모습이 등장하지 않는지 살펴보기로 한다. 사실 이러한 모습은 불경 속에서 보편적으로 등장하는 모습이다. 아래에서는 그중 특별히 여러 불경에 자주

---

14 이것을 가장 극명하게 나타내고 있는 것이 주자가 쓴 「大學章句序」이다. "一有聰明睿智能盡其性者出於其間, 則天必命之以爲億兆之君師, 使之治而敎之, 以復其性. 此伏羲神農黃帝堯舜. 所以繼天立極, 而司徒之職典樂之官所有設也."

등장하는 모습을 몇 가지 추려서 예증으로 삼고자 한다. 이것은 또한 불경 속의 문학적 형상이 한국어 문어로 정착하면서 한국어의 내용을 풍부하게 한 예증으로 들 수도 있다.

첫째, 『불설아미타경언해』에서 보여주듯 부처의 불법 아래 장엄하게 돌아가는 우주 전체의 형상이다. 『불설아미타경』은 극락 세계의 장엄함과 그 속에 존재하는 아미타불의 모습을 표현한 것이다. 짧막하지만 풍부한 표현으로 아미타불의 법력 아래 장엄한 모습의 극락과 온 우주의 모습을 표현하고 있다. 같은 모습들이 『능엄경언해』나 『법화경언해』 등 거의 모든 불경에 두루 등장하고 있다.

> 사리불이여, 또 저 불국토에는 항상 천상의 음악이 연주되고 대지는 황금색으로 빛나고 있으며 밤낮으로 천상의 만다라 꽃비가 내린다. 그 불국토의 중생들은 이른 아침마다 바구니에 여러 가지 아름다운 꽃을 담아 가지고 다른 세계로 다니면서 십만 억 부처님께 공양하고 조반 전에 돌아와 식사를 마치고 산책한다. 사리불이여, 극락세계에는 이와 같은 공덕장엄으로 이루어졌느니라.[15]

이것은 현실 세계에서는 왕의 교화 아래 장엄하게 돌아가는 국가의 모습을 상징한다고 할 수 있다. 15세기 불경번역운동을 주도한 왕과 왕실이 왜 이 경을 특별히 번역했는가를 알 수 있는 대목이다. 그들은 왕의 형상뿐만 아니라 국가의 형상 또한 불교의 것을 빌어와 유교적 국가의 모습과 접합시키려고 했던 것이다. 물론 극락의 주인인 아미타불이 현세의 왕과 왕실인 자신들의 모습이라는 점은 말할 필요도 없을 것이다. 이

---

15 又舍利佛! 彼佛國土, 常作天樂. 黃金爲地, 晝夜六時, 天雨曼陀羅華. 其土衆生, 常以淸旦, 各以衣祴盛衆妙華, 供養他方十萬億佛. 卽以食時, 還到本國, 飯食經行. 舍利弗! 極樂國土, 成就如是功德莊嚴. 『佛說阿弥陀經』

런 모습은 유교에는 거의 존재하지 않는다.

둘째, 『능엄경언해』, 『법화경언해』 등에서 보이는 부처와 제자들간 문답의 형상이다. 스승인 부처가 제자의 질문을 받고 그에 대해 제자가 알 수 있는 수준으로 쉽게 설명해주고 있다. 스승은 제자보다 한 단계 위의 지혜를 가지고 있으며 그 지혜만큼 세계에 대한 지배력도 더 많이 가지고 있다. 거의 모든 불경에 두루 나타나는 형상이다.

> 부처님께서 말씀하시기를 "아니다. 아난아! 그것은 네 마음이 아니니라."
> 아난이 흠칫 놀라면서 자리를 비키고 합장하며 일어서서 부처님께 아뢰기를 "이것이 저의 마음이 아니라면 무엇이라 해야 하겠습니까?"
> 부처님께서 아난에게 말씀하시기를 "그것은 앞에 나타난 허망한 모양의 생각이다. 너의 참다운 성품을 현혹시키는 것이니 이는 네가 시작이 없는 과거로부터 지금에 이르기까지 도적을 아들로 인정하고 있어서 너의 본래 떳떳한 마음을 잃어버렸기 때문에 나고 죽고 세계를 윤회하고 있나니라."[16]

이런 모습은 곧바로 현실에서 스승인 왕이 제자격인 신하를 대하는 관계로 전화될 수 있다. 사실 유교 국가에서는 이 반대의 현실이 나타난다. 왕은 끊임없이 신하들에게 임금 교육을 받는 존재였으며 이러한 교육 자체가 정치적 행위였다.[17] 이런 모습을 보면 15세기 후반 불경을 번역한 왕과 왕실에서 노리고 있던 것이 무엇이었는지 곧바로 짐작할 수 있다. 왕은 지식의 공간에서도 신하보다 우월한 존재가 되고 싶은 것이다.[18]

---

16 佛言: "咄! 阿難! 此非汝心." 阿難矍然, 避座合掌起立白佛: "此非我心, 當名何等?" 佛告阿難: "此是前塵虛妄相想, 惑汝眞性. 由汝無始至於今生, 認賊爲子, 失汝元常, 故受輪轉." 『正本首楞嚴經』 卷1

17 왕은 아주 어릴 때인 세자 때부터 사부를 모시고 교육을 받았다. 또 왕이 된 다음에도 경연이라는 명목으로 수시로 경서 교육을 받았다. 이에 대해서는 육수화, 『조선시대 왕실교육』, 민속원, 2008 ; 김태완, 『경연, 왕의 공부』, 역사비평사, 2011에 잘 정리되어 있다.

셋째, 신화적 분위기로 우주 전체에 대해 장엄하게 꾸며서 말하는 언어이다. 이것은 아마 인도 신화에서부터 유래한 것으로 보인다.[19] 특히 광대한 시공간과 그 시공간을 채우는 불법의 장엄한 모습에 대한 언어가 특징적이다. 『능엄경언해』, 『법화경언해』 등 여러 경전에 두루 나타난다.

> 그때 세존의 미간에서 한 줄기 백호 광명이 뻗쳤다. 그 빛은 동쪽으로 1만 8천의 많은 국토를 비추어, 아비지옥으로부터 유정천(有頂千)에 이르기까지 모든 불국토와 육취(六趣)에 있는 모든 중생들에게 똑똑히 보였다. 또 그 불국토에는 부처님께서 계시는 것도 보였으며, 부처님의 설법도 전부 들렸다.[20]

이것 또한 왕의 다스림과 지혜와 국토에 대한 장엄한 표현으로 곧바로 전화될 수 있다. 특히 모든 중생과 모든 세계를 하나하나 낱낱이 헤듯이 표현하면서 그들 전체를 감싸 안는 표현은 왕의 다스림이 극치에 이른 국가의 모습을 표현한다고 보기에 제격이다. 이런 것은 유교에는 없다.

넷째, 『금강경언해』, 『반야심경언해』, 『선종영가집언해』 등 마음을 닦는 구도자의 형상이다. 마음을 닦는 방법, 지혜, 구도의 자세 등 다양한

---

18 물론 모든 왕이 신하들보다 우월한 지적 능력을 가졌던 것은 아니다. 조선시대 왕들 중에서는 세종, 세조, 영조, 정조 정도를 꼽을 수 있다. 이들 왕의 공통점은 대규모 문물정리 사업으로 재위 때 책을 많이 펴냈다는 것과 우월한 지적 능력을 왕권강화와 결합시켰다는 것이다.

19 세계에 대한 이러한 장엄한 묘사는 인도 신화가 가진 가장 큰 특징이라 할 수 있다. 사실 인도 신화의 어느 대목을 보아도 이런 묘사는 일반적으로 접할 수 있다. 불교에서 세계에 대한 이러한 묘사는 분명 본래 인도 신화로부터 유래한 것이다. 인도신화에 대해서는 베로니카 이온스 지음. 임웅 옮김, 『인도신화』, 범우사, 2004, 참조.

20 爾時, 佛放眉間白毫相光, 照東方萬八千世界, 靡不周遍, 下至阿鼻地獄, 上至阿迦尼吒天. 於此世界, 盡見彼土六趣衆生, 又見彼土現在諸佛. 及聞諸佛所說經法. 『법화경』 「서품」.

것을 알려준다. 모든 불경에 두루 나타나나 선종 계열의 문헌에서 좀 더 구체적이고 현실적인 모습으로 등장한다.

> 그러므로 수보리야, 보살마하살은 꼭 이렇게 청정한 마음을 내어야 하나니, 색(色)에 머물러서 마음을 내지도 말고 성(聲)·향(香)·미(味)·족(觸)·법(法)에 머물러서 마음을 내지도 말아야 하나니, 아무데도 머무는데 없이 마음을 내어야 하느니라.[21]

이것은 마음을 닦는 주자학자의 모습으로 쉽게 전이될 수 있다. 대상은 왕 뿐만 아니라 신하도 모두 해당할 수 있는 보편적 형상이다.[22] 보편적 형상인만큼 국가 속의 지식인에 대해 보편적으로 적용될 수 있다. 참된 지식 앞에서 충실한 지식인의 구도의 자세야말로 유교든 불교든 국가 내부에서 키워내야 할 인재들에 대해 기대해야 할 자세였을 것이다.

이상으로 15세기 후반에 번역된 불경에 등장하는 문학적 형상들에 대해 살펴보았다. 그 과정에서 앞절에서 이야기했던 유교적 왕의 형상과 불교적 왕의 형상이 이 문학적 형상들에서 서로 접합하고 있는 모습도 확인하였다. 정치적-이데올로기적 형상과 종교적-문학적 형상의 결합이 나타나고 있는 것이다. 15세기 불경번역운동은 개인적 신심의 차원이 아니라 국가적 차원의 것이었다.

---

21 是故須菩提! 諸菩薩摩訶薩, 應如是生淸淨心, 不應住色生心, 不應住聲香味觸法生心. 應無所住而生其心. 『금강경』「장엄정토분」제10.

22 당대 주자학자들도 불교에 친근하게 접촉하고 있었다. 특히 조선의 사대부들이 한시를 지을 때 가장 많이 참고했던 중국의 시인 백거이, 소동파 등은 불교도와 친했던 일화들이 많이 남아있었다. 따라서 조선의 주자학자들도 불교도와 사귀고 그들의 지적 태도를 참고하는데 그렇게 큰 거부감이 없었다.

3. 번역가 왕과 불경번역

위에서는 불경 속의 문학적 형상들을 살펴봄으로써 유교적 왕의 형상과 부처의 형상을 결합시켜 왕의 형상을 강화하려는 것이 왕과 왕실에서 15세기 후반 불경번역운동을 일으킨 의도임을 밝혔다. 여기에서는 번역현장에서 왕이 번역가로 참여한 것에 주목하여 번역현장에서 왕의 자리, 왕의 형상은 어떤 것인가를 살펴보기로 한다. 동시에 왕의 번역가 형상이 실제 정치적-이데올로기적 왕의 형상과 가지는 관계도 살펴보기로 한다.

번역가는 숨고 작가는 드러난다. 번역은 이차적이고 창작은 일차적이다. 번역가에 대한 사회적 대우가 그렇게 높지 않은 것은 번역학 이론을 들추지 않더라도 상식이다.[23] 한데 왕이 번역 프로젝트를 수행하고 자신이 직접 번역도 한다면 어떨까? 실제로 15세기 후반 조선왕조에서 일어난 불경번역운동에서 세조가 그런 일을 했다.

세조는 1461년 국가기관 간경도감을 만든다. 본래 목적은 전 왕조 고려에서 만들었던 고려대장경을 복원하고 여러 한문불전들을 간행하는 일이었다. 여기에 더해 불경번역도 하게 된다. 하지만 실제 활동을 보면 마치 주요 활동이 불경번역처럼 보일 정도로 불경 번역에 열심이었다.[24]

세조는 이 간경도감의 불경번역활동을 주도적으로 이끈다. 그는 왕실과 문신 김수온, 당대의 유명한 고승이었던 학조·신미 등으로 이루어진

---

23 번역과 번역가의 지위 문제는 Lawrence Venuti, 『The Translator's Invisibility』, Routledge, 1995. 참조.

24 간경도감에 대한 최근의 종합적 성격의 연구로는 김무봉, 「불경언해와 간경도감(刊經都監)」, 『동아시아불교문화』 6, 2010 ; 김기종, 「15세기 불전언해의 시대적 맥락과 그 성격 : 간경도감본 언해불전을 중심으로」, 『한국어문학연구』 58, 2012 ; 정우영, 「중기국어(中期國語) 불전언해(佛典諺解)의 역사성(歷史性)과 언어문화사적(言語文化史的) 가치(價値)」, 『한국어학』 55, 2012 등을 들 수 있다.

팀을 만든다. 세조와 왕비 자성대비, 며느리 인수대비 등은 자신들이 당대 문화계를 대표할만한 거목들이었다. 특히 세조는 정치, 문화, 군사 등 모든 부문에서 특출한 역량을 가지고 있는 문화군주였다. 김수온 등 관료들은 조선 건국 이후 문신관료를 키워내는 기풍이 근 두 세대 이상 지속되면서 이루어낸 문인집단의 대표 중 특히 친불교적 인사들이 참여했다. 신미, 학조 등은 15세기 국가의 상층부에서 불교가 거세되는 과정에서 마지막으로 불교계를 빛낸 고승들이었다.

말 그대로 15세기 후반 불교계의 최고의 지성들을 모아놓은 팀이었다. 따라서 15세기 후반 불경번역운동은 개인적인 번역활동의 결과물이 아니라 당대 불교계 최고의 지성들이 만들어낸 문화 걸작품이었다. 세조는 이런 훌륭한 팀을 짜고 철저하게 공동 작업을 통해 불경번역을 해나갔다.

이 팀에서 만들어낸 번역은 번역수순까지 철저하게 고안된 것이었다. 먼저 세조가 주도적으로 한문원문에 구결을 단다. 구결은 한문의 구문에 맞춰 한글 기호를 중간중간 삽입하는 것이다. 이어서 구결을 함께 검토한 후 번역을 한다. 이 번역을 서로 검토한 후 어전회의를 거쳐 확정하였다. 말 그대로 국가사업으로서의 번역이라는 이름에 걸맞는 수준의 것이었다.

이 정도의 공동작업을 수행한 것만으로도 굉장한 번역팀이라 할 수 있다. 한데 최소한 1469년 세조가 죽기 전까지만 해도 이것보다 훨씬 더 광범위한 번역행위가 이루어졌다. 간경도감은 지방 여러 도시에 분원을 가지고 있었다. 여기에서 주로 하는 일은 각처의 산속에 숨어있는 고승들을 찾아내어 한 마디라도 불경번역에 참가하게 하는 일이었다. 따라서 세조가 구성한 팀은 이 고승들이 해낸 번역을 수합하고 비판적으로 수용하는 일까지 해낸 것이다. 말 그대로 나라 안의 불교계 지성이 총동원된 번역작업이었다.

그러면 이런 번역현장에서 세조가 하고 있던 실제 역할은 무엇이었을까? 세조는 여기에서도 앞에서 말한 유교적 성왕과 불교적 부처의 형상을 재현하고 있었다. 현실에서의 왕인 세조와 유교적 성왕과 불교적 부처는 모두 지식을 매개로 자신의 형상을 구성하고 있다.

유교에서 왕의 최고의 형태인 성왕, 곧 성인인 왕이다. 성인은 종교가가 아니다. 그는 일차적으로 우주가 도덕적으로 완전하게 운행하고 있는 원리를 체득하고 그것만큼이나 완전한 인간적 도덕으로 실천할 수 있는 방법을 만들어낸 지식인이다. 성왕은 바로 이러한 지식인인 성인이 왕이 되어 자신의 도덕적 앎을 국가의 여러 가지 문화적 정치적 형태로 시행하여 이 세상 백성에게 이로움을 주는 왕이다.[25] 바로 여기에서 유교의 성왕과 지혜로 온세상을 두루 비치는 불교의 부처가 "번역가 왕의 형상"에서 하나로 만날 수 있는 지점이 생기는 것이다.

번역은 사회 내부로 지식을 반입하는 행위이다. 번역가는 이 지식의 반입행위를 수행하는 주체이다. 한데 불경번역은 보통의 지식이 아니라 최고의 가치를 가진 고전 즉 불경의 내용을 반입하는 행위이다. 또 보통의 고전이 아니라 왕의 형상을 강화해줄 수 있는 고전이다. 세조는 이 고전을 번역하는 행위, 즉 지식의 실질적 생산의 물줄기를 장악하고 자신이 그 지식의 물줄기의 생성에 주도권을 행사한다. 바로 유교적 성왕과 불교적 부처가 자신의 지식과 지혜로 하는 행위 그대로이다. 번역가로서 세조는 자신의 형상을 성왕과 부처의 형상에 비기고 있는 것이다.

물론 15세기 후반 불경번역운동에서는 개인적인 번역도 이루어진다. 이때 번역가는 불교신자로서 신하로서 유교적 성왕보다는 불교적 부처의 형상에 자신을 투영했을 것이다. 유교적 성왕에 자신을 투영할 수 있

---

25 이에 대해서는 주자가 쓴 「大學章句序」 참조.

는 사람은 왕이었던 세조뿐이다.

그럼 이들이 집단적으로 또는 개인적으로 불경을 번역했던 일이 실질적으로 의미하는 것을 잠깐 살펴보기로 한다. 첫째, 이들이 번역을 하는 현장은 바로 불경의 의미가 우리말로 확정되는 순간이었다. 즉 그때까지 구술로만 전해 내려오던 불경의 의미가 최초로 한글이라는 글말로 확정되는 순간이었다. 이렇게 확정된 것은 조선말까지 거의 변하지 않고 유지되는 수준을 담보하고 있었다. 둘째, 불경의 의미를 국가 이데올로기적 차원에서 확정하는 순간이었다. 즉 국가이데올로기로서 왕과 신하와 백성간의 관계를 지칭하는 불교의 이데올로기적 성격을 확정해주는 순간이었다.

셋째, 15세기 후반 불경번역운동은 왕실에서 주도한 것이기 때문에 이때 번역 주체인 왕실은 번역된 불경이 국가 차원에서 어떤 의미를 가질 것인가에 대해 생각하면서 번역했을 것이다. 이 말은 왕실은 불경번역을 통해 불교가 조선이라는 국가 내부에서 가지게 될 이데올로기적 위치를 확정지으려고 시도한 것이라고 보아도 무방할 것이다. 즉 유교와 병존하며 유교를 보조해주는 국가이데올로기로서 기능을 말하는 것이다.

이상으로 번역가 왕의 형상을 살펴보았다. 하지만 번역가 왕의 형상과 관련된 것은 이것뿐만이 아니다. 잠깐 번역가 왕과 관련된 몇 가지 형상을 살펴보기로 한다. 이들 형상들은 서로 포함하고 포괄하면서 전체를 형성하고 있다. 첫째, 역경가 형상이 있다. 불경을 베껴 쓰는 사경은 구복의 의미가 있다. 하지만 사경은 한 벌 밖에 못 베끼지만 역경은 수없이 많은 현세와 미래의 사람들에게 불경을 보게 해주므로 구복에 있어서 더 큰 것이 없다.[26]

---

26 불법을 남에게 전해주는 공덕에 대해서는 『금강경』 제12분 「尊重正教分」의 말이 특히 유명하다. "復次, 須菩提! 隨說是經, 乃至四句偈等, 當知此處, 一切世間天人阿修

둘째, 출판가 형상이 있다. 출판이야말로 불경의 내용을 수없이 많은 사람에게 전파하는 행위이다. 그 동인은 참되고 귀한 지식의 보급 행위이기 때문이다. 따라서 조선왕조는 불경이나 유경 등의 중요한 지식의 출판을 국가가 독점하였다. 말 그대로 출판은 왕의 행위였다.[27]

불경번역운동에서 왕은 번역을 자신이 주도함으로써 백성에게 흘러가는 지식의 원천 출발지인 지식 생산자로서 번역가의 형상을 독점하였다. 또한 백성들에게 지식을 보급하는 출판가로서의 형상도 가짐으로써 가르침을 널리 펴는 교육자의 형상까지 한몸에 가졌다. 이러한 번역가이자 출판가인 "왕의 형상"은 유교의 완전한 지식인 왕인 성왕이 가르침을 펴는 것과 불교의 깨달음을 얻은 부처가 지혜를 펴는 것과 동질적인 것이다. 그래서 불경의 번역과 출판은 왕의 사업이었다.

셋째, 왕조초기 문화군주 형상이 있다. 동아시아의 왕조에서는 왕조 초기에 문물을 대규모로 정리하여 서적으로 출판하였다. 이것은 새 왕조의 이데올로기적 장치를 개발하는 것이었고 구왕조의 문물을 정리하는 한편 혁신시키는 것이기도 했다. 왕조 초기에는 자신이 신하들을 능가하는 문화적 역량을 가지고 이러한 문물정리사업에 적극적인 역할을 수행하는 왕이 등장한다. 조선초기에는 4대왕 세종, 5대왕 문종, 7대왕 세조 등이 그들이다. 세조의 번역가 형상은 문물정리가인 문화군주 형상 속에 포함된다.[28]

넷째, 문명매개자 형상이다. 문화군주들은 보통 중국과 한반도 문명

羅, 皆應供養, 如佛塔廟." 베트남의 유명한 서사시 『낌번끼에우』에서는 주인공인 끼에우가 『법화경』 한 벌을 금자로 사경한 공덕으로 나중에 나락에서 구원받는다.

27 이에 대해서는 이재정, 『조선출판주식회사』, 안티쿠스, 2008 ; 金聖洙, 「조선시대 국가 중앙인쇄기관의 조직·기능 및 업무활동에 관한 연구」, 『서지학연구』 42, 2009 참조.

28 중국에서 왕조 초기 대문물정리 사업을 수행한 사람은 보통 당 태종, 송 진종과 인종, 명 홍무제와 영락제, 청 강희제와 건륭제 등을 들 수 있다.

사이, 한자와 한문 사이에서 적극적이고 주체적으로 중국문명을 수용하고 그것을 보급하는 행위를 한다. 이것은 단순한 중국문명의 수용이 아니라 중국이 개발한 보편적 세계운영원리를 중국과 한반도가 공유하는 형태라고 보는 것이 타당할 것이다. 또한 중국이 천명한 보편적 원리가 진정 보편적인가 하는 점을 실험하는 무대이기도 했다. 유교와 불교가 그 대표적인 것이었다.[29]

이상으로 번역가 왕의 형상에 대해 잠깐 살펴보았다. 결국 간경도감을 통해 번역작업을 수행하면서 세조가 의도한 것은 이데올로기적으로도 실질적으로도 왕의 형상과 역할을 유교의 성왕과 불교의 부처와 동질적인 것으로 세우려는 노력이었다 할 수 있다.

4. 과도기 문명의 수확

이상으로 15세기 후반 신생왕조 조선에서 일어난 불경번역운동의 특성 몇 가지를 "왕의 형상"이라는 점에 주목하여 살펴보았다. 문제는 조선은 문명의 상층부에서 불교를 완전히 밀어내버린 왕조라는 점이다. 16세기가 되면 유교가 사회의 상층부를 완전히 장악한다. 불교는 사회 하층에서 신앙의 형태로만 존속하였다. 따라서 국가적 단위의 불경번역은 더 이상 이루어지지 않는다.

15세기 후반 불경번역운동은 한반도에서 천년 이상 지속되어온 불교 국가가 끝나고 남은 불교의 잔존형태였다. 불교국가는 14세기 말 고려왕

---

29 이렇게 번역이 가진 문명매개의 특징은 한국고전번역 즉 한반도에서 이루어진 고전번역이 전통시대에 지녔던 일반적인 성격이었다. 필자가 현재 주로 연구하고 있는 한국고전번역학은 주로 이런 모습을 탐구하는 것을 학문적 목적으로 하고 있다.

조의 멸망을 끝으로 한반도에서 사라진다. 이미 망해버린 불교국가의 모습이 마지막 사그러질 즈음 새 문자의 발명과 함께 유교와 불교를 접합시키는 "왕의 형상"이라는 형태로 잠깐 찬연히 불꽃을 피워 올린 것이다. 이후 한자로 이루어진 팔만대장경 위에 세워졌던 불교국가는 이제 사서오경 위에 세워진 유교국가로 완전히 대체된다.

이 세상에 망하지 않는 나라나 문명은 없다. 다만 망할 때 어떻게 망하느냐가 중요하다. 15세기 후반에 번역된 불경은 근대 들어 언문일치 시대를 맞아 새 번역이 이루어질 때까지 오백년을 불경의 표준번역으로 남아있었다. 천년 불교국가의 힘이라 할 수 있을 것이다. 또는 불경번역운동을 주도한 세조와 왕실의 신심과 염원의 힘이기도 할 것이다. 망할 때도 그냥 망하지 않았다는 이야기이다.

불경번역운동은 문명이 하나의 문턱을 넘어갈 때 이루어진 과도기의 것이었다. 15세기 성리학은 결국 자신들의 경서의 번역을 내지 못했다. 번역을 낼 수준이 되지 못했던 것이다. 성리학의 사서삼경 번역본이 나온 것은 16세기 말이었다. 15세기 조선은 성리학 국가를 표방했으나 세계관을 전면적으로 장악할 만큼의 수준에 이르는 성리학에 대한 이해가 되어 있지 못했다. 이때 성리학이 다 장악하지 못한 세계관의 한 부분을 내쫓긴 불교가 거들고 있었다. 그것이 바로 불경번역운동이 지향한 "왕의 형상"이었던 것이다.

16세기 사림파 문인의 문학사회학적 인식과 번역을 통한 교화의 실천

정출헌

1. 문제의 소재

널리 알려진 것처럼, 16세기는 중종반정(中宗反正)을 계기로 사림파 문인이 역사의 전면에 등장하여 훈구파와 긴장관계를 형성하는 한편 기존의 사회정치적 질서를 재편하기 위해 각고의 노력을 기울이던 시기였다. 문학사의 분야에서도 예외가 아니다. 그들은 도학적(道學的)/재도론적(載道論的) 문학관(文學觀)이라는 추상적/선험적인 개념만으로는 온전하게 규정되지 않는, 어쩌면 한낱 학자(學者)/문사(文士)이기에 앞서 사회 개혁을 기획하고 이를 강력하게 추구하던 실천적 관료이기도 했다. 자신이 꿈꾸던 이상사회의 실현을 위해 기존의 윤리와 제도를 전면적/근본적으로 뒤바꾸고자 했던 그들은 문학적 인식은 물론 문학 창작에서도 그러했던 것이다. 문인지식층의 세련된 문예미를 한껏 자랑하던 전기소설(傳奇小說)이라든가 중국에서 전래된 통속적 백화소설(白話小說)은 물론 유흥적인 흥취를 돋우던 경기체가(景幾體歌), 개인의 서정을 노래하던 시조(時調)와 같은 갈래들까지 자신이 열망하는 사회를 구현·선전하는 도구로 끌어들이고 있었다.

그 점, 새삼스런 지적이 아니다. 그럼에도 불구하고 이런 작품들과 이를 탄생시킨 16세기라는 문학사회학적 토대는 좀 더 긴밀하게 관련지어 볼 여지가 많다. 물론 이 시기에 활동하던 개별 작가들의 연구 또는 이들을 몇몇 유형으로 묶어 논의한 성과가 없었던 것은 아니다. 하지만 작가론의 차원에서든 유파별(類派別) 접근의 차원에서든, 이들을 조망하는 우리의 시각이 거의 모두 관각파와 사림파라는 이분법적 틀로 고정되어 있었다고 해도 과언이 아니다. 그로 인해 조선전기의 문학사적 지형도를 간명하게 그릴 수는 있었지만, 작고 섬세한 굴곡들을 그려내는 데는 너무나도 거칠었다. 예컨대 16세기 전반을 대표하는 사림파 문인 가운데 김안국(金安國)의 문장을 두고 박세채는 "文采와 文理가 고루 갖추어졌고, 도덕과 인의에 젖어 환하게 빛을 발한다."[1]고 평가하고 있다. 과연 박세채가 말하고자 했던 바는 무엇이었을까? 우리들은 흔히 사림파하면 '문이재도(文以載道)'라든가 '도본문말(道本文末)'이라는 잣대를 들이대지만, 그것만으로 김안국의 문학세계를 설명하기란 역부족이다.

물론 김안국과 같은 16세기 전반의 사림파 문인은 성리학적 문학관을 견지하면서도 당시의 관각문학까지 포용하는 개방적인 태도를 지니고 있었다고 평가할 수도 있다.[2] 실상에 좀 더 가까이 다가섰다는 점에서 경청할 만하지만, 이분법적 시각에 갇혀 있다는 한계로부터는 여전히 자유롭지 못하다. 그들의 문학세계를 제대로 이해하기 위해서는 사장파와의 대비적 고찰을 넘어서서 당대의 사회적 지형과 그곳에서의 실천적 행위와 긴밀하게 관련지어 다루어야만 한다. 16세기 전반 사림파 문인은 학자/문사에 머물지 않고, 사회 변혁을 위해 분투하던 실천적 관료로도

---

1 朴世采, 「重刊慕齋先生文集序」, 金安國, 『慕齋全集(상)』(모재선생기념사업회, 1994) "余惟先生所爲文章, 詞理互備, 眞所謂澤於道德仁義而炳如者."

2 유호진, 「金安國 詩의 연구–주로 그의 自然詩가 지닌 寓意性을 중심으로」, 고려대 석사학위논문, 1992, 9쪽.

기꺼이 자처했던 것이다.

이런 기본적 전제에 유념하면서 기묘사림으로 명명되던 '젊은' 그들, 바로 이들의 현실인식과 문학창작의 실천이 오늘 우리가 찾아가고자 하는 최종 목적지다. 우리는 그들을 대상으로 삼아, 다음 세 가지 질문에 대한 답을 마련해 보려는 것이다. 첫째, 16세기 사림파 문인이 지니고 있던 현실인식은 자신의 개혁적 이상과 결합해 어떤 문학사회학적 지평을 구축하게 되었는가? 둘째, 16세기 사림파 문인이 갖고 있던 문학사회학적 인식은 향촌사회라는 현실공간과 만나면서 어떻게 변화·심화 되었는가? 셋째, 16세기 사림파 문인이 의도한 '문학적 감동'과 '사회적 교화'의 결합을 통해 문학적으로 어느 정도의 미적 성취를 거두었는가? 물론 이들에 대한 만족할 만한 답변을 기대하기란 어렵다. 다만, 몇몇 사례를 집중적으로 점검하면서 그런 답변에 도달하는 가능성으로서의 의견을 구하는 데 만족하기로 한다.

2. 16세기 사림파 문인의 현실인식과 문학사회학적 지평

[1] 현전하는 판본으로 미루어 보건대, 김안국의 문집인 『모재집(慕齋集)』은 모두 세 번 간행된 것으로 보인다. 초간(初刊)은 1574년 김안국의 문인 허충길(許忠吉)이 영천군수로 있으면서 간행한 것으로 유희춘의 서문이 실려 있고, 중간(重刊)은 1687년 용강현령으로 있던 김구(金構)가 간행한 것으로 유희춘의 서문과 박세채의 중간 서문이 실려 있다. 그리고 그 사이 어느 쯤엔가 유희춘의 서문만 실어 간행한 것이 있다. 흥미로운 것은 후대로 갈수록 실려 있는 시가 줄어들고 있다는 것이다. 초간본에는 수록되어 있던 기생과 관련한 시편들이 점차 삭제되어간 것인데, 김

안국의 도학자적(道學者的) 면모에 손상이 간다고 생각한 후대 유학자의 경직된 손질임에 분명하다.[3]

그 점 별도의 실증적 고찰이 필요하겠지만, 여기서 우리가 주목할 바는 그게 아니다. 오히려 작품 배치에 눈길이 간다. 전체 15권으로 이루어진 문집 가운데 권1~8은 시, 권9~14는 문, 권15는 부록이다. 시는 김안국의 삶에 의거하여 대략 세 시기로 나뉘어져 있다. 권1~3은 사환기(仕宦期), 권4~7은 퇴거기(退居期), 권8은 복직기(復職期)의 작품으로 편년(編年)되어 있는 것이다. 시를 통해 대략적인 삶의 연대기를 재구할 수 있는데, 문집 내부를 보면 그렇지만도 않다. 권1의 첫머리, 정확하게는 네 번째로 실린 〈권합천생도(勸陝川生徒)〉로부터 〈권시초계학자(勸示草溪學者)〉에 이르는 총 69수의 시편이 한 데 모여 있는 것이다.[4] 그것들은 김안국이 중종 12년(1517), 그의 나이 40세에 경상도 관찰사로 나갔을 때 경상도 66개 향교를 다니면서 『소학』을 힘써 공부할 것을 당부했던 이른바 '권소학시(勸小學詩)'이다. 7언 절구로 된 이들 내용을 사표(師表)의 존숭, 진유(眞儒)의 도리, 만민(萬民)의 교화, 선현(先賢)의 찬양, 기송(記誦)과 사장(詞章)의 경계, 관찰사(觀察使)의 책무 등으로 따져볼 수도 있겠지만,[5] 그러한 작업 이전에 우리의 눈길을 끄는 바는 『소학』에 쏟고 있는 김안국의 열정이다. 열정의 실질은 대략 이러했다.

---

3 『모재집』의 간행과 관련된 서지적 사항은 유호진, 앞의 논문 2~4쪽 참조. 그런 사례는 김종직의 『점필재집』, 조식의 『남명집』에서도 유사하게 확인된다. 再刊, 三刊을 거듭하면서 도학자적 면모에 손상이 갈 만한 시문을 의도적으로 삭제했던 것이다. 그런 까닭에 뒷사람에 의해 엄격하게 선별되고 거기에다 의도적으로 다듬어진 현전 문집만 가지고 한 인물의 진면목을 온전하게 재구한다는 것은 많은 한계가 있을 수밖에 없다.

4 '勸小學詩'가 아닌 작품 7수가 중간에 끼어 있는데, 그건 그때 그 고을에서 지은 시가 분명한 경우에 해당한다.

5 김시황, 「慕齋 金(安國) 先生 勸小學詩 연구」, 『동방한문학』 11, 1995.

治化曾經佔畢公　　일찍이 점필재 선생의 교화를 입어
只今忠厚有遺風　　지금도 충후한 유풍이 남아 있도다.
願添濂洛淵源敎　　바라건대 염락의 가르침을 더하여
庠塾先嚴小學功[6]　학교에서 먼저 소학공부 엄히 하기를.

　고을의 특성을 고려하여 변화를 주고는 있지만, 말하고자 하는 바는 한결같다. 고을마다 다니면서 이런 내용의 시를 짓고, 그걸 판각하여 강당(講堂)에 걸었던 까닭은 『소학』을 배우고 익혀 가슴 깊이 간직하기 위함이었다. 하지만 김안국의 열정이야 별도로 두더라도 작품들이 도달하고 있는 시적 성취는 별반 주목할 게 없다. 시란 장르와 어울리지 않을 법한 교술적 가르침으로 생경하게 채워져 있는 것이다. 그럼에도 불구하고 이런 시편을 문집 첫머리에 두고 있는, 더욱이 김안국의 면모를 세심하게 다듬었던 후대 문인들의 태도를 고려할 때 이처럼 눈에 띄는 작품 배치는 예사로 보아 넘길 수 없다. '권소학시(勸小學詩)'란 시편 제작이 김안국의 삶 또는 문학세계를 대표한다고(또는, 특징짓는다고) 생각한 것으로 보이기 때문이다.

　그런 사실은 문집을 중간(重刊)할 때 붙인 박세채의 서문에서도 확인된다. 김안국을 도학(道學)의 맥락에서 조감한 뒤, 김안국의 삶을 본격적으로 적어 내려가면서 이렇게 말하고 있다.

　　조정에 나간 지 얼마 되지 않아 중종반정을 맞아 맨 먼저 이학(理學)의 숭상을 청하고, 이어 성균관 유생의 교도(敎導)를 맡아 정암(靜菴) 등 여러 선비들과 함께 『소학』을 숭상하고 익히며 『오륜행실』을 증수할 것을 힘써 주청하였다. 또한 이것을 가지고 영남·호남 두 곳에서 몸소 교화를 시켰으며 정주학(程朱學)의 여러 책을 간행하여 보조 자료로 삼기도 했다.[7]

6 金安國, 「勸示善山學者」, 『모재전집(상)』(민창문화사, 1994) 권1. 92쪽.

이곳에서도『소학』의 보급, 그리고 그와 짝이 되는『오륜행실』의 편찬은 김안국의 대표적 작업이었음을 확인할 수 있다. 여느 문집의 서문처럼 '문채(文采)와 문리(文理)가 고루 갖춰져 있다.'(박세채)거나 '부화(浮華)하거나 염일(艶逸)하지 않고 인의(仁義)와 예법(禮法)에 근본하고 있다.'(유희춘)는 평가가 없는 건 아니지만, 문학세계 자체에 대한 관심은 위의 인용문에서 볼 수 있듯 거의 뒷전으로 밀려나 있다. 사회적 이념을 구현하기 위해 창작했던 일련의 문학적 실천이 문집 전면에 부각되어 있는 것이다.

② 그렇다고 김안국이 문장에 능하지 않았던 문인이 아니다. 젊은 시절 회문시(回文詩)와 율시(律詩)를 잘 지어 연산군으로부터 상을 받았던 기록, 일본에서 사신 붕중(弸中; 林復齋[하야시 후쿠사이])이 조선에 왔을 때 선위사(宣慰使) 활동하며 보여준 일화, 그리고 허균의『국조시산(國朝詩刪)』에 9수가 뽑혀 실린 사실 등 김안국은 당시 시문에 무척 능한 인물로 평가되고 있었다.[8] 그럼에도 불구하고 40세에 경상도 관찰사를 지내면서 지은 생경한 시편들의 창작과 이를 통한 교화적 활동이 1900수에 달하는 많은 시(詩)와 표(表)·전(箋)·주(奏)·소(疏)·장(狀)·의(議)·서계(書契)·잡저(雜著)·기(記)·서(序)·제발(題跋)·잠(箴)·명(銘)·송(頌)·축문(祝文)·제문(祭文)·신도비(神道碑)·묘갈명(墓碣銘)·묘표(墓表)·묘지(墓誌) 등 다채로운 문(文)을 일거에 뒤로 밀어버린 까닭은, 당시의 사회적 상황과 분리하여 생각할 수 없다. 16세기 전반 사림파 문인들은 문학이란 자신의 사회적 이념을 담아내는 도구라는 인식을 뚜렷하게 표방하며, 그 어느 때보다도 독특한 문학사회학적 지평을 구축해 나가고 있었던 것이

---

7 박세채,「重刊慕齋先生文集序」
8 강석중,「모재 김안국의 시세계」,『한국한시작가연구』4, 1999, 186~190쪽 참조.

다. 그런 까닭에 범상하게 보아 넘기기 쉬운 다음 발언에도 유념할 필요가 있다.

> 문장이라고 하는 것은 시문이 아름답고 공교한 것만 일컫는 것이 아니다. 반드시 도리와 덕행에 근본하여 안을 채우고 밖으로 드러나 그 정화(精華)의 쓰임이 나라를 빛내고 다스림을 도울 수 있어야지 비로소 귀하다고 할 것이다.[9]

위와 같은 발언에서 성리학적 학문태도를 견지하면서도 관각문학을 포용하던 김안국의 개방적 시각을 읽어낼 수도 있고,[10] 사장파 문학과 사림파 문학의 과도기적 면모를 읽어낼 수도 있다. 하지만 '나라를 빛내고 다스림을 도울 수 있는' 문장을 역설하고 있는 데서 우리가 놓치지 말아야 할 점은, 그게 표면적으론 관각파의 사장옹호론과 유사하게 보일지 모르지만 실질적 내용에 있어서는 상당한 편차를 보인다는 사실이다. 문장을 통해 나라를 빛내고 다스림을 도울 수 있는 학문이란 다음과 같은 국면까지 포괄하고 있었던 것이다.

> 학문의 극치는 천지고금의 변천을 궁구하고, 도덕성명의 이치를 연구하며, 육예(六藝)의 문장과 사장(詞章)의 빛남에 이르기까지 널리 통달하여 물러나 향토(鄕土)에 있을 때면 풍속을 교화하여 고을의 사표가 되고, 나아가 세상을 경영하면 왕화(王化)를 보필하여 세상을 평안하게 만들 수 있는 것이어야 한다.[11]

---

9 김안국, 「二樂亭集序」, 권11. 245쪽. "所謂文章者, 非謂其詞翰之藻艶工贍而已, 必根理道本德行, 弸乎中而彪乎外, 精華之用, 足以黼黻乎邦國, 賁飾乎治化, 然後謂可貴也."
10 유호진, 앞의 논문. 9쪽.
11 김안국, 「公州重修鄕校記」, 권 11. 104쪽. "其學之極, 則又能窮天地古今之變, 盡道德性命之理, 以至六藝之文, 詞翰之華, 無不曲暢而旁通, 處而在鄕, 則足以陶薰風俗, 而範表鄕閭, 出而經世, 則足以黼黻王化, 而康濟斯世."

김안국이 규정하고 있는 학문이란 요즘말로 표현한다면 문[文章]·사 [變遷]·철[理致]을 아우르는 것이었는데, 최종적으로는 '왕화의 보필'과 함께 '풍속의 교화'에 이바지할 수 있는 것이어야 했다. 자신의 시야에 향촌까지 끌어들이고 있는 그 점, 매우 의미심장하다. 그가 성현(成俔)으 로부터 관각파의 박학(博學)을 접하고 김굉필(金宏弼)로부터 사림파의 도 학(道學)을 전수받아 둘을 아우르는 개방적/절충적 태도를 갖게 되었다 는 평가보다 향촌사회의 풍속 교화에 주고 있는 새롭고도 지극한 관심에 주목할 필요가 있음을 상기시켜 주기 때문이다. 사실, 김안국이 당시 가 장 경계했던 지식인의 모습은 산림에 묻혀 고고하게 경전만 기송(記誦)하 는 것과 학궁(學宮)에 모여들어 이록을 얻으려고 사장(詞章)만 일삼는 것 이었다. '권소학시'에 기송과 사장을 경계하는 작품이 유독 많은 까닭은 그런 이유 때문이다.

敎術多端有駁純	가르침은 여러 갈래라 순박(純駁)이 있는 법,
程朱一脈最爲眞	정주학 일맥만이 가장 진실되다네.
須抛記誦詞章累	기송(記誦)과 사장의 폐단 떨쳐 버리고
小學功夫日日新[12]	소학 공부로 나날이 새로워지길.

김안국은 이런 폐단을 극복할 수 있는 방법으로 바로『소학』을 내걸었 다. 그것이 그 어떤 것보다 친근하면서도 절실한 실행(實行)의 학문으로 생각했던 것이다. 그럼에도 불구하고 경전의 장구만 외우고 문장의 조탁 에만 힘쓰면, 선비 가운데 진유(眞儒)는 있을 수 없고, 나라에 선치(善治) 는 있을 수 없으며, 풍속에 선화(善化)가 있을 수 없다는 점을 누누이 강 조하고 있었다.[13] 우리가 16세기 전반 사림파 문인을 관각파와의 대립으

---

12 김안국,「勸示昌原學者」, 권1, 84쪽.

로만 읽지 말고, 그들이 발 딛고 살았던 시대적 분위기에 보다 유념해야 한다고 말했던 것은 이 때문이다. 김안국에게서 유추할 수 있듯, 그들에게 '소학적 이념'과 '교화의 도구'란 결코 분리될 수 없는 화두였다. 16세기 전반 사림파 문인의 현실인식과 문학사회학적 지평은 이들 두 개의 축을 중심으로 펼쳐졌던 것이다.

3. 16세기 사림파 문인의 문학사회학적 인식과 현실공간

□ 16세기 전반을 살았던 사림파 문인들은, 건국이념인 성리학적 이념을 사회 전 계층으로 확산·관철시켜야 한다는 시대적 요구를 결코 외면하지 않았다. 윤리규범서의 편찬·발간을 통해 성리학적 윤리를 보급하고 사회 개혁적 질서를 적극적으로 적용·실험했던 것은 그런 사례의 두드러진 사례일 터다. 특히, 중종반정(中宗反正)을 계기로 본격화된 이런 변혁의 흐름을 주도한 핵심인물은 바로 김안국이다.

> 경주·안동 등의 군읍(郡邑)에서도 치도(治道)에 관계되는 서책을 간행케 한 것이 무릇 11종이나 된다. 『동몽수지(童蒙須知)』는 계몽하는 것이고, 『구결소학(口訣小學)』은 근본을 배양하는 것이며, 『삼강이륜행실(三綱二倫行實)』은 인륜을 밝히는 것이며, 언해한 『정속(正俗)』, 『여씨향약(呂氏鄕約)』은 향속을 바루는 것이고, 언해한 『농서(農書)』와 『잠서(蠶書)』는 본업을 돈독히 하는 것이며, 언해한 『창진방(瘡疹方)』과 『벽온방(辟瘟方)』은 요사(夭死)를 구하는 것이니, 이런 것이 공의 선정(善政)의 전부는 아니다. 하지만 이로 말미암아 공의 학문과 포부가 다른 사람보다 훨씬 위대한 것을 볼 수 있다.[14]

---

13 김안국, 「公州重修鄕校記」, 권11, 194쪽. "其所講習而相勉者, 不過記誦詞章之末, 以爲媒進之圖而已, 士無眞儒, 時無善治, 俗無善化."

위의 인용문은『소학』을 중심으로 향촌사회의 교화를 학문의 목적 가운데 하나로 설정했던 김안국의 실천적 작업이 어떠했는가를 일목요연하게 보여준다. 어린아이의 초학 교육으로부터 농사·양잠의 방법 및 전염병의 퇴치에 이르기까지 관심과 처방이 미치지 않은 곳이 없을 정도다. 그 가운데 특히『삼강이륜행실』이란 책명이 눈길을 끄는데, 이건『삼강행실도』와『이륜행실도』를 함께 일컫고 있는 것이다.[15] 여기에서 김안국의 작업은『이륜행실도』에 한정해야 한다. 주지하듯『삼강행실도』는 세종 때 편찬된 조선시대 대표적 윤리규범서다.[16] 그런데『삼강행실도』가 있음에도 불구하고 굳이『이륜행실도』를 편찬했던 까닭은 무엇일까? 김안국 자신의 말을 빌면, 경상도 관찰사가 되어 지방에 내려가 보니 어리석은 사람도 삼강의 중요성을 알고 있건만 장유(長幼)와 붕우(朋友)의 도리를 모르는 사람이 많아 편찬했다는 것이다.[17] 그때의 정황을 뒷받침하는 하나의 사건이 그 자신의 행장(行狀)에 실려 전한다.

그때 민간에는 형제가 토지로 소송하는 자가 있으니 공은 그들을 불러다가 효제(孝悌)의 도로 효유(曉諭)하여 그 백성은 그의 지극하고 간절함에 감동해서 마침내 송사를 그만 두고 갔던 것이다.[18]

---

14 姜渾, 「二倫行實圖序」, 443쪽.

15 박세채는 중간본 서문에서 이를 '五倫行實'로 부르기도 했다.

16 『삼강행실도』는 성종 때 諺解되고, 중종 때 대대적으로 간행·보급된다. 중종 6년에는 총 2940질을 찍었는데, 아마도 조선시대를 통틀어 한 회에 찍은 부수로는 최대 규모일 것이라 한다. 강명관, 「삼강행실도-약자에게 가해진 도덕의 폭력」, 『한국고전여성문학연구』 5, 2002, 20쪽.

17 『중종실록』 13년 4월 1일조. 실제로『이륜행실도』는 '장유'를 '형제'로 대신하고 있어 엄밀한 의미에서 '이륜행실도'라 이름할 수 없다. 어쨌든 이런 형제편에 '親戚' 조항을 붙이고, 붕우편에 '師生' 조항을 붙이고 있다.

18 鄭士龍, 「碑狀」, 505쪽.

김안국이 경상도 관찰사로 있었던 때의 삽화다. 김안국이 목민관의 자
격으로 향촌사회와 대면하던 즈음,[19] 삼강의 윤리만 가지고 향촌사회에
서 벌어지는 제반 문제를 해결하기란 턱없이 부족하다는 점을 깨닫게 한
사건이기에 이토록 특기한 것이겠다. 그리고 그것을 계기/빌미로『이륜
행실도』를 편찬했다. 형제간의 재산 다툼이야 어느 때든 있었겠지만, 위
정자들은 으레 일상적 사건을 각별한 사건으로 부각시켜 새로운 정책을
강제하는 정당성으로 삼는 법이다. 세종 10년 진주(晉州)에 사는 김화(金
禾)라는 자가 자기 부친을 죽인 사건을 명분 삼아 조선시대를 통틀어 가
장 가공할 만한 사건으로 기억될 정책, 곧『삼강행실도』를 통해 전국민
을 대상으로 한 성리학적 이념의 공세가 시작된 것도 마찬가지다.

그럼에도 불구하고 16세기 전반 사림파 문인들이 형제간의 문제에 새
삼 관심을 두게 되었다는 것은, 성리학적 이념의 보급과 교화가 향촌사
회라는 현실공간을 대상으로 삼아 전개되고 있던 사정을 반영하는 것으
로 기억할 필요가 있다. 그리고 그런 맥락에서라면 김안국의 아우이자
정치적 동반자이기도 했던 김정국(金正國)의 실천적 작업 또한 함께 고찰
할 필요가 있다. 중종 13년(1518) 황해도 관찰사에 제수된 김정국 역시
향촌사회의 개혁에 온힘을 기울였었는데, 그런 아우의 행적을 형 김안국
은 이렇게 적어 내려가고 있다.

> 나의 아우는 궁민(窮民)을 구호하고 송사를 명단(明斷)하기에 밤낮으로 게
> 으름을 피우지 않고, 선을 가르치고 악을 금하여 백성이 따르기도 쉽고 범하
> 기도 쉬운 12개조를 만들어『경민편(警民篇)』이라 이름 지은 뒤 간행하여 민
> 간에 배포하였다.[20]

---

19 己卯士禍 이후 19년 동안 경기도 利川에 은거하고 있었던 김안국의 삶은 이와는 사뭇
　　다르다. 그래서 '목민관의 자격'으로라고 표현한 것이다.
20 김안국, 「嘉善大夫 吏曹判書 季君 墓誌銘」, 411쪽.

실제로 『경민편』에는 부모(父母), 부처(夫妻), 형제자매(兄弟姉妹), 족친 (族親), 노주(奴主), 인리(隣里), 투구(鬪毆), 근업(勤業), 저축(儲蓄), 사위 (詐僞), 범간(犯奸), 도적(盜賊), 살인(殺人) 등 모두 13개조로 구성되어 있 다. 이들 각각은 16세기 전반 향촌사회에서 빈번하게 일어났던 가장 문 제적 사건임에 분명하다. 삼강이라든가 오륜으로 포괄되지 않는 항목이 다수를 차지하고 있다는 점이 유교적 관념에 근거하여 뽑지 않았음을 반 증한다. 자기 스스로도 "사람의 도리에 가장 관계되면서도 백성이 범하 기 쉬운 것"[21]을 뽑았다고 밝힌 바 있다. 그리고 여기에서 우리는 '형제자 매'의 항목이 앞자리에 배치되고 있는 데 주목하게 된다. 형 김안국이 향촌사회와 대면하면서 절실한 문제로 간주했던 까닭을, 아우 김정국이 구체적 사례로 설명해주고 있기 때문이다. 그들 형제는 무슨 까닭으로 형제의 문제에 그토록 주목했던 것인가?

> 兄弟와 姉妹ᄂᆞᆫ 與我로 同出於父母ᄒᆞ야 同氣而異體니 骨肉至親이 無如兄 弟어ᄂᆞᆯ 無知之人이 爭小利害ᄒᆞ야 鬪爭不和ᄒᆞ야 遂爲仇獸ᄒᆞᄂᆞ니 與禽獸로 奚擇이리오. 兄須愛弟ᄒᆞ며 弟必敬兄ᄒᆞ야 無相疾怨이니 數口奴婢ᄂᆞᆫ 有時而 逃亡病死ᄒᆞ며 數畝田地ᄂᆞᆫ 有時而川反浦落ᄒᆞ야 終歸無益이어니와 兄弟姉 妹ᄂᆞᆫ 相殘不和ᄒᆞ면 鄕里皆斥ᄒᆞ며 國有常法ᄒᆞ니라. 法에 據執合執則杖一百 徒役ᄒᆞ고 …… 篤疾則絞ᄒᆞ고 告訴則杖一百ᄒᆞᄂᆞ니라.[22]

김정국이 지목하고 있는 형제의 문제는 윤리적 차원의 우애를 넘어선 다. 처음부터 끝까지 재산 다툼으로 인한 형제간 불화를 문제 삼고 있다. 향촌사회에서 심각해진 형제간 문제란 이처럼 거의 모두 재산을 둘러싼 다툼이었던 것이다. 그런데 눈길을 끄는 것은, 그런 문제를 야기했을 경

---

21 金正國, 「警民篇序」, 『警民篇諺解, 明皇誡鑑諺解』, 대제각, 1987, 5쪽.
22 김정국, 『경민편언해』, 앞의 책. 23쪽.

우 받았던 처벌 조항들이다. 문서 조작으로 재산을 차지하거나 부모 유산을 독점할 경우 장(杖) 100대에 귀양, 형제간 불화하면 장 80대, 아우가 형을 욕하면 장 100대, 구타하면 장 90대에 귀양, 중상을 입히면 장 100대에 전 가족이 입거(入居), 중병을 만들면 교수형, 그리고 송사를 일으키면 장 100대라는 처벌이 낱낱이 명시되어 있는 것이다. 물론 이대로 시행된 적은 거의 없고 이런 문제를 일으키지 말도록 하는 엄포의 의미가 강했겠지만,[23] 형제간의 재산다툼이 심각하고도 엄한 처벌의 대상되었던 것만큼은 사실이다. 『삼강행실도』에서 다루지 않았던 형제간의 문제를 골간으로 하는 『이륜행실도』를 김안국이 편찬한 까닭은 바로 여기에 있었던 것이다.

[2] 우리는 이상의 고찰을 통해 16세기 전반 사림파 문인의 문학사회학적 인식이 향촌사회라는 현실공간과 만나면서 보다 구체적인 사안에 착목하여 깊숙이 진입하게 되었음을, 그리고 그것 가운데 하나가 형제간 재산다툼이었음을 확인할 수 있었다. 그런 그들의 문학적 실천을 보다 분명하게 보여주는 사례로는 주세붕(周世鵬)이 황해도 관찰사로 나갔던 명종 4~5년(1549~1550) 무렵 지은 〈오륜가〉를 필두로 송순이 선산부사로 있을 때 지은 것으로 보이는 〈오륜가〉(1549), 정철이 강원감사로 있을 때 지은 〈훈민가〉(1580)를 꼽을 수 있다.[24] 이들의 〈오륜가〉에 오륜의 항목이 아닌 '형제'가 '붕우'를 대신하든 '장유'를 대신하든 어김없이 들어가 있었다.[25] 여기에서 이들 시인은 "형제 불화하면 개·돼지와 같다"(주

---

23 김정국, 「경민편서」, 앞의 책. 6쪽. "引法而參訂者는 欲民之有所畏懼而知避也이오."

24 16세기 사림파의 향촌사회개혁운동과 훈민시조를 연계하여 다룬 성과로는 김용철, 「훈민시조 연구」(고려대 석사학위논문, 1990)를 참조할 것.

25 주세붕의 〈오륜가〉에서는 '붕우' 대신 '형제'가 들어가, 송순의 〈오륜가〉에서는 '장유' 대신 '형제'가 들어가 오륜의 범주를 재구성하고 있는 것이다.

세붕)거나 "한 젖 먹고 자랐으니 다투지 말라"(송순, 정철)며 형제간의 우애를 인정에 호소하고 있지만, 진정으로 하고 싶었던 이야기는 다음과 같았으리라.

> 강원도 백성들아 형제 송사 하지 마라.
> 종 따위 밭 따위야 얻기가 쉽거니와
> 어디서 또 얻을 것이라 홀낏 할낏 하느냐?

정철이 강원감사 시절 지은 시조인데, 자신이 체험한 사실을 토대로 창작한 것으로 추측된다. 재산권을 둘러싸고 벌어지던 향촌사회에서의 형제간 갈등은 이처럼 16세기에 목민관을 지낸 사림파 문인 모두에게 깊은 우려를 자아낼 만큼 심각한 문제였던 것이다. 그리고 그건 자신들의 지배이데올로기, 다시 말해 개인·가족·국가차원의 질서를 성리학적 이념으로 빈틈없이 재편하려는 열망이 맞닥뜨릴 수밖에 없는 딜레마이기도 했다. 주지하고 있듯, 조선왕조가 건국되고 약 100년간 상속제는 지배층이 추진한 사회개혁 강령 가운데 중요한 부분을 차지하고 있었다. 특히 종법(宗法)을 강조한 새로운 법률은 상속을 수평적인 것에서 수직적인 것으로 바꿔 놓기 시작했던 것이다. 뿐만 아니라 제사의 원칙은 장자(長子)를 우위에 놓고 차자(次子)를 하위에 두는 불평등을 피해갈 수 없었으며, 이러한 위계적 구조가 향후 재산의 분배를 결정하는 데 유력한 근거가 되는 것은 필연의 이치였던 것이다.[26]

물론 남아 있는 분재기(分財記)를 보건대, 장자-차자, 남자-여자에 대한 균분상속은 대체로 17세기 중엽까지 이어졌던 것으로 보고되고 있다.[27] 그렇다면 16세기 전반 향촌사회에서 벌어지고 있는 형제간 재물다

---

26 마르티나 도이힐러 지음, 이훈상 옮김, 『한국사회의 유교적 변환』, 아카넷, 2003, 310~11쪽.

툼에 주목하고 있는 우리의 논의는 이런 상속제도의 변화와는 무관한, 어쩌면 항상적으로 있었을 법한 문제로 보는 게 타당한 것처럼 보이기도 한다. 그러나 그렇지 않다. 상속제도가 장자/남자 중심으로 확고하게 정착된 17세기 중반 이전, 오히려 상속제도의 변화 과정에서 다툼의 소지는 클 수밖에 없다. 조선 중기에 작성된 분재기가 증언하고 있듯, 16세기에는 남녀간 균분상속이 이루어지고 있는 것이 사실이다. 하지만 그런 평균분집(平均分執)은 어디까지나 봉제사(奉祭祀)를 위한 장자의 몫을 우선적으로 떼어놓는 것이 관례로 자리 잡았다는 것, 그리고 재주(財主)인 부모의 상속 의사는 도덕적 차원에서 법보다 항상 우위에 있었다는 것을 간과해서는 안 된다.[28] 그런 점에서 16세기는 유교적 가족모델의 구축을 위한 새로운 상속제도가 기존의 제도, 곧 남녀는 물론이고 자식간에 있어서도 평균분집을 하던 관습과 갈등하던 시기였다고 바꿔 이해해야 옳다. 그런 정황을 분명하게 해주는 다음의 기사는, 그래서 흥미로운 비교의 자료이다.

> 요즘 저희 사헌부에서 다루는 일 가운데는 처첩 혹은 부자간의 분쟁에 대한 것이 많습니다. 그것들은 모두가 다 노비, 토지, 가사(家舍)와 같은 재물을 둘러싼 다툼입니다. 이처럼 골육간에 서로 다투어 사회 풍속과 기강이 악화된 것은 결코 사소한 일이 아닙니다.[29]

15세기 중엽인 문종 1년(1451) 사헌부집의(司憲府執義) 박팽년(朴彭年)이

---

27 배재홍, 「16세기 후반 경북 경주지방의 영월(寧越) 신씨(辛氏) 분재기(分財記)」, 『영남학』 3, 2003; 전경목, 「분재기를 통해서 본 분재와 봉사 관행의 변천 -부안김씨 고문서를 중심으로-」, 『고문서연구』 22, 2003.
28 마크 피터슨 지음, 김혜정 옮김, 『유교사회의 창출 -조선 중기 입양제와 상속제의 변화』, 일조각, 2000, 24~42쪽.
29 『문종실록』 권9. 문종 1년 8월 갑오.

올린 계(啓)의 일부다. 여기에 보면 16세기 재산권 다툼의 주역으로 우리가 지금 주목하고 있는 형제는 언급되고 있지 않다. 특이한 현상이다. 아마도 당시 상속제도의 최대 관심사가 적자녀(嫡子女)-서출자녀(庶出子女), 수양자(收養子)-시양자(侍養子)에 대한 분집의 비율이었지, 아직 형제(곧, 장자-차자)간의 분집 문제가 크게 불거지지 않았던 시대적 정황을 반영하는 것으로 보인다. 그러다가 16세기에 들어서면서 평균분집을 하기 전에 미리 떼어놓는 '봉제사조(奉祭祀條)(봉사〈奉祀〉, 묘전〈墓田〉, 묘직〈墓直〉)'는 어느 정도로 할 것인가는 물론 장자 중심의 상속제도로 점차 전환하는 데 따라 가족 구성원, 특히 형제간의 갈등이 필연적으로 대두될 수밖에 없었던 것이다. 여기서 우리가 주목할 바는 16세기 전반 사림파 문인들은 향촌사회 내부에서 빚어지고 있던 갈등적 상황을 직접 체험하면서 당위론적/관념론적 차원의 문학사회학적 인식과 그 실천을 보다 정치하게 가다듬을 수 있었다. 비슷한 문제의식 위에서 창작되었지만, 정철의 〈훈민가〉가 주세붕의 〈오륜가〉보다 훨씬 생동하면서도 일상적인 노랫말로 딱딱한 윤리 규범을 친근하게 풀어낼 수 있었던 것도 그런 이유와 무관하지 않을 것이다.[30] 현실은 언제나 우리들의 가장 훌륭한 스승인 법이다.

4. 16세기 사림파 문인의 문학사회적 실천과 그 미적 성취

① 성리학적 이념의 보급과 그로 말미암은 향촌사회 내부의 진통, 이런 모순적 상황에도 불구하고 16세기 전반 사림파 문인들은 유교국가 건설

---

30 접근의 방식은 다르지만 신연우, 「주세붕에서 정철로 훈민시조의 변이와 그 의의」, 『온지논총』 4, 1998에서도 두 작품의 거리 및 변이의 의미를 읽어내고 있다.

을 향한 발걸음을 늦추거나 되돌리지 않았다. 어쩌면 보다 열정적으로 그런 모순과 대면하고, 그런 갈등적 상황을 돌파하려 노력했다. 거기에는 가례(家禮)라든가 향약(鄕約)과 같은 새로운 사회적 실험도 있었지만, 문인 지식인으로서의 특장인 문학적 실천도 당연히 포함되어 있었다. 그것도 매우 전 방위적으로, 그러면서도 체계적으로 진행된 것으로 보인다.

가장 잘 알려진 『삼강행실도(三綱行實圖)』류의 편찬과 보급이야말로 그런 과정을 가장 실감나게 보여준다. 『삼강행실도』가 처음 편찬된 것은 세종 때였지만, 성종 때에는 그곳에 실려 있던 330명을 우리 실정에 맞는 인물 105명으로 간추려 평민도 읽을 수 있도록 언해한 『삼강행실도언해(三綱行實圖諺解)』를 제작하고, 중종 때에는 중국의 인물을 거의 모두 우리나라 인물로 대체한 『속삼강행실도(續三綱行實圖)』를 편찬했다. 뿐만 아니라 새롭게 대두되는 향촌사회의 현실에 대응하기 위해 『이륜행실도(二倫行實圖)』를 별도로 편찬하기도 했다. 작업은 거기서 멈추지 않았다. 광해군 때에는 임진왜란을 겪고 난 후유증을 수습하기 위해 우리나라 인물 1,650명을 망라한 『동국신속삼강행실도(東國新續三綱行實圖)』, 그리고 정조 때는 『삼강행실도』와 『이륜행실도』를 통합하여 최종 결정판인 『오륜행실도(五倫行實圖)』를 편찬하기에 이르렀다.[31] 지금 우리가 보기엔 그게 그것처럼 보이지만, 이런 일련의 과정에는 자신들이 추구하던 교화적 이념을 보다 효과적이고도 설득력 있게 담아내기 위한 각고의 노력이 아로새겨져 있었다. 인물의 선별, 그림의 배치, 서사의 구성 등 모든 국면에서 그런 의도와 실상을 확인할 수 있다.

16세기 사림파 문인들의 문학적 실천은 거기에 그치지 않았다. 『소학』을 비롯한 초학서(初學書)의 편찬에는 『삼강행실도』보다 몇 배 더한 피땀

---

31 김항수, 「삼강행실도 편찬의 추이」, 『진단학보』 85, 1998; 김훈식, 「삼강행실도 보급의 사회사적 고찰」, 『진단학보』 85, 1998.

을 쏟아 부었다고 해도 과언이 아니다. 실제로 많은 사림파 문인들은 교화의 수단으로『삼강행실도』보다『소학』을 중시하기도 했다. 몇몇 특수한 사례를 제시하는 것보다 일생생활의 윤리를 어릴 때부터 체계적으로 가르치는 것이 교화의 목적을 달성하는 데 보다 효과적이라 판단했던 것이다.[32] 그런 까닭에『소학』의 보급도『삼강행실도』 못지않게 계획적으로 이루어졌다. 16세기 전반 김안국은『구결소학(口訣小學)』을 만들었는가 하면, 비슷한 시기 언문으로 번역한『번역소학(飜譯小學)』(1518)도 만들어졌다. 서민과 부녀자까지 읽고 배울 수 있도록 하겠다는 의욕의 결실이었던 것이다. 물론 기묘사화 이후『소학』 보급은 잠시 중단되기도 한다. 그렇지만 중종 말년부터『소학』의 중요성이 다시 강조되기 시작하여 16세기 후반에는 언문으로 새로 번역한『소학언해(小學諺解)』가 완성된다. 16세기 전반의『번역소학』이 이해하기 쉽도록 의역(意譯)을 한 것이라면, 이것은 본뜻을 정확하게 밝히는 직역(直譯)을 하고 있다. 성리학적 이념의 토착 정도 및 교화 대상에 따라 번역의 수준을 달리할 만큼 세심한 배려 속에서『소학』 보급 운동은 착실하게 전개되었던 것이다.[33]

이들 외에 다른 사례를 통해서도 16세기 사림파 문인의 문학사회학적 실천이 주도면밀하게 진행된 상황을 가늠해 볼 수 있다. 이를테면『소학』의 외편(外篇) 가운데서 어린이에게 절실한 것만 발췌한 최세진(崔世珍)의『소학편몽(小學便蒙)』(1537), 어린이 한자교재인『유합(類合)』에서 불교를 높이고 유교를 배척하는 내용은 빼버리고 글자 수를 대폭 보탠 유희춘(柳

---

[32]『중종실록』권100. 38년 5월 정미. 홍문관 부제학이던 유진동은 이런 상소를 올렸다. "인간이 태어나 여덟 살이 되면 灑掃應對의 절차를 밝히는 것이 바로 三代의 成法입니다. 그럼에도 단지 먼저 二倫에 종사하고자 했다면, 이미 옛사람의 학문하는 데 차례 있음을 어기어 등급을 뛰어넘고 차례를 무시하는 폐단을 면하기 어려울까 염려됩니다."

[33] 김항수, 「조선전기 삼강행실도와 소학의 편찬」, 『한국사상과 문화』 19, 2003, 208~216쪽 참조.

希春)의 『신증유합(新增類合)』(1576), 그리고 우리나라 사람의 손으로 우리
실정을 고려해 만든 박세무(朴世茂)의 『동몽선습(童蒙先習)』(1550년대)과
이이(李珥)의 『격몽요결(擊蒙要訣)』(1577) 등에서 성리학적 교화의 토착화
와 그 구체적 결실을 확인할 수 있는 것이다. 전체 67명 가운데 효자 33
명, 충신 2명, 열녀 18명 등 53명을 모두 조선 사람으로 채우고 있는 『속
삼강행실도』는 말할 것도 없고,[34] 당시 향촌사회에서 빚어지고 있는 갈등
을 해결하고자 했던 『이륜행실도』도 16세기 전반의 이런 분위기에 부응
했던 결실들이다.

　하지만 그런 의도와 열정에도 불구하고 현실적 모순을 극복하기 위해
내놓은 방안이란 김정국이 고백하고 있듯, '인간의 근본 도리를 보여주
어 감격하게 만들어 보고, 그것으로 안 되면 엄한 법으로 위협해 잘못을
저지르지 않도록 하는 방법'[35]밖엔 달리 길이 없었다. 김안국이 편찬한
『이륜행실도』라고 해서 예외일 수 없다. 중국의 사례에서 형제간의 우애
를 보여준 일화 25편을 뽑아 『삼강행실도』의 방식에 의거해 제시하는
것만 가지고는 재산을 둘러싸고 첨예하게 맞선 형제 다툼을 무마하기엔
역부족일 수밖에 없다. 소개하기에 짧은, 그러나 형제편 전체를 통괄하
는 두 유형의 삽화를 통해 감당 여부를 판단해 보기로 하자.

　[1] 卜式은 한나라 河南 사람이다. 밭 갈고 짐승 치기로 일삼더니, 작은 아우
　　　있어 이미 장성했다. 복식이 田宅과 財物을 다 아우를 주고, 자신은 다만
　　　기르던 양 100여 구를 가지고 홀로 산중에 들어가 10여 년 양을 쳤다. 양이

---

34 남곤, 「續三綱行實圖序」, 『續三綱行實圖』(홍문각, 1983) "지금 新編에 수록된 것은
　모두가 耳目이 미치는 바이다. 장차 이 편을 보는 사람은 홀연히 평소에 보고 들은
　사람이 책 속에 있는 것을 보고 반드시 '저 사람도 이렇게 했는데, 나라고 못하겠는가?'
　라고 감동하고 부러워하여 스스로 그만두지 못할 것이다."

35 김정국, 「경민편서」, 6쪽. "爲篇을 必推本而擧理者눈 欲民之有所感發而興起也이오
　引法而參訂者눈 欲民之有所畏懼而知避也이오."

잘 자라 1,000여 두에 이르니 전택을 사 두었다. 그 아우 家産을 다 패하거늘, 복식이 문득 다시 나눠 주니라.[36]

[2] 王琳은 한나라 汝南 사람이다. 나이 십여 세에 부모를 여의었다. 난리를 만나 백성이 다 달아났지만, 오직 왕림 형제는 부모 분묘를 지키며 울기를 그치지 아니 하더라. 아우가 나가다가 도적에게 잡혔다. 왕림이 스스로 결박하여 도적에게 나아가 먼저 죽여 달라고 청하자 도적이 불쌍히 여겨 둘 다 놓아 보내더라.[37]

나머지 23편 가운데 위의 것보다 복잡한 서사구조를 갖추고 있는 경우도 있지만, 대략 비슷한 방식으로 되풀이된다고 보아도 좋다. 형은 아우에게 재물 분배에 있어 너그럽고 아우는 재물로 말미암아 형과 분란을 일으키지 않을 것, 아우가 죽을 지경에 빠졌을 경우 형은 함께 죽기를 각오하고 도울 것[38] 등의 삽화가 가장 빈번하게 등장되는 패턴인 것이다. 우리들은 이런 방식만으로는 첨예한 형제갈등을 치유할 수 있다고 믿기 힘들다. 그건, 당시 사람들도 그러했다.

『삼강행실도』는 중외(中外)의 사람이 모르는 자가 없으니 반드시 심상히 여길 것이다. 또 이 책에는 다만 착한 것을 법 받아야 한다는 것만 말하였고, 악한 것을 경계하는 것이 없다. …… 여러 글 가운데 본받을 만한 선과 징계할 만한 악을 뽑아 인쇄하여 반포도 하고 어람(御覽)도 하는 것이 가장 절실하다. 그러니 사관(史官)을 보내어 삼공(三公)에게 수의(收議)하게 하라.[39]

---

36 「卜式分畜」, 『綸音諺解, 二倫行實圖, 家禮諺解』, 대제각, 1985, 249~50쪽.
37 「王琳救弟」, 위의 책. 251~52쪽.
38 임진왜란 때 白華山 전투에서 죽음을 무릅쓴 채 동생을 업고 빠져나와 생명을 건진 李埈 형제의 우애를 그림으로 그려 널리 보급한 〈兄弟急難圖〉 역시 같은 맥락에서 이해할 수 있다.
39 『중종실록』, 중종 31년 5월 병인.

중종 31년의 일이다. 그때 이미 국왕은 물론 사림파 문인들도 『삼강행실도』를 통한 교화 방식에 한계를 느끼고 있었다. 너무 식상한 이야기라 예사로 보아 넘기고 만다는 것, 그리고 착한 것을 본받아야 한다는 식으로만 하니 효과가 떨어진다는 것이 그에 대한 진단이었다. 그렇다면 보완할 수 있는 방법은 자명했다. 보다 참신한 이야기가 필요해지고, 선과 악이 대비되는 권선징악적 이야기가 필요해진 것이다. 그렇다면 그건, 서사갈래의 중심을 형성하고 있는 소설이 아니고는 변통이 있을 수 없다. 16세기 전반 사림파 문인들이 비로소 소설에 주목하게 된 까닭이다.

② 최근, 고전소설사에서 16세기는 상당히 흥미로운 연대기로 주목 받고 있다. 그런 계기는 무엇보다 〈오륜전전(五倫全傳)〉이라는 문제적인 작품의 발굴,[40] 작품을 번안한 낙서거사(洛西居士)가 사림파 문인인 이항(李沆)일 것이라는 추론,[41] 작품 앞뒤에 붙은 서(序)·발문(跋文)이 담고 있는 당대 소설사적 정보[42] 등이 마련해 주었다. 중국의 백화체 희곡 〈오륜전비기(伍倫全備記)〉를 한문으로 번안하고, 이를 다시 서민과 부녀자가 읽을 수 있도록 언문으로 번역하고, 거기에 그치지 않고 지방 관아에서 앞장서 간행·보급했던 일련의 과정은 그 전엔 발견할 수 없는 소설사적 사건'들'이었던 것이다.

〈오륜전전〉이란 제목이 드러내고 있듯, 이는 "모자(母子)와 형제(兄弟)의 경우에 처하여 그 윤리를 다하고, 군신과 사우(師友)의 경우를 만나 그 의리를 끝까지 하며, 부부 사이에도 또한 그 표준을 다하는 이야기"로

---

40 심경호, 「오륜전전에 대한 고찰」, 『애산학보』 8, 1989.

41 윤주필, 「16세기 사림의 분화와 낙서거사 이항의 오륜전전 번안의 의미」, 『윤리의 서사학』, 국학자료원, 2004.

42 이복규, 「오륜전전서의 재해석」, 『어문학』 75, 2002.

서 "교화(敎化)를 돈독히 하고 풍속(風俗)을 선하게 하는 방편"[43]을 담고 있는 작품이다. 형의 이름을 오륜을 온전히 간직하고 있다고 해서 오륜(五倫)'전(全)', 아우의 이름을 오륜이 모두 갖추어졌다고 해서 오륜(五倫) '비(備)'로 붙였다. 그럴 정도였으니 각각의 인물성격은 물론 작품이 지향하고 있는 교훈성은 짐작하고도 남음이 있다. 나아가 소설적 흥미를 느끼기에 쉽지 않다. 그럼에도 불구하고 낙서거사는 〈오륜전전〉이 "집집마다 간직되어 있고 사람마다 읽고 있다"[44]고 증언하고 있다. 약간의 과장을 감안한다고 해도 옛사람의 독서 취향은 지금의 우리와 달랐음에 분명하다.

하지만 독법이 달랐다고 치부해 버리는 것보다는 그들이 그토록 즐겨 읽은 까닭을 해명하려는 자세가 필요하다. 작품을 둘러싼 소설사적 상황에 대한 논의만 무성했지, 정작 작품 자체에 대한 분석이 거의 없는 〈오륜전전〉 연구 상황을 감안할 때 더욱 그러하다. 우선, 작품 분석을 위한 예비 작업으로 서사의 흐름과 논점을 간추려 제시하기로 한다.

1) 가족 구성 ⇒ 계모, 그리고 전실 자식, 자기 자식, 수양 자식으로 이루어진 가족 구성
2) 학문 내용 ⇒ 부화한 장구 공부를 배척하고 본성과 이치 근원 궁구
3) 경치 감상 ⇒ 술집, 기생집, 시정, 절이 아니라 인륜을 가르치고 사림을 배양하는 향교
4) 취한과의 다툼 ⇒ 어떤 상황이든 부형을 욕보이는 것은 잘못
5) 살인 무고 ⇒ 이런 상황에서 형제는 자신의 잘못을 미루어서는 안 됨
6) 계모 자세 ⇒ 계모는 전실 자식보다 자기 자식을 감싸 안아서는 안 됨
7) 자식 혼사 ⇒ 부잣집 딸이나 귀한 집 딸보다 현숙한 딸을 선택해야 함

---

43 유영중, 〈충주본 오륜전전 발문〉
44 낙서거사, 〈오륜전전서〉

8) 과거 응시 ⇒ 노모 봉양의 의무도 중요하나 입신양명하는 것이 진정한 효도
9) 과거 급제 ⇒ 이미 납채(納采)를 하였다면, 급제한 뒤 아무리 좋은 혼사 요구도 거절해야 함
10) 유가 잔치 ⇒ 모친과 사당 알현, 스승과 족당 초청, 우인의 백희와 헌수의 절차
11) 정혼 약속 ⇒ 치명적 질병에 걸렸어도 혼인 약속을 저버려서는 안 됨
12) 효도와 벼슬 ⇒ 노모봉양과 벼슬살이, 노모봉양과 부부이별의 문제
13) 관원의 자세 ⇒ 정언은 속임이 없는 직언, 수령은 부모의 마음으로 백성 다스림
14) 수령의 정사 ⇒ 형제의 전답 다툼과 부인의 소박 문제를 도리로써 처리
15) 정언의 책무 ⇒ 권세가의 사당(私黨) 행위 극간과 어진이의 추천
16) 친구와 재물 ⇒ 궁핍한 친구의 상사(喪事)를 위해 자신의 값진 보검도 아낌 없이 주는 자세
17) 무후(無後)의 문제 ⇒ 남의 자식을 수양자(收養子)로 삼는 것보다 첩의 얼자(孽子) 기르는 것이 더 좋은 선택
18) 천첩의 도리 ⇒ 훼절의 강압을 받았을 때, 약조를 굳게 맺었다면 죽음도 불사해야 함
19) 포로의 자세 ⇒ 적국에 사로잡혔을 때, 어떤 회유와 위협에도 굴복해서는 안 됨
20) 모친의 구완 ⇒ 모친이 병에 들어 위독할 경우, 단지(斷指)와 할고(割股)
21) 포로의 귀환 ⇒ 포로 귀환도 뇌물 같은 권도가 아니라 충절과 우의로 감동
22) 작품의 결말 ⇒ 모친의 시묘살이 후 벼슬살이, 귀향과 선종(善終), 그리고 선적(仙籍)

서사 단락을 잘게 나누어 제시한 것은 단지 내용을 소개하기 위함이 아니다. 그보다는 단락 하나 하나가 각기 독립된 장면 역할을 하고 있음을 보여주기 위해서다. 위의 단락들에서 짐작할 수 있듯, 작품의 서사구조는 문제적인 가족구성원이 한 평생 살아가면서 겪을 법한 상황을 제시한다. 그리고 그런 순간 어떻게 대처하는 것이 가장 올바른 것인가를

구체적으로 보여주고 있는 것이다. 다시 말해 많은 사람들이 곤혹스런 삶의 국면, 곧 작품에서와 같은 군(君)-신(臣), 모(母)-자(子), 부(夫)-부(婦), 형(兄)-제(弟), 붕(朋)-우(友)의 관계에 처했을 때 어떤 선택을 해야 하는가에 대한 서사적 답변인 것이다. 예컨대, '[20] 모친의 구완'은『삼강행실도』에서 반복되던 효자·효부의 단지(斷指)와 할고(割股) 사례를 실감나게 장면화하여 편입시켜 넣은 것과 다름이 없다.

그렇다면 형제간 우애를 다루고 있는 단락들을 통해 그런 사실을 좀 더 따져보기로 하자. 형제간 우애에 해당하는 단락은 모두 셋, 곧 [5]·[14]·[21]이다. [14]가 재산 상속을 둘러싼 형제간 갈등과 그 해결 방법을 제시하고 있다면, [5]·[21]은 형제에게 들이닥친 위기 상황에 어떤 방식으로 대처할 것인가를 제시하고 있다. 그건 앞서『이륜행실도』가운데 가장 빈번하게 되풀이 되고 있다고 소개한 바로 그 일화들과 완전하게 부합된다. 여기서는 〈오륜전전〉의 해당 대목을 직접 읽어보는 것으로『이륜행실도』의 내용과 비교해보자.

[5] 윤비가 동양현에 이르렀다. 백성 중에 형이 전답을 빼앗았다고 고소하는 자가 있었다. 윤비가 이르기를 "얻기 어려운 게 형제요, 얻기 쉬운 게 전답이다. 어찌 천륜 형제를 생각하지 않고 이욕에 빠져 우애의 정을 잊느냐?"하며 그 형을 문초하였다. …… 백성이 느껴 깨닫고 그 전답을 제 동생에게 돌려주더라.

[21] 우리 세 사람이 모두 그 나라에 들어가 저들 군주 앞에서 죽기를 빌고 세 사람 목숨으로 한 분 형의 죽음을 속바치도록 하자. 만약 하늘이 앙화 내린 걸 후회하고 저 군주가 마음을 움직인다면 아마도 소원을 이룰 수 있을 것이다. …… 몽고의 군주가 감동하여 깨닫고 즉시 방출하기를 명령하였다. 그 절의가 특별함을 기리고 포상을 심히 넉넉히 하여 모두 예로써 송환하더라.

위에 인용한 〈오륜전전〉의 두 사건을 지금 이대로 『이륜행실도』에 편입시켜 놓는다고 해도 전혀 낯설지 않을 정도이다. 하긴, 중국에서 창작된 원작 〈오륜전비기(五倫全備記)〉도 제목 앞에 '권화풍속(勸化風俗)'이란 말을 붙였을 정도로 교화의 목적을 노골적으로 드러내고 있었다. 그럼에도 불구하고 이 작품을 공연하게 되면 수백 명이 넘는 관중이 모여들었는데 그 가운데는 감동하는 사람, 분개하는 사람, 회한에 잠기는 사람, 측은한 마음으로 탄식하는 사람, 눈물을 흘리는 사람이 한 둘이 아니었다고 한다.[45]

그건 작품 내용도 내용이려니와 이를 실감나게 공연했던 현장 상황도 큰 몫을 담당했으리라 짐작된다. 희곡을 눈으로만 읽어 감동을 받기란 어려운 법이다. 그렇다면 〈오륜전전〉도 지금의 관점에서, 그냥 눈으로만 읽고서 그 교화 효과의 정도를 판단하는 것은 조심스러울 필요가 있다. 위에 인용한 〈오륜전전〉의 대목들도 실감나게 낭독하여 들려주게 되면, 그리고 『이륜행실도』에 실린 그림도 그럴싸하게 꾸며 이야기해 주게 되면 진정으로 감동받는 사람이 지금보다 훨씬 많아질 게 분명하다. 뿐만 아니다. 〈오륜전전〉은 17세기 후반에 창작된 〈사씨남정기〉·〈창선감의록〉, 곧 흥미와 교화를 절묘하게 뒤섞어 창작·향유되던 규방소설(閨房小說)의 산출기반을 예비하고 있었다는 점에서 소설사적으로 무척 중요하다. 이들 작품에서는 〈오륜전전〉보다 훨씬 원숙하게 '서사적 감동'과 '교화적 목적'이 어우러지고 있다. 물론 생경하기조차 한 교화의 의도를 점차 털어버리고 흥미를 추구하는 방향으로 발 빠르게 옮겨가고는 있었지만.

---

45 송기중, 「오륜전비언해 해제」, 『오륜전비언해』, 서울대 규장각, 2005 참조.

5. 맺음말

조광조와 김안국으로 대표되는 16세기 전반 사림파 문인들은 기묘사화(己卯士禍)를 겪으며 이승과 저승으로 나뉘고, 귀양과 은거로 갈라졌다. 김안국도 19년 동안 경기도 이천에서 은거생활을 해야 했다. 그러다가 김안로가 패퇴하자 중종 32년(1537) 60세의 나이에 다시 정계로 복귀하게 된다. 하지만 기묘사화가 할퀴고 간 상처가 아직 채 아물지 않기도 했거니와 그 자신 전날의 들끓던 열정이 거의 퇴색된 늙은이로 변해 있었다. 예전의 동지들도 거의 흩어져 사라지고 없고, 그래서 그 즈음의 심경을 읊은 다음의 시가 가슴을 저리게 읽힌다.

前宵風雨百花摧　　　지난 밤 비바람에 온갖 꽃 꺾어져
遊騎紛紛盡悵回　　　노닐던 이들 어지러이 탄식하며 돌아가네.
祇有城西紅躑躅　　　다만 성 밑에 붉은 철쭉꽃 있어
獨留春色勸啣杯[46]　　홀로 봄빛 머물며 술잔 머금기를 권하네.

여기서 간밤의 비바람에 꺾인 '온갖 꽃'과 지금 성 밑에 외롭게 피어있는 '붉은 철쭉꽃"이 무엇을 상징하는지 짐작하기란 그리 어려운 일이 아니다. 김안국은 그 즈음 형언하기 어려운 회한에 젖어 있었던 것으로 보인다. 그리고 보면, 16세기 전반 그들이 보여준 분투, 곧 성리학적 이념의 보급과 문학작품을 통한 교화를 읽는 오늘/우리의 심경도 그리 간단치만은 않다. 그들이 굳게 믿고 있던 이상이 지금에는 너무나도 경직된 윤리적 질곡의 서막이었다는 점을 부인할 수 없기 때문이다. 게다가 〈오륜전전〉이 보여주는 생경한 주제와 유치한 서사는 소설로서 아예 자격

---

46 김안국, 「飮沈靑城君第 詠躑躅」

미달이라 치부해 버릴 수도 있다. 하지만 잊지 말아야 할 점도 있다. 그때 성리학이란 가장 첨단적인, 가장 인간적인 이념이었음을. 뿐만 아니라 〈오륜전전〉은 교훈과 흥미를 결합한 최초의 대중소설이었음을.

제3부 근대의 고전과 번역

『서유견문(西遊見聞)』의 국한문체와 『서양사정(西洋事情)』의 혼용문(混用文) 비교연구
–한국 국한문체의 형성 과정을 배경으로–

1. 연구의 범위

『서유견문』과 『서양사정』, 그리고 그 저자들인 유길준(俞吉濬)과 후쿠자와 유키치(福澤諭吉)는 한일양국에서 끊임없이 호출되는 문제적 존재들이다. 최근의 연구성과를 일별하면 다음과 같다. 한국 정치사와 사상사의 흐름에서 유길준의 위치를 종합적으로 연구한 정용화의 책이 우선 중요하다.[1] 허경진은 『서유견문』을 완역하고 이 책의 문화적 가치와 한계에 대하여 논했다.[2] 이 밖에 김정현은 서구근대를 직접 여행한 기록이라는 관점에서 유길준과 양계초의 저서를 비교하였고[3], 이형대는 『서유견문』의 여행 체험과 문명 인식을 분석한 바 있다.[4] 이처럼 다양한 논의

---

1 정용화, 『문명의 정치사상: 유길준과 근대 한국』, 문학과지성사, 2004.
2 유길준, 허경진 역, 『서유견문』, 서해문집, 2004.
  허경진, 「俞吉濬과 『西遊見聞』」, 『어문연구』 121, 2004.
3 김정현, 「유길준과 양계초의 미국체험과 근대국가 인식」, 『문명연지』 18, 2006.
4 이형대, 「『서유견문』의 서구 여행 체험과 문명 표상」, 『비평문학』 34, 2009.

가 가능하지만 일단, 이 글은 이 저서들의 혼용체, 특히 전자의 국한문체를 규명하기 위한 것으로 논의를 한정한다.

『서유견문』에『서양사정』을 저본으로 삼은 대목이 상당히 존재하고 있음은 이미 많은 연구자들이 지적한 바 있으며,[5] 이를 논거로 유길준이 추구한 국한문체가 일본의 근대 혼용문에 직접적 영향을 받았음을 주장한 논자들도 적지 않다.[6] 그러나 김영민은 그의 국한문체와 부속국문체가 일본 혼용문의 영향보다는 조선고유의 경서언해(經書諺解)나 「관동별곡(關東別曲)」에서 시도된 부속한문체와의 형태적인 관계가 더 직접적인 것이라고 논증하여, 후쿠자와 유키치와 유길준의 문체 사이에 이식관계가 이루어졌다는 것을 부정하였다.[7] 또한 한영균의『서유견문』문체 분석도 참조해야만 한다.[8] 이 논문은 유길준의 국한문체를 논하기 위해 일본 문체와의 영향관계보다는 한국적 문체전통을 우선적으로 분석해야 한다는 김영민의 문제의식을 이어받는다. 그래서 유길준의 국한문체가 당대 한국의 글쓰기에서 가진 의미를 먼저 파악한 다음,『서유견문』과『서양사정』의 문체를 한문 사용 양상을 중심으로 비교 연구하여 전자의 문체가 한국적 문체 전통 속에서 형성된 구체적 과정을 제시하려 한다.

물론,『서유견문』의 적지 않은 지면이『서양사정』을 저본으로 삼았다는 점은 부정할 수 없다.[9] 근래 서구의 한국학계에서 제출된 중요 연구성

5 대표적으로 이광린,『한국개화사상연구』, 일조각, 1979, 70~80쪽 참조.

6 고영근, 「유길준의 국문관과 사회사상」,『어문연구』32-1, 2004,
  민현식, 「개화기 국어 문체에 대한 종합적 연구(1)」,『국어교육』83, 1994 등 참조.

7 김영민,『문학제도 및 민족어의 형성과 한국 근대문학 1890~1945』, 소명출판, 2012,
  139~176쪽 참조. 한편 최근에『서유견문』의 문체에 관한 종합적 연구가 출간되었다.

8 한영균, 「『서유견문』문체 연구의 현황과 과제」,『국어학』62, 2011. 이 글은『서유견
  문』의 문체가 경서언해에서 비롯되었다는 기존연구와 일본 속문체에서 비롯되었다는
  기존연구의 두 가지 흐름을 모두 부정했다.

9 자세한 대조표는 앞의 이광린(1979, 70~73쪽)에 이미 있다. 이 표는 거의 정확하나

과인 『제국 그 사이의 한국』에서도 개념적인 어휘 사용은 전자가 후자의 영향 관계 속에 있다고 평가하였다.[10] 개념어의 사용도 물론 중요한 문제 이지만 이 논문의 제재인 문체의 형성과는 다른 영역이다. 개념어를 차용한다고 해서 문체를 이루는 통사적 구조나 수사적 운용에서의 독자성 까지 차용하는 것은 아니다.

근대 초기 한국의 국한문체는 어휘와 표기의 측면에서 한문의 비중이 절대적인 상황이었다. 국한문체의 분석이나 분류의 방법은 아무래도 한문에 초점을 맞출 수밖에 없다.[11] 또한, 사상과 수사적 기법 등에서는 한일 간의 영향 관계가 비교적 명확히 드러나지만, 이를 담는 문체의 구체적 양상에서는 그 영향 관계는 명확하게 제시하기는 힘들다.[12] 유길준과 후쿠자와 유키치는 모두 자국 문체의 근대적 변용과 대중화를 시도했던 대표적 지식인들이다.[13] 이런 두 대표적 지식인들이 명백히 저본과 번안[14]의 관계를 남긴 것은 여전히 한국 근대의 고전과 번역에 생산적 논점

오류도 있다. 『서양사정』의 "癲院"이 『서유견문』에는 빠져있다고 기록되었으나 후자에 "17狂人院"이라는 이름으로 옮겨져 있다.

10 Andre Schmidt, 정여울 역, 『제국 그 사이의 한국』(Korea between Empires 1895~1919), 휴머니스트, 2007[2002], 273~274쪽.

11 졸고, 『20세기 국한문체의 형성과정』, 지식산업사, 2008.

12 졸고, 「1910년대 초, 한일 "실용작문"의 경계: 한일 『實用作文法』의 비교」, 『어문연구』 61, 2010,
_____, 「일제강점기, 조선총독부의 朝鮮語及漢文 교과서 연구 시론: 중등교육 교재 『高等朝鮮語及漢文讀本』을 중심으로」, 『한문학보』 22, 2010, 참조.

13 이에 대해서는 저자 자신들이 그 입장을 아래와 같은 곳에서 명백히 밝히고 있다.
유길준, 「西遊見聞 序」, 『西遊見聞』, 交詢社, 1895, 5~6쪽(이하 쪽수만 표기함.).
福澤諭吉, 「西洋事情 小引」, 『西洋事情』(『福澤全集』 1, 東京: 時事新報社, 1897[1866], 이하 『서양사정』(쪽수)로 표기함.).
福澤諭吉, 허호 옮김, 『후쿠자와 유키치 자서전』, 이산, 2006, 272쪽.

14 飜譯이나 譯述, 意譯 등 여러 가지 다른 용어도 가능할 것으로 생각되지만 일단은 한국어 사전을 참조해 飜案이라는 용어를 사용한다.

이다. 그 번안 과정은 한일 양국의 언어생활과 문화의 차별성을 역사적으로 규명할 수 있는 논제인 것이다. 그럼에도, 『서유견문』과 『서양사정』의 사상적 영향 관계나 역사적 배경을 둘러싼 연구가 진척된 양상에 비해 양자의 한문/한자 사용 양상에 대한 연구는 거의 없다.

『서유견문』에서 『서양사정』을 번안의 저본으로 삼은 지면은 전자의 약 570여 쪽 지면 중에서 140여 쪽을 차지한다. 번안된 대목은 "신문지", "병원", "증기기관" 등 견문과 정보를 전달하는 부차적 성격을 지닌 것들도 있지만, "인민의 권리", "정부의 시초", "인민의 교육" 등 '개화'라는 『서유견문』의 주지(主旨)와 밀접한 부분도 적지 않다. 이 글의 연구 범위는 한일 문체의 역사적 배경 속에 두 책이 가진 위상을 일단 제시한 가운데, 『서유견문』 속에 나타난 번안의 양상과 그 문체를 비교 연구하는 것이다.

2. 『서유견문』의 국한문체와 『서양사정』의 통속 문체

『서유견문』의 국한문체는 당시로서는 매우 선구적인 것으로 이후에 등장한 각종 언론매체의 그것보다 통사, 어휘, 문장구성의 측면에서 훨씬 일관성을 유지한 형태이다. 『황성신문(皇城新聞)』 등을 비롯한 신문과 『대한자강회월보(大韓自强會月報)』 등의 잡지들의 국한문체는 국문[15]과 한문의 통사 원리 사이에서 일정한 원칙을 유지하지 못했으며 한문 어휘와 국문 어휘의 비중 역시 일관성이 없었다. 또한 문장구성의 측면에 있

---

15 여기서 '국문'은 한국어의 범위 속에서도 더욱 한정된 한글에 가까운 언어적 특징을 가진 양상을 한정한 것인데, 학문적으로 엄밀히 규정하기는 어렵다. 계몽기는 국문에 대해 언어적 규범성 보다는 이념적 지향이 더 강했던 시대이다.

어서는 복문 위주의 구성으로 단락의 구성이나 단어와 문장 사이의 호응
이 자연스럽게 이루어지지 못했던 것이다. 통사와 어휘의 측면을 국문으
로 통일한 『독립신문』, 『제국신문』 등의 순국문체 매체들도 복문 위주의
문장 운용으로 단락을 제대로 구성하지 못하고 문장 사이의 논리적 호응
관계를 형성하지 못했던 것은 동일하였다. 이와 같은 문체 내지 문어(文
語)의 난맥상이 1910년대 중반까지 여전했던 것과 비교하면, 『서유견문』
의 국한문체는 그야말로 당대의 언어생활상에서 전무후무한 업적이었다
고 해도 과언은 아니다.

『서양사정』의 문체 역시, 일본의 언문일치체의 원류로 평가되고 있
다.[16] 문어체이면서도 평이함과 달의(達意)를 우선으로 삼았던 문체였던
것이다. 또한, 『서유견문』이 일종의 번역문체인 경서언해와 관련성을 가
지는 것처럼, 『서양사정』의 문체 역시 한문의 번역 과정에서 형성된 훈
독문체(訓讀文體)를 근간으로 삼고 있다. 『서양사정』은 훈독문체를 바탕
으로 하지만, 전통적인 일본어 문어체-소로분(候文) 등와 구어체를 삽입
하여 언문일치를 지향하는 쉽고 분명한 현대 일본어 문장의 시원이 되었
던 것이다.[17] 또한 두 책에서 서구 근대 문헌의 번역이 논지 전개에서
중요한 비중을 차지하고 있는 점도 동일하다.

『서양사정』에서 평이함과 달의가 우선이 되었던 것은 다른 언어로 된
문헌을 현장성 있게 시속에 맞추어 전달하기 위한 조건이기도 했다. 그
러므로 전근대의 글쓰기가 형식의 통일성이나 체제를 우선시한 것에 비
해서 『서양사정』의 문체는 파격적인 성격으로 당대 일본의 지식인들-특
히 전통적 한학(漢學)을 기반으로 하는 인사들에게는 비난을 받기도 했

---

16 "通俗平易한 新文體를 창조하여 현대의 쉽고 분명한 문체의 원류로서 언문일치를 향
   한 기반을 다졌다."(山本正秀, 『言文一致の歷史論考』, 櫻楓社, 1971.[森岡健二, 『近代
   語の成立』, 東京: 明治書院, 1991, 416쪽에서 재인용]

17 森岡健二, 위의 책, 429쪽 참조.

다.[18] 그러나 후쿠자와는 통속(通俗)의 언어를 중시했기 때문에, 문체의 체제보다는 달의와 평이함을 더 중시했던 것이며, 이 때문에 서구어로 이루어진 문헌을 신속히 정보로 전달할 수 있었다.

『서유견문』에서 국문과 한문을 혼용한 것은 통속에 대한 지향이라고 평가할 수 있지만, 훈독문, 구어체 그리고 일본어 전통 문어체의 세 가지 통사적 원리가 섞여 있는 『서양사정』보다는 체제의 통일성이 갖추어진 상태이다. 『서유견문』은 조사와 어미의 제한된 어휘를 제외한 대부분의 어휘는 한문이지만, 통사적 구조는 국문이 위주이므로 한문을 체질화한 당시의 지식인들에게도 접근할 수 있으면서도 국한혼용을 공식으로 삼은 갑오경장의 어문정책-이른바, 국문훈령을 지향한 것이다.

『서양사정』은 이미 생성된 대중적 독서시장을 바탕으로 지식인이 아닌 일반 독자들까지 대상으로 삼을 수 있었지만, 근대 초기 한국의 독서시장은 일본의 그것과는 비교될 수 없을 정도로 열악하였으며, 대신을 역임한 유길준의 위치에서도 일반 독자를 대상으로 삼을 수 없었다. 그러므로 서구 문헌과 『서양사정』을 번안하여 받아들였으면서도 『서유견문』의 문체는 일본 메이지시대의 통속과는 성격이 같을 수 없었던 것이다. 『독립신문』이나 『가정잡지』 같은 순국문 매체와 달리 지식인을 대상으로 하였기에 『서유견문』은 일관성이 갖추어진 국한문체를 제시할 수 있었다.

『서유견문』은 대체로 국문의 통사구조를 일관되게 유지하고 있다. 1910년대까지도 대부분의 국한문체가 4자구로 이루어진 한문 구절체나 '而' 등의 한문 접속사 및, '也, 耳' 등의 한문 종결사를 그대로 남긴 한문 문장체를 상용하였던 것을 보면,[19] 한문 글쓰기에 고착된 당대의 언어관

---

18 사이토 마레시, 황호덕외 역, 『근대어의 탄생과 한문』, 현실문화, 2010, 128~131쪽 참조.
19 필자는 한문의 사용 양상을 위주로 한문 단어체, 한문 구절체, 한문 문장체라는 3가지

습을 벗어나려는 유길준의 노력이 얼마나 도저한 것이었는지를 간접적으로나마 알 수 있다. 『서유견문』의 국한문체는 가끔 한문 상용구가 사용되기는 하지만, 대체로 한문의 사용은 단어의 차원으로 국한되어 국문의 통사구조가 관철된 것으로 규정할 수 있다.

어휘적으로 『서유견문』은 아직 한문의 비중이 절대적이다. 그러나 이는 몇 가지 조사와 부사, 접사, 연결 어미, 그리고 의존명사 등을 제외하고는 문법과 의미를 확정할 수 없었던 국문의 언어 상황에 있어서는 어쩔 수 없는 일이었다고 할 수 있다. 주지하듯이, 『서유견문』은 일반 독자보다는 공무(公務)에 참여할 수 있는 조선의 지식인들을 일차적인 독자로 설정한 문서이다. 이런 공식적인 자리에서는 문전(文典)과 사전(辭典)이 구비되지 못한 국문 어휘들로 문장의 논지를 규정할 수는 없었던 것이다. 이는 계몽기와 1910년대의 한국 언어 상황에서 계속 유지된다.

다만 그 표기의 상황에서는 약간의 예외적 양상도 있다. '없음'의 의미를 표기하기 위해 주로 "無"가 사용되지만 "如何ᄒ 事物에든지 不就ᄒ고 安坐ᄒ야 生涯업다 稱託ᄒᄂ 者의(295쪽 九)" 같은 부분은 "無"보다는 "업다"가 가독성을 위해 더 나은 선택이었던 것으로 보인다. 일관성을 해치기는 하지만, 가독성을 강화하기 위해서는 합리적인 표기였던 것으로 파악되며 국문과 한문 사이의 미묘한 경계를 고민하던 저자의 고민이 드러나는 부분이라 하겠다.[20] 『서유견문』을 펼치면 한문의 어휘적 비중이 전통적인 한문현토체와 큰 차이가 없는 것으로 보일지도 모른다. 그러나

기준으로 계몽기 국한문체를 분류하였다.(졸고, 앞의 책 참조) 더 확장된 국한문체의 범주에 대해서는 김영민(앞의 책)을 참조하기 바란다.

20 "他人을 壓過홀 意想이 美事아니라 謂홀디나 然하나"(305쪽 二, 밑줄과 띄어쓰기는 인용자, 이하 같음.) "非"가 아닌 "아니라"가 쓰였다. 이런 부분은 곳곳에 자주 등장하는데 당시의 언어생활을 파악하기 위해 어학적으로 탐구할 가치가 있지는 않나 추정해 본다.

한문을 국문의 어순에 맞추어 분리하고 재배열했다는 점은 큰 차이로 이는 대부분의 계몽기 국한문체가 성취하지 못한 성과였다.

문장 구성의 측면에서도 『서유견문』은 단락을 논리적으로 구분하고 있다. 쉼표와 마침표가 없어 현대한국어의 기준으로는 복문위주의 구성이라 할 수밖에 없지만, 당대의 거의 모든 단행본과 언론에서 일정한 단락 구분의 기준을 찾을 수 없던 것을 보면 이 역시 큰 성과가 아닐 수 없다. 물론 이는 계몽기의 국한문체 문장들이 대부분 짧은 기간 속에서 그때, 그때의 당면한 과제를 대상으로 불안정하게 집필되었던 것에 비해 『서유견문』은 1년 반 정도의 비교적 안정된 집필 기간을 가졌기에 성취할 수 있었던 것으로 보인다.

결국, 『서유견문』은 서구근대의 문물과 제도를 해설하고 논할 수 있는 새로운 국한문체를 시도한 것으로 전통적 국한문체라 할 수 있는 한문현토제와는 다르다. 반면, 어근과 어간을 구성하는 거의 모든 형태소는 한자로 표기하여 한문 읽기와 쓰기에 익숙한 전통적 지식인-결국은 조선의 사대부들도 문화적으로 포섭할 수 있는 경계를 추구한 것으로 볼 수 있다. 일단은 상당히 절충적인 것이라 평가할 수도 있다.

그러나 전근대 글쓰기의 입론이 되는 경서(經書)와 사장(辭章)의 전통이 거의 사상(捨象)되었다는 점과 저자인 유길준 자신의 체질인 고유한 전통적 한학(漢學)을 스스로 버렸다는 점을 감안하면, 『서유견문』의 국한문체는 언어의 표면에서는 절충의 지점이 있었지만 그 내면에서는 개혁의 기풍이 넘쳤다고 평가할 만 하다. 그런데, 『서유견문』에서 전통적 한학은 찾기 어려우나, 앞에서 거론했듯이 그 문체는 전통적 경서언해와 밀접한 관계가 있다. 『서양사정』과의 대조에 앞서 일단, 경서언해와의 비교를 제시해 본다.

3. 경서언해(經書諺解)와『서유견문』의 국한문체

『서유견문』에서 한문을 국문의 통사구조에 맞추어 재구성한 점은 당시의 경서언해와 직접적 연관을 가지고 있다. 국문보다 한문이 체질화된 유길준의 개인적 사정과『서유견문』의 국한문체의 형식적 특성을 감안하면,『서유견문』의 국한문체는 경서언해와 유사한 과정으로 이루어졌을 확률이 많다. 즉 한문으로 문장을 먼저 구상한 다음, 이를 국문의 통사구조에 맞춰 언해로 구현한 것이다.

> ① 新聞紙는 衆人이 會社롤 結ᄒ야 其局을 立ᄒ고 世間의 自新ᄒᄂ 事情을 探知ᄒ야 其 記出ᄒᄂ 文章을 登板ᄒ야 天下에 公布ᄒᄂ 者니 ……21

> ② 新聞紙者 爲探知世間自新事情 衆人結社會立其局 以登板其記出文章 公布天下也.

①은『서유견문』의 원문이다. 그러나 유길준이 애초부터 이런 문장을 구성한 것은 아니고 ②와 같은 형태를 우선 작성하거나 적어도 머릿속에서 구상한 다음에 ①의 국한문체를 구현했을 확률이 많은 것이다. 조선의 한문 지식인들, 특히 유길준 같은 사족(士族)에게 일상의 문어(文語)는 한문인 경우가 대부분이었으며, 유길준보다 30년이나 연하인 조소앙도 유학생 시절인 20대의 일기를 한문으로 남겼다. 그러므로 ①같은 문장을 구현하기 위해 ②의 과정을 설정하는 것이 자연스럽다.

한문의 통사구조를 감안하면 ①의 "世間의 …… 探知ᄒ야"의 부분은

---

21 『서유견문』, 457쪽. "신문지는 뭇사람들이 단체를 결성하여 그 기구를 세우고서 세상의 날로 새로운 사정을 탐지하여 그 기록하여 나온 문장을 인쇄하여 천하에 공포하는 것이니……"

"衆人이 …… 立ᄒ고"의 앞에 와야 한다. 그 외에도 ①에서 "結ᄒ야"가 "社會를"의 앞에 와야 하는 등, ②와 ①의 변형 과정에서는 여러 가지 층위의 번역작업이 개입되어야만 한다. 그리고 이는 경서언해의 언해과정과 거의 동일하다. 유길준과 비슷한 시기를 살았으나, 그 처세는 판이했던 전우(田愚, 1841~1922)가 남긴 『중용언해(中庸諺解)』를 보면 한문 원문을 국문의 통사구조에 맞춰 재배열하고 부분적으로 한문을 국문으로 번역한 것은 위 인용문의 과정과 유사하다.

> ① 喜怒哀樂之未發 謂之中 發而皆中節 謂之和 中也者 天下之大本也 和也者 天下之達 道也.

> ② 喜怒哀樂이發치아니홈을中이라이르고發ᄒ야다節에中홈을和ㅣ라이르ᄂ니中은天下에大本이오和ᄂ天下에達道ㅣ니라[22]

①의 "未發"을 국문 통사구조에 맞추어 ②에서는 "發치 아니홈"이라 바꾸고 ①의 "謂之中"도 "中이라 이르고"라 바꾸었다. 또한 "皆"는 "다"로 바꾸어 지금의 안목으로도 이해하기 쉬운 번역이 되었다고 할 수 있다. 이 언해의 과정은 위에 제시한 『서유견문』의 국한문체의 형성과 유사한 성격이다. 이처럼 실제 문헌의 대조로 볼 때, 『서유견문』의 국한문체는 "우리나라 七書諺解의 기사법을 대략 본받았다"는 유길준 자신의 언급은 의심할 여지가 없어 보인다. 그러나 경서언해와 『서유견문』의 국한문체 사이에는 명백한 차별성이 있다.[23]

---

22 華淵會 편집, 『艮齋全集』 十 「中庸諺解」 "一章", 학민문화사, 2011[1908년경으로 추정], 2쪽.

23 한영균은 보조용언의 사용빈도를 비교하여 경서언해와 『서유견문』의 문체는 형성원리가 다르다고 주장한다. 그러나 양자가 완전 무관하지는 않고 『서유견문』의 漢文句 해체 방식은 경서언해와 유사하다고 주장하였다.(한영균, 앞의 논문, 232~233쪽.)

경서언해는 의심할 수 없는 경서가 원문으로 존재하는 반면, 『서유견문』에는 경서와 같은 굳건한 권위를 지닌 원문이 부재한다. 언해가 불확실하게 여겨질 경우, 독자는 경서의 원문을 확인할 수 있지만, 『서유견문』은 그렇지 못하다. 번역의 도구와 창작의 도구는 그 위상이 같지 않다. 더구나 『서유견문』의 국한문체는 한문과 한자가 어휘적으로나 의미적으로나 중추를 차지하고 있으나, 유길준은 한문의 의미적 근거라 할 수 있는 경서의 세계를 대부분 버렸다.

앞에서 제시했듯이 『서유견문』의 국한문체도 일종의 번역 과정을 거친 것이지만, 번역의 대상인 한문 문장을 저자가 창작하였기에 번역의 과정역시 창작의 일환으로 보아야 할 것이다. 그리고 유길준은 경서의 자리를 간접적으로나마 서구 근대의 문헌과 후쿠자와의 『서양사정』으로 대체했다. 물론 서구 근대의 문헌과 『서양사정』이 경서의 위상과 동일한 것은 아니다. 『서유견문』 자체가 보편적 가치를 지향한 것은 아니기에 『서양사정』의 참조 역시 통속의 한 도구였다고 파악하는 것이 옳다. 결과적으로는 통속에 적합한 국한문체를 구현하기 위해 유길준은 『서양사정』을 받아들였으며, 『서유견문』의 국한문체가 가진 창조력에 『서양사정』은 일정한 지분을 가지고 있다. 그러나 『서양사정』이 『서유견문』에서 번안된 과정은 유길준의 문체적 노력이 독자적으로 개입되었다.

4. 『서유견문』의 『서양사정』 번안 양상: 한문과 한자 사이에서

『서유견문』이 『서양사정』의 기사를 번안한 양상은 두 가지로 나뉜다. 먼저 그 내용을 대부분 직접적으로 옮겨온 성격의 기사들이 있다. 이 경우는 생략되고 보충된 내용이 있어도 두 책의 논지는 크게 변하지 않는다. 다음으로, 정치·사회·문화의 배경적 차이로 인해 새로운 내용을 첨가하거나 생략한 성격의 기사들이 있다. 이 경우, 그 번안 과정에서 두 책의 논지는 변화가 생긴다. 전자는 대체로 정보를 전달하는 성격이고 후자는 『서유견문』의 주지(主旨)와 더 밀접한 관계를 가진 성격의 기사들이다. 그러나 두 가지 모두, 문체의 차이는 상당하다. 일단 "新聞紙"에 대해 해설한 부분을 비교해 보도록 한다.

　　新聞紙は社會ありて新らしさ事情を探索し之を記して世間に布告するものなり卽ち其國朝廷の評議、官命の公告、吏人の進退、市街の風說、外國の形勢、學藝日新の景況、交易の盛衰、耕作の豊凶、物價の高低、民間の苦樂、死生存亡、異事珍談、總て人の耳目に新らしさことは逐一記載して圖畵を附し明詳ならざるはなし其細事に至ては集會の案內を爲し開店の名を弘め失物を探索し拾ひ物の主を求むる等皆新聞紙局に託して ……**24**

　　新聞紙ᄂᆞᆫ 衆人이 會社ᄅᆞᆯ 結ᄒᆞ야 其局을 立ᄒᆞ고 世間의 自新ᄒᆞᄂᆞᆫ 事情을 探知ᄒᆞ야 其 記出ᄒᆞᄂᆞᆫ 文章을 登板ᄒᆞ야 天下에 公布ᄒᆞᄂᆞᆫ 者니 朝廷의 政事와 官家의 命令과 官員의 進退로브터 道路의 風說과 商賈의 盛衰와 農作의 豊凶과 物價의 高低와 各處學校의 修學ᄒᆞᄂᆞᆫ 景像과 各地學者의 窮究ᄒᆞᄂᆞᆫ 術業과 民間의 苦樂과 生死며 外國의 傳聞에 至ᄒᆞ야 實景 眞態 奇事 異言의 足히 世人의 聞見을 博ᄒᆞᆯ 者ᄅᆞᆯ 文人이 文을 術ᄒᆞ고 名畵가 畵ᄅᆞᆯ 作ᄒᆞ야 不詳ᄒᆞᆫ 者가 無ᄒᆞ고 又 他事故에 至ᄒᆞ야ᄂᆞᆫ 集會ᄒᆞᄂᆞᆫ 消息과 開市ᄒᆞᄂᆞᆫ 名號

---

24 福澤諭吉, 『西洋事情』 初編, 33쪽.
　　"신문지는 사회(에) 있는 새로운 사정을 탐색하고 이를 기록하여 세간에 포고하는 것이니라, 즉 그 나라 조정의 평의, 관명의 공고, 관리의 진퇴, 시가의 풍설, 외국의 형세, 학예가 일신하는 경황, 교역의 성쇠, 경작의 풍흉, 물가의 고저, 민간의 고락, 사생존망과 이적과 기담, 모든 사람의 이목에 새로운 것은 낱낱이 상세하게 기재하고 도화를 붙여서 소상하지 않으면 안 된다. 그 작은 일에 이르러서는 집회의 안내를 하고 개점의 이름을 홍보하고 유실물을 탐색하고 습득물의 주인을 찾아주는 등이 모두 신문지국에 부탁하는데, ……"

와 火輪船車의 出入과 家垈什物의 賣買며 遺失物을 拾取ᄒᆞ야 基本主를 探
索ᄒᆞ기와 店舍를 排鋪ᄒᆞ고 旅客을 招延ᄒᆞ기도 皆 新聞局에 付託ᄒᆞ야 其細
瑣ᄒᆞᆫ 緣由를 記譜ᄒᆞᄂᆞ니 ……[25]

여기서 "신문지"는 지금의 사전적 의미로 보면 '신문'에 더 가깝다고
할 수 있다. 큰 논지는 변함이 없지만, 자국어의 사용 비중에서『서양사
정』이『서유견문』에 비해 더 큰 것을 알 수 있다. 또한 한문의 형태가
후자에서는 그대로 남아 있는 반면, 전자에서는 한문은 주로 한자의 형
태로 해체되고 있다.『서유견문』은 조사, 의존명사, 부사 등의 보조적
어휘를 제외하고는 모든 어휘가 예외 없이 한자로 표기되어 있다. 또한,
전자에 나온 한자와 일본어가 결합된 어휘인 "新らし"→あたらし, "卽
ち"→すなわち, "總て"→すべて, "名を弘め→なびろめ" 등은 한자어라
기보다는 일본어라고 할 수 있다. 이런 성격의 단어는 후자에 나오지 않
는다. 나아가 전자에서는 한문구조차도 일본어식으로 풀어쓰거나 일본
식 한자어를 사용한 부분까지 있다.[26] 그러므로 전자에서 히라가나 부분
을 제외한다면 문장이 되지 않고 문맥이 통하지 않는다. 그러나 후자는
한글자모를 모두 덜어내더라도 그 어순을 변경한다면 문장을 구성할 수
있다.[27]

번안의 실제 과정을 유추해보자면 먼저 한문 문장으로 번역을 한 다
음, 국문의 통사구조에 맞춰 재배열하고 적절한 한글 조사와 의존어미
등을 삽입한 것으로 볼 수 있다. 그만큼 양자의 문장은 그 성격이 다른
것이다. 전자는 "索"과 "豐"에 루비를 달아 음을 표기한 것에서도 알 수

25『서유견문』, 457~458쪽.
26 각주 26번 인용문의 "三舍을避る"는 "退避三舍"라는 4자 한문성어를 풀어서 쓴 것이다.
27 "由"나 "之" 혹은 "的" 같은 보조적 어휘들이 추가되어야 더 명확한 문장이 되기는 하
   겠지만, 문맥이 통하는 데는 큰 무리가 없을 것이다.

있듯이, 기본적으로 일반 독자를 대상으로 삼았다면, 후자는 아무래도 한문지식이 체질화된 지식인들을 일차적 독자로 삼은 것에서 이와 같은 차이가 생겼다 하겠다.

네덜란드어와 영어 등의 번역을 통해 문전과 사전을 구축해왔던 일본어와 당시로서는 이와 같은 기반을 갖추지 못했던 국문의 차이이기도 하며, 더 나아가서는 한국의 글쓰기 전통이 일본의 그것보다 한문과 더 밀접한 연관을 맺고 있기 때문이다. 유길준이 후쿠자와 유키치의 문장을 받아들이되 자국의 문화 환경을 감안하여 형태적으로 다른 문체를 구현했다는 점은 양자 사이의 관계를 단순한 이식으로 평가할 수 없는 근거가 된다.

한편, 두 인용문에서 나타나듯이 후자는 전자에는 없는 내용을 보충하고 있다. 문두에서 "衆人이 會社를 結ᄒ야 其局을 立ᄒ고"를 넣어서 신문을 발행하는 일에도 단체의 결속이 중요함을 강조하고 있으나, 『서유견문』의 전체 논지와 관련해 더욱 중요한 부분은 학교와 학자에 대해 서술한 부분이다. 원문에는 없으나 "各處學校의 修學ᄒᄂ 景像과 各地學者의 窮究ᄒᄂ 術業과"라는 부분을 특별히 보충한 것은 인민의 교육이 있어야만, 정당한 경쟁 관계가 있을 수 있고 이 경쟁을 통해 개화의 경지에 나아갈 수 있다는 『서유견문』 전체의 논지를 독자적 번안을 통해 강조한 것이다. 인용된 부분은 대체로 전체적 대의가 뒤바뀌지 않은 번안이지만 그런 경우에도 그 문체의 형태가 다르고 또한, 유길준 나름의 논지를 강조하기 위한 보충이 삽입되어 있어 그 번안 양상은 사뭇 능동적이라 하겠다.

다음으로는 비슷하게 정보를 전달하는 성격의 기사들이지만 그 번안이 조금 다른 방향으로 이루어진 사례를 제시한다.

　…… 抑抑これより以前に蒸氣機關を工夫せし者多しと雖ども之を大成し

て實用にしたる者はワットなるが故に蒸氣機關の發明者とて其名を不朽に
傳へり惑人これを稱して云く先生の工夫を以て蒸氣の氣管一と度大成し氣
力の强大なると其運動の自由なること實に驚駭す可し大象の鼻を以て針を
撮み又大木を裂くもこれを蒸氣に比すれば啻に三舍を避るのみならず以て
印版を彫刻うれば精巧の手も之に若かず鐵塊を壓碎けば蠟よりも軟なり絲
を紡績すれば其細なること毛の如く ……**28**

　…… 蓋瓦妬의 先에도 蒸氣機關을 窮究ᄒᆞᆫ 者가 雖多ᄒᆞ나 此功을 大成ᄒᆞ
야 實用에 施ᄒᆞᆫ 者ᄂᆞᆫ 瓦妬라 天地間의 一種自然한 剛力을 拔出ᄒᆞ야 人世
千萬事物의 窮苦艱困ᄒᆞᆫ 根源을 拔去ᄒᆞ고 便要當達ᄒᆞᆫ 景況을 助成ᄒᆞ야 利
用厚生ᄒᆞᄂᆞᆫ 道로 天下의 人이 其福을 共享ᄒᆞ고 且其惠澤이 無窮ᄒᆞᆫ 來世에
流被홈이니 是로 以ᄒᆞ야 瓦妬의 名은 不朽에 傳ᄒᆞ야 婦人孺子라도 尊敬을
不可ᄒᆞᄂᆞᆫ 者가 無홈이라 ……**29**

인용문들은 모두 증기기관의 발명자로 유명한 와트의 전기이다. 와트
의 출생, 배경, 증기기관을 발명하게 된 사적을 시간순서로 서술하고 이
글을 마무리하는 부분이다. 이 부분은 유길준이『서양사정』과 관계없이
자신의 의지를 따라 저술한 양상이다.

전자가 증기기관의 효용을 설명하면서 코끼리를 구체적 비교대상으로
설정하고 철강을 압연하는 놀라운 효력이나 인쇄를 조판하는 정교한 수단

28『서양사정』외편 권1, 24쪽. 번역은 아래와 같다.
　"…… 대저 이보다 이전에 증기기관을 공부한 자들이 많음이나, 그럼에도 이를 대성하
여 실용해낸 이는 와트가 되니라, 그러므로 증기기관의 발명자로서 그 이름을 불후에
전하니라, 혹인은 이를 칭하여 말하길, 선생의 공부로서 증기의 기관은 한 번 대성하고
기력의 강대함과 그 운동의 자유로움이 실로 경탄할 만 하였다. 큰 코끼리의 코로서
바늘을 집고 또한 大木을 짜개기도 하지만, 이를 증기에 비한다면 단지 退避三舍에
그치지 않는다. 증기로서 인쇄를 조각한다면 정교한 기술자가 이에 어쩔 수 없으며,
鐵塊를 壓碎하여 밀랍보다 부드럽게 하고, 실을 방적한다면 그 가는 것이 털과 같으니
라, ……"
29『서유견문』, 469쪽.

을 강조한 반면, 후자는 추상적인 서술로 인간의 실용과 장래에 미칠 공덕을 칭송하고 있다. 전자는 독자의 오관(五官)에 직접적으로 다가서는 생생한 서술로서 앞서의 인용문보다 한문의 비중이 더 줄어든 형태이고, 후자는 증기기관의 혜택과 의미에 대해 더 거시적 안목으로 서술하고 있다.

후자는 "千萬事物", "利用厚生" 등의 4자 성어 때문에 전자보다 전통적 한문과의 연결이 더 강하게 느껴진다. 후자의 이와 같은 서술은 지금의 눈으로는 다소 상투적으로 보일 수도 있으나, 전체적 문맥을 감안하면 더 적절한 논리적 전개라고 할 수도 있다. 와트라는 인물의 전체적 평가를 내리는 마당에서 전자와 같은 서술은 일반적 글쓰기의 규격에서 다소 어긋나는 것이다. 이 역시, 일반 독자의 흥미를 감안한 서술, 당대의 통속에 부응하기 위한 그 나름의 시대적 의미를 가진 것이지만 유길준은 이와 같은 통속을 받아들일 수 없었던 것으로 보인다. 구어에 가까운 전자의 구체적 표현이 다소 상투적인 후자의 서술로 전환된 것을 구태의연하다고 평가할 논자들도 있겠지만, 구어와 문어의 차이를 차치하더라도 글의 문맥상 유길준의 선택이 더 합당하다고 평가할 만하다.[30]

다음으로 두 책의 전체 논지와 밀접한 관련이 있는 기사를 번안한 사례를 제시한다.

…… 政府の體裁は各各相異なると雖も其大取義は前にも云ひし如く唯人心を集めて恰も一體と爲し衆民の爲めに便利を謨うより外ならず國政の方向を示し順序を正するの事は一二の君相又は議政官の手に非ざれば行はれ

---

30 또 하나, 흥미로운 점은 후쿠자와는 와트를 先生이라 칭했지만, 유길준은 이 표현을 쓰고 있지 않다는 점이다. 확대해석할 필요는 없지만, 자못 흥미로운 지점이라 할 수 있다. 또한 이 인용문에서 "是로 以ᄒ야"는 "之を以て"라는 일본어 상용구와 형태적으로 유사하지만 조사의 대응이 문법적으로 정확히 들어맞는지에 대해서는 전공자의 의견이 필요하다.

難さが故に人心を集めて一體と爲さざる可らず衆民の便利を謨るにも人心
一致せざれば衆を害して寡を利するの患あるが故に此亦政府の上より處置
せざる可らず本來諸國に政府を立てて國民の之を仰ざ之を支持する所以は
唯國內一般に其德澤を蒙らんことを望むのみ取義なれば政府たらんものも
若し國民の爲めに利を謨ることなくば之を有害無益の長物と云ふ可し就中
其職分にて最も緊要なる一大事業は法を平にし律を正するに在り是卽ち人
民の生を安んじ自由を得私有の物を保つことを得る所以なり ……31

…… 大槪 政府의 始初훈 制度는 帝王으로 傳후든지 大統領으로 傳후든
지 其關係의 最大훈 者는 人民의 心을 合후야 一體룰 成후고 其權勢로 人의
道理룰 保守후기에 在훈 故로 其重大훈 事業과 深遠훈 職責이 人民을 爲후
야 其泰平훈 福基룰 圖謨홈과 保全홈에 不出후니 國政의 方向을 指授홈과
次序룰 遵定홈은 人君과 大臣이며 及其輔弼參佐의 手中에 不在훈 則 難行
훌 者가 多훈지라 然홈으로 人民이 其權을 不有후나 上에 在훈 者가 衆心을
一體에 成후기 不能후면 不可후고 又人事룰 審후며 時機룰 應후야 規模룰
創始후든지 法律을 設立후든지 萬若 政府의 處置로 不以후면 强者룰 利후
고 弱者룰 害후는 憂慮가 不無훌 쑨더러 時日을 延拖후도록 其失效룰 不奏
후야 道傍에 作舍후는 譏笑룰 不免후리니 衆人의 議論이 公平후다 후야 汗

---

31 "政府の本を論ず"『서양사정』 외편 권2, 45~46쪽.
"……정부의 체제는 각각 상이하다해도 그러나 그 큰 取義는 앞서 말한 바와 같이
오직 人心을 모아서 합하여 일체로 하는 것으로, 민중을 위하여 편리를 도모하는 것을
벗어나지 않는다. 국정의 방향을 보이고 순서를 바르게 하는 일이 한 두 명의 임금,
대신 또는 의정관의 수중에 없다면 행하기가 어려우니 그러므로 인심을 모아서 일체
로 하지 않을 수 없다. 민중의 편리를 도모함에서 인심이 일치되지 않는다면 다수를
해쳐 소수를 이롭게 하는 우환이 있을 수 있으니 그러므로 이 역시 정부의 위에서부터
처치하지 않을 수 없다. 본래 諸國에서 정부를 세우고 국민이란 그것을 우러러 이를
지지하는 소이는 오직 국내 일반에 그 은덕이 퍼져나감을 바람이 취의가 되니 정부라
하는 것으로 만약 국민을 위해서 이익을 도모함이 없다면 이것을 유해무익한 큰 물건
이라 할 수 밖에 없다. 그 직분에서 가장 긴요한 일대사업을 취해보자면 법을 공평히
하고 규율을 바라게 함에 있으니, 이는 곧, 인민의 생계를 안정함이며, 자유를 이루고
사유물을 지켜주는 것을 이루는 소이가 된다, ……"

漫혼 人民을 渾同ᄒᆞ야 政府의 權을 同執홈이 奈何其可리오 마ᄂᆞᆫ 國家의 政府ᄅᆞᆯ 設置ᄒᆞᄂᆞᆫ 本意ᄂᆞᆫ 人民을 爲홈이오 人君의 政府를 命令ᄒᆞᄂᆞᆫ 大旨도 人民을 爲홈이라 ……32

이 두 기사는 정부의 역사적 연원을 설명하는 것에서 시작하여 주로 서구의 사례를 예시하면서 논지를 전개한다. 인용된 부분은 그 결론에 해당하는 부분으로 전자와 후자가 모두 정부의 취지는 인민을 보호하는 것에 있다는 것을 강조한다. 이 기사들의 전반적 내용을 비교하면 후자가 전자에서 많은 부분을 차용했음은 분명하다. 그러나 인용문들처럼 그 차용은 적극적 번안 과정을 거친 것이다.

이 두 문장의 차이는 일본어와 한국어가 가진 통사적, 형태적 차별성에서만 비롯되지 않는다. 두 가지 다른 언어가 공유하고 있는 요소인 한문 또는 한자라는 부분의 차이가 두 문장의 차별성을 빚어내는 데 큰 요인으로 작용하고 있는 것이다. 후자가 그 통사적 구조를 국문 위주로 조정하기는 하였지만 아직 한문의 형태를 상당한 부분에서 남기고 있는 데 반하여, 전자에서 한문은 거의 해체되어 주로 한자의 형태로 남아 있는 셈이다. 더욱 유길준의 번안은 문체적 차원에서 그치지 않는다.

유길준과 후쿠자와는 모두 일종의 대의제 정치를 지향하여 인민의 직접적 정치 참여를 제한하는 점은 동일하다. 그러나 후쿠자와와 달리, 유길준은 군주가 정부를 명령함을 명시하여 대한제국의 정치체제와 그 정당성을 강조한다. 또한, 인민과 정부가 정치에 동등한 권한을 가진다는 것을 망령된 제안으로 간주한다. 이는 인용문의 앞부분에서 대통령제가 한국의 실정에 적합하지 않음을 기술한 부분에서도 직접적으로 드러난다.[33] 후쿠자와는 대의제 정치를 지향하기는 하지만, 인민이 정치에 참

---

32 "政府의 始初", 『서유견문』 410~411쪽.

여하여 일어나는 폐단을 유길준처럼 구체적이고 상세하게 제시하지는 않는다. 후쿠자와의 논의에서 인민은 정치행위를 당하는 객체로 고정되어 있지는 않지만, 위 유길준의 논의에서 인민은 분명히 정치행위의 주체가 아니라 객체로 한정된다. 이는 그 정치사상의 내용을 평가하기 이전에, 유길준의 개화가 후쿠자와가 지향한 이상과는 차별성이 있음을 나타내는 주요한 지점이다.

지금의 눈으로 보자면 유길준의 타협적인 태도를 저평가할 수도 있겠지만, 인민의 참여를 제한하는 것은 교육과 개화의 수준이 아직 떨어지는 한국의 현실적 상황을 감안한 현실적 전술일 수도 있다. 인용문은 "汗漫한 人民"을 경계하기도 하지만, 정부와 인군(人君)은 인민을 위한 것이 아니라면 존재의의가 없다는 다소 상충되는 논지가 전개되고 있다. 『서유견문』의 일차적 독자가 조선의 지식인들, 그러나 결국은 유길준 자신의 주인이기도 한 고종을 비롯한 이씨 왕가를 대상으로 한 것임을 감안하면, 위와 같은 발언은 한편으로는 인민의 무서움을 군주에게 경고하는 문맥일 수도 있다.[34]

유길준의 번안은 문체적 차원에 그치지 않고, 문화적, 정치적 배경과 차별성을 감안한 능동적이고 독자적인 성격이었던 것이다.

5. 결론

한국 근대 국한문체에서 『서유견문』이 차지하는 위상과 『서양사정』과

---

33 『서유견문』, 138~139쪽.
34 『서유견문』의 다른 부분에서 프랑스 파리 코뮌의 참상을 전한 것도 동일한 문맥으로 해석할 수도 있다고 본다.(『서유견문』, 100~107쪽.)

의 문체적 관계 양상을 분석해 보았다. 이 글의 논지를 강화하는 측면에서 직접적 문체의 이식을 부정하는 방향으로 논의를 전개했으나 물론 양자 사이의 영향 관계는 명백한 부분도 많다. 전체적 구성이 많이 다르고 문장이 다르다고 해서, 『서양사정』이 존재하지 않은 상태의 『서유견문』을 상상할 수는 없다. 그러나 사상적 영향 관계 및 저술의 구성에 대한 영향 관계 등에 대한 연구성과는 이미 존재하기 때문에 이 글에서는 연구의 범위를 제한한 것이다. 비록 제한된 범위의 비교연구이기는 해도 이를 통해 드러나는 사안은 다양한 분야로 확장 가능하다.

일본의 근대 언어, 특히 언문일치의 이념이 가진 인공성에 대해서는 이연숙, 고모리 요이치 등이 이미 지적한 바 있다.[35] 또한, 근대 일본어가 가진 한문 문어체와의 밀접한 연관성 등에 대해서는 사이토 마레시가 지적하였다.[36] 이들의 분석처럼 일본의 실제 언어생활은 한 가지로 이름 짓기에 어려운 복잡한 사정이었을 것이다. 그러나 『서유견문』에 비해 20년이나 앞서 출간된 『서양사정』이 현대의 일본어에 오히려 더 가까운 양상을 보이고 있는 반면, 『서유견문』이 현대 한국어와 가진 거리는 통사와 어휘 등의 측면에서 더욱 멀어 보인다. 다양하고 거대한 출판시장과 다양한 번역 활동을 통해 당시의 한국에 비해 훨씬 다채로운 말하기와 글쓰기의 가능성들이 시도되었던 일본에 비해서 아직 한국은 이미 흔들리고 있지만 현실적으로 가장 확고한 유일의 언어규범인 한문으로부터 벗어날 수 없었던 것이다. 그러나 오히려 이 때문에, 『서유견문』의 문체가 『서양사정』보다 언문일치의 정도에서 미치지 못한다는 평가나 한문의 비중이 훨씬 높기 때문에 그 의의를 낮추려는 시각은 적절하지 못하

---

35 李姸淑, 고영진외 역, 『국어라는 사상』, 소명출판, 2006.
　　小森陽一, 정선태 역, 『일본어의 근대』, 소명출판, 2003.
36 齋藤希史, 「言と文のあいだ-訓讀文というしくみ」, 『文學』, 8권 6호, 東京: 岩派書店, 2007; 사이토 마레시(앞의 책) 참조,

다. 2장에서 논했듯이, 유길준의 문체는 뒤에 나온 계몽기 국한문체보다 통사적, 어휘적, 문장구조상의 일관성을 혁신하여 선취했다는 점에서 그 업적은 한국의 언어사, 문화사에 영원히 남을 것으로 본다.

문제는 이 문체적 성취에『서양사정』의 영향이 어떠했는가 하는 점인데, 앞에서 논했듯이 일본어를 지우면 문장이 이루어지지 않는『서양사정』의 문체와 한글을 지워도 문장이 이루어지는『서유견문』의 형태적 차이는 크다. 또한, 앞서 논했듯이 실제적 번안의 과정에서 논지를 수정하는 첨삭과 다시쓰기까지 도입하는 능동적 작업을 곳곳에서 보여주고 있다. 특히 한문의 어순을 국문의 통사구조에 맞춰 재배치한 것은 일본어의 구조에서 비롯되었다기보다는 경서언해의 과정과 유사한 것이며 한글의 통사구조를 구현한 것으로『서유견문』 문체의 독자성을 보여주는 주요한 지점이다. 그리고 3장에서 논했듯이,『서유견문』 국한문체의 구현 과정은『서양사정』보다는 전통적 경서언해의 방식과 유사하다.『서유견문』 국한문체의 형태적 성격은 일본 혼용문과의 관련성을 탐구하는 작업에 앞서 국어사적 차원과 한문학적 차원에서 먼저 검토되어야만 할 것이다.

이념적 지향성과 최초 입론의 과정에서『서유견문』이『서양사정』에 큰 빚을 지고 있는 것은 사실이지만 그 문체적 성취에서만큼은 한일 양국의 문화적 차별성을 요량한 유길준의 독자적 글쓰기라고 인정해야만 할 것이다.

전기와 번역의 '종횡(縱橫)'

-1900년대 소설 인식의 한국적 특수성-

손성준

1. 서론

한국의 1900년대는 기존 소설에 대한 신랄한 비판을 근대매체를 통해 표출한 최초의 시기다. 동시에 소설의 지위 격상이 이루어진 때이기도 하다. 소설을 둘러싼 주장들이 논설의 화두가 되었고 신문·잡지에는 〈소설〉란이 빈출했으며, 단행본 소설의 발간도 본격화되었다. 이러한 현상은 물론 소설관 변화의 산물이었다. 바꾸어 말해 이 시기에 소설을 이해하는 사회의 토대가 전변했다.[1] 기존 소설에 대한 비판적 목소리가 주를 이루었지만, 그 안에 소설을 향한 기대가 동시에 함축되어 있었다는 것은 두 말할 필요도 없다. 소설은 거듭 '호출'되기 시작했고 그 이전과는 다른 무엇으로 거듭나고 있었다.

이 변화의 동력에 대해서는 다양한 논의들이 있었다. 정치적 조건을

---

[1] 차태근은 문학의 근대성에 접근하기 위해서는 문학작품 자체가 아니라 "문학을 무엇이 어떻게 담론화 하는가"에 주목할 필요가 있다고 역설했다. 근대 문학의 위기 담론은 사실상 문학과 사회의 관계 변화에 대한 "징후적 언설"이기 때문이다. 차태근, 「문학의 근대성, 매체 그리고 비평정신」, 『문예공론장의 형성과 동아시아』, 성균관대학교 출판부, 2008, 80쪽.

중심으로 한 시대적 배경과 인쇄매체라는 물적 토대는 대개의 선행 연구
가 전제로 받아들이는 바다. 다음은 강조점을 어디에 두느냐일 텐데, 우
선 소설로 명명되기 이전의 원형적 서사물들이 근대소설로서의 내·외양
을 갖추어나가는 과정에 초점을 맞추는 연구들이 있는가 하면, 다른 한
편에서는 번역이라는 외래적 계기에 주목해왔다. 본고는 후자의 견지에
서 논의를 전개하나 번역의 영향 자체가 아닌 '변용의 역동성'에 초점을
맞출 것이다. 한국적 토양이 무엇을 받아들이고 무엇을 바꾸었는가를 규
명하는 것이 본 연구의 방향이다.

　번역이라는 동력에 착안한 연구들은 공통적으로 중국이나 일본의 영
향에 주목한다. 박은식, 신채호 등이 개진한 소설론이 중국 측의 맥에
닿아 있고 그 실천의 결과가 이른바 '역사전기소설'이라면, 이인직 등은
일본 문학의 영향을 원천삼아 '신소설' 저작으로 나아갔다는 익숙한 구도
를 떠올릴 수 있을 것이다. 전술한 두 부류가 동시대에 있었던 것은 사실
이다. 그러나 연재, 출판, 유통 등의 기준으로 볼 때 신소설의 실질적인
전성기는 1910년대였다.[2] 1900년대의 주류 서사물(번역과 창작을 포괄하
여)은 역사물과 전기물이라 할 수 있다. 소설론의 주도자들 역시 역사전
기물의 생산 주체들이었다. 그러나 임화의 문학사 서술에서 단적으로 나
타나듯 이광수로 가는 근대소설사의 연결고리 자체가 이인직에게 주어
져왔으며, 역사전기물 진영에 대해서는 과도기적 성격이나 계몽운동의
가치만이 궁구된 경향이 있다.[3] 계몽을 위한 문학의 도구화는 근대문학

2　구체적으로는 1912년부터 1914년까지의 3년 동안에 가장 집중되어 있다. 한기형, 「1910
　년대 신소설에 미친 출판·유통 환경의 영향」, 『한국 근대소설사의 시각』, 소명출판,
　1999, 223~225쪽 참조.

3　적극적으로 평가될 경우, 1920년대 이후 역사소설의 예비 단계(강영주, 『한국 역사소
　설의 재인식』, 창작과 비평, 1991; 김찬기, 『한국 근대소설의 형성과 전(傳)』, 소명출판,
　2004; 이승윤, 『근대 역사담론의 생산과 역사소설』, 소명출판, 2009)로 파악되거나, 이
　와 성격은 다르지만 최근의 번역 연구를 통한 재평가를 들 수 있다.

의 미적 자율성과 배치되는 것으로 여겨졌는데, 이로 인해 그들의 작업
에서는 대중과의 괴리를 유발한 경직된 소설관 및 문체의 문제 등이 자
주 지적되어 왔다.

특히 박은식 류의 실천을 가볍게 만든 결정적 요인은 '양계초(梁啓超)의
절대적 영향력'이라는 구도에서 찾을 수 있다. 1900년대의 공리주의적
소설관에 대해서는 일찍부터 양계초의 영향력이 논급되어왔는데, 이후로
박은식, 신채호 등의 소설론은 양계초와의 상동성이라는 틀 속에서 다뤄
지는 경우가 많았다. 그러나 이로 인해 박은식 등의 문제의식 자체에 내장
된 오리지널리티가 충분히 논의될 수 없었다. 그런가 하면, 객관적인 외
래의 영향력을 괄호치고 이들의 '소설 실천'(소설론, 번역, 창작)을 자생적
인 것으로 전제한 논의의 경우도 한계를 지닌다. 번역을 통과한 1900년대
의 다양한 텍스트들을 다루며 중국 및 일본의 영향을 가늠해보지 않을
수 없고, 창작이라 할지라도 그 배경에 번역 경험이 놓여 있다면 그것을
단지 창작의 소산으로만 접근하는 것은 반쪽짜리 해석의 가능성을 남긴
다. 결국 번역의 영향이 작용한 것과 그렇지 않은 것을 제대로 파악한
연후에야 진정한 한국적 현상의 도출에 가까워질 수 있다는 것이다.

본고는 소설을 '호출'한 주체들의 소설론에서 나타나는 한국적 특질과,
이와 관련된 그들의 실천이 어떠한 방식으로 구현되었는가를 고찰한다.
이를 위해 필자는 번역의 역할과 관련된 기본적인 질문들을 다시 던질
것이다. 예를 들면 '받아들인 것과 바꾼 것은 무엇이었나', '받아들일 수
있었던 조건은 무엇이었으며, 바꿨다면 왜 그럴 수밖에 없었나', '궁극적
으로 한국의 경우 무엇이 달랐나'와 같은 것들이다.

양계초의 소설 인식과 그 영향력을 크게 받은 것으로 알려진 박은식
및 신채호의 소설 관련 작업 사이에는 근본적 차이가 있다. 단적으로 말
해, 그것은 '전기'[4]와 '소설' 사이의 경계 설정에서 나타난다. 이를 검토

하기 위해 우선 양계초의 경우를 개괄할 필요가 있다.

2. 양계초의 소설론과 〈전기〉·〈소설〉란의 병립

양계초의 소설론 역시 시대의 산물이었다. 1902년 11월 중국 최초의 문학 전문잡지『신소설(新小說)』의 창간이 있었고, 이와 함께 발표된「논소설여군치지관계(論小說與群治之關係)」에서 제창된 '소설계혁명'이라는 구호는 당시 중국 지식인 사회에서 큰 파장을 일으켰다. 이 파장은 사실상 무술변법 이후부터 진작되어 가고 있었지만,[5] 양계초는 매체를 통한 영향력과 스스로의 실천을 통해 중국 근대소설사에서 핵심적인 존재로 자리매김했다. 흥미로운 것은 그가 '사전전통(史傳傳統)'을 소설 속에 적극 포섭한 '신소설가'이면서도,[6] '전'과 '소설'에 대한 명확한 경계(境界) 의식을 보여준다는 것이다.

---

4 본디 '전기(傳記)'는 한문 전통 양식인 '전(傳)'과 '기(記)'의 합성어로서, 주관적 요소가 개입되기는 하나 전자는 인물 중심, 후자는 사건 중심의 역사서술이다. 그러나 현재 주로 사용되는 합성어 '전기'는 전자인 '전'의 일반화 된 표현에 가깝다. 이에 본고에서 사용하는 '전' / '전기' / '전기물'이라는 용어는 기본적으로 모두 역사서술로서의 '傳'을 지칭한다. 그러나 본고의 3장 이하에서 다루겠지만 지식인들의 전통적 '전' 인식과는 달리 순문문 전용자 층에게 있어 '전'은 조선후기 영웅소설을 강하게 환기하곤 했다. 따라서 조선후기 '전'류 소설을 다룰 때는 부분적으로 소설로서의 '전'을 언급하게 될 것이다. 조선후기 '전'과 소설의 연관성에 대해서는 박희병,『조선후기 전의 소설적 성향 연구』, 성균관대학교출판부, 1993을 참조, 중국에서 시작된 '전기'의 기원 및 용례, 소설적 성향을 띠게 되는 역사적 변화 과정에 대해서는 윤하병,「중국에 있어서 전기에서 소설에의 발전 과정」,『중국인문과학』 14, 1995를 참조.

5 陳平原, 이의강 역,「중국소설의 근대적 전환」,『동아시아 서사학의 전통과 근대』, 성균관대학교 출판부, 2005, 267쪽.

6 陳平原, 이종민 역,『중국소설서사학』, 살림, 1994, 제7장 참조. 오히려 '사전전통'이 그 경계 의식을 더 날카롭게 했을 수도 있다.

양계초는 변법시기 최고의 잡지『시무보(時務報)』의 주필이었는데, 이때부터 그는『수호전』,『삼국지』,『홍루몽』 등의 독자가 육경(六經)보다 많다는 것을 들며, 속어[俚語]를 통한 민중 계몽의 가능성을 설파한 바 있다.[7] 해당 글의 경우 주지가 민중/민중어에 있어서, 소설의 가치 및 쇄신이 직접적으로 천명되지는 않았다. 주목하고 싶은 것은『시무보』의 전기물이다. 양계초의 본인의 글은 아니었지만『시무보』에는 조지 워싱턴의 전기인「화성돈전(華盛頓傳)」이 잡지 창간일인 1896년 8월 9일부터 11월 15일(제11호)까지 연재되었다. 고정된 〈전기〉란을 통해서 나오지는 않았다 해도,「화성돈전」의 존재로 미루어볼 때 이 시기부터 양계초가 번역 전기물의 효용을 인지했던 것은 분명하다.「화성돈전」의 저본은 영문 전기였으며, 연재 이전에도 이미 단행본 전기가 먼저 있었다.[8] 전기에서 전기로의 형성 과정을 밟은 경우인 것이다.

이후 양계초는 도일 직후인 1898년에서 1901년 사이『청의보(淸議報)』를 통해 일본의 정치소설을 선택하여 번역한다.[9] 처음 역재(譯載)한 것은

---

7 「論學校五(變法通義三之五 幼學)」(1897.2.22, 제18호)에서이다. 齊藤希史,「近代文學觀念形成期における梁啓超」, 狹間直樹 編,『共同硏究 梁啓超-西洋近代思想受容と明治日本』, みすず書房, 1999, 300~301쪽.

8 『시무보』의「화성돈전」은 본래 이 여여겸(黎汝謙)과 채국소(蔡國昭)가 공동 집필한 단행본『화성돈전』(1886)을『시무보』에 연재한 것이었다. 여여겸은 1882년 청의 일본 고베 이사관(理事官)을 역임할 때 당시 번역관이었던 채국소에게 부탁하여 어빙 워싱턴(Washington Irving, 1783~1859)이 저술한 *The life of George Washington*(1855~1859년 사이 시리즈 출간)을 구입, 번역까지 맡겼다. 이후 3년에 걸친 채국소의 번역과 여여겸의 감수를 거쳐『화성돈전』은 간행되었지만, 그다지 인기는 얻지 못하다가『시무보』연재에 이른 것이었다. 潘光哲,『華盛頓在中國-製作「國父」』, 三民書局, 2005, 90~92쪽. 이『화성돈전』을 복제하여 유통되고 있던『華盛頓泰西史略』(1897) 역시 역사물의 외피를 두른 전기물이었다. 복제서나 독후감 등 해당 서적이 미친 영향력에 대해서는 이어지는 94쪽까지를 참조.

9 「佳人奇遇」,『淸議報』제1기~제35기, 1898.12.23~1900.2.10. /「經國美談」,『淸議報』제36기~제69기, 1900.2.20~1901.1.11.

「정치소설 가인기우(政治小說 佳人奇遇)」였다. 이 소설의 첫 회를 열며 양계초는 유명한 「역인정치소설서(譯印政治小說序)」를 제시했다. 다음은 이 글의 마지막 부분이다.

> 예전에 유럽 각국의 변혁이 시작되자 훌륭한 학자와 뛰어난 인물이 때때로 자신의 경력과 가슴 속에 쌓아왔던 정치적 논지를 오로지 소설에 표현했다. 그랬더니 학교에서 배우는 제자들이 그것을 입수하고 입으로 퍼뜨려, 아래로는 병사·상인·농민·장인·마부와 병졸·부녀자와 아이들에 이르기까지 입수하고 입으로 퍼뜨리지 않는 자 없었고, 가끔 한 권의 책이 출판될 때마다 전국의 논지는 그로 인해 확 바뀌었다. **미국·영국·독일·프랑스·오스트리아·일본의 정계가 날로 진보하고 있는 것은 정치소설의 공적이 가장 크다.** 영국의 명사인 모 씨는 말한다. 소설은 국민의 혼이다 라고. 그 말 대로다. 그 말 그대로다. **현재 외국의 유명한 학자의 저술과 관련하여 오로지 현금의 중국의 시국과 관련이 있는 것만을 선별하여 순서대로 번역하여** 잡지의 마지막에 첨부한다. 애국지사들이여 원컨대 읽어주기 바라노라.[10]

여기서 양계초는 주요 국가들의 쇄신을 주도해 온 정치소설의 역사적 순기능을 설파한 후 자신이 "중국의 시국과 관련이 있는 것만을 선별하여" 번역했음을 선전하고 있다. 그가 선별하여 『청의보』 발행 기간 내내 연재한 「정치소설 가인기우」와 그 후속인 「정치소설 경국미담(政治小說 經國美談)」은 모두 대표적인 메이지 일본의 정치소설을 원류로 했다. 즉, 그는 '정치소설'을 '정치소설'로 옮겨온 것이다. 이들 정치소설에 역사의 실제 인물들이 등장했다고 해서 양계초가 『시무보』 시기의 「화성돈전」과 『청의보』의 「가인기우」를 동류로 여겼을 가능성은 없다. 번역의 계통 자체가 다르고 『시무보』 시기에는 '소설'에 대한 문제의식 자체도 여물어

있지 못했다. 『청의보』에서의 '정치소설'이라는 용어는 명확하게 동시기 메이지 문학계의 그것으로부터 이식된 것이다.[11] 양계초 자신의 정치소설 「신중국미래기(新中國未來記)」(1902) 역시 본 맥락의 연장선에서 확인 가능하다. 「신중국미래기」의 탄생에 미친 「가인기우」의 영향도 뚜렷하거니와, 이 작품의 특징인 초반부의 도치서술의 시도는 스에히로 텟쵸(末広鉄腸)의 정치소설 『雪中梅』를 모태로 한 것이었다.[12] 한편 전반적 형태로 볼 때 「신중국미래기」는 『이십삼년미래기(二十三年未來記)』(1886)를 비롯, 여러 자유민권운동기의 정치소설을 참조한 바 크다.[13] 양계초는 번역뿐 아니라 창작에 있어서도 일본의 '정치소설'을 참조하여 자신의 '정치소설'에 적용한 셈이다. 양계초가 도일한 1898년, 일본 문학계에서는 『소설신수』의 사실주의 소설론에 찬동하지 않는 이들을 중심으로 '정치소설'의 재조명이 한창이었다. 당시 일본의 '정치소설'은 자유민권운동 쇠퇴와 함께 사장된 과거의 유산이 아니라, 여러 문학 논쟁의 공통분모였던 '연(軟)문학(인정 소재, 섬세한 묘사 중시)'과 '경(硬)문학(웅대한 구상, 경세의 뜻을 펼침)'의 대립에서 한 축이 되어 새로이 근대문학의 규범적 지위를 넘보고 있었다.[14] 양계초가 「역인정치소설서」를 발표하고 "'국민소설로서의' 정치소설을 드높이 내세운 것은 오히려 시류에 편승한 것이라고까지 볼 수 있을 정도"[15]였다. 이러한 풍조 속에서 양계초는 일본의 대표

---

11 이는 후술할 박은식의 '정치소설'이 정관공의 '정치소설'을 그대로 가져온 것과 마찬가지다.

12 陳平原, 이종민 역, 앞의 책, 69~71쪽.

13 『二十三年未來記』 역시 스에히로 원작이었다. 스에히로와 양계초는 정치적 입장까지 유사했다. 山田敬三, 「『新中國未來記』をめぐって-梁啓超における革命と変革の論理」, 狹間直樹 編, 앞의 책, 350~353쪽.

14 齊藤希史, 앞의 책, 309~312쪽 참조.

15 齊藤希史, 앞의 책, 310쪽. 한편, 이런 측면에서 필자는, 양계초의 정치소설론이 "일본 정치소설과의 개념상 낙차"가 있다거나, 『청의보』 시기와 『신소설』 시기의 '정치소설'

적인 정치소설들을 번역하였고, 연이어 나름의 창작으로 나아간 것이다.

'전기'와 '소설'의 경계 구분은 후자를 '역사소설'로 한정한다 해도 마찬가지였다. 『청의보』 시기 꾸준히 정치소설을 번역 연재하던 양계초는, 1902년 2월 8일 『신민총보(新民叢報)』를 창간하며 매체 차원의 영향력에 있어서 정점을 향해 가게 되고, 동년 11월 14일에는 『신소설』을 창간한다. 이 잡지의 발간에 앞서, 1902년 8월 『신민총보』에는 해당 잡지의 광고문이 출현했다.[16] 특대면 2페이지에 이르는 본 글에는 양계초의 소설론과 더불어 차후 『신소설』의 내용 구성이 함께 예고되고 있다. 아울러이 광고에는 각 항목에 대한 부연 설명 및 게재 예정 작품명까지 부분적으로 공개되었다. 우선 항목만을 추려보면 다음과 같다.

도화(圖畫) / 논설 / **역사소설** / 정치소설 / **철학[哲理] 및 과학소설** / 군사소설 / 모험소설 / 탐정소설 / 애정[寫情]소설 / 괴기[語怪]소설 / **차기체(箚記體)소설** / **전기체(傳奇體)소설** / 세계명인일화 / 신악부(新樂府) / 광둥노래[粤謳] 및 광둥희본[廣東戲本]

확인할 수 있듯, 중간에 핵심이 되는 각종 '○○소설(강조 부분)'을 두고, 앞부분과 뒷부분에는 비소설 항목이 있다. 10종에 이르는 소설 분류에 대한 부연 설명을 보면, 나머지는 들러리의 느낌이 들 정도로 '역사소설'과 '정치소설'에 대한 지면 할애가 많다. 그러나 '정치소설' 범주는 물론이고 '역사소설'에도 역시 '전기'는 포함되지 않는다.[17] 비록 『아력산대외전(亞

개념 사이에 모순이 있다는 판단(윤영실, 「근대계몽기 '역사적 서사(역사/소설)'의 사실, 허구, 진리」, 『한국현대문학연구』 34, 2011, 82~84쪽)과는 다른 관점을 갖고 있다.

16 「中國唯一之文學報 新小說」(『新民叢報』 제14기, 1902.8.18) 본래 『신소설』의 제1호 간행 예정일은 9월 15일이었다(광고문 하단 참조).

17 저술과 역술이 계획된 것으로 소개되는 '역사소설' 라인업은 크게 '연의'와 '외전'으로 구성된다. 여기에 속하는 것으로 예고된 작품명과 관련 정보를 이하에 제시하도록 한

歷産大外傳』, 『화성돈외전(華盛頓外傳)』, 『나파륜외전(拿破侖外傳)』, 『비사맥외전(俾斯麥外傳)』, 『서향융성외전(西鄕隆盛外傳)』이 목록에 제시되어 있지만 이것을 단순히 '소설'로 수렴된 '전기'의 양상으로 판단하는 것은 섣부르다. '전(傳)'이 아니라 '외전(外傳)'이라는 용어를 사용하기 때문이다. 둘의 차이를 '역사'와 '역사소설'의 차이로 이해해도 좋을 것이다.[18] '외전'의 개념은 양계초가 이미 여러 차례 영웅을 다루며 사용했던(또한 사용하게 될) 〈전기〉란의 '전'과는 다르다.[19] 양계초는 역사소설의 정의를 "역사상의 사실을 재료로 삼아, 연의체를 사용하여 서술한 것"이라 하며, 『삼국지』와 『삼국연의』를 각각 정사와 연의체 소설(역사소설)의 사례로 꼽고 있다. '연의(演義)'란 역사적 소재를 취하되 내용을 발전시키고 부연하며 풀어쓰는 것으로, 결국 허구적 요소의 개입을 전제하는 글이다. 그러나 〈전기〉란의 텍스트들은 달랐다. 양계초의 전기물을 검토해 보면, 번역상의 첨삭이나 독자적 발화, 심지어 사실을 미묘하게 전유하는 시도까지 발견되지만, 역사 자체에서 이탈한 연의적 요소는 찾아보기 힘들다.

　『신소설』 창간 이전부터 『신민총보』에는 〈소설〉과 〈전기〉란이 공존했

다. 『羅馬史演義』(로마사연의), 『十九世紀演義』(문명국을 중심으로 세계의 역사적 사건을 소재로 한 연의 예로는 빈 회의 및 의화단 사건이 언급됨. 유명 역사가의 사서 수십종으로 구성할 계획이었음), 『自由鐘』(미국독립사연의), 『洪水禍』(프랑스대혁명 연의, 프랑스 혁명의 폭력성을 드러낼 의도를 보임), 『東歐女豪傑』(러시아 여호걸 3인을 주인공으로 삼는다고 소개, 주인공은 무정부주의자 소피아 페룹스카야 등임. 전제 정권과 맞서 싸우는 여성 애국자의 구도로 예정됨), 『亞歷産大外傳』(알렉산더 외전), 『華盛頓外傳』(워싱턴 외전), 『拿破侖外傳』(나폴레옹 외전), 『俾斯麥外傳』(비스마르크 외전), 『西鄕隆盛外傳』(사이고 다카모리 외전).

18 중국적 '傳'의 전통에서 '外傳'은 正史 외부에 있으며, '本傳', '正傳'의 상대 개념이다. 중국 소설의 발아와 外傳을 연결 짓는 논의로 윤하병, 앞의 글, 426~428쪽 참조.

19 양계초는 '전기'를 5가지로 분류한 바 있는데, 곧 '列傳', '年譜', '專傳', '合傳', '人表'였다. 「中國歷史研究法補編」, 『飲氷室專集』九十九, 中華書局, 1994, 38쪽(최형욱, 「梁啓超의 傳記觀 硏究」, 『중어중문학』 42, 2008, 86쪽에서 재인용), 양계초가 '외전'을 '전기'의 영역으로 생각하지 않는다는 것은 여기서도 나타난다.

고, 이 체제는『신소설』창간 이후에도 변함없이 이어져 각자의 정체성을 유지해나갔다.[20] 만약 양계초가 전기물을 역사소설의 일분야로 인식했다면,『신민총보』의 〈전기〉텍스트는 모두『신소설』에 실리거나『신민총보』의 〈소설〉란에 발표될 수도 있었을 것이다. 그러나 오히려 양계초는『신민총보』의 〈전기〉란을 위해 특별한 주의를 기울였다. 1903년 2월의 미국행 이후 1904년 4월에 다시『신민총보』주필을 맡을 때까지를 제외하면 〈전기〉란은 모두 그에 의해 직접 집필되었다.[21] 그의 창작소설이 한 편에 불과한 것과는 대조적이다. 이렇게 '전기'와 '소설'은 지면을 분할한 채 서로의 공간에서 병존했다.

사실『신민총보』〈전기〉란의 태동 자체는 양계초의 '소설' 체험과 무관하지 않다.「佳人奇遇」제7회, 8회, 9회의 이야기가 바로 헝가리 영웅 코슈트를 중심으로 하고 있었기 때문이다.[22] 소설에서 발견된 코슈트는 양계초가 1902년『신민총보』제4호에 〈전기〉란을 개설하고 선택한 첫 번째 인물이 된다. 또한 양계초는 '전기'를 통해 획득한 소재인 '마찌니'와 '롤랑부인'을 자신의 소설「신중국미래기」(『신소설』제3호, 1902.12)의 소재로 활용하기도 했다. 이렇듯, 소재 활용의 측면에서는 양계초 역시 소설과 전기의 경계를 넘나들고 있었다. 나아가 양계초는「논소설여군치지관계(論小說與群治之關係)」에서도 역사적 인물을 소설화 할 필요성을 논한 바 있다. 하지만 이 경우에 그가 염두에 둔 것은 '외전'일 것이며,

---

20 〈전기〉란의 경우 제69호(1905.5.18)까지 확인되며『신민총보』자체의 6개월의 공백 이후인 제70호(1905.12.11)부터는 사라진다. 〈소설〉란은 제72호(1906.1.9)까지 유지된 후 73호(1906.1.25)부터 〈소설〉과 〈문범〉이 통합된 〈문예〉란으로 바뀐다.

21 夏曉虹,「近代傳記之新變」,『閱讀梁啓超』, 2006, 287쪽.『신민총보』소재 〈전기〉의 목록은 손성준,「영웅서사의 동아시아 수용과 重譯의 원본성-서구 텍스트의 한국적 재맥락화를 중심으로」, 성균관대학교 박사학위논문, 2012, 53~54쪽 참조.

22 松尾洋二,「梁啓超と史伝ー東アジアにおける近代精神史の奔流」, 狹間直樹 編, 앞의 책, 261쪽.

'소설 주인공'으로서 대별되는 그룹 자체도『홍루몽』이나『수호지』의 주
인공이었다.[23] 양계초에게 전기란 인물 자체의 역사여야만 했으며, '신
사(新史)'[24]의 한 갈래로서 존재했다. 비록 그의 전기 속에서 극적 장치나
일말의 문학성이 발견된다 해도 소설에 비할 바는 아니었다. 덧붙이자
면, 광고 지면을 통해 예고된 '외전'조차도『신소설』에 출현하지는 않았
다. 예정 대상 중 비스마르크 정도만이 '외(外)'자를 버린 채『신민총보』
에 실릴 수 있었는데, 이는 물론 〈소설〉이 아닌 〈전기〉란이었다.[25]

　〈소설〉과 〈전기〉란의 병존에서 나타나듯,『청의보』의 소설 번역과『신
민총보』의 전기 번역은 엄연히 독립된 영역이었다. 양계초가 '소설'에서
'소설'을 불러낸 것처럼, '전기'를 번역할 때 사용한 일본어 저본 자체도
'전기'였다. 코슈트뿐 아니라, 이탈리아 건국 삼걸, 마담 롤랑, 올리버
크롬웰 등 이후 양계초의 전기물 역시 일본에서 '전'으로 발간된 저서를
옮겨내는 과정에서 나왔다. 그리고 이들의 저본이 된 일본어 전기의 기원에
는 언제나 영어권의 'biography'가 위치하고 있었다.[26] '전기(영 · 미)'가

23　양계초는 만약 소설의 주인공이 워싱턴이면 독자들은 워싱턴으로 화할 것이고, 주인공
이 나폴레옹이면 나폴레옹으로 화할 것이라 했다. 이 대목은『홍루몽』주인공에게 감
정을 이입하는 사람들에 대한 비판 이후에 위치한다. 梁啓超,「論小說与群治之關係」,
洪治綱 主編,『梁啓超 經典文存』, 上海大學出版社, 2004, 79쪽.

24　양계초에게 '전기'가 '신사학(新史學)'의 범주에 속하다는 논의로는, 최형욱, 앞의 논문,
87~93쪽을 참조.

25　蛻庵,「鐵血宰相俾斯麥傳」,『新民叢報』34 · 36, 1903. 이 전기물의 연재는 양계초가
미국 방문으로 부재중일 때 이루어졌다.

26　이들의 중역(重譯) 과정과 텍스트 편차는 손성준, 앞의 논문, Ⅲ장 참조. 여기서는 번역
경로와 관련, 양계초의 첫 번역 전기였던 코슈트전(傳)만을 예로 들어 본다. 양계초는
「匈加利愛國者噶蘇士傳」의 집필에 있어서 이시카와 야스지로(石川安次郎, 1872~1925)
의「ルイ · コッスート」(루이 코슈트)를 저본으로 하였다.「루이 코슈트」는 잡지『太陽』
제5권 22호와 24호(1899년 10월~11월)에 게재된 후 이듬해 출간된 전기물 모음집『近世
世界十偉人』에 재수록 되며, 이시카와가 참조한 것은 영문판 P. C. Headley, *The Life
of Louis Kossuth, Governor of Hungary*, Derby and Miller, 1852이었다.

'전기(일본)'로, 이어서 '전기(일본)'가 '전기(중국)'로 옮겨진 셈이다.[27] 양계 초는 전기 외에도 소설 『십오소호걸(十五小豪傑)』(1902.2.22~1903.1.13, 『신 민총보』 제2기~제24기)에 대한 번역을 동시에 진행했는데 이 경우는 〈소설〉 란으로 옮겼다는 사실도 본고의 논지를 선명하게 한다.

어떤 사정에 기인했든, 양계초의 〈전기〉에 〈소설〉이라는 정체성이 부 여된 것은 한국에 소개되면서부터였다. 일종의 양식적 변주가 이루어진 것이다. 예컨대 양계초의 「근세제일여걸 라란부인전(近世第一女傑 羅蘭夫 人傳)」은 『대한매일신보』 국문판의 〈소설〉란에 「근세뎨일녀중영웅 라란 부인젼」(1907.5.23~7.6)이라는 이름으로 연재되었다. 『대한매일신보』의 국문판 첫 발행일에 첫 번째 〈소설〉란을 꿰찬 것이다. 소설에서 멀어보 일 수도 있었지만, 「라란부인젼」에 대한 편집진의 태도는 흔들림 없이 견지되어 연재 마지막에 내보낸 '사고(社告)'나 직후에 나온 단행본 광고 에서도 거듭 '소설'로 호명되고 있다.[28]

텍스트의 횡단 과정에서 줄곧 나눠져 있던 '전기'와 '소설'이 왜 하필 한국에 이르러 결합되고 있는가? 한국에서 '소설'과 '전기'가 결합할 수 있었던 경위는 좀 더 상세히 궁구되어야 한다. 일본과 중국의 '연속'적 지점이 한국에게는 '불연속'일 때 한국적 특수성은 비로소 고개를 들기 때문이다. '소설'과 '전기'에 대한 동시적 고찰은 1900년대의 소설 장(場) 을 입체적으로 조망할 수 있게 해주며, 당시의 소설 개량론을 재해석하 는 작업이기도 하다.

---

27 차이가 있다면 일본어 전기의 경우 인명 뒤에서 발견할 수 없는 '傳'이라는 표제가 양계초의 번역 과정에서 삽입된다는 것이다. 당시 일본의 출판물에서도 '傳'이 붙는 경우는 많아서 이를 공간적 특수성으로 보기는 어렵겠지만, '전'이라는 표기가 부재했 던 텍스트들 위에 의도적으로 추가한다는 행위 자체는 '전기'라는 독자적 영역에 대해 양계초의 '경계 의식'이 발현된 또 하나의 예일 것이다.

28 "쇼셜 **라란부인젼**은 임의 끗치낫스매 ……"(「社告」, 『대한매일신보』, 1907.7.7) / "이 **쇼셜**은 슌국문으로 매우 주미잇게 몬들어 ……"(『대한매일신보』 국문판, 1907.8.31).

3. 박은식의 '구소설' 비판과 '전(傳)'의 전략적 (불)연속성

현재까지 알려진바, 박은식의 『정치소설 서사건국지(政治小說 瑞士建國
誌)』(1907.7) 번간(飜刊) 시기는 1900년대 전기물 단행본 중 두 번째에 해
당한다. 첫 번째인 『오위인소역사(五偉人小歷史)』[29]가 역사서술형 전기물
의 정체성을 간직했던 데 반해, 『정치소설 서사건국지』는 아예 표제에서
부터 '소설'로서 스스로를 현시하는 사례였다.

여기서 박은식의 『서사건국지』를 둘러싼 문제에서 쉽게 오인되는 다
음의 두 가지를 환기할 필요가 있다.[30] 첫째, '정치소설'이라는 표제는
박은식이 붙인 것이 아니다. 이는 저본이 된 정관공(鄭貫公, 본명 鄭哲,
1880~1906)의 『政治小說 瑞士建國誌』(中國華洋書局, 1902)로부터 공간만을
이동한 것이다.[31] 『정치소설 서사건국지』의 '정치소설'과, 비슷한 시기에
나온 『정치소설 애국정신』 및 『정치소설 설중매』 등의 '정치소설'에 의미
편차가 나타나는 것은 이 때문이다. 말하자면 당시 '정치소설' 개념의 유
동성은 1차적으로는 번역 경로의 복수성에서 연원한다.[32] 한편, 정관공
은 직접 일본어 서적을 참조했다고 밝혔으나 그가 참조했을 법한 관련

---

29 첫 번째는 사토 슈키치(佐藤小吉)가 저술하고 이능우가 번역한 『五偉人小歷史』(보성
관, 1907.5)이다.

30 필자는 쉬리밍(徐黎明)의 연구(「중국을 매개로 한 애국계몽서사 연구: 1905~1910년의
번역작품을 중심으로」, 인하대 박사학위논문, 2010, 82~110쪽)를 참조하여 두 가지 오
해를 바로 잡을 수 있었다.

31 중국어본 내부의 구성 명칭에서도 '정치소설'은 반복하여 환기된다. 이 서적은 「政治
小說瑞士建國誌序」(趙必振), 「校印瑞士建國誌小引」(李繼耀), 「自序」, 「例言」, 「政治
小說瑞士建國誌目錄」, 「瑞士國計表」, 「瑞士圖」, 그리고 본문으로 구성되어 있다.

32 예컨대 『정치소설 설중매』는 스에히로 텟초(末廣鐵腸)의 『雪中梅』를 구연학이 번역
한 것이다. 이때 구연학은 '정치소설'이라는 표제를 그대로 가져오기는 했으나, 오자키
유키오(尾崎行雄)가 소설 이론을 개진한 〈서문〉은 누락시켜 "공백의 기표"로만 옮겨
졌다(노연숙, 「20세기 초 한국문학에서의 정치서사 연구 -한·중·일에 유통된 텍스트
를 중심으로」, 서울대 박사학위논문, 2012, 218쪽).

일본서의 표제에는 '정치소설'이 발견되지 않는다.[33] 따라서 이 용어의 기점 자체를 정관공의 『서사건국지』로 보는 것이 타당할 것이다.

정관공은 『청의보』기자를 지내는 등 유신파의 일원으로 활동하다가 혁명파로 전향한 인물이다. 전술했듯『청의보』는 거의 발행 전기간(1898~1901)에 걸쳐 정치소설「가인기우」와「경국미담」을 연재하고 있었으므로, 정관공의 '정치소설' 인식 또한 이『청의보』의 '정치소설'에서 출발했을 가능성이 크다. 하지만 양계초와 정관공의 소설관은 엇갈리게 된다. 양계초의 번역 대상이었던 두 일본어 텍스트는 본래 잘 알려진 일본의 '정치소설'이었다. 즉 당시 양계초의 정치소설 개념은 번역을 매개로 한 일본과의 공유 지점을 갖고 있었다. 반면 정관공은 한 때 양계초의 영향 하에 있었음에도 불구하고, 정치 진영을 달리한 후에 오히려 '전'의 속성을 지닌 텍스트와 '소설'을 결합시켰다. 물론 이 결합조차 정관공의 참조한 일본어 원전 자체가 일반 '전기'와는 격차가 있었기에 가능했을 것이다. 그러나 '정치소설'『서사건국지』가 양계초의 손에 번역된 '정치소설'「가인기우」나「경국미담」내지는 그가 직접 저술한「신중국미래기」와 본질적으로 다르다는 것은 분명하다. 결국 '정치소설'이라는 표제를 둘러싼 개인 대 개인의 연관 관계를 짚을 때는 '양계초와 박은식'의 차이가 아니라 '양계초와 정관공'의 차이가 우선되어야 한다. 정관공에 의해 굴절 혹은 창안된 것이 박은식에 의해 포착되었기 때문이다.[34]

---

33 윤영실은 정관공이 참조했을 법한 일본어 본으로 이하의 7종을 든 바 있다. (1)齋藤鐵太郎, 『瑞正獨立自由之弓弦 1』, 三余堂藏版, 1880; (2)山田郁治, 『哲爾自由譚前編 一名自由之魁』, 泰山堂, 1882; (3)盧田束雄, 『字血句淚回天之弦聲』, 一光堂, 1887.4; (4)谷口政德, 『血淚萬行 國民之元氣』, 金泉堂, 1887.12; (5)霞城山人(中川霞城), 『維廉得自由之一箭』(『少年文武』, 1890~1891년 연재); (6)巖谷小波, 『脚本瑞西義民伝-ウイルヘルム テルの一節』, 『文藝倶樂部』9권 15호, 1903.11.1; (7)佐藤芝峰, 『うゐるへるむ てる』, 秀文書院, 1905. 윤영실, 「동아시아 정치소설의 한 양상 -『서사건국지』번역을 중심으로」, 『상허학보』31, 2011, 20~26쪽.

그렇다면 박은식만의 특징적 문제의식은 무엇이었을까? 이에 답하기 위해서 곧잘 오인되어 온 두 번째 문제로 넘어가고자 한다. 바로 「서사건국지 서」는 온전히 박은식에 의해 정초된 문장이 아니라는 사실이다.[35] 『서사건국지』의 본문뿐만 아니라 「서사건국지 서」의 소설론 자체도 엄연히 저본이 존재한다. 중국어본 『서사건국지(瑞士建國誌)』에서 조필진(趙必振)이 따로 쓴 「정치소설서사건국지서(政治小說瑞士建國誌序)」와 정관공의 「자서(自序)」, 이계요(李繼耀)의 「교인서사건국지소인(校印瑞士建國誌小引)」이 그것이다. 박은식은 조필진의 글을 위주로 하되, 나머지 자료를 부분적으로 활용하고 자신의 의견을 덧붙여 국한문판 「서사건국지 서」를 완성했다.[36] 이 때문에 조필진 등의 글을 거의 그대로 옮겨온 대목에 대해서까지 한국 문학 장(場)의 상황과 박은식의 사상적 특성을 추인하는 것은 적절하지 않다. 해석의 무게를 두어야 할 부분은 단연 박은식이 「서사건국지 서」를 쓰면서 의식적으로 만들어 낸 저본과의 '차이'에 있다. 분량으로 계산을 해보면 약 50%에 달하는 내용이 박은식의 손에 의해 창작된 부분이다. 다음은 직접 첨가분을 제외하면 박은식이 가장 적극적으로 개입하여 다시 쓴 대목이다.

---

34 이는 물론 『서사건국지』에서 '정치소설'이라는 용어의 발안자가 정관공이라는 것을 전제로 한 말이다. 만약 그 용어 자체가 '정치소설'에 대한 문제의식을 개진한 조필진(趙必振)으로부터 제안된 것이라면 여기서의 주체는 '양계초와 조필진'으로 바뀌어야 할 것이다. 정관공과 마찬가지로 조필진의 이력에서도 혁명파와 유신파 모두에서 접점을 찾을 수 있다.

35 이 텍스트와 관련하여 임화는 "저간의 사정과 당시 조선 사람의 문학관을 알기에 절호(絶好)한 문서"(임화, 「개설신문학사」, 임규찬 편, 『임화문학예술전집2-문학사』, 소명출판, 2009, 143쪽)라 평하며 전문을 원용한 바 있고, 이해조의 소설론에는 없는 "지사풍의 기개와 품위"(앞의 책, 170쪽)가 있음을 언급하기도 했다. 이후로도 한국 근대문학 연구에서 「瑞士建國誌 序」는 당대 소설론의 정전처럼 취급되어 왔다.

36 쉬리밍, 앞의 글, 102~104쪽.

〈趙必振, 政治小說瑞士建國誌序〉

중국에 예부터 전해오는 소설은 선본(善本)이 전혀 없고, 모두가 끊임없이 노래하고 칭송하는 것은 『서유(西遊:서유기)』나 『봉신(封神: 봉신연의)』 같은 황당한 것 아니면 『홍루(紅樓: 홍루몽)』이나 『품화(品花: 품화보감)』처럼 화려한 것에 그친다. 또한 『칠협오의(七俠五義)』류는 문장이 저속하고 천하며 사건 또한 기괴할 뿐이다. 혹은 말하길, 『수호(水滸: 수호지)』 한 권은 약간의 국가사상이 있어 진귀하다고 한다.[37]

〈박은식, 瑞士建國誌 序〉

우리 대한은 예로부터 소설의 선본(善本)이 없어서 ①우리나라 사람이 지은 것으로는 『구운몽(九雲夢)』과 『남정기(南征記: 사씨남정기)』 등 수종에 불과하고, ②중국으로부터 들어온 것으로는 『서상기(西廂記)』와 『옥린몽(玉麟夢)』과 『전등신화(剪燈新話)』와 『수호지(水滸誌)』 등이요, ③국문소설은 이른바 **『소대성전(蘇大成傳)』**이니, **『소학사전(蘇學士傳)』**이니, **『장풍운전(張風雲傳)』**이니, **『숙영낭자전(淑英娘子傳)』**이니 하는 따위가 여항(閭巷)의 사이에 성행하여, 필부필부(匹夫匹婦)의 일상에 읽을 거리가 되고 있으니, 이것은 모두 황탄무계하고 음란불경하여 족히 인심을 방탕하게 하고 풍속을 무너뜨려 정교(正敎)와 세도(世道)에 관하여 해됨이 얕지 않다. 만약 세상에 다른 나라를 엿보는 자로 하여금 우리나라에서 현재 유행하는 소설 종류를 알아보게 한다면 그 풍속과 정교(正敎)가 어떻다고 말하겠는가?[38]

---

37 현대어 및 괄호 속 부연 설명은 인용자. 원문은 "中國之有小說, 由來已久. 絶無善本. 而家弦戶頌者, 非西遊封神之荒唐, 則紅樓品花之淫艶. 而所謂七俠五義之類, 詞旣鄙俚, 事亦荒謬. 或謂水滸一書稍有國家思想, 亦鳳毛麟角矣."

38 숫자 삽입 및 강조는 인용자. 현대어는 민족문학사연구소 편, 『근대계몽기의 학술사상』, 소명출판, 2000, 95~96쪽에 의거했으나, 강조 부분은 원문에 의거하여 "이니" 3회를 추가함. 원문은 "我韓은 由來小說의 善本이 無ᄒ야 國人所著는 九雲夢과 南征記 數種에 不過ᄒ고, 自支那로來者는 西廂記와 玉麟夢과 剪燈新話와 水滸誌 등이오. 國文小說은 所謂 蘇大成傳이니 蘇學士傳이니 張風雲傳이니 淑英娘子傳이니 ᄒ는 種類가 閭巷之間에 盛行ᄒ야 匹夫匹婦의 菽粟茶飯을 供ᄒ니 是는 皆荒誕無稽ᄒ고 遙靡不經ᄒ야 適足히 人心을 蕩了ᄒ고 風俗을 壞了ᄒ야 政敎와 世道에 關ᄒ야 爲害 不淺ᄒ지라. 若使世之覘國者로 我邦의 現行ᄒ는 小說種類를 問ᄒ면 其風俗과 政敎

위 인용문들에는 중국과 한국의 유명 소설들이 각각 제시되어 있다. 중국어본에 6편, 한국어본에 10편이 거론된다. 두 텍스트에서 중첩되는 경우는 『수호지』 하나밖에 없는데, 그조차 맥락은 다르다. 박은식이 제시한 10편은 다시 3종으로 구분된다. ①우리나라 사람이 지은 것 2편, ②중국으로부터 들어온 것 4편, ③국문소설 4편이다. 조필진이 든 중국소설의 사례를 접했으면서도, ②의 범주가 다른 것은 이 내용 전체에 박은식이 파악하고 있던 한국적 현실이 투영되어 있다는 것을 방증한다. 더 눈길을 끄는 것은 박은식의 ①과 ③이다. ①에는 둘 다 김만중의 소설이 올라가 있으며, ③의 경우는 모두 '전(傳)'이라 명명된 작품이기 때문이다.

먼저 언급해두어야 할 것은, 기존의 '전'들을 박은식이 명확히 '소설'로 규정한다는 점이다. 이 사유에 대해서는 조선후기 '전'의 전통과 연관지어 생각해보지 않을 수 없다. '전(傳)'과 '소설'은 전통적 서사 체계 내에서 분리되어 있었지만, 17~19세기 사이 '전'의 소설적 경사가 두드러져 '전계소설'[39]이 다수 등장했다. 한편, 경사의 정도와 상관없이 소설로 창작된 '전'류 작품의 경우 태생적으로 '소설'로서의 정체성을 갖고 있었는데,[40] ③의 작품들은 이와 연관성이 크다. 특히 『소대성전』이나 『장풍운전』은 조선후기의 대표적인 대중 취향 영웅소설이었다.[41] 박은식이 그 사실을 명확히 파악하고 있었는지의 여부를 떠나, 「서사건국지 서」의 언

가 何如타 謂ᄒ겠ᄂ가?"(실제 원문에는 문장부호, 띄어쓰기, 단락구분이 없음).

39 박희병은 전의 소설적 경사가 심한 경우는 아예 '전' 자체를 '전계소설'로 볼 것을 제안했다. 박희병, 앞의 책, 387~404쪽.

40 박희병, 앞의 책, 391쪽.

41 예컨대 『소대성전』의 대중성과 상업성 관련 논의는 고전문학 연구자들의 주요 화두 중 하나였다(엄태웅, 「〈소대성전〉・〈용문전〉의 京板本에서 完板本으로의 변모 양상-척한정통론과 대명의리론의 강화를 중심으로」, 『우리어문연구』 41, 2011, 40~43쪽 참조).

급대로 당시 흥미 위주의 '전'류 소설이 국문소설의 주류를 형성하고 있었다면 '전'과 '소설'에 대한 그의 인식은 다분히 조선후기 소설사의 흐름 속에서 배태된 것으로 볼 수도 있을 것이다.

하지만 문제는 이들을 바라보는 그의 시각이 다분히 부정적이라는 것이다. ①에 해당되는 김만중의 소설 두 편 역시 '국문소설'에 대한 의지 속에서 나온 것임을 감안할 때,[42] ③에 대해서만 "국문소설"이라는 범주를 따로 작동시킨 것은 흥미롭다. 판단컨대, 박은식의 의도는 구소설류 중에서도 ③의 부류, 즉 '전'류 소설의 부정성을 따로 강조하기 위한 것에 있었다. 이 과정에서 ①은 "국문소설"로 명한 범주에서 분리된 것이다.[43] 박은식은 작금에 유행하는 '국문소설'과 '전'을 동격인 양 배치하였고, 이들은 강렬한 부정성이 깃든 대상으로 규정되었다.[44] ③이 그 직후 등장하는 구소설 개탄의 발화에서 가장 가까이 위치한 사례라는 점, ①과 ②의 나열 방식과는 달리 ③의 소설 네 편에만 주로 부정적 서술부와 호응하는 접속 조사 "이니"를 붙여둔 점 등도 이러한 생각을 뒷받침한다.

이 배치는 다음과 같은 이유로 대단히 전략적인 것이었다. 박은식은

---

42 "그리고 그는(김만중, 인용자) 조선사람이 漢文漢詩를 숭내내는 것은 鸚鵡之言과같으니 왜朝鮮人은 朝鮮말로쓴 文學을갖지못하느냐고 同漫筆에論하여있다. 이드까지든 지國民文學家이엿다." 김태준, 『증보 조선소설사』, 학예사, 1939, 113쪽.

43 물론 여기에는 ③에 해당하는 작품이 모두 저자 미상이기에 "우리나라 사람이 지은 것"이 확실한 ①과 구분하고자 한 의도도 반영되어 있을 것이다. 실제 4편 중에는 외래 서사가 포함되어 있었다. 『소학사전(蘇學士傳)』이 그것이다. 이는 명대(明代) 소설 『소지현나삼재합(蘇知縣羅衫再合)』을 번안한『소운전』을 다시 개작한 작품이었다 (한국학중앙연구원, 『한국민족문화대백과』 웹자료, 항목: '소운전').

44 김태준 역시 『조선소설사』의 '신소설' 관련 논의에서 구소설 작품의 예로 '傳'류 4편을 들었다. 곧 "「소대성전(蘇大成傳)」, 「양주봉전(梁朱鳳傳)」, 「권용선전(權龍仙傳)」, 「팔장사전(八蔣士傳)」"으로 박은식이 지적한 ③의 부류와 같거나 동궤에 있다. 김태준은 이들을 "새로운 지식을 받은 청년들에게 환영될 수 없"던 "천편일률한 군담류"라고 설명했다.

'구소설'의 '전'들이 차지해온 자리를 '신소설'[45]의 '전'들에 양도하는 구
도를 만들고 싶었던 것이다. 다시 말해 '국문소설'과 '전'에 긍정적 기의
를 채우기 위한 전단계의 작업이 필요했다. 이런 면에서 '소설'과 '전'은
'텅 빈 그릇'이었다. 그렇기에 만약 신·구의 파격적 이행이 제대로 이루
어진다면, '전'은 곧장 '신소설'의 모범으로 거듭나게 될 터였다.

박은식은 새로운 유형의 소설이 필요하다고 생각했고, 그 모델을 『서
사건국지』에서 찾았다. 좀 더 고민해보아야 할 문제는, 그가 실제로도
『서사건국지』를 소설로 인식했을지 여부다. 저본으로 한 정관공의 서적
자체가 '정치소설'이라는 표제를 사용하고 있었기에, 박은식의 입장에서
는 이 저작이 '전기'와 대단히 흡사하다는 인상을 받았을지라도 큰 갈등
없이 '소설'로 선전할 수 있었을지 모른다. 하지만 이하에 제시할 「서사
건국지 서」에서의 발언을 볼 때, 박은식 스스로가 정의의 문제를 고민했
다는 것을 확인할 수 있다. 사실 박은식의 「서사건국지 서」는 두 가지
종류가 있다. 먼저 등장한 것은 1907년 2월 8일자 『대한매일신보』 〈기서
(奇書)〉란에 '겸곡생(謙谷生)'이라는 필명으로 게재한 「서사건국지역술 서
(瑞士建國誌譯述 序)」이고, 그 다음이 7월의 단행본 버전이다.[46] 이들 「서
(序)」는 내용적 편차가 거의 없음에도 다음과 같이 최종 단락의 두 군데
가 다르다. 해당 부분이 포함된 문장만을 옮겨본다.

惟我國民은 **傳來小說**의 諸種은 盡行束閣ᄒ고 此等 **文字**가 代行于世ᄒ면
膈智進化에 裨益이 甚多홀지라(『대한매일신보』(국한문), 1907.2.8, 1쪽)

---

45 여기서 신소설이라 함은 김태준 이후의 문학사적 용어가 아니라 당대의 용례처럼 "새
소설"에 근사한 개념이다. 김영민, 『한국의 근대신문과 근대소설-1 대한매일신보』, 소
명출판, 2006, 109~111쪽.
46 그러므로 비록 단행본 「序」의 마지막에는 "大韓 光武 十一年 七月 日 謙谷散人序"이
라 되어 있어도, 실제 번역이 완료되고 「序」가 집필된 시점은 5개월 이전이었던 것이다.

惟我國民은 **舊來小說**의 諸種은 盡行束閣ㅎ고 此等 **傳奇**가 代行于世ㅎ면 膈智進化에 神益이 甚多훌지라(단행본 「瑞士建國誌 序」: 오직 우리 국민은 **구래(舊來)소설**들은 모두 다 문설주에 묶어두고, 이 같은 **전기(傳奇)**가 대신 세상에 유행하게 한다면 지혜를 얻어 진보하는 데 유익이 심히 많을 것이다)

이중 '전래(傳來)' 대신 '구래(舊來)'가 등장한 것에 대해서는 '구소설(舊小說)'과의 대립각을 좀 더 날카롭게 한다는 정도의 의중을 짐작할 수 있다. 문제는 '文字'에서 '傳奇'로의 수정이다. 박은식은 '文字'라는 중의적 표현을 바꿔 쓰며, 보다 적절해 보이는 '傳記'가 아닌 '傳奇'를 선택했다. 문학사의 관점은 물론, 그 내용 자체로도 '傳奇'는 『서사건국지』를 규정하는 용어로 어울리지 않는다. 그러나 박은식은 '傳奇'가 구소설과 거리를 두면서 동시에 신개념 소설의 모델을 천명하는 용어라고 판단한 듯하다. 그가 군이 '傳記'라는 말을 사용하지 않은 이유는 무엇일까? 이 질문은 「序」의 독자층이 한문 소양을 지닌 지식인층이라는 것을 염두에 둘 때 풀린다. 한문 지식인층에게 '傳記'와 '소설'은 동급이 아니었다. 박은식 스스로가 『서사건국지』를 '傳記'와 동질의 것으로 판단했다 하더라도 이미 표제에서부터 '소설'임을 표방한 이상, 그것을 다시 '傳記'로 명명하기는 어려웠다. 무엇보다도, 지식인층에게 소설의 중요성을 설파하는 이 글에서 '傳記'가 소설을 대신해야 한다고 주장한다면 소설이 중요하다는 전제 자체가 무너질 수 있다. '傳奇'는 당대(唐代) 소설 자체를 대변하는 용어이기도 했지만, 설화처럼 소설로 수렴될 수 없는 다양한 스펙트럼을 갖고 있기도 했다.[47] 이 용어를 사용할 경우, 1차적으로 '傳記'와는 구분되는 소설적 속성을 강조할 수 있었다. 나아가 박은식은 '傳奇'에서 '傳'이라는 글자가 함의하는 '傳記'적 속성까지 담아낼 수 있다고 판단한 듯

---

47 장효현, 「전기소설(傳奇小說)의 전개양상과 그 특성」, 『민족문학사연구』 28, 1995, 31~32쪽.

하다. 요컨대 '傳奇'는 소설의 허구성과 전기의 사실성을 모두 암시할 수 있는 용어로 채택된 것이다.

이러한 점들을 고려할 때 이때까지는 '傳記' 자체를 '소설'로 변용한다는 경계 파괴의 전략이 확립되지 않았거나, 국한문 사용자층에게는 은폐하고 있었다고 볼 수 있다. 그러나 국문 독자층을 대상으로 할 때, 그 경계는 거침없이 지워져 간다. 『대한매일신보』 진영에서 기존의 '傳記'를 '소설'로 처음 배치한 것은 앞서 언급한 「라란부인젼」으로, 시기는 박은식이 국한문판 신문에 「서사건국지역술 서」를 게재한 2월보다 약 3개월 이후인 1907년 5월 23일부터였다. 박은식의 소설론이 『대한매일신보』의 소설 편집 방향에 영향을 주었을 가능성은 상당히 높다. 그는 『서사건국지』의 번역이 이루어지던 때를 포함, 최소 1907년 말까지 『대한매일신보』의 필진으로 활동했고 『서사건국지』의 발행처도 대한매일신보사였다.

한편, 설령 「서사건국지 서」의 집필 시점에서 경계 파괴의 전략이 본격화 되지는 않았다고 하더라도, '영웅의 전기와 흡사한 소설'을 번역하여 새로운 소설, 곧 '신소설'의 전범을 만든다는 기조만은 이미 서 있었다. 1907년 10월, 장지연 역시 '영웅의 전기와 흡사한 소설'을 저본 삼아 『신쇼셜 익국부인젼』을 역간했다. 박은식의 「서」에 내재되어 있던 소설 전략의 방향성은, 장지연에 의해 다음과 같이 좀 더 구체적으로 구현되었다. 첫째, 박은식은 국문소설의 쇄신을 논하면서도 국한문으로 번역했지만, 장지연은 순국문 번역을 직접 실천했다. 둘째, 장지연은 '젼'류 구소설들에 익숙한 국문 독자층을 의식하여 제목에서부터 '젼'을 내세웠다. 장지연의 주저본은 풍자유(馮自由)의 『위인소설 여자구국미담(偉人小說 女子救國美談)』[48]이었다. 즉, 장지연은 '담(談)'을 '젼'으로 바꾼 것이다.

---

48 쉬리밍, 앞의 글, 115~118쪽 참조.

셋째, "위인소설" 대신 의도적으로 "신쇼셜"이라는 표제를 붙였다.[49] 박은식은 구소설 타파까지를 천명했지만 이미 부상하고 있던 이인직 류 신소설 진영을 견제하기 위해서라도 '신소설'이라는 용어를 점하는 것은 중요했다. '신소설'은 '새 소설'을 뜻하는 가치중립적 표제였던 동시에 소설의 '새 전형'을 만들고 싶어 하는 욕망이 투사된 기표였다. 이는 이후 신채호가 소설 환골탈태의 필요성을 역설하며 긍정의 맥락에서 "新小說"을 구사한 것에서 재확인된다.[50] 이러한 과정을 거쳐 '전'은 새 시대의 새 '국문소설'로 발견되어 갔다.

4. 소설의 공간에 나타난 '전(傳)'의 전면 배치

박은식을 포함한 『대한매일신보』 편집진은 대중의 '전' 지향적 국문소설 기호를 1907년이 되기 전부터 인지하고 있었다. 그 증거가 바로 1906년, 『대한매일신보』 국한문판 〈소설(小說)〉란에 연재된 「청루의녀젼(靑樓義女傳)」(2.6~2.18)이다. 「라란부인젼」이 국문판 신문의 첫 연재소설이었다면 이는 국한문판 신문의 첫 연재소설이었다. 둘 다 국문체이고 여성을 주인공으로 하며 '전'을 제목으로 내세웠다. 하지만 「라란부인젼」과는 달리 「청루의녀젼」에 가해진 선행 연구의 평가는 대체로 부정적이다.

---

49 '신소설' 용어와 관련하여, 해당 서적의 출판사 광학서포 자체의 일괄적 출판 전략으로 보는 시각도 있지만(쉬리밍, 앞의 글, 138쪽), 광학서포 간행 서적 광고에는 '신소설' 뿐만 아니라 『목단화』와 같이 '가정소설'이라는 표제가 붙는 경우도 있었다. 『귀의 성』 역시 신문 광고에 가정소설의 표제를 단 적이 있다.(『대한매일신보』 1907.6.29)

50 대표적 예로, "韓國에 傳來ᄒᆞᄂᆞᆫ 小說이 本來 桑間박 上의 淫談과 崇佛乞福의 怪話라 此亦人心風俗을 敗壞케ᄒᆞᄂᆞᆫ 壹端이니 **各種 新小說을 著出하야** 此롤 壹 홈이 亦汲々하다 云홀지로다" 신채호, 「近今 國文小說著者의 注意」, 『대한매일신보』 국한문판, 1908.7.8, 1쪽.

이는 주로 20세기 초반의 창작물이면서도 전대 소설의 틀을 답습했다는 평가로 모아지는데,[51] 평자에 따라서는 소설사의 퇴행으로까지 비판한다.[52] 그러나 「청루의녀젼」 역시 중국어 작품에 기반했다는 연구가 제출된 바 있거니와,[53] 창작과 번역의 문제를 떠나 애초부터 구소설과의 차별화 자체가 주안점이 아니었을 수도 있다. 다시 말해 구소설적 속성으로의 '의도적 회귀'가 노림수였는지도 모른다.[54] 매체와 소설의 만남은 서로에게 상승 작용을 일으킬 수 있는 전략 차원에서 이루어져왔으며 영향력 확대를 위해 매체는 소설에 지면을 할애했다.[55] 『대한매일신보』의 경우도 마찬가지였다. 편집진은 잠재적 신문 독자층이 될 대다수의 소설 기호를 알고 있었기에 구소설과 다름없는 '젼'류 소설을 매체 전략의 차원에서 활용한 것이다. "社會의 大趨向은 國文小說의 正ㅎ는 빗"[56]라고 할 정도의 파급 효과가 인정된다면 지면에 '국문소설'을 싣지 않는 것이야 말로 모순이었다. 1900년대 여러 매체의 소설 광고에서 '흥미' 요소를 강조하는 경우는 얼마든지 찾을 수 있다. 「라란부인젼」의 광고처럼 내용은 '새 것'이면서도 '흥미'를 강조하는 경우도 있었다. 하지만 『대한매일신보』의 국한문판 〈소설〉은 내실까지 기존의 소설 코드를 활용한 「청루의녀젼」에서 출발했다.[57] 대중에게 친숙한 '젼'이되, 내용도 '옛 것'이었

---

51 조연현, 『韓國新文學考』, 문화당, 1966, 55쪽; 김영민, 앞의 책, 91쪽.

52 이재선, 『韓國開化期小說研究』, 일조각, 1991, 58쪽.

53 이재춘, 「青樓義女傳」研究: 中國小說 「杜十娘怒沈百寶箱」과의 관계를 중심으로」, 『語文學』 50, 1989 참조.

54 이재춘이 제시한 중국어 저본 「杜十娘怒沈百寶箱」이며, 이 작품이 수록된 『今古奇觀』은 명말의 소설집으로, 당대의 시각에서도 명백히 구소설의 범주다.

55 한기형, 「매체의 언어분할과 근대문학」, 『흔들리는 언어들』, 성균관대학교 출판부, 2008, 264쪽.

56 신채호, 앞의 글.

57 이것은 일종의 불가항력적 선택이었을 것이다. 국문 연재소설 중 작자나 역자명이 표

던 것이다.

〈소설〉란 외부에도 서사양식이 존재한다는 것을 역으로 따져보면, 『대한매일신보』〈소설〉란의 사명은 좀 더 명료해진다. 〈소설〉이라는 섹션 자체가 '소설'에 대한 사람들의 기대를 반영하거나, 적어도 의식해야만 하는 공간이었던 것이다. 같은 〈소설〉란이라도 한 가지 성격만 고집할 수 없었던 이유가 여기에 있을 것이다. 가령 구소설에 가깝다는 평가를 받는 「보응」[58](1909.8.11~9.7)은 심지어 '신소설'이라는 표제를 달고서 몽유형 대화체 「디구셩미리몽」(1907.7.15~8.10)과 서양 역사물 「미국독립스」(1909.9.11~1910.3.5) 연재 기간 사이에 〈소설〉란에 실렸다. 중요한 것은 이러한 비균질성 가운데서도 나타나는 '젼(傳)'이라는 기표의 현저한 중심성이다. 『대한매일신보』 소설의 경우, 국한문판(3편)과 국문판(9편)의 12편 중 6편의 제목에 '젼'이 노출되어 있다.[59] 편집진은 국문소설의 독자들을 의식하여 일부러 '젼'이라는 표현을 전면화했다. 전술한 「청루의녀젼」은 저본인 「杜十娘怒沈百寶箱」과는 다르게 외형부터 '젼'류 소설로 비춰지길 바랬다. 「국치**젼**」(국문판, 1907.7.9~1908.6.9)의 경우도 번역대본인 중국어본의 원제는 『정해파란(政海波瀾)』이었다.[60] '젼'이 들어간 제목을 위해 주

기되지 않거나 있더라도 필명에 그치는 것은 이와 결부시킬 생각해 볼 일이다. 한편, 기존 연구를 참조하면 '젼'류 외의 『대한매일신보』 소설들 역시 대중성에 주안점을 두고 있었다는 것을 알 수 있다. 그 예로, 전은경, 「『대한매일신보』의 '국문' 정책과 번안소설의 대중성연구 -〈국치전〉과 〈매국노〉를 중심으로」, 『어문연구』 54, 2007.

58 김영민, 앞의 책, 109쪽.

59 '젼(傳)'이 첨가된 경우는 「청루의녀젼」(국한문판/국문)과 「라란부인젼」, 「국치젼」, 「리순신젼」, 「최도통젼」, 「옥랑젼」(국문판/국문)이고, 나머지에 해당하는 소설은 「거부오히」(국한문판/국문), 「매국노(나라픽 논놈)」, 「디구셩미리몽」, 「보응」, 「미국독립스」(이상 국문판/국문), 「世界歷史」(국한문판/국한문)이다. 『대한매일신보』 국한문판의 세 번째 소설이자, 이 신문의 마지막 소설이며 유일한 국한문체 소설이기도 한 「世界歷史」의 개략적 설명은 박진영, 『번역과 번안의 시대』, 소명출판, 2011, 159~160쪽 참조.

60 중국어본의 저본이 되는 일본 정치소설 역시 제목에서의 큰 차이는 없다. 번역 관계와

인공 '국치(國治)'의 이름까지 가져와 기어코 「국치전」이라 한 것이다. 게다가 신채호의 「수군제일위인 이순신(水軍第一偉人 李舜臣)」(1908.5.2~8.18)과 「동국거걸 최도통(東國巨傑 崔都統)」(1909.12.5~1910.5.27)은 각각 〈소설〉란으로 들어오면서 「슈군의 데일 거룩흔 인물 리슌신**전**」(1908.6.11~10.24)과 「동국에 뎨일 영걸 최도통**전**」(1910.3.6~5.26)이 되었다. 편집진은 국문 독자층에게 친숙하게 다가가는 데 '전'의 전면 배치가 주효하다는 인식을 뚜렷이 갖고 있었다. 즉, 『대한매일신보』 진영의 소설 전략에는 '민심'을 헤아리고자 하는 노력이 있었다. 신채호는 구소설 발매를 금지하여 폐해를 막자는 일부 의견에 대해 "민심을 거슬녀셔 힝흐기 어려운 일"로 단언하며, 올바른 "새쇼셜[新小說]"을 통한 구소설의 자연도태를 주장하기도 했다.[61] 이는 결국 구소설과 신소설의 과도기적 공존 상태를 용인한 발언이다.

'전'이 붙은 『대한매일신보』 소설 6편은 양계초의 전기부터 구소설의 전형까지 그 내용이 각양각색이었지만, 이는 〈소설〉란의 개방성과 더불어, 이미 '종(縱)'(구소설 '전'에서 새로운 '전'으로)과 '횡(橫)'(외부의 '전'에서 한국 내부의 '전'으로)을 거듭 관통하며 연단된 '전'이라는 '그릇'이 그것들을 모두 담아낼 수 있을 정도로 커져 있었기 때문이라 할 수 있다. 이에 그 내용물이 허구든 사실이든, 흥미 위주든 교훈 위주든, 창작이든 번역이든 모두 망라될 수 있었다. 한편, 국문 독자층을 겨냥하여 "전"이라는 시그널을 발신하는 양상은 『대한매일신보』 지면 밖의 단행본에서도 관찰된다. 『신쇼셜 이국부인전』의 사례는 이미 전술한 바 있고, 그 연장선상에 신채호의 『을지문덕(乙支文德)』(광학서포, 1908.5)을 올려놓을 수 있다. 1908년에 저술한 국한문판 『을지문덕』은 두 달 후 순국문으로 나올

내용 변화의 의미는, 다지마 데쓰오, 「〈국치전〉 원본 연구-『일본정해(日本政海) 신파란(新波瀾)』, 『정해파란(政海波瀾)』, 그리고 〈국치전〉간의 비교를 중심으로」, 『현대문학의 연구』 40, 2010참조.

61 신채호, 「近今 國文小說著者의 注意」, 『대한매일신보』 국한문판, 1908.7.8, 1쪽.

때는 『을지문덕전』이 되어 있었다.[62]

　1900년대의 '소설 전략' 거개가 국문 독자를 염두에 둔 것이었다 해도, 소설의 오락성·대중성이나 '의사소통양식'[63]으로서의 기능을 '국한문'의 세계에서 철저하게 배제할 이유는 없었다. 소수에 불과하지만 소설 개량의 논의가 본격적으로 출현하기 이전부터 국한문 매체에 〈소설〉란이 출현할 수 있었던 것도 이러한 맥락에서 파악된다.[64] 그러나 '소설' 자체에 대한 부정적 인식은 한문 소양인들에게 있어서 장기간 구축되어 온 것이었다. 이에 소설의 지위 상승을 도모하는 이들의 실천 방향은, '국문' 독자층을 대상으로 할 때는 '소설'의 기표와 〈소설〉란이라는 공간 자체를 십분 활용하는 것이었지만, '국한문' 독자층을 대상으로 할 때는 무엇보다도 소설에 대한 기존 인식 자체를 바꾸는 데 있었다. 결과적으로 이러한 사정이 뒤얽혀, 국한문 매체 내에서도 '소설'에 대한 흥미성 강조와 계몽성 내삽은 혼류되어 나타난다.

62　이 외에, 박은식의 국한문판 발간 거의 직후에 기다렸다는 듯이 나온 김병현의 순국문 『정치쇼설 서사건국지』의 표지에는 제목이 우측에 중복 기재되어 있는데, 바로 "정치쇼설 셔스건국지 젼"이었다(김병현, 『정치쇼설 셔스건국지』, 대한황성 박문서관, 1907.11). 이 경우의 '젼'은 '傳'이 아니라 '全'일 가능성이 더 크지만 국문 독자의 입장에서는 애초에 '傳'과 '全'을 구분하기 어려운 것도 사실이다. 이 문제와는 별개로, 김병현의 국문판 『정치쇼설 셔스건국지』의 의의를 짚고 넘어갈 필요가 있다. 박은식이 쓴 「序」에서의 논의들은 당연히 기존 국문소설의 대타항으로서의 정체성 표명과 연관되어 있었다. 물론 박은식은 박은식대로 소설 및 소설계 쇄신의 중요성을 '국한문체 독자들'에게 설파할 수 있었지만, 정작 자신의 번역서가 '국한문체'라는 것은 다소 이율배반적이었다. 결국 김병현의 순국문본 역간은 박은식이 실제로는 실천하지 못한 '국문소설'로서의 『서사건국지』 소개를 대신 완수한 것이 되었다.

63　김동식, 「한국의 근대적 문학 개념 형성과정 연구」, 서울대학교 박사학위논문, 1999 참조.

64　오락성 환기의 예를 들면, 1906년부터 이미 〈소설〉란을 꾸준히 활용하던 『조양보』의 경우 "소설이나 총담은 재미가 무궁"하다며 선전하며(제2호, 「특별광고」), "혹 소설같은 것도 흥미있게 지어서 寄送하시면 기재하겠나이다"(제2호, 「注意」)라며 〈소설〉란의 공간 자체를 아예 독자층에게 개방하겠다는 태도까지 밝힌 바 있다.

한편 국한문체 잡지에도 '소설'과 '전기'의 결합 양상은 관찰된다. 그러나 이는 국문 전용 매체의 경우와는 궤를 달리 한다. 1906년 『조양보』의 발행기간 대부분에 걸쳐 〈소설〉란에 등장한 「비스마룩구淸話」를 예로 들 수 있다. 내용상 분명 '전기'의 전개를 취하고 있으며 지식인층 상당수가 알고 있던 인물을 내세웠지만 '傳'이라는 표제를 넣지는 않았다.[65] 『조양보』의 서사물 12편은 〈소설〉과 〈담총〉란으로 나뉘어 게재되었는데, '傳'이라는 명칭이 붙은 「갈소사전(噶蘇士傳)」이 실린 곳은 〈담총〉란이었다. '傳'을 붙인 국한문체 소설의 경우로는 『대한자강회월보』의 〈소설〉란에 실린 「허생전(許生傳)」(1907.2~4)을 들 수 있다.[66] 이는 『열하일기(熱河日記)』 소재 「옥갑야화(玉匣夜話)」에 실린 허생 관련 한문단편에 '傳'을 더하여 새 매체의 '소설'로 발표한 경우다.[67] 하지만 「허생전」은 국한문 독자층이 역사서술용 '傳'으로 인식할 가능성이 거의 없는 경우였다. 또한 「허생전」 자체도 『대한자강회월보』의 〈소설〉에서는 예외적 존재였는데, 왜냐하면 이 잡지의 〈소설〉란에는 주로 국문체 작품이 실렸기 때문이다. 한문이나 국한문체 텍스트의 경우는 주로 〈문원(文苑)〉이라는 고정란에서 수용했다. 이와 같이 『대한자강회월보』에는 문체에 입각한 지면의 이원화가 작동하고 있었다.[68] 이러한 불완전한 사례마저 예외적으로 보일 뿐, 국문소설과 비견하자면 국한문체 소설에서의 '전'의 전면

---

65 「비스마룩구淸話」와 관련한 상세한 논의는 손성준, 「번역 서사의 정치성과 탈정치성-『조양보』 연재소설, 「비스마룩구淸話」를 중심으로」, 『상허학보』 37, 2013 참조.

66 『대한자강회월보』의 「허생전」은 연암의 원문에 현토만을 단 수준의 국한문체였다. 한편 연암의 허생 이야기를 처음 「許生傳」이라 명명한 것은 김택영(金澤榮)으로, 이 명칭은 1900년도에 공식화되었다(김진균, 「허생(許生) 실재 인물설의 전개와 「허생전(許生傳)」의 근대적 재인식」, 『대동문화연구』 62, 2008, 281쪽).

67 거의 비슷한 기간 『제국신문』 〈소설〉란(1907.3.20~4.19)에 국문으로도 등장한 바 있다.

68 보다 상세한 논의는 유석환, 「근대 문학시장의 형성과 신문·잡지의 역할」, 성균관대학교 박사학위논문, 2013, 38~39쪽 참조.

배치는 거의 없다고 해도 과언이 아니다.

국한문의 세계에 여전히 만연해 있던 부정적 소설 인식을 감안한다면, '소설'이라는 표제의 적극적 활용이나 〈소설〉란의 고정은 실험에 가까웠다. 신채호의 창작 전기물 두 편의 문체별 공간 구획('위인유적-국한문'과 '소설-국문')이 단적으로 보여주듯, 국한문 독자층을 대상으로 할 때는 '전'의 '소설' 배치 자체가 꺼려졌다. 각종 국한문체 전기 광고에서 '소설'로서의 선전이 없었던 것[69]은 이런 측면에서 당연한 귀결이었다. 일본 종합잡지의 영향을 많이 받았을 유학생 학회지조차 대부분 〈소설〉란이 부재했다. '소설'의 기획은 높은 수준에서 '국문'에 긴박되어 있었던 것이다.

1907년에서 1909년 사이, 국한문체 전기물의 단행본 출판은 대량으로 이루어졌으며 동류 텍스트의 게재는 잡지에서도 꾸준했다. '소설'과는 대조적으로 '전기' 콘텐츠의 소개는 유학생 학회지가 활발한 편이었다.[70] 예컨대 『태극학보』의 〈역사담(歷史譚)〉 시리즈가 있다. 『태극학보』의 전기물 번역자 박용희는 하쿠분칸(博文館)의 전기물 총서 〈세계역사담〉을 저본으로 활용하며, 본래 없던 '傳'을 제목에 추가했다.[71] 이렇듯 국한문

---

69 권보드래, 『한국 근대소설의 기원』, 소명출판, 2000, 110~112쪽.

70 다음은 1900년대 일본 유학생들의 학회지에 실린 전기물의 현황이다. 기본 정보는 손성준, 앞의 논문(2012), 73~74쪽에 의거하며, 아래는 73쪽의 표를 수정·보완한 것이다.

학회명	학회지명	발간기간	총 호수	전기물 편수	전기물 게재란
太極學會	太極學報	1906.8~1908.12	26	4	歷史譚
大韓共修會	共修學報	1907.1~1908.1	5	1	雜纂
大韓留學生會	大韓留學生學報	1907.3~5	3	2	史傳
大韓同寅會	同寅學報	1907.7	1	·	·
洛東親睦會	洛東親睦會學報	1907.10~1908.1	4	2	史傳
大韓學會	大韓學會月報	1908.2~12	9	3	史譚, 史傳
大韓興學會	商學界	1908.10~1909.6	7	·	·
	大韓興學報	1909.3~1910.5	13	6	史傳, 傳記

독자를 대상으로 한 '전'의 전면 배치는 저본 자체가 전기일 때 시도되었
다. 한편『태극학보』에는 쥘 베른 원작소설을 중역한「해저여행기담(海
底旅行奇譚)」이 연재되기도 했는데, 이처럼 저본이 소설일 경우에도 '소
설'이라는 명명은 배제되었다.[72] 그런데『태극학보』의 번역 전기와 번역
소설 모두 '譚'이라는 표제가 있었던 점, 이들의 번역을 박용희 한 사람
이 전담하다시피 한 점은 특기할 만하다. '전'과 '소설'의 배치가 전략적
으로 결합되지 않았을 뿐, 여기에는 두 부류를 동류로 의식한 편집진의
판단이 엿보이기 때문이다.

　이를 단초로 시야를 확장해 보면, 1900년대 한국의 단일 잡지에서〈전
기〉와〈소설〉란이 동시에 나타나는 경우가 거의 없다는 것을 알 수 있
다. 이례적으로『대한흥학보』가〈전기〉란과 함께「요죠오한」과「무정(無
情)」등을 실었던〈소설〉란을 구비하고 있었지만, 이〈소설〉란 역시〈사
전(史傳)〉혹은〈전기(傳記)〉란이 실린 호에서는 찾아볼 수 없다.〈소설〉
과〈전기〉는 같은 공간 속에서 병립하지 않았던 것이다.[73] 이 또한 전술

[71]

구분	제목	게재 호(횟수) / 기간	저본
1	歷史譚 클럼버스傳	제3호~제4호(2회) 1906.10~1906.11	桐生政次,『閣竜』, 1899.12 (世界歷史譚 ; 第10編)
2	歷史譚 비스마-ㄱ (比斯麥)傳	제5호~제10호(6회) 1906.12~1907.5	笹川潔,『ビスマルック』, 1899.4(世界歷史譚 ; 第4編)
3	歷史譚 시싸-(該撒)傳	제11호~제14호(4회) 1907.6~1907.10	柿山清,『該撒』, 1902.2 (世界歷史譚 ; 第33編)
4	歷史譚 크롬웰傳	제15호~제23호(9회) 1907.11~1908.7	松岡國男,『クロンウエル』, 1901.7(世界歷史譚 ; 第25編)

[72]『태극학보』의 경우, 예외적으로〈講壇學園〉란에 실린「多情多恨」이 제목과 함께 '寫
實小說'이라는 표현을 붙여둔 바 있다.

[73]〈전기〉혹은〈사전〉이 실린 호 : 제1호, 제3호, 제4호, 제5호, 제8호, 제9호 /〈소설〉이
실린 호 : 제8호, 제11호, 제12호. 흡사〈전기〉의 자리를〈소설〉이 대체한 양상이다.
예외적으로 제8호에〈전기〉와〈소설〉란이 함께 있지만, 사실 제8호의〈전기〉란에 실
린 두 기사는「日淸戰爭의 原因에 關한 韓日淸外交史」와「本會에 寄贈한 書籍及 新
聞月報」로, 인물전을 게재한 다른 호와는 엄연히 달랐다.

한 『태극학보』의 사례와 마찬가지로 당시 한국에서 두 양식에 부여되어 있던 교집합적 속성을 암시한다. 국한문의 세계에서 '소설'이 보장받은 공간은 협소했는데, 이는 〈전기〉란의 존재와 직결되어 있었다. 그런데 바꿔 말하면, 전기가 소설의 대체재 역할을 일정부분 수행했다는 것은 '전기'와 '소설'을 분리하던 한문 지식인들의 통념 속에 균열이 커져가고 있었음을 의미하기도 한다.

〈전기〉와 〈소설〉란이 동시에 출현하지 않았다는 것은 근대잡지에서 나타나는 한국만의 현상일 가능성이 높다. 전술했듯 중국의 『신민총보』 에는 〈전기〉와 〈소설〉란이 꾸준히 공존했고, 『국민지우』나 『태양』 같은 일본 잡지들도 사정은 다르지 않았다. 한국에 있어서 예외는 『소년』 정도였다. 유학생 학회지에 '전기'를 투고한 적 있는 최남선과,[74] 유학시절을 거치며 소설가로서의 소양을 쌓아나간 이광수의 만남은 『소년』에서 〈전기〉와 〈소설〉의 지면 분할을 이끌어냈다.[75] 『소년』이 한국 근대잡지의 세대교체를 의미하는 것은 이러한 문맥에서도 적용된다.

5. 신채호의 '신소설' 비판과 '소설 저술'

'전(구소설)'을 '전(신소설)'으로 대체할 때 필요한 것은 새로운 '전' 속에 담길 새로운 '내용'이었다. 다음은 박은식의 「서사건국지 서」에서 중반

---

74 최남선은 최생(崔生)이라는 필명으로 워싱턴의 전기물 「華盛頓傳」을 『대한유학생회학보』 1호(1907. 3)에 실은 바 있다.

75 『소년』에는 표트르 1세, 나폴레옹, 민충무공, 가리발디 등의 전기가 꾸준히 실렸다. 또한 이광수는 소설 「어린희생」(1910.2~5), 「헌신자」(1910.8) 등을 발표했는데 「어린희생」의 연재는 「나폴레온대제전」(1909.12~1910.6)과 동시에 이루어졌다. 한편 창작소설 외에 『소년』에 실린 여러 번역소설들까지 포함한다면 전기와 소설의 공존 양상은 더욱 확연해진다.

부에 해당하는 대목으로, 전문 모두가 번역이 아닌 그의 문장들이다.

　　그럼에도 학사(學士)・대부(大夫)가 이 같은 긴요한 일에 태만하여 뜻을 두지 않고, 학문가에서 받드는 성리(性理) 문제의 토론의 호락(湖洛)의 다툼이라거나, 의례(儀禮)성의 문제에 있어서 명주실・쇠털처럼 번쇄하게 따질 뿐이요, 공령가(功令家)들이 외우는 것은 ①소동파의 「적벽부(赤壁賦)」와 신광수(申光洙)의 「관산융마(關山戎馬)」에 지나지 않는다. 시험 삼아 묻건대 이 같은 공부가 ㉮국성(國性)에, 민지(民智)에 필경 무슨 보탬이 있겠는가? 도리어 이것을 가지고 예속(禮俗)을 스스로 높다 여기며 문치(文治)로 스스로 과시하여, ㉯세계 각국의 실제 학문과 실제 사업은 비루하게 여겨 배척하니 또한 어리석지 아니한가? ㉰오늘날 경쟁 시대를 당하여 국력이 위축되고 국권이 추락하여 필경 타인의 노예가 되게 된 원인은 곧 우리 국민의 애국사상이 천박한 연고이라. 한 가지로 둥근 머리, 모난 발꿈치에 의관을 갖춘 족속으로 유독 애국사상이 천박한 것은 첫째도 학사대부의 죄요, 둘째도 학사대부의 죄다. Ⓐ내가 그간 동지들을 대하여 소설 저작을 의논해 보았으나, 그동안은 신문사 일에 매여 시간의 틈이 없었을 뿐더러, Ⓑ또한 이 같은 저술에 재주가 미치지 못하는 터이라, 뜻은 품었으나 실행에 옮기지 못하니 한갓 깊이 탄식하고만 있었다. 마침 가벼운 병으로 자리에 누워 있은 지 십여 일이라. 정신이 심히 혼미하지 않을 때에는 낡은 상자에 남아있는 책들을 뽑아서 눈에 부쳐 보니, 마침 ②중국 학자의 정치소설인 『서사건국지』한 책을 얻어, 펼쳐 본 지 며칠만에 거의 병을 잊게 되었다.[76]

---

76 강조 표시를 제외하고 현대어는 『근대계몽기의 학술사상』, 96쪽. 원문은 "乃學士大夫가 此等緊要的 事에 慢不致意ᄒ고 學問家에 所宗은 性理討論의 湖洛競爭과 儀禮文荅의 蠶絲牛毛而已오. 功令家의所誦은 蘇子瞻의 赤壁賦와 申光洙의 關山戎馬而已니 試問ᄒ건디 這般工夫가 於國性과 於民智에 究有何益가? 反히 此를 將ᄒ야 禮俗으로 自高ᄒ며 文治로 自誇ᄒ야 世界各國의 實地學問과 實地事業은 鄙夷ᄒ고 排斥ᄒ니 不亦愚乎아. 現今競爭時局을 當ᄒ야 國力이 萎敗ᄒ고 國權이 墮落ᄒ야 究竟 他人의 奴隷가 된 原因은 卽 我國民의 愛國思想이 淺薄ᄒ 것은 一則 學士大夫之罪오, 二則 學士大夫之罪라. 余가 間嘗 同志를 對ᄒ야 小說著作을 擬議ᄒ나 現方報館에 執役홈으로 暇隙이 苦無ᄒ올뿐더러 쏘 此等著作에 技能이 不及ᄒ지라. 報志莫逯에 徒深慨嘆터니 適以微疾로 委頓牀第ㅣ 十餘日이라. 精神이 不甚昏曚ᄒ 時에ᄂ 敗箱의 殘書를

비판의 대상이 된 중국발 소설(본고 3장 인용문의 ②)에 이어 박은식은
또 한 번 중국발 작품명을 거론하지만①, 문제를 종식시켜 줄 대안 또한
②"중국 학자"의 소설에서 찾아냈다. 박은식이 보기에 문제의 근원은 중
국에서 흘러들어 온 소설이나 시문 자체보다는 허탄한 것을 붙좇는 국풍
과 그것을 조장하는 지식인들에게 있었다. 오히려 ㉮'국성(國性)'과 '민지
(民智)'에 보탬이 된다면 당연히 그것은 중국 서적을 통해서라도 널리 전
파되어야만 했다. 여기서 민지를 밝힌다는 의미는 곧 ㉯세계 각국의 실
제 학문과 실제 사업에 눈 뜨게 하며, ㉰애국사상을 고무시키는 것으로
이해할 수 있다. 결국은 이를 가능케 하는 콘텐츠의 문제인 것이다.

그렇기에 새 소설로서의 '전'으로 거듭나기 위해 필요한 것은 '올바른'
콘텐츠의 '번역'이었다. 하지만 이 결론에 이르기 전의 경위에 먼저 주목
할 필요가 있다. 전통적 지식인으로서의 '사인의식(士人意識)'이 깔려있
는 위 글에서, 박은식은 경쟁 시대에 국가와 국민이 위망(危亡)에 이르게
한 책임은 철저히 학사대부가 져야 한다고 역설한다. 하지만 더 의미심
장한 것은 그 직후에 이어지는 문장이다. "Ⓐ내가 그간 동지들을 대하여
소설 저술[小說著作]⁷⁷을 의논해 보았으나 ……."

지식인의 책임과 사명이 거론된 후에 등장하는 이 내용은, 사실 몇몇
(지식인) 동지들과 함께 궁극적으로는 '소설판을 재편할 계획이 있다'는
공개선언으로도 독해된다. 그런데 여기서 강조해야 할 것은 박은식과 동
지들이 '역술'이 아닌 '저술'을 의논했다는 사실이다. 「서사건국지 서」의

抽ᄒ야써 寓目ᄒ시 맛참 支那學家政治小說의 瑞士建國誌一冊을 得ᄒ니 披閱數日에
殆乎忘病이라."

77 신채호의 논설 「近今 國文小說著者의 注意」에서 "小說著者"는 국문판에서 "소설저술
하는 자"(제목) 혹은 "소설짓는 자"(본문)로 번역된다. 따라서 여기서 "소설저작"은 "소
설저술"이나 "소설짓는 일"로 번역할 수 있다. 본고에서는 "역술"과의 대비를 위해 "저
술"을 택했다.

마지막 부분에는 "내가 이에 병을 이기고 바쁨을 떨쳐버리고 국한문을 섞어서 **역술**(譯述)을 마치고, 간행·배포하여 ……"와 같이 작업의 성격, 즉 '역술'이 기재되어 있다. 이렇게 **'역술'과 '저술'**은 박은식의 언술에서 구분되어 있었다. 박은식은 번역이 그 자체로 최선책이 될 수 없다는 것을 알고 있었다. '저술'에 이르지 못한 이유도 진솔하게 밝혀져 있는데, 바로 신문사 업무라는 외부 요인과 더불어 "Ⓑ또한 이 같은 저술에 재주가 미치지 못"했다는 것이다. 그가 애초에는 창작 소설을 지향했음이 여기서 재차 확인된다. 하지만 아무리 시급하다 하더라도 능력이 미치지 못한다면 방법이 없었다. 이 막다른 길에서 만난 것이 바로『정치소설 서사건국지』다. 이렇게 번역은 차선의 대안이었지만, 인용문 마지막 문장이 상징적으로 대변하듯 당시 상황에 '즉효약'이기도 했다.

박은식이 말한 'Ⓐ동지'에는 신채호와 장지연이 포함되어 있다고 봐도 무방하다.[78] 신문사 동료로서의 관계, 가치관 및 세계관의 공유 등 기본적 동질성을 차치하더라도, 지금까지 살펴본 바 박은식의 문제의식은 장지연이나 신채호의 소설 관련 활동에서 구체적으로 발견된다. '소설 저술'에 대한 '의논'은 박은식이 그러했듯이 이들 모두의 실천으로 이어졌다. 공히 번역의 방식을 선택한 그들은『서사건국지』(박은식),『이국부인전』(장지연),『이태리건국삼걸전』(신채호)을 동시다발적으로 간행하였으며, 한결같이 애국사상 고취를 위한 서문을 내거는 등 '전략적 결집'의 모양새를 보여준다. 게다가 이들 3인방은 서로의 번역 활동 자체에도 직접 관여하고 있었다.[79] 이 모든 것은 '소설 저술의 의논'으로부터 일보

---

[78] 기존 연구에서도 이는 인정되고 있다. 구장률,『지식과 소설의 연대』, 소명출판, 2012, 220쪽.

[79] 예컨대 박은식은 장지연의 번역서『埃及近世史』(1905)에 서문을 달았으며, 장지연은 신채호의『伊太利國三傑傳』(1907)에 서문을 쓴 바 있다. 박은식과 장지연은 최재학이 엮은 한문독본『文章指南』(1908)의 교열을 함께 맡기도 했다.

후퇴한 '역술'의 실천에서 시작되었다. 신채호의 소설론을 두고 양계초
와의 영향 관계를 논하기에 앞서 '동지' 박은식의 것과 먼저 견주어 보아
야 하는 이유가 여기에 있다.

물론 신채호가 양계초의 소설론을 참조한 것은 사실이다. 하지만 면밀
히 살펴보면 신채호가 차용하다시피 한 것은 양계초가 「역인정치소설서
(譯印政治小說序)」(1898)에서 쓴 "소설은 국민의 혼"이라는 표현 정도에 그
친다. 그런데 이 문구의 일치성 이면에 있는 다음의 사실도 고려해야 한다.

> 미국·영국·독일·프랑스·오스트리아·일본의 정계가 날로 진보하고 있
> 는 것은 정치소설의 공적이 가장 크다. **영국의 명사인 모 씨는 말한다. 소설은**
> **국민의 혼이다** 라고. 그 말 대로다. 그 말 그대로다(譯印政治小說序).

> 라약ᄒ고 음탕ᄒ 쇼셜이 만ᄒ면 그 국민도 이로써 감화를 밧을 것시오 호협
> ᄒ고 강개ᄒᆫ 쇼셜이 만ᄒ면 그 국민이 ᄯᅩᄒᆫ 이로써 감화를 밧을지니 **셔양션비**
> **의 닐ᄋᆫ바 쇼셜은 국민의 혼이라** 홈이 진실노 그러ᄒ도다(근일 국문쇼셜을 져
> 슐ᄒᆫ 쟈의 주의홀 일).

신채호는 "영국인 명사인 모 씨"의 말이라며 양계초가 인용한 문구를
재인용했다. 즉, 신채호는 이 대목이 양계초의 독자적 발화가 아니라는
것을 알고 있었다. 단지 그는 필요에 의해 인상적인 표현을 골라서 활용
했던 것이다. 이러한 양계초 활용법은 신채호에게 있어서 처음이 아니었
다. 1908년 1월에 발표한 논설 「영웅과 세계」에서 그는, "그런고로 영국
에 글ᄒᆫᄂ 사름 긔러이씨가 굴ᄋᆞ딕 세계ᄂᆫ 영웅을 숭비ᄒᆫᄂ 제단이라 ᄒ
니라"[80]라며 칼라일의 말을 인용했는데, 이 역시 양계초의 글에서 발췌
한 것이었다.[81] "국민의 혼"도 그렇지만, 칼라일의 발언 역시 신채호는

---

80 신채호, 「영웅과 세계」, 『대한매일신보』 국문판, 1908.1.5.

양계초와는 다른 맥락으로 끌어들인다. 이렇듯 신채호에게 있어서 양계초의 방대한 저작은 일종의 '지식 저장고'가 되어주었다. 거기에서 무엇을 꺼내 쓸지는 사용자의 판단이었다. 한편, 소설관이 드러난다고는 해도 「역인정치소설서」 자체의 내용은 소략하며 애초에 소설론의 정립을 목표로 했던 글도 아니었다. 정작 양계초의 본격적인 소설론은 「논소설여군치지관계」(1902)라 할 수 있는데 이 글의 직접적 흔적은 신채호의 소설론에서 찾아보기 힘들다.

신채호의 소설론과 저술의 실천은 박은식이 먼저 개진한 소설론의 연속선상에서 파악될 때 그 의의가 더 살아난다. 연구자들에 의해 가장 많이 회자된 「근금 국문소설저자(近今 國文小說著者)의 주의(注意)」는 그 전체적 논조가 박은식의 서문과 중첩되며, 세부 사항 역시 닮아 있다.[82] 우선 소설 위기론의 대타항 설정이 그것으로, 박은식이 나열한 구소설 작품군이 신채호의 논설에서도 다시 나타난다. 신채호는 "(1) 丈夫는 蘇大成의 春睡나 試호야 永日을 消호며 (2) 女子는 釋迦尊前에 叩願호고 他生極樂이나 願호야"라며 국문 독자층이 처해있는 문화적 악영향을 거론하는데, 이때 (1)은 엄연히 박은식의 서문에 나온 『소대성전』을, 여성

---

81 국한문판 「英雄과 世界」의 경우는 다음과 같다. "英國詩人 奇黎爾가 有言호대 宇宙란 者는 英雄을 崇拜호는 祭壇의 燔烟에 不過라 호니라" 신채호가 참조한 양계초의 해당부분은 "**蘇國詩人**卡黎爾之言也.卡黎爾日.『英雄者上帝之天使使率其民以下於人世者也.凡一切之人不可不跪於其前.爲之解其靴紐.質而言之,**宇宙者崇拜英雄之祭壇**耳.治亂與廢者壇前**燔祭之烟**耳.』"(「新英國巨人克林威爾傳」, 『新民叢報』25, 1903, 40쪽)으로 적절한 수정과 축약을 했음을 알 수 있다(강조 부분이 번역 대상). 참고로, 양계초의 본 대목은 다케코시 요사부로(竹越与三郎)의 『格朗乞』, 民友社, 1890, 3쪽에 기초하고 있다.

82 이미 살펴보았듯이 박은식의 「瑞士建國誌 序」는 양계초와는 불연속성을 갖고 있던 정관공으로부터 가져온 것과 한국적 상황을 고려한 자신의 문제의식으로 구성되어 있었다. 다시 말해, 중국 측 영향을 흡수하긴 했지만 기존의 인식처럼 양계초와 직접 맞닿아 있지는 않았다.

독자를 의식한 (2)의 경우는 『숙영낭자전』을 염두에 둔 발언으로 볼 수 있다.[83] 또한 "韓國에 傳來ᄒᄂᆫ 小說이 本來 桑間박 上의 淫談과 崇佛乞福의 怪話라"에서 강조한 대목 역시 「서사건국지 서」에 언급된 『장풍운전』에 맞닿아 있을 가능성이 크다.[84] 신채호의 경우 구체적인 작품명 언급은 피했지만 극복해야 할 구소설 인식 자체를 박은식과 공유하고 있었다. 차이가 있다면 구소설의 폐단을 작품 내용과 연계시켜 풀이했다는 것 정도였다.

신채호가 보여준 소설론의 진정한 진전은, 그 다음 대목에 이어지는 '신소설 작가'에 대한 비판일 것이다.[85] 신채호의 시각에서 구소설과 이인직 류 신소설은, 둘 다 지양되고 정화되어야 할 '국문소설'이라는 점에서 동궤에 있었다. 그러나 신채호의 방점은 처음부터 후자에 대한 비판에 있었는데, 이는 '지금 국문소설을 짓고 있는 자'를 겨냥하는 본 논설의 제목에서부터 명백히 나타나 있다. 신채호가 "소설가의 추세"를 논하며 『대한신문』의 소설을 직접 끌어와 비판하는 것 역시 그 연장선상에 있을 것이다.[86] 본디 동지들이 공유한 '소설 전략'의 성공적 완수는, 신채호의 바램처럼 당시 국문소설 판을 전변시키는 데 있었다. 그러나 다양한 선택지가 있다면 대중은 더 익숙하고 자극적인 쪽을 선택할 터였다. 전기를 중심으로 소설판을 재편하고자 했던 이들이 계속하여 이인직의

---

83 훗날 영웅이 되기 이전에 주인공 '소대성'은 게으름 속에서 세월을 낭비한 바 있으며, "他生極樂이나 願ᄒᆞ야"는 주인공이 죽었다가 다시 살아나는 『숙영낭자전』의 내용과 상통한다.

84 『장풍운전』과 불교사상의 상관 관계에 대해서는, 신현순, 「장풍운전의 불교 사상적 성격」, 부산대학교 석사학위논문, 2000 참조.

85 "然而近今新小說이라 云ᄒᄂᆫ 者-刊出이 稀薄ᄒᆯ 뿐더러 又其刊出者를 觀ᄒᆞ즉 只是壹時牟利的으로 艸艸提出ᄒᆞ야 舊小說에 比ᄒᆞᄆᆫ 便是百步五拾步의 이라 足히 新思想을 輸入ᄒᆯ 者-無ᄒᆞ니라 余가 此를 慨ᄒᆞ야 見을 陳ᄒᆞ야 小說著者에게 警ᄒᆞ노라".

86 「劍心」, 『대한매일신보』 국한문, 1909.12.2.

이름을 거론하며 외부에 있던 국문소설 진영을 공격한 것은, 결국 그 소
설들에 내장된 대중동원력에 대한 경계였다.

'동지'들 사이에서 신채호를 특별하게 만드는 다른 하나는, 그가 「리슌
신젼」과 「최도통젼」을 통해 독자적 콘텐츠의 〈소설〉 연재를 실천했다는
점이다. 박은식은 "소설 저술"의 당위성에도 불구하고 능력의 미진함을
아쉬워했는데 이것이 신채호에 의해 어느 정도 해소된 셈이다. 물론 엄
밀히 말하면 「리슌신젼」과 「최도통젼」은 '전기 저술'의 '소설 배치'였지
만, 그것이 결과적으로 당대 '국문소설'의 지경을 넓힌 것은 사실이다.
또한 『대한매일신보』 연재소설 「디구셩미리몽」의 저자를 신채호로 확정
한 최근 연구[87]를 고려할 때, 신채호는 '전'의 기표에 기대지 않은 소설의
실험도 병행하였다. 그는 소설의 가능성을 국한시킬 수밖에 없는 전기와
의 전략적 제휴 이후를 이미 타진하고 있었던 것이다.

6. 결론

1900년대 한국의 소설 개량론은 곧 '기존 소설(구소설과 이인직 류 신소
설)'을 겨냥하여 고안된 전략적이고도 선동적인 위기 담론이었다. 기존
것들을 부정하는 이러한 작업은 담론 생산자들에 의해 직접 제시된 극복
의 모델을 포석으로 깐 채 진행되었다. 본고에서는 작업을 주도한 박은
식, 신채호 등의 실천 전략이자 동력 축을 '전기'와 '번역'으로 보았다.
전자는 '전'류 구소설을 부정한 후 새로운 소설로서의 '전'을 제시했다는
의미에서 시간의 '종축(縱軸)'이고, 후자는 새로운 소설의 내포를 외부로
부터 끌어들였다는 의미에서 공간의 '횡축(橫軸)'이다.

---

87 김주현, 「〈디구셩미리몽〉의 저자와 그 의미」, 『현대문학연구』 47, 2011 참조.

박은식과 신채호는 새 시대의 소설로 전기물을 제시하였다. 이는 명백히 중국이나 일본의 경우와는 차별화 된 기획이었다. 『서사건국지』, 『이국부인젼』 등의 저본은 한국에서 소개되기 전부터 소설로서의 정체성을 갖고 있었지만, 직접적으로 전기라 명명되지는 않았다. 특히 『대한매일신보』는 소설과 명백히 다른 공간에 있던 양계초의 전기를 번역하며 〈소설〉란에 이식하는 전략적 비약을 보여주었다. 뿐만 아니라 신채호의 창작 전기물도 '국문소설'이 되어 등장하기 시작했다.

이 글은 근대소설의 형성기에 나타나는 한국적 특수성의 일단을 밝히는 데까지만 나아갈 수 있었다. 동아시아를 대상으로 한 전기의 역사 및 소설사의 관련 흐름을 정밀하게 비교 고찰한 후에는, '왜' 그와 같은 특수성이 한국에서 발현되었는지에 대해서도 본격적으로 논의할 수 있을 것이다. 아울러 본고에서 살펴 본 소설 이론과 그 실천은 비록 주요 담론 생산자들의 논의이기는 하지만 결코 1900년대의 전체상은 아니다. 이에 더 근접하기 위해서는 반대 진영, 즉 소설 개량론의 공격 대상까지 동시에 살펴봐야 할 것이다. 기존 연구를 참조해 보면, 그들의 경우 확실히 『대한매일신보』 진영과는 간극이 크다는 것을 알 수 있다.[88] 그럼에도 불구하고 본 연구의 대상 인물들이 동시기의 소설계를 적극적으로 문제 삼았기에, 그것을 실마리로 전체상의 일말에 다가갈 수 있었다.

본고의 논지들은 기존 문학사 및 소설론 연구에서 자연스럽게 받아들이고 있는 다음의 전제들에 재고를 요청한다.

첫째, 한문소양을 갖춘 이들은 '전기'를 선호한 반면 국문 독자들은 '소

---

88 김재영, 「근대계몽기 '소설' 인식의 한 양상-『대한민보』의 경우」, 『근대계몽기 문학의 재인식』, 2007; 김영민, 「근대계몽기 신문의 문체와 한글소설의 정착 과정-『만세보』를 중심으로」, 『논문으로 읽는 문학사 1-해방전』, 소명출판, 2008; 김영민, 「근대 매체의 탄생과 잡보 및 소설의 등장」, 『문학제도 및 민족어의 형성과 한국 근대문학』, 소명출판, 2012 등을 참조.

설'을 선호했다는 도식이다. 환언하자면, 전자는 지식인 독자를 염두에 두고 집필되었고 이인직 류의 신소설은 처음부터 일반 대중을 타겟으로 삼았다는 것이다. 따라서 종래의 이해가 나아간 지점은, 계몽의 주체들이 새 시대의 소설로 '전'을 기획했는데, 국문 독자층을 포섭하기 위해 그것을 '소설'로 제시했다는 것까지였다. 그러나 기실 '전' 자체가 강력한 국문 독자층 흡수 수단이 될 수 있었다는 것을 본 연구에서 확인했다. '전'이야말로 하층민, 부녀자의 독서물로 선택될 가능성이 가장 높은 외피였다. 따라서 '전'의 전면화는 전통적 양식의 답습이 아니라 이미 '전'이 소설화 되어 있던 판도를 계승하되 새로운 콘텐츠를 통해 국문소설의 전형을 내부로부터 전복시키고자 한 전략이었다. 1900년대 전기물 탄생 시의 비전(vision)은, 애초부터 지식인층과 일반 대중 모두를 아우르는 데 있었다. 이 지점에서 '전'은 지식인들의 독물이고 '소설'은 필부필부(匹夫匹婦)의 독물이었다는 구도는 사실상 와해된다.

둘째, 1900년대의 계몽지식인(더 축소하자면 『대한매일신보』의 인적 네트워크를 중심으로 하는 이른바 '개신유학자')들이 소설의 효용론에만 천착, 그 심미적 가치를 간파하지 못하고 끝내 독자들과 괴리되었다는 시각이다. 그러나 사실 그들은 국문 독자층을 끝까지 의식하고 포섭하려 노력했다. 물론 그들이 '소설'을 신지식의 회로로, 국민 자질 함양의 무기로 활용하려 한 것은 사실이지만, 『대한매일신보』 등의 사례들을 보건대 '소설'은 일방향적 계몽 수단으로서 배치된 것이 아니라 독자를 대상으로 한 '밀고 당기기'의 공간이었다. 대중의 요구에 응답하기 위한 지식인들의 노력이 계몽의 의지와 어떻게 혼류되어 나타나는지 이 글에서 일정부분 확인할 수 있었다.

셋째, 소설 언어의 경합에서 국한문체가 도태되었다는 인식이다. 하지만 원래부터 소설은 국문에 긴박되어 있었으며 개량론자들은 국문이 소설의 언어라는 것을 상당부분 전제로 하고 있었다. 소설 개량론 자체도 '국문소설'의 폐해를 대타항으로 삼으며 시작된 국한문체 사용자들의 기획이었고, 이들의 실천으로 말미암아 '국문소설'은 더욱 활성화 될 수 있었다. 국한문체 사용자들에게 있어서 역사전기물은 '소설'로 선전되지도 않았다. 환영받지 못하는 기표였기 때문이다. 같은 전기물 내에서도 국한문체가 '傳'을 내세울 때, 국문체는 '전'과 함께 '소설'의 정체성을 환기했다. '소설'인 것을 천명한 일부 전기물이 국한문체로는 아예 발행되지도 않았던 것 역시 같은 맥락이다. 국한문의 사용자이자 새 국문소설의 기획자들은 '국한문체'로 '소설 언어'의 지위를 획득하려 한 적이 없었다. 국한문체는 신지식 수용과 유통에서 번역어 내지 문명어로서의 역할로 제 소임을 다하고 있었다. 다만, 신채호 등이 '새로운 국문소설'로 '기존 국문소설'을 대체하고자 했던 것은 사실이다. 이런 측면에서, '기획'으로서의 '국문소설'과 '기획자'로서의 '국한문체 사용자'는 공존 상태에서 서로의 지분을 나눠 갖고 있었다.

박은식과 동지들의 '소설 실천'은 우선적으로 국문 독자층 흡수를 목표로 하여, 그 대상들이 향유하던 소설 장(場)의 특수성을 활용하고 시의성 있는 메시지를 결합시켜 수행된 '맞춤 전략'이었다. 이 '전략'이란 곧 '전(傳)'의 의도적 재배치다. 조선후기를 관통하며 널리 읽힌 국문소설은 대부분 '전'이라는 표제를 취하고 있었으나, 소설 개량론의 주체들은 본래부터 역사적 기록 위주의 '전기'와 허구 본위의 '소설'이 구별된다는 것을 인지하고 있었다. 그러므로 그들이 번역 '전기'와 기존의 '전'류 소설 사이의 경계를 무너뜨린 것은 국문 독자층을 대상으로 한 '차이의 의도적 은폐'였다.

문제는 '대중성' 획득의 노력이, 거칠게 말해 '전기'를 소설로 포장하는 '눈속임' 차원에서 진행되었다는 데 있다. 소설 개량 담론의 주체는 사실

국한문 사용자들이었다. 실천의 단계에서는 실제 새 소설의 국문 독자층 포섭이 필요했는데, 아무리 〈소설〉란을 마련하고 '전'이라는 명칭을 강조한다 해도 이는 일시적 방편에 불과했다. 그렇지만 사회적 효용의 측면에서 소설을 호출한 이상, 내용 면의 타협은 『대한매일신보』의 일부 연재소설처럼 부분적으로만 가능했다. 대중성 획득의 노력이 실제 대중 취향과는 괴리되어 있다는 이 전략의 명징한 한계는 그 제안자들 역시 인지했을 것이다. 따라서 그들이 기대할 수 있는 최선의 전개는 비록 눈속임으로 다가갈지언정 콘텐츠가 위력을 발휘하여 독자층을 감화시키는 데 이르는 것이었다. 국문 독자층의 이목을 끄는 것으로부터 출발하는 이 전략은 기존의 취향 자체를 해체시키지 않고서는 성공으로 귀결될 가능성이 없었다. 이런 점들을 차치하더라도 최소한 일정한 '시간'과 더불어, 콘텐츠를 지속적으로 소개할 수 있는 '지면'이 확보되어야 시도라도 이어나갈 수 있었다. 하지만 초기의 식민지 검열이 각종 간행물을 통제하고 역사전기물 대부분을 '불온'한 것으로 규정하게 되면서 이 전략은 표류할 수밖에 없었다.

소설 개량의 후속 논의 및 '국문소설'의 재편이 불가능해진 1910년대 이후, 박은식과 신채호는 새로운 행보를 보여준다. 둘 다 망명지에서 국한문체로 된 새 전기물을 저술한 것이다.[89] 그러나 그 텍스트들은 1900년대와 달리 소설로 선전되거나 순국문으로 재발간되지 않았다. 신채호는 새 전기물의 서문에서 아예 역사/전기/소설의 차이점을 서술하기도 했으며,[90] '전(傳)'이라는 명명과 무관한 새로운 소설을 발표하기도 했

---

89 박은식의 경우, 「王陽明實記」(1910), 「東明聖王實記」(1911), 「渤海太祖建國誌」(1911), 「明臨答夫傳」(1911), 「泉蓋蘇文傳」(1911), 「李儁傳」(1918), 「安義土重根傳」 등이 이에 해당하고, 신채호의 경우, 「高句麗三傑傳」이 있었다.

90 「高句麗三傑傳 序」, "歷史는 當代 事實을 事實대로 直寫하여 國家興亡과 政治治亂과 戰爭勝敗와 人物長短과 文化消長과 人民生活과 國際利害를 主觀的으로 總括하여

다.⁹¹ '전기와 국문소설의 결합' 전략의 유효기간이 다하자 '전기'와 '소설'은 제 자리를 찾아간 것이다. 이후 한국 문학사의 전개를 보면 전기는 소설의 장에서, 그리고 사람들의 직관적 소설 인식에서 자취를 감추어간다. 김태준이나 임화 등은 비록 이들을 '역사소설'이나 '정치소설'로 서술하기도 했지만, 그것은 '절대적 분류'가 아니라 그 전략적 배치로부터 형성된 시대적 정체성을 반영한 '상대적 분류'에 가깝다. 이미 '전기'는 '소설'이 아니라 상위 범주인 '문학'의 이름으로도 포섭하기 어려운 존재가 되어 있었다.⁹²

소설 개량의 명맥이 이어지지 않은 것에 대하여, 논자에 따라서는 외부적 요인이 아니더라도 신채호 등의 소설론 및 창작에서 나타나는 내재적 한계로 인해 결국은 근대문학의 흐름에서 도태되었으리라는 점을 지적하기도 한다. 물론 여러모로 일리가 있다. 무엇보다 당시까지의 실천에서 나타나는바, 개량론자들에게 소설이란 '전략적 활용 대상'을 넘어 그들의 글쓰기를 대표할 만한 무언가로 자리매김하지는 못했다. 따라서

系統的으로 順序를 밟아 編成하는 者오. **傳記는** 當代의 一切 事實을 不系統的으로 收拾하여 利害得失을 客觀에 付하고 作者의 취미대로 혹은 事實을 부여하며 혹은 隱弊를 搜覓하여 前人 未發의 參考를 作하게 하며 또한 文理에 連鎖를 脫하여 東에서 取하고 西에서 拾하여 傳記의 定한 宗旨만을 單編으로 作成하는 者이며, **小說은** 當代의 一件事實을 目的으로 定하고 此를 穿鑿附演하며 搜羅澄明하여 事件의 主人을 主角으로 定하고 角本을 새로 만들어 무대의 演出함이니 傳說・神話・俚諺・童謠・風俗 등 雜調를 마음대로 統用하며 山川景槪・人物善惡・是非・苦難・富貴 등 市景哀濱을 作者의 취미대로 文藝學術의 微妙를 極히 하여 讀者의 관심을 얻게 하는 者이라."(강조는 인용자).

91 「꿈하늘(夢天)」(1916), 「용(龍)과 용(龍)의 대격전」(1928).

92 임화는 『조선일보』에 발표한 한 문학평론에서 "문학 예술 이외의 광대한 지적 재산이 문학과 예술의 영역으로 들어와야 한다"며, "위인의 전기"를 역사학, 철학, 윤리 등과 함께 지금은 문학 외부에 있는 "수없이 많은 추상과학의 논리적 산물"로 보았다. 「문학에 있어서의 형상의 성질 문제」, 『조선일보』, 1933.11.25~ 12.2(임화, 신두원 편, 『임화문학예술전집4-평론1』, 소명출판, 2009, 304쪽.)

여건이 허락되었어도 소설을 본령으로 하는 이들과의 독자 경쟁은 쉽지
않았을 것이다. 그러나 이와 상반되는 전개도 가정해 봄직하다. 만약 물
적 토대와 일정한 시간이 허락되었다면 그들 스스로가 소설 개량론의 패
러다임을 뛰어 넘는 인식의 진전을 이루었을 수도 있으며, 국문 독자층
흡수를 위한 새로운 돌파구를 마련했을지도 모른다. 이를테면 양계초가
중국 최초의 문학 전문잡지 『신소설』을 창간하여 이후 문학사 전개에서
필수불가결한 위치를 점한 것처럼 말이다. 적어도 박은식, 신채호 등이
지닌 공론장의 영향력을 토대로 '신소설'을 둘러싼 헤게모니 쟁투가 심화
될 여지는 충분히 남아 있었다.

　가설이 아닌 실제 소설사에서도 박은식, 신채호 등의 노력이 남긴 파
장은 분명히 존재한다. 그것은 바로 소설 개량론의 원천적 주장과 관련
되어 있다. 곧 소설의 사회적 효용 및 파급력의 거듭된 선전으로 소설의
가치 자체를 제고한 것이다. 이는 의문부호가 붙을 수밖에 없었던 '지식
인 독자층' 형성 가능성을 수면 위로 끌어올리는 효과로 이어졌다. 예컨
대 『대한매일신보』의 〈소설〉란에 「미국독립ㅅ」나 「세계역사(世界歷史)」
와 같은 '역사물'까지 실리는 것은 '전기물'의 소설화에서 전략적 유효성
을 검증한 편집진의 또 다른 시도라 하겠다. 여기서 『대한매일신보』의
마지막 소설 「세계역사」(1910.6.3~9.30)가 국문판이 아닌 국한문판의 〈소
설〉란 재개와 함께 등장한 것, 더구나 전례 없는 국한문체 연재물이었다
는 것이 중요하다. 이는 일견 대중성의 방기로 독해될 수도 있다. 그러나
국한문판 〈소설〉란의 명맥이 끊어진 후 4년 이상이 경과하는 동안, 지식
인들의 '소설 인식'이 실제로 바뀐 것이 더 근본적인 원인일 것이다. 즉,
국한문 독자층의 소설 인식 변화에 기대어 단순히 〈소설〉란 재개가 아닌
'국한문체 소설'의 실험을 타진하게 되고 내용도 지식인 취향의 역사물을
택했다는 해석이 가능하다.

　문학시장의 판도로 볼 때, 시대는 곧 신채호 등이 그토록 비판했던 신소설의 전성기로 진입하지만 동시에 이들 신소설 진영은 새로운 '저격수'를 맞이해야 했다. 바로 최남선, 이광수를 위시한『청춘』그룹이다. 주지하듯 그들이 근대문학의 새로운 규준을 제시하고 신소설에 의해 선점된 소설계를 재편하기 위해 활용한 주요 전략은 독자 참여를 유도하는 '현상 모집'이었다. 소설은 더 이상 '국한문체 독자층'에게 환영받지 못하는 기표가 아니었으며, '국문 독자층'의 흡수만이 소설의 지상과제도 아니었다.『청춘』그룹의 소설 인식, 소설 장 재편의 이유와 전략 등은 당연히 소설 개량론자들과는 근본적으로 다르다. 그러나 그들이 공유하는 지점이 있다. 바로 소설이 중요하다는 것이다. 1900년대에 이 인식은 지식인 사회에서 그리 보편화 되어 있지 않았다. 이렇듯 소설 개량론의 문학사적 의의 중 하나는, 국문소설 쇄신을 위해 주력한 기획이 결과적으로는 국한문 지식인층의 소설 인식을 바꾸는 데 기여했다는 역설 속에서 찾을 수 있다.

게일의 한국고소설 번역과 그 통국가적 맥락

－『게일 유고』(James Scarth Gale Papers) 소재
고소설관련 자료의 존재양상과 그 의미에 관하여－

이상현

1. 머리말

이 글의 목적은 게일(James Scarth Gale, 1863~1937)의 고소설 번역과 그의 번역실천을 둘러싼 '통국가적인 문맥'에 관해서 살펴보는 것이다.[1] '통

1 게일에 대한 가장 중요한 저술은 게일의 생애와 그가 쓴 한국역사에 대한 주석작업을 수행한 리처드 러트의 저서(R. Rutt, *James Scarth Gale and his History of Korean People*, Seoul : the Royal Asiatic Society, 1972)이다. 또한 게일이 번역한 한국의 고전서사를 고찰한 기존논의들을 정리해보면 다음과 같다. 정규복, 「구운몽 영역본考 － Gale 박사의 The Cloud Dream of the Nine」, 『국어국문학』 21, 1959; 장효현, 「한국고전소설영역의 제문제」, 『고전문학연구』 19, 2001; 「구운몽 영역본의 비교연구」, *Journal of Korean Culture* 6, 2004; 오윤선, 「韓國 古小說 英譯의 樣相과 意義」, 고려대학교 박사학위논문, 2005 ; 이상현, 「동양 이문화의 표상 일부다처를 둘러싼 근대 〈구운몽〉 읽기의 세 국면-스콧·게일·김태준의 〈구운몽〉 읽기」, 『동아시아고대학』 15, 2007; 정용수, 『청파이륙문학의 이해』, 세종출판사, 2005; 「『천예록』 이본자료들의 성격과 회수문제」, 『한문학보』 7, 1998; 이상현, 「『천예록』, 『조선설화 : 마귀, 귀신 그리고 요정들』 소재 〈옥소선·일타홍 이야기〉의 재현양상과 그 의미」, 『한국언어문화』 33, 2007; 「제국들의 조선학, 정전의 통국가적 구성과 유통」, 『한국근대문학연구』 18, 2008; 백주희, 「J. S. Gale의 『Korean folk tales』 연구」, 성균관대 석사학위논문, 2008; 오윤선, 『한국 고소설 영역본으로의 초대』, 지문당, 2008; 이상현, 「근대 조선어·조선문학의 혼종적 기원」, 『사이間SAI』 8, 2010; 「춘향전 소설어의 재편과정과 번역」, 『고소설연구』 30, 2010; 권순긍, 한재표,

국가성'(transnationality)이라는 개념을 사용한 이유는 게일의 고소설 번역이 '국어·국문학', '국가'의 범위를 초과하는 단위에서 이루어진 실천이었기 때문이다. 또한 그의 번역실천은 우리와 동떨어진 외국인의 업적이 아니라, 복수의 언어로 된 근대 초기 한국학의 성립과정과 그 속에 개입된 번역의 문제를 보여주는 연구대상이기 때문이다.[2] 그렇지만 이렇듯 한국학 형성에 있어서의 '통국가성'은 너무 추상적이며 포괄적인 차원의 결론으로 귀결될 위험을 항시 안고 있다. 따라서 더욱 중요한 관건은 역사적 실상과 구체성을 지닌 "게일의 고소설 번역을 살필 통국가적 문맥을 어떻게 구성할 것인가?"이다.

지금까지의 선행연구는 주로 근대 초기 알렌, 모리스 쿠랑, 다카하시 도루, 호소이 하지메, 안확, 김태준 등의 고소설 관련 담론 속에서 이를 도출해내려고 했다. 이를 통해 게일의 번역실천이 근대 초기 고소설 유통의 맥락 안에 포괄되며, 동시에 근대 한국이라는 장소에서 이루어진 급격한 전환의 모습이 개입된 실체란 점이 규명된 셈이다. 특히 후자와 관련하여 그의 고소설 번역은 '고소설이 학술적 대상으로 소환되는 지점'이자 '근대의 고전으로 새롭게 정립되는 역사'이며, '고소설의 언어가 고전어라는 새로운 위상을 획득하게 된 사건'으로 의미화되었다. 알렌을 비롯한 다른 서구인과 달리, 게일의 고소설 번역실천에는 한 편의 문학작품을 번역하고자 한 그의 지향점이 있었으며, 한국에서 '한글(국어·언문), 문학, 학문'의 근간이 재편된 1910년대 이후 한국의 역사적 작용이

이상현, 「『게일문서』(Gale, James Scarth Papers) 소재 〈심청전〉, 〈토생전〉 영역본의 발굴과 의의」, 『고소설연구』 30, 2010; 이상현, 「묻혀진 〈심청전〉 정전화의 계보」, 『고소설연구』 32, 2011; 임정지, 「고전서사 초기 영역본(英譯本)에 나타난 조선의 이미지」, 『돈암어문학』 25, 2012 ; 이상현, 『한국 고전번역가의 초상』, 소명출판, 2013; 신상필·이상현, 「게일 『청파극담』 영역본 연구」, 『고소설연구』 35, 2013.

2 이 점에 대해서는 황호덕·이상현, 『개념과 역사, 근대 한국의 이중어사전』 1, 박문사, 2012, 53~103쪽을 참조.

개입되어 있었던 것이다.[3]

하지만 여전히 해결하지 못한 난제들이 남겨져 있다. 무엇보다 게일의 고소설 영역본 전체가 포괄적이며 총체적으로 검토되지 못한 형국이기 때문이다. 캐나다 토론토대 토마스 피셔 희귀본장서실에 남겨진『게일 유고』(James Scarth Gale Papers)에는 출판되지 않은 다수의 고소설 영역본과 고소설 관련 자료들이 남겨져 있다. 이와 관련하여 본고에서는『게일 유고』소재 고소설 번역본의 전반적인 특성과 그 속에서 발견할 수 있는 게일의 번역실천을 주목해볼 것이다. 물론 게일의 고소설 영역필사본은 각 개별작품에 대한 재구 및 면밀한 저본대비 작업이 전제되어야 한다. 하지만 그 작업에 대한 예비적 점검으로『게일 유고』소재 고소설 관련자료에 내재된 게일의 역동적인 번역실천의 모습 그 자체가 조망될 필요가 있다.[4]

왜냐하면 그의 역동적인 번역실천 속에는 고소설 번역본 전반을 살필

---

3 이상현,『한국 고전번역가의 초상, 게일의 고전학 담론과 고소설 번역의 지평』, 소명출판, 2013, 353~454쪽 ; 이상현,「『조선문학사』(1922) 출현의 안과 밖 - 재조선 일본인 고소설론의 근대 학술사적 함의」,『일본문화연구』, 40, 2011; 이상현·류충희,「다카하시 조선문학론의 근대학술사적 함의」,『일본문화연구』32, 2012; 이상현,「서구의 한국번역, 19세기 말 알렌(H. N. Allen)의 한국 고소설 번역 - '민족지'로서의 고소설, 그 속에 재현된 한국의 문화」, 부산대 점필재연구소 고전번역학센터 편,『한국 고전번역학의 구성과 모색』, 점필재, 2013(初出 :「알렌〈백학선전〉영역본 연구」, *Comparative Korean Studies* 20, 2012); 이상현·이은령,「19세기 말 고소설 유통의 전환과 '민족지'로서의 고소설 - 모리스 쿠랑『한국서지』한국고소설 관련 기술의 근대 학술사적 의미」,『비교문학』59, 2013.

4 이는 로스 킹의 연구로부터 시사점을 받은 것이다.(R. King, "James Scarth Gale, Korean Literature in Hanmun, and Korean Books", 서울대 규장각한국학연구원 편,『해외 한국본 고문헌 자료의 탐색과 검토』, 삼경문화사, 2012) 그는 게일연구와 관련하여 가장 중요한 자료,『게일 유고』소재『일지』의 성격을 규명했다. 그의 논문은『일지』소재 게일의 미간행 고소설 영역본을 살펴볼 수 중요한 시각과 기반을 제공해준다. 또한 1910~1920년대 게일의 한국문학인식과 더불어 그가 수행한 고서조사작업의 수행적 맥락을 면밀히 밝혀 주었다. 이 맥락은 게일의 고소설 번역과 밀접한 관계를 지닌다.

새로운 '통국가적 문맥'이 내재되어 있기 때문이다. 『게일 유고』 소재 고
소설 관련자료는 '개신교 선교사'로 한국에 머물렀던 게일이 한국 고소설
을 조사, 수집했던 시기를 이야기해주며, 그에게 고소설이 단지 '번역·
비평해야 될 텍스트'로만 한정되지 않았음을 증언해주고 있다. 이와 관
련하여 본고에서는 먼저 게일의 출간된 저술 및 미출간 『게일 유고』 속
에 보이는 1917년 이후 게일의 고소설 번역실천의 모습을 조망해볼 것이
다. 그리고 그의 이러한 고소설 번역실천을 40여년에 이르는 한국 개신
교 선교사로서의 삶의 궤적과 관련하여 묘사해보고자 한다.[5]

2. 『게일 유고』 소재 고소설관련자료와 '옛 조선'이라는 형상
– 게일 번역실천의 흔적과 활자(출판)화 지향의 맥락

　① 게일의 미간행 고소설 영역본은 토론토대 도서관이 제공하는 『게일
유고』 목록에 따르면, B항목 '문서작업들(Literary Works)'[Box 1~11]에 수
집되어 있다.[6] 〈Box 2~5〉에 들어있는 게일의 『일지』(Diary)와 〈Box 6~9〉
에 수록된 1888~1927년 '게일의 번역물과 저술들'(Translations and
writings (a) 1888~1927)에 산재되어 있는데, 이를 정리해보면 아래의 도표
와 같다.[7]

---

5 유영식의 저술은 그간 볼 수 없었던 게일의 서간 및 미간행 자료를 통해 게일의 삶과
　선교의 모습을 보다 세밀히 엿볼 수 있는 자료적 기반을 제공해주었다. 따라서 한국의
　개신교선교사란 게일의 정체성에 맞춰, 게일에게 있어 한국 고소설이 지녔던 다층적
　의미를 조망할 기반을 마련해 준 셈이기 때문이다(유영식, 『착훈 목쟈 : 게일의 삶과
　선교』 1~2, 도서출판 진흥, 2013)
6 『게일 유고』에 대한 개괄적인 목록은 토론토대학 도서관의 홈페이지에서(http://www.
　library.utoronto.ca/home/)에서 PDF 파일로 다운받아 볼 수 있다.
7 이하 도표에서 제시한 고소설목록은 『삼국지』에 관한 영역필사본을 생략한 것이다.

Box 번호	자료형태	번호	제명(국문제명)	면수	특징
3	책자 (Diary 8권)	1	챵션감의록	pp.1-13	번역저본이 한문고소설
	책자 (Diary13권)	2-a	The Story of Oon-yung (인용자-운영전)	pp.100-139	번역저본이 한문고소설 - 게일의 빗금표시가 존재 - 게일의 교정흔적이 많음
4	책자 (Diary18권)	3-a	Sim Chung(심텅전)	pp.11-35	- 게일의 빗금표시가 존재 - 게일의 교정흔적이 많음 - 게일이 『일지』 19권 57면을 참조하라고 표시
		4	MISS SOOK-YUNG (인용자-숙영낭자전)	pp.36-39	
		5	HONG-KIL TONG-CHUN (홍길동전)	pp.40-67	- 40면 초반부에 게일의 교정 이 많음
		6	Pak-hak Sun(빅학션)	pp.68-94	
		7-a	THE TURTLE AND THE RABBIT(토싱젼)	pp.94-102	- 게일의 빗금표시가 존재 - 게일의 교정흔적이 많음
		8	The Deer's Feast (인용자 : 『삼설기』 혹은『금 수전』 소재 노처사연회(鹿處 士宴會))	pp.102-103	- 게일이 동일 작품 초두를 2번 번역한 것임
		영문 필사	9	SUL-IN-KWI (인용자:설인귀전)	pp.103-104	
		10	KEUM SOO JUN(금슈전)	pp.105-111	
		8-b	The Deer's Feast	pp.112-121	- 102면으로부터 이어지는 것 이란 표시
		11	HEUNG-POO JUN(흥부전)	pp.121-142	
		12	NIM CHANG-KOON CHUN (림쟝군전)	pp.142-166	
		13	KEUM PANG-OOL CHUN (금방울전)	pp.167-186	
		14-a	YI HAI-RYONG (리히룡젼)	pp.187-200	- 게일이 『일기』19권 59면을 참조하라고 표시

'제명' 항목에 『일지』에서 게일이 별도로 표기한 한글제명이 찾을 수 없는 경우, 인용자 표시를 부가하여 해당 한글제명을 붙였다. '제명' 항목에서 음영표시로 강조한 작품은 영역필사본과 영역활자본을 함께 지닌 것들이다. '특징' 항목에서 국문 고소설을 저본으로 한 작품으로 추정되는 경우는 별도의 설명을 생략했다.

	책자 (Diary19권)	3-b	Sim Chung(심쳥젼)	pp.57~58	– 게일의 빗금표시가 존재 – *Diary* 18권의 〈심쳥젼 영역필 사본〉 초반 내용을 옮겨놓은 것
		14-b	YI HAI-RYONG(리히룡젼)	pp.59~70	– *Diary* 18권의 〈이해룡 영역 필사본〉을 이어서 번역한 것
		15	YANG P'OONG OON (양풍운)	pp.70~94	
		16	CHE MA-MOO CHUN (제마무젼)	pp.95~104	
		17	CHANG KYUNG(장경젼)	pp.105~132	
		18	SO TAI-SUNG(쇼대셩)	pp.132~162	
		19-a	CHUK SUNG-EUI (인용자 – 적셩의젼)	pp.162~179	
5	책자 (Diary20권)	20	The Dream of the Jade Pavilion(인용자 – 옥루몽)	pp.1~11	– 번역저본이 한문고소설
		19-b	CHUK SUNG-EUI (인용자 – 적셩의젼)	pp.50~53	– *Diary* 19권의 〈적셩의젼 영 역필사본〉을 이어서 번역한 것
		21	NAM CHUNG P'AI NAN KEUI(인용자 – 남졍팔난기)	pp.53~83	
8	책자 (Old Corea)	2-b	The Sorrows of Oon-yung (Cloud-Bud)	pp.141~164	– *Diary* 13권 〈운영젼 영역필 사본〉이 활자화된 원고
9	책자	영문 활자	22	The Story of Choonyang	pp.1~56	– *The Korea Magazine*에 1917~1918년 사이 연재했던 "Choonyang"이 책자로 묶여진 자료.
	원고		3-c	The Story of Sim Chung	pp.1~36	– *Diary* 18권 〈심쳥젼 영역필 사본〉이 활자화된 원고
			7-b	The Turtle and the Rabbit	pp.1~31	– *Diary* 18권 〈토생젼 영역필 사본〉이 활자화된 원고

도표에서 '영문필사'자료는 게일의 친필원고(〈Box3~5〉)를, '영문활자'
자료는 타자기로 작성된 책자 혹은 원고(〈Box8~9〉)를 지칭한다. 여기서
책자 형태의 영문필사(게일의 친필원고) 자료, 『일지』(〈Box2~5〉)는 매권
대략 200면 분량 정도 되는 총 19권의 노트인데, 『게일 유고』의 가장
핵심이며 근원이라고 볼 수 있다. 『일지』는 게일이 한국 한문고전을 영

역한 친필 원고가 대부분을 차지하고 있으며, 그 양은 전체분량의 대략 50%이상을 점하고 있다. 또한 한글문헌에 대한 번역물과 게일이 구매했거나 정리한 서적목록, 서신, 설교문과 기고문 등으로 구성되어 있다. 물론『일지』소재 영문필사 자료는 우리가 접할 수 있는 게일의 초역본에 가장 근접한 대상이란 사실 만큼은 분명하다.[8] 하지만 이러한 설명만으로 부족한 부분이 존재한다.

　로스 킹이 명명한 "홀딩 탱크"(Holding Tanks)라는 명칭은 게일 친필원고의 전반적 성격 및 특징 그리고 친필원고[영문필사 자료]와 타이핑된 원고[영문활자 자료]의 관계를 적절히 표현해 준 말이다.[9]『일지』에 간간히 수록된 게일의 보고서나 사적 기록에는 일자가 기록되어 있다. 이를 바탕으로 본다면, 고소설 영역본들은 1915~1922년경 사이『일지』에 기록된 것으로 추정된다. 하지만 『일지』 소재 고소설 영역본 목록에는 게일이 1917~1919년 사이 번역을 완료한 작품으로 리처드 러트가 추정한 〈구운몽 영역본〉, 1917~1918년 *The Korea Magazine*에 연재했던 〈춘향전 영역본〉이 보이질 않는다. 〈구운몽 영역본〉과 달리, 단행본으로는 출판되지 않았던 〈춘향전 영역본〉의 경우『게일 유고』〈Box9〉의 책자형태로 묶여진 영문활자 자료[22]로 보인다. 이는 '활자화/출판된 원고'의 경우,『일지』에서 수록하지 않았거나 삭제했음을 보여주는 증거이다. 즉,『일지』의 고소설 번역물은 단순히 그의 초역물을 모아놓은 것이 아니었다. 이러한 게일의 고소설 영역필사본과 영역활자본 사이의 관계를 가장 잘 보여주는 자료는『일지』18~19권에 2번 수록된 〈심청전 영역필사본〉[3-a, 3-b]이다. 해당 자료의 첫 면을 발췌해보면 다음과 같다.[10]

---

8 R. King, op.cit, pp.237~241.

9 Ibid, pp.238~239.

10 J. S. Gale, "Sim Chung", *Diary* 18, p.11. ; Sim Chung, *Diary* 19, p.55(『게일 유고』

『일지』18권〈심청전 영역필사본〉(3-a)　　『일지』19권 소새〈심청선 영역필사본〉(3-b)

　게일은 『일지』 19권 "Sim Chung"이란 제명 밑에 "18권 11면에서 옮긴 것"이라고 썼고, 18권에도 마찬가지로 "19권 57면을 참조할 것"이라고 적었다. 두 번역물은 서로 연결되어 있으며, 18권의 〈심청전 영역필사본〉[3-a]을 교정한 결과물이 19권에 수록된 자료[3-b]이다. 두 영문필사자료는 〈심청전〉의 영역과 교정, 활자화(출판) 과정 속에 함께 참조된 대상이었다. 『일지』 18권에 수록된 영문필사 자료가 더욱 많은 교정의 흔적이 남겨져 있다. 19권 〈심청전 영역필사본〉[3-b]에는 게일의 빗금표시가 보이며, 18권에 수록된 작품[3-a]도 재번역 부분을 제외하면 동일한 빗금표시가 있다. 빗금표시는 필사자료가 활자원고로 전환된 사실을 말해주는 표지이다.[11] 그 결과물이 〈Box9〉에 수록된 〈심청전 영역활

〈Box4〉)

11 R. King, op.cit, pp.238~239.

자본〉[3-c]이다. 〈심청전 영역필사본〉[3-a, 3-b]과 동일한 수준의 많은 교정흔적이 남겨져 있으며, 빗금이 표시된 작품은 〈운영전 영역필사본〉[2-a]과 〈토생전 영역필사본〉[7-a]이며, 두 작품 역시 마찬가지로 활자화된 원고[2-b, 7-b]가 있다.[12] 이렇듯 『일지』 속 육필 영역본에 새겨진 게일의 교정흔적은 그의 활자화 작업 즉, 활자화된 고소설 영역본과 관계된다.

　게일의 육필본이 활자화된 세 편의 번역작품 중에서 그 번역시기를 가장 잘 말해주는 작품은 〈심청전 영역활자본〉[3-c]이다. 이 원고의 앞에는 "게일이 1919년 서울에서 한국어 원본에서 번역한 원고를 1933년 영국 바스(Bath)에서 옮긴 것"이라고 적혀있다.[13] 〈심청전 영역필사본〉은 1933년에 활자화된 것이지만, 그 번역은 이미 1919년에 이루어진 것이었다. 또한 여기서 게일이 말한 1919년의 번역원고는 〈심청전 영역필사본〉을 지칭하는 것으로 보인다. 『일지』 19권 〈심청전 영역필사본〉의 앞에 1919년 7월 17일~9월 5일 사이 일본에서 영국 런던으로 떠난 가족여행의 기록이 있으며, 『일지』 21권에는 1921년 8월 1일~1922년 12월 5일까지 게일의 일기가 수록되어 있다.[14] 즉, 『일지』 18~20권 소재 고소설 영역필사본들은 1919~1921년 사이 기록된 것으로 보인다. 이러한 점을 감안한다면 〈심청전 영역활자본〉과 〈토생전 영역활자본〉은 그가 안식년을 맞아 한국을 떠난 5월 사이 번역했던 원고들을 그 연원으로 추정해볼 수 있다.[15] 2작품은 1917년 1월~1919년 4월까지 발행되었던 영미정기간

---

12 J. S. Gale, "The Turtle and the Rabbit", *Diary* 18, p.94(『게일 유고』〈Box 4〉) ; "The Story of Oon-yung", *Diary* 13, p.100(『게일 유고』〈Box 3〉)

13 J. S. Gale, "The Story of Sim Chung", p.1.(권순긍·한재표·이상현, 앞의 글, p.444) ; 〈토생전 영역활자본〉의 경우, 1933년 9월 13일 영국 바스에서 옮겨 적은 것이라고 적혀 있다.("The Turtle and the Rabbit", p.16(『게일 유고』〈Box 9〉))

14 J. S. Gale, *Diary* 21, pp.1~51.(『게일 유고』〈Box 5〉)

행물인 *The Korea Magazine*의 휴간시점에 조응되는 것으로 보인다. 또한 이러한 제반 정황을 감안해보면 〈심청전 영역필사본〉을 비롯한 게일의 육필 고소설 영역본의 번역수준은 단순히 초역 형태가 아니라, 교정을 거치면 활자화·출간이 가능할 정도로 조금 더 완비된 형태의 원고였음을 추론해볼 수 있다. 즉, 로스 킹의 지적처럼, 게일이 어느 정도 번역을 완료한 후, 향후 활자화나 출판을 위해 저장해 놓은 '집적물'이었던 셈이다. 즉, 『일지』 속의 번역물들은 교정 및 재번역의 과정을 거쳐 활자화 혹은 출간이 가능한 원고였던 것이다.

[2] 『일지』에 기록된 게일의 육필 고소설 번역본에서 주목해야 될 점은 두 가지이다. 첫째, 『일지』 18권 이후 국문고소설 영역본의 비중이 높아진 모습이다. 둘째, 활자화된 원고가 함께 있는 번역작품 3편의 저본-〈심청전〉, 〈토생전〉, 〈운영전〉-이 게일에게 있어서는 출간대상으로 우선순위가 높았던 대표적인 고소설 작품이란 점이다. 이러한 점과 게일이 출간한 고소설 번역본(〈춘향전 영역본〉(1917~1918), 〈구운몽 영역본〉(1922))을 함께 고려해 보면, 특정 시기 게일은 집중적으로 한국고소설을 번역했으며 이에 따라 번역에 있어 국문고소설의 비중이 증가했다는 점 그리고 주제유형별로 보면 애정소설과 판소리계 고소설이 활자화/출간에 있어서 중심작품이란 사실을 짐작해볼 수 있다. 『게일 유고』에는 게일이 국문고소설 번역과 관련하여 그 번역저본 즉, 그가 참조했을 것으로 보이는 원본의 모습을 엿볼 수 있는 자료가 있다. 그것은 『게일 유고』 〈Box14〉의 한글필사본 고소설 6종이다.[16] 고소설 한글필사본에도 게일

---

15 1919년 5월 26일 게일은 3번째 안식년을 맞아 한국을 떠나 12월경 토론토를 방문했고, 1920년 10월 11일 한국에 귀국했다.(R. Rutt, op.cit, pp.66~67. ; 유영식, 앞의 책, 2013, 869쪽 참조)

16 고소설 이외에도 세 권의 책자가 있다. 첫째, 『惜別帖』이란 제명의 책자로, 그가 귀국

의 친필 흔적들이 남겨져 있는데, 이를 정리해보면 다음과 같다.[17]

표지의 제명 (게일이 작성한 제명)	면수	추정번역저본	특징
슉영낭ᄌ젼 (#4 The Story of Miss Sukyung)	pp.1~50	경판 16장본	본문 중에 『일지』 18권 〈슉영낭자전 영역필사본〉과 연계된 사료로 1921년경 세일이 활용한 메모가 있음.
졔마무젼 (#5 The Story of Che mamu)	pp.1~50	경판 23장본	겉표지에 『일지』 19권 95면에 수록된 〈제마무전 영역필사본〉과 연계된 자료로 1921년경 게일이 활용한 흔적이 있음.
흥부젼 (#6 The Story of Heung bu)	pp.1~62	경판 20장본	겉표지에 『일지』 18권 121면에 수록된 〈흥부전 영역필사본〉과 연계된 자료로 1921년경 게일이 활용한 흔적이 있음. 속표지에 『周易』「繫辭上」한 구절에 관한 장서인이 찍혀 있으며, 이 구절에 대한 게일의 영역이 있음.[1913년경에 작성한 것]
李海龍傳 (#7)	pp.1~84	경판 20장본	겉표지에 『일지』 18권 187면에 수록된 〈이해룡전 영역필사본〉과 연계된 자료로 1921년경 게일이 활용한 흔적이 있음.
掌[薔]花紅蓮傳	pp.1~64	경판 18장본 (자암본)	게일의 메모가 없음.
심쳥젼 (#9 The Story of Sim chung)	pp.1~64	경판20장본 (송동본)	속표지에 『周易』「繫辭上」한 구절에 관한 장서인이 찍혀 있으며, 이 구절에 대한 게일의

할 때 한국에서 그의 지인 22명이 석별의 정을 적은 글들이 모아져 있는 책자이다.(유영식 옮김, 앞의 책, 778~802쪽에 전문과 번역문이 함께 수록되어 있어, 그 자료적 실체를 확인할 수 있다) 둘째, 토마스 아켐피스(Thomas Akempis, 1380~1471)의 『그리스도를 본 받아(De imitatione Christi)』를 번역한 『尊主聖範』이 있다. 셋째, 『漢文名詞目錄』으로 한국에서 쓰이는 한자어와 중국(한국)의 인명, 지명을 가나다 순으로 모아놓은 책자가 있다.

17 아래의 판본내용은 이창헌, 『경판방각소설 판본연구』, 태학사, 2000을 참조하고 해당 경판본 고소설과 대비하여 정리한 결과이다. 게일은 겉표지에 번호를 부여했는데, 『석별첩』을 제외한 다른 책자형 자료인 『漢文名詞目錄』와 『尊主聖範』에 게일은 각각 3번과 10번으로 표기했다. 비록 게일의 필적이 남아있지는 않지만 〈장화홍련전 한글필사본〉이 8번이란 점을 능히 짐작할 수 있다. 이를 감안해 본다면, 고소설 한글필사본을 4~9번으로 묶어 놓은 셈이다. 즉, 추가적인 한글필사본은 없으며, 『일지』에 영역된 모든 작품이 수록되어 있지는 않은 셈이다.

				영역이 있음. 1913년 5월 6일 서울에서 작성한 게일의 「개관」 (Synopsis)이 있음. 본문 중에 『일지』 18권 〈심청전 영역필사본a〉 연계된 자료로써 1921년경 게일이 활용한 흔적 이 있음.

　이 자료들은 『게일 유고』 18~20권 소재 고소설 영역본의 저본성격을
보여준다. 게일이 고소설 영역 작업을 위해서 이를 저본으로 활용한 흔
적이 남겨져 있기 때문이다. 다만, 〈장화홍련전 한글필사본〉은 다른 한
글필사본 고소설과 필체가 확연히 다르며, 게일의 친필메모가 남겨져 있
지 않다. 『일지』에 이를 저본으로 한 영역본이 존재하지 않은 정황을 감
안해보면, 이 자료는 새로운 고소설 영역을 위한 저본으로 추정된다. 따
라서 한글필사본들에 새겨진 게일의 메모는 번역진도를 표시해 놓은 것
으로도 보인다. 또한 1919년 게일이 〈심청전〉과 〈토생전〉을 번역했다는
진술을 감안해 본다면, 1921년 게일이 교정작업에 활용했던 흔적일 가능
성도 함께 고려해볼 필요가 있다.

　물론 이 한글필사본이 언제 준비된 것인지 그 시기를 명확히 확정할
수는 없다. 하지만 게일이 고소설과 관련된 어떤 기획을 〈춘향전 영역
본〉을 *The Korea Magazine*에 연재하기 이전부터 준비하고 있었던 사실
만큼은 충분히 추정할 수 있다. 사실 그것은 당연한 일이다. 고소설 번역
실천에 앞서 그가 고소설을 수집하고 읽는 과정은 선행될 수밖에 없기
때문이다. 이와 관련하여 『게일 유고』의 한글필사본은 고소설 번역 이전
에 게일이 수집하고 읽었던 한국고소설이 구체적으로 무엇인지를 보여
준다. 이 한글필사본자료들은 게일이 수집하고 읽었고 번역저본으로 활
용했던 한국고소설이 '경판본 고소설 작품'이란 사실을 말해준다.

　게일이 접촉한 작품들이 '이처럼 경판 방각본'이었던 점은 고소설과 관

련된 게일의 기획이 19세기 말로부터 비롯되었음을 보여준다. 그렇지만 한글필사본 자체에서 그 연원을 엿볼 수 있는 시기는 1913년경이다. 첫째, 〈심청전 한글필사본〉에 수록된 게일의 「개관」(Synopsis)이다. 경판 20장본 〈심청전〉에 의거한 줄거리 요약이 들어있다. 즉, 그 구체적인 사항을 말할 수는 없지만 게일이 이 시기 고소설과 관련된 어떤 기획을 준비하고 있었음을 짐작할 수 있다.

둘째, 1913년 게일이 남긴 또 다른 흔적이 있다. 〈심청전 한글필사본〉, 〈흥부전 한글필사본〉의 속표지에는 아래의 그림과 같이, 금란지교(金蘭之交)의 연원이 된 "二人同心其利斷金"라는 『주역 계사(繫辭) 상』의 유명한 한 구절을 새겨진 장서인(藏書印)이 찍혀져 있으며, 이를 영역한 게일의 친필이 남겨져 있다. 후일 게일의 글(1936)을 보면, 고소설 한글필사본에 찍힌 황동으로 된 장서인은 그가 골동품 상인을 통해 구입한 물건이었으며 그 구입계기는 이를 풀이해준 이원모(李元模)의 해석에 있었다. '두 사람이 마음을 합하면, 그 예리함이 쇠라도 끊게 된다'는 이원모의 해석은 "두 세 사람이 내 이름으로 모인 곳에는 나도 그들 중에 있느니라"라는 성서의 구절[『마태복음』18장 19절]과 조응되는 것이었다. 이는 게일이 최초로 공감한 『주역』의 명구(名句)였다.[18] 한글고소설 필사본에 한문고전의 명구와 고소설의 공존, 즉 한문문학과 국문문학의 공존

---

[18] 후일 게일은 『주역』의 해당구절을 "Two men who agree in heart can break through iron"이라고 더욱 분명하게 직역한 바 있다.(J. S. Gale, "A Korean Ancient Seal - From the Book of Changes", *The Korea Mission Field* 1936. 2, p.28.) ; 게일의 이 논고에 대한 번역 및 해제는 유영식, 앞의 책, 249~251쪽을 참조.

그리고 그 지향점을 주목할 필요가 있다.

③ 『게일 유고』에 육필영역본이 활자화된 자료로 〈운영전 영역활자본〉[2-b]이 있는데, 이 번역작품은 책자형 자료, *Old Korea*에 수록되어 있다. *Old Korea*는 *Korean folk tales*(1913)의 출판이후 게일의 한국학 연구가 한국고전을 중심으로 변모된 지향점이 반영된 책자이다. 또한 〈구운몽 영역본〉의 출판과정, *The Korea Magazine*에 수록된 게일의 한문고전에 대한 번역물이 깊이 관련되어 있다. 그의 〈구운몽 영역본〉은 미국 시카고 오픈코트(Open Court) 출판사의 편집인, 폴 카루스(Paul Carus, 1852~1919)가 사망하지 않았더라면 더 이른 시기에 출간되었을 것이다. 1922년 출판을 가능하게 해준 인물이 1919년 3월~5월 사이 한국을 방문한 키스 자매였다. *Old Korea*에는 저자인 게일과 함께, 삽화가로 엘리자베스 키스(Elizabeth Keith, 1897~1915)가 소개되고 있다.[19] *Old Korea*의 표지와 그 주제항목을 정리해보면 다음과 같다.

---

19 R. Rutt, op.cit, p.59. ; 현재 전하는 엘리자베스 키스의 그림들 중 일부는 아마도 게일의 이 저술의 삽화가 되었을지도 모른다.[E. Keith, 송영달 옮김, 『키스, 동양의 창을 열다』, 책과함께, 2012(Eastern Window, Boston and New york : Houghton Mifflin Co., 1928) ; E. Keith・E. K. R. Scott, 송영달 옮김, 『영국화가 엘리자베스 키스의 코리아 1920~1940』, 책과함께, 2006(*Old Korea-The Land of Morning Calm*, London : Hutchinson, 1946.)]

Old Korea의 표지	Old Korea의 주제항목
	Korean Literature(한국문학) Korea's Noted Women(한국에서 유명한 여성) Religious and Allied Themes(종교적 혹은 관련 주제들) Social and Allied Subjects(사회적 혹은 관련 주제들) Ancient Remains(고대의 유물들) Superstitions(미신들) Short Stories(짧은 이야기들) Miscellaneous(기타) Poems(시) A Typical Korean Story(전형적인 한국 이야기) The Sorrows of Oon-yung(Cloud-Bud)(〈운영전 영역활자본〉)

이 책자를 구성하고 있는 원고들은 대부분이 *The Korea Magazine*에 수록되었던 글들이다.[20] *The Korea Magazine*에서 보이는 게일의 한국문학에 대한 얼개와 윤곽이 잘 반영된 글이 "Korea Literature"로, 이 글은 게일의 〈구운몽 영역본〉을 출판해주기로 했던 저널 *Open Court*에 그가 투고했던 논문이기도 하다.[21] 게일의 주 관심사였던 한국 한문고전에 대한 번역이 이 글의 중심을 이루고 있다. 그 출처를 개괄해보면, 『동국통감(東國通鑑)』, 『삼국사기(三國史記)』 등의 사서, 『계원필경집(桂苑筆耕集)』, 『동국이상국집(東國李相國集)』, 『목은시고(牧隱詩藁)』, 『포은집(圃隱集)』, 『율곡선생전서(栗谷先生全書)』, 『구봉선생집(龜峯先生集)』 등의 시문집, 『대동

---

20 일례로 '한국에서 유명한 여성' 항목은 한국고전에서 자주 인용되는 중국여성인물을 소개한 글들인데, 동일한 주제항목으로 *The Korea Magazine*에서 연재된 바 있다. 이점은 '고대의 유물들' 주제항목도 마찬가지이다. *The Korea Magazine*에 수록된 게일의 원고들을 각 주제항목에 맞게 재배열한 양상이다. *The Korea Magazine*에 수록된 게일의 논저목록은 유영식, 앞의 책, 459~462쪽에 잘 정리되어 있다. 또한 정혜경의 논문(「*The Korea Magazine*의 출판사항과 문학적 관심」, 『우리어문연구』 50, 2014)을 통해 이 잡지에 관한 개관이 이루어졌다.

21 J. S. Gale, "Korean Literature", *Open Court* 741, Chicago, 1918.

야승(大東野乘)』소재 필기·야담집 등이다. 이 이외에도 「숭인전비(崇仁殿碑)」, 「태자사낭공대사비(太子寺郎空大師碑)」 등과 같은 금석문도 포함된다. 이는 "고대 한국 민족의 우아하고 흥미로운 문명을 보여주는 증거"였으며, 문집을 구성하는 한시, 소고, 서간문, 비명, 전(傳), 상소, 제문, 축문 등의 다채로운 한문 글쓰기 양식 그리고 필기, 야담들이었다. 게일에게 한국의 문학과 작가는 1894년 과거제도 폐지 이전의 한문고전과 이를 기반으로 문학적 소양을 닦은 한학자를 지칭했다. 과거제도의 폐지로 말미암아 그가 보기에 한국 지식인들의 고전(classics)에 관한 연구가 쇠퇴하고, 한국의 젊은이들 속에서 좋은 고전학자(good classic scholars)를 발견할 수 없었다.[22]

이와 관련하여 세 가지 특징을 주목할 필요가 있다. 첫째, 〈구운몽 영역본〉의 출판시기(1922)와 출판과정과 관련된 인물, 출판사 등을 감안해 볼 필요가 있다. 요컨대 〈춘향전 영역본〉과 〈운영전 영역활자본〉, 『게일 유고』 소재 한글필사본에 새겨진 1921년경 게일의 흔적이 말해주는 지향점은 고소설의 해외출판에 있었다. 둘째, 그에게 고소설은 한문고전과 분리되지 않는 번역 대상이었다.[23] 셋째, 게일이 배치한 한국문학이 '옛 조선'(Old Korea)으로 호명되고 있다. 그렇다면 '옛 조선'의 의미는 무엇일까? 『게일 유고』에는 '옛 조선'이란 제명을 지닌 책자형 자료, 『조선필경』(Pen-Picture of Old Korea)에 수록된 1912년 6월에 작성된 게일의 「서문」(Preface)이 있다. 여기서 게일은 이 책자에서 묘사하고자 한 바가 1912년 당시의 조선이 아니라, 사라져 가는 과거 조선이라고 말했다. 즉, "옛 조선"으로 형상화되는 바는 「서문」을 작성한 1912년 이전 과거 조선

---

22 J. S. Gale, "Korean Literature", *Old Korea*, p.18.(『게일 유고』〈Box 8〉)
23 *The Korea Magazine*에서 〈춘향전〉, 한시문, 필기·야담의 배치, *Old Korea*에서 문집 속의 한시문, 『기문총화』, 『용재총화』 소재 필기·야담(Short Stories)과 〈운영전〉의 배치는 이 점을 잘 보여준다.

의 풍경이었다.[24] 이는 그가 1912년 자신이 거주하던 현재의 공간이자 장소가 아니라 과거 경험했던 '옛 조선'이라는 심상지리이며, 1910년대를 전후로 급격히 변모되기 이전의 조선을 지칭한다.[25]

④ 게일에게 '옛 조선'이라는 형상이 지닌 의미를 곱씹어 볼 필요가 있다. 이 점을 살펴보기 위해서는 1900년 헐버트와의 지면논쟁 속에 보인 게일의 재반론을 다시 되짚어 볼 필요가 있다.[26] 헐버트는 게일의 발표문과 반대의 견지에서, 라틴문명과 영국의 관계와 중국문명과 한국의 관계를 유비로 배치시키며 한국의 고유성을 주장했다. 헐버트가 제시한 유비관계는 합당한 면모를 지니고 있었다. 개신교 선교사의 이중어사전을 펼쳐보면, 언더우드의 사전(1890)부터 'Classic'에 대응되는 한글 표제항은 '사서삼경(四書三經)'이었다. 즉, 한국인에게 중국고전은 분명히 서구의 고전과 대비될만한 것이었다. 그렇지만 게일이 문제삼은 바는 '한국인에게 중국고전이 서구인에게 그리스, 로마 고전과 정말로 동일한가?'였다. 이중어사전에서 'Classic'과 그에 대응되는 한국어 어휘의 변모양상은 게일이 지적한 한국과 서구의 고전개념의 차이점을 잘 보여준다. '사서삼경=Classics'는 1928년 김동성(金東成, 1890~1969)의 한영사전에서 비로소 출현한 '고전=Classics'라는 대응 쌍과는 다른 것이었다.[27] 전

---

24 J. S. Gale, "Preface", 『朝鮮筆景』(*Pen-Picture of Old Korea*)(『게일 유고』⟨Box 8⟩)

25 즉, '옛 조선'이란 문호가 개방되고, 철도·도로의 정비가 이루어져 "세계의 중요한 교통 요지의 나라"가 된 장소가 아니라, "은자의 나라"였던 한국. 일본과 근대화된 세계관 속에 거하는 장소가 아니라 중화중심주의적 세계관과 중국고전의 탐구가 중심이었던 한국. 신문과 대중집회, 기독교, 다양한 전문직종이 생기기 이전의 한국이다.(J. S. Gale, "A Contrast", *The Korea Mission Field* 1909. 2, p.21.)

26 J. S. Gale, "The Influence of China Upon Korea", H. B. Hulbert, "Korean Survivals", G. H. Jones, J. S. Gale, "Discussion", *Transactions of the Korea Branch of Royal Asiatic Society* 1, 1900.

자의 대응관계는 유비관계일 뿐, 후자처럼 일대일 등가관계를 지닌 개념
은 아니었다. 그 개념적 차이는 게일이 헐버트의 비유에 대한 반론을 제
기하는 모습에서 엿볼 수 있다.

게일은 중국 문명과 한국의 관계를 라틴문명과 영국이 지닌 관계로 설
명해준 헐버트가 말한 비유의 적절성을 의문시한다. 게일은 그가 체험한
당시 한국의 상황이 영국에서도 동일한 모습으로 이루어진 상황을 가정
해 본다. 예를 들자면, 영국의 초등학교 남학생들이 라틴어와 그리스어
로만 노래하는 현황, 또한 이 교육의 현장에 여학생은 배제되는 현황,
영국역사와 문학은 가르치지 않고 그리스 신화와 고대 로마 역사만을 가
르치는 역사수업, 영어가 오로지 고전에 접근하기 위한 수단으로만 활용
되는 상황, 현재 왕의 치세가 끝나기 이전에 현재를 다루는 역사서를 볼
수 없는 상황, 서점에서 현대문학은 없고 고대 그리스 로마의 문학서만
판매되는 현황 등이 그것이며, 게일은 다음과 같이 결론을 내렸다.

> 만약 영국의 문학과 사상에서 이런 일이 혹 있다면 나는 영국인이 로마인이
> 고 혹 영국 언어는 그리스어라고 말하지 않고, 대신 "이 사람들은 한국에 미친
> 중국의 영향과 정확하게 동일한 방식으로 대륙의 영향을 지금까지 받았다"라
> 고 말해야 한다. 그러나 영국은 그런 처지에 있지 않기 때문에, **나는 영국과
> 한국에 유사한 경향이 있었다고 생각하지 않는다. 그리스와 로마의 목소리는 말
> 한다. '앞으로 전진!' 중국의 목소리는 말한다. '후퇴하라.'**[28]

게일이 보기에, 한국인에게 한문고전은 서구인의 고대 그리스 로마고

---

27 이하 이중어사전의 활용은 황호덕·이상현 편, 『한국어의 근대와 이중어사전』 I~XI,
박문사, 2012에 수록된 자료에 의거한다. H. G. Underwood, 『한영ᄌ뎐』(*A Concise
Dictionary of the Korean Language*), Yokohama: Kelly & Walsh, 1890 ; 김동성, 『最
新鮮英辭典』, 박문서관, 1928.

28 J. S. Gale, op.cit, p.47. ; 이하 강조표시는 인용자의 것이다.

전과는 동등한 것이 아니었다. 그리스 로마 문명과 영국의 관계가 진보 ("앞으로 전진!")로 묶여지는 것이라면, 중국문명과 한국의 관계는 그렇지 않았다. 오히려 중국문명은 한국인의 사유 속에서 전부였고 동시대적인 것이었다. 양자의 관계 속에는 어떠한 '고전의 죽음이라고 할 수 있는 불연속점[단절]', '고전을 통한 현대적 재창조'라는 의미는 존재하지 않았다. 즉, 한국인에게 한문고전은 분명히 하나의 '전범'이자 '공준(公準)'이었을지 모르지만, '현재와 구분되는 과거의 것', '진보를 향한 미래지향적 기획'은 아니었던 것이다. 그렇지만 '옛 조선의 형상'은 헐버트가 말해 준 유비관계에 관한 게일의 반론이 더 이상 유효하지 않음을 말해주는 것이었다.

오히려 그가 결코 예견하지 못한 가상적 상황, 즉 한국의 문학과 사상이 영국의 상황과 유사해지는 상황이 실현된 것이다. 그것은 1910년대 한국사회의 전환과 관련된 것이다. 그가 번역하여 소개하고자 한 한국의 고전은 분명히 '현존'하는 것이었지만, 또한 그의 진단대로 '소멸·죽음'을 맞이하고 있는 것이었다. 오늘날 전근대와 근대로 구분할 수 있는 두 문화사적 흐름은 연속된 것이라기보다는 '병존'하는 흐름이었으며 양자 사이에는 큰 단절을 내포한 것이었다. 게일이 보기에, 근대 교육을 받으며 성장한 세대의 근대어와 한학적 교육을 받은 세대의 고전어는 각자 서로 소통할 수 없는 언어가 되어가고 있었다. 1920년대 게일의 글 속에서 '옛 조선'과 '새 조선'의 문학이 지칭하는 바는, 각각 '한시[혹은 시조]와 고소설', '현대시와 근대소설'이었다. 즉, 양자는 오늘날의 시각에서 본다면 각각 한국의 고전문학과 근대문학을 지칭하는 셈이었다.[29]

---

29 J. S. Gale, "Korea Song", *The Korea Bookman* 1922.4 ; "Fiction", *The Korea Bookman* 1923.3 ; "Korean Literature", *The Christian Movement in Japan, Korea and Formosa*, Kobe : Federation of Christian Missions in Japan, 1923.

이는 전술했듯이 김동성의 한영사전(1928)과 게일의 한영사전(1931) 속
에서도 볼 수 있는 'Classics'에 대응되는 '고전'이란 새로운 한글표제어[개
념]의 출현을 암시해주는 것이었다. 그 징후를 다른 이중어사전 속에서도
발견할 수 있다. 게일의 영한사전(1924)에서 '사서삼경'을 지칭하는 하는
영어풀이가 'Classics'이 아니라, 'Chinese Classics'으로 변모된다. 사서
삼경이란 한국인의 전통적 고전이 '중국[한문]고전'으로 변모된 사회적 개
념이 생성되고 있었다. 언더우드의 영한사전(1925)에서 'Classic'에는 "고
서"라는 새로운 한글표제어가 보인다. 즉, 사서삼경과 함께 한국의 옛
책이 'Classic'이라는 의미맥락 속에 포함되어 있는 셈이다.[30] 『게일 유고』
에 수록된 게일의 서목을 검토한 로스 킹의 논문이 잘 말해주듯이, 게일은
한국의 고서를 수집·연구하며, 이를 미의회도서관에 송부한 바 있다.[31]
그가 수집한 고문서, 그의 번역 속에서 한국의 '(서구적 개념의) 고전'은
이제 다시 부활하고 재탄생해야 될 존재로 변모된 것이다. 이 고서[고전]는
현재 한국의 전범이 아니라 기획이었다.[32] 게일에게 이는 회복되어야 할
망각되어가는 역사적 기억이자, 해외에 소개될 과거 한국의 기념비였다.
미의회도서관에 보낸 게일의 서적 목록(1927.3.24) 속에 고소설 역시 이러
한 한국의 고서[고전]로 포괄되어 있었다. 그가 보낸 구체적 서적명이 무엇
인지는 적혀 있지 않지만, "Old Korean Novels"란 항목 아래 17권을 보냈
으며, 한글 소설이며 더 이상 한국에서 판매되지 않는 것이라고 적혀 있

---

30 J. S. Gale, 『三千字典』(*Present day English-Korean : three thousand words*), 京城
: 朝鮮耶蘇敎書會, 1924 ; H. G. Underwood & H. H. Underwood, 『英鮮字典』(*An
English-Korean Dictionary*), 京城 : 朝鮮耶蘇敎書會, 1925 ; J. S. Gale, 『韓英大字典』
(*The Unabridged Korean-English Dictionary*), 京城 : 朝鮮耶蘇敎書會, 1931.

31 Ross King, op.cit, pp.247~261.

32 이러한 '고전'에 대한 개념은 살바토레 세티스의 저술(김운찬 옮김, 『고전의 미래』, 길,
2009, 139~151쪽)을 참조한 것이다.

다.[33] 이 고소설들은 어떤 작품이었을까? 물론 이를 구체적으로 분명히 확정할 수는 없다. 하지만『일지』18~20권 소재 영역필사본들의 번역저본이었을 것이며, 이는 당시 구입할 수 없는 '옛 조선'의 고서이며, 동시에 보존과 해외소개를 향한 그의 기획이 담겨져 있었던 것이다.

3. 게일 고소설 영역본의 통국가적 문맥
– 개신교 선교사라는 정체성과 문학전범으로서의 고소설

① 지금까지 살펴본 게일의 고소설 번역실천은 일찍이 안확이 지적했던 1910년대 문학사적 현장의 산물이다. 즉, 옛 서적의 대량출판과 신해음사(辛亥吟社)의 설립,『운양집(雲養集)』발행 등과 같은 과거 옛 문예의 부흥운동, 이로 인한 한학열의 대기(大起), 그 속에서 발생한 고소설의 유행과 관련된다.[34] 게일 〈춘향전 영역본〉의 번역저본은 이러한 문화적 흐름 속에서 출현한 이해조(李海朝, 1869~1927)의『옥중화』였다. 또한 그가 활자화한 작품들을 보면, 그의 작품선택은 이해조의 산정(刪正)작업과 같이 판소리계 고소설을 대표적인 작품으로 선정하는 공통적인 지향점이 보인다. 하지만 게일이 번역한 〈심청전〉, 〈흥부전〉, 〈토생전〉의 저본은 1910년대 근대적 인쇄술을 기반으로 출판된 새로운 구활자본 고소설이 아니었다. 『게일 유고』소재 한글필사본과 같이 세 작품의 번역저본

---

33 J. S. Gale, "List of Korean Books-Library of Congress, Washington D. C. Mar. 24th, 1927.(from J. S. Gale)",『게일 유고』〈Box 11〉, 한국서지학회의 조사결과를 보아도 미의회에 기일 보낸 고소설이 무엇인지는 알 수 없다.(한국서지학회,『海外典籍文化財調査目錄 : 美義會圖書館所藏 韓國本 目錄』, 한국서지학회, 1994, 76~77쪽에는『구운몽』,『삼국지』,『林下叢話』『전등신화구해』만이 수록되어 있다.)

34 安廓,『朝鮮文學史』, 韓一書店, 1922, 127~128쪽.

은 19세기 말 경판본 고소설이었다.

게일은 〈토생전 영역활자본〉의 「평문」('Note')에서, 그가 한국에 도착한 1888년 서울, 한국의 시장(market)에서 이 책이 판매되고 있는 모습을 보았고, 이 작품을 비롯한 고소설은 한문을 읽을 수 없는 한국의 여성들을 위한 것이며, 〈토생전〉을 모든 이가 잘 알고 있는 작품이라고 술회했다.[35] 그가 서울에 도착한 시기는 1888년 12월 16일이었다. 1889년 3월 17일부터 6월까지 선교여행(해주-장연-소래)을 한 시기가 있었지만, 9월 부산으로 떠나기 전까지 그가 머문 장소는 주로 서울이었다. 그는 19세기 말 서울 저자거리의 고소설 유통문화를 경험할 수 있었다. 또한 이시기 국문고소설이 유통되는 현장은 외국인들에게 결코 낯설지 않은 풍경이었다. 이와 관련하여 서울에 거주했던 외국인의 증언들, 일찍이 세책고소설의 유통과 관련하여 한국고소설 연구자에게 주목받았던 자료가 존재한다. 그것은 영국외교관 애스턴(William George Aston, 1841~1911, 한국체류 : 1884~1885), 조선 정부 일어학당(日語學堂) 교사 오카쿠라 요시사부로(岡倉由三郎, 1868~1936, 한국체류 : 1891~1893), 프랑스서기관 모리스 쿠랑(Maurice Courant, 1865~1935, 한국체류 : 1890~1892) 등이 남긴 한국문학관련 논저들이다.[36]

게일이 회고한 현장은 애스턴이 "한국의 대중문학[the native Corean literature]과 관련된 책을 사려면 서울의 주요 도로를 따라 선 임시 가판을 찾거나 작은 상점들을 찾아야 한다. 작은 상점의 한국 대중 문학은

---

35 J. S. Gale, "The Turtle and the Rabbit", 『게일 유고』〈Box9〉(권순긍·한재표·이상현, 앞의 글, p.479)

36 W. G. Aston, "On Corean popular literature", *Transactions of the Asiatic Society of Japan* vol. XVIII, 1890 ; 岡倉由三郎, 「朝鮮の文學」, 『哲學雜誌』8券, 74號, 1893. 4 ; M. Courant, 이희재 옮김, 「서론」, 『한국서지』, 일조각, 1994(*Bibliographie Coréenne*, Paris : Publications de l'Ecole des Langues Orientales Vivantes, 1894~1896, 1901.)

종이, 담뱃대, 기름종이, 모자 덮개, 담배 주머니, 신발, 벼루 즉 간단히 말하면 한국 '잡화점'의 잡다한 물건들과 함께 판매용으로 진열된다"[37]라고 묘사한 현장에 근접했을 것이다. 그만치 당시 서울에서 거주했던 외국인들에게 경판본 고소설은 구매하기 어렵지 않은 서적이었다. 모리스 쿠랑의 『한국서지』에서 거론된 고소설 목록, 애스턴이 소장했던 고소설 목록[38]과, 『일지』 18~20권 소재 국문고소설 목록은 그리 큰 차이점을 보여주지 않는다. 또한 1900년 이후 게일의 논저에서 보이는 간헐적인 고소설에 관한 언급은 세 사람의 고소설 비평과 큰 차이점이 없다. 이를 잘 보여주는 것이 왕립아시아학회 한국지부 학술지 1호에 투고한 게일의 논문(1900)과 *North China Herald*에 투고한 글(1902)이다.

이제 오늘날의 대중 문학[the popular literature of the day]으로 들어가 보자. 고유어 표기로 적힌 책이 다루는 이야기의 대상과 장소는 거의 예외 없이 중국의 것이다. 도시 모든 곳에서 판매되는 가장 인기 있는 책 중에서 13권을 골랐다. 그중 11권이 중국 이야기이고 2권이 한국에 대한 이야기이다. 한국 여성들을 울게 만든다는 〈심청전〉마저도 1500년 전부터 내려온 주제[인용자 : 효 사상]를 5,000리도 더 떨어진 송나라로부터 끌어왔다.[39]

---

37 W.G. Aston, op.cit, p.103.

38 최근 애스턴이 수집·조사한 한국고서와 그가 편찬한 한국어학습서인 Korean Tales에 관한 다음과 같은 일련의 연구성과를 들 수 있다.(박재연·김영, 「애스턴 구장 번역고소설 필사본 『隨史遺文』 연구 : 고어 자료를 중심으로」, 『어문논총』 23, 2004; Uliana Kobyakova, 「애스턴문고 소장 『Corean Tales』에 대한 고찰」, 『서지학보』 32, 2008; 박진완, 「러시아 동방학연구소 애스턴 문고의 한글자료」, 『한국어학』 46, 2010; 허경진·유춘동, 「러시아 상트베테르부르크 국립대학과 동방학연구소에 소장된 조선전적에 대한 연구」, 『열상고전연구』 36, 2012; 허경진·유춘동, 「애스턴의 조선어학습서 『Corean Tales』의 성격과 특성」, 『인문과학』 98, 2013; 정병설, 「러시아 상트베테르부르크 동방학연구소 소장 한국 고서의 몇몇 특징」, 『규장각』 34, 2013; 김성철, 「19세기 후반~20세기 초반 서양인들의 한국 문학 인식 과정에서 드러나는 서구 중심적 시각과 번역 태도」, 『우리문학연구』 39, 2013)

한국은 소설(novels)도 신문도 없는 나라이다. 오늘날의 문학에 보조를 맞추느라 헛되이 노력하다가 정신적인 피로를 느끼는 이가 있으면, 이곳으로 와서 쉬시라. 100년 동안 정규적인 소설가가 이곳에서 살았다는 것이 알려진 바가 없다. 출판사와 저작권이 없다. 학자들은 단편적인 수필들을 거의 끊임없이 써 왔지만, 문학이 일상적인 삶을 다루는 통속적인 수준으로 떨어진 적이 거의 없었다. 통상 거리에 진열되어 팔리는 구어체로 적힌 책들[인용자 - 이야기책]이 사대부들에게는 끔찍하게 보인다.[40]

상기인용문의 논지는, 애스턴, 오카쿠라, 쿠랑의 논지와 그리 큰 차이점이 존재하지 않는다. 게일에게도 고소설은 일종의 대중문학이었다. 근대 인쇄물로는 부족한 인쇄 및 서지형태와 정서법마저 미비한 한글의 모습, 한국의 문인 지식층이 고소설을 한글과 함께 저급한 것으로 인식하는 정황 등은 게일 역시 대면했던 19세기 말 한국고소설의 출판·유통문화였던 것이다. 또한 게일 역시 소설 속 등장인물과 배경이 중국인 사실을 근거로, 중국문화에 대한 한국의 종속성을 말하고 있었다.[41] 게일, 애스턴, 쿠랑, 오카쿠라에게 고소설의 형상은 한국인 독자가 향유한 텍스트와는 다른 차원의 것이었다. 그들의 한국문학론에는 무엇보다 '한국문학'이라는 낯선 존재를 대면했던 문제적 상황 즉, 19세기 말 한국 출판유

---

39 J. S. Gale, "The Influence of China upon Korea", *Transactions of the Korea Branch of the Royal Asiatic Society* 1, 1900, p.16.

40 J. S. Gale, "Corean Literature", *The North China Herald and Supreme Court & Consular Gazette*, 1902. 6.11.(필자는 이 글에 대한 교정원고인 J. S. Gale, "Korean Literature"(1905), 『朝鮮筆景』(『게일 유고』《Box 8》)을 참조했다.)

41 이 점에 대해서는 이상현·이은령, 「19세기 말 고소설 유통의 전환과 '민족지'로서의 고소설」, 『비교문학』 59, 2013 ; 이상현, 「19세기 말 한국시가문학의 구성과 '문학텍스트'로서의 고시가-모리스 쿠랑 한국시가론의 근대학술사적 의미」, 『비교문학』 61, 2014; 이상현·윤설희, 「19세기 말 재외 외국인의 한국시가론과 그 의미」, 『동아시아문화연구』 56, 2014; 이상현·김채현·윤설희, 「오카쿠라 요시사부로 한국문학론(1893)의 근대 학술사적 함의」, 『일본문화연구』 50, 2014를 참조.

통문화의 현장을 접하며 서구적 근대문학개념을 통해 한국문학을 설명하고, 외국문학으로 이를 번역해야했던 그들의 곤경이 반영되어 있다. 한국문학을 서구의 객관적 학술문예의 지평에서 말하고자 할 때, 게일 역시 그 입장은 동일할 수밖에 없었다.

② 한국의 고소설은 서구인 장서가에게 있어 수집의 대상이었으며, 또한 한국의 민족성을 이야기하기 위한 학술적 연구대상으로 존재했다. 하지만 이렇듯 19세기 말 고소설 서적의 수집에는 또 다른 실용적인 목적이 있었음을 염두에 둘 필요가 있다. 당시 고소설은 서적의 형태로 외국인이 접할 수 있는 가장 풍성한 한글자료였다. 이에 따라 외국인들은 고소설을 한국어학습을 위한 일종의 교재로 활용했다.[42] 이 점은 게일에게도 마찬가지였을 것으로 추론된다. 물론 그가 한국어 학습과 관련하여 고소설을 활용했음을 직접적으로 보여주는 자료를 불행히도 필자는 발견할 수는 없다. 하지만 게일의 고소설 수집 시기는 그가 한국어를 학습하던 시기와 분명히 겹쳐져 있었다.

게일은 1888년 12월경에 송수경(宋守敬)에게 한국어를 배우기 시작했다.[43] 그는 40여년의 세월이 흘렀어도 이 한국어 학습의 첫 체험을 다음과 같이 잊지 않고 기억하고 있었다.

42 허경진, 이숙, 「19세기 러시아에서 출판된 조선어독본 〈춘향전〉에 대한 연구」, 『한국민족문화』 45, 2012; 정병설, 「18~19세기 일본인의 조선소설 공부와 조선관」, 『한국문화』 35, 2005; 유춘동, 「근대초기 고소설의 해외 유통문제」, "점필재연구소 학술좌담회 외국인의 한국고전학을 통해 한국고전의 근대와 미래를 논하다" 자료집, 2014.11.21.
43 J. S. Gale, 「1888년 12월 19일, 사랑하는 누나 제니에게, 서울에서」, 유영식 편역, 앞의 책, 33쪽.

…… 英語를 조곰도 通치 못하는 宋守敬이라하는 이를 先生으로 定하고 每日 硏究하는대 動詞로 말할 것 갓흐면 엇더케 有力한지 그 안즌 자리도 엇더케 다른 模樣이 잇는지 모든 말이 動詞로 되는 것갓기로 몬져 英語에 '쏘'(Go)하고 '컴'(Come)을 가지고 배호텨 하여서 뭇기를 "쏘'를 엇더케 말하오'하니짜 對答하는 말이 '간다'고 하오 하길내 내가 여러 번 '간다' '간다' 닉혀 본 後에 말하기를 '先生 내가 간다'하엿더니 宋先生이 하는 말이 '아니오' 하길내 내가 말하기를 '아까는 그러케 가라치더니 只今은 아니라하니 무슨 뜻이오'한즉 對答하는 말이 그런 境遇에는 '先生님 내가 감니다하여야 한다'고 합디다 …… 其後에 석달 동안을 宋先生의게 여러 가지 말을 배홧지마는 **實地로 交際上에서 배호지 못하여서 應用할 수 업는 죽은 말만 배혼 까닭에 헛 일이 되고 말앗지오**[이하 띄어쓰기는 인용자]**⁴⁴**

외국인의 입장에서 영어와는 다른 어순, 한국어의 경어법, 다양한 동사의 활용 등을 익히는 일은 쉽지 않은 것이었다. 3개월 정도의 시간을 투자했지만, 그는 여전히 한국인과 회화가 불가능했다. 그는 해주로 전도여행을 떠나기 전 언더우드의 집에서, 로스에게 세례를 받았으며 성서번역을 도왔던 개신교 신자 서상륜(徐相崙, 1848~1926)과 만났다. 그렇지만 서상륜의 말을 게일은 전혀 알아들을 수가 없었으며, 언더우드에게 "한 말도 알아듯지 못하겟소 석달이나 배혼 거시 그릿소 아마 當身은 朝鮮말을 永遠히 못배흘 듯하오"라는 혹평을 들어야만 했다. 그가 한국인과 회화가 가능해진 때는 1891년경으로 보인다.⁴⁵ 물론 이는 그가 한국인과 교류하며 한국어를 활용하는 경험을 축적해 나가면서 가능해진 것이다.

하지만 그는 텍스트를 매개로 한 한국어 학습을 병행했다. 한국어 회화가 가능해진 1891년경에도 그는 여전히 자신의 한국어 구사능력이 온전

44 奇一, 「나의 過去半生의 經歷」, 『眞生』 2(4), 1926.12, 10~11쪽.
45 유영식 옮김, 앞의 책, 82쪽.

한 것이라고 결코 여기지 않았다. 그 이유는 그에게 선교를 위한 한국어 학습의 목표는 더욱 더 원대한 것이었기 때문이다. 개신교 선교사들은 한국인의 구어에 기반한 한글(국문·언문)문어를 통해 성서번역을 수행하고자 했다. 미국 북장로교 선교부 소속이 된 이후 엘린우드에게 보낸 게일의 서간(1891.11.25.)을 보면, 당시 사도행전을 번역하던 그의 고민이 잘 드러난다. 그는 자신을 비롯한 개신교선교사들이 진행하고 있던 당시의 성서번역이 실패작이며 시험작일 수밖에 없다고 진단했다. 그 이유는 당시 번역위원회 중에 "최고로 어려운 조선말에 능통한 사람들이 없기" 때문이며, 그 사정은 그들의 현지인 조사(助師)들에게도 마찬가지였다. 왜냐하면 선교사들을 돕는 한국인들은 분명히 유능한 한학적 지식인들이었지만, 그들의 손을 통해 나온 번역 역시 다른 한국인들이 이해할 수 있는 번역은 아니었기 때문이다.[46] 즉, '국민어'란 차원에서 공유·소통되는 '성서를 번역할 한글문어'를 정초하는 작업은 개신교 선교사 나아가 당시 한국의 한학적 지식인들에게도 녹녹치 않은 난제였던 것이다.[47]

이를 위해 게일이 선택한 방법은 한문고전 학습이었다. 그는 자신의 한국어 학습을 위하여 틈틈이 한문고전을 익혔다. 그가 한국의 한문고전 세계를 공부한 시기는 1889년경 정도로 추정해볼 수 있다. 이 때 평생의 동반자 이창직(李昌稙, 1866~1938)을 만났고, 그에게 한국의 한글·한문·풍속을 배우기 시작했기 때문이다. 엘린우드에게 보낸 서간을 보면, 그는 한국에 온 이후 한문고전을 정기적으로 읽으며 배우고 있었다.(1891.11.25.) 게일은 1891년경부터 "매일 아침 두 시간 동안 한자를 공부하며 공자의 책을" 읽어, 1892년 즈음에 한문 복음서에 대한 독해가 가능해졌음을 말했

---

46 위의 책, 90쪽.

47 이 점은 이상현, 「언더우드의 이중어사전 간행과 한국어의 재편과정」, 『동방학지』 151, 2010, 238~259쪽을 참조.

다. 그의 한문고전 연구는 "한국의 문학을 알고자 하는" 작은 "노력의 일
환"이었다. 그는 한문을 모르고서는 "한국의 생활어[구어]를 온전히" 아는
것은 불가능하기에, 한문고전을 반드시 공부해야 한다고 여겼다.(1892.
4.20)[48] 물론 이처럼 텍스트를 매개로 한 한국어학습에 게일이 고소설을
활용했을 것이라고 단정할 수는 없다. 하지만 그의 한문고전 학습은 고소
설을 읽고 번역하는 실천과 분리된 행위가 아니었다. 이는 오히려 고소설
의 언어표현에 더욱 더 효율적으로 접근하는 방식이었음을 염두에 둘 필
요가 있다.

③ 게일의 한문고전 및 한국어 학습의 결실이 나오기 시작한 시기는
1893년 이후이다. 1894년 그는 한국어문법서를 출간했다. 이는 그가 최
초 한국어 학습에 있어서 대면했던 곤경, 한국어 동사의 활용[동사어미와
연결사 부분]에 초점을 맞춘 저술이었다. 더불어 1892년부터 진행한 성서
및 찬송가 번역, 『천로역정』의 번역 등을 들 수 있을 것이다. 여기서 개
신교 선교사만이 지니고 있었던 독특한 입장을 발견할 수 있다. 그들은
한국인에게 한국어로 그들의 복음을 전파해야 했다. 19세기 말~20세기
초 이처럼 한국인과 함께 한국의 언어문화 속에서 한국어를 '읽기-쓰기'
의 차원에서 공유(활용)해야 했던 게일의 입장은, 외국인 독자라는 시각
에서 서구의 문학개념을 통해 한국의 고소설을 논하는 입장 또한 '말하
기-듣기'란 차원에서 한국어 회화공부를 위해 고소설을 활용하던 입장
과는 변별되는 것이었다.

개신교선교사의 영미정기간행물에 수록된 게일의 한국문학론 "A Few
Words on Literature"(1895)에는 1900~1902년 게일의 글에서 보이던
외국인의 비평·학술적 입장과는 다른 시각과 접근법이 담겨 있다.[49] 게

---

48 유영식 옮김, 앞의 책, 98쪽.

일은 한국문학을 서구적 근대문학개념에 기반하여 이야기하거나 언어텍
스트로 한정하지 않고, 회화, 음악, 수학이라는 세 가지 측면에서 서양과
의 차이점을 설명하고자 했다. 나아가 '차이'를 열등한 것으로 환원시키
기보다는 '차이' 그 자체를 주목했으며, 무엇보다 동서양의 차이 속에서
한국(인)을 이해하고 그 소통의 지점을 모색하고자 했다. 물론 서구의 회
화, 음악, 수학이라는 기준에서 본다면, 한국(인)은 서구인과는 다른 존
재였다. 하지만 게일은 이 글에서 어디까지나 "한국인의 원리에 토대를
둔, 단순하고 정직한 문학"으로 "한국인의 마음에 이르기"를 제안했다.
또한 이 글에서는 중국고전과 함께, 1895년부터 게일이 번역하기도 했던
『남훈태평가』 소재 시조가 예시작품으로 등장한다.

　시조 및 찬송가, 성서와 『천로역정』의 번역은 언더우드와의 공동 작업
을 통해 만든 일상회화를 위한 휴대용사전(1890)만으로는 사실 불가능한
작업이었다. 한국에는 이처럼 영어를 쓰는 서구인이 활용할 문어용 대형
사전이 없었지만, 이를 해결할 수 있는 잠재된 번역 지평이 존재했다.
그것은 19세기 말 중국-한국 사이에 내재되어 있던 번역네트워크라고
말할 수 있다. 게일의 번역과정 속에 활용된 〈중국어성경 문리본(文理
本)〉, 〈천로역정 관화역본(官話譯本)〉, 자일즈의 중영사전 등의 존재는
이를 잘 보여주는 것이다.[50] 또한 이는 한문고전을 매개로 한 한국어 학
습, 한국인-게일 사이의 구어상황과도 맞물리는 것이었다. 사실 게일의
한국어 학습과 한국어의 활용은 한문과 한글이라는 이분법만으로는 엄

49 J. S. Gale, "A Few Words on Literature", *The Korean Repository* II, 1895.11.

50 류대영·옥성득·이만열, 『대한성서공회사』 II, 대한성서공회, 1994; 김성은, 「선교사
　게일의 번역문체에 관하여 -『천로역정』번역을 중심으로」, 『한국기독교와 역사』 31,
　한국기독교역사학회, 2009; 최문석, 「판식의 증언 -『텬로력뎡』번역과 19세기말 조선
　어문의 전통들」, 『대동문화연구』 78, 2012; 황호덕·이상현, 『개념과 역사, 근대 한국의
　이중어사전』 1, 박문사, 2012; 박정세, 「게일 목사와 『텬로력뎡』」, 『게일목사 탄생 150
　주년 기념 논문집』, 연동교회, 2013.

밀히 규정할 수 없는 행위였다. 왜냐하면 게일의 행위는 한국인의 회화 속에 내재되어 있는 한문고전의 흔적을 찾는 작업이며 동시에 한문고전 속에 들어있는 한국의 고유성, 한국화된 한문고전세계를 탐색하는 것이었기 때문이다.

이를 살펴볼 흥미로운 흔적이 『한영자전』(1897) 편찬 이후 서울로 선교지를 옮긴 게일의 이력 속에 남겨져 있다. 연못골교회의 담임목사였던 그는 『그리스도신문』의 편집주간과 경신학교를 담당했다. 이는 1902년 그가 비판했던 소설, 신문, 근대 교육의 부재란 한국의 현실에 스스로 직접 개입한 사건이었다. 『그리스도신문』과 경신학교의 교과서였던 『유몽천자』[51]에는 영미문학작품, 디포우(Daniel Defoe, 1659~1731)의 〈로빈슨 크루소〉가 다음과 같이 서로 다른 문체[순한글문체, 한문현토체]로 번역되어 있다.

> 그루소ㅣ 라ᄒᆞᄂᆞᆫ 스롬이 일쟁비로 ᄌᆞ긔집을 삼고 만경창파상으로 ᄯᅥ든니매 동셔남북에 뎡쳐가 업ᄂᆞᆫ지라 ᄒᆞ로ᄂᆞᆫ 주안버난틔스ㅣ 다 ᄒᆞᄂᆞᆫ 셤에 니르러 큰 풍랑을 맛나셔 비가 ᄭᅦ여질 ᄯᅢ에 온비사ᄅᆞᆷ이 몰스ᄒᆞ고 ᄌᆞ긔만 싱명을 보젼ᄒᆞ야 이 셤 언덕으로 올라가셔 대도회의 소문을 조곰도 돗지 못ᄒᆞ고 웃 하ᄂᆞᆯ과 아래 물이 셔로 련졉ᄒᆞᆫ 것만 보고 그 가운데셔 이십오년을 사랏시니 그 고싱ᄒᆞᆫ 거슨 말ᄒᆞ지 아니하여도 가히 알니로다 ……[52]

"그루소ㅣ 以浮家泛宅으로凌萬頃之滄波ᄒᆞ고朝東溟暮咸池ᄒᆞ야舟楫杳然

---

51 R. Rutt, op.cit, pp.379~380; 남궁원, 「선교사 기일[James Scarth Gale]의 한문교과서 집필배경과 교과서의 특징」, 『동양한문학연구』 25, 2007; 남궁원, 「개화기 교과서의 한자, 한자어 교수-학습방법」, 『한자 한문교육』 18, 2007; 진재교, 「중학교 한문교육용 기초한자 900자의 교과서 활용방안」, 『한문교육연구』 31, 2008를 참조; 김동욱, 「『유몽천자』연구 ― 한국어 독본으로서의 성격을 중심으로」, 부산대학교 석사학위논문, 2013을 참조.
52 「그루소의 흑인을 엇어 동모함」, 『그리스도신문』 1902년 5월 8일.

自此去—라가至于<u>주안난틔쓰</u>島ᄒ야爲風所破ᄒ야舟中一行은蒼茫間白鷗ᄒ
니無處賦招魂이라獨於島中에僅保身命ᄒ야不聞城市囂麗ᄒ고徒見上下天
光者ㅣ二十有五年이러니 ……"53

중국—한국어 사이의 빈역관계를 내재화힌『천로역정』의 '순한글문체'
번역이 열어 놓은 길은『그리스도신문』에서도 이어지고 있었다. 그리고
이는 후일 이원모와 함께 공역한『그루소표류긔』(1925)로 완성된 셈이
다.54 즉, 〈로빈슨 크루소〉는 게일이 한국인을 위해 번역한 영미문학의
대표작이었다. 하지만 더욱 주목해야 될 점은 다른 곳에 있다.『그리스
도신문』과『유몽천자』모두 로빈스 크루소가 프라이 데이를 구출하는 동
일한 장면을 기술하고 있다.『그리스도신문』의 〈로빈스 크루소〉는『유
몽천자』즉, 하나의 문장전범으로 교과서에 수록된 문체와 내용상 등가
물이었던 것이다.55『그리스도신문』의 '순한글문체'는『유몽천자』의 '한
문현토체' 속 한문전통과 일종의 번역적 관계를 지닌 문체였다.『그리스
도신문』의 순한글문체는『유몽천자』에 반영된 한국의 한문고전과 분리
되지 않은 것이었으며, 이는 고소설을 비롯한 옛 한글문체가 지니고 있

---

53 「第17科程 <u>그루소</u>之救一黑人作伴」,『유몽천자』3, 후꾸잉[福音]인쇄소, 1901.

54 로스 킹은 1920년대 이후 게일의 서구문학에 관한 한국어 번역에 관한 전반적인 고찰을
수행했다. 또한 이러한 게일의 실천에 놓인 그의 선교사적인 지향점을 제시했다.(Ross
King, "James Scarth Gale and the Christian Literature Society(1922~1927) : Salvific
Translation and Korean Literary Modernity (I)", Won-jung Min ed, *Una aproximacion
humanista a los estudios coreanos*, Santiago, Chile : Patagonia, 2014.)

55『유몽천자』에 수록된 〈로빈슨 크루소〉의 번역에는 언문 혹은 한글이 아니라 국한문
혼용체가 당시 미디어, 공식문서, 교육부가 출판하는 모든 책의 가장 기본적인 문체란
인식이 작용한 결과물이며, 일종의 문장전범으로서의 성격을 지닌 셈이다.(「언더우드
와 게일이 성서공회에 보낸 편지」(1903. 12. 30)) 즉, 한문현토체 〈로빈슨 크루소〉는
20세기 초 국한문체로 대변되는 근대 어문질서의 산물이었다. 또한 번역문학사란 관
점에서 볼 때, '문학작품의 번역'이라기보다는 '계몽교과서'라는 지향점이 상대적으로
더욱 강했던 것으로 보인다.

었던 한문고전과의 관계와도 동일한 것이었다.

④ 게일은 19세기 말 고소설·시조와 같은 한국의 한글문학을 대면할 수 있었다. 하지만, 1897년『한영자전』의「서문」에서 게일은 기록되어 전하는 한국의 구어자료를 찾기 어려웠음을 술회했다. 즉, 게일이 수집한 한국의 한글서적 속에서 그는 한국의 구어, 혹은 생활어 전반을 포괄할만한 언어를 발견하지는 못했던 셈이다. 그렇지만 한국의 구어를 수집하는 것이 아니라 한글문어를 정초하는 과정 속에서 사정은 동일한 것은 아니었다. 물론 1909년 한국의 전환기에 출판된 게일의 저술에서도 여전히 한국어는 자신들의 언어와 같이 "고정화된 일련의 법칙과 인쇄문헌에 의해 인위적으로 구성된 언어"가 아니었으며, 성서를 완역할 수 있는 언어는 아니었다. 그렇지만 한국어는『로마서』와『갈라디아서』와 같은 교리서의 번역은 어렵지만, 예수의 일화를 담은 복음서와 생활의 단순한 모습은 충분히 아름답게 그릴 수 있는 언어였다.[56] 즉, 그가 한국어에 느낀 결핍은 국문이 서구의 추상적 개념을 전달하는 데 있어서의 어려움, 혹은 한문과 달리 학술어로 쓰이지 않았던 오랜 전통 및 관습 차원에서의 문제였지, 결코 구어를 재현하거나 시가 및 소설과 같은 문학어의 문제에 있던 것이 아니었다.

그에게 고소설은 그가 참조해야 될 중요한 문학적 형식이자 모델이었다. 하지만 이러한 인식을 가능하게 한 것은, 그의 한국어 활용과 근대 한국어문질서의 전변이었다. 1910년대에 이르러 국문으로 성경전서의 완역은 성취되었고, 이에 대한 개정작업이 진행되고 있었다. 1910년대 게일은 한국인의 말과 문헌 속에 내재된 한국인의 원시적 유일신 관념을

---

56 J. S. Gale, 신복룡 옮김,『전환기의 조선』, 집문당, 1999, 31쪽(*Korea in Transition*, New York : Eaton & Mains, 1909, pp.21~22)

탐구했다. 1911년 첫 성경전서의 출판기념식에서 게일은 '하ᄂ님'이란 용어가 한국인이 성경을 잘 받아들이게 된 첫째 요인으로 지적했다. 이는 무교의 범신론적 '하ᄂ님'을 기독교적 유일신 '하ᄂ님'으로 변형시킨 것이며, 유일신이라는 새로운 용례로 사용한 것이다. 단군신화로부터 그 연원을 찾을 수 있는 한국인의 구어 속 유일신 관념은 한국의 한문전통 속 '천(天)', '신(神)'이란 한자에 담긴 한국인의 사유와도 맞닿아 있는 것이다. 그는 이를 기독교의 섭리와 계시를 예비하며 성취시킬 과거 한국인에게 내재되었던 원시적 유일신 관념으로 수용한다. 이러한 일련의 과정 속에서 한국문학에 관한 그의 논리가 정립된다.[57]

성서번역에 있어서 게일의 조선어풍에 맞는 언어사용과 '자유역(Free translation)'이라는 번역원칙은 '축자역(Literal Translation)'을 주장한 진영과의 논쟁을 불러일으킨 원인이었다. 그렇지만 그에게 있어 이 번역의 원칙이 결코 '등가성' 혹은 '원본에 대한 충실한 직역'을 완연히 배제한 차원은 아니었다. 다만, 그 충실히 재현할 대상이 사전이 제시해 주는 개별 어휘와 어휘의 단위가 아니었을 뿐이다. 그에게 번역이란 "감각 (sense)을 다른 나라 말로 새기는" 행위였다. 여기서 '감각'은 '불변의 본질'(the constant quality)을 의미했다.[58] 이러한 번역 원칙은 그의 고소설 번역실천에 있어서도 동일했다. 이 점은 본래 게일의 〈구운몽 영역본〉을 출판해주기로 했던 시카고 오픈 코트(The Open Court)사의 편집자인 폴 카루스와 주고받은 서간이 잘 말해준다. 폴 카루스는 게일의 〈구운몽 영

---

57 옥성득, 「초기 한국교회의 단군신화 이해」, 이만열 편, 『한국기독교와 민족통일운동』, 한국기독교역사연구소, 2001; 류대영, 「선교사들의 한국종교이해, 1890~1931」, 『한국 근현대사와 기독교』, 푸른역사. 2009; 이상현, 「한국신화와 성경, 선교사들의 한국신화 해석」, 『비교문학』 58, 2012.

58 J. S. Gale, 유영식 옮김, 「번역의 원칙」, 앞의 책, 318~319쪽("The Principles of Translation", 1893.9.8.)

역본〉에 관심을 보이며, 게일에게 질문했다. 그 요지는 번역자 게일이 원본에서 생략하고, 자신의 견해를 개입시킨 점이 있는지 그 여부였다. 게일은 이 질문에, 그는 자신의 견해에 맞춰 원본을 가감한 사항이 전혀 없으며, 그가 오로지 노력한 것은 오직 동양의 마음을 충실히 반영하고자 한 것이라고 말했다.[59] 이러한 게일의 답변 속에는 그의 일관적인 한국문학에 관한 인식과 번역적 지향점이 잘 반영되어 있다.

동양[한국]의 심층[마음]은 게일이 지속적으로 탐구한 연구대상이었으며, 종국적으로 그가 이를 발견한 것은 한국의 한문고전세계였다. '원본의 감각을 훼손하지 않는 충실한 번역'은 게일의 한국고전 영역전반에 투영할 수 있는 번역지향이었고, 〈춘향전〉을 비롯한 국문고소설 역시 예외는 아니었다. 즉, 게일의 영역은 번역양상을 보아도 문장단위로 저본대비가 불가능한 과거 알렌의 고소설 영역본과는 다른 성격이었다. 무엇보다도 게일의 번역실천에서 영미문학과 한국문학의 관계는 '차이 속에서 대등함'을 전제로 성립한 것이었다. 「찰스 디킨스와 동양의 작가들」("Charles Dickens and Oriental Writers")이라는 글의 제명이 시사하듯, 그가 소개한 김만중, 이규보와 같은 한국문인지식층의 한국문학 속에서의 위상은 게일이 평생 흠모한 작가 찰스 디킨스(Charles Dickens, 1812~1870)의 작품이 차지하는 영미문학 속에서의 위상과도 동일한 것이었다.

그렇지만 이러한 게일의 인식이 그의 입국초기부터 비롯된 것은 아니었다. 또한『게일 유고』에 수록된 한글필사본 고소설은 과거 경판본 고소설과는 결코 동일한 것이 아니었다. 경판본 고소설을 필사한 자료이지만, 본래 판본에는 없는 한자를 병기하고 한자음을 표기한 점, 정서법에 있어서 차이점을 보이고 있다. 이러한 차이점은 일차적으로 번역자 게일에게 번역저본으로 유용성을 증가시키기 위한 것이었다. 한글로만 표현

---

[59] J. S. Gale, "Charles Dickens and oriental writers",『게일 유고』〈Box 9〉, pp.4~5.

되며 그 의미가 명백해지지 않은 부분, 음성화되어 은폐된 한자를 병기 시켜 주었기 때문이다. 하지만 더욱 주목해야 될 점이 있다. 한글필사본 의 한글표기는 그가 발행한 사전에 대등되는 한자음 표기이자 그의 문법 서가 제시해주는 문법적 표지의 역할을 담당하는 것이었다. 요컨대, 고 소설의 언어는 본래 경판본 고소설과 달리 근대적 어문규범을 지닌 시각 화된 서면(書面)언어로 변모되어 있었다. 이 자료들은 근대 인쇄물에 새 겨진 고소설이자 하나의 문어로 정립된 국문의 새로운 형태로, 실은 한 자와 한글의 혼용표기를 보여주는 이해조의 『옥중화』와 대등한 근대적 언어였다.

이는 한국 언어질서의 급격한 변모에 의해 이끌린 것이기도 했다. 한 영사전을 편찬한 인물답게 게일은 한국어의 변모를 체감하고 있었다. 그 가 지적한 한국 문어의 변모원인은 첫째, 중국고전이 한국인의 삶에서 소멸되고, 둘째, 구어의 힘이 증대되었으며, 셋째, 일본을 통해 옛 한국 인이 꿈조차 꿀 수 없었던 근대 세계의 사상과 표현들이 다가온 것이었 다. 그는 새롭게 등장하는 한국의 근대어문학을 긍정적인 시선으로 보지 않았으며, 오히려 서구[일본]에 오염된 형태로 인식했고 소멸되어가는 한 국의 한문고전세계를 절망적으로 바라보았다.[60] 게일의 고소설 번역실 천 이후 1920년대 출현한 그의 한국문학론에서, 고소설은 한국문학의 중요한 일부로 포괄되며 다음과 같이 새롭게 형상화된다.

> 문학적 관점으로 보아, 이 작품(인용자 – 『천리원정』)은 문학에는 전적으로 무지한 누군가에 의해 작성된 형편없는 작품이다. 〈홍길동전〉과 같은 옛 이야기는 잘 숙련된 저자의 손에 의해 잘 쓰였지만 오늘날의 것은 그렇지 못하다.[61]

---

60 이상현, 『한국 고전번역가의 초상, 게일의 고전학담론과 고소설 번역의 지평』, 소명출 판, 2012, 255~279쪽.

여기서 고소설은 근대소설과 대비되며, 그가 보기에 더 훌륭한 작가의 문장전범이자 문학어로 표상된다. 그 이유는 그가 한국문학의 본령이라고 여겼던 한문고전과 그에게 이를 가르쳐 주었던 한국 한학자의 언어에 고소설의 언어는 한국의 근대어보다는 부응되는 것이었기 때문이다. 그가 보기에, 고소설은 한문고전을 학습한 작가의 작품으로 고대 중국의 역사와 신화적 전고(典故)를 간직하고 있었다. 또한 고소설의 문체는 경서언해(經書諺解)의 전통에서처럼 한문을 읽을 때 활용되던 연결어미와 종결어미를 지니고 있으며, 한국의 한문문리와 분리되지 않은 언어였던 것이다.[62] 게일의 출간물 및 그의 유고 속에 보이는 고소설 번역 실천에는 19세기 말 동시대적 향유물이자 대중적 독서물이었던 고소설이 근대의 새로운 '고전'이자 '국민문학'으로 정립되는 역사, 고소설의 언어가 고전어로 변모되는 흐름이 놓여 있었다. 그는 한국에 주재한 다른 외국인들과 달리 이처럼 변모되는 고소설의 위상에 조응할 수 있었고, 당시로서는 보기 힘든 번역수준을 보여 주었다. 그 근간은 19세기 말부터 한국에서 고소설을 수집하고 읽고 이를 활용하며, 번역했던 개신교선교사로서의 오랜 체험으로 말미암은 것이었다.

나아가 1910년대부터 1920년대에 이르는 기간 동안 게일의 한국문학 연구 더불어 한국어와 영어 사이를 횡단한 그의 번역실천은 한국인에게 복음을 전파하는 선교사로서의 실천과 분리되는 것이 아니었다. 게일의

---

61 J. S. Gale, 황호덕·이상현 역, 「J. S. 게일, 「한국문학」(1923)」, 『개념과 역사, 근대 한국의 이중어사전』 2, 박문사, 2012, 168쪽("Korean Literature", *The Christian Movement in Japan, Korea and Formosa*, Kobe : Federation of Christian Missions in Japan, 1923.)

62 J. S. Gale, "Korea Literature(1) – How to approach it", *The Korea Magazine* I, 1917. 7, pp.297~298 ; "The Korean Language", *The Korea Magazine* II, 1918. 2, p.54. ; 그는 한국의 근대어에서 옛 조선의 한글(諺文)에는 한문을 읽을 때 쓰이는 '~세, ~하여금, 이에, 가로되'와 같은 연결어미와 종결어미를 더 이상 볼 수 없게 되었고, 한문고전과 한글언문·국문이 결별하게 되었음을 지적한 바 있다.

한국문학론을 통해 발견할 수 있는 '말=순간=외면'과 '글=영원=내면'이라는 논리적 기반 속에서 그에게 한국문학은 어디까지나 후자에 대응되는 것이었다. 즉, 글로 씌어져 전래되던 한국의 고전은 그에게 한국민족이 간직해야 될 문화적 정수이자 정신[조선혼, 내면, 영혼]이었다. 따라서 그에게 서구[일본]에 의해 오염되어가는 한국어·문학이란 당대의 문화현상은 단순히 언어·문학의 오염이 아니라, 한국민족 정신의 소멸이자 타락을 의미했다. 요컨대 한국고전을 소개하고자 했던 그의 영어 번역과 옛 한글문체[고소설 문체]를 고수했던 그의 한국어 번역, 두 번역적 실천은 그가 입국초기부터 경험했던 '옛 조선에 대한 복원'이었으며 종국적으로 그가 보기에 근대적 전환기 속에 타락해가는 '한국어문학=한국민족의 영혼'을 구원하고자 한 그의 실천이었던 것이다.

4. 맺음말

본고의 목적은 게일의 고소설 번역과 그의 번역실천을 둘러싼 '통국가적인 문맥'에 관해서 살펴보는 것이다. 특히, 캐나다 토론토대 토마스피셔 희귀본장서실에 남겨진 『게일 유고』에는 출판되지 않은 다수의 고소설 영역본에 주목하여 게일의 선교와 고소설 번역이란 두 실천이 지닌 상관성을 살피고자 했다. 그 연구결과는 두 가지로 요약된다. 첫째, 『일지』 18~20권에는 경판본 고소설이 저본으로 추정되는 다수의 고소설영역필사본들이 보인다. 『운영전』, 『심청전』, 『토생전』 영역본에는 게일의 치열한 교정의 흔적이 남겨져 있다. 『게일 유고』 속에는 〈춘향전 영역활자본〉과 더불어 이 3편의 번역물과 관련된 타자기로 작성된 또 다른 교정원고가 존재한다. 이는 『일지』의 친필원고를 근간으로 게일이 활자화

[재번역]한 자료였다. 즉, 이 일련의 번역물은 단순히 게일의 초역물을 집적해 놓은 것이 아니라, 교정 및 재번역 과정을 거쳐 활자화 혹은 출간을 지향한 게일의 흔적이 새겨져 있는 자료였던 것이다. 그 속에는 고소설을 번역 출간하고, 1910년대 근대화되기 이전 '옛 조선'의 문명을 보존하고자 한 게일의 지향점이 존재했다.

둘째, 게일의 출간물 및 유고 속에 보이는 1917년 이후 게일의 고소설 번역실천이 지닌 의미를 살펴보았다. 그의 번역실천은 고소설이 근대의 고전으로 정립되는 역사와 고소설의 언어가 고전어로 변모되는 흐름에 부응한 것이었다. 그의 고소설 번역은 한편의 문학작품 번역이라는 지평 속에서 원본의 감각을 충실히 직역하려는 번역적 지향을 보인다. 그 근간은 19세기 말부터 한국에서 고소설을 수집하고 읽고 번역했던 그의 한국 체험으로 말미암은 것이었다. 그는 근대문학을 내면화한 서구인 독자란 입장을 고수할 수 없었다. 왜냐하면 그는 19세기말 ~ 20세기 초 한국 언어-문화 속에서 성서, 찬송가 등을 한국인 독자에게 한국어로 번역해야 했던 개신교 선교사였기 때문이다. 따라서 그에게 고소설은 한국인을 이해하고 한국어를 학습하기 위한 교과서이자, 동시에 한국인에게 복음을 전할 중요한 문학적 형식이자 전범이었던 것이다.

게일의 『청파극담(靑坡劇談)』
영역(英譯)과 그 의미

1. 머리말

게일의 *Korean folk tales : imps, ghosts and fairies*(1913)에는 『천
예록』 소재 37편의 야담이 영역되어 있다. 그 이외에도 『청파극담』 소재
필기 13편, 출처를 명확히 밝히지는 않았지만 야담 3편-『청구야담』 소
재 「이조대학현방지사(李措大學峴訪地師)」, 「대인도상객도잔명(大人島商客
逃殘命)」, 「임장군산중우녹림(林將軍山中遇綠林)」-이 수록되어 있다.[1] 게
일 『청파극담』 영역본의 참고저본은 조선고서간행회(朝鮮古書刊行會)가
1911년에 출판한 『대동야승(大東野乘)』이다.[2] 이는 게일이 번역한 『천예

---

1 J. S. Gale, *Korean folk tales* : *imps, ghosts and fairies*, New York : J. M. Dent
& Sons, 1913 ; 게일의 이 저술에 대한 대표적 논의들을 정리하면 다음과 같다. 정용수,
「『천예록』 이본자료들의 성격과 회수 문제」, 『한문학보』, 2002 ; 이상현, 「『천예록』,
『조선설화 : 마귀, 귀신 그리고 요정들』 소재 「옥소선·일타홍 이야기」의 재현양상과
그 의미」, 『한국언어문화』 33, 2007 ; 「제국의 조선학, 정전의 통국가적 구성과 유통-
『천예록』·『청파극담』 소재 이야기의 재배치와 번역·재현된 조선」, 『한국근대문학
연구』 18, 2008 ; 백주희, 「J. S. Gale의 「Korean folk tales」 연구 : 임방의 『천예록』
번역을 중심으로」, 성균관대 석사논문, 2008.
2 J. S. Gale, op.cit, p.ⅶ.

록』의 경우처럼 그 저본을 분명히 확정할 수 없는 사정과는 다르다. 즉,
『청파극담』은 게일이 선택·배제한 제재 혹은 해당 단락을 다른 번역 사
례에 비해 상대적으로 더욱 명징하게 살필 수 있는 연구대상이다. 또한
이미 선행연구에 의해, 게일이 번역대상으로 선정한『청파극담』의 해당
단락(화수대비)이 제시된 바 있다. 또한『천예록』·『청파극담』에 대한 게
일의 영역본은 의당 원본들과는 다른 그의 변별된 편찬의식이 개입된 사
례란 점과 신비로운 동양문화를 묘사하고자 기이한 이야기를 모아 출판
한다는 게일의 편찬의식을 밝혔다.[3] 하지만『청파극담』소재 필기 13편
에 대한 게일의 번역양상과 편찬의식은 두 가지 측면에서 심화, 보충될
필요가 있다.

첫째, 게일의 편찬의식 속에 반영된 개신교 선교사로서의 입장을 보다
면밀히 살펴볼 필요가 있다. 게일의『천예록』·『청파극담』영역에는 게
일의 단편적인 이력과 서문만으로는 살필 수 없는 맥락들이 존재한다.
1910년대를 기점으로 게일의 한국 한문고전을 보는 시각과 인식이 변모
되며, 향후 그가 한문전적의 수집, 조사, 연구에 주력하게 되는 변모의
맥락이 있다.[4] 그 중요한 계기 중 하나는 '성취론'이라는 한국 개신교 선
교사의 한국종교 담론이다.[5] 즉, 우리는 게일의 한국학 연구, 개신교 선
교사의 한국종교 연구라는 맥락에서 게일의 *Korean folk tales*에 투영된
게일의 편찬의식을 고찰할 것이다.

둘째, 이륙(李陸, 1438~1498)의『청파극담』은 임방(任埅, 1640~1724)의
『천예록』과는 상당히 다른 면모를 지니고 있는 텍스트란 사실을 감안할

3 정용수,『청파 이륙 문학의 이해』, 세종문화사, 2005, 65~169쪽.

4 R. King,「James Scarth Gale, Korean Literature in Hanmun, and Korean Books」,『해외
한국본 고문헌 자료의 탐색과 검토』, 삼경문화사, 2012, pp.237~263.

5 이상현,「한국신화와 성경, 선교사들의 한국신화 해석-게일의 성취론과 단군신화 인식
의 전환」,『비교문학』58, 2012, 41~81쪽.

필요가 있다. 무엇보다 두 저술은 상당한 역사적 층차와 작품성향을 지니고 있다. 『청파극담』이 '사대부 의식과 그 생활정감'에 바탕한 견문의 기록을 저술의식으로 삼고 있다면, 『천예록』은 이와 같은 문학사적 기반을 지니면서도 보다 서사적 지향성을 지니고 있는 작품이기 때문이다.[6] 이와 관련하여 필기·야담집을 함께 엮어 놓은 게일의 *Korean folk tales*에는 『천예록』에 담긴 면모와는 다른 한국의 모습을 담기 위해, 『청파극담』을 번역한 지점이 있음을 또한 논해보고자 한다. 이를 위하여 우리는 세 가지 탐구를 수행해볼 것이다. 2장에서는 게일이 『청파극담』의 무엇(어떤 해당단락)을, 왜 번역했는지를 살펴볼 것이다. 이를 바탕으로, 3~4장에서 그가 번역한 『천예록』과의 공통점과 차이점은 무엇인지를 살피도록 할 것이다.

2. 『청파극담』 해당 단락 선정의 경향

게일이 *Korean folk tales*에서 이야기의 출처를 이륙의 것으로 밝힌 작품은 총 13편이다. 이 작품들은 『청파극담』에 수록된 내용을 근간으로 삼아 번역된 것이다. 이와 관련하여 *Korean folk tales* 전체 작품의 수록 순서를 정리해보면, 임방의 저술로 출처를 밝힌 『천예록』 수록작품과 작자 미상의 작품 3편이 *Korean folk tales*의 1~39번 작품으로 먼저 수록되어 있다. 뒤를 이어 40~52번에 배치된 작품들이 『청파극담』에 해당된다. 물론 『천예록』 소재 「잠계봉중일타홍(簪桂逢重一朶紅)」이 마지막 번역 작품이기는 하다. 하지만 「잠계봉중일타홍」은 「소설인규옥소선(掃雪因窺玉簫仙)」과 『천예록』에서 임방의 후미평문과 함께 한 쌍의 유화(類話)로

---

6 신상필, 「필기 양식의 기록성과 그 미의식의 전개양상」, 『동방한문학』 49, 2011.

배치된 작품이다. 게일은 *Korean folk tales*에서 「소설인규옥소선」을 책
을 여는 첫 번째 작품으로, 「잠계봉중일타홍」을 책을 닫는 마지막 작품으
로 배치했다. 이러한 점을 감안해 본다면, 게일은 *Korean folk tales*에는
『천예록』 소재 작품에 이어서 『청파극담』 소재의 작품을 번역·수록한
셈이다. 『청파극담』과 관련된 *Korean folk tales*의 영문제명, 해당되는
원본단락, 그에 대한 제재 및 내용 등을 정리해보면 다음과 같다.[7]

[표1] Korean folk tales에 번역된 『청파극담』의 해당단락 및 세부유형

Korean folk tales		청파극담		
수록 차례	영문제명	단락 번호	제목 (표제어)	세부유형 (내용)
40	God's way	11	有一村氓	稗說(說)1 (벼락 맞아 죽은 포악한 농부)
41	The Old Man In the Dream	14	權宰相弘	稗說(逸)1 (權弘의 영험한 꿈)
42	The Perfect Priest	27	有僧藍縷	稗說(逸)2 (慈悲僧의 奇行)
43	The Propitious Magpie	32	人言家之午地	稗說(逸)3 (까치집과 벼슬의 관계)
44	The 'Old Buddha'	46	崔政丞潤德	稗說(逸)4 (崔潤德의 淸儉)
45	A Wonderful Medicine	50	蓬原府院君	稗說(說)2 (鄭昌孫 집안의 鬼禍)
46	Faithful Mo	45	駙馬河城府院君	稗說(說)3 (安倫의 사랑)
47	The Renowned Maing	62	孟政丞思誠	稗說(逸)5 (孟思誠의 청빈과 도량)
48	The Senses	65	目圓而瑩	辨證(物)1 (五官의 기능)

---

7 『청파극담』에 대한 기존논의로는 정용수의 같은 책과 이래종, 「『靑坡劇談』의 文獻的
檢討」, 『大東漢文學』 34, 2011이 있다. 여기서는 이래종의 단락 구분과 유형화에 의거
하여 제시해보도록 한다. 즉, 95개로 단락을 구분하고, "稗說(逸話, 說話), 野史(典故),
詩話, 辨證"으로 구분한 유형화 방식에 따르기로 한다.

49	Who Decides, God or The King?	80	太宗	稗說(逸)6 (하늘이 정하는 사람의 運命)
50	Three Things Mastered	70	宗室任城正	稗說(逸)7 (任城正의 技藝)
51	Strangely Stricken Dead	51	有金德生者	稗說(說)4 (귀신으로 화한 金德生)
52	The Mysterious Hoi Tree	52	坡城君宅	稗說(說)5 (坡城君 집안의 鬼神)

게일은 『청파극담』의 해당 단락의 범위에 맞춰 화수를 구성하고 이를 충실하게 번역했다. 다만 예외적인 사례가 "The Propitious Magpie"(Korean folk tales43(『청파극담』32))[8]이며, 해당단락의 전체를 번역하지 않았다. 이에 해당되는 부분과 그 번역양상을 제시해보면 다음과 같다.

辛卯년 봄에 까치가 와서 부의 남쪽 뜰 나무 위에 집을 지으므로, 나는 웃으면서 말하기를, "까치집이 영험이 있다는 것은 옛 부터 있었던 말이요, 내가 일찍 증험이 있었으니, 府中에서 모두 복을 받을 것이 틀림없다." **하니, 한 대장이 말하기를, "이 까치집은 동쪽으로 조금 치우쳤으니 아마 執義를 위한 것이라."하더니, 과연 집의 柳輕이 承旨를 배수하였다.** ……(『청』32)[9]

In the spring of 1471 magpie came and built their nest in a tree just south of my office. I laughed and said, "There is a spiritual power in the magpie surely, as men have said from olden times and as I myself have proven.(KFT43)[10]

---

8 이하 『청파극담』의 해당 단락에 대한 번역양상을 말할 때는, *Korean folk tales*는 KFT로, 『청파극담』은 『청』으로 약칭하도록 한다.

9 게일의 번역본과 대비해볼 원본은 1911년 조선고서간행회에서 간행한 연활자본을 대본으로 민족문화추진회에서 발간한 『청파극담』번역본, 『대동야승』 권2, 민족문화추진회, 1967를 활용하도록 한다. 『청파극담』, 100~101쪽. "歲辛卯春, 鵲來巢於府之南庭樹上, 余笑曰: '鵲巢有靈, 自古言之, 某亦曾驗, 府中當共受福無疑.' 有一臺長曰: '此巢稍近東, 似爲執義也.' 執義柳輕果拜承旨."

이륙의 언급 이후 밑줄로 강조한 부분 이하를 생략한 것이 유일하게 해당 단락의 범위를 벗어난 예외에 속한다. 선행연구에서 제시한 필기의 유형화에 의거해 게일이 번역한 해당 단락들을 정리해보면, 패설(稗說) 12편(일화(逸話) 7편, 설화(說話) 5편), 변증(辨證) 1편이다. 패설의 번역이 다수를 점하고 있는 셈이다. 이는 본래『청파극담』총 95화 가운데 84화를 점하고 있는 유형이 패설이라는 본래의 상황과 관련된다. 하지만 보다 세부유형에 의거해보면, 게일의 해당단락 선정에는『청파극담』과는 다른 맥락이 분명히 존재한다.

총 76화인 '패설(일화)'에 대한 번역이 7편에 불과하다. 즉,『청파극담』에서 가장 많은 비중을 차지하는 유형이라고 할 수 있는 단락들, 서술하고자 하는 "사대부의 성품 때문에 일어나는 간단한 사건"들을 다룬 일화(逸話)를 번역한 작품이 지극히 한정적이다. 권홍(權弘)이 꾼 기이한 꿈(KFT41,『청』14), 승려 남루(藍縷)와 관련된 일화(KFT42,『청』42), 천명(天命)에 관한 일화(KFT49,『청』80)는 이에 해당되지 않는다. 전술했던 "The Propitious Magpie"(KFT43,『청』32) 이외에 해당되는 것을 들자면 3편에 불과하다. "The 'Old Buddha'"(KFT44,『청』46), "The Renowned Maing"(KFT47,『청파극담』62), "Three Things Mastered"(KFT50,『청』70)가 그것이다.[11]

즉, *Korean folk tales*가『청파극담』과는 전혀 다른 성격의 저술이란

---

10 J. S. Gale, op.cit, p.201.

11 "The Propitious Magpie"(KFT43,『청』32) 역시 까치에 대한 한국인의 관습적인 관념을 소개하는 데 주된 목적이 있다. 또한 "The 'Old Buddha'"(KFT44,『청』46)는 사대부의 성품으로 인한 사건을 말하는 대목과의 관련성 즉, 崔潤德의 淸儉보다는 "古佛"이란 어휘에 주목한 것으로 보인다. 원문에서는 "옛날 풍습에 노인을 古佛이라고 하였는데, 아들이 아버지를 말할 때에도 역시 그렇게 불렀었다."(『청파극담』110쪽, "俗謂老人古佛, 子之稱父, 亦然.")을 게일은 다르게 파악했기 때문이다. 게일은 최윤덕의 별칭으로 간주했다.(J. S. Gale, op.cit, p.203 "The old Buddha was special name by which this famous minister was known.") 더불어 게일은 野史, 詩話에 해당하는 단락을 전혀 취하지 않았다.

점을 암시해준다. 필기의 저자이기도 한 사대부가 공유했던 미의식과는
변별되는 측면이 분명히 존재하는 것이다. 그렇다면 게일의 편찬의식은
무엇일까? 그의 편찬의식을 짐작해볼 가장 중요한 점은 총 8화에 불과한
'패설(설화)'에 대한 번역이 5편이나 된다는 사실이다. 이 유형은 기이한
이야기에 초점이 맞춰져 있으며, 『천예록』과 가장 겹쳐지는 부분이다.
*Korean folk tales*의 「서문」에서 『천예록』을 다음과 같이 소개한다.

> 임방의 이야기들에 대한 오래된 필사본 하나가 1년 전 번역자의 손에 들어
> 왔고, 지금 본 역자는 미스테리, 많은 이들이 말하는 아시아의 비합리성을 소개
> 하는 에세이로 쓰일 수 있도록 서양에 이 저서를 내놓는다. 사실 그 중 몇 가지
> 이야기는 정말로 소름끼치고 추하기도 하지만 임방 자신과 과거[-인용자: 그리
> 고 현재까지] 많은 한국인들이 살아 왔던 정황을 충실하게 그리고 있다.[12]

게일은 *Korean folk tales*의 출판과 관련하여, "한국에 24년 이상 머
무른 후에도, 나는 이 기이함과 여전히 내가 살고 있는 이 세계에 이 이
야기들이 진실로 받아들여지고 있다는 점에 충격을 받고 있다. 그러나
나는 이를 설명할 두드러지며 명확한 표현을 찾을 수가 없었다."[13]고 언
급한 편지를 동봉했다. 이것은 동양에 관한 하나의 자명한 진실로 출판
관계자들에게 인식된 셈이다. 게일의 영역본은 비현실적인 기이함을 여

---

12 J. S. Gale, op.cit, p. vii.
　"An old manuscript copy of Im Bang's stories came into the hands of the translator
　a year ago, and he gives them to the Western world that they may serve as introductory
　essay to the mysteries, and, what many call, absurdities of Asia. Very gruesome indeed,
　and unlovely, some of them are, but they picture faithfully the conditions under which
　Im Bang himself, and many past generations of Koreans, **have lived.**"

13 R. Rutt, *James Scarth Gale and his History of the Korean People*, Taewon
　Publishing Co., 1972, p.50. "After a residence in Korea of over twenty-four years,
　I am struck by oddity and yet the faithfulness of these stories to world that I have
　live in, but have been able to find so marked and definite an expression for."

전히 믿고 있는 한국인을 보여주기 위해, 설화집으로 출판유통된 것이었
다. 이는 게일의 저술에 포함된『청파극담』과『천예록』의 중요한 연결고
리였다.

　그 번역에는 개신교 선교사의 종교적 관심이 놓여 있었으며, 게일이
Korean in Transition(1909)에서 언급한 '한국인의 영혼숭배 신앙'과 긴
밀히 관련된다. 그가 보기에 한국에서 "귀신은 곳곳에 충만해 있다. 도깨
비가 많아 온갖 곳에 나타나 장난을 친다. 죽은 혼들이 여기저기서 나타나
며 유령이 주위를 맴돈다. 언덕, 나무, 강은 물론이고 질병이나 땅속과
허공에 각기 의인화된 정령이 있"**14**다. 이러한 게일의 진술에 부합되는
이야기들이 *Korean folk tales*에는 다수가 포함되어 있다. 이는『천예록』
과『청파극담』을 함께 번역하여 출판할 수 있는 중요한 계기였던 것이다.
물론 이 속에는 한국인의 미신신앙, 신비로운 동양을 서구인에게 보여준
다는 의도가 분명히 존재했다. 하지만 이는 한국의 속담·구전설화, 무속,
민간신앙을 통해 한국인의 고유성을 이해하려고 한 개신교 선교사의 시도
이기도 했다.

　또한 *Korean folk tales*에는 서로 다른 두 문화, 개신교 선교사와 한국의
한문지식층 사이에 접촉의 지점이 분명히 존재했다. 비록 *Korean folk
tales*는 설화집으로 유통되었지만, 게일은 그가 번역한 작품들이 문자문
화의 산물임을 분명히 알고 있었다. 여기서『청파극담』의 영역은『천예록』
을 보완하는 역할을 동시에 담당했다. 사대부의 생활양식, 문예취미, 공감
대가 게일의 관심사와는 완연히 일치되지는 않았을 것이지만, 필기는 "견
문을 잡기한 기록류"이자, "문인학자의 서재에서 형성된" "사대부의 생활
의식을 그 내용으로 삼"는 장르라고 할 수 있다.**15** 이 필기의 자유로운

---

14 J. S. Gale, 신복룡 역,『전환기의 조선』, 집문당, 1999, 60쪽.(*Korea in Transition*,
　New York: Eaton&Mains, 1909)

형식과 게일의 한국 한문고전에 대한 애호는 하나의 접점을 지니고 있었던 것이다. 이 점을 잘 보여주는 것이 변증(辨證)에 해당되는 『청파극담』의 해당단락을 게일이 번역한 사실이다. 또한 필기의 미의식인 "기록의 진실성과 신뢰성"을 지닌 기사체였던 사정도 게일이 후일, *A History of the Korean People*(1927)를 저술함에 있어 『청파극담』의 세 개의 해당단락 (KFT40, 42, 46)을 인용하게 했다는 점도 염두에 둘 필요가 있다.

3. 한국인의 민간신앙과 개신교 선교사의 성취론

게일은 『청파극담』에서 패설(설화)에 해당되는 해당 단락을 집중적으로 번역했다. 또한 패설(일화)일지라도 사대부 개별 인물들의 성품으로 말미암아 발생한 사건이 아닌 다른 내용을 담고 있는 해당단락에 주목했다. 사실 이러한 유형의 선정은 그의 영역본에 『천예록』을 함께 묶은 가장 중요한 이유라고 말할 수 있다. 먼저 게일이 『천예록』과 『청파극담』을 함께 말하고 있는 *Korean folk tales*의 「서문」의 내용을 발췌해보면 다음과 같다.

> 동양의 깊은 정신세계(영혼)를 보기를 원하는 사람, 그들과 함께 거하는 영적인 존재들을 보고자하는 사람에게 이 이야기들(인용자–『천예록』과 『청파극담』)은 머나먼 동양의 큰 세 가지 종교인 도교, 불교 그리고 유교에서 태어난 것들로, 진정한 안내자가 될 수 있을 것이다.[16]

---

15 임형택, 「李朝前期의 士大夫文學」, 『한국문학사의 시각』, 창작과 비평사, 1984, 414~415쪽.

16 J. S. Gale, *Korean folk tales*, p.7. "To anyone who would like to look somewhat into the inner soul of Oriental, and see the peculiar spiritual existences among which he lives, the following stories will serve as true interpreters, born as they are of the

「서문」을 보면, 게일이 번역한 것은 이야기이지만 그가 번역한 이야기를 통해 보여주고자 했던 동양(한국)의 모습은 이야기 그 자체가 아니다. 그가 번역한 이야기들은 한국의 '외견 혹은 피층'만으로 접할 수 없는 한국의 모습을 보여주려는 것이었다. 이 이야기들은 한국인의 심층에 근접한 것이며, 극동의 종교(도교, 불교, 유교)에 그 문화적 연원을 두고 있었다. 게일의 「서문」은 그가 담고자 한 한국이 어떠한 것인지를 잘 말해준다. 그가 저술을 통해 묘사하고자 했던 것은 한국(동양)인의 심층, "동양(인)의 마음 속 영혼(깊은 정신세계)"(the inner soul of Oriental)이며, 또한 '한국인들과 함께 하는 영적인 존재들'(spiritual existences)이다. 물론 실제 그가 제시한 이야기들은 한국인의 영혼보다는 영적인 존재들이었지만, 이 역시도 한국인의 심층이며 동양의 위대한 세 종교에 그 문화적 연원이 존재하는 것이다.

한국인이 말하는 영적인 존재들에 대한 이야기가 왜 한국인의 심층이며, 그것의 연원이 어째서 동양의 종교(유교, 불교, 도교)인지의 문제는 후술하도록 하며, 먼저 게일이 언급한 가장 구체적인 지점이라고 할 수 있는 영적인 존재들 그 자체에 주목해보도록 하자. 이 영적인 존재를 단적으로 말해주는 것은 게일이 부제로 단 "Imps, Ghosts and Fairies"이다. 본래 게일은 Korean Imps, Ghosts and Fairies라는 제명으로 그의 책을 출판하려고 했었다. 그렇다면 그가 말하고 싶었던 한국의 "Imps, Ghosts, Fairies"라는 영적인 존재들은 무엇을 지칭할까? 이러한 영어 어휘만으로는 그가 담으려고 했던 영적인 대상들이 가리키는 바를 우리는 분명히 감지할 수 없다. 그것은 오늘날 이 영어단어에 부응하는 한국어 어휘들 즉, 도깨비, 귀신, 요정들에 한정할 수 없는 개념차원이기 때문이다.

게일이 이 어휘들에 대해 담고자 한 것은 원문에 수록된 한자를 설명

---

three great religions of the Far East, Taoism, Buddhism and Confucianism."

할 수 있는 영어 어휘이자 서구적 개념이었을 것이다. 그렇지만 동시에 이는 당시 개신교 선교사들이 체험했던 한국에서의 삶과 한국인의 말 속에 깃들어 있는 개념에도 부응하는 의미를 지니고 있었다. 게일이 보기에, 『천예록』, 『청파극담』에 수록된 이야기는 과거의 것이 아니라, 현재 한국인에게서도 엿볼 수 있는 사유였기 때문이다. 이러한 역사적인 차원에서 영어 어휘의 이면에 놓인 개념을 추적하려고 할 때, 가장 유력한 참조저술은 당시 한국의 언어-문화를 체험하며 이를 기반으로 서구인이 발행한 영한사전이다. 게일의 저술이 출판된 1910년대까지 영한사전을 통해 이를 정리해보면 다음과 같다.[17]

[표2] Imp, Ghost, Fairy에 대한 영한사전의 풀이

	Underwood 1890	Scott 1891	Jones 1914
Imp	×	×	×
Ghost	독갑이	×	(apparition)혼(魂) : 혼빅(魂魄) : 요물(妖物) : 요괴(妖怪)
Fairy	×	×	신션(新鮮)[神仙의 오자로 보임 -인용자]

---

17 이하 영한사전은 *Korean folk tales*의 출간을 전후로 한 1914년 존스의 사전까지를 기본적으로 제시하는 것을 원칙으로 한다. 다만, 필요시 그 이후의 사전들 속 대응관계도 보여줄 것이다. 그 약호와 서지사항을 제시해보면 다음과 같다.

Underwood 1890 : H. G. Underwood, 『한영ᄌ뎐』(*A Concise Dictionary of the Korean Language*), Yokohama: Kelly and Walsh, 1890.

Scott 1891 : J. Scott, *English-Corean dictionary : being a vocabulary of Corean colloquial words in common use*, Corea : Church of England Mission Press, 1891.

Jones 1914 : G. H. Jones, 『英韓字典영한ᄌ뎐』(*An English-Korean dictionary*), Japan : Kyo Bun Kwan, 1914.

Gale1924 : J. S. Gale, 『三千字典』(*Present day English-Korean : three thousand words*), 京城 : 朝鮮耶蘇教書會, 1924.

Underwood 1925 : H. G. Underwood & H. H. Underwood, 『英鮮字典』(*An English-orean dictionary*), 京城 : 朝鮮耶蘇教書會, 1925.

　상기 영한사전에 수록되지 않은 "Imp"는 1925년 출판된 원한경(H. H. Underwood)의 영한사전에서 "귀신(鬼神), 샤마(邪魔), 요귀(妖鬼), 아귀(餓鬼)"로 풀이된다. "혼(魂)"과 "혼백(魂魄)"을 제외할 경우 실상 Ghost와 겹쳐지는 개념이라고 말할 수 있다.[18] *Korean folk tales*에 수록된 『천예록』의 제재와 대비해본다면, 『청파극담』에는 선계(仙界)의 신선(神仙)을 지칭하는 "Fairies"에 해당되는 영적 대상은 없다. 하지만 『청파극담』에도 "Imps"와 "Ghosts"에 대응되는 혼령(魂靈), 귀물(鬼物), 귀신(鬼神)에 부응하는 것들이 등장한다. 두 영문표제어, 그리고 이에 대한 한글풀이에 상응하는 『청파극담』의 해당 단락을 정리해볼 필요가 있다. 한국인과 함께 거하는 영적인 존재를 번역한 부분들로 볼 수 있는 것은 총 5단락(KFT 41(『청』14), 45(『청』50), 46(『청』45), 51(『청』51), 52(『청』52))이다. 이는 다시 『청파극담』해당단락의 제재, 이에 대한 게일의 번역양상을 통해 세 가지로 나누어서 볼 수 있다.

　첫째, 죽은 이의 혼(魂靈)이다. 가장 대표적인 것이 하성부원군(河城府院君)의 여종이 그녀가 연모한 사인 안윤(安倫)에게 죽은 후 다시 나타난 사건이다. 게일은 이를 "Faithful Mo"(KTF46)라는 제명으로 번역했으며 그의 초점이 하성부원군의 여종 모라는 점을 알 수 있다. 게일이 「서문」에서 언급한 내용을 감안한다면, 사망한 자가 다시 나타남과 귀신을 제재로 삼은 이후의 내용이 중요한 번역동기였다고 추정된다. 게일은 후에 그의 한국역사에 관한 서술에서도 『청파극담』의 해당단락을 언급한 바 있다.[19] 여기서 그의 초점은 어디까지나 한국인의 사유, 망자가 현세에 나타난다는 믿음에 맞춰져 있었다.

18　참고로 원한경의 영한사전에서 Ghost는 "독갑이, 유령(幽靈), 령혼(靈魂), 귀신(鬼神)"으로 풀이된다.(Underwood 1925)

19　J. S. Gale, *A History of the Korean People*, The Christian Literature Society of Korea, 1927, p.479.

이와 함께 생각해볼 수 있는 해당 단락은 김덕생(金德生)이 죽은 뒤 그
의 후실이 재혼하려는 남편을 죽인 사건이다. 게일은 이에 "Strangely
Stricken Dead"(KFT50)란 제명을 붙였다. 영문제명에 붙여진 '무기로 죽
임' 즉, '격살(擊殺)'이란 의미는 김덕생의 친구가 '꿈속에서 만난 김덕생
과의 사건'이 잘 반영된 셈이다. 죽은 김덕생이 집안에 도둑이 들어 활로
쏘아 죽였음을 말하고 피 묻은 화살을 보여준 사건이 초점인 것이다. 요
컨대, 『청파극담』의 해당단락 2편을 게일이 번역한 계기는 모두 죽은 이
의 영혼, 망자를 다시 만난 사건에 있었다. 그 구체적 번역양상을 살피기
위해서, 『청파극담』에서 안윤과 죽은 하성부원군 여종이 만나는 대목을
"Faithful Mo"(KTF46)와 비교해보면 다음과 같다.

> 후에 윤은 어둠을 타서 성균관으로부터 홀로 광효전(廣孝殿) 뒤 재를 넘어
> 집으로 들어오는데, 때마침 첫 가을이라 산 달이 반쯤 나오고 주위는 고요하
> 며 행인도 끊어졌었다. 윤은 죽은 여종이 그리워져서 애닯게 읊조리는데, 조
> 그마한 발자취 소리가 소나무 사이에서 나오므로, 자세히 살펴보니 바로 죽은
> 여종인 모였다. **윤이 그가 죽었음을 오래 전에 알았으므로, 분명 귀신이려니 하**
> **였지만** 너무도 슬픈 탓으로 더 의심도 않고, 그의 손을 잡으면서 말하기를,
> "어찌 여기까지 왔소." 하였는데, 바로 보이지 않으니 윤은 목 놓아 통곡하였
> 다. 이로 말미암아 상심으로 병이 나서 여러 해 동안 먹지 못하다가 죽었다.[20]
> (『청』45)

> ⋯⋯ he was returning from the Confucian Temple to his house over
> the ridge of Camel Mountain. It was early autumn and the wooded tops
> were shimmering in the moonlight. All the world had sunk softly to rest

---

20 『청파극담』, 108~109쪽. "後倫, 乘昏自成均館後獨行, 踰廣孝殿後嶺還家. 時適初秋, 山
月半吐, 萬彙欲寂, 行人逡絶. 倫方悼念某, 悲憤嘯詠, 微有履聲, 出於松間, 審視之則
乃某也. 倫久知其死, **明是鬼假, 然以篤念之故,** 不復致疑, 就執其手曰: '何以至此也.'
因忽不見. 倫失聲痛哭, 由是病起於傷心, 食不得下咽, 數歲歿."

and no passers were on the way. An was just then musing longingly of Mo, and in heartbroken accents repeating love verses to her memory, when suddenly a soft footfall was heard as though coming from among the pines. He took careful notice and there was Mo. <u>An knew that she was long dead, and so must have known that it was her spirit</u>, but because he was so buried in thought of her, doubting nothing, he ran to her and caught her by the hand, saying, "How did you come here?" but she disappeared. An gave a great cry and broken into tears. On account of this he fell ill. He ate, but his grief was so great he could not swallow, and a little later he died of a broken heart.[21](KFT46)

안윤이 만난 여성의 혼, 원문의 "鬼"를 게일은 "spirit"으로 번역하였다. "鬼"는 1914년 게일이 출판한 한자-영어사전에서 "Spirits-as of the dead etc. A ghost ; a bogy. Evil spirits ; devils"로 풀이된다.[22] 이러한 게일의 번역양상은 사전 속 풀이에 부합되는 것이라고 말할 수 있다. 하지만, 그의 한자-영어사전에 수록된 한자만으로는 표현될 수 없는 맥락이 분명히 있다. 이 점을 말하기 위해서는 영한사전 속에서 spirit의 한국어 역어들을 정리해볼 필요가 있다.

---

21 J. S. Gale, *Korean folk tales*, p.206.

22 게일의 한영사전은 J. S. Gale, 『韓英字典』(*A Korean-English Dictionary*), Yokohama: The Fukuin Printing CO., L'T., 1911를 활용하도록 하며, 부산대학교 인문한국 [고전번역 + 비교문화학연구단]이 구축한 웹 사전을 활용하도록 한다. (http://corpus.fr.pusan.ac.kr/dicSearch/, 김인택, 윤애선, 서민정, 이은령 외, "웹으로 보는 한영자뎐 1.0", 저작권위원회 제호 D-2008-000027-2, 2009) 게일의 한자-영어사전은 『韓英字典』(*A Korean-English dictionary*(*The Chinese Character*)), 京城 : 朝鮮耶蘇教書會, 1914를 활용도록 한다. 이하 양자를 각각 Gale 1911과 Gale 1914로 약칭하도록 한다.

[표3] Spirit에 대한 영한사전의 풀이

Underwood 1890	Scott 1891	Jones 1914
령혼, 무움, 심, 본성, 싱명, (liquor)쇼쥬	(soul)혼, 혼령, 신녁, (energy)정신, 정긔, 귀신, 신령	령혼(靈魂): 혼(魂): 정(生靈): (incorporeal part of man, according to Confucianism) 혼빅(魂魄): (intelligent being not connected with the body) 신령(神靈): 신(神): (heavenly being) 텬신(天神): (evil) 악귀(惡鬼): (elf) 요귀(妖鬼): 괴물(怪物): 요물(妖物): (masterfulness) 긔셰(氣勢): 호긔(豪氣): 용긔(勇氣): (energy) 원긔(元氣): (inward intent) 진의(眞意): 신슈(神髓): 정신(精神): (alchohol) 정쥬(精酒): 쥬정(酒精)

Spirit은 스콧의 사전(1891)에서 부터 한국인의 내부와 외부란 두 가지 서로 다른 개념적 층차로 나누어지는 모습을 보여준다. 또한 존스(G. H. Jones)의 영한사전을 보면, 그들이 spirit이란 어휘를 통해 말할 수 있는 영적인 존재를 지칭하는 한국어가 많아졌음을 발견할 수 있다. 영한사전의 편찬자 중에서 존스는 한국인의 종교연구에 중요한 위상을 점하는 인물이기도 했다. 그의 사전은 spirit이 지닌 다양한 개념층위를 구분하여 이에 근접한 한국어를 말해주고 있다.

존스의 개념층위에서 나눈 구분을 보면, 그는 유교에 의거하여 인간의 보이지 않는 부분(incorporeal part of man, according to Confucianism)을 뜻한다며, 이에 상응하는 어휘로 "魂魄"을 제시하고 있다. 이 '혼백'이라는 어휘는 게일이 해당 단락의 '鬼'를 번역하고자 제시한 spirit을 가장 적절히 풀이해주는 의미였다. 즉, 서구의 영혼과 등가물은 아니지만 대비해 볼 수 있는 인간의 내부를 지칭하는 맥락을 지니고 있었다. 게일의 저술인 *Korean in Transition*(1909)을 보면, 게일은 '魂魄'이 서구인들과는 다른 동양의 영혼관이란 사실도 알고 있었다. 이 동양의 영혼(soul)은 서구인들의 영혼 즉, 유일신의 관계 속에 존재하며 살아있는 사람의 육체 속에 깃든 정신, 혼이 아니라, 어디까지나 죽은 자의 것이었다.

이와 관련하여 '鬼'에 대한 다른 번역양상을 주목해볼 필요가 있다. 그것은 두 번째 유형이라고 말할 수 있다. 봉원부원군(蓬原府院君) 정창손(鄭昌孫)이 체험한 다음과 같은 사건이다.

> 봉원의 집[蓬原府院君 鄭昌孫 - 인용자]에 **요사스런 귀신**이 갑자기 나타나서, 작은 벼슬아치가 오기만 하면 **귀신**이 대낮에도 덤벼들어, 모자를 벗기어 부수며 돌을 던지곤 하였으므로, 온 조정에서도 매우 괴이한 일이라고 생각하였다. **부원군이 다른 집으로 피신하고, 살귀환(殺鬼丸)을 불에 태워 재앙을 물리치니(①)**, 그 요사스러운 일이 없어졌으며, 그 후 5·6년이 지난 지금까지도 아무 일이 없고, 부원군도 무병하고 건강하다.(『청』51)[23]

> Prince Cheung's home was suddenly attacked by **goblins and devils**, and when a young official came to call on him, **these mysterious beings** in broad daylight snatched the hat from his head and crumpled it up. They threw stones, too, and kept on throwing them so that all the court was reduced to confusion. <u>Prince Cheung made his escape and went to live in another house, where he prepared a special medicine called sal-kwi-whan(Kill-devil-pills), which he offered in prayer.</u> From that time the **goblin**s departed, and after five or six years no sign of them has reappeared. Prince Cheung, too, is well and strong and free from sickness. (KFT45)[24]

---

23 『청파극담』, 111~112쪽. "蓬原宅有**鬼妖**忽作. 有小官來, **鬼**白晝輒脫其帽, 碎之而投石不已, 擧朝大怪之. 君避寓他家, 燒殺鬼丸以禳之, 其**妖**遂息, 至今五六年, 而竟無他事, 君亦强康無恙矣."

24 J. S. Gale, op.cit, p.204. ; 물론 게일은 본래 『청파극담』이 지녔던 攘鬼法(①)을 온전히 직역하지는 않았다. 즉, 살귀환을 불에 태워 재앙을 물리치는 것이 아니라, 기도와 함께 '살귀환殺鬼丸이라 불리는 특별한 처방(medicine)을 했다.' 정도로 번역했다. 하지만 그의 전반적인 번역양상은 원문에 충실한 편이다.

여기서 기이한 영적인 존재는 사람의 魂魄이라고는 말할 수 없는 대상이다. 게일은 "妖"를 "goblin"으로 일관적으로 번역했으며25, "鬼"의 경우는 "devils", "mysterious being"으로 번역했다. 재화를 일으킨 이 정체모를 "鬼"에 대하여 게일은 하성부원군의 여종, 죽은 김덕생의 혼과는 다르게 번역한 셈이다.

게일이 『청파극담』에서 선택한 또 다른 영적인 대상이 있다. 그것은 세 번째 유형으로 볼 수 있는데, 동식물과 관련된 '꿈속에서 늙은 노인으로 나타난 자라', '홰나무의 정령'들이다. 게일은 각 해당단락에 대하여 "The Old Man In the Dream"(KFT 41, 『청』14)와 "The Mysterious Hoi Tree"(KFT 52, 『청』52)라고 제명을 붙였다. 이 중에서 인간의 혼백을 지칭하는 spirit의 또 다른 번역방식을 발견할 수 있는 것이 "Mysterious Hoi Tree"(KFT 52)이다.

> 아마도 사청 앞에 나타난 무사들은 모두 **귀신**이었으며, 붙들고 집으로 보내준 장부도 역시 홰나무에 의탁하여 化身한 **귀신**이었는가 한다.(『청』52)26

> He then learned, too, that all the crowd of archers were **spirits** and not men, and that the tall one who had befriended him was a **spirit** too, and that he had come forth their particular Hoi tree.27

'spirit'을 투영한 대상이 '죽은 이의 혼', '자연에 깃든 정령'이었던 셈이다. 동일한 '鬼'라는 한자어의 번역임에도 이야기가 알려주는 신비로

---

25 妖(요괴로올) Supernatural ; magical ; bewitching ; uncanny. Beautiful ; strange ; calamity(Gale 1914)
　　goblin 독갑이(獨脚) : 헷갑이(Jones 1914)
26 『청파극담』, 112쪽. "蓋射廳前較射者皆衆鬼, 而扶還一丈夫, 亦鬼之托於槐樹者也."
27 J. S. Gale, op.cit, p.218.

운 존재의 정체에 따라 게일은 다른 번역을 수행한 셈이다. 이러한 영적인 존재들은 비단 과거의 이야기가 아니며, 현재 개신교 선교사들이 체험한 한국인의 종교와도 긴밀히 관련되는 바가 있는 것이다.

Korea in Transition(1909)에서 Spirit은 한국인의 신앙 속에서 한국의 천지만물과 모든 장소에 거하는 귀신들(Demons), 원한을 품고 죽은 망령(the spirit of the dead)들을 포괄적으로 규정해주는 어휘였다. 그것은 한국이라는 장소와 한국인의 신앙 속에서 보이지 않는 영적인 존재들을 범칭하는 것이었다. 비록 이러한 한국인의 신앙은 미신으로 규정되지만, 이러한 그들의 탐구 속에서 한국은 종교가 없는 시공간이 아니었다. 그 속에는 그들의 서구 개신교적 종교개념의 틀이 아니라 그들이 체험한 한국의 종교를 기준으로 이를 기술하는 과정이 놓여 있었기 때문이다. 게일 역시 *Korea in Transition*(1909)에서 유대·기독교적 유일신에 관한 종교개념과 다른 층위를 한국에 투사시켰다. 그것은 "인간 안의 '영성'의 문제"(the spiritual in man)가 아니라 "인간을 초월한 다른 '영적인 것들'"(other spirits over and above him)에서 본다면, 한국인이 심히 종교적인 사람들이라는 지적이다.[28]

그가 『청파극담』을 통해, 제시하려고 한 바는 한국인의 말, 관념 속에 거주하는 영적인 존재들이었으며, 이들을 거론한 종국적인 지향은 한국인의 종교를 말하기 위해서였다. 이 영적인 존재들에 대한 한국인의 인식은 한국인의 신앙을 말하는 데도 중요한 지점이었기 때문이다. 물론 한국인의 신앙과 그들의 종교적 신앙은 대등한 것은 아니었다. 그렇지만 이는 한국인의 본질이자 심층이었다. 또한 한국인의 신앙, 종교는 동양의 삼교와 분리되는 것이 아니라, 오히려 "불교, 도교, 영혼숭배, 神聖, 風水地理, 점성술, 물신숭배 등이 복합된 '조상숭배'라는 이상한 종교"였

---

[28] J. S. Gale, 신복룡 역, 앞의 책, 60쪽.

다. 이러한 조상숭배는 "한국인의 밑바닥에 깔려 있는 신앙은 원시적인 영혼 숭배 사상이며 그 밖의 모든 문화는 그러한 신앙 위에 기초를 둔 상부 구조에 불과"한 것이며 "精靈說, 샤머니즘, 拜物敎的 미신 및 자연 숭배 사상을 일반적으로 포함하는"[29] 원시적인 영혼숭배사상과 등치되는 것이었다.

이처럼 한국인의 내부 영혼, 외부에 놓인 영적인 대상들에 대한 한국인의 인식을 통해 한국인의 종교를 발견했다는 진술은 서구인과 대등하지 못한 영혼관 그리고 유일신을 지니지 못한 한국인의 모습, 즉 한국인이 서구와 대등하지 못한 종교를 지녔다는 인식이 기저에 깔려 있는 것으로 보일 수 있다. 이는 서구 중심적이며 한국인의 종교를 타자화한 오리엔탈리즘처럼 비춰질지도 모른다. 또한 민간신앙 및 무속을 향한 그들의 시각은 그러한 측면과 여지를 충분히 지니고 있다. 하지만 이러한 게일의 진술은 오랜 기간 동안의 한국체험을 통해 진전된 서구인의 한국종교이해가 일정량 반영된 것이다. 이는 외견상으로 보면, 종교가 없어 보이는 한국에서 종교를 발견하려는 그들 나름의 시도이기도 했다. 그 속에는 "성취론(fulfillment theory)"이라는 관점이 놓여 있었다. 그것은 종교하강설이나 종교진화론과는 변별되는 한국 개신교 선교사들의 종교관이었다. 이는 1910년 에딘버러 세계선교사대회(World Missionary Conference in Edinburgh)에서 개신교 선교사들이 공식적으로 채택하고 한국의 선교사들이 수용했던 입장과 관점이다.

성취론은 비기독교적 종교전통, 타종교가 가진 진리, 윤리, 계시의 흔적들에 대해 복음에의 준비이자 기독교와 대화할 수 있는 접촉점들로 주목하며, 기독교가 유대교의 율법과 예언을 완성, 성취했듯이 타종교의 근본적인 영적 갈망과 예언을 완성시킨다는 입장이다.[30] 동양의 종교가

---

29 H. B. Hulbert, 신복룡 역, 『대한제국멸망사』, 집문당, 1999 469쪽.

지니고 있었던 "원시계시와 원시 유일신론이 시간이 갈수록 하강하여 다신론, 범신론, 우상숭배로 변모되었다"는 '종교 하강설 내지 타락설' 그리고 이와는 다소 상반된 종교이론 즉, "다신론, 범신론, 토테미즘, 애니미즘에서 유일신론으로 진화했다"는 종교 진화론과는 그 입장이 변별된다. 성취론의 관점에서는 그들은 종교를 신과의 관계라 맥락에서 기독교를 유일한 종교로 보는 종교개념을 구가하지 않았다. 무엇보다 유가 지식층이 남긴 과거의 흔적은 개신교와 분리된 동떨어진 것이 아니게 되기 때문이다. 그것은 복음 전래 이전에 유대기독교와 대등한 진리를 담지한 과거의 목소리였다. 게일은 이 점을 잘 수용한 인물이며 한국의 한문고전 속에서 그 자취를 발견하고자 가장 노력한 선교사였다. 한문문헌 속 "天·神"이라는 한자에 담긴 한국인의 천신(天神)관념에는 하나님의 계시가 담겨져 있는 것이었다. 그것은 고대 이스라엘 사람들이 여러 가지 이름으로 자신들의 신을 부른 것과 마찬가지로, 한국인들도 유일신을 불렀던 사례였던 것이다.[31] 민간신앙, 조상제사는 분명히 겹쳐질 수 없는 지점이었지만, 유가 지식층의 사유와 개신교 선교사 양자의 소통의 지점이 없는 것은 아니었다. 『청파극담』에는 이 소통·교류의 지점이 존재했다.

---

30 북미 복음주의 신학 속에서 성취론이 지닌 의미와 형성과정, 한국주재 개신교 선교사의 한국종교연구와 성취론의 관계에 대해서는 류대영, 「선교사들의 한국종교이해, 1890~1931」, 『한국 근현대사와 기독교』, 푸른역사, 2009, 150~156쪽과 옥성득, 「초기 한국교회의 단군신화 이해」, 이만열, 『한국기독교와 민족통일운동』, 한국기독교역사연구소, 2001, 209~315쪽을 참조.

31 J. S. Gale, "The Korean's View of God", The Korea Mission Field 1916. 3.

4. 한국인의 '천신(天神)' 관념과 기록·전승된 마음의 역사

1910년을 기점으로 게일의 한국학단행본을 비롯한 논저들에서 그 중심은 한국의 한문고전이 중심을 이루게 되며, 한국민족의 형상이 변모된다. 문명화되어야 할 미개한 한국인이 연원이 오래된 '종교, 희문, 문학을 지닌 민족'으로 달라진다. 한국의 고전은 이를 정당화해주는 하나의 준거점이었다. 또한 게일의 한국고전 읽기 혹은 번역이 이끌어준 지점이기도 했다. 여기서 번역이라는 문제는 단어와 단어라는 축자적 차원을 의미하지 않는다. 오히려 종교·역사·학문이라는 근대적인 분과학문을 구성하는 추상적인 개념어의 치원을 함의한다. 그것은 문명·문화의 번역이라고 말할 수 있으며, 문명·문화를 구성하는 작업이라고도 할 수 있다.[32]

이렇듯 게일이 보여준 한문고전에 대한 인식의 전환과 한국관의 변모가 엿보이는 그의 저술은 *Korea Magazine* 1917년 7~8월호에 수록된 한국문학론이다. 그렇지만 『천예록』과 『청파극담』의 영역 속에도 그 단초들이 분명히 내재되어 있다. 이와 관련해서 게일의 마지막 저술이라고 할 수 있는 역사서술 속에 재배치된 『청파극담』의 해당단락을 주목할 필요가 있다. 먼저, "Faithful Mo"(KTF46)란 제명으로 번역한 『청파극담』의 해당단락이다. 사실 하성부원군 여종과 안윤의 이야기는 다채로운 면모를 지니고 있다. 일례로, 게일의 번역제명을 보면, 안윤을 연모하여 죽음을 택하고 죽어서도 다시 나타난 여종 모(某)의 절개와 정절 역시도 게일의 선택·번역 동기라고 추측해볼 수 있기 때문이다. 이 번역 속에는 게일이 소통했던 이륙이라는 유가 지식층과의 접점이 잘 보인다. 게

---

32 이 점에 대해서는 이상현, 「제국들의 조선학, 정전의 통국가적 구성과 유통」, 『한국근대문학연구』 18, 2008을 참조.

일은 여종 모에 대한 이륙의 다음과 같은 논평을 그대로 번역했기 때문
이다.

　　무릇 절개를 지키다가 생명까지 바쳤으니, 비록 사족(士族)의 부녀로 예법
을 지키는 가문에서 생장하였더라도 능히 행하기 어려운 바인데, 이 여자는
천한 여종으로 처음 애당초 예의(禮義)와 정신(貞信)이 어떤 것인지 모르고,
다만 구구히 그의 남편을 위하는 마음으로, 한 남편만 좇고 다른 데는 가지
않기로 하여 죽어가면서까지 욕됨이 없었으니, 옛 열녀인들 어찌 이보다 더하
겠는가.(『청』45)[33]

　　"Faithful unto death was she. For even a woman of the literati, who
has been born and brought up at the gates of ceremonial form, it is a
difficult matter enough to die, but for a slave, the lowest of the low,
who knew not the first thing of Ceremony, Righteousness, Truth or
Devotion, what about her? To the end, out of love for her husband, she
held fast to her purity and yielded up her life without a blemish. Even
of the faithful among the ancients was there ever a better than Mo?"[34]

　　번역자 게일이 이륙의 여성에 대한 인물평을 수용한 사실을 알 수 있
다.[35] 이는 또한 『천예록』과의 접점이기도 했다. 조상제사라는 측면을

---

33 『청파극담』 109쪽. "雖士族婦女生長於禮法之門, 有所難能, 而此女以婢僕之賤, 初不
知禮義貞信之爲何物, 而只以區區爲夫之心, 從一不它, 至於隕身而無辱, 雖古之烈女,
何以加之."

34 J. S. Gale, *Korean folk tales*, pp.206~207.

35 게일은 『청파극담』에 기녀와 관련된 단락, 남녀 관계와 관련된 습속을 알 수 있는 부분들
을 번역하지 않았다. 이와 관련하여 "Faithful Mo"(KTF46)를 번역했던 이유는 『천예록』에
수록되어 있던 사대부와 기녀의 애정담(「簪桂逢重一朶紅」, 「掃雪因窺玉簫仙」)과도 겹
쳐지는 측면이 있다. 비록 게일은 임방의 후미평문을 번역하지는 않았지만, 여성인물들
의 절개와 지조를 긍정적으로 평가했기 때문이다.

제외한다면, 사실 한국의 유가 지식층과 개신교 선교사의 분명한 접점이 있었다. 게일은 『천예록』에 수록된 임방의 후미평문을 함께 번역한 바 있기 때문이다. (KFT 4, 6, 27, 28, 29, 39)[36] 이 중 한 편(KFT 27)을 제외할 경우, 초자연적 현상인 기이함(怪力亂神)에 관한 임방의 논평을 게일이 번역했음을 알 수 있으며, 이에 관해 게일이 동의하고 있었음을 의미한다. 이 번역된 논평과 이야기 진행 속에서 임방은 기이(奇異)를 경이(驚異)로 수용하기보다는 인식적으로 패배하지 않는 모습을 보여주는데, 이 점을 게일은 감지한 셈이며 그것은 그의 사유와도 어긋나지 않는 것이었다.[37]

게일 역시도 민간신앙 속에서 음사의 대상으로 규정되는 영적인 대상들에 대한 임방의 유가적 합리주의적 시선을 동의할 수 있었던 것이다. 더불어 『청파극담』에는 『천예록』에서 발견할 수 없는 내용이 있었다. Korean folk tales에서 이야기를 엄선한 저술 성격상 의당 '辨證'에 해당되는 부분은 실리지 않았을 것으로 보인다. 하지만 1편이 번역·수록되어 있다. 『청파극담』에서 '辨證'에 해당되는 단락은 3편(『청파극담』 1, 3, 65)이다. 여기서 "海中鳥"라는 기이한 새를 논하며, 자연과 인간이 만든 것 중 어느 것이 신묘한 것이지를 묻는 단락을 게일은 선택하지 않았다.

---

36 Korean folk tales의 영문제명과 『천예록』의 제명을 함께 제시해보면, 다음과 같다.(KFT6 "The Wild-cat Woman"(「手執怪狸恨開握」), 27 " The Fortunes of Yoo"(「妄入內苑陞縣官」), 28 "An Encounter with a Hobgoblin"(「崔僉使僑舍逢魔」), 29 "The Snake's revenge"(「武人家蟒妖化子」), 33 "The Fearless Captain"(「別害鎭拳逐三鬼」), 39 "The awful little Goblin"(「一門宴頑童爲魔」)) 이러한 작품 선택에서 발견할 수 있는 바는-게일의 저본이 <천리대본>과 거의 유사한 형태였다는 가정을 던질 수 있다면 조상숭배를 조선의 크나큰 병폐로 인식했던 게일의 선입견 하에서-일차적으로 제사의 <禮>와 관련된 奇異를 기술한 『천예록』의 작품들이 번역되지 않은 Korean folk tales의 배제/선택의 논리이다.

37 기이가 수용되는 세 층위(기이의 현실화를 통한 전설의 일화화)는 이강옥, 「『천예록』의 서술방식과 서사의식」, 『한국야담연구』, 돌베게, 2006, 332~336쪽에 잘 규명되어 있어 이강옥이 작품의 예증으로 삼은 부분은 생략하도록 하겠다.

하지만 인간 오관(五官)의 기능을 말한 단락을 게일은 번역했다.

　게일은 『청파극담』 해당단락의 제명을 "The Senses"라고 명명했다. 1890~1925년 사이 출판된 영한사전 속에서 "Sense"는 다음과 같이 한국어로 풀이된다.

[표4] Sense에 대한 영한사전의 풀이

Underwood 1890	Scott 1891	Jones 1914	Gale 1924	Underwood 1925
뜻, 정신, 지각, 의량	뜻, 의스, **Senses** 오관38	(faculty of sensation) 관능(官能): 감각(感覺): (rational feeling) 지각(知覺): 정신(精神): 각오(覺悟): (consensus of opinion) 의견(意見): (meaning) 뜻(意): 취지(趣旨)	관능(官能)	(1)각성(覺性), 감관(感官), (2)지각(知覺), 감각(感覺), 관능(官能), 본성(本性), (3)정신(精神), 의견(意見), (4)뜻, 의미(意味), 의의(意義),

　Sense의 복수형, 어휘를 통한 파생어구를 감안해볼 때, 게일 역시도 '五官'이라는 의미에서 제명을 부여한 것으로 보인다. 하지만 오관은 이목구비피(耳目口鼻皮)일 뿐, 마음(心)을 지칭하는 것은 아니다. 즉, 그것은 한국인의 외부이며 게일이 지속적으로 탐구한 한국인의 내부는 아니었다. 그렇지만 다음과 같은 『청파극담』 해당 단락의 요지는 게일이 동의할 만한 것이었다.

---

38 Organ of Sense 오관(Scott1891) ; Five senses 오각(五覺): (five organs of senses) 오관(五官): The five Senses are usually given in the collective phrase 이목구비피(耳目口鼻皮); individually the five Senses are known as follows: (1) Hearing 텽각(聽覺): 텽관(聽官): (2) Sight 시각(視覺): 견관(見官): (3) Taste 미각(味覺): 샹관(嘗官): (4) Smell 취각(嗅覺): 취관(嗅官): (5) Feeling 촉각(觸覺): 감관(感官) (Jones 1914) Five senses 오관(五官) (Underwood 1925)

　　선악을 판단하고 구별하는 주체는 마음이다. 만약 마음이 없다면 비록 눈이
있은들 어떻게 볼 수 있으며, 귀가 있은들 어떻게 소리를 들을 수 있고, 비록
코가 있은들 어떻게 냄새를 맡을 수 있으며, 입이 있다하나 어떻게 숨을 쉬겠
는가. 그런 까닭으로 말하기를, "마음이 없으면 보아도 보이지 않고 들어도
들리지 아니한다."하였다.[39]

　　But the member that distinguishes the good from the bad is the heart,
so that without the heart, even though you have eyes you cannot see,
though you have ears you cannot smell, and though you have a nose
you cannot smell, and though you have a mouth you cannot breathe,
so they say that without the heart "seeing you cannot see, and hearing
you cannot hear"[40]

　　게일이 상기 『청파극담』의 해당단락을 번역했음은 이륙이라는 과거
유가 지식인의 이 진술에 동의했음을 의미한다. 비록 서구인과 동일한
영혼관과 기독교와 같은 종교적 교리와 제도를 지닌 한국의 종교를 그가
발견한 것은 아니었다. 하지만 그는 한국인의 한문고전 속에서 그 소통
의 지점, 자신들의 종교와 대등하게 배치시킬 수 있는 사유와 관념을 발
견했다. *Korean folk tales*에는 게일이 부여한 새로운 논평들이 존재한
다. 그 중에서 주목할 부분이 있다. 게일은 도교와 불교를 비교한다. 여
기서 도교는 신선세계와 도술과 같은 것을 의미하는 것이다. 이러한 발
견을 가능하게 해준 것은 물론 『청파극담』은 아니었고 『천예록』에 수록
된 이야기들이었다. 하지만 이러한 발견은 한국에서 도교의 흔적을 발견

---

39 『청파극담』 119쪽. "然其所以能辨別善惡者心也. 苟無心焉, 雖有目, 孰得而鑒; 雖有
　耳, 孰得而受聲; 雖有鼻, 孰得而聞臭, 雖有口, 孰得而出納. 故曰: '心不在焉, 視而不
　見, 聽而不聞.'"

40 J. S. Gale, op.cit, p.210.

하기 어렵다고 말했던 *Korea in Transition*(1909)에서의 게일의 진술과는 변별된다.

  그는 도교가 "한국의 위대한 종교 중 하나"라고 말했다. 왜냐하면 그 종지는 불교의 "明心見性"과 대비되는 "修心練性"이라는 어구로 표현되는 것이었기 때문이다. 각 표현에 대한 게일의 풀이보다 주목되는 것은 두 종교 모두 사람의 마음에 주목하고 있었다는 사실이다.[41] 즉, 한국인 역시도 종교가 마음의 문제를 잘 알고 있었다는 점이며, 한국인의 신앙 속에도 그들의 유일신에 대한 신앙을 발견할 수 있다는 점이다. 이러한 발견의 단초와 진리가 『청파극담』에도 있었다. 게일이 *Korean folk tales*에 수록한 『청파극담』 소재 첫 번째 작품이 "God's way"(KFT40(『청』11))이다. 해당 전문을 원문과 함께 발췌해보면, 다음과 같다.

> 어떤 촌백성이 성질이 포악하여 성이 나면 그 어미를 때리곤 하였는데, 하루는 그의 어미가 맞고 큰 소리로 호소하기를, **"하느님이여, 왜 어미 때리는 놈을 죽이지 아니합니까."** 하였다. 그 촌백성이 낫을 허리에 차고 천천히 밭에 나아가 이웃집 사람과 같이 보리를 줍는데, 그 날은 하늘이 아주 맑았는데 갑자기 한 점의 검은 구름이 하늘에 일더니 잠깐 사이에 캄캄해지면서 우레가 치고 큰비가 오는지라. 동네 사람들이 밭에 있는 사람을 보니, 벼락이 여기저기 치는데 누구인지 낫으로 막는 것 같았다. 이윽고 비가 개고 보니, 그 사람이 죽어버렸다. **하늘의 총명함이 이와 같으니, 참으로 무서운 일이다.**(『청』11)[42]

---

41 Ibid., p.18. 게일은 修心練性을 "to correct the mind and reform the nature"로 풀이했으며, 明心見性을 "to enlighten the heart and see the soul"로 풀이했다. 性을 도교의 어구에서는 'nature'로 불교의 어구에서는 'soul'로 번역하는 모습이 주목된다.

42 『청파극담』 89~90쪽. "有一村氓, 性暴惡, 怒則必毆其母. 一日母被毆大呼曰: '<u>天乎!何不殺此毆母奴,</u>' 其人腰鎌徐步就田, 與隣人共收牟, 是日也天極淸明, 忽一點黑雲, 起於中天, 須臾晦暝, 雷雨大作. 里人共見田中, 霹靂亂加, 若有人手鎌以拒之. 俄而雨霽, 其人已碎矣. <u>天聰明有如是夫, 吁可畏也,</u>"

In a certain town there lived a man of fierce and ungovernable disposition, who in moments of anger used to beat his mother. One day this parent, thus beaten, screamed out, "Oh, **God**, why do you not strike dead this wicked man who beats his mother?"

The beating over, the son thrust his sickle through his belt and went slowly off to the fields where he was engaged by a neighbour in reaping buckwheat. The day was fine, and the sky beautifully clear. Suddenly a dark fleck of cloud appeared in mid-heaven, and a little later all the sky became black. Furious thunder followed, and rain come on. The village people looked out toward the field, where the flashes of lightning were specially noticeable. They seemed to see there a man with lifted sickle trying to ward them off. When the storm had cleared away, they went to see, and lo, they found the man who had beaten his mother struck dead and riven to pieces. / <u>God takes note of evil doers on this earth, and deals with them as they deserve. How greatly should we fear!</u>[43]

게일의 한자-영어사전을 펼쳐보면, "天"은 "The material heavens ; the sky. The Supreme Ruler. The Emperor"로 풀이된다. 즉, 하늘, 초월적인 존재, 천자(天子)와 같은 의미를 지니고 있었던 것이다. 하지만 게일은 원문의 "天"을 "God"으로 번역했다. 이 점은 이후 그의 다른 문헌에 대한 번역양상, 그리고 『청파극담』 해당단락에 대한 번역인 "Who Decides, God or The King?"(KFT49(『청』80)에서도 동일하다.

갑(甲)은 "부귀와 영달이 모두 임금에게서 나온다." 하였고, "그렇지 않다. 하나의 품계나 하나의 계급이 모두 **하늘이** 정하는 것이어서, 비록 임금이라 하더라도 그 사이에 작용이 있을 수 없다."(『청』80)[44]

---

43 J. S. Gale, op.cit, pp.206~207.

A said, "Riches and honour are all in the king's hand." B said, "Nothing of the kind ; every atom of wealth and every degree of promotion are all ordered of **God**. Even the king himself has no part in it and no power."(KFT49)[45]

게일의 번역 속에 보이는 '天=God'이라는 대응 쌍은 그 원천을 따져본 다면 자일즈(H. A. Giles)의 중영사전이었다. 자일즈의 사전은 게일의 한자 -영어사전의 원천이기도 했기 때문이다. 그렇지만 1910년대 게일의 선택 은 그가 한국에서 체험한 한문고전을 통한 그의 견지가 반영된 것이기도 하다. 게일은 제임스 레게(James Legge)가 영역한 사서삼경을 접할 수 있 었다. 그럼에도 그는 *A History of the Korean People*에서 노자의 『도덕 경』 구절을 번역할 때, 자일즈의 번역본을 인용했다.[46] 레게의 번역은 중국에 거주했던 개신교 선교사의 번역과는 다른 관점이 투영된 것이었 다. 레게는 "天"이라는 한자를 자일즈가 God으로 번역한 것에 대한 상당 한 불만을 표현한 바 있다. 모든 중국어 술어에 대하여 가장 상응하는 영어 어휘를 사용하는 자일즈의 방식은 두 언어가 완전히 동일한 상태였 을 때나 가능한 것이라고 여겼기 때문이다. 즉, 그는 개신교 선교사의 언어로 전유되는 중국고전에 대하여 문제의식을 지니고 있었던 것이다. 레게에게 있어 "天"에 가장 합당한 등가어는 "Heaven"이라고 지적했다.[47] 게일은 자일즈, 레게 등을 비롯한 학자들이 '天'을 서로 다르게 풀이하

---

44 『청파극담』 126~127쪽. "甲則曰: '富貴窮達, 皆出於人君.' 乙則曰: '不然, 一資一級, 皆天所定. 雖人主不能有爲於其間.'"

45 J. S. Gale, op.cit, p.211.

46 J. S. Gale, *A History of the Korean People*, p.372. 게일은 「體道」(『도덕경』 상편)를 인용하면서 道를 Way로 번역했다. 그렇지만 레게는 "Tao"란 음독을 선택했다.

47 J. Legge, "Introduction", The Scared Books of China-The text of Taoism, NewYork: Dover Publications, 1962, p.17(원저는 1891년 옥스포드 출판사에서 간행된 것이다.)

는 점을 분명히 알고 있었다. 어떤 학자들은 '天'이 "푸른 하늘(blue sky)"
을 지칭할 뿐, "초월적인 존재(Supreme Being), 천지의 소유자(possessor
of heaven and earth), 인격과 사고의 근원(fountainhead of thought and
personality)"를 지칭하는 것은 아니라고 말했다. 하지만 그는 이 논조에
동의하지 않고 '天=God'이라는 관점을 일관했다. 이는 한자문명권의 천
신(天神) 관념에 대한 유대기독교적 전유·해석이라고 평가할 수 있다.
하지만 그에게 그 근거는 어디까지나 그가 읽은 한국인의 한문고전 속에
담긴 유가 지식층의 발언이기도 했다.[48] 또한 한문고전을 공부하는 게일
의 학적 노정임과 동시에, 기독교의 교리와 말씀을 한국어로 재현하는
성서의 번역과정이기도 했다. 이 점을 잘 보여주는 것이 "God"에 대한
영한사전의 한국어 풀이이다.

[표5] God에 대한 영한사전의 풀이

Underwood 1890	Scott 1891	Jones 1914
신, 샹데, 하ᄂ님, 텬쥬, 셩부	하늘님	하ᄂ님(神) : 텬쥬(天主) : 샹데(上帝) : (the supreme being) 대쥬지(大主宰) : (gods in inferior sense)신(神)

이를 보면, 실제 God이란 어휘에 대해, 1914년 이후 개신교 선교사들
이 성서번역과 관련하여 정착시킨 한국어 어휘는 "하ᄂ님"이었다. 또한
영한사전 속에 배치된 "上帝", "天主" 역시도 과거 동양에 없었던 말이라
고 단언할 수 없지만, 선교사들의 입장에서 한국인에게 그들의 유일신을
번역하기 위해 모색된 개념이었다.[49] 사실 『청파극담』에서의 "天"을 번
역할 적절한 어휘는 스콧 사전이 제시한 "하늘님"이었다. 그들의 유일신

---

48 J. S. Gale, op.cit, pp.369~370. ; 여기서 게일이 인용한 구절은 김창업(金昌業)의 글이
었으나, 그 번역의 저본이 무엇인지는 확실하지가 않다.

49 샹데(上帝), 하ᄂ님, 텬쥬(天主), 셩부(聖父), 신(神).(Underwood 1925)

과 한국인의 천신(天神) 관념은 결코 동일한 것이 아니었다.

'天' 그리고 "하늘님"이란 어휘를 통해 유대기독교적 해석을 투영할 온전한 등가관계를 게일은 *Korea in Transition*(1909)에서는 제시하지 않았다. 그는 분명히 "하느님"이란 한국어가 개신교의 신을 재현할 등가적 개념, 즉 "유일하고 위대하신 분"과 "畵像이 존재하지 않는 지고의 통치자"라는 개념을 지닌 어휘란 사실을 잘 알고 있었다. 하지만 이 어휘 속에 담긴 유일신 관념은 성부, 성자, 성령이란 삼위일체의 관념을 재현할 수 없는 것이란 사실을 또한 알고 있었다. 전통적인 하늘에 대한 한국인의 관념은 무엇보다도 "사랑, 빛, 생명, 기쁨"과 연관되지 않으며, 성자 예수의 고난과 사랑을 재현할 수 없는 개념이었기 때문이다.[50] 그것은 유비의 관계일 뿐, 서구와 한국 사이의 온전한 등가관계를 지칭하는 것은 아니었다.

게일은 이러한 한국인의 하늘에 관한 종교적 관념을 언제 접촉할 수 있었을까? 게일이 이러한 한국인의 유일신 관념을 알게 된 시기를 유추할 수 있는 글이 한 편 존재한다. 이 글은 게일이 주시경과의 만남을 언급한 것으로 추론되는 글이기도 하다.[51] 게일은 한국인이 기독교의 신(God)을 알고 있는 지를 그에게 물었다. 그는 게일에게 한국인에게 신이 "크신 한 님"(the Great one)이며 "하ᄂ님"(Hananim)이라고 답변했다. 그는 '하나'(one)를 뜻하는 "하ᄂ"와 "주, 주인, 임금"(lord, master, king)을 지칭하는 "님"으로 구성된 "하ᄂ님"을 한국인은 천지를 만드는 일과 관련시키며 "고대의 창조자 造化翁"이라고도 부른다고 말했다. 게일이 보기에 이는 순수한 유학자들의 말과는 다른 이야기였다. 그는 그의 경험 속에서

---

50 J. S. Gale, 신복룡 역, 앞의 책, 70쪽.

51 J. S. Gale, "Korean Ideas of God", *Missionary Review of the world* 1900. 9. ; 이만열, 류대영, 옥성득의 연구(『대한성서공회사』 II, 대한성서공회, 1994. 115~116쪽)에서 이 글에서 거론한 한국인을 주시경으로 유추한 바 있다.

'아들을 살려달라'고 하나님을 부르는 노파, 천둥이 칠 때 담뱃대를 치워 두는 한국인의 모습을 떠올린다. 주 씨는 그 속에 담긴 한국인들의 생각들을 설명해주며, 기독교가 이 "至公無邪"하고 "거룩한" 존재가 '사랑'이라는 새로운 사실을 가르쳐 주었다고 말한다.[52]

하지만 이 한국인의 발언과 전통적인 하늘에 대한 한국인의 신앙은 차이점을 지니고 있었다. 사실 이 한국인은 개신교란 종교를 분명히 알고 있었다. "하ᄂᆞ님"이란 어휘를 보완해주는 개신교의 개입이 그의 대답 속에 이미 내재되어 있기 때문이다. 이 속에는 '하늘+님'으로 인식했던 과거 선교사의 담론에 의거하여 한국의 유일신 관념을 수용한 것과는 다른 맥락이 존재한다. 오히려 개신교가 개입함으로, 한국인의 유일신 관념의 결핍이 해결된 새로운 유일신 개념("至公無邪"하고 "거룩"하면서도 '사랑'이라는 존재)이 구축된 것이며, 새로운 천신 관념을 의미하는 것이었다. 이 일화를 통해서만 본다면, 개신교에 의해 새롭게 한국인의 사유 속에 내재된 '하ᄂᆞ님'이란 새로운 술어를 지칭하는 것이다.[53]

하지만 그 술어는 분명히 한국인의 언어와 사유 속에 내재된 것이며 도래한 것이기도 했다. 요컨대, 성경전서의 출판은 *Korea in transition*(1909)에서 그가 언급한 '하ᄂᆞ님'이란 어휘가 지니지 못했던 개념적 결핍이 해결된 중요한 사건이었다. 첫 한글 성경전서 출판 기념식의 게일의 연설에서 '하ᄂᆞ님'은 많은 신들에게 적용할 수 있는 일본어 "kami", 여러 신들 중에 최고신에 지나지 않는 중국의 "上帝"와 달리, 유일신 개념으로 히브리어 여호와를 재현할 가장 온당한 어휘로 기술된다.[54] 여기서 "하ᄂᆞ님=God"의 정립과정은 중국, 일본과 분리된 한국을 표상해준

---

52 Ibid., pp.697~698.

53 개신교 선교사들의 신명논쟁에 관해서는 이만열, 류대영, 옥성득의 같은 책 104~118쪽.

54 J. S. Gale, "Korea's Preparation for the Bible", *The Korea Mission Field* 1914. 1.

다. 그것은 기독교의 유일신을 중국어, 일본어와 분리된 한국어로 정립하는 과정을 의미하기도 했기 때문이다.

　『청파극담』의 '天'에 관한 관념이 드러난 단락의 번역은 이러한 게일의 탐구와 연속성을 지닌 것이었다. 그가 그의 역사서술, *A History of the Korean People*에 "God's way"(KFT40(『청』11))를 재수록한 점을 주목할 필요가 있다. 이는 과거 촌백성들에게 회자되었던 구술문화적인 것과 동시에 이륙이라는 유가 지식인이 기록하고 그 정당성을 인정한 한국인의 종교적 관념이었다. 또한 이렇듯, '성서의 번역'으로는 한정할 수 없는 게일의 한국문학 연구가 지닌 의미에 주목할 필요가 있다. 그에게 한국문학의 중심기조는 한국고전 속에서 '天'이란 문자, 그 속에 산재되어 있는 사고들을 모아나가는 과정이었다. 그것은 한국인의 유일신 관념을 살피는 작업이었던 것이다. 게일의 탐구가 도달한 지점은 서구인들의 신관념과 상당히 유사하다는 것이었다. 그가 발견한 것은 영적인 무한함, 그 존재의 영원불멸성, 지혜, 권능, 거룩함, 정의, 선하심과 진리였기 때문이다.[55]

　『청파극담』에 보이는 번역양상은 게일이 성취론의 입장에서 한문고전 속 언어를 기독교를 예비하는 과거의 목소리로 해석·전유한 것이었다. 하지만 동시에 "전통적인 한국인들의 다양한 신명을 신학적 관점에서 모두 긍정적으로 포용"하는 이러한 게일의 시도, 이 지나친 포용적 태도는 교회가 결코 받아들일 수 없는 주장이었다.[56] 그것은 한국에서 한국인들과의 체험, 개신교의 신을 번역하기 위한 술어(term)를 모색하는 범주를 이미 넘어선 것이었다. 오히려 그의 이러한 탐구는 개신교로 한정할 수

---

55 J. S. Gale, 황호덕·이상현 역, 「J. S. 게일, 「한국문학」(1923)」, 『개념과 역사, 근대 한국의 이중어사전』 2, 박문사, 2012, 160~162쪽.

56 이만열·류대영·옥성득, 앞의 책, 180쪽.

없는 더욱 포괄적인 한국 민족의 상을 창출하기 위한 한국문학연구이자
한국학 연구를 지향하는 것이었기 때문이다. 물론 그가 필기·야담 속에
새겨진 한국인 마음의 역사를 읽고 번역하는 과정은, 차이 속에 서구와
대등하게 배치시킬 한국인의 종교를 찾는 노정이었다. 그렇지만 동시에
개신교, 유교, 불교, 도교를 비롯한 제 종교를 포괄할 한국민족의 역사를
기술할 다음과 같은 1920년대 게일의 인식을 예비하는 것이었다.

> "한국인은 아브라함이 태어나기 수 세기 전부터 국가, 조직(교단), 시간의
> 문제가 아니라 진실한 종교는 하나님(인용자-天)의 마음과 일치되는 것 외에
> 아무것도 아니라는 것을 알고 있었습니다 …… 제가 유교나 불교 도교를 공부
> 하면 할수록 이들 종교의 신실성, 자기부정적 사랑, 겸손, 슬기, 그리고 이
> 종교들을 처음 일으킨 위대한 영혼들의 헌신을 존경하게 되었습니다. 이들은
> 그들의 한 가지 소망이 악을 극복하고 한 걸음씩 위로 올라가 하나님(인용자
> -天)께 가까이 가는 데 있다는 것을 알았습니다."[57]

> 저는 기독교도라는 고루한 견해에서 말하는 것이 아닙니다. 조선에도 일찍부
> 터 기독교 이상으로 신을 발견하고, 이해했던 사람이 많았었지 않습니까. 신을
> 믿는다고 하는 기독교도도 근래는 신을 팔아 하늘에 거역하고 있습니다.[58]

5. 맺음말

이상에서 게일의 『청파극담』영역과 그 의미를 고찰했다. *Korean folk*

---

[57] J. S. Gale, "Address to the Friendly Association June 1927", *Gale, James Scarth
Papers*(Box12), p.3.(캐나다 토론토대 토마스피셔희귀본 장서실 소장))

[58] J. S. Gale, 「歐美人の見たる朝鮮の將來-余は前途を樂觀する」2, 『朝鮮思想通信』
788, 1928.(번역문은 황호덕·이상현, 『개념과 역사, 근대한국의 이중어사전』2, 박문사,
2012, 182쪽에 의거한 것이다.)

*tales*의『청파극담』수록양상과 번역양상을 살피며 도출한 점을 요약정리하면서, 이 글을 갈무리해 본다. 먼저『청파극담』의 어떤 해당 단락을 게일이 선택했는지를 살펴보았다. 게일은 총 13개의 해당 단락을 선택했는데, 이는 본래『청파극담』의 가장 많은 유형을 차지하는 패설(일화)이 아니었다. 오히려 기이한 이야기를 담은 패설(설화)를 게일이 선택했음을 알 수 있었다. 이 점은 사대부의 성품으로 인하여 발생하는 사건이 중심을 이루고 있는『청파극담』과는 게일의 저술이 완연히 다른 것임을 보여준다.

이는『천예록』과의 중요한 연결고리라고 할 수 있는데, 설화집으로 출판·유통하게 된 당시의 정황 그리고 개신교 선교사들의 한국 체험으로 알게 된 한국인의 민간신앙과 긴밀히 관련되는 것이었다. 이는 한국인의 삶 속에서 종교를 발견하고자 한 개신교 선교사의 성취론이라는 입장이 반영된 것이었다. 이와 같은 성취론이라는 시각은 게일이 한국의 유가지식층의 문헌 속에서 유대-기독교와 대등한 한국인의 사유를 발견할 수 있게 해주었다. 게일은 한문고전에 대한 연구를 통해 한국인의 마음속에 깃들어 있는 종교의 모습과 "天"이란 어휘 속에 내재된 진리를 발견할 수 있었다. 그것은 서구보다도 더 오래된 연원을 지닌 한국인의 유일신 관념이었다. 이러한 게일의 탐구과정에『청파극담』의 해당단락은 중요한 역할을 담당한 셈이다. 향후 게일의 한국학 및 한국 고전에 대한 새로운 인식을 예비한 것이다.

▮저자 약력

김정우(金政佑) 경남대 국어국문학과 교수, 국어학을 전공했다. 『이솝우화와 함께 떠나는 번역여행』(전 3권), 『한국인이 꼭 알아야 할 국어어문규범 365』 등의 저서와 『한국어와 드라비다어의 비교연구』 등이 국역서 및 An Illustrated Guide to Korean Culture 등의 영역서를 냈다.

김용철(金容徹) 순천대 지리산권문화연구원 HK연구교수, 한국 고전문학을 전공했다. 「만고가」의 『십구사략』 수용과 문명번역적 성격」, 「「양반전」의 우의와 풍자」, 『문화소통과 번역』(공저), 『한국 고전번역학의 구성과 모색』(공저) 등의 논저와 『고전번역담론의 체계』 등의 번역서를 냈다.

임동석(林東錫) 건국대 중어중문학과 교수, 중문학을 전공했다. 「서울(首爾) 地名 淵源考」, 「漢語雙聲疊韻硏究」, 「韓國 漢字音 頭音法則의 問題點 硏究」, 「表音機能 漢字에 대한 硏究」 등 60여 편의 논문과 『朝鮮譯學考』, 『中國學術槪論』, 『中韓對比語文論』 등의 저서 및 『春秋左傳』, 『四書集註諺解』, 『戰國策』, 『說苑』, 『韓非子』, 『十八史略』, 『莊子』, 『國語』 등 80여종 200여권의 〈中國思想百選〉 역저(譯著)를 냈다.

김남이(金南伊) 부산대 한문학과 교수, 한문학을 전공했다. 「燕巖이라는 고전의 형성과 그 기원」, 「조선전기 杜詩 이해의 지평과 『두시언해』 간행의 문학사적 의미」, 「조선전기 지성사의 관점에서 본 佔畢齋와 그 門人-초기 士林의 형성과 관련하여」, 『동아시아, 근대를 번역하다』(공저) 등의 논저와 『18세기 여성생활사 자료집』, 『역주 점필재집』 등의 번역서를 냈다.

김무봉(金武峰) 동국대 국어국문학과 교수, 국어학을 전공했다. 「중세국어의 동명사 연구」, 「중세국어의 선어말어미 −ㅅ-에 대한 연구」, 『세종문화사대계 1』(공저), 『한산이씨 고행록의 어문학적 연구』(공저) 등의 논저와 『몽산화상법어약록언해』, 『아미타경언해·불정심다라니경언해』, 『반야바라밀다심경언해』, 『석보상절 제 20』 등의 번역서를 냈다.

정출헌(鄭出憲) 부산대 한문학과 교수이자 점필재연구소 소장으로 한국 고전문학을 전공했다. 『김부식과 일연은 왜』, 『조선 최고의 예술, 판소리』, 『고전소설사의 구도와 시각』, 『조선후기 우화소설 연구』 등의 저서를 냈다.

임상석(林相錫) 부산대 점필재연구소 HK교수, 국문학을 전공했다. 『20세기 국한문체의 형성과정』, 「국한문체의 형성과 번역」, 「근대계몽기 국문번역과 동문(同文)의 미디어」 등의 논저를 냈고, 『시문독본』, 『대한자강회월보편역집』 등의 번역서를 냈다.

손성준(孫成俊) 부산대 점필재연구소 HK연구교수, 동아시아 비교문학을 전공했다. 「영웅서사의 동아시아 수용과 중역(重譯)의 원본성」, 『저수하의 시간, 염상섭을 읽다』(공저), 『한국문학 속의 중국 담론』(공저) 등의 논저와 『국부(國父) 만들기 -중국의 워싱턴 수용과 변용』(공역) 등의 번역서를 냈다.

이상현(李祥賢) 부산대 인문학연구소 HK교수, 국문학과 비교문학을 전공했다. 『한국 고전번역가의 초상』, 『개념과 역사, 근대 한국의 이중어사전』(연구편), 『『조선문학사』 출현의 안과 밖』, 『한불자전 연구』(공저) 등의 논저와 『개념과 역사, 근대 한국의 이중어사전』(번역편) 등의 번역서를 냈다.

신상필(申相弼) 부산대 점필재연구소 HK교수, 한문학을 전공했다. 「한중 서사의 교류와 구비전승의 역할」, 「이본(異本)을 통해 본 『전등신화구해(剪燈新話句解)』의 전파양상과 그 함의」, 『한국 고전번역학의 구성과 모색』(공저), 『묻혀진 문학사의 복원』(공저) 등의 논저를 냈고, 『삼명시화』 등의 번역서를 냈다.

고전번역학총서 이론편 ③
한국 고전번역학의 구성과 모색 2

2015년 5월 22일 초판 1쇄 펴냄

펴낸이 부산대학교 점필재연구소 고전번역학센터
발행인 김흥국
발행처 도서출판 점필재

책임편집 이경민
표지디자인 오동준

등록 2013년 4월 12일 제2013-000111호
주소 서울특별시 성북구 보문동7가 11번지 2층(편집부)
전화 929-0804(편집), 922-2246(영업)
팩스 922-6990
메일 jpjbook@naver.com

ISBN 979-11-85736-18-1 94810
       979-11-950282-0-7 (세트)
ⓒ 부산대학교 점필재연구소 고전번역학센터, 2015

정가 25,000원

이 도서의 국립중앙도서관 출판예정도서목록(CIP)은 서지정보유통지원시스템 홈페이지
(http://seoji.nl.go.kr)와 국가자료공동목록시스템(http://www.nl.go.kr/kolisnet)
에서 이용하실 수 있습니다. (CIP제어번호 : CIP2015010940)